मंज़ूर एहतेशाम

जन्म : 3 अप्रैल, 1948 को भोपाल में।

शिक्षा : स्नातक। इंजीनियरिंग की अधूरी शिक्षा के बाद दवाएँ बेचीं। कई वर्षों से फ़र्नीचर और इंटीरियर डेकोर का अपना व्यवसाय।

प्रकाशित कृतियाँ : पहली कहानी *रमज़ान में मौत* 1973 में और पहला उपन्यास *कुछ दिन और* 1976 में प्रकाशित। उपन्यास–*कुछ दिन और, सूखा बरगद, दास्तान-ए-लापता, पहर ढलते, बशारत मंज़िल*; कहानी-संग्रह–*तसबीह, तमाशा तथा अन्य कहानियाँ*; नाटक–*एक था बादशाह* (सह-लेखक सत्येन कुमार)।

सम्मान : *सूखा बरगद* (उपन्यास) पर 'श्रीकान्त वर्मा स्मृति सम्मान' और भारतीय भाषा परिषद, कलकत्ता का पुरस्कार; *दास्तान-ए-लापता* (उपन्यास) पर 'वीरसिंह जूदेव पुरस्कार'; *तसबीह* (कहानी-संग्रह) पर 'वागीश्वरी पुरस्कार'; समग्र लेखन के लिए 'पहल सम्मान', 'राष्ट्रीय मैथिलीशरण गुप्त सम्मान'। 'पद्मश्री' से अलंकृत। निराला सृजनपीठ, भोपाल के अध्यक्ष भी रहे।

निधन : 26 अप्रैल, 2021

दास्तान-ए-लापता

मंज़ूर एहतेशाम

राजकमल पेपरबैक्स

पहला पुस्तकालय संस्करण
राजकमल प्रकाशन प्राइवेट लिमिटेड द्वारा
1995 में प्रकाशित

राजकमला पेपरबैक्स में
पहला संस्करण : 2010
पहली आवृत्ति : 2024
This book is printed on **Print on Demand** Technology : 2025

राजकमल पेपरबैक्स : उत्कृष्ट साहित्य के जनसुलभ संस्करण

राजकमल प्रकाशन प्रा.लि.
1-बी, नेताजी सुभाष मार्ग, दरियागंज
नई दिल्ली-110 002
द्वारा प्रकाशित

शाखाएँ : अशोक राजपथ, साइंस कॉलेज के सामने, पटना-800 006
पहली मंजिल, दरबारी बिल्डिंग, महात्मा गांधी मार्ग, प्रयागराज-211 001
1, अनमोल सोराबजी सन्तुक लेन, धोबी तलाव, मरीन लाइंस, मुम्बई-400 002
वेबसाइट : www.rajkamalprakashan.com
ई-मेल : info@rajkamalprakashan.com

मूल्य : ₹350

DASTAN-E-LAAPATA
Novel by Manzoor Ehtesham

ISBN : 978-81-267-1918-1

गगन के लिए

पानी पे काँपता है कोई पारा-पारा अक्स
पत्थर को चाटता है कोई नक़्शे बेनिशाँ

—ज़फ़र इक़बाल

क्रम

तीन

एक

1. डॉक्टर मगरमच्छ

डॉक्टर उसकी ओर दिलचस्पी से देख रहा था। उसके मुँह में कई दाँत सोने के थे।

अभी कुछ देर पहले वह उसके साथ वही तमाम हरकतें दोहरा चुका था जो पहले कई बार कर चुका था और उसके अलावा कई अन्य डॉक्टर भी कर चुके थे। उनकी भाषा में इस बेहूदा क़वाइद का नाम चेक-अप था। उसे याद था वह वर्षों पहले, सबसे पहले इसी डॉक्टर के पास आया था। बल्कि सही मायनों में आया उतना नहीं जितना कि लाया गया था। वह शुरू-शुरू के दिन थे, अब्बा के इंतिक़ाल के कुछ ही माह बाद। यानी आज से लगभग एक दशक, एक दहाई पूर्व। और तब, उसने दिल-ही-दिल में हिसाब लगाने की कोशिश की, डॉक्टर के मुँह में सोने के इतने दाँत नहीं थे, ना ही शायद जिस्म पर इतनी चर्बी थी। लगता है कि ख़ामोशी से यह भी देश के कर्णधारों के साथ-साथ प्रगति और उन्नति के पथ पर अग्रसर है। खुश और खुशहाल, देश के नौनिहाल की तस्वीर बना, अपने इस क़ीमती क्लिनिक में मौत सहित, सारी बीमारियों से बचाव का टीका लगवाए। अब तो यहाँ मरीज़ों के वेटिंग-रूम की तुलना भी किसी फ़ाइव-स्टार होटल के लाउंज से की जा सकती है। अगले ही पल वह अपनी सोच पर खुद-ब-खुद शर्मिंदा हो उठा क्योंकि सच यह था कि उसने जीवन में केवल एक बार किसी फ़ाइव-स्टार होटल को अंदर से देखा था। और वह भी मुद्दतों पहले। उसे कोई अधिकार नहीं था किसी जगह की तुलना किसी फ़ाइव-स्टार होटल से करने का।

डॉक्टर के नथुने फड़फड़ा रहे थे। खुद उसकी अपनी सोच का चैनल अलग चालू था और डॉक्टर से लगातार बातचीत अलग चल रही थी।

"ऐसा कीजिए," वह डॉक्टर से कह रहा था, "आप तो यहाँ क्लिनिक में सारे धर्म-ग्रंथ मँगवाकर रख लीजिए। कोई मुसलमान, जैसे मैं, आए तो एक असिस्टेंट सबसे पहले फ़िल्मी अदालतों की तरह कुरआन पर हाथ रखवाकर शपथ दिलाए कि मैं डॉक्टर साहब से जो भी कहूँगा सच कहूँगा और सच के सिवा कुछ नहीं कहूँगा। इसी तरह जिस मज़हब का जो भाई हो वह अपनी मुक़द्दस किताब पर हाथ रखकर क़सम ले ले। यूँ तो आपको किसी के कहे का यक़ीन होता नहीं।"

इतने सालों में धीरे-धीरे डॉक्टर के साथ एक आपसी समझ पैदा होती गई थी और कभी-कभी हँसी-मज़ाक़ या जुम्लेबाज़ी हो जाती थी। बावजूद इसके कि उसे तमाम डॉक्टर एक शक्ल और एक स्वभाव के लगते थे, यह शायद किन्हीं अर्थों में औरों से ग़नीमत था।

"अदालत में हलफ़ उठाने के बाद लोग क्या झूठ नहीं बोलते," उसकी खुशमिज़ाजी के जवाब में डॉक्टर अख़लाक़ की ज़िंदा मूरत बन गया था। "लेकिन मेडिकल साइंस के पास उन लोगों का इलाज भी है।"

"वह मैं मान सकता हूँ," उसने पराजय स्वीकार करते हुए कहा था। "कोई चारा नहीं, मानना ही पड़ेगा। दरिया में रहकर मगरमच्छ से बैर कौन कर सकता है। लेकिन खुदा के लिए मेरा भी तो कुछ इलाज कीजिए ?!"

डॉक्टर को मगरमच्छ कहा जाना पसंद नहीं आया, इतना वह अगले ही पल समझ गया था। ग़लती खुद की थी। डॉक्टर के मौजूदा हुलिये, सूरत-शक्ल और मुँह फाड़ने में मगरमच्छ से समानता कोई बच्चा भी खोज या बता सकता था। कमअक़्ल कहीं के ! मन-ही-मन उसने खुद को कोसा—मति इस हद तक मारी गई है तुम्हारी ! क्या पता डॉक्टर के अपने बच्चे ही उसे मगरमच्छ कहकर चिढ़ाते हों ! डॉक्टर मगरमच्छ, थैंक यू वैरी मच !

"सब ठीक था," डॉक्टर ने अपनी आवाज़ से कोई भाव दर्शाए बिना कहा था। "ठीक है, और अगर आप मेरा कहा मानेंगे तो सब ठीक ही रहेगा। यक़ीन कीजिए आप बिलकुल सेहतमंद हैं।"

यह जुम्ला—'आप बिलकुल सेहतमंद हैं'—उसके दिमाग़ में किसी नक़्क़ारे-सा बजा था जिसमें बाक़ी सारी तूतियों की आवाज़ डूब गई थी और वह कहीं दस साल पीछे पहुँच गया था, जब पहली बार उसकी डॉक्टर से भेंट हुई थी ......

...... दस साल पहले जब वह पहली बार डॉक्टर के पास आया और लाया गया था तो भाई मियाँ, पत्नी रेहाना और कुछ अन्य लोग उसके साथ थे। सब उसकी हालत से चिंतित और कुछ करने को बेचैन थे। डॉक्टर से पुराना परिचय होने के कारण उसे दिखाने से पहले भाई मियाँ ने अकेले में कुछ बातचीत की थी और खुद केबिन से बाहर आते हुए उसे अंदर जाने को कहा था।

"हमसे तो तकल्लुफ़ करते हो," उन्होंने उसे बुज़ुर्गाना नसीहत की थी। "मगर डॉक्टर साहब से किसी भी बात को छिपाने की ग़लती मत करना। पूरा हाल

तफ़सील से बताना उनको।''

अंदर सौ वॉट की रौशनी में दीवारों पर टँगे रंग-बिरंगे इश्तिहारों के बीच घिरा अपने किसी परिचित से बातें करता, डॉक्टर बैठा था, जिसमें तब कोई समानता मगरमच्छ से रही भी हो तो प्रत्यक्ष नहीं थी। बातचीत अँग्रेज़ी में हो रही थी।

''मैं तो इस्तीफ़ा दे चुका,'' वह संजीदा स्वर में कह रहा था। ''चंद दिनों में प्रैक्टिस जम जाएगी। वैसे भी नौकरी मैंने तनख़्वाह के लिए नहीं की थी, मेरे पास काफ़ी है। ट्रांसफ़र की राजनीति से यह हकूमत मुझे नहीं डरा सकती।''

''आपका तो ठीक है,'' परिचित कह रहा था, ''मगर हम क्या करें ?''

उसकी बात अनसुनी करते डॉक्टर ने मरीज़ को निगाह भरकर देखा और बैठने को कहा था। ''क्या तकलीफ़ है ?'' उसके चेहरे पर एक दोस्ताना मुस्कान फैल गई थी—ऐसी जैसे कि वह उसकी तकलीफ़ दूर करने का तय किए बैठा हो। बात करते हुए उसकी घूमनेवाली कुर्सी एक ख़ास दिशा में हिली थी और छोटी-छोटी आँखें गोल-गोल घूमी थीं।

अपने हवास एकजा करते हुए उसने अपनी तकलीफ़ और परेशानी को शब्द देने की कोशिश की थी लेकिन वहाँ मौजूद तीसरे अजनबी को देखते हुए आवाज़ साथ छोड़ गई थी। डॉक्टर ने फ़ौरन उसकी उलझन समझ ली थी।

''यह मेरे मित्र भी डॉक्टर हैं,'' उसने समझाना चाहा था, फिर अगले ही क्षण मामले की गंभीरता को समझते हुए उसने अपने मित्र को आँखों-ही-आँखों में इशारा किया था और वह बाद में आने का कहकर वहाँ से उठ गया था।

''अब बताएँ,'' डॉक्टर ने फ़ुर्सत और इतमीनान भरे लहजे में अपनी कुर्सी को एक ख़ास गोलाई पर घुमाते हुए कहा था।

''डॉक्टर साहब,'' उसने कहने की कोशिश में कहना चाहा था, लेकिन था क्या जो वह उसे बहुत स्पष्टता के साथ बता पाता ?! यही कि राह चलते, लेटे या बैठे, ख़ामोश या किसी से बात करते, उसके दिमाग़ में अचानक जैसे खुले मैदानों, पहाड़ों और ढलानों में धूप और छाँव बदलते हैं, ऐसा कुछ हो जाता है। वह खुद को और अपने आसपास को बिलकुल भूल जाता है। लगता है उसके भीतर का संतुलन बिगड़ रहा है और अगर फ़ौरन ही उसने अपनी हालत पर क़ाबू नहीं पाया तो किसी गहराई में जा गिरेगा। एक सन्नाटा और न होने का एहसास एकदम उसे घेर लेते हैं और अपना संतुलन बनाए रखने या गिरने के एहसास से बचने के लिए वह शरीर की कोई ऐसी मुद्रा-भंगिमा खोजने पर मजबूर होने लगता है जिसमें यह ख़तरा टल सके। बड़ा ही तकलीफ़देह और डरावना अनुभव होता है वह, कैसे समझाया जाए ! वह शारीरिक असंतुलन होता है या मानसिक ? या देह और आत्मा के बीच का असंतुलन ? लगता है शरीर और आत्मा के बीच कोई चीज़ खिसकने और अपनी जगह छोड़ने लगती है। और यह कैफ़ियत बस, कुछ पल, कुछ क्षण, एक सैकेंड का भी कौन-सा हिस्सा कहा जाए, रहती है, बिलकुल जैसे स्क्रीन पर

चलती फ़िल्म टूट जाती है। खुद में लौटकर वह फिर से अपने आसपास को देखने और पहचानने की कोशिश करता है। मुँह में छूटी अधूरी बात, सामनेवाले का चेहरा और जगह को ज़ेह्न पर ज़ोर डालकर याद करता और दोबारा पकड़ता है, और लोगों को यह महसूस न होने देने की कोशिश करता है कि कहीं कुछ गड़बड़ है। यह सब इतने आनन-फ़ानन होता है कि किसी प्रकार वह खुद पर नियंत्रण बनाए रखने में सफल रहता है। बेशक, इस सबके बाद दिमाग़ थक बहुत जाता है। न जाने कितने साल पहले, शायद छुटपन या नौजवानी में यह होना शुरू हुआ था, लेकिन महीनों और सालों में कभी-कभार होता था। अब जल्दी-जल्दी होने लगा है और दिन-ब-दिन इसकी अवधि भी बढ़ती जा रही है। आजकल ऐसा हर रोज़ और दिन में कई-कई बार हो रहा है, और कोई आश्चर्य नहीं अगर डॉक्टर से बातचीत करते-करते भी वह एकदम ग़ायब हो जाए। वह बेहद परेशान था और डॉक्टर से विनती करना चाहता था कि उसके इलाज के लिए वह कुछ करे।

उसकी बात ग़ौर से सुनते रहने के बाद डॉक्टर की तब कम-चर्बी चढ़ी आँखें व्यंग्यात्मक ढंग से गोल-गोल घूमी थीं और गोल घूमनेवाली कुर्सी लहराकर हिली थी।

"करते क्या हैं आप ?" डॉक्टर ने नज़रों से टटोलते उससे दूसरा महत्त्वपूर्ण सवाल किया था, जैसे बीमारियों का बुनियादी संबंध व्यवसाय से होता हो।

डॉक्टर ने लाख सरसरी ढंग से पूछा हो मगर अपनी उन परिस्थितियों में उसे उसका यह सवाल बुरा लगा था। भला दो घड़ी की मुलाक़ात में किसी को कैसे बताया जा सकता है कि कोई क्या करता है। लेकिन अपनी बिगड़ती हालत से वह खुद इतना आतंकित था कि किसी भी तरह, अपनी आप-बीती तक सुनाकर, डॉक्टर का विश्वास प्राप्त करना चाहता था। दिल चाहा आजिज़ी से अपने दोनों हाथ बाँधकर खड़ा हो जाए और कहे कि डाक्टर साहब, यही तो विडंबना है कि मैं आज तक कुछ भी नहीं कर पाया ! मेरी सूरत-शक्ल पर मत जाइए, यह दोहरा मज़ाक़ है जो कुदरत ने मेरे साथ किया है। मेरे कुछ करने की कोशिशों में ऐसा कुछ भी प्रमाणित नहीं किया जा सकता जो किसी रोग या बीमारी का कारण बन सके। जीवन के इन 27-28 सालों में किसी परायी स्त्री का सुख तो अलग, न मैंने किसी महफ़िल में तवाइफ़ का मुजरा सुना, न कभी दूर से किसी कोठे की सीढ़ियाँ देखीं। सारी उम्र में कुल एक या डेढ़, या ज़्यादा-से-ज़्यादा पौने दो, एक-सही-तीन-बटा-चार, स्त्रियों को निर्वस्त्र देखा होगा, जिनमें से एक सही-सालिम तो खुद मेरी पत्नी है। बाक़ी तीन-बटा-चार, वह उम्र पर फ़ैली हुई क़िस्तों में कभी थोड़ा यहाँ देख लिया कभी कुछ वहाँ। देखिए डॉक्टर साहब, अब इतना तो लाख परहेज़ के बाद भी हो ही जाता है और एक अच्छे नागरिक होने के नाते मुझे अपनी इस भूल का भी पछतावा है। आप तो वैसे भी मेरे डॉक्टर हैं, आपसे कुछ छिपाकर मैं खुद अपने साथ दुश्मनी थोड़ी करूँगा। इश्क़ तो क्या, चंद दिनों का पागलपन

ज़रूर मेरे खाते में लिखा जा सकता है, लेकिन वह सब आनी-जानी था, नथिंग सीरियस। आपसे काहे का तकल्लुफ़, मैं मामूली-से-मामूली बात तक आपसे नहीं छिपाऊँगा। लाख डॉक्टर सही, मगर कुछ सवाल ऐसे होते हैं जिन्हें पूछते आप भी कतराते होंगे। इसी तरह का एक सवाल किसी व्यक्ति-विशेष के स्वभाव में अपनी ही जिंस या सेक्स में अभिरुचि को लेकर हो सकता है। हमारे शहर का नाम इस रुचि को लेकर कुछ ज़्यादा ही चर्चित है। आप शायद जानना चाहें कि मैं कहीं किसी ऐसे चाले में तो नहीं हूँ। अभी तक के अनुभव में तो नहीं, लेकिन संभव है कि किसी व्यक्ति-विशेष के लिए मेरे स्वभाव में किसी ऐसे रिश्ते की संभावना आज भी मौजूद हो। सच यह है कि कुल मिलाकर स्त्री, यानी अपनी पत्नी से अपने सामर्थ्य के अनुसार मुझे एक औसत सुख मिला है। लेकिन कभी-कभी किसी व्यक्ति, पुरुष से मिलकर मैं एक दूसरी तरह से भी प्रभावित होता रहता हूँ, तो शायद इस प्रकार के अंतर्विरोध तो सभी में होते होंगे। शिक्षा इंजीनियरिंग की थी मगर लगा इस शिक्षा से कुछ होनेवाला नहीं, सो अधूरी छोड़ दी। पढ़ाई में विशेष तो नहीं, मगर दिमाग़ चलता था। बचपन में कुछ हॉकी खेलना चाही, क्रिकेट खेला, बेडमिंटन और टेबिल-टेनिस ज़्यादा खेले। सिनेमा का खेल और चोर-पुलिस खेले। ताश और कैरम। डाक-टिकट जमा किए और फ़ोटो खींचे। अच्छी फ़िल्में देखने और रिकार्ड ख़रीदने का शौक़ था, जिसे भाई मियाँ के रेडियोग्राम पर बजाकर सुनता था। फ़िल्मी और खेल पत्रिकाएँ पाबंदी से ख़रीदता था। शायरी और उपन्यास पढ़ने में रुचि थी, वह अभी भी है। कहानियाँ लिखने की कोशिश करता था, आज भी छिप-छिपकर करता हूँ। एक उम्र तक डायरी बहुत पाबंदी से लिखी और दोस्त-रिश्तेदारों से डटकर ख़तो-किताबत की। इनमें मैंने ऐसा कौन-सा ग़लत काम किया, या करता हूँ, जो यह तथाकथित रोग मेरा मुक़द्दर बने ? साथ ही यह भी बता दूँ कि मैं जो कुछ करता था उसमें से खुद किसी भी काम को नहीं छोड़ा, अधिकांश चीज़ें आप ही मुझसे छूट गईं। बची शराब तो आपके कहने पर इसे मैं छोड़ने की कोशिश कर सकता हूँ।

डॉक्टर की आँखों में देखते उसे अंदाज़ा हो गया था कि वह उसकी आप-बीती नहीं, व्यवसाय ही जानने का इच्छुक था। इन फ़ज़ूल की बातों को सुनने के लिए उसके पास समय नहीं था। उसकी नई-नई प्रैक्टिस अभी जमना थी और बाहर अन्य मरीज़ इंतज़ार कर रहे थे।

"बिजनेस," उसने बहुत ठोस आवाज़ में कहने का प्रयत्न किया था।

बातचीत के बाद उसे एक टेबिल पर लेट जाने का आदेश दिया गया था और डॉक्टर ने अपने हाथ की उँगलियों से उसके शरीर को तरह-तरह छू-टटोल के, भमोड़ के, गूँद के, बजा के देखा और सुना था। यह सब करते उसकी गोल-गोल आँखों में लाल डोरे खिंच गए थे और वह सारे समय इस तरह चकराती रही थीं जैसे सड़क पर चलती एम्बुलेंस गाड़ियों पर लगी लाल बत्ती जलते-बुझते चकराती है : शायद

इस बात का संकेत कि जल्दी है, रास्ता छोड़ो। फिर तरह-तरह के आले-औज़ार निकाले गए थे—नलकियाँ, पंप, टार्च, हथौड़े। लेटने, बैठने, गहरे खींचकर अंदर साँस लेने और उसे धीरे-धीरे छोड़ने के अभ्यास के बाद, जब वह अपने कपड़े ठीक करता, वापस डॉक्टर के पास जाकर बैठा था तो डॉक्टर की आँखों की लाली और उत्साह पर जैसे राख पड़ चुकी थी। निराशा उसके चेहरे पर ऐसे अक्षरों में लिखी थी कि कोई बिना पढ़े भी साफ़ समझ सकता था। लगा था उसे अपनी जाँच-पड़ताल की मेहनत व्यर्थ जाने का विश्वास और दुःख दोनों थे।

"डॉक्टर साहब," गला खँखारते हुए उसने कहने का साहस बटोरना चाहा था, "मेरा केस कहीं डिप्रेसिव मैनिआ ..."

"कुछ फ़ैसले आप मेरे लिए भी छोड़ दें !" डॉक्टर ने उसकी बात काटते हुए सख़्त लहजे में कहा था, "नाम ?"

वह समझ नहीं पाया था।

"मैं आपसे नाम पूछ रहा हूँ ? हाँ, लिखा है। ज़ेड. ए. ख़ान," डॉक्टर के स्वर में उसे कुछ व्यंग्य-सा लौटता लगा था। "क्या मैं पूरा नाम जान सकता हूँ ?" उसके स्वर में दिलचस्पी अभी भी मौजूद थी।

"जी, ज़मीर एहमद ख़ान," उसने सादतमंदी से अपना पूरा नाम बता दिया था। "कोई ख़ास बात ?"

"नहीं," डॉक्टर ने नख़रीले स्वर में कहा था, "वैसे ही पूछा। मैं लिख रहा हूँ, यह जाँचें करा लीजिए और इस बीच दवा पाबंदी से लेते रहिए। तीन गोलियाँ हैं, एक सुबह एक दोपहर, एक सोने से पहले। सब ठीक है, कोई प्रॉब्लम है नहीं आपको। दवा लेने पर और भी नॉर्मल महसूस करेंगे। वैसे, आपके इनिशियल्स बड़े मज़े के हैं ! दुनिया ए टु ज़ेड होती है, आप ज़ेड टु ए है ! वैरी इंटिरेस्टिंग !" कहते हुए डॉक्टर ने दिल खोलकर एक क़हक़हा लगाया था। "दो हफ़्ते बाद रिपोर्ट्स के साथ आकर हाल सुनाएँ," उसने अलविदाई कलमा कहा था।

रिपोर्ट्स नॉर्मल निकली थीं, मगर दो हफ़्ते पाबंदी से दवा खाते रहने के बाद भी उसकी हालत में कोई सुधार नहीं हुआ था। अगली बार जब वह डॉक्टर से मिला था, तो कम-से-कम शब्दों में जो डॉक्टर ने कहा था, उसका मतलब यह निकलता था कि जमीर एहमद ख़ान बेजा सोचने का आदी, छोटे को बड़ा करके देखने का शौक़ीन, अपनी तरह की एक ऐसी सनक में ग्रस्त व्यक्ति था जिसकी बीमारी दवाओं से दूर नहीं की जा सकती थी। डाक्टरी हिसाब से वह हर तरह नॉर्मल था और उसे किसी दवा की आवश्यकता नहीं थी। खुद पर शर्मिंदा और अपनी तकलीफ़ के प्रति दिल में शंका की भावना लिए, वह दिल-ही-दिल में डॉक्टर को कोसता उठ आया था लेकिन कुछ ही दिन बाद फिर अपनी शिकायतों की सूची के साथ उसके पास जा पहुँचा था। ज़मीर एहमद ख़ान की हालत अपनी जगह थी, और डॉक्टर का पहला फ़ैसला अपनी जगह।

इन दस सालों में आम तौर पर डॉक्टर ने जो भी कहा था वह सब सच ही साबित हुआ था। देखते-ही-देखते उसकी प्रैक्टिस न सिर्फ़ जमी बल्कि चमक उठी थी। हकूमत ट्रांसफ़र की राजनीति से वाक़ई उसे नहीं डरा सकी थी और आज शहर में उसकी प्रतिष्ठा भी थी और सम्मान भी। आमदनी इसके अलावा जिसके तुफ़ैल वह उस पुरानी दुकान की जगह, इस नए क्लिनिक की शानदार बिल्डिंग बनवा चुका था और नए शहर में दूसरे क्लिनिक और अपनी रिहाइश की खूबसूरत इमारत भी। खुद की मोटर और एम्बुलेंस सब इन दस वर्षों के दौरान उसके पास यूँ खिंचकर जमा होते गए थे जैसे चुंबक के पास लोहे के बारीक़ कण ......

इस समय डॉक्टर मगरमच्छ उबासियाँ ले-लेकर अपने सोने के दाँत चमकाने में व्यस्त था।

"और ?" मगरमच्छ मुस्कुराते हुए ज़मीर एहमद ख़ान से पूछ रहा था। "गैस के क्लेम फॉर्म भी भरे आपने ? मेडिकल चेक-अप कराया ?"

"फ़ायदा क्या होगा," उसने भी बात का मज़ा लेते हुए कहा था। "वहाँ भी, आपकी दुआ से, सब नॉर्मल-ही-नॉर्मल निकलेगा।"

"चेक-अप तो कराना ही चाहिए," मगरमच्छ ने गंभीरता से कहा था। "उसमें क्या हर्ज है ? हाँ ! अच्छा याद आया। आप लोग तो कार्पेट्स में भी डील करते हैं ना ? सिंथेटिक ? वाल-टु-वाल ? मुझे घर के लिए ज़रूरत है।"

"जब कहें," उसने सरसरी ढंग से बात टालते हुए कहा था। "कभी भी दुकान पर तशरीफ़ ले आएँ। शेड वगैरह सिलेक्ट कर लें। लगवा देंगे। आने से पहले मुझे दुकान पर फ़ोन ज़रूर कर दें।"

"और क्या ख़बर है ?" मगरमच्छ उससे तफ़सील से, मज़े ले-लेकर, यूँ बात करने लगा था जैसे इस वक़्त को आगे मरीज़ों को देखने के लिए सुस्ताने और आराम करने के लिए इस्तेमाल करना चाहता हो। "कुछ नया-ताज़ा ?"

"नया और ताज़ा यही डॉक्टर साहब," ज़मीर एहमद ख़ान ने बहुत शांत और सधे स्वर में कहा था, "कि हमारी बीवी साथ छोड़ गई।"

"अरे !" चिंतित होने की प्रक्रिया में हड़बड़ाकर मगरमच्छ ने एकसाथ न जाने कितने गियर बदल डाले थे। "यह तो बहुत बुरा हुआ ! लेकिन कब और कैसे ?" और ज़मीर एहमद ख़ान की ओर देखते हुए कुछ क्षण में ही मगरमच्छ का स्वर फिर से लार टपकाने और मज़ा लेने का हो गया था।

"जाने की शुरुआत तो एक ज़माना पहले, शादी के कुछ समय बाद ही हो गई थी," उसने निर्भीक होने का अभिनय करते हुए सहजता से कहा था। "हर बार जब भी मैके से लौटती थी, तो अपनी एक क़िस्त वहीं छोड़ आती थी। मेरा मतलब दहेज़ और मालो-असबाब जैसे सांसारिक साधनों को चोरी से ले जाकर पीछे छोड़ आने से क़तई नहीं, वह सब तो अभी भी मेरे ही यहाँ पड़ा है। मेरा इशारा आत्मा की ओर है जिसे धारावाहिक वह ससुराल से मैके ढोती रही। और अब,

इस आख़िरी बार, जब वह अपने घर गई तो आत्मा की अंतिम क़िस्त का साथ उसकी समूची देह ने भी दिया। जब उसकी आत्मा और देह ही लौटने पर राज़ी नहीं हुए तो मेरी बेटियाँ तो अपनी माँ के अधिक निकट हैं ही, वह भी उसी के साथ रुक गईं। काफ़ी दिन हो गए इसको भी।''

ज़मीर एहमद ख़ान की बात सम्मोहित होकर सुनते रहने के बाद मगरमच्छ फूट-फूटकर हँसने लगा था। हँसते हुए उसका मुँह इस तरह और इतनी देर तक खुला रहा था कि कोई चाहता तो बहुत आराम से उसके दाँत गिन सकता था—सोने के अलग, खाने के अलग। हँसते-हँसते उसने क़लम उठाया था और सामने काग़ज़ पर चलाते हुए कहा था, ''कमाल की बातें करते हैं आप भी। खुद पर हँसना भी एक कला है। और मज़ाक़ भी खूब कर लेते हैं। आपकी मिसेज़ कल ही तो कानवेंट में मिली थीं। पैरेंट्स-टीचर्स मीट में अपनी बेटी के लिए मैं भी गया था, वह भी आई हुई थीं। बहुत खुशो-खुर्रम थीं।''

''आप क्या खुद को डॉक्टर के अलावा चेहरे देखकर दिल का हाल पढ़नेवाला भी समझने लगे हैं ! मैंने कब कहा हुज़ूर कि वह हिंदी में दिवंगत या उर्दू में मरहूम हो गईं ?! जिंदा रहना ही शायद कोई खुशी तलाश करने में कामयाबी का दूसरा नाम है। यक़ीनन उनका मुझे छोड़कर जाना भी उस खुशी की तलाश में एक क़दम होगा।''

डॉक्टर हँसते-हँसते बेहाल था।

''कमाल करते हैं आप भी,'' वह रह-रहकर दोहरा रहा था—पानी पीते, आँख के आँसू सुखाते, चेहरे पर रूमाल फेरते। ''लेकिन यह न समझें कि इससे मेरा डायगनॉसिस बदल जाएगा। मैं यही दोहराऊँगा कि सब बिलकुल ठीक है। अगर कुछ गड़बड़ है तो इस वजह से कि मेरे मना करने के बावजूद आप दूसरे डॉक्टरों के पास जाते रहते हैं और उनकी दवाएँ खाते रहते हैं।''

यानी आपके ख़याल में, ज़मीर एहमद ख़ान डॉक्टर मगरमच्छ से पूछना चाहता था, मेरी बीवी भी मुझे छोड़कर नहीं गई ?! लेकिन मगरमच्छ की आँखों में तैर आए अलविदाई भाव ने उसे ख़ामोश रखा। पूछना तो वह डॉक्टर से इसके अलावा भी जाने क्या-क्या चाहता था लेकिन एकदम उसे अजीब-सा लगा था, और वह हड़बड़ाकर खड़ा हो गया था। ''माफ़ कीजिए डॉक्टर साहब !'' उसने भयभीत स्वर में कहा था, और खड़े-खड़े अपना शरीर और हाथ-पाँव तरह-तरह की मुद्राओं में हिलाने-चलाने लगा था। कमर मोड़कर वह झुका था और किसी जिमनास्ट की तरह अपने शरीर के विभिन्न अंगों को तरह-तरह के आकार में उलटने-पलटने की कोशिश करने लगा था। कुछ ही क्षण में उसका सारा शरीर पसीने में डूब गया था। गर्दन को एक कोण पर मोड़कर वह पल-भर को बेहरकत हुआ था, और लंबी-लंबी साँसें ली थीं। कुछ क्षण उसी तरह ख़ामोश खड़े रहने के बाद अंततः उसने आँखें खोल दी थीं—मगरमच्छ की गोल-गोल आँखें !

"खूब साहब !" मगरमच्छ ने दिल खोलकर क़हक़हा लगाया था। "अब आप हमारे सामने एक्टिंग भी करेंगे। ! वेल-डन इन्डीड, वैरी वेल-डन !"

दस साल पहले घरवालों ने उसकी हालत को बीमारी समझा था लेकिन मगरमच्छ ने नहीं। अपनी राय पर वह आज भी क़ायम था।

"जहन्नुम में जाओ !" बेसाख़्ता ज़मीर एहमद ख़ान के मुँह से निकला था और तेज़ी से उठकर वह डॉक्टर के केबिन के बाहर आ गया था। चलते हुए टेबिल पर उसकी ओर खिसकाया पर्चा उठाना वह नहीं भूला था, जिस पर छपी क्लिनिक की जानकारी के नीचे, डॉक्टर के क़लम से अँग्रेज़ी में लिखा था, "मिस्टर ज़ेड. ए. ख़ान, 39 वर्ष। किसी उपचार की आवश्यकता नहीं।"

नीचे डॉक्टर मगरमच्छ के हस्ताक्षर थे।

2. खुली सड़क पर

पिछले दस सालों में जहाँ दुनिया में अनगिनत परिवर्तन आए थे, डॉक्टरों की यह आम सहमति थी कि ज़मीर एहमद ख़ान को किसी इलाज की ज़रूरत नहीं थी। जहाँ तक सीधे-सीधे ज़मीर एहमद ख़ान की जिंदगी का सवाल था, दो बेटियों के सुख के अलावा गैस रिसनेवाली रात, अम्माँ का इंतिक़ाल और शराफ़त कबाड़ी के साथ 'द ट्रेज़र ट्रोव्ह' में कामकाज उसके सबसे उल्लेखनीय अनुभव थे। और कुछ दूसरे संबंध थे जो बने और बिगड़े थे, कुछ तजुर्बे थे जिन्हें वह बेशक भूलना चाहता था। ज़मीर एहमद ख़ान, तू भी ?! कोई आश्चर्य और दुख से उसकी ओर उँगली उठाकर इल्ज़ाम देना चाहता था जिसे वह अनसुना करके किसी सूरत आगे बढ़ लेना चाहता था।

हालात सामान्य हर्गिज़ नहीं थे, सड़क पर क़दम उठाते हुए, ज़मीर एहमद ख़ान के दिमाग़ में यह ख़याल किसी मंत्र की तरह गूँज रहा था।

सड़क पर बायीं ओर शहर का सबसे लक़ोदक़, बड़े-बाग़ का क़ब्रिस्तान था और दायीं ओर टीन का वह ऊँचा शेड जहाँ दफ़न से पहले जनाज़े की नमाज़ अदा की जाती थी। मगरमच्छ को भी ऐसे इलाक़े में क्लिनिक खोलने की खूब सूझी थी जहाँ शहर के आधे से ज़्यादा क़ब्रिस्तान थे। कुछ संयोग भी वास्तव में कितने त्रासद होते हैं, हालाँकि अपने-आपमें यह ख़याल या एतराज़ बिलकुल बेमतलब था। भोपाल जैसे हर रोज़ तेज़ी से बढ़ते शहर में तो आधी बस्तियाँ ही पुराने क़ब्रिस्तानों पर आबाद थीं। ऐसा होना तर्कसंगत भी था क्योंकि कहा जाता है क़यामत के दिन एक-एक क़ब्र से सत्तर-सत्तर हज़ार मुर्दे उठेंगे। आबादी और वीरानी, इनसानों ही की तरह ज़मीन का भी मुक़द्दर होती है।

हमीदिया रोड पर इस समय वह ठीक उस इमारत के सामने से गुज़र रहा था जहाँ एक ज़माने में अज़ीज़ उर्फ़ अच्छन का होटल हुआ करता था। अज़ीज़ के साथ वहाँ उसका बहुत सारा वक़्त बीता था। अब इस इमारत के असली किरायेदार और उन लोगों के बीच जिन्हें असली किरायेदार ने अपना किरायेदार बनाया था, एक अजीबो-ग़रीब मुक़दमा चल रहा था जिसमें इमारत का असली मालिक बिलकुल तमाशाबीन बनकर रह गया था। लोगों ने यहाँ अलग-अलग हिस्सों पर क़ब्ज़ा करके अपने दफ़्तर और दुकानें खोल ली थीं। जब तक इस मुक़दमे का कोई मालिकाना अधिकार के आधार पर फ़ैसला होगा, शायद दुनिया पूरी तरह बदल चुकी होगी।

सड़क पर भीड़ थी। शायद पास के सिनेमा में अभी फ़िल्म का शो छूटा था। मोटर, स्कूटर, थ्री-व्हीलर, बसें, ट्रक, साइकिलें, ताँगे और पैदल आमने-सामने से यूँ बढ़ रहे थे जैसे दो दुश्मन फ़ौजें एक-दूसरे पर झपटती हैं। हवा धूल और पेट्रोल-डीज़ल की भाप से इतनी बोझिल थी कि साँस लेने में मुश्किल हो रही थी।

दुनिया बदली है—ज़मीर एहमद ख़ान ने चौतरफ़ नजरें दौड़ाते हुए सोचा था, और बदलने का मतलब सिर्फ़ बिगड़ना नहीं होता। जो कोई इस सबको स्वीकार नहीं करता, वह शारीरिक नहीं तो मानसिक रूप से बीमार गिना जाएगा। खुद उसकी अपनी ज़िंदगी में सूरतेहाल ज़रूर इसके बरअक्स थी। वहाँ ज़रूर बदलाव के नाम पर बिगाड़ ही बिगाड़ था। बहुत जल्दी इस सिलसिले को ख़त्म करने के लिए कुछ असाधारण और महत्त्वपूर्ण किया जाना ज़रूरी था। लेकिन क्या ?!

सड़क पर लोगों की भीड़ इस एकाग्रता से चल रही थी जैसे वह सबके-सब अपने-अपने घरों से एक-एक क़दम तय करके निकले हों।

उस ज़माने की हमीदिया रोड में जब अच्छन के साथ उसका ढेर सारा समय यहाँ बीता करता था, या उससे भी पहले जब ज़मीर एहमद ख़ान और विवेक यहाँ सरे-शाम चहलक़दमी किया करते थे और आज की हमीदिया रोड में सचमुच दो जहानों का अंतर था। सड़क गोकि पहले से कोई तीन या चार गुना चौड़ी हो चुकी थी, याद की उस पुरानी सड़क से बहुत तंग थी। पुरानी इमारतों में से अधिकांश की जगह नई बहुमालाई बिल्डिंगें ले चुकी थीं, पार्क और हरियाली नज़रों से ओझल हो चुके थे और उनकी जगह लातादाद दुकानों ने ले ली थी। उस ज़माने की अच्छन की कही बात ज़मीर एहमद ख़ान को अक्सर याद आती थी। जाड़ों की उस शाम वह अज़ीज़ उर्फ़ अच्छन के कमरे में बैठा, एविल की गोली खाने के बाद शराब पीने की कोशिश करता हुआ, खुद अपने-आपसे उलझ रहा था। उम्र के उस नाजुक दौर का वह एक भावुक क्षण था। शराब पीने की कोशिश और शरीर के उसे रद्द करने के द्वंद्व के बीच ज़मीर एहमद ख़ान ने बदिक़्क़त एक घूँट निगलने के साथ अच्छन से अँग्रेज़ी में कहा था, "मुझे सच्चा प्यार चाहिए, बस ! और कुछ नहीं।" अच्छन ने उसकी आँखों में मानीख़ेज ढंग से देखकर हलका-सा हुंकार भरा था। "बिरादर," उसने सिगरेट का लंबा कश लेने के बाद कहा था, "उसके लिए भी

अंटी में अगर थोड़ा-सा," कहते-कहते वह रुका था, "या बहुत सारा भी पैसा हो तो ही मुनासिब है ! और थोड़ा-सा कॉमन सेंस भी। मेरा मतलब यह उन तमाम नेकियों और अच्छाइयों के अलावा जो आपमें कूट-कूटकर भरी हुई हैं !"

उसने अच्छन को चैलेंज किया था कि ज़मीर एहमद ख़ान गिरह में फूटी कौड़ी के बग़ैर भी जीवन में सच्चा प्यार हासिल करके दिखाएगा, और अज़ीज़ उर्फ़ अच्छन ने उसे यक़ीन दिलाया था कि अगर वह ऐसा कर पाया तो खुद अज़ीज़ से ज़्यादा इसकी खुशी किसी दूसरे को नहीं होगी। आज अगर वह अपनी हालत अज़ीज़ के सामने बयान करे तो वह क्या कहेगा ? शुक्र है इसकी नौबत इसलिए नहीं आ सकती कि उसे अज़ीज़ का अता-पता ही नहीं मालूम।

कुछ असाधारण और महत्त्वपूर्ण—लेकिन क्या ?!

हाथ पर हाथ धरे, ज़्यादा समय घर के अंदर बैठे-बैठे उसे छः महीने के ऊपर होने को आए थे। घर के बाहर काम वह जितना या जो भी करता रहा हो, घरवालों की नज़रों में वह व्यस्त तो रहता था। धीरे-धीरे दुकान 'द ट्रेज़र ट्रोव्ह' पर उसके करने-धरने को कुछ ज़्यादा नहीं बचा था या शराफ़त मियाँ के लिए वह एक बोझ बन गया था, यह सोचा हुआ तो खुद ज़मीर एहमद ख़ान ही का था। खुद शराफ़त मियाँ ने तो ऐसा कभी कुछ कहा नहीं था, ना ही उसे खुद दुकान पर आने से मना किया था। कुछ बातों को लेकर उन्होंने टोका-टाकी ज़रूर की थी या एक-आध जुम्ला ऐसा कहा था जिसका मतलब यह निकलता था कि दुकान में उसकी रुचि उतनी नहीं रही जितनी होना चाहिए। खुद उसे यह सुनना भी गवारा नहीं हुआ था।

"आपने मेरी शर्तों पर मुझे बुलाया था," उसने शराफ़त मियाँ से दो-टूक कहा था। "अब इस तरह से आपका बात करना कुछ ज़ैब नहीं देता। बहरहाल, अब आपका काम मेरे बग़ैर भी चल सकता है, यह मैं समझता हूँ।"

शराफ़त मियाँ जिनसे घूम-फिरकर कोई रिश्तेदारी भी निकलती थी और जिन्होंने दुकान शुरू करते समय यह आश्वासन दिया था कि धंधे में उसकी हैसियत वर्किंग-पार्टनर की होगी, नौकर की नहीं, उसका मुँह देखते रह गए थे।

"बात को ग़लत समझने की कोशिश मत करो," उन्होंने ज़मीर एहमद ख़ान को एक बार समझाना चाहा था। "शुरू-शुरू में आप ज़िम्मेदारी से दुकान देखते थे, तब हमने कभी कोई शिकवा किया ? अब भी अगर बताकर या किसी से कहलवाकर न आओ तो ठीक है, कोई दिक्क़त न हो। कोई दूसरा काम सँभाल ले। बहरहाल, जिस तरह से यह काम बढ़ रहा है उसमें पाबंदी और ज़िम्मेदारी की तो बुनियादी ज़रूरत है।"

"मेरी तबीयत ठीक नहीं है, शराफ़त मियाँ !" उसने झुँझलाकर कहा था। "आपको कम-से-कम यह एहसास तो होना चाहिए।"

"तबीयत ठीक नहीं है, तो कुछ रोज़ घर पर आराम करो।"

शराफ़त मियाँ इतना ही कह पाए थे कि दुकान में कुछ ग्राहक आ गए थे। दिन व्यस्तता में बीता था, जिसके बीच वह शराफ़त मियाँ पर अपने एहसानों को दिल-ही-दिल गिनकर कुढ़ता रहा था। शराफ़त कबाड़ी हो या उसका बेटा सलामत, क्या बग़ैर ज़मीर एहमद ख़ान के एक ऐसा धंधा सफलतापूर्वक शुरू कर सकते थे जिसमें बुनियादी ज़रूरत ही आला दर्जे की सेल्समैनशिप और फ़र्राटे के साथ अँग्रेज़ी बोलने की थी। ग्राहक को अपने विश्वास में लेना कितनी बड़ी कला है ! शुरू में यही दोनों उसकी तारीफ़ में सिर धुनते नहीं थकते थे। 'आप तो अपनी बातों से लोगों पर जादू कर देते हो,' बाप और बेटा दोनों उस पर कुर्बान जाने की अदा से कहते थे। और जिस तरह की दुकान 'द ट्रेज़र ट्रोव्ह' थी, क़ालीन, झाड़-फ़ानूस, क़ीमती फ़र्नीचर और सजावट की दीगर बेशक़ीमत चीज़ों की, वहाँ ख़रीदार अगर मुँह-माँगी क़ीमत देता था तो दुकानदार को उसके कुछ नख़रे भी बर्दाश्त करना पड़ते थे। शौक़ की ख़रीदारी थी वहाँ, ज़रूरत की तो थी नहीं कि जैसा-तैसा कुछ भी थमा दिया जाए। सचमुच, दुकान में सरमाया भले शराफ़त मियाँ का लगा हो, लेकिन बाक़ी दुकान के नाम 'द ट्रेज़र ट्रोव्ह' से लेकर दुकान की समूची साज-सज्जा और उसके बाद काउंटर पर अपनी मनमोहक उपस्थिति, और जीती-जागती खुश-अख़लाक़ी का भरपूर योगदान—सब ज़मीर एहमद ख़ान ने बड़ी अपनाइयत के साथ दिया था, बग़ैर एक बार भी यह तक़ाज़ा किए कि क़ानूनी तौर पर दुकान के काग़ज़ात में मेरा नाम भी एक पार्टनर की तरह शामिल होना चाहिए। इसके अलावा बिना आमदनी और ख़र्चे के हिसाब को बताए शराफ़त मियाँ पिछले नौ साल से हर माह जो कुछ उसकी हथेली पर रखते थे, वह उसे ख़ंदापेशानी क़बूल करता रहा था। हथेली पर धरा यह वज़न पाँच सौ रुपए से शुरू हुआ था और बढ़कर आठ सौ पर जाकर थम गया था। हाँ, वक़्तन-फ़वक़्तन दुकान पर हुई आमदनी में से ज़मीर एहमद ख़ान सीधे-सीधे भी पैसा अपने ख़र्चों में लेता रहा था, तो यह शराफ़त मियाँ को समझना चाहिए था कि आज के ज़माने में किसी परिवारवाले का गुज़र-बसर आठ सौ रुपए में संभव नहीं हो सकता। और इस तरह उसने 'द ट्रेज़र ट्रोव्ह' से कुल जमा कितने पैसे लिए होंगे ?! इतने साल ज़मीर एहमद ख़ान के साथ बैठकर सलामत यह समझने लगा था कि दुकान चलाने के लिए अब वह अकेला काफ़ी था। ज़मीर एहमद ख़ान की अब उन्हें उस तरह ज़रूरत नहीं थी जैसे नौ साल पहले दुकान शुरू करते वक़्त थी। नाशुक्रे कहीं के साले ! बाप पैदाइशी कबाड़ी और बेटा उसकी उम्र-भर की कमाई, यानी कबाड़ा !

अगले दिन से वह 'द ट्रेज़र ट्रोव्ह' नहीं गया था। दिन बीतते गए थे मगर शराफ़त मियाँ की बात तो अलग, बेटा सलामत तक ज़मीर एहमद ख़ान का हाल-अहवाल पूछने घर नहीं झाँका था। सूरतेहाल ऐसी बनी कि तबीयत दिन-ब-दिन बिगड़ती ही गई और वह घर ही में बैठा-का-बैठा रह गया। दो महीने

तक शराफ़त मियाँ ने आठ सौ रुपए लिफ़ाफ़े में बंद करके ज़रूर भेजे लेकिन उसके बाद जैसे बिलकुल अनजान बन गए। न कोई बातचीत हुई, न ज़बानी किसी फ़ैसले पर पहुँचने की नौबत आई और वह घर बैठे-बैठे पिछले नौ साल की मेहनत से बेदख़ल हो गया।

—काहे की मेहनत ! वह जब भी इस तरह मासूम बनकर सोचने की कोशिश करता है तो एक आवाज़ अंदर से डाँटती है—ज़मीर एहमद ख़ान, तेरे असली ज़मीर को क्या हुआ ?! कौन-सा अन्याय हुआ है तेरे साथ ? जब तक तूने दिल लगाकर काम किया, मामला निभा। जब रातें ऐयाशी और दिन सोने में बीतने लगे तो क्या करता शराफ़त कबाड़ी ? अगर शराफ़त का बेटा सलामत, अपनी लगन और दिलचस्पी से, आज खुद दुकान चलाने के लायक़ हो गया तो इसमें शिकवा कैसा ? सच तो यह भी है कि इस दौरान जाइज़ और नाजाइज़, दोनों जोड़ो तो तुम शायद अपने हक़ से ज़्यादा ही वसूल कर चुके होगे। पार्टनरशिप-डीड नहीं बनी तो इसलिए कि तुम्हारा उस तरह की व्यावहारिकता का मिज़ाज कभी बन ही नहीं पाया। पैसा कहाँ गया ? बैठकर हिसाब लगाओगे तो सब अंदाज़ा हो जाएगा, कितना धुआँ हुआ और कितना पानी। बीवी-बच्चों को नहीं दिया तो तुम्हारे शौक़ पूरे करने के काम आया। ऐसे कितने शौक़ पूरे हो गए ?! अब जितने भी हुए हों !

तो शराफ़त कबाड़ी या 'द ट्रेज़र ट्रोव्ह' का धंधा बहुत ईमानदारी का था क्या ?! दूर-दराज़, राजे-रजवाड़ों से लेकर देश के महानगरों तक के कबाड़ख़ानों और चोर-बाज़ारों की छान-फटकार करके वह अपने मतलब की चीज़ें जमा करता था जिनमें ऐसे एंटीक्स भी होते थे जिनकी ख़रीद-फ़रोख़्त क़ानूनन जुर्म बनती है। उन्हें वह मशीनी क़ालीनों, थोक से बने फ़ानूसों, गुलदानों, पेंटिंग्स और लैम्प-शेड्स के क़ानूनी धंधे की आड़ में कभी हिंदुस्तानियों तो कभी विदेशियों को मुँह-माँगी क़ीमत पर बेच देता था। उसका असली धंधा तो यही था और इसी की कमाई से उसने दूसरी डीलरशिप्स ले रखी थीं। यह अगर तसलीम भी कर लिया जाए तो उससे क्या जो खुद ज़मीर एहमद ख़ान ने किया वह जाइज़ हो जाता था ?! और यह एतराज़ खुद के 'द ट्रेज़र ट्रोव्ह' से रिश्ता टूटने के बाद क्यों ?! क्या उसके होते वहाँ वह सब नहीं होता रहा था ?!

जब तक वह खुद उनके साथ था तो उन्हीं तथाकथित बेईमानी की सौदेबाज़ियों में शराफ़त मियाँ के लिए ग्राहक खोजता और उनसे भाव-ताव करता रहा, अब यूँ बुरा मानकर नैतिकता और ईमानदारी की दुहाई दे रहा था !

सड़क पर एक जीप जिस पर भगवा फहरा रहा था, रात को किसी जगह आम सभा का ऐलान करती जा रही थी और सड़क की दूसरी ओर कुछ लोग एक ऑटोरिक्शावाले से झगड़ रहे थे। बग़ल में ही वह सुनसान बिल्डिंग खड़ी थी जिसमें कुछ साल पहले तक शहर का एकमात्र 70 एम. एम. सिनेमा हुआ करता था।

देश में बढ़ते दूरदर्शन के शोक में मालिकों ने इस सिनेमा को ढाकर यहाँ एक बिज़नेस कॉम्प्लेक्स बनाना तय किया था। यह उस बड़े परिवर्तन का एक हिस्सा था जो रोज़-ब-रोज़ मुल्क और शहर में अपनी जड़ें फैला रहा था। यह एक ऐसा सामूहिक बदलाव था जो एक साँस भला लगता था तो दूसरी साँस लेते-लेते उससे उलझन होने लगती थी। देखते-ही-देखते सड़क के किनारे सस्ते ढाबों की सूरत-शक्ल बदल गई थी और अधिकांश मालिकों का हुलिया भी। खुशहाली थी, आसपास देखते हुए और ज़िंदगी ऐश के साथ गुज़ारने के साधनों में हुए इज़ाफ़े को गिनते हुए ऐसा लगता था, लेकिन इसका कारण ज़मीर एहमद ख़ान आज तक नहीं समझ पाया था। नहीं, वह खुद तो इस सामूहिक खुशहाली का हिस्सा नहीं ही था, जिसके कुछ कारण भी वह समझ सकता था, लेकिन एक पूरा समाज, मुल्क और कौम, शराफ़त मियाँ मालिक 'द ट्रेज़र ट्रोव्ह' की तरह कितने दिन कमाता-धमाता, खुशहाल रह सकता था ?!

लगा अगर फ़ौरन ही वह किसी चीज़ को थामकर खड़ा न हुआ तो ग़श खाकर गिर पड़ेगा—ज़मीर एहमद ख़ान के दिमाग़ में धूप-छाँव एकदम और इस तेज़ी से कौंधी थी। पास से गुज़रते एक ऑटोरिक्शा की रफ़्तार आप ही धीमी हुई थी, रुककर ड्राइवर ने सलाम किया था, ख़ैरियत पूछी थी और ऑटो में बैठने की दावत दी थी। कुछ क्षण बाद वह दिलखुश आइसक्रीम बनानेवाली शहर की पुरानी और मरहूम आइस फ़ैक्टरी के बाजू से सुदूर बचपन की ठंडी सड़क, बर्फ़ की सिल्लियाँ, काँटा और काउंटर याद करता, घर जा पहुँचा था, रास्ते में यह नोट करता हुआ कि 'द ट्रेजर ट्रोव्ह' के नुमाइशी शीशे उसी शानो-शौकत से जगमगा रहे थे और जिस कुर्सी पर एक लंबे समय तक वह खुद बैठता रहा था उस पर सलामत बैठा कुछ लोगों से बातें कर रहा था। ठीक ही हुआ ! छुटकारा मिला ! खुद को दिलासा देने की कोशिश करते हुए उसने ऑटो का किराया अदा किया था और जब ऑटोवाला दोबारा अदब से सलाम करके रवाना हो गया था तो एकदम उसमें आश्चर्य जागा था कि यह ऑटोवाला उसके साथ इतने अदब से क्यों पेश आ रहा था ? क्या वह खुद उसे जानता था ? अगर जानता था तो उसको शक्ल से पहचान क्यों नहीं पाया ?

देर तक ज़मीर एहमद ख़ान इसी उधेड़-बुन में रहा लेकिन अंत तक उसे यह याद नहीं आ पाया कि ऑटो-ड्राइवर जिसका नाम शौकत था, अपनी नौउम्री में कई साल अब्बा के लकड़ी के पीठे पर काम कर चुका था, और एक ज़माने में *स्पोर्ट एंड पासटाइम, स्क्रीन* तथा अन्य रिसाले वह खुद उसी के हाथों चौराहे की पुरानी दुकान से मँगवाया करता था।

आख़िर तंग आकर उसने उसके बारे में सोचना ही बंद कर दिया।

3. घर में

घर के अंदर ख़ामोशी थी। भाभी शायद बावर्चीख़ाने में नौकरानी को हिदायत दे रही थीं और बच्चे अपने कामों पर गए हुए थे।

"अस्सलाम अलैयकुम-व-रहमतुल्ला !" एक तीखी आवाज़ ने उसका स्वागत किया था। "तशरीफ़ लाइए–तशरीफ़ लाइए–तशरीफ़ लाइए ! मिट्ठू मियाँ, तू ही तू !" कहते हुए तोते ने सीटी बजाई थी और फिर से सलाम करने और तशरीफ़ लाने की दावत देने लगा था।

यह अम्माँ का शौक़ था। ख़ासकर उम्र के आख़िरी दिनों में उनका ख़ासा वक़्त तोते से गुफ़्तगू में बीतता था। सिखाने की कोशिश तो उन्होंने क्या-क्या की लेकिन तोता सलाम, आनेवाले को खुश-आमदीद और पहले कलमे से आगे कुछ बोलना नहीं सीख पाया।

"मिट्ठू मियाँ, ख़ैरियत से हो ?" दालान में पिंजरे के पास बैठते हुए ज़मीर एहमद ख़ान ने सवाल किया था। तोता ख़ामोशी से गर्दन टेढ़ी किए, चोंच चलाता उसकी ओर उन आँखों से देख रहा था जिनको लेकर दुनिया में तोताचश्मी की मिसाल बनी थी। वह खुद कभी नहीं समझ पाया था कि तोते की आँखों में ऐसा क्या ख़ास होता है जिसकी वजह से वह ज़माने में बदनाम था। अम्माँ से पूछने पर भी इतना ही मालूम हो पाया था कि शायद तोता अपने मालिक को उस तरह से नहीं पहचानता जिस तरह कुत्ता या बिल्ली पहचानते हैं। एक बार पिंजरे से उड़ा तोता कभी अपने मालिक के घर लौटता नहीं देखा गया।

सिर्फ़ इतनी-सी नाशुक्री के लिए एक पूरी परिंदा-बिरादरी की जग-रुसवाई ज़मीर एहमद ख़ान की कभी समझ में नहीं आ सकी थी। इतना ही नहीं, एक और मुहावरा था इसी परिंदे की शान में–तोता पालना ! मगर अम्माँ के पाले हुए इस तोते में उसे ऐसी कोई विशेष खूबी या ख़ामी नज़र नहीं आई थी कि वह पूरी तोता-ज़ात को कभी संजीदगी से ले पाता। अम्माँ का अपना सोचने का ढंग था और किसी जानदार की परवरिश आख़िर दम तक उनके बुनियादी अक़ीदे में शामिल रही थी। औलादों को पाला-पोसा, पोता-पोती, नवासा-नवासियों की इब्तिदाई तालीम और देख-रेख में शामिल रहीं और रिश्तेदारों-जान-पहचानवालों के सुख-दुख में साझेदारी करने की कोशिश की। कुत्ते-बिल्ली का शौक़ उन्हें कभी रहा नहीं, यह तोता इत्तिफ़ाक़ से घर में काम करनेवाली एक दुरानी बुआ अपने गाँव से उनके लिए तोहफ़ा समझकर ले आई थीं। शुरू में तो अम्माँ ने उसे देखकर भी नौक-भौं सिकोड़ी थी लेकिन दिन गुज़रते उस हरे कबूतर में उनकी दिलचस्पी बढ़ती गई थी, जिसके बारे में बाक़ी घरवालों की एक राय यह थी कि वह तोते और किसी दूसरे परिंदे के क्रॉस से पैदा हुआ एक ऐसा उड़नेवाला जानदार था जो

ख़ालिस तोता हर्गिज़ नहीं हो सकता था। कारण—साल-भर की मेहनत के बाद भी अम्माँ सहित, सारा घर उससे एक शब्द नहीं बुलवा पाया था। मेहनत बेकार जाने की परवाह किए बिना अम्माँ ने एक पीतल का भव्य, तीन झूलोंवाला पिंजरा मँगवाया था और तोते के खाने-पीने और पिंजरे की नियमित सफ़ाई और देख-रेख में लग गई थीं। "बोलता नहीं तो क्या," वह बड़े मज़े से कहती थीं। "कोई बताए सारे शहर में इससे खूबसूरत किसी तोते का पिंजरा होगा ? हमने तो यह तोता दरअसल इस पिंजरे की ज़ीनत बढ़ाने को पाला है।"

अम्माँ का एक जान को पालने-परवरिश करने का जज़्बा अंततः इस तोते की जिंदगी और उसकी परवरिश पर आकर केंद्रित हो गया था। फिर एक दिन वह भी आया जब लगातार सीटियों के बीच, चौकन्ने होकर, लोगों ने तोते के मुँह से अम्मी जान ··· अम्मी जान ··· अम्मी जान की रट सुनी थी और आश्चर्यचकित रह गए थे। 'कलमा', 'सलाम' और 'तशरीफ़ लाइए' इसके बाद की मेहनत का नतीजा थे। यह अपनी जगह, इसके अलावा तोते ने अम्माँ के सारे कामों के वक़्तों को इतनी खूबी से समझ लिया था कि खाने का वक़्त हो, नमाज़ का, या सुबह या दोपहर उनके सोकर उठने का, उन्हें किसी अलार्म-क्लॉक की ज़रूरत नहीं रही थी।

"अम्माँ," ज़मीर एहमद ख़ान ने एक बार अम्माँ को छेड़ने की ख़ातिर कहा था, "कहानियों में अक्सर सुना है कि देव की जान तोते में होती है। क्या ऐसा मुमकिन है ?"

अम्माँ हँस दी थीं।

"इस तोते को तुम जिस क़दर सँभालकर रखो," उनके लहजे में चहकने का अंदाज़ था, "मेरी घड़ी आ गई तो कौन रोकेगा ? वह पिंजरा यह नहीं जिसमें मेरी रूह क़ैद है, और न यह तोता वह तोता है। मलकुल-मौत को ही ख़बर है वह पिंजरा और तोता कहाँ हैं और उन्हीं के पास उसकी चाबी है।"

इत्तिफ़ाक़ देखो कि हुआ भी क्या ! फ़जिर की नमाज़ के बाद उस सुबह जब बाक़ी घर ठीक से सोकर भी नहीं उठा था, अम्माँ हस्बे-मामूल तोते के पिंजरे के पास खड़ी उसे कलमा पढ़ा रही थीं, यह अध-सोए लोगों ने भी सुना था। इसके बाद तोते के बेजा चिल्लाने पर लोगों ने उठकर देखा कि पिंजरे के नज़दीक अम्माँ का जिस्म धराशायी था। छूने पर अंदाज़ा हुआ कि सबकुछ समाप्त हो चुका था और उनका शरीर पूरी तरह सर्द पड़ चुका था। जब तक राहत और खुद ज़मीर एहमद ख़ान घर की ऊपरी मंज़िल से नीचे आते अम्माँ का शरीर हाथ-पाँव सीधे करने के बाद दालान में, तख़्त पर रखा जा चुका था और सारा घर शोक से कुछ यूँ स्तब्ध खड़ा था जैसे कभी-कभी दिलचस्प फ़िल्म के अंत को न समझ सकने के कारण समझदार फ़िल्म देखनेवालों के साथ होता है।

तोते को सीटियाँ बजाते छोड़ ज़मीर एहमद ख़ान भारी दिल और बोझिल क़दमों, ज़ीने की सीढ़ियाँ चढ़ता अपने कमरे की ओर बढ़ गया था। एक ख़ालीपन,

एक ऐसा शून्य जो किसी दूसरी चीज़ से नहीं भरा जा सकता था, अम्माँ के इंतिक़ाल के बाद घर और ज़िंदगी में बोरिया-बिस्तर खोल चुका था। यह मेहमान बनकर आया अजनबी दिन-ब-दिन घर और घरवालों के दिलों पर अपना क़ब्ज़ा जमाता जाएगा। अम्माँ का वजूद एक ऐसा और शायद आख़िरी पुल था जिसके बग़ैर घर के सदस्यों और ख़ानदान के विभिन्न परिवारों का गुज़र नहीं था। इस पुल के ढहते ही बहुत सारी छोटी-मोटी सल्तनतें अपनी खुदमुख़्तारी का ऐलान कर देंगी। उनकी ज़िंदगी में वह अक्सर अम्माँ से झगड़ता रहा, सही या ग़लत लेकिन इतना अच्छी तरह से जानते हुए कि बाक़ी दुनिया के मुक़ाबले उसे अम्माँ का संरक्षण प्राप्त था। आलोचना वह उसकी चाहे जितनी करें, लेकिन साथ बहरहाल उसी का देती थीं। अम्माँ उसकी आख़िरी पनाहगाह थीं, यह एहसास उनके जीते-जी भी कहीं न कहीं ज़मीर एहमद ख़ान को था, बहुत अच्छी तरह। अब्बा का दुनिया से उठना तो एक धक्का, एक बड़ा सदमा था, लेकिन अंतर यह था कि अम्माँ अपने पीछे यथार्थ को समझने और जीने की ऐसी मजबूरी छोड़ गई थीं जो उनके होते नहीं थी। ऐसा नहीं कि किसी ने एकदम रोककर किन्हीं सच्चाइयों की व्याख्या करना चाही थी या कुछ बातों का अलग से मतलब समझाना चाहा था। हर्गिज़ नहीं। एकदम से खुद उसकी अपनी सोच का ही वज़न इतना घना और भारी हो गया था कि उसके नीचे अपना संतुलन क़ायम रख पाना ज़मीर एहमद ख़ान को पहले से भी कठिन और असंभव लगने लगा था।

इसी मानसिक स्थिति का एक परिणाम जहाँ शराफ़त मियाँ और 'द ट्रेज़र ट्रोव्ह' से संबंध टूटना और ज़मीर एहमद ख़ान का घर में बंद होकर बैठना था, वहीं दूसरा राहत का दोनों बेटियों सहित घर से नाटकीय वॉक-आउट।

"इस तरह घर में बंद होकर बैठने से कब तक काम चलेगा ?"

वह बातचीत जिसके नतीजे राहत ने अपने मैके की ओर हिजरत की, दरअसल इस मासूम-से जुम्ले से शुरू हुई थी।

वह दरअसल एक ग़लत क्षण था जिसमें बातचीत की शुरुआत हुई और जैसे कि कभी-कभी एक सही बात बिना सोचे-समझे बहुत सारी सही बातों का सिलसिला बन जाती है, यहाँ उसके बिलकुल उलटा होना था। जिस समय राहत ने अचानक उससे यह महत्त्वपूर्ण सवाल किया था, ज़मीर एहमद ख़ान घर, बीवी और बच्चे जैसे सीधे सवालों से बहुत दूर पिछली रात दूरदर्शन पर देखी और सुनी आगामी बजट की चर्चा को याद करता एक दूसरी दुनिया में खोया हुआ था।

राहत के सवाल ने उसे अपने ख़यालों की दुनिया से बाहर खींचा था। उस पल राहत के स्वर में ज़मीर एहमद ख़ान की अस्वस्थता के प्रति किसी चिंता या हमदर्दी के बजाय सीधे-सीधे व्यंग्य की बू आती लगी थी।

"फिर ?" उसने ताज़ा भभूदल-से स्वर में राहत की ओर देखे बिना कहा था।

"मतलब कि दुनिया में सभी कुछ-न-कुछ करते हैं। और कौन है जो आजकल

पूरी तरह स्वस्थ है। हर एक की अपनी उलझनें और परेशानियाँ ..."

बीवी बोल रही थी और उसका दिमाग़ कुछ सुने बग़ैर कहीं और भटक गया था। भाषा में सेंध लगाकर वह उलझनों और परेशानियों के तलघर में उतरा था और वहाँ से अपने मनप्रसंद, देश की उन्नति और प्रगति के पथ पर, फिर से चहलक़दमी करने निकल गया था। सोच-समझ का सबसे दराज़ और अध्यात्म का सबसे गहन तथा सूझ-बूझ को हरानेवाला रास्ता, अगर उसके लिए कोई बनता गया था तो यही देश की खुशहाली और तरक़्की का रास्ता था। एक पथ जो होते हुए भी नज़र नहीं आता था, जो न होते हुए भी था। प्रगति और उन्नति यानी सकून और शांति का बढ़ना। यानी मनचाहे और मनमाने ढंग से जीने की आज़ादी। यानी ख़र्चा कम और आमदनी ज़्यादा। वैसे दुनिया को खुद उसने भी कभी जन्नत की कल्पना या अम्माँ की फफू बिया के बँगले की याद से तो गड़बड़ाया नहीं। फिर आजकल तो पहले की निस्बत ज़्यादा बीमारियों का इलाज संभव है। हर तरह के आसाइश के साधनों में अभूतपूर्व इज़ाफ़ा है। साइकिलों की जगह सड़कों पर हाई पिक-अप मोटरसाइकिलें और स्कूटर ले चुके हैं और उनके साथ दौड़ रही हैं सुंदर, किफ़ायती और स्वदेशी मारुतियाँ। जी हाँ, देश की उसी प्रगति-उन्नति के पथ पर ! खूब चौड़ा और चिकना, बिजली की रफ़्तार से बनाया गया 'रिकांडो पथ' ! थर्ड वर्ल्ड या तीसरी दुनिया आज आपको अपना चौधरी मानती है। थर्ड वर्ल्ड, एक ऐसे युग में जबकि देश की रेलगाड़ियों तक से थर्ड क्लास ख़त्म किया जा चुका है। ऊपर से सारा ज़ोर है 'सारे जहाँ से अच्छा' पर !

सोच के तलघर से जब वह 'सारे जहाँ से अच्छा हिंदोस्ताँ हमारा' गुनगुनाता वापस लौटा था तो राहत किसी गुफ़ा-सा मुँह खोले क़हर ढाती नज़रों से उसे घूर रही थी।

"तुम क्या चाहती हो ?" खुद पर क़ाबू रखने की कोशिश के बावजूद ज़मीर एहमद ख़ान के स्वर में चिड़चिड़ाहट उभर आई थी। "क्या मैं सड़कों और चौराहों पर, क्या कहते हैं उसे, अपने कत्थक या भारत नाट्यम् का प्रदर्शन करता फिरूँ !"

"बाक़ी लोग दुनिया में क्या करते हैं ?" राहत ने जो बात कही थी वह अब सोचने पर वास्तविकता की एक बहुत ही सुथरी अभिव्यक्ति लगती है, मगर अब क़हर ढाती आँखें या ज़हर में बुझा लहजा भी तो परेशान करने को नहीं था। "किसी की भी पूरी ज़िंदगी कुल-जमा एक कत्थक या एक भारत नाट्यम् से ज़्यादा क्या होती है !"

राहत ने जो उपमा जीवन के लिए दी थी, उससे सही अर्थों में तो उस पल भी ज़मीर एहमद ख़ान प्रभावित हुए बिना नहीं रह सका था और गहरी सोच में डूब गया था।

"जिस-जिस चीज़ की जिस-जिस तरह मुमकिन हो सकता था," राहत ने आगे बात जारी रखी थी, "जाँच-पड़ताल और नाप तौल करा तो देखी। कुछ और बच

रहा हो तो वह भी करा देखिए।''

राहत उस पल दरअसल अम्माँ के दुनिया में न रहने का फ़ायदा उठा रही थी, यह बात भी ज़मीर एहमद ख़ान के सामने बिलकुल साफ़ थी। यह उन्हीं हक़ीक़तों में से एक थी जिनका सामना करने की मजबूरी अम्माँ अपने पीछे छोड़ गई थीं।

''तुम्हारा ख़याल है मैं दिखावा करता हूँ ?!'' उसके स्वर में चिड़चिड़ाहट और बढ़ गई थी।

''तो ऐसे भी कितने दिन चलेगा ?!'' राहत किसी निर्णय पर पहुँचने का तय कर चुकी थी। ''घर में बंद होकर पुरानी किताबें-रिसाले पलटते रहने या रात को देर-देर तक घर से बाहर रहने से सब ठीक हो जाएगा ?!''

वज़न था उसकी बात में लेकिन वह खुद भी घर में बंद होकर बैठने से सुखी कब था ! उसने खुद कहाँ यह सोचा था कि घर से बाहर नहीं निकलेगा !

आगे विवाहित जीवन के बहीखाते निकाले गए थे, लिया-दिया गिनाया गया था और अंततः ज़मीर एहमद ख़ान और राहत के विवाहित जीवन को दिवालिया क़रार दे दिया गया था। जब राहत ने अपने घर जाने की धमकी दी थी तो एक बार ज़मीर एहमद ख़ान का मन हुआ था उसे समझाने की कोशिश करे। यही कि क्यों दीवानी हो रही हो। मैं कब कहता हूँ कि बग़ैर तुम्हारे योगदान और मदद के यह घर चल सकता है। तुम कितनी ही कम तनख़्वाह पर एक छोटे-से स्कूल में क्यों न पढ़ाती हो, दोनों बच्चियों की तालीम-तरबियत और स्कूल तो अब उसी तनख़्वाह के कारण संभव है। और शुरू में शादी के फ़ौरन बाद नौकरी न करने का फ़ैसला भी तुम्हारा अपना था और अम्माँ के इंतिक़ाल के बाद स्कूल में पढ़ाने के तुम्हारे निर्णय में भी खुद मैंने कोई दख़लअंदाज़ी कब की थी। अपने शौहर की मजबूरी समझो, जो देखने में छः फुटा, गोरा-चिट्टा, अच्छी सेहत का चलता-फिरता इश्तिहार है, मगर न वह बनता न अभिनय करता, सचमुच किसी घातक रोग में मुब्तिला है। न मैं डॉक्टरों को झूठा या ग़लत कहना चाहता। यह भी तो हो सकता है कि मेरे रोग की जानकारी आज तक लिखी गई किताबों में शामिल ही न हो। हमेशा हर बीमारी का कोई एक पहला मरीज़ तो हुआ होगा। तो क्या यह संभव नहीं कि अपने रोग का मैं पहला रोगी होऊँ। बीमारी भी भला, क्या कोई मामूली चीज़ है। जिस तरह चुन-चुनकर अवतार और पैग़ंबर पसंद किए गए; उसी तरह रिश्ता रोग और उसके पहले रोगी का होता है। डॉक्टर्र अभी तक उसे नहीं समझ पाए तो क्या ज़रूरी है, आगे भी न समझ पाएँ। संभव है कुछ दिन में मैं बिलकुल ठीक ही हो जाऊँ। मेरी हालत समझो, उम्मीद पे दुनिया जीती है।

उस पल राहत के चेहरे का भाव देखकर उसे लगा था कुछ भी अधिक कहना व्यर्थ होगा।

''ऊपर से कुछ कहो या सलाह-मशवरा दो तो उसका मज़ाक़ बनाते और गाने गुनगुनाते हैं !''

राहत को खूब अंदाज़ा रहा होगा कि उसकी इस बात पर ज़मीर एहमद ख़ान जो ग़लती करेगा वह हॉकी की शब्दावली में राहत के लिए पेनल्टी स्ट्रोक अर्जित करने को काफ़ी होगी। बस, फिर क्या ! गोल ! जीत !

ऐसा नहीं कि दोनों बेटियाँ, सना और सबा, ज़मीर एहमद ख़ान से प्यार न करती हों, लेकिन इसके साथ ही यह भी सही है कि अगर उस पल उसने उन्हें माँ के साथ जाने से रोका होता तो वह कभी न रुकी होतीं।

ज़मीर एहमद ख़ान राहत के जाने की मजबूरी भी समझ सकता था। जाने क्या हुआ कि ज़िंदगी के ओरिजनल की जब यह कार्बन-कॉपी बनी तो पत्नी एक साथी के अलावा सबकुछ, जैसे कि धोबन, बावर्चन, भंगन, दासी, बेढ़नी—कैसे बन गई और साथी क्यों न रही। परिवार में हिल-मिलकर रहने की नसीहत और फ़ायदा वह राहत के सामने रह-रहकर बयान करता रहा था, यह समझाते हुए कि अंततः यही लोग तुम्हारे काम आएँगे। मकान में जो हिस्सा ज़मीर एहमद ख़ान का बनता था, वह ज़रूर बेटियों और राहत को मिलेगा, यह आश्वासन भी उसने दिया था। शादी का मेहर पचास हज़ार रुपए तय ज़रूर हुआ था, मगर अव्वल तो राहत ने कभी तलब नहीं किया। और समझदारी ही की, अगर वह तलब कर बैठती तो क्या वह दे देता ! कहाँ से लाता ?

इस समय कमरे के भीतर की वीरानी घनघोर थी जो बाहर ट्राफ़िक के शोर से कम होने के बजाय और बोझिल होती लग रही थी। सामान पर धूल की तहें उसे याद दिला रही थीं कि राहत को गए दो सप्ताह से ऊपर होने को आ रहे थे और इस दौरान उसने ज़मीर एहमद ख़ान से एक बार भी संपर्क करने की कोशिश नहीं की थी।

"या अल्लाह !" अनजाने ही उसके मुँह से निकला था, "या तो ज़मीर एहमद ख़ान को अपनी आत्मा की कालौंच खुरच सकने की तौफ़ीक अता फ़रमा, या फिर इतनी हिम्मत दे कि वह ससुराल जाकर अपनी बीवी को मनाकर ला सके !"

लगा था उसकी दुआ, कहीं बहुत ऊपर आसमानों तक गई थी और वहाँ जाकर ··· !

4. ऊपरी तलघर

घर की ऊपरी मंज़िल के कमरे देखते-देखते ऐसा तलघर बनते गए थे जहाँ सबसे छिपकर उसे ज़ेहन के तहख़ानों में झाँक सकने की सुविधा प्राप्त थी। कई बार उसने उन तमाम बातों को बहुत तफ़सील से फैलाकर लिखने का सोचा भी था। लेकिन इसमें सफल नहीं हो पाया था। लिखने और पढ़ने का मोह दरअसल ज़मीर एहमद

ख़ान की एक पुरानी कमज़ोरी थी और आज तो वह यक़ीन के साथ कह सकता था कि स्कूल में अगर अपने विषयों के चुनाव में गड़बड़ न की होती तो एक बिलकुल दूसरी ज़िंदगी जी रहा होता। कहानी को कला की हैसियत से समझने के बहुत पूर्व ही वह स्कूल में निबंधों के विषय पर कहानियाँ लिखकर अपनी क्लास-टीचर और सहपाठियों को खूब चौंका और प्रभावित कर चुका था ! यही शौक़ और प्रतिभा एक ज़माने तक उसके पाबंदी के साथ डायरी लिखने और लोगों से सविस्तार पत्र-व्यवहार करने के पीछे भी रहे थे। फिर उन सबसे अलग हटकर समय-समय पर अलग-अलग घटनाओं और व्यक्तियों से प्रभावित अथवा प्रेरित होकर उसने शायरी भी करना चाही थी (जिसमें अधिक सफलता नहीं मिली थी) और कहानियाँ लिखने का सिलसिला भी बनाए रखा था। उन कहानियों को प्रकाशनार्थ उसने अनेक पत्रिकाओं में भेजा भी था जिनमें अधिकांश कहानियाँ छपी भी थीं लेकिन खुद उसके असली, ज़मीर एहमद ख़ान, नाम से नहीं। हर कहानी प्रकाशन के लिए भेजते समय उसने कानों को भला लगनेवाला एक काल्पनिक नाम चुना था और उसे रचना के साथ नत्थी कर दिया था। यह तथ्य कि वह कहानियाँ लिखता रहा है, इतना गोपनीय था कि खुद उसके अलावा इसे आज तक कोई भी नहीं जानता था। यह स्वभाव में साहित्य के प्रति एक विशेष झुकाव के कारण ही था कि आज जो कुछ लोग भी उसके मिलने-मिलानेवालों की सूची में बचे रह गए थे वह लेखक, शायर या पत्रकार ही थे। या एक पुरानी सूची उन दुनिया-जहान चलानेवाले लोगों की थी जिनसे अज़ीज़ उर्फ़ अच्छन के साथ मुद्दतों पहले उसके होटल पर भेंट हुई थी और जिनके नाम और चेहरे भी अब याददाश्त में गड्डमड्ड थे। या फिर वह खाते-पीते मालदार लोग जिनसे 'द ट्रेजर ट्रोव्ह' पर बैठने के दौरान मुलाक़ात हुई और सौदा तय होने से पहले तक ऐसा महसूस हुआ कि उन लोगों से बढ़कर कोई सगे-संबंधी हो ही नहीं सकते।

उसके यही साहित्यप्रेमी मित्र उसकी बातचीत से प्रभावित होकर एक ज़माने पहले तक ज़मीर एहमद ख़ान से ज़ोर देकर लिखने को भी कहा करते थे। यह स्थिति उन दिनों तक ख़ास तौर पर थी जबकि शराफ़त मियाँ के साथ उसने काम नहीं शुरू किया था और कुछ करने की तलाश और कोशिश में लगभग एक ऐसी ही स्थिति से गुज़र रहा था जैसी इन दिनों थी। फिर देखते-ही-देखते 'द ट्रेजर ट्रोव्ह' का भव्य शुभारंभ हुआ और उसमें ज़मीर एहमद ख़ान की व्यस्तता देखकर उन लोगों को यह लगा कि साहित्य इत्यादि उसके दूर के शौक़ थे और अब दुनिया की व्यस्तता से उसे शायद ही कभी फुर्सत मिल सके। वह तमाम लोग आज भी यही सोचते बैठे थे कि ज़मीर एहमद ख़ान दुनिया के कारोबार में लगा है और जब कभी थोड़ी भी मोहलत मिलती है उन लोगों के बीच आ बैठता है। या शायद इसके अलावा अम्माँ के इंतिकाल के बाद से इधर उसकी कुछ तबीयत ख़राब चल रही है। होता है ऐसा भी। कुछ दिन सुस्ताकर वह ताज़ादम दुनिया के कामों में

लग जाएगा। और फिर अपनी-अपनी मुसीबत में मुब्तिला वह सब भी व्यस्त ही हैं। पहाड़ को पहाड़ और फावड़े को फावड़ा कहने में ऐसी क्या बुराई है ?

वैसे कहा जाता है एक किताब तो दुनिया का हर व्यक्ति ही लिख सकता है। यानी और कुछ नहीं तो कम-से-कम अपनी आत्मकथा ही। फिर क्या एक और शर्मिंदगी-भरा जोखिम उठाने का साहस है उसमें ? जो जैसा मन में बनता और मिटता है लिख डाले सब ? क्या उसके दिमाग़ में सुरक्षित नक़्शों, तस्वीरों, आँकड़ों, और वह जो किसी भी परिभाषा की पकड़ से परे है, की अक्कासी शब्द-भर कर पाएँगे ? वह सब जो किसी मानसिक रोग से लेकर विस्फोट के लिए बेचैन कला-ऊर्जा का भंडार—कुछ भी हो सकता है, शब्दों, एक के बाद एक लिखी गई भाषा की पंक्तियों में सिमटकर व्यक्त हो सकता है ? बकौल कवि के, क्या मुझमें दम है ? (अँग्रेज़ी—डू आई डेयर ?)

एक बार सोच ही लिया तो क्या नहीं किया जा सकता ? करनेवाले आख़िर करते ही हैं।

मगर क्या ज़मीर एहमद ख़ान उन लोगों में से है ?

बहुत छुटपन में एक मौलवी साहब भाई मियाँ और आपा को कुरआन और मज़हबी तालीम देने के लिए घर आया करते थे। तब घर का बाहरवाला कमरा जहाँ अब दुनिया-जहान का काठ-कबाड़ा भरा रहता है, अब्बा की बैठक हुआ करता था। सोफ़ा-कुर्सी का चलन तब आम नहीं था और कमरे में एक छोटे तख़्त पर मसनद लगी रहती थी और दो तरफ़, कमरे की दीवारों से लगी कुछ हत्थेवाली चुटपुट कुर्सियाँ पड़ी रहती थीं।

मौलवी साहब वास्तव में एक ज़माने में मौलवी मुहम्मद एहमद ख़ान, अर्थात् अब्बा के उस्ताद रह चुके थे और अब अपनी पहुँची हुई उम्र का भी कोई सदुपयोग करने और अपने ख़र्चे के लिए किसी पर बोझ न बनने के ख़याल से छोटे बच्चों को भी शिक्षा देने लगे थे। अब्बा उनको विशेषकर प्रिय थे इसलिए उनके बच्चों को पढ़ाने के लिए मौलवी साहब को उनके घर आने में भी कोई तकल्लुफ़ नहीं होता था। उनका चेहरा याद करने पर अब ज़मीर एहमद ख़ान को एक ऐसा बड़ा-सा आबदार मोती याद आता है जिसकी सफ़ेद दाढ़ी हो। मलमल की सफ़ेद टोपी लगी हो और दो अदद बहुत तेज़ चमकीली आँखें हों। स्वभाव से भी वह बहुत हँसमुख थे और हर कड़वी बात में भी, चाहे वह हिंदुस्तान का बँटवारा हो या दुनिया में मुसलमानों की ख़राबहाली, या मुल्क में अरबी-फ़ारसी और उर्दू की तेज़ी से ख़त्म होती तहज़ीब और शिक्षा की संस्थाएँ, वह हँसने-हँसाने का पहलू ही ढूँढने की कोशिश करते थे।

मौलवी साहब जब भाई मियाँ और आपा को पढ़ाने आते तो अम्माँ ज़मीर एहमद ख़ान के हाथ एक मुरादाबादी तश्त में पान लगाकर भेजा करतीं। यह उसकी वह उम्र थी कि एक अदद पान की तश्त थामकर चलने में भी दिक़्क़त होती थी।

अम्माँ उसे नसीहत करके भेजतीं कि देखो पहले मौलवी साहब को सलाम करना, उसके बाद उनके सामने पानों की थाली रखना, मगर हर बार वह थाली को थामने और मौलवी साहब की शक्ल देखने में ऐसा उलझता कि उन्हें सलाम करना भूल जाता। आपा या भाई मियाँ जब उसे सलाम करने की तम्बीह करते तो मौलवी साहब अपने चेहरे की सौम्य मुस्कान के साथ बहुत मासूमियत और प्यार के साथ कहते, "अरे भई, इन बेचारों को क्यों परेशान करते हो। सलाम, दुआ, तालीम, तरबियत—इन सबसे इन्हें क्या लेना-देना। यह तो बड़े होकर ढोर चराएँगे। क्यों ना वली साहब ? यह न हुआ तो कुछ थोड़ा-सा पढ़ने-गुनने के बाद किसी मस्जिद में मुअज़्ज़िन लग जाएँगे। इनकी उम्र तो किसी मस्जिद के हुजरे में कटनी है।"

मस्जिद का हुजरा होता या यह घर की पहली मंज़िल पर खुद का बनाया 'तलघर'—कुछ लोगों की ज़बान कितनी काली होती है ! मौलवी साहब ने जो लाख हँसने-हँसाने को मज़ाक़ में कहा वह खुद उसकी ज़िंदगी में एक अकाट्य सत्य हो गया।

वैसे मस्जिद के हुजरे की कल्पना से ही ज़मीर एहमद ख़ान की उस उम्र की एक और अविस्मरणीय याद भी जुड़ी थी। घर के पासवाली मस्जिद में रहनेवाले नाबीना मुरशद की याद ...

5. मुरशद

"आख़िर तुम्हें इतनी जल्दी क्यों है ?" जब ज़मीर एहमद ख़ान ने राहत से शादी करने के निर्णय की सूचना विवेक को दी थी तो उसने आश्चर्यचकित होकर पूछा था। "शादी करते वक़्त आदमी कम-से-कम खुद अपने पैरों पर तो खड़ा हो।"

"अब चल तो रहा है," उसने बात टालना चाही थी। "उम्मीद है कि कुछ हो भी जाएगा।"

उस पल भी ज़मीर एहमद ख़ान अच्छी तरह जानता था कि वह खुद अपने-आप और विवेक, दोनों से झूठ बोल रहा था। यह उसकी शादी से कुछ महीने पहले की बात थी। उसके शादी के फ़ैसले से सभी अचंभित थे, अब्बा और अम्माँ के सिवा, जिनका बेपनाह ढाढ़स इसी फ़ैसले से बँधा था। शायद इसी में उन्हें ज़मीर बेटे के बचने की एक उम्मीद नज़र आई थी।

"मेरी तो कुछ समझ में नहीं आता," विवेक ने निराशा से कहा था।

"मैंने कभी ..." ज़मीर एहमद ख़ान ने जैसे विवेक को अपने विश्वास में लेने की ख़ातिर बताया था, "कभी मुरशद के बारे में तुमसे बात ज़रूर की होगी ? याद है कुछ ... ?"

... मुरशद, जो आँखों से देख नहीं सकते थे, मुहल्ले की मस्जिद में रहा करते थे। रंग साँवला-स्याह, लंबा क़द, चौड़ी काठी और चेहरे की बनावट, जैसे तोतापरी आम की गुठली होती है। उनके सिर पर गिरदा बाल थे और ठोड़ी पर बहुत कम बालोंवाली छितरी दाढ़ी जिसका रंग सिर के बालों ही की तरह सफ़ेद से अधिक मटमैला था। मस्जिद में झाडू लगाने और सफ़ाई करने के अलावा वह पाँचों नमाज़ों की सही वक़्त पर अज़ान देते और ज़रूरत पड़ने पर नमाज़ की तकबीर भी कहते।

हर शाम मग़रिब की नमाज़ के बाद लाठी टेकते मुरशद मस्जिद के बाहर निकलते और पूरे मुहल्ले का एक चक्कर लगाते। उनके एक हाथ में अलुमिनियम का दौंचे खाया कटोरा होता। चक्कर लगाते हुए वह हर घर के दरवाज़े पर रुककर आवाज़ लगाते—अल्लाह के नाम पे भिजवाना बिया। अल्लाह हर बला और आफ़त से बचाए, अल्लाह। मुरशद जो आँखों से देख नहीं सकते थे, हर घर के दरवाज़े को पहचानते थे। दर-दर से रोटी अपनी झोली में और सालन अलुमिनियम के कटोरे में डलवाते, दुआएँ देते वह मस्जिद और अपने हुजरे की ओर लौट जाते। किसी घर से अगर उन्हें जवाब न मिलता तो कुछ देर रुककर वह अपनी आजिज़ी में डूबी आवाज़ में दोबारा सिर्फ़ 'भिजवाना बिया, अल्लाह के नाम पे' की सदा लगाते, कुछ पल और रुकते और उसके बाद हलके से अपनी लाठी खड़काते। यह गोया उनकी रवानगी का ऐलान होता। और उनकी दुआएँ देती आवाज़ लाठी की खड़खड़ाहट से अपना रास्ता टटोलती आगे बढ़ जाती।

मुरशद मस्जिद के हुजरे में अकेले पड़े आख़िर सोचते क्या रहते होंगे ? बड़े होने के साथ-साथ मुरशद का वजूद ज़मीर एहमद ख़ान के लिए एक पहेली बनता गया था लेकिन उसे सुलझाने को मुरशद इस जहान में नहीं रहे थे। सवाल थे जो दिन-प्रतिदिन प्रबल और हिंसात्मक होते गए थे। क्या करते होंगे हुजरे में तन्हा मुरशद ? नमाज़ के भी तो वक़्त तय होते हैं, और एक साधारण आदमी कितनी नमाज़ें पढ़ सकता है ? और दुआ हो या इबादत, थकन तो हर चीज़ में होती है और मन ऊब भी जाता है। मुरशद कोई उस तरह के पहुँचे हुए पीर-फ़क़ीर तो थे नहीं कि दिन-रात वज़ीफ़े पढ़ने या आत्मा-परमात्मा के बारे में चिंतन-मनन करने में मस्त रह सकते हों। उनके कलमे और अज़ान तक का उच्चारण तो सही था नहीं और आए दिन उस पर लोग एतराज़ किया करते थे। अँगूठाछाप थे बेचारे, बस, नमाज़ पढ़ने की हद तक कुछ कुरआन की सूरतें और दुआएँ ज़ुबानी रट रखीं थीं। उसने कई बार मुरशद को मस्जिद के दरवाज़े पर बैठकर बीड़ी पीते और पास के नल से पानी भरते लोगों से बतियाते देखा था। क्या बातें करते होंगे वह ? क्या रहा होगा उनके पास लोगों को बताने को ?

सामान्यतः लोग मुरशद को सिर्फ़ मुरशद मानकर चलते थे अर्थात् किसी करिश्मे से लेकर महज़ निकम्मापन तक उनके व्यक्तित्व के साथ जोड़कर उसका औचित्य खोज सकते थे। हो सकता है मुरशद की कोई बहुत दिलचस्प कहानी हो;

हो सकता है न भी हो—इससे लोगों के लिए मुरशद के मुरशद होने पर कोई अंतर नहीं पड़ता था। मस्जिद की जानमाज़ों की देखरेख और मस्जिद के एक अदद लकड़ी के ताबूत की देखभाल भी मुरशद की ज़िम्मेदारी में शामिल थी। वह ताबूत भी उसी हुजरे में रखा जाता था जिसमें मुरशद रहते थे और मुहल्ले में जब भी कोई मौत होती थी लोग ताबूत माँगने मुरशद के पास ही जाते थे…

विवेक को मुरशद की बात अच्छी तरह याद थी।

"मेरा भी," ज़मीर एहमद ख़ान ने विवेक को अपने विश्वास में लेने की ख़ातिर कहा था, "अब खुद के हुजरे के अकेलेपन से दिल बुरी तरह घबरा गया है !"

"लेकिन शादी एक बड़ी ज़िम्मेदारी होती है," विवेक की गंभीरता बरक़रार रही थी। "सिर्फ़ दिल का बहलावा नहीं।"

"ज़िंदा रह सकना बुनियादी ज़िम्मेदारी है," वह कम-से-कम शब्द बोलकर इस प्रसंग को ख़त्म कर देना चाहता था। "मैंने शादी नहीं की तो शायद आत्महत्या कर लूँगा या किसी वीरान मस्जिद के हुजरे में जा बैठूँगा। मगर आजकल कोई वीरान मस्जिद या हुजरा मिलना भी तो आसान नहीं रहा !"

और कहने को ज़मीर एहमद ख़ान ने विवेक से झूठ नहीं कहा था। जीवन के जिस दौर से गुज़रते उसने शादी करने का निर्णय लिया था वह बग़ैर किसी शारीरिक या मानसिक रोग से ग्रस्त हुए भी ठहराव का एक ऐसा दौर था कि वह बिना ज़्यादा सोचे भी आत्महत्या कर सकता था।

… क्या सोचते होंगे मुरशद मस्जिद के हुजरे में तन्हा ? अतीत, वर्तमान, भविष्य के बारे में ? या फिर उस लोक के बारे में जहाँ उनकी बग़ल में रखा ताबूत आए दिन लोगों को पहुँचाता रहता था ? उनके कटोरे में इकट्ठा घर-घर पके सालन का ज़ायक़ा क्या होता होगा ? क्या था जो उन्हें ज़मीर एहमद ख़ान के घर के क़रीबवाली मस्जिद के सेहन तक धकेल गया था ? खाना खाते हुए हर निवाले के साथ क्या अनुभव करते होंगे वह—कोई आध्यात्मिक उपलब्धि, रूहानियत की बुलंदी या नाकारापन और दुनिया से पीछे छूटे रह जाने का रंजो-मलाल ? कुछ पाने की चाह थी उन्हें या किन्हीं कड़वी सच्चाइयों से फ़रार ?

क्या था जो उन नाबीना मुरशद को मस्जिद के तंग हुजरे में क़ैद कर गया था ? और क्या था कि घर की ऊपरी मंज़िल के ज़मीर एहमद ख़ान के रिहाइश के कमरे देखते-देखते एक तलघर में तब्दील होते गए थे ? उसकी राहत से शादी के बावजूद ?

क्या सिर्फ़ बचपन में भाई मियाँ और आपा को पढ़ानेवाले मौलवी साहब की काली ज़बान ?

क्या था—आरंभ में क्या था ?! सफलता की संभावना या विफलता की निश्चिंतता ? क्या कभी वह मुरशद के बारे में लिखने की हिम्मत कर पाएगा ? मुरशद और उम्र के उसी हिस्से से जुड़ी दो अन्य हस्तियों, फफू बिया और दुल्हन

चची के बारे में ? उनकी यादों की अभिव्यक्ति शब्दों में संभव हो पाएगी ?

फफू बिया, जो वास्तव में अम्माँ की सगी फूफी थीं और उनका वह ख़ूबसूरत घर जो बँगला कहलाता था। कोई कहानी ही लिख पाएगा उस बँगले के बारे में ? अपने नहीं तो किसी काल्पनिक नाम से ही छपवाने को ?!

6. फफू बिया

फफू बिया और उनके बँगले की याद भी लगभग मुरशद जितनी ही पुरानी थी लेकिन उसका स्मरण ज़मीर एहमद ख़ान को सबसे अधिक उस समय हुआ था जब बड़े अब्बा, अर्थात् अब्बा के बड़े भाई, अपनी जायदाद का बँटवारा अपने जीते-जी कर रहे थे।

"मैं यह मौक़ा ही नहीं देना चाहता कि बाद में भाई-बहनों में कोई झगड़ा या नाइत्तिफ़ाक़ी हो," बड़े अब्बा ने ऐलान किया था, और उनका कहा बाक़ी सारे परिवार के लिए क़ानून का महत्त्व रखता था। देखते-ही-देखते नाप-तौलकर उन्होंने एक बड़े घर को दीवारें उठवाकर पाँच परिवारों के लिए पाँच खंडों में विभाजित कर दिया था। लोग ख़ामोशी से आँसू पोंछते सारा तमाशा देखा किए थे लेकिन बड़े अब्बा की यह दलील कि यह आँसू बाद की कलह और आपसी दुश्मनियों से बेहतर हैं, अकाट्य थी।

बड़े घर का महत्त्व ज़मीर एहमद ख़ान के जीवन में कई अर्थों में ख़ुद अपने घर से भी ज़्यादा था। अब्बा-अम्माँ के साथ रहनेवाले अपने घर और बड़े अब्बा, भाई जान, अब्बास भाई, नसरत भाई, कमाल भाई वाले बड़े घर में एक सड़क और चौराहा पार करने का फ़ासला था और खुद उसका अधिकांश बचपन वहीं या बड़े घर के आसपास खुले मैदानों और क़ब्रिस्तानों में खेलते-घूमते बीता था। एक लंबी उम्र की स्मृतियाँ उस घर, उसमें रहनेवालों और उसके आसपास से जुड़ी थीं और इस एकदम के बदलाव का स्वागत करने में वह खुद को असमर्थ पा रहा था। बाहर की दुनिया तो बहुत तेज़ी से बदल ही रही थी मगर यह अंदर का बदलाव उसे एक धोखा लगा था। वह दुखी रहा था, तब तक, जबकि फफू बिया और उनके घर में रचा गया नाटक उसे याद न आया था।

वह नाटक याद आते ही ज़मीर एहमद ख़ान के दिमाग़ में फफू बिया के घर की बुनियादें डली थीं, दीवारें खड़ी हुई थीं, छतें पड़ी थीं और खाँसती-कराहती फफू बिया, अपना पान-छालिया का झोलना लिए अपनी चौकी पर गा-तकिए से टिककर आ बैठी थीं। वह अम्माँ की फफू थीं लेकिन उनकी मौत के समय वह इतना छोटा था कि उन्हें खुद अलग से कुछ पुकारना नहीं शुरू कर पाया था। शहर के

बीचोंबीच, लखेरेपुरे में, जहाँ अब हर तरफ़ दुकानें बन गई हैं, उनका लंबा-चौड़ा खूबसूरत मकान था जिसे लोग बँगला कहते थे। बँगले में बैठी तन-तन्हा फफू बिया दमे के कारण हाँफती और खाँसती रहती थीं। उनके पति का कभी और भी पहले इंतिक़ाल हो चुका था और उनके इकलौते बेटे के बारे में कुछ लोग कहते थे कि उसने भरी जवानी में बाप से लड़कर आत्महत्या कर ली थी और कुछ दूसरे शायद इस तथ्य पर पर्दा डालने की ख़ातिर समझाते थे कि उसकी मौत शिकार में एक दुर्घटना में हुई थी।

फफू बिया के घर का सेहन बेहद कुशादा था और उसमें एक बहुत खूबसूरत बाग़ीचा लगा था। बाग़ीचे में फूलों के अलावा फल—अमरूद, केले, नाशपाती, अंगूर, नारंगी, अनार, अंजीर—ग़र्ज़ कि जिसकी भी कल्पना की जा सकती हो, सब मौजूद थे। साथ ही हौज़, फ़व्वारे और क्यारियों तथा दरख़्तों में पानी देने को नहर जैसी नालियों का जाल। छुटपन में जब ज़मीर एहमद ख़ान को गुनाह और सवाब समझाया जाता, कलमे-नमाज़-जन्नत और जहन्नुम की बात की जाती तो उसे लगता जन्नत फफू बिया के आँगन जैसा ही कुछ और बड़ा बाग़ होगी।

जन्नत की कल्पना में ही पूरा-पूरा रंग भरती फफू बिया के बँगले में एक और खूबी थी—अंदर के दालान में महीन सूत की रस्सी की बगबाईवाला एक झूला। फफू बिया को जब हाँफने और खाँसने से कुछ मोहलत मिलती तो वह अपने गा-तकिए के सहारे झूले पर बैठ जातीं और झूला बहुत हौले-हौले, डगमग-डगमग, इधर-से-उधर झूलता रहता। झूले पर बैठकर वह एकटक अपने बाग़-बग़ीचे को निहारती रहतीं। वैसे इसका अवसर उन्हें कम ही मिल पाता था क्योंकि ज़्यादा समय वह दमे से पीड़ित हाँफती, खाँसती, खँखारती, सिलाबची में बलगम थूकती रहती थीं और 'या अल्लाह', 'या अल्लाह' कहते हुए कूल्हती रहती थीं।

फिर एक दिन यूँ हुआ कि फफू बिया मर गईं। या मौत को उसके समूचे आदर और सम्मान सहित याद किया जाए तो उनका इंतिक़ाल हो गया। इधर तो फफू बिया का पत्ता ज़िंदगी के दरख़्त से झड़ा, उधर बाक़ी ख़ानदान में एक भूचाल-सा आ गया। कफ़न-दफ़न और रोने-धोने की औपचारिकताएँ तो हर मौत के घर में ही ज़रूरी होती हैं लेकिन यहाँ तो परिवार-के-परिवार, क़ाफ़िला-दर-क़ाफ़िला बिस्तर-भाँड़ों सहित फफू बिया के बँगले पर यलग़ार बोल रहे थे। देखते-देखते माँ बेटी से और भाई बहन से अलग ख़ेमे में शामिल हो गया था, फफू बिया के घर, बँगले, ज़मीर एहमद ख़ान की कल्पना की जन्नत में से अपना हक़ और अपना हिस्सा लेने को। कभी-कभी निःसंतान मरना भी कैसे भोले और मासूम लोगों को कड़ी परीक्षाओं में डाल जाता है। कोई बाग़ीचे में लगे गद्दर अमरूदों की तरफ़ बैठा ललचाई नज़रों से देख रहा है तो किसी के मुँह में खट्टी कमरखें देखकर पानी आ रहा है। अनार की शाख़ें फलों के बोझ से झुकी पड़ रही हैं, अंगूर बेलों पर लगे-लगे सूखने या सड़ने को आ रहे हैं लेकिन जब तक हिस्सा-बख़रा न हो जाए, न तो

खुद लेंगे न किसी दूसरे को हाथ लगाने देंगे। यह तफ़सील तो उसके कुछ बड़े हो जाने के बाद ज़मीर एहमद ख़ान की समझ में आ सकी कि ख़ानदान में क़रीबी रिश्तों में शादी होने की बिना पर फफू बिया जहाँ अम्माँ की सगी फफू थीं वहीं किसी दूसरे क़रीबी रिश्ते से चची भी होती थीं। इसी तरह कुछ अन्य लोगों की वह सगी चची होने के साथ-साथ अन्य रिश्ते से फफू भी होती थीं। दायरों-में-दायरे, सारे रिश्ते यूँ आपस में खलत-मलत थे कि कौन किसका कुल मिलाकर क्या बनता था या कितना क़रीबी रिश्ता था, यह तय कर पाना मुश्किल था।

इस तरह देखते-ही-देखते फफू बिया का बँगला मुसलमानों की करबला और हिंदुओं का कुरुक्षेत्र बन गया। क़रीबी रिश्तेदार होने के नाते आपस में गाली-गिलोच या मारपीट तो संभव नहीं थी (अजब नहीं जो छिटपुट यह भी हुआ हो) सो एक शीत-युद्ध चल रहा था और विभिन्न पार्टियाँ तरह-तरह की छापामार लड़ाई की नीतियाँ अपनाने में जुटी थीं। बहुत यक़ीन के साथ कुछ कह पाना तो संभव नहीं लेकिन कभी-कभी ज़मीर एहमद ख़ान को लगता है कि कहीं वह बाक़ी सब भी जो उसे आज भी इतने विस्तार से याद है, कहीं उस छापामार लड़ाई की नीति का ही एक हिस्सा तो नहीं था ?!

उस समय इस प्रकार सोच सकने की न तो समझ थी न हिम्मत।

याद आता है, गर्मियों के दिनों के तीसरे पहर बँगले के उसी लंबे दालान में जहाँ फफू बिया का झूला डला रहा करता था और जिसका हुलिया उनकी मृत्यु के चंद दिन बाद ही पूरी तरह बदल चुका था, सफ़ेद चादरों की बिछात पर चारों ओर घेरा बाँधे, सफ़ेद गलाफ़ के तकिए, गा-तकिए लिए लोग क़ायदे में बैठे हैं। उस बैठक में दोस्त-दुश्मन का फ़र्क़ भुला दिया जाता था क्योंकि वहाँ साबक़ा जिन्नातों से था और जिन्नात बहरहाल इनसानों से हटकर एक मख़लूक ठहरी थी। दरअसल जिन्नातों में से कोई एक बँगले में मौजूद तबस्सुम आपा पर, अपना साया डालकर, उन्हें अपने क़ब्ज़े में कर चुका था। दिन के उस ख़ास वक़्त यह जिन तबस्सुम आपा पर आता था और दालान में किसी बसतनी को घेरे-से, बीच में तबस्सुम आपा के लिए जगह छोड़े बैठे, यह लोग तबस्सुम आपा की ओर कुछ डर और कुछ उम्मीद के साथ, कनखियों से देखते, उस जिन के आने का इंतज़ार कर रहे होते थे।

ज्यों-ज्यों वह घड़ी नज़दीक आती जाती जिसके इंतज़ार में लोग दोस्त-दुश्मन का फ़र्क़ भुलाए दो-ज़ानू बैठे होते थे, तबस्सुम आपा बहकी-बहकी बातें करना शुरू कर देतीं। फिर एक दौरा पड़ता जिसमें बेहोश होकर उनके हाथ-पाँव अकड़ जाते। फ़ौरन ही उनको फ़र्श के बीचोंबीच लिटा दिया जाता। थोड़ी देर में उनके शरीर की अकड़न तो ख़त्म हो जाती, बेहोशी बनी रहती और आँखें बंद रहतीं। फ़िर शुरू होता असली साउंड और एक्शन का सिलसिला। तबस्सुम आपा फ़र्श पर दम तोड़ते परिंदे की तरह फड़फड़ातीं, बिन-जल-मछली की तरह तड़पतीं और बेलन की तरह

एक सिरे से दूसरे सिरे तक गोल-गोल लुढ़कतीं और किसी अदृश्य आत्मा से इस बीच उनका वार्तालाप चलता रहता। लोग कहते थे उस हालत में तबस्सुम आपा के शरीर में अद्भुत ताक़त आ जाती थी और कोई चाहे तो भी वह उसकी पकड़ में नहीं आ पाती थीं। यह तो हुआ एक्शन, साउंड का तय नहीं था कि कौन-सी शाम कौन-सा टॉपिक संवाद का विषय बन जाए। कभी संवाद अध्यात्म और दर्शन की ऐसी भूल-भुलैया होता कि लोग कुछ भी समझे बग़ैर सुट्ट बैठे रह जाते। किसी दिन हँसी-ठिठव्वल होता, कभी विनती, मिन्नत-समाजत तो कभी सिर्फ़ रोना-रिरियाना। उन शामों को छोड़कर जब संवाद का विषय अध्यात्म होता था, अन्य शामों में तबस्सुम आपा कुछ बातें ऐसी भी कह गुज़रतीं थीं जो भाषा या जुम्लों की सतह पर आसानी से समझी जा सकती थीं। उनको घेरकर बैठे लोग उन बातों को सावधानी से अपने दिमाग़ की स्लेटों पर दर्ज करते जाते। कहा जाता है कि जिन्नात के असर में व्यक्ति सच बात कहता है। 'तबस्सुम आपा-जिन्नात वार्ता' को यूँ संजीदगी से लेनेवालों का प्रयास यह होता था कि उनके मुँह से बेहोशी में निकली उन बातों की व्याख्या बँगले के बँटवारे की समस्या को नज़र में रखते हुए किस तरह की जाए। एक निर्धारित समय, लगभग घंटे-डेढ़ घंटे, फ़र्श पर लोट-पोट होते रहने के बाद, जिन्नात से विदाई के क्षण फूट-फूटकर रोने और चिल्लाने के बाद तबस्सुम आपा फिर से इनसानों के झुरमुट में आँख खोल देतीं। होश में आने पर उन्हें एक बड़े चाँदी के कटोरे में किसी पीर साहब का दम किया पानी पिलाया जाता और उनके आसपास जमा हुए लोग लौटकर फिर अपनी-अपनी फ़ौज, अपने-अपने ख़ेमे में चले जाते। यानी शीत-युद्ध फिर से आरंभ हो जाता।

तबस्सुम आपा के होश में आने के बाद अपनी-अपनी टोली में लौटकर लोग बेहोशी की हालत में तबस्सुम आपा के मुँह से निकले जुम्लों की खाल खींचते और विस्तार देकर उनका वह मतलब निकालते और एक-दूसरे को समझाते थे जो साधारण समझ से बहुत परे होता था। हर व्याख्या का आशय लोगों का खुद को सिर्फ़ यह आश्वस्त कराना होता था कि जिन्नात ने तबस्सुम आपा की ज़बान से सत्य कहलाया था, अर्थात् बँगले के सही और जाइज़ हक़दार वही लोग हैं।

लड़ाई जब इतने बड़े पैमाने पर लड़ी जा रही हो तो सिपाहियों के अलावा एक अन्य चीज़ और होती है जो उसका अंतिम परिणाम या नियति तय करती है। बँगले में उस समय जमा मख़लूक़ में भी ऐसे लोगों की कमी नहीं थी जिनका जायदाद पर हक़-वक़ तो कोई बनता नहीं था लेकिन अपने लोगों का हौसला बँधाने के भेस में यह लोग वहाँ इधर की उधर करते थके नहीं मर रहे थे। परिणामस्वरूप, एक अंदरूनी तनाव तेज़ी से बढ़ रहा था और लोगों की एक-दूसरे से रस्मी अलेक-सलेक तक बंद होती जा रही थी। और इस सारी स्थिति का एक दिलचस्प पहलू यह था कि तबस्सुम आपा सारे विपक्षी फ़रीक़ों की आँखों का तारा बनी हुई थीं। वह जहाँ जिसके पास भी जातीं वह शायद जिन्नात को रिश्वत देकर अपने

पक्ष में करने की उम्मीद में उनकी ख़ातिर-तवज्जो करते नहीं थकता। तबस्सुम आपा की सेहत तो अव्वल ही अच्छी थी, उनकी जगह अगर कोई कमज़ोर, मरा-तुजा व्यक्ति होता तो शायद उसकी सेहत उम्र-भर के लिए बन गई होती।

कितना ज़माना बीता उस नाटक को लेकिन जब बड़े अब्बा पुरानी यादों और उनसे लगाव की परवाह किए बिना बड़े घर को अलग-अलग हिस्सों में बाँटकर दीवारें उठवा रहे थे, ज़मीर एहमद ख़ान उनकी दलील की सच्चाई को क़बूल करते हुए भी उनसे पूरी तरह सहमत नहीं था। जहाँ दूरी और नाइत्तिफ़ाक़ी पैदा होना ही बदा होता है वहाँ चंद दीवारें उठा देने से ज़्यादा कुछ नहीं बदलता।

बँगला ?! ज़मीर एहमद ख़ान के बचपन की कल्पना का स्वर्ग ?!

अदालत के फ़ैसले के बाद बँगले में जिसका जितना हिस्सा बनता था, उसने खड़ोंखड़ बेचा और अपने घर का रास्ता लिया। अब न तो रिश्तेदारों में से कोई वहाँ रहता न उसका हिस्सा उस जन्नत में बचा। तबस्सुम आपा पर आनेवाला जिन्नात का साया भी ज़माना पहले किसी पीर साहब के किए-धरे से ठीक हो गया और आज वह अपने पति और बच्चों के साथ देश की खुशी और खुशहाली में अपना योगदान दे रही हैं। बँगले की जगह एक बड़ा मार्केट बन गया है जहाँ कपड़े-लत्तों से लेकर ज़ेवर-गहनों तक सबकी दुकानें हैं। सिर्फ़ ज़मीर एहमद ख़ान का दिमाग है जिसमें सुरक्षित झूले पर बैठी डगमग करती फफू बिया की स्मृति और उनके जीवन से जुड़ी उदासी का भाव दिन-प्रतिदिन तीखा और गहरा होता गया है।

छोड़ेगा ! बेशक, अपने पीछे वह भी कुछ छोड़ेगा। कुछ और नहीं तो इस पहली मंज़िल के तलघर में फैलती-सिमटती परछाइयाँ ही जमा करने की कोशिश करेगा। मुरशद, फफू बिया, दुल्हन चची और अपनी बेमसरफ़ ज़िंदगी की कुछ तफ़सील ही लिखने की कोशिश करेगा। ज़रूर कभी न कभी।

7. दुल्हन चची

—मैं हूँ अबदाल ! मैं हूँ अबदाल !

दुल्हन चची के नाम से सबसे पहले यही नारा दिमाग में गूँजता था, हालाँकि खुद ज़मीर एहमद ख़ान ने उन्हें यह नारा लगाते कभी नही सुना था। अम्माँ बताती थीं, बात उसके पैदा होने के काफ़ी पहले की थी जब दुल्हन चची, अम्माँ की सगी चची ने कोई वजीफ़ा पढ़ते हुए अपना दिमाग़ी संतुलन खो दिया था और बरसों दीवानी रही थीं। क़ुतुब हुए, अबदाल हुए, सूफ़ियों के ऊँचे मनसब और दर्जे होते हैं, व्यक्ति का आध्यात्मिक रुतबा और महत्त्व तय करने को। जो सचमुच होते हैं

(बहुत कम लोग इन बुलंदियों तक पहुँचते पाते हैं) वह खुद अपनी ज़बान से इसका दावा नहीं करते। मगर दुल्हन चची, दीवानगी की हालत में कभी ज़ोर-ज़ोर से हँसती थीं, कभी चिल्ला-चिल्लाकर रोती थीं, और 'मैं हूँ अबदाल' का नारा चौबीसों घंटे उनकी ज़बान पे रहता था। बहुत इलाज, तावीज़-गंडे करने के बाद कहीं जाकर उनकी दिमाग़ी हालत ठीक हुई थी। ठीक हो गई मगर ज़माना उस दीवानगी के दौरे को एक आसान बहाना बनाकर सारी ज़िंदगी उन्हें दीवाना कहता रहा। कुछ लोगों को दीवाना कहकर आम ज़िंदगी से अलग कर देना, शायद आम लोगों की सेहत के लिए ज़रूरी भी होता है और उनकी मजबूरी भी। दुल्हन चची ने जीवन-भर न तो ज़माने की परवाह की न कभी उसे ख़ातिर में लाईं।

खुद ज़मीर एहमद ख़ान को दुल्हन चची की जो पहली याद थी उसमें उनके सिर के बाल और चेहरे पर भवें तक सफ़ेद हो चुकी थीं मगर चेहरे की त्वचा पर झुर्रियों का नामो-निशान नहीं था। सुर्ख़ ताँबे जैसा उनका रूप-रंग और इस तरह सूजी हुई हरी, कंजी आँखें जैसे ज़माने से सोई न हों; जिनको बहाना बनाकर अक्सर लोग बेमुरव्वती का दोष उनके बुनियादी स्वभाव के साथ जोड़ने की कोशिश करते थे। जब वह सचमुच दुल्हन रही होंगी, तब उनके सौंदर्य का क्या आलम रहा होगा, यह अंदाज़ा लगा पाना, उस बुढ़ापे की उम्र में भी, जबकि वह बिलकुल सादा सफ़ेद कपड़े पहनने लगी थीं, मुश्किल नहीं था। वह ख़ानदान की बुजुर्ग थीं, बेलाग बोलती थीं जिसके कारण सभी उनके सामने पड़ने से झिझकते थे। वैसे ज़मीर एहमद ख़ान की उनकी पहली याद भी उन दिनों की थी जब दुल्हन चची आबाई गाँव, दामखेड़े में बैराग का जीवन गुज़ारते रह रही थीं और कभी-कभार किसी शादी-ब्याह में या वैसे ही लोगों से मिलने शहर आ जाती थीं।

दुल्हन चची गाँव से शहर आतीं तो अक्सर उनका पहला पड़ाव अम्माँ के साथ होता, शायद इसलिए भी कि शहर में पहला घर वही पड़ता था। उनके क़दम पड़ते ही घर में अम्माँ सहित जो भी मौजूद होता अपने-अपने ढंग से सतर्क हो जाता। हद यह कि अब्बा भी जो आम लोगों से वैसे भी अलग-थलग ही रहते थे। दुल्हन चची की आवाज़ कड़क थी और बात करते-करते जब वह हँसना शुरू करती थीं तो उन पर बिलकुल एक दौरा-सा पड़ जाता था। हँसी से बेक़ाबू फिर न तो वह खुद ठीक से बात कर पाती थीं और न किसी दूसरे की सुनती थीं। हद यह कि हँसते-हँसते उनकी साँस बेक़ाबू हो जाती, आँखों से ज़ार-ज़ार आँसू बहने लगते और चेहरे की ताँबे जैसी रंगत दमकने लगती। वह हँसती रहतीं जब तक कि अपनी हँसी की थकन से निढाल न हो जातीं। आसपास बैठे लोग कुछ देर तक हँसी में उनका साथ देने की कोशिश करते लेकिन फिर निस्सहाय और कुछ-कुछ खुद को कोसते ख़ामोश बैठे रह जाते। कभी-कभी तो यह तक अंदाज़ा लगाना मुश्किल हो जाता कि दुल्हन चची हँस किस बात पर रही हैं। अब्बा के उनसे यूँ सतर्क होने के पीछे भी एक घटना थी, जो ज़मीर अहमद ख़ान को आज भी अच्छी तरह

याद थी।

एक बार गाँव से शहर आने पर दुल्हन चची ने अब्बा से फ़रमाइश की थी—भाई, हम आलिम फ़ाज़िल तो हैं नहीं, टूटी-फूटी उर्दू जानते हैं। हमें कोई ऐसी किताब बताओ जिसे पढ़कर मज़हब की ज़रूरी मालूमात हासिल हो सके। अब्बा ने एहतियातन अम्माँ की ओर देखा था और जब अम्माँ ने किसी तरह मना नहीं किया था तो किसी ऐसी किताब का नाम बता दिया था जिसमें उनके ख़याल से दुल्हन चची के लिए सारी ज़रूरी मालूमात मौजूद थीं। किताब बाज़ार से मँगवाकर दुल्हन चची हँसी-खुशी गाँव लौट गई थीं—अगली बार उनकी वापसी तक।

"कहाँ हैं वह मौलवी साहब ?!" अगली बार बहुत जल्द गाँव से लौटकर दुल्हन चची ने अम्माँ की ख़बर ली थी। "तुम्हारे शौहर ! उन्हें बुलवाओ, हमें उनसे ज़रूरी बात करनी है।"

अब्बा की पेशी हुई थी।

"वाह भाई मौलवी साहब !" दुल्हन चची की वह आवाज़ खनकी थी जिसकी तह में हँसी के भंडार जागने को बेचैन रहते थे। "खूब किताब दी भैया तुमने पढ़ने को ! अरे इस किताब में अल्लाह मियाँ से ज़्यादा ज़िक्र तो शैतान का है ! जो कुछ भी बंदा करता है, शैतान के बहकावे में आकर करता है। हर अमल की ज़िम्मेदारी शैतान के सिर है। भैया, अब अगर अपन इस किताब का लिखा सच मान लें तो फिर यह बताओ कि यह अपने अल्लाह मियाँ भी कुछ करते-धरते हैं या नहीं ? या सब किया-धरा बस शैतान का ही है ? बताओ ?!"

दुल्हन चची की बेचैनी, नाराज़गी और परेशानी सुनते अब्बा हैरान मगर चुप बैठे रहे थे। "मुझसे ग़लती हुई," उन्होंने धीमे से कहा था। "आपको दूसरी किताब दूँगा।"

"हमें नहीं पढ़ना और कोई किताब-विताब !" दुल्हन चची ने तड़पकर कहा था। "यह एक ही इस ज़िंदगी के लिए बहुत है। भला बताओ तो," अब संबोधन अब्बा से उतना नहीं जितना किसी अदृश्य आत्मा से था, "यह भी कोई बात हुई, शैतान को बिलकुल सदक़े का बकरा समझ लिया है ! जो चीज़ समझ में नहीं आती उसे शैतान के मत्थे मँढ़ देते हैं। अरे कोई पूछे इन लंबी दाढ़ीवालों से कि कमबख़्तो ! यह शैतान होता क्या है ? यह तुम्हारी दुम होता है, दारों यह तुम खुद होते हो ! देखो तो भला ! शैतान को इनसान से अलग करने का बहाना करना चाहते हैं कि शैतान ने दिल में वसवसा डाल दिया तो मैंने गुनाह कर दिया, मुझसे ग़लती हो गई। अरे क़बूल क्यों नहीं करते कि तुममें अपने आमाल का ऐतिराफ़ करने या अपनी ग़लती तसलीम करने की हिम्मत नहीं। बड़े आए आलिम-फ़ाज़िल ! शैतान के उस्ताद !"

. कठमुल्लाओं के लिए दुल्हन चची के दिल में कोई रहम का ख़ाना नहीं था और वह उन्हें आम तौर पर शैतान की दुम कहा करती थीं। अब्बा ने, बहरहाल,

इस घटना के बाद, इस बात का सख़्त एहतियात रखा कि दुल्हन चची के सामने पड़ने या उनसे बातचीत करने की नौबत न आ पाए।

जहाँ आम तौर पर लोग दुल्हन चची की बातें सुनते ख़ामोश बैठे रहते या ज़्यादा-से-ज़्यादा ज़ेरे-लब मुस्कुराते रहते, कुछ लोग उन्हें चिढ़ाने और मज़ा लेने को जान-बूझकर ऐसी बातें निकालते कि वह खरी-खरी कहने पर मजबूर हो जाएँ। शैतान एक ऐसा ही संदर्भ था। जैसे ही कोई अपनी बात में शैतान का ज़िक्र लाता, चाहे कितना भी घुमा-फिरा के सही, दुल्हन चची को रोकना असंभव हो जाता।

"तुमने देखा है कभी शैतान को ?" वह बात करनेवाले को बीच में ही टोककर पूछतीं, कभी गुस्से से तो कभी हँसकर। "बातें हैं दुनिया की, शैतान-वैतान खुद कुछ नहीं होता," जब वह समझाने के मूड में होतीं तो बहुत धीरज से कहतीं। "सफ़ेद-स्याह जो भी है, इनसान ही है। इनसान अगर नेक है तो फ़रिश्ते उसके आगे धूल हैं। और अगर बुरा है," उनकी हँसी शुरू हो जाती, "हमारे इन दाढ़ीवालों की तरह जिनके दिल में कुछ होता है, ज़बान पर कुछ और, तो कहाँ बेचारा शैतान ! ऐसे-ऐसे ख़याल आते हैं इन मरदूदों के दिल में कि शैतान हो भी तो पनाह माँग ले !"

और दुल्हन चची अपनी बात को दोहरा-दोहराकर तब तक हँसती रहतीं जब तक कि थककर निढाल न हो जातीं।

उनका एक घर शहर में था जिसे बेचने पर जब पैसा मिला तो दुल्हन चची ने दो काम करने का फ़ैसला किया। पहला, जो हर मुसलमान का फ़र्ज़ है, यानी हज करना, और दूसरा अपने गाँव के बाड़े में एक कुआँ खुदवाना जिससे पानी पीनेवाली आगामी पीढ़ियों की दुआएँ और उसके नतीजे सवाब दुल्हन चची को क़यामत तक मिलता रहे।

सोचने पर उनका कुआँ खुदवाने का निर्णय तो बहुत कुछ दुल्हन चची के बुनियादी स्वभाव से मेल खाता लगता है लेकिन हज का फ़ैसला नहीं। धर्म की उनकी अपनी परिकल्पना और व्याख्या थी, जिसके अनुसार उन्होंने अलग-अलग कामों का महत्त्व तय किया हुआ था। न अपने जीवन में उन्होंने पाबंदी से इबादत करने को ख़ास दर्जा दिया, न और बहुत सारी ऐसी चीज़ों को जिनको फ़र्ज़ और सुन्नत के ख़ानों में बाँटकर महत्त्वपूर्ण माना जाता है। जाने वह पल जब उन्होंने हज करने का फ़ैसला किया, उनके बुढ़ापे की किसी कमज़ोरी का नतीजा था, क़रीबी रिश्तेदारों के मशवरे का असर या वाक़ई सचमुच खुद उनके ही दिल की छिपी ख़्वाहिश का इज़हार। मगर जब दुल्हन चची हज करके लौटी थीं तो ख़ानदान में उनका भव्य स्वागत हुआ था।

"अरे हटो उधर !" उन्होंने स्वागत करनेवालों को आड़े हाथों लिया था। "बस, कर आए हज ! जिंदा लौट आए, अब ज़्यादा शोर-शराबे की ज़रूरत नहीं।"

"लोग तो उस पाक सरज़मीन पर मौत नसीब होने की दुआ करते हैं," किसी

ने शायद यह सोचकर कि हज करने के बाद दुल्हन चची बदल गई हैं, याद दिलाया था। "बड़ा अज्र है वहाँ की मौत का।"

"हम दुआ करेंगे," दुल्हन चची ने अपनी आवाज़ में कठोरता के साथ कहा था, "तुम जब हज करने जाओ तो यह अज्र कमाने को मिले ! हम तो लाख-लाख शुक्र अदा करते हैं कि वापस लौट आए और अब अपने घर में ही मरेंगे। कोई बात होती है भला अजनबी लोगों के बीच बे-गोरो-कफ़न मरना !" उनकी झुँझलाहट बढ़ती ही गई थी। "हमें नहीं चाहिए कोई बहुत आला दर्जे की जन्नत ! आपकी जन्नतुल-फ़िरदौस ! हमारा काम तो किसी छोटी-मोटी जन्नत से भी चल जाएगा।"

फिर ज्यों-ज्यों लोगों को दुल्हन चची का हज का सफ़रनामा सुनने को मिला था, त्यों-त्यों वह अपने सिर पीटने, मुँह छिपा-छिपाकर हँसने और तौबा करने पर मजबूर होते गए थे। दरअसल हज का पूरा तीर्थ ही उनके लिए एक ऐसी यातना साबित हुआ था जिसकी कल्पना दुल्हन चची ने नहीं की थी। इसकी शुरुआत पानी के जहाज़ के बंबई का लंगर छोड़ने के साथ ही हो गई थी, जब मतली और उलटी के कारण उनका उठना-बैठना या खाना-पीना दूभर हो गया था। न उन्हें अरब का मौसम रास आया था, न हज में इतने लोगों की भीड़-भाड़। बस, क्योंकि वहाँ चली गई थीं इसलिए हज की औपचारिकताएँ पूरी करने पर मजबूर थीं; जो उनका बस चलता तो सब बीच से ही छोड़-छाड़कर कभी की वापस आ गई होतीं।

"हजूम ही हजूम !" कुछ दिन बाद हँसी के दौरों के बीच आँसू पोंछते उन्होंने अम्माँ को बताया था। "ख़लक़त है कि फटी पड़ रही है, तुम कहीं भी चले जाओ। सब दीवाने हुए जा रहे हैं, हज के अरकान पूरे करने की ख़ातिर। कोई इनसान अगर गिर पड़े तो उसे कुचलते हुए चले जाएँगे, यह दीवाने। ऐसे कोई हज होता है ? कुछ दुआएँ रट ली हैं सबने और बग़ैर उन्हें समझे-बूझे बुदबुदाने की कोशिश कर रहे हैं, और आधे से ज़्यादा ध्यान अपनी जान की ख़ैर मनाने में लगा है। अरे छोड़ो ! क्या कहें तुमसे, सवाब-अज़ाब की पख़ जो लगी है। शैतान को पत्थर मारने को पागल हुए जा रहे हैं यह समझ के कि बस, यही असली शैतान है। बहकाया होगा उसने किसी पैग़ंबर को मगर तुम ऐसे कौन-से पीर-पैग़ंबर हो जो शैतान अपना क़ीमती वक़्त तुम पर बरबाद करेगा ! रस्म सब अदा करते हैं, मगर उसके पीछे छिपे, मायने-मतलब समझने की अक़्ल किसी में नहीं। क्या बताएँ यह सवाब-अज़ाब की पख़ ! अरे भाई, वहाँ हरम-शरीफ़ में ख़ाना-काबा का तवाफ़ करते हुए दीवाने हुए जा रहे हैं। वह धक्का-मुक्की और कुश्तम-पछाड़ा कि अल्लाह की पनाह ! और सब जान दिए दे रहे हैं, संगे-असवद का बोसा लेने के लिए ! हमसे भी किसी ने कहा, हम कहाँ इस चक्कर में पड़नेवाले, मगर मुक़द्दर देखो, एक रैला आया भीड़ का और आँख खुली तो हम बिलकुल संगे-असवद के क़रीब। हमने बोसा देने को मुँह उठाया," कहते हुए दुल्हन चची दीवानावार हँस रही थीं, "देखा

एक बड़ा-सा काला पत्थर बोसा देनेवाले दीवानों के थूक में लथपथ, वहाँ जड़ा है। लोग उसे चूम रहे हैं, चाट रहे हैं, बस नहीं चल रहा, नहीं तो शायद चबा भी डालें। हमारे मुँह से यूँ एक बालिश्त दूर रह गया था और हम उसे चूमने ही जा रहे थे कि उस थूक को देखकर ऐसी घिन आई कि हमने अपना मुँह अलग कर लिया। लोग दीवाने हो रहे थे उसे चूमने-चुमकारने को। हमने उनके लिए जगह छोड़ दी कि लो भैया, खूब दिल खोलकर चूमो। अब देखना भला, यह भी कोई बात हुई !"

अम्माँ यक़ीनन् यह रुदाद सुनती दिल में थरथर काँपती रही होंगी और उनकी ज़बान पर तौबा का विर्द रहा होगा, अल्लाह मियाँ के सामने माफ़ी का सिर्फ़ एक ख़ाना इस उम्मीद के साथ कि अल्लाह जानता था, दुल्हन चची का दिमाग़ सही नहीं था।

क्या सचमुच दुल्हन चची का दिमाग़ी संतुलन ख़राब था ? वह जो कुछ कहती थीं उसके पीछे कोई तर्क नहीं बल्कि एक पागलपन काम करता था ?

दुल्हन चची संसार में नहीं हैं और खुदा जाने उनका बनवाया हुआ कुआँ भी आज बाक़ी बचा है या नहीं। उसका पानी पीनेवाले भी आज उसके बनवानेवाले को याद करते और दुआ देते हैं या समय के बदलाव ने उस कुएँ को भी पूर दिया ?

कभी-कभी कुछ बातें पूरी तरह न जानना ही बेहतर होता है।

8. बड़ा घर और अपयैया

ज़मीर एहमद ख़ान की यादें मुरशद, फफू बिया और दुल्हन चची पर जाकर ख़त्म नहीं हो जाती थीं। लगता था जैसे दिमाग़ में एक छत्ता हो, जिसमें यादों की महक यादादाश्त का शहद जमा करती रहती हो। या वह डार्क-रूम जिसमें अब्बास भाई कैमरे से फ़ोटो खींचने के बाद घने अँधेरे में उसे डिव्हेलप करते और उसके प्रिंट्स बनाते थे। बैरी कैप लगाए, बंद गले का कोट पहने, बंदूक़ और सर्च-लाइटों के साथ शिकार से लदी जीप चलाते भाई जान, सबसे बड़े तायाज़ाद भाई। हँसी, क़हक़हे या गुस्से और नाराज़गी की बारूद में सुलगता एक व्यक्तित्व भाई जान का। और भाभी जान जिनका सौंदर्य खुद अपने-आपमें एक मिसाल हुआ करता था। फफू, अम्माँ और उनकी पुरानी सिंगर मशीन, पान-सुपारी का झोलना और पैग़ंबरों के क़िस्से-कहानियों से भरा वजूद। फूफा मियाँ, कमज़ोर काठी, झुकी कमर, बेचैनी से पूरे घर में इधर-उधर टहलते, ताका-झाँकी करते। जो खुद से बातें करते रहते थे और मामूली बातों पर छोटे बच्चों की तरह रूठते और मोटे-मोटे आँसुओं से रोते थे। भाई जान से छोटे अब्बास भाई जिन्हें फ़ोटोग्राफ़ी का शौक़ था और जिन्होंने घर में एक छोटा-सा डार्क-रूम बनाया हुआ था। आपा जान जिनकी शादी

के दिन सड़क के पार भारत टाकीज़ का उद्घाटन हुआ था, बरसात के मौसम में फ़िल्म 'बरसात' से। फ़िल्म के गाने 'जिया बेक़रार है', 'तक धिना-धिन' और 'हवा में उड़ता जाए मेरा लाल दुपट्टा मलमल का।' नसरत भाई जिन्हें खेलने, गाने, अच्छे शेर सुनाने और अच्छे कपड़े पहनने का शौक़ था। कमाल मियाँ जो उम्र में तो बड़े थे लेकिन निकटता के कारण वह बुजुर्गी का संबोधन 'भाई' लगाने के बजाय सीधे-सीधे कमाल मियाँ कहकर बुलाता था। कलीम भाई, रिश्ते में उसके ख़ालाज़ाद भाई जो सितम से अपने नाम के अर्थ के बिलकुल उलट, गूँगे थे। फिर थी हमउम्रों और हमजोलियों की भीड़—चचाज़ाद, मामूँज़ाद, ख़ालाज़ाद, फूफीज़ाद भाई और भतीजे, भांजे जो याददाश्त की कुशादगी में आज भी आलथी-पालथी मारे उसी बड़े घर में बैठे हैं, जिसे बड़े अब्बा अपनी ज़िंदगी में ही पाँच ख़ानों में बाँटकर दीवारें उठवा गए, और जो आज आँखों-देखे भी किसी तरह पहचान में नहीं आता। चोर-पुलिस का खेल और कलीम भाई उर्फ़ अपयैया की छेड़खानी। बाहर का कमरा और सिनेमा का खेल…। एक आत्मकथा के हिसाब से अगर ज़मीर एहमद ख़ान जीवन को क्रमबद्ध याद करना चाहे तो उसकी याद का पहला फंदा कहाँ गिरेगा ? … छुटपन और लड़कपन की ताज़ा-ताज़ा महक से पहले, तब से पहले जब कुछ करने के पीछे कुछ हासिल करने का ख़याल दिमाग़ में जन्मा था ? … सुबह-सुबह जागने, शरीर को चुस्त-दुरुस्त रखने की ख़ातिर हलके व्यायाम करने, नहाने, स्कूल के कपड़ों और किताबों से पहले क्या था—क्या था जिससे सही मायने में शुरुआत हुई ? …

उस ज़माने की याद यूँ है जैसे दुनिया बस, वजूद में आई ही हो। हवा ने नया-नया चलना सीखा हो, आसमान में ताज़ा बादल तैरना शुरू हुए हों, और सूरज, चाँद, सितारे और मौसम तो जैसे अभी अपना सही-सही टाइम-टेबिल भी निर्धारित नहीं कर पाए हों। क्या कारण हो सकता था वरना जाड़ों में नाटे दिन, लंबी रातों और गर्मियों में हाँफने की हद तक लंबे दिन और सुस्ताए बग़ैर बीत जानेवाली रातों का ? या अनजाने, मौक़ा-बेमौक़ा, कभी भी बरसात का। एक दिन आएगा जब साल-भर मौसम एकसमान और दिन और रात बराबर हो जाएँगे। और तब कहा जा सकेगा कि दुनिया ठीक से चलना सीख गई। इससे पहले कि दुनिया की चाल में संतुलन आता खुद ज़मीर एहमद ख़ान अपना संतुलन खो बैठा !

कहीं यह उन मासूमों की बददुआ तो नहीं जिन्हें एक उम्र में लतीफ़ा बनाकर हँसे थे ?

जैसे ?

जैसे कलीम भाई उर्फ़ अपयैया !

कलीम भाई की याद के साथ ही ज़मीर एहमद ख़ान के सीने के सर्दख़ाने से ठंडी साँसें छूटने लगती थीं और ऐसा महसूस होता था जैसे आसपास का तापमान डिग्री-दो डिग्री नीचे आ गया हो।

कलीम भाई की उर्फ़ियत अपयैया यूँ पड़ी कि यही वह इकलौती आवाज़ थी जो किसी ने उनक हलक़ से निकलते सुनी थी। यह नहीं कि उन्होंने दूसरी कोई आवाज़ निकालने की कोशिश न की हो। एक बार तो उनको ऐसा चस्का पड़ा था कि संगी-साथियों के हाथ जोड़ने और माफ़ी माँगने की परवाह किए बग़ैर वह मौक़ा पाते ही शायरों की तरह घुटने मोड़कर बैठ जाते और किसी शास्त्रीय गायक की तरह हाथ लहरा-लहराकर हलक़ से अपयैया-राग निकालना शुरू कर देते। गूँगे के साथ बहरे होने का फ़ायदा ज़मीर एहमद ख़ान को उनका गायन सुनते हुए समझ में आया जब अपनी चीत्कार की बुलंद-बाँगी से बेख़बर वह यूँ गाते कि देखते-ही-देखते घबराकर घर के बुजुर्ग जमा हो जाते, अपयैया को सांत्वना देते और बाक़ी सबको डाँटते कि ख़बरदार जो इस ग़रीब को सताया।

कलीम भाई अपयैया कोई अलग व्यक्तित्व नहीं, खुद ज़मीर एहमद ख़ान के जीवन का एक ऐसा अध्याय है जिसके बिना किसी आत्मकथा-लेखन की कल्पना संभव या सार्थक नहीं हो सकती। अपयैया का घर शहर के दूसरे हिस्से में था लेकिन आम तौर पर वह भी बड़े घर में बाक़ी साथियों की भीड़ में मौजूद होते। क्योंकि न तो वह अपनी बात कह सकते थे, ना ही दूसरों की सुन सकते थे, इसलिए उनसे सारी कहा-सुनी इशारों में की जाती थी।

हर बड़ी घटना की तरह अपयैया के गूँगेपन को लेकर भी विवाद था। एक रिवायत के अनुसार वह पैदाइशी गूँगे-बहरे थे जबकि दूसरी रिवायत यह थी कि वह अपने बचपन में खूब बोलते थे और उनकी इसी खूबी के कारण उनका नाम कलीम अर्थात् बात करनेवाला रखा गया था। दुर्भाग्यवश लोगों की नज़र बचाकर उन्होंने उसी उम्र में एक ताँबे का छेददार पैसा निगल लिया जिसके नतीजे उनके बोलने और सुनने की शक्ति जाती रही।

अपयैया खुद ज़मीर एहमद ख़ान से उम्र में पाँच-छः साल बड़े रहे होंगे लेकिन यह फ़र्क़ उस उम्र का था जब बहुत कम अंतर से कोई तो दुनिया में होता है और दूसरे के वजूद का साया भी दूर-दूर तक नहीं होता। यह पाँच-छः साल के अंतर की तो बात ही बाद में समझ में आई। उसकी नज़र में तो अपयैया उससे सैकड़ों, हज़ारों गुना बड़े थे और अपने उस बड़प्पन को न वह सिर्फ़ जानते थे बल्कि उसे बहुत गंभीरता के साथ लेते थे। किसी बात पर नाराज़ होते, जिसके मौक़े अक्सर आते थे, तो 'अपयैया ...' 'अपयैया ...' कहकर चिल्लाते हुए डाँटने और कान खींचने, चिमटी तोड़ने में भी तकल्लुफ़ नहीं करते। खुश होते तो 'अपयैया ...', 'अपयैया ...' 'अपयैया ...' की प्यार-भरी हाँक लगाकर शाबाशी देते। उनका स्याह रंग, खड़े नाक-नक़्श और चमकदार आँखें जो किसी जंगली जानवर-सी चौकस भी रहती थीं और उदास भी। अपयैया को छेड़ने और परेशान करने में जाने क्या मज़ा आता था कि ज़्यादातर साथियों के निर्मम मज़ाक़ का निशाना वही बनते थे। कुछ पढ़ना-लिखना तो संभव था नहीं इसलिए बुज़ुर्गों ने उन्हें दर्ज़ी का काम

सीखने शासन की ओर से एक नए-नए खोले गए ट्रेनिंग सेंटर में दाख़िला दिला दिया था। यह सेंटर भी बड़े घर के पास ही था, इसलिए रोज़ आते-जाते अपयैया वहाँ रुकते और फिर इतवार की छुट्टी का उनका पूरा दिन भी वहीं गुज़रता। उस दिन वह अम्माँ से मिलने भी ज़रूर घर आते। तंग मोहरी का सफ़ेद लट्ठे का पाजामा, घुटनों तक लंबी कमीज़, बंद गले का कोट और सिर पर मलमल या मख़मल की टोपी पहने अपयैया जिनके पैरों में काले चमड़े का पंप जूता होता था।

बड़े घर की खूबी यह थी कि घर बड़ा होने के साथ-साथ आसपास का सबकुछ भी बहुत कुशादा और खुला हुआ था। बड़े अब्बा के जंगलात की ठेकेदारी का काम तब तक भाई जान सँभाल चुके थे और लकड़ी की सप्लाई के सिलसिले में आए दिन उनका दिल्ली जाना-आना लगा रहता था। दिल्ली का मतलब हलवा सोहन, खुश्क मेवे और चाट मसाला जो भाई जान बहुत इफ़रात से अपने साथ लाते थे। उनका दूसरा शौक़ और धंधा दिल्ली से पुरानी जीपें लाकर उन्हें नए सिरे से बनाना और बेचना था और बड़े घर से मिला हुआ एक छोटा घर मोटर पार्ट्स रखने और मैकेनिकों के काम करने के लिए अलग कर दिया गया था। इसी घर में शिकार किए गए जानवरों की काट-पीट और सफ़ाई भी होती थी। भाई जान शायद एक ऐसे व्यक्ति थे जो दुर्भाग्यवश अपने समय से पहले पैदा हो गए थे। लकड़ी और जंगलात का काम हो या मोटरें बनाने का, फर्नीचर का कारख़ाना हो या भोपाल की सही अर्थ में पहली डेरी की कल्पना, भाई जान अपने समय और सामर्थ्य से सालों आगे थे। उनका वक़्त से आगे होने का सिलसिला ज़िंदगी ही नहीं मौत में भी रहा और जब सैंतालीस साल की उम्र में अब्बा के इंतिक़ाल के कुछ महीने बाद ही उनका देहांत हुआ तो ख़ानदान एक ऐसी हस्ती से महरूम हो गया जो पुश्तों में जाकर पैदा होती है।

यह तो बाद की बात थी—बहुत बाद की।

उस ज़माने में बड़े घर के पीछे मैदानों और कछवाड़ों के अलावा एक लक़ोदक़ मरा क़ब्रिस्तान भी हुआ करता था। मरा इसलिए कि वहाँ नई क़ब्रें खोदना और मुर्दे दफ़न करना बंद किया जा चुका था। उस मरे क़ब्रिस्तान में कई इमली के तनावर दरख़्त थे, और अन्य कुछ ऐसे जो आँखों में तो बसे रह गए हैं लेकिन जिनका नाम पूछने या जानने की कभी नौबत न आ सकी। इसके अलावा वहाँ क़ब्रों के ऊबड़-खाबड़ विस्तार पर फैली बेशुमार मकोई की शक्ल की छोटे-छोटे काले दानोंवाली मखंडी की झाड़ियाँ, सस्ते गेवाकलर फूलों की गुल-सितारा और न जाने क्या-क्या उगता था। यह मरा क़ब्रिस्तान जगह थी चोर-पुलिस खेलने के लिए जो उन दिनों सबका पसंदीदा खेल था।

हमजोलियों की भीड़ हर इतवार को मरे क़ब्रिस्तान के भिंड-मुरैना में जमा हो जाती और खेल शुरू करने से पहले सबका पहला हमला इमली के चैव्वों पर होता। वैसे गुलेलों से गिरगिट भी मारे जाते और मारने के बाद उनकी दुम काटकर

मुसलमान करने का सवाब भी कमाया जाता। बिना पूछे-ताछे मस्जिद में सिपारा पढ़ानेवाले हाफ़िज़ साहब और कुछ अन्य बुजुर्गनुमा बूढ़ों का कहा मान लिया गया था कि गिरगिट क्योंकि रंग बदलता है, इसलिए काफ़िर है। उसे मारने के बाद दुम काटकर मुसलमान करने का बहुत सवाब मिलता है। नफ़रतों के खेल को समझने के सामर्थ्य के बिना, यह सवाब कमाने का बहुत आसान तरीक़ा था।

चैव्वे तोड़कर एक नीम की छाया में बनी पत्थर की उस क़ब्र पर जमा किए जाते जिसका साइज़ बिना अतिशयोक्ति के इतना बड़ा था कि उसमें एक पूरा भरा-पूरा परिवार दफ़न किया जा सकता था। फिर पत्थर का बत्ता तलाश करके चैव्वों को क़ब्र के पटिये पर दुचला जाता। अपयैया के ज़िम्मे बड़े घर के बावर्चीख़ाने से बुआ की नजरें बचाकर नमक-मिर्च और संभव हो सके तो जीरा लाने का मुश्किल काम होता। इशारों में उनकी मिन्नत-समाजत की जाती, इशारों में इनकार करते हुए वह समझाते कि यह कितना जोखिम-भरा काम है। खुशामद बेकार जाने के बाद एक ही रास्ता बचता—डराने-धमकाने का। बिना तकल्लुफ़ अपयैया को मुक्के दिखाकर, आँखें निकालकर, त्यौरियाँ चढ़ाकर हुक्मउदूली के अंजाम से डराया जाता और जैसे वह डरने के बहाने के ही इंतज़ार में होते। नमक-मिर्च-मसाला हाज़िर ! चटन पुलाव तैयार !!

सब चटन पुलाव चट करने पर तुल पड़ते।

वाह, वाह ! मज़ा आ गया।

मिर्च ज़्यादा हो गई !

सी-सी !

हो-हा !

वोह-वाह !

चटन पुलाव ख़त्म !

अगला आइटम ? चोर-पुलिस !

पुलिस के सिपाही दीवाली पर पटाख़े चलानेवाली सस्ती टीन की पिस्तौलों से लैस होते। डाकू, मुँह पर कपड़े का ढाटा कसे, नंगे सिर जो ज़ीरो मशीन से मुँड़ा होता था, कमीज़ का दामन पाजामे के नेफ़े में खोंसे, असलियत का अंतिम टच देने को आँखों पर काग़ज़ की पन्नी या प्लास्टिक का चश्मा लगाए, अपयैया। लाख एतराज़ के बाद कि हर बार डाकू बनने का सम्मान उन्हें ही क्यों दिया जाता है, अंततः अपयैया दूसरी बातों की तरह यह भी मान लेते। और अगर किसी दिन वह राज़ी न होते, रूठकर चले जाते या उन्हें मनाने की कोशिशों में असफल होकर उनकी बात रखने को उन्हें पुलिस में शामिल कर लिया जाता तो खेल का असली मज़ा तो चौपट हो ही जाता था। अपयैया खुद भी अपने डाकू-विशेषज्ञ होने के महत्त्व से परिचित थे और जब उनके अलावा कोई डाकू बनता था तो वह इशारों में उसे हिदायतें देकर चोर के चरित्र की बारीकियाँ समझाने की कोशिश करते और

अंततः अपनी गर्दन हिला-हिलाकर उसके परफ़ॉर्मेंस के प्रति अपनी निराशा व्यक्त करते।

अपयैया को चोर या डाकू बनाकर क़ब्रिस्तान की झाड़ियों में छिप जाने का आदेश दिया जाता और पुलिस अपने हथियारों सहित दो-तीन टुकड़ियों में बँट जाती और तब शुरू होता उस मिनी भिंड-मुरैना का कॉम्बिंग ऑपरेशन। बहुत सावधानी के साथ पिस्तौलें थामे सिपाही अपयैया नामी खूँख़ार आतंकवादी की तलाश में निकल खड़े होते। जब सिपाही अपयैया के छिपने की जगह के बिलकुल क़रीब पहुँच जाते और ख़तरा बिलकुल सिर पे मँडराता नज़र आता तो अपयैया 'अपयैया' की एक ऐसी दिलख़राश चीख़ मारते कि ज़मीन-आसमान के बीच लकीर खिंच जाती। और जिस तरह कुछ लोगों को कव्वाली सुनते हाल आ जाता है, उस तरह झूमते, हवा में हाथ लहराते 'अपयैया-राग' का अलाप-विलाप जारी रखते हुए वह भाग खड़े होते। उधर सारी पिस्तौलों का निशाना उनका हिलता-झूलता शरीर होता और सारे सिपाहियों के मुँह से फर्राटे के साथ ठायँ ··· ठायँ ··· ठायँ ··· की आवाज़, अर्थात् पिस्तौलें चल रही हैं, निकल रही होती।

इसके आगे अपयैया पूरी तरह अपनी मर्ज़ी के मालिक होते। यानी वह पुलिस के ज़िंदा हाथ आएँगे, मुर्दा या ज़ख़्मी—या धोखा देकर भाग निकलने में सफल रहेंगे, यह उन्हें आदेश नहीं दिया जा सकता था। जब उनकी मर्ज़ी होती टकराव में वह पुलिस के हाथों मारे जाते और खुद अपनी समझ से ऐसा हृदयस्पर्शी प्रदर्शन देते कि मौत में जान पड़ जाती। वैसे शहादत हो या ज़ख़्मी होना, उनके अभिनय को जीवंत करने में सबसे बड़ा योग 'अपयैया ··· आ ··· आ ··· अपयैया ··· आ ···' के आलाप-विलाप का ही होता था, जिसके उतार-चढ़ाव और बारीकियाँ इतनी हो सकती हैं कि जिसने सुना नहीं वह विश्वास नहीं कर सकता। और जिस दिन अपयैया बग़ावत के मूड में होते पुलिस के लिए वह बड़ा मुश्किल दिन होता। पता चलता सारे सिपाही चोर को चौतरफ़ से घेरे लगातार ठायँ ··· ठायँ ··· ठायँ ··· गोलियाँ बरसा रहे हैं, चेहरे की गंभीरता से इशारा करने की कोशिश कर रहे हैं कि बस ! अब तुम मर जाओ ! और सबकी अनदेखी करता चोर अपनी जगह खड़ा मस्ती में हलकी आवाज़ से 'अपयैया ··· आ ···' का टेप बजाता झूम और नाच रहा है, बेआवाज़ हँस रहा है और पुलिस को अपने चेहरे पर फैली मनों मुस्कान से ललकार और उनकी बेबसी याद दिला रहा है। ऐसे में और चिढ़ाने को अपयैया अपनी ऐनक उतार फेंकते और चेहरे पर कसा ढाटा भी खोल देते।

ऐसे अवसर पर खेल यहीं रोक दिया जाता और गिरोह में जो सबसे बड़ा होता वह अपयैया से इशारों में उनकी इस हरकत का कारण पूछता। कभी तो सचमुच कोई वाजिब कारण—किसी छोटे की बदतमीज़ी या बड़े की ज़्यादती—निकलता, और कभी सिर्फ़ मज़ा लेने को उन्होंने ऐसा किया होता। ग़लती करनेवाले की, और अगर सिर्फ़ मज़ा लेने को उन्होंने ऐसा किया होता तो खुद अपयैया की, डाँट-डपट की

जाती, आइंदा खेल में शामिल न करने की धमकी दी जाती और उसके बाद खेल फिर नए सिरे से शुरू हो जाता।

एक बात अब दिमाग़ में आती है कि पुलिस तो सारे हथियारों से लैस होती थी लेकिन डाकू, अर्थात् अपयैया हमेशा ख़ाली हाथ। अब इसका कारण समझ में आता है कि सगे रिश्तेदार होने के बावजूद अपयैया के परिवार की आर्थिक स्थिति ऐसी नहीं थी कि बच्चों के खेल-खिलौनों के शौक़ को पूरा किया जा सके। क्या सिर्फ़ इसी कारण अपयैया सबके मज़ाक़ों का निशाना और अपने हमजोली सिपाहियों के बीच डाकू बनने पर मजबूर थे ?

उस ज़माने में चोर-पुलिस के अलावा सब लोगों का दूसरा प्रिय खेल बड़े घर के बाहर के कमरे में सिनेमा होता था। इसमें भी विशेष भूमिका अपयैया ही निभाते थे।

भाई जान के कमरे के नीचेवाला कमरा बाहर का कमरा कहलाता था और अब्बास भाई ने अपना डार्क-रूम भी इसी के बाज़ू में बनाया हुआ था। यह बड़े घर की बाहरी बैठक थी जिसमें कुरआन शरीफ़ पढ़ानेवाले हाफ़िज़ साहब से लेकर तमाम उन मिलने-जुलनेवालों को बिठाया जाता था जिनसे घर की औरतों का पर्दा होता था—भाई जान या अन्य बड़ों से मुलाक़ात करने आए दोस्त और पहचानवाले। ऊपरी कमरे में भाई जान और भाभी जान रहते थे। बाहर के कमरे में दो बाहरी प्रवेशद्वार थे। घर के अंदर जो दरवाज़ा खुलता था उससे दायीं ओर सीढ़ियाँ चढ़कर ऊपर भाई जान के कमरे में जाया जा सकता था या दो सीढ़ियाँ बायें उतरकर, एक और दरवाज़ा पार करते हुए, बड़े घर के लंबे-चौड़े आँगन में उतरा जा सकता था।

बड़े घर का यह हिस्सा—बाहर का कमरा और उसके ऊपर भाई जान का कमरा—आसपास के सारे परिवर्तनों के बीच आज भी अपनी जगह खड़ा रह गया है। सामने से होटल की एक लंबी-चौड़ी इमारत, गोदामों के शटर और दायें-बायें पुख़्ता और नए मकानों के बीच यह यूँ जकड़ा रह गया है जैसे किसी के कोहनी मारने-भर से धड़ाम-से लाइन के बाहर जा गिरेगा।

बाहरी कमरे के एक प्रवेशद्वार में व्यवस्था थी कि बाहर से लगाई गई ऊपरी चटख़नी को अंदर से खोला जा सकता था, और इसके लिए एक दरवाज़े के ऊपरी हिस्से में एक छोटा चौकोर ख़ाना कटा हुआ था। चटख़नी खोलने-बंद करने के अलावा यह ख़ाना सिनेमा के खेल में वही उद्देश्य पूरा करता जो असली सिनेमा में प्रोजेक्टर करता है—यानी परछाइयों को स्क्रीन पर फेंकना। कमरे के बाहर धूप में दरवाज़े के सामने से गुज़रते किसी भी व्यक्ति की परछाईं दरवाज़े के इस छेद से गुज़रकर अंदर सामने की दीवार पर पड़ती और किसी लेंस की कमी या गड़बड़ी के कारण छोटी होकर सिर के बल उलटी पड़ती। बाहर से गुज़रती कोई आकृति जैसे ही इस प्रोजेक्टर की मार में आती, कमरे के स्क्रीन पर उलटी टँग जाती और

दायें या बायें, आकृति की असली चाल की उलटी दिशा में चलती हुई तब तक टँगी रहती जब तक कि उसकी रेंज से बाहर न निकल जाती।

अँधेरे-उजाले का यह खेल एक ऐसा तिलिस्म था जो किसी तरह बासी पड़ने को न आता था। वैसे भी असली सिनेमा देखना तो तब बुजुर्ग बहुत बुरी चीज़ समझते थे और कभी भूले-भटके ही किसी फ़िल्म को देखने की इजाज़त मिलती थी, इसलिए यह बाहर के कमरे का सिनेमा मनोरंजन का एक ऐसा ही साधन था जैसे इन दिनों टी.वी. हो गया है। न टिकट लेने की ज़रूरत, न शो के टाइम की ख़ास पाबंदी। जब तक तबीयत हुई देखा, जब मन हुआ सामने से उठ गए। गर्मियों की उन लंबी दोपहरों का विशेष इंतज़ार होता, जब सूर्य की दिशा उपयुक्त होती और बाहर का कमरा सिनेमा की तरह उपयोग के लिए ख़ाली होता। होने को ऐसी मनहूस दोपहरें भी होतीं जब कोई बड़ों से मिलनेवाला दुआओं के सारे पुल ध्वस्त करता आ जाता और सारी दोपहर बतियाता, क़हक़हे लगाता, पान खाता, पीक थूकता एक क़ीमती दिन बरबाद करके चला जाता। उस दौरान उन लोगों की भीड़, अस्त होते सूरज के ख़याल से, पस्त-हौसला कोने-कोचरों में खड़ी एक-दूसरे को सवालिया नज़रों से देखती रह जाती थी।

याददाश्त में ऐसे मनहूस दिन सुरक्षित नहीं हैं, वही शानदार दिन-दोपहरें हैं जब सिनेमा खेलना संभव होता था।

सिनेमा के इन मैटिनी शोज़ के हीरो भी अपयैया ही बनाए जाते। कमरे में बैठकर बाहर से गुज़रनेवाले किसी राहगीर का इंतज़ार उबाऊ होता था, इसलिए सिनेमा देखनेवाले खुद बारी-बारी बाहर धूप में जाकर तमाशा करने का तय करते जिसे अन्य लोग अंदर बैठकर स्क्रीन पर देखते। गर्मियों की उन चिलचिलाती दोपहरों को जब चीलें आकाश में अंडा छोड़ रही होतीं, यह थोड़ी देर की अदाकारी भी लोगों पे भारी पड़ती थी। इसलिए लोग जल्दी-जल्दी अपनी बारी निबटाने के बाद कमरे के अँधेरे और ठंडक में आ बैठते और तब नंबर आता अपयैया का। और ईमानदारी की बात यह कि जो काम अपयैया करते थे वह किसी और के बूते का था भी नहीं। दीवार पर टँगी उनके शरीर की उलटी आकृति जो-जो मुद्राएँ, उछल-कूद और नाच दिखाती उसके मोह में बँधे दर्शक उन्हें मुकर्रर-मुकर्रर धूप में भेजने पर खुद को बाध्य समझते। बिना साउंड, बिना रंग की उन छोटी-छोटी फ़िल्मों में सिर्फ़ एक्शन-ही-एक्शन होता, क्या-और-कैसे जैसे छिछले और भंगुर प्रश्नों से मुक्त, गहरे आध्यात्मिक समुद्र के रहस्यों के बीच गोता लगाता। अपयैया के अंदाज़े से (और अंदाज़ा उनका सही होता था) जब उनकी बारी का समय पूरा हो जाता तो वह पसीना पोंछते अंदर आ बैठने के लिए दरवाज़ा खटखटाते। सब आपस में मिलकर या तो उन्हें यह धोखा देकर कि अभी घड़ी के हिसाब से उनका दान पूरा नहीं हुआ या सामूहिक वाह-वाह करके इशारों में उन्हें दाद देकर दोबारा, दोबारा धूप में लौटने, तमाशा दिखाने, नाचने, उछलने-कूदने पर मजबूर करते रहते। अगर

कभी वह बाहर न जाने पर अड़ ही जाएँ तो इस अंजाम से खूब बाख़बर कि अब जब कमरे में अँधेरा होगा तो लोग उसका फ़ायदा उठाते हुए उनकी धपियाई करने की कोशिश करेंगे और चैन से नहीं बैठने देंगे।

सो अब अगर डॉक्टर मगरमच्छ ज़मीर एहमद ख़ान की तकलीफ़ को समझे बिना हँसता है, या राहत जीवन की उपमा किसी नृत्य या करतब से देती है तो क्या ग़लत है ! दुनिया पर हँसने का साहस था तो अब खुद पर भी हँसने की हिम्मत होनी चाहिए। ऐसा तो नहीं कि गूँगों के मुँह में ज़बान न होती हो। क्या अपयैया के मुँह से बद्दुआएँ नहीं निकलती होंगी ?

जब भी अपयैया का ख़याल आता है, एक सदमा और पाश्चात्ताप उसे घेरने लगते हैं।

क्यों नहीं निकलती होंगी ! उसके अस्तित्व में क़ैद सैकड़ों पिशाच हँसी उड़ाते डाँटते हैं। "ज़रूर निकलती होंगी !" कोई आवाज़ बताती है, "जब ही तो तुम इस अंत को पहुँचे हो !" ज़बान होते बोलने से मोहताज़, गुस्सा होते किसी को कोसने में असमर्थ, धरती और आकाश के बीच उस क़दम की खोज में तरह-तरह की नृत्य-मुद्राएँ अपनाने को विवश जिसमें वह एहसास हासिल हो सके जिसे अर्थ देने को संतुलन जैसा निरीह शब्द काफ़ी है। ज़रूर-बिल-ज़रूर बाहर के कमरे की दीवार पर नाचती, तमाशा दिखाती अपयैया की परछाईं दिमाग़ में क़ैद होकर इंतक़ाम लेने पर तुली है !

क्या इतना काफ़ी है ? क्या अपयैया के दिमाग़ में (हालाँकि यह कल्पना बड़ी कठिन है कि उनके दिमाग़ में ख़याल किस भाषा में आते होंगे) भी उथल-पुथल होती होगी ? सवाल-जवाब उठते होंगे ? या क्या सिर्फ़ जन्म लेना ही उनके होने को काफ़ी था ? बंदर की तरह अपने आसपास के लोगों की नक़ल करना काफ़ी था ? बुजुर्गों के कहे का पालन करते हुए अपयैया किस पाबंदी से ज़्यादा-से-ज़्यादा नमाज़ पढ़ने की कोशिश करते थे। रहल पर कुरआन खोल के लकीरों पे उँगलियाँ चलाते हुए इस तरह ज़ोर-ज़ोर से हिलते थे जैसे लोग तिलावत करते हुए हिलते हैं। उनके दो ख़ास इशारे हुआ करते थे—दोनों हाथ जोड़कर नमस्ते, अर्थात् हिंदू, और माथे तक दायाँ हाथ उठाकर सलाम, यानी मुसलमान। क्या फ़र्क़ बनता था उनके नज़दीक इन दो चीज़ों से ? बाक़ी, मुसलमान का ख़तना या हिंदू का चोटी रखना और मस्जिद-मंदिर का अंतर तो उन्हें थोक में मिले संस्कारों का अंतर था, लेकिन इस सारे नाटकीय विभाजन की असलियत उनकी नज़रों में क्या थी ? उसे देखकर उनके भीतर क्या जागता और क्या सोता था ? वह तो शब्द और भाषा के मायावी चमत्कार से परे थे। उनके कान वह कुँवारे कान थे जिन्होंने न तो अज़ान की पुकार सुनी, न घंटों का बुलावा। ज़बान उनकी ऐसी जिस पर सीढ़ी लगाकर न कोई कलमा चढ़ सका और न ही कोई गायित्री मंत्र। क्या अंतर बनता था, उनके लिए ?

खुद उसके, ज़मीर एहमद ख़ान के, लिए भी क्या अंतर बनता है इन चीज़ों से ! क्या लेना-देना उसे भी इन सबसे !

कभी-कभी लगता है उसकी छाती में बिछात बिछाए, चूड़ियाँ फोड़े, सिर पे ख़ाक डाले बेगिनती विधवाएँ अपने सीने कूटती मातम कर रही हैं। वह चीख़-पुकार, रोना-चिल्लाना है जिसके ऊपर कुछ सुनाई नहीं देता। मगर यह सोच की मुख्यधारा का सामना करने से पलायन है। और किस चीज़ का मातम ? अपने इर्द-गिर्द का अक्स ही तो होता है किसी भी व्यक्ति का वजूद। यह सब लँगड़ी उन्नतराशियाँ हैं। हद तो यह कि आज कलीम भाई उर्फ़ अपयैया तक ख़रामाँ-ख़रामाँ देश की प्रगति और उन्नति के पथ पर अग्रसर हैं ! उम्र के साथ बाक़ी हमजोलियों की तरह उनका भी ठाठ-छप्पर टेढ़ा हुआ है, बुढ़ापा छाया है, लेकिन उन्होंने उसे बड़े खंदापेशानी क़बूल किया है। बेगिनती दुकानों की अदला-बदली के बाद वह आज भी किसी जगह दर्ज़ीगिरी करते हैं। फ़ैशन की दुनिया में बिना कोई नाम कमाए या मास्टर-कटर बने वह सुई-धागे और सिलाई से अपना संबंध बराबर जोड़े हुए हैं। शादी करने की न उन्होंने ख़्वाहिश ज़ाहिर की, न घरवालों ने इस पर ज़ोर दिया। आज उनका स्वास्थ्य भी पहले की निस्बत बेहतर है और आमदनी भी ख़र्चे से ज़्यादा है।

इससे और अधिक कोई चाह भी क्या सकता है !

क्या सचमुच ?

9. छोटी-छोटी बेईमानियाँ

"यह ऊँची बिल्डिंगें, माल-असबाब से भरी दुकानें, स्कूटरों, मोटरों की रेल-पेल मुझे स्वाभाविक नहीं लगती।"

विवेक से पिछली भेंट पर ज़मीर अहमद ख़ान ने कहा था। यह राहत के वॉक-आउट से कुछ रोज़ पहले की बात थी।

"स्वाभाविक से तुम्हारा क्या मतलब है ?" विवेक ने सोचते रहने के बाद कहा था।

"इस सारी शानो-शौकत के भीतर कहीं गैंगग्रीन पल रहा है। हर चीज़ ने गति पकड़ ली है और सबकुछ बहुत तेज़ी से हो रहा है। यह खुशहाली नाममात्र की लगती है।"

"क्यों लगती है ?" विवेक की संजीदगी अभी भी बरक़रार थी।

"जहाँ इनसानी मूल्य और मान्यताओं में इतनी गिरावट आ चुकी हो वह समाज कैसे सर्वाइव कर सकता है ? तुम नहीं जानते, इन इमारतों की बुनियाद

में कितनी बेईमानी की कमाई है ? यह खेल कितने दिन चल सकता है ?''

''ठीक है,'' विवेक ने थोड़ी बेज़ारी से कहा था, ''लेकिन सभी एक जैसे तो नहीं।''

''सभी बावन गज़ के हैं !'' ज़मीर एहमद ख़ान ने व्यंग्यात्मक लहजे में कहा था। ''जो भी खुशहाल है उसका बेईमान होना ज़रूरी है।''

''और जो बदहाल हैं ?'' विवेक ने सवाल किया था, ''वह सबके-सब सिर्फ़ अपनी ईमानदारी के कारण हैं !''

विवेक की सबसे बड़ी खूबी यह थी कि वह उपदेश नहीं देता था। उसने एक सादा-सी बात कही थी जो खुद ज़मीर एहमद ख़ान के दिल को जा लगी थी। अपने-किए, अपने-जिए को सोच-सोचकर वह लहूलुहान होता रहा था, आनेवाले घंटों और दिनों।

''अब छोटी-मोटी बेईमानियाँ तो ...'' उसने उस पल सुरक्षात्मक ढंग से विवेक से कहना चाहा था मगर वाक्य अधूरा ही छूट गया था।

''छोटी और बड़ी का फ़ैसला किस तरह किया जा सकता है ?'' विवेक ने उसी सधे लहजे में कहा था। ''आदमी या तो ईमानदार हो सकता है या बेईमान।''

''और हर एक की अपनी ईमानदारी और बेईमानी की परिभाषा हो सकती है ! एक बेईमान को खुद को ईमानदार समझने और कहने की आज़ादी हो सकती है !'' ज़मीर एहमद ख़ान के स्वर में झुँझलाहट बढ़ गई थी।

सचमुच खुद उसका बहुत कुछ विवेक से ढँका-छिपा नहीं था, कम-से-कम अस्सी प्रतिशत तो बिलकुल ही नहीं।

''इस समय हम बात सिर्फ़ तुम्हारे शराफ़त मियाँ की नहीं कर रहे। याद है मैं तुम्हारे उनके साथ कम करने के कितने ख़िलाफ़ था ?''

सचमुच विवेक ज़मीर एहमद ख़ान के 'द ट्रेज़र ट्रोव्ह' पर शराफ़त मियाँ के साथ काम करने के शुरू से ही पक्ष में नहीं था।

''तो मैं क्या करता ?!'' उसे गुस्सा आने लगा था, ''तमाम परिस्थितियाँ जानते-बूझते तुम वही बात कह रहे हो ! अच्छी तरह या बुरी तरह, उनकी वजह से मेरे इतने साल बीत तो गए। किसी दूसरे से नहीं, शादी से पहले सिर्फ़ तुमसे मैंने यह कहा था कि मैं ऐसी स्थिति में हूँ कि कभी भी आत्महत्या कर सकता हूँ। उस वक़्त तुम्हीं कोई नेक सलाह या मशवरा देते।''

''मैंने कहा नहीं था कि मेरे साथ आ जाओ ? बेशक उस समय तक खुद मेरा काम ही पूरी तरह जम नहीं सका था।''

''उसके लिए ता-हयात मैं तुम्हारा एहसानमंद रहूँगा और खुद अपना भी कि मैंने तुम्हारा मशवरा नहीं माना। ना ही मुझे शराफ़त से शिकवा-शिकायत। खेल तो दो ही मिलकर खेलते हैं, वह ईमानदारी का हो या बेईमानी का। शराफ़त मियाँ से शिकवा उसे हो जो खुद ईमानदारी का बड़ा दावेदार हो।''

"तो फिर देश और दुनिया का सत्यानाश सोच-सोचकर क्यों कुढ़ रहे हो ?!" विवेक आजिज़ी से हँसा था।

"क्योंकि यह सत्यानाश मेरे और मुझ जैसे लोगों के कारण ही होगा ! और यह रोग अब इलाज की हद से बाहर निकल चुका है ! और बहुत जल्द ही खुद को दोष देकर कोसना-पीटना भी एक लोकप्रिय फ़ैशन होने जा रहा है ! न मैं 'द ट्रेज़र ट्रोव्ह' की बात कर रहा, न बोफ़ोर्स की ! हाँ, यह आसपास नज़र आनेवाली खुशहाली एक बहुत बड़ा धोखा है, यह मुझे लगता है, क्योंकि किसी भी तरह हम इसके योग्य नहीं हैं।"

विवेक तो लौटकर अपने घर-परिवार, बीवी-बच्चों के दरमियान चला गया था, जहाँ किसी बेईमानी का भ्रम पाले बिना खुशहाली थी और ज़मीर एहमद ख़ान के लिए छूटी रह गई थी बेईमानी और बदहाली की सौग़ात। इन दोनों का सामना करना उसके लिए एक ज़ख़्मी भैंसे से लड़ाई के समान था जिसमें यह तक विश्वास के साथ नहीं कहा जा सकता था कि अंततः मारा किसे जाना था—भैंसे को या खुद ज़मीर एहमद ख़ान को।

छोटी-छोटी बेईमानियों के कीटाणु उसमें कहाँ से और कैसे आए कहना मुश्किल था, लेकिन यह थे तो हमेशा से ही। इब्तिदा में जब बहुत सलाह और मशवरे के बाद, जिसमें भाई मियाँ का योगदान सबसे महत्त्वपूर्ण था, आख़िरकार अब्बा ने ज़मीर एहमद ख़ान को दुनयावी तालीम दिलाने का समझौता और फ़ैसला किया था, तो किसी स्कूल में औपचारिक प्रवेश लेने से पहले स्कूलों के वातावरण से परिचित कराने की ख़ातिर कमाल मियाँ अपने साथ उसे अपने स्कूल ले जाते थे। उसी स्कूल में कमाल मियाँ पाँचवीं कक्षा में पढ़ रहे थे और नसरत भाई आठवीं में। नसरत भाई हँसोड़ स्वभाव के थे और उन्हें अच्छे कपड़े पहनने और खेलने का शौक़ था। कमाल मियाँ का सीधा और गंभीर व्यक्तित्व था और वह कम बोलते थे।

कमाल मियाँ के साथ साइकिल पर डबल बैठकर वह उनके स्कूल जाता था। तब तक जहाँ ख़ानदान के अधिकांश लड़कों ने अंग्रेज़ी बाल रखना शुरू कर दिया था खुद ज़मीर एहमद ख़ान का सिर पाबंदी से ज़ीरो मशीन से मुँड़ता था। अब्बा मज़हब के बारे में दूसरे लोगों से ज़्यादा सख़्त थे। स्कूल में होनेवाले दाख़िले को नज़र में रखते उसे भी अंग्रेज़ी बाल रखने की इजाज़त जरूर मिल गई थी लेकिन बाल बढ़ने में अपना समय लेते हैं। कमाल मियाँ के साथ ज़मीर एहमद ख़ान ने इसी हालत में स्कूल जाना शुरू किया था। मास्टरों से कहकर कमाल मियाँ उसे छोटी क्लास में बैठा देते। खाने की छुट्टी के अलावा एक और दस मिनट की इंटरवल होती थी, जिसमें बच्चे स्कूल के बाहर बिकनेवाली चीज़ें खरीदते और खाते थे। उसकी पहली बेईमानी की याददाश्त उसी दस मिनट की छुट्टी से जुड़ी थी।

स्कूल के सामने सड़क के पार पत्थर के पटिये पर एक बूढ़ा व्यक्ति जिसकी

नज़र भी कमज़ोर थी, बच्चों के लिए मूँगफली, लब्दो-बिरचन, अमरूद, बेर, कबीट इत्यादि की दुकान लगाता था। कमाल मियाँ से वह परिचित था और ज़मीर एहमद ख़ान का परिचय भी कमाल मियाँ ने उससे अपना छोटा भाई कहकर करा दिया था। पहले कई दिन तक उस दुकानदार से चीज़ें नक़द ख़रीदते रहने के बाद धीरे से ज़मीर एहमद ख़ान ने उधार का खाता भी खोल लिया था। वह सस्ता और आने-पैसे का ज़माना था और धीरे-धीरे बढ़कर कुल उधार कितना हुआ था, रुपया या सवा रुपया, यह अब उसे बिलकुल ठीक-ठीक याद नहीं था। स्कूल जाने का यह सिलसिला माह-दो माह चला होगा और उसके बाद कुछ महीने एक टीचर के साथ घर पर तैयारी करने के बाद उसका औपचारिक प्रवेश तीसरे क्लास में उस इंग्लिश मीडियम स्कूल में हो गया था, जहाँ से उसे हायर सेकेंडरी करके निकलना था। ऐसा नहीं कि अपने जीवन की अन्य व्यस्तताओं में वह उस बूढ़े चीज़ बेचनेवाले का उधार भूल गया हो—लगता शायद यही रहा कि जब बिना दिए काम चल रहा है तो क्यों रुपया-सवा रुपया ख़र्च किया जाए। यह अंदेशा भी रहा होगा कि बूढ़ा जिस उम्र में था वह कभी भी मर सकता था और यह हार्दिक इच्छा भी थी कि उसके जीते-जी उसके पैसे लौटा दिए जाएँ ! लेकिन न तो कभी उसको खोजते हुए गए, ना ही पैसा लौटाया !

सोच-सोचकर आश्चर्य होता है कि माँ-बाप के अलावा किस-किसके प्रेत व्यक्ति के भीतर डेरा करते हैं। एक बूढ़े, लगभग अपाहिज चीज़ें बेचनेवाले का पैसा ज़मीर एहमद ख़ान ने खाया। कौन ज़मीर ? आत्मज मौलवी मोहम्मद एहमद ख़ान जिनका यक़ीन हलाल और हराम में इतना पुख़्ता था कि खुद उनकी कमज़ोर माली हालत को जानते हुए भी लोग अपना पैसा या अमानत उनकी हिफ़ाज़त में रखवाकर यूँ बेफ़िक्र हो जाते थे जैसे सात तालों में बंद करके रख आए हों। कड़ी मेहनत और संघर्ष के बाद उनका लकड़ी का व्यवसाय इतनी तरक़्क़ी कर पाया था कि कुछ समय पहले ही पुरानी आराकशों की अड्डियों की जगह एक नई आरा-मशीन लगी थी। घर में इफ़रात तो तब भी नहीं थी मगर पहले-सी तंगदस्ती नहीं रही थी। और फिर एक रात बहुत देर गए किसी ने घर आकर दरवाज़ा पीटा था और कारख़ाने में आग लग जाने की इत्तिला दी थी। अम्माँ, भाई मियाँ, आपा और ज़मीर एहमद ख़ान—सब ख़बर सुनकर परेशानी और बेबसी की मूरत बन गए थे। मौलवी मोहम्मद ख़ान चुपचाप घर से निकले थे और अँधेरे में कहीं खो गए थे। इत्तिफ़ाक़ से आग पर आसानी से क़ाबू पा लिया गया था और कारख़ाने को ज़्यादा नुक़सान नहीं पहुँचा था। सारी हलचल के बाद लोग जब सुबह फ़जिर की नमाज़ पढ़ने मस्जिद में पहुँचे थे, तो देखा था कि मौलवी साहब नियत बाँधे नामज़ पढ़ रहे हैं। जब उन्होंने सलाम फेरा तो लोगों ने आग बुझने और ज़्यादा नुक़सान न होने की ख़बर दी। उन्होंने खुदा का शुक्र अदा किया, जमात के साथ फ़ज़िर की नमाज़ अदा की और दूर से कारख़ाने पर एक सरसरी नज़र डालते हुए घर

लौट गए।

उस सुबह तब जब घर अपनी पुरानी बुनियादों, कच्ची दीवारों और कवैलू की छप्परवाला था और बीच आँगन में एक अनार का दरख़्त था जो खूब फूलता भी था और फलता भी, और एक अमरूद का पेड़ लगा था जिसमें लाल दल के बड़े-बड़े अमरूद लगते थे और आँगन खूब लंबा-चौड़ा था जिसमें एक तरफ़ एक आठ फ़ीट लंबा और चार फ़ीट चौड़ा पत्थर का पटिया बिछा था जिसे गर्मियों की शामों को ढेर सारे ठंडे पानी से धोकर साफ़ और ठंडा किया जाता था और घरवाले रमज़ान में उस पर इफ़तारी चुनकर रोज़ा खोलने बैठते थे, जब आपा गुड़ियों के अलावा घर के काम-काज में अम्माँ का हाथ बँटाना शुरू कर चुकी थीं और भाई मियाँ मदरसा छोड़कर कारख़ाने पर अब्बा के साथ बैठना शुरू कर चुके थे, अब्बा ने नाश्ते के बाद चाय पीते हुए अपनी औलाद को कुछ उस नज़र से देखा था जैसे मेहनत के नतीजे से खुश किसान अपने खेत की फ़सल को देखता है।

"यह खूब रही !" अम्माँ ने एतराज़ किया था। "कुछ करने-धरने के बजाय वहाँ मस्जिद में जाकर बैठ गए !"

और अब्बा यादों में खो गए थे—उनके बचपन की यादें !

"तुम्हारे दादा का भी लकड़ी का पीठा था," उन्होंने उन तीनों से कहा था। "जलाऊ और इमारती दोनों तरह की लकड़ी का धंधा था उनका। वह पढ़े-लिखे तो नहीं थे मगर निहायत परहेज़गार और नमाज़-रोज़े के पाबंद थे। उनके अमल में अल्लाह ने कुछ ऐसी बरकत रखी थी कि जो काम भी करते उसमें भरपूर मुनाफ़ा होता। उनका दिल भी बड़ा था, सारे ख़ानदान और रिश्तेदारों का वह न सिर्फ़ ख़याल रखते थे, बहुत सारे लोगों की किफ़ालत ही उनके ज़रिए होती थी। तुम्हारे बड़े अब्बा के घर के सामने जो ख़ाली जगह है वहाँ पर पीठा खोलकर उन्होंने लकड़ी का काम शुरू किया। अच्छे लोगों से जलनेवालों की भी कमी नहीं होती। मैं किसी का नाम नहीं लूँगा मगर रिश्तेदारों में से ही थे वह भी जिन्होंने एक रात अब्बा के पीठे में आग लगा दी। यह उस ज़माने की बात है जब फ़ायर बिग्रेड जैसी चीज़ आज की तरह आम नहीं हुई थी। अब्बा को जगाकर जब आग लगने की ख़बर दी गई तो उन्होंने 'इन्नालिल्लाह' पढ़ी और मस्जिद में जाकर इबादत में मसरूफ़ हो गए। सुबह जब वह पीठे पर पहुँचे तो सब जल-जलाकर राख हो चुका था। उस राख को अब्बा ने कवैलुओं की मदद से अपने हाथों से समेटकर ढेरियों में इकट्ठा किया और बरतन बनानेवाले कुम्हारों को जितने भी पैसों में वह राख बेची जा सकती थी बेचकर उस छोटी-सी रक़म से उन्होंने दोबारा लकड़ी का धंधा शुरू किया। उस हक़ीर-सी रक़म में बरकत हुई, अब्बा का काम खूब अच्छी तरह जम गया, और आज जो भी हमारे या तुम्हारे बड़े अब्बा के पास है, दरअसल उसी राख का एवज़ है।"

ऐसे एक मौलवी मोहम्मद एहमद ख़ान की औलाद ने दुनिया से लेन-देन का

सिलसिला शुरू किया तो बेईमानी से ! एक बूढ़े अपाहिज फेरीवाले का रुपया-सवा रुपया खाके !

आगे सिलसिला शुरू हो गया था शिक्षा और छोटी-मोटी बेईमानियों का। स्कूल में प्रवेश उसके लिए एक स्वस्थ परिवर्तन और आकर्षक अनुभव था।

विवेक से उसकी भेंट क्लास में ही हुई थी और शुरू के चंद साल दोनों बिना किसी गहरी दोस्ती के साधारण सहपाठी ही रहे थे।

वर्ष बीतते गए थे।

विवेक से उसकी दोस्ती के पीछे भी एक लतीफ़ा था—नामों को लेकर। तब वह दोनों सातवीं कक्षा में थे।

"ज़मीर का क्या मतलब होता है ?" एक दिन विवेक ने उससे पूछा था। ऐसे सवालों के जवाब अँग्रेज़ी माध्यम में आसान होते थे, और गाँधीजी पर कोई अँग्रेज़ी पाठ हाल ही में पढ़ाया गया थां, जिसमें शब्द से ताज़ा-ताज़ा परिचय भी हुआ था।

"कॉनशन्स," ज़मीर एहमद ख़ान ने इस आत्मविश्वास के साथ कहा था जैसे उस अँग्रेज़ी शब्द से मुद्दतों से शनासा हो। "और विवेक ?" खुद उसने प्रश्न किया था।

" 'संयम और विवेक' भूल गए ?" विवेक हँसने लगा था। "पिछले साल हिंदी में था। वैसे मतलब विवेक का भी कॉनशन्स जैसा ही होता है।"

यह छोटा-सा संयोग बुनियाद बन गया था एक ऐसी दोस्ती का जिसे जाने कितने मौसम—सर्दी, गर्मी और बरसात देखना था।

बरसात !

बरसात, बारिश, बादल, पानी, हरियाली !

थोड़ी देर को अगर छोटी-मोटी बेईमानियों की ओर से आँखें बंद कर ली जाएँ तो इस मौसम और इसमें चमत्कार से बदले वातावरण के साथ जीवन का एक अविस्मरणीय अध्याय जुड़ा है जो हर बार बरसात की हरियाली के साथ यूँ ताज़ा हो जाता है जैसे अब और अभी की बात हो—अक्का से उसकी पहली भेंट।

तब वह आठवीं क्लास में था।...

10. साढ़े तीन मिनट, सिर्फ़ !

... बरसात के दिन थे और तब बरसात का एक अलग ही मिज़ाज हुआ करता था। दिमाग़ में पंद्रह जून मानसून आने की डेडलाइन तय थी और उन दिनों शायद बादल भी वादे के पाबंद और ईमानदार हुआ करते थे। या अगर कभी कुछ दिन की ऊँच-नीच हो भी जाए तो उसके लिए न तो बादलों से शिकवा होता था न दिमाग़

में तयशुदा डेडलाइन का स्वास्थ्य पर बुरा असर पड़ता था। बरसात आती—गर्मी से झुलसाई ज़मीन और पेड़-पौधों को राहत देने और देखते-ही-देखते पहाड़, मैदान, खपरैल, दीवार हरे हो जाते और हो जाता चौतरफ़ जलथल-ही-जलथल। दिनों और हफ़्तों सूरज के दीदार न हो पाते और शहर एक बहुत बड़े गुसलख़ाने में बदल जाता जहाँ हर चीज़ नहाती और गुस्ले-सेहत लेती रहती।

जब भी पानी एकदम से जमकर गिरता और इकट्ठे होकर मँझधार की शक्ल में पातरा की ओर बहना शुरू करता तो मोहल्ले के सारे पीठेवाले अपनी-अपनी लकड़ी की देखरेख और सुरक्षा में लग जाते। सड़कें सुनसान, आवक-जावक बंद, काम-धंधा ठप्प, एकदम बिलकुल छुट्टी का माहौल पैदा हो जाता था। इस माहौल में कुछ काम-काज होता भी तो अंदाज़ पिकनिक का ही होता। बड़े घर का पिछवाड़ा जहाँ कुछ साल पहले तक चटन पुलाव बनाया जाता था, या वह इमलियोंवाला मरा क़ब्रिस्तान जहाँ चोर-पुलिस का खेल खेला जाता था, एकदम इस तरह कचहरे हो जाते जैसे सैकड़ों लोगों ने रातोंरात मिलकर हरे रंग से पोत डाले हों। छोटे गड्ढों में जमा होकर पानी यूँ फैल जाता जैसे बड़ी-सी तलैया हो। इस तलैया में तैरते हुए लकड़ी के शहतीर होते जिन्हें खेल में किश्ती की तरह इस्तेमाल किया जाता और जब कोई किश्ती पलट जाती तो सवारियों को कीचड़-पानी से निकाला जाता। सूखे पेड़-पौधों और झाड़ियों की बेरंग खाल के नीचे हरियाली आँखें फाड़े जैसे मानसून की पहली बारिश का इंतज़ार करती रहती थी। घर की खपरैलें आए दिन परेशान करती रहतीं और टपके ठीक करनेवाले छवैयों को छतों पर चढ़ाया जाता। बरसात की नमी और सीलन चलते-फिरते लोगों के शरीर से लेकर गहरे दिमाग़ के अंदर तक उतरकर सबको आलस और काहिली में डाल जाती। देखते-ही-देखते शहर के इर्द-गिर्द नदियाँ 'पूर' आ जाने की ख़बरें मिलने लगतीं जिसका मतलब सड़क के रास्ते न कोई शहर के अंदर आ सकता था, न शहर के बाहर जा सकता था। दुनिया एक हरे-भरे कमख़ाबी द्वीप में सीमित हो जाती जिसका अपना विशिष्ट भूगोल—पहाड़, घाटी, नाले, ताल, तलैया होते और होते वहाँ के वासी—उत्सव मनाते गोटें करते।

बरसात से जुड़ी एक और अविस्मरणीय याद बीर-बहूटियों की थी। वह सुर्ख़ मख़मली कीड़े जिनके बारे में कहा जाता था कि वह जन्नत में पैदा होते हैं, और अल्लाह की रहमत की तरह आसमान से बरसते हैं। लोग आसमान से टपकी बीर-बहूटियों को इकट्ठा करके हिफ़ाज़त से रखते थे, और कई बीमारियों में इलाज के लिए दावा के तौर पर इस्तेमाल करते थे।

उन बीर-बहूटियों की तरह समय का वह टुकड़ा और उसमें देखा और जिया सबकुछ भी लगता है जन्नत में ही बना था और बरसात के साथ आसमान से बरसा था।

वैसे अगर बारिश सवेरे से ही हो रही होती तो स्कूल की छुट्टी कर दी जाती

थी और स्कूल की बस बच्चों को लेने नहीं आती थी। उस दिन तेज़ पानी तब गिरना शुरू हुआ जब बच्चे स्कूल पहुँच चुके थे और सुबह की प्रार्थना के बाद अपने-अपने क्लासों में बैठ चुके थे। आनन-फ़ानन ऐसी मूसलाधार बारिश शुरू हो गई थी जो लगता था सबकुछ उलट-पलटकर रख देगी। स्कूल के ग्राउंड, कारिडॉर, हद यह कि क्लासों के खिड़की-दरवाज़े तक उलाँघकर पानी हर जगह फैल गया था। तेज़ हवा बारिश से बोझिल दरख़्तों के तनों और शाख़ों को मनमाने ढंग से खींच और तान रही थी। बच्चे क्योंकि स्कूल पहुँच चुके थे और उतनी तेज़ बरसात में उनकी वापसी संभव नहीं थी, इसलिए मजबूरन अपने-अपने क्लास में बैठे रहे थे।

शाम सवा-चार बजे तक शहर का चक्कर लगाती हुई स्कूल-बस घर छोड़ती थी।

इस बीच घर का पुराना नक्शा बदल चुका था। कच्ची खपरैलोंवाला घर का आधा हिस्सा ढाकर वहाँ दो मंज़िला पुख़्ता कमरे बना दिए गए थे। अमरूद, अनार और आँगन का बड़ा पटिया इस परिवर्तन का शिकार हो चुके थे। आपा शादी होकर ससुराल जा चुकी थीं और भाई मियाँ की शादी के नतीजे भाभी घर में आ चुकी थीं। अम्माँ के सिर के बाल और अब्बा की दाढ़ी से सफेदी झाँकने लगी थी।

घर पहुँचकर अब्बा के आदेश के अनुसार पहला काम स्कूल का यूनीफ़ार्म बदलकर घर के कपड़े पहनना और मस्जिद में जाकर असिर की नमाज़ पढ़ना होता था। ज़मीन-आसमान का अंतर था घर और स्कूल की दुनियाओं के बीच। क्लास में लड़के-लड़कियाँ एकसाथ पढ़ते थे और पढ़ानेवाले प्रायः सभी टीचर महिलाएँ थीं जबकि ख़ानदान में कम आयु की लड़कियाँ भी पर्दे की पाबंद थीं। अँग्रेज़ी माध्यम स्कूल में दाख़िला अपनी औलाद के लिए, उनकी बुनियादी इच्छा के ख़िलाफ़, अब्बा का अपने ढंग से दीन और दुनियाओं के बीच सरहद खोजने की कोशिश में एक समझौता था। शुरू-शुरू में यह दो दुनियों के बीच झूलना, ज़मीर एहमद ख़ान को ज़्यादा मुश्किल भी नहीं लगा था, लेकिन समय बीतने के साथ-साथ इन दोनों के बीच के अंतर्विरोध और असमानताएँ कभी-कभी उसे बेहद बेतुके और हास्यास्पद लगने लगते। स्कूल से लौटकर वह घर से कमीज़-पाजामा पहनकर, सिर पे टोपी लगाकर बाहर निकलता और मौक़ा मिलते ही मलमल की टोपी तह करके कमीज़ की जेब में रख लेता। मुँड़े सिर के मुक़ाबले तो यह फिर भी बेहतर लगता था। सन् 1857 की बग़ावत या जंगे-आज़ादी की पहली लड़ाई के सौ साल बाद या आज़ादी के तेरह-चौदह साल बाद तक ख़ानदान के बुज़ुर्गों की अँग्रेज़ियत के प्रतीकों से नफ़रत इतनी शदीद मगर इतनी ही सतही थी। घृणा और मोह के बीच जाने किन-किन परीक्षाओं से गुज़रता वर्तमान अपनी सूरत-शक्ल ग्रहण कर रहा था।

बरसात की उस शाम अपनी पुरानी मनपसंद जगहें खोजता वह बड़े घर पहुँचा था। यह जगह भी परिवर्तन की सूची में शामिल थी और घर का एक बड़ा हिस्सा नए नक़्शे पर नई तरह बनाया जा चुका था। वैसे भी तब तक वहाँ बीता अधिकांश समय स्मृतियाँ बनकर दिमाग़ की गहराई में कहीं सुरक्षित हो चुका था।

उस शाम जब ज़मीर एहमद ख़ान भाई जान और भाभी जान के कमरे को निहारता पुरानी यादों में खोया खड़ा था, उसका दिमाग़ चीज़ों को देखने के साथ-ही-साथ उनके बारे में सवालिया ढंग से सोचने और फिर उन सवालों के जवाब खोजने की कोशिश करने जितना समर्थ होने लगा था। वहाँ तक पहुँचते-पहुँचते, काफ़ी काट-छाँट, तोड़-जोड़ और बनाव-बिगाड़ के बाद खुद उसकी बुनियादों के ऊपर किसी-न-किसी अर्थ में किसी बनावट की शक्ल एक दिखाई देनेवाला आकार लेने लगी थी। स्कूल जाने के नतीजे कुछ परिवर्तन उसके व्यक्तित्व में बहुत सहजता के साथ आए थे और अंदाज़ा हुआ था कि दुनिया घर, बड़े घर, मुहल्ले, लखेरेपुरे, दामखेड़े या ख़ानदान से संबंधित गिनती के लोगों और रिश्तेदारों से बड़ी है। कितनी बड़ी, यह तय कर पाना तो अभी भी संभव नहीं था, लेकिन बड़ी है, बेशक !

समय के मुसलसल और क्रूर बहाव में एक महत्त्वपूर्ण पड़ाव, दिमाग़ में एक जमा हुआ बिंदु है बरसात की वह शाम जब बड़े घर में अमरूद के चार बड़े दरख़्त और सेहन में लंबी क्यारी और गमलों के रास्ते से वह कहीं पहुँचना चाहता था—किसी ऐसी जगह जहाँ से अतीत और वर्तमान ही नहीं भविष्य को भी देखा जा सके, अपने से अलग होकर खुद को। ताज़ा हरियाली, गीली ज़मीन, खपरैलों पर धीरे-धीरे सूखती पहली बरसात की नमी। बचपन के ताश-चटनी के खेल और खिड़की से नज़र आनेवाली रेल की पुरानी-सी याद और चेहरे जो बाक़ी दुनिया के साथ-साथ बहुत तेज़ी से बदल गए थे।

··· भाभी जान सफ़ेद चिकन का घेरदार कुर्ता, चुनी हुई हरी ओढ़नी, हरे मशरू का चूड़ीदार पाजामा पहने, कलाइयों में पड़ी बेगिनती काँच की सुर्ख़ चूड़ियाँ, नाक में चमकती हीरे की लौंग और चेहरे पर फैली संजीदा मुस्कान के साथ दालान में चौकी पर बड़ा-सा पानदान खोले बैठी हैं। बावर्चीख़ाने से निकलकर आँगन में फैलता धुआँ बता रहा है कि खाना पकानेवाली बुआ आ चुकी हैं। भाभी जान उससे कुछ पूछ रही हैं, मगर इससे पहले कि वह उनके सवाल का जवाब दे, एक नामानूस खनकती आवाज़ कानों में बिखर जाती है—"स ··· ला ··· म ··· लै ··· कुम !" लगता है कानों में उतरने से पहले वह आवाज़ गूँजकर उस पल मौजूद हर चीज़ को बहुत आहिस्ता से छूती है। दरख़्त, उनके पत्ते, पौधे, गमले, दालान के खंभे, खपरैलें, आसमान में बेमक़सद भागते बादल, सेहन में चकराता धुआँ। समझ नहीं आता वह आवाज़ उसके भीतर गूँजते रहने के बाद बाहर आई है, या बाहर से उसके कानों के ज़रिये भीतर उतरी है। एकदम ख़याल आता है कि वह कमीज़-पाजामा

पहने है और कमीज़ की ऊपरी जेब में तह की हुई टोपी रखी है। एक शर्मिंदगी का एहसास दिल में जनम लेने लगता है। आवाज़ लड़की की है, इतना बिना सोचे ही समझ में आ गया है और इसके साथ ही एक स्वाभाविक झेंप ने उसे घेर लिया है।

"इन्हें पहचानती हो ?" भाभी जान 'स ··· ला ··· म ··· लै ··· कुम' से पूछती हैं। खुद उसने अभी तक नज़रें उठाकर देखने की हिम्मत नहीं की है।

"यक़ीनन !" आवाज़ हँसते हुए कहती है, "कोई चचा या मामूँ होंगे।" और एक खनकदार हँसी, अनार के दानों-सी, माहौल में बिखर जाती है। वह नज़रें उठाकर देखता है और देखता ही रह जाता है ···

ज़मीर एहमद ख़ान को विश्वास है उस एक पल जब उसकी नज़रें सामने खड़ी चश्मा लगाई लड़की से मिली थीं, जो उम्र में खुद उससे यक़ीनन ख़ासी बड़ी थी, तो हवा का एक झोंका चला था और पेड़-पौधे, सब सिहर गए थे। अमरूद की एक डाल ने झूमकर दूसरी डाल से कहा था—'सलामलैकुम !' पेड़-पौधों की पत्तियाँ शाख़ों और टहनियों पर कसमसाई थीं, फिर बेचैन होकर अपने तलुवों पर उचककर उसकी ओर देखा था और तरन्नुम के साथ एक-आवाज़ होकर गुनगुनाई थीं—'सलामलैकुम !' धुआँ सेहन में लहराकर नाचा था और 'सलामलैकुम' कहते हुए एकदम छँट गया था। बादल एक पल को आसमान में रुके थे, दालान में जहाँ भाभी जान और उस अजनबी लड़की के बीच वह शर्माया-सा खड़ा था, झाँककर देखा था और बुदबुवाए थे—'सलामलैकुम।' और उसी एक लम्हे और पल उसे लगा था जो कुछ भी वह जी रहा है वह दरअसल इस दुनिया का हिस्सा नहीं, बीर-बहूटियों की तरह जन्नत में बना और आसमान से बरसा है। मज़े की बात यह कि उम्र गुज़रने के साथ-साथ उसकी यह आस्था पुख़्ता होती गई है।

बाद में पता चला था कि पाकिस्तान से आई उस अजनबी लड़की का अंदाज़ा बिलकुल दुरुस्त था और ज़मीर एहमद ख़ान सचमुच रिश्ते में उसका मामूँ होता था ! बारह-तेरह साल के मामा और उन्नीस-बीस साल की भानजी ! भानजी ने कहा था—इतनी अल्पवायु के मामा कुछ ज़ेब नहीं देते, क्यों न वह उसे अपना छोटा भाई समझे। उसका कोई छोटा भाई है भी नहीं। वह फ़ौरन मान गया था और उन दोनों के बीच दोस्ती हो गई थी। वह उसे अक्का कहकर बुलाएगा जो उसका एक मराठी-भाषी सहपाठी अपनी बड़ी बहन को बुलाता है, यह भी आपस में तय हो गया था। सचमुच, दुनिया में अक्का जैसा कोई नहीं, उसकी आस्था मज़बूत होती गई थी। बाक़ी लड़कियाँ न तो बात करना जानती थीं, न उन्हें अच्छे कपड़े पहनने का सलीक़ा था। अक्का ज़मीन की नहीं, आसमानी मख़लूक़ थी। अक्का पवित्रता का दूसरा नाम था। अक्का के चेहरे पर कुछ वैसा था जैसा सुबह की रौशनी में होता है, या कुछ ख़ास चाँदनी रातों में। ज़मीर एहमद ख़ान जानता था कि अक्का की मँगनी बहुत जल्द ही कमाल मियाँ के साथ होनेवाली है और जहाँ

एक तरफ़ उसे इस बात की खुशी थी वहीं दूसरी तरफ़ यह गुस्सा भी था कि जब भी कमाल मियाँ साथ होते हैं, अक्का का खुद उसके प्रति रवैया क्यों बदल जाता है। इस बात को लेकर वह न केवल उदास होता बल्कि आए दिन अक्का से रूठता-मनता रहता। पिकनिक और तफ़रीह के न जाने कितने कार्यक्रम उसके इस रूठने की नज़र हुए थे। एक नक़ाबपोश दिल के अँधेरों से दस्तक देता हुआ बाहर आता और जीती-जागती दुनिया से उसका रिश्ता तोड़ देता। फिर जितनी देर भी यह हमलावर नक़ाबपोश आज़ाद रहता एक क़त्लो-ग़ारतगिरी का बाज़ार गर्म रहता। दिल के अँधेरों से लूटमार शुरू करता, राह में हर पड़ाव पर अपनी चंगेज़ी के निशानात छोड़ता यह लुटेरा जब तक आज़ाद रहता ज़मीर एहमद ख़ान खुद को उसके रहमो-करम पर पाता। अक्का पूछती, कमाल मियाँ सवाल करते, बाक़ी साथी हमदर्दी जताते, मगर उन सबकी पहुँच से ओझल वह एक ऐसी दुनिया की कल्पना में गुम रहता जो एक शमा की तरह रौशन तो थी मगर यह रौशनी महज़ एक इत्तिफ़ाक़ था। दरअसल यह शमा परवाने को जलाने की मंशा से रौशन हुई थी। फिर जैसे ही वह नक़ाबपोश लुटेरा वापस दिल के अँधेरों की ओर कूच करता एकदम बाहरी कर्फ़्यू उठ जाता। धड़ाधड़ दुकानों के शटर खुलने लगते, सड़कों की चहल-पहल और बाज़ारों की रौनक़ बहाल हो जाती और तफ़रीह की भूखी जनता शहर के सिनेमाघरों पर टूट पड़ती—बिलकुल उसी तरह जैसे राजनीतिक कारणों से आजकल आए दिन शहरों में होने लगा है।

अक्का मँगनी के बाद, अपनी शादी से पहले भी कई बार भारत आई और शादी के बाद भी। उसकी और कमाल मियाँ की शादी, लंबे विलंब के बाद, संपन्न तब हुई जब सन् 1965 की जंग के बाद दोनों देशों के बीच हालात कुछ सामान्य हुए। खुद ज़मीर एहमद ख़ान की स्मृति में सुरक्षित अक्का का संबंध सन् 1965 से पहले के ज़माने से ही ज़्यादा है जिसे उसने अपने मन में एक सहज-सा शीर्षक दे रखा है : 78 आर.पी.एम. (रेव्योलूशंस पर मिनट) का ज़माना। घर में भाई मियाँ का ख़रीदा हुआ एक रेडियोग्राम था, उसके लिए ज़मीर एहमद ख़ान खुद भी पाबंदी से रिकॉर्ड ख़रीदा करता था। तब एल.पी. (33-1/3 आर.पी.एम.) और ई.पी. (45 आर.पी.एम.) का बहुत ज़्यादा चलन नहीं था और कैसेटों की तो कल्पना भी नहीं थी। लगभग दस इंच डायमीटर के 78 आर.पी.एम. के रिकॉर्ड आम थे जिन पर एक तरफ़ साढ़े तीन मिनट का गीत या संगीत रिकॉर्ड होता था। अक्का को भारतीय फ़िल्मी संगीत बहुत पसंद था और खुद उसके लिए अक्का के साथ संगीत सुनते समय बिताना या उसे नए अच्छे रिकॉर्ड भेंट करना आदर्श लगता था।

कुछ गाने उस ज़माने में इस तरह प्रभावित करते कि उनको सुनते हुए उदासी के सायक्लॉन भीतर का सबकुछ तहस-नहस करते महसूस होते। आम तौर पर जो रिकॉर्ड वह अक्का को भेंट करता था, वह एक खुद के लिए भी ख़रीद लेता था। फिर ख़त में वह अक्का को लिखता कि मैं इस तारीख़ को, इंडियन स्टैंडर्ड टाइम

के अनुसार, इतने बजे यह रिकॉर्ड बजाकर सुनूँगा। तुम भी उस वक़्त वही रिकॉर्ड सुनना। और यह एहसास एक अजीब राहत पहुँचाता था कि जिस समय जो रिकॉर्ड वह सुन रहा है, कहीं बहुत दूर, एक दूसरे मुल्क में अक्का भी वही सुन रही होगी।

"पता है," अक्का से आख़िरी मुलाक़ात पर ज़मीर एहमद ख़ान ने कहा था, "तुम्हारे चक्कर में मेरी तो सारी परिभाषाएँ ही गड़बड़ा गई थीं ! यह लगने लगा था कि बिना चश्मा पहने कोई लड़की खूबसूरत ही नहीं हो सकती।"

"तभी तुमने शादी राहत से की जो चश्मा नहीं पहनती !" अक्का ने हँसकर कहा था। उसके राहत से संबंध बहुत अपनाइयत के थे।

"मैं अपनी बेवक़ूफ़ी बता रहा था !" ज़मीर एहमद ख़ान ने थोड़ा-सा चिढ़कर कहा था। "शादी खूबसूरती-बदसूरती देखकर कौन नालायक़ करता है ! वह तो बस, हो जाती है।"

"यार, तुम इतने सूखे तो नहीं थे !" अक्का ने कुछ अचरज और थोड़े व्यंग्य से कहा था, "ख़ासे रूमैंटिक और दिलचस्प हुआ करते थे।"

"शादी के बाद ऐसे हो गए !" राहत ने मौक़े का फ़ायदा उठाते हुए तंज़ किया था। "घरवालों की समझ और स्टैंडर्ड का भी कुछ तो असर पड़ता है, कुछ ख़याल रखना पड़ता है।"

"मेरी बेटियाँ ख़ासी समझदार हैं," बात के जुम्ला-जुम्ला उलझते जाल से बचने के लिए ज़मीर एहमद ख़ान ने राहत से कहा था, "और तुम फ़िक्र क्यों करती हो ! इस गैस की बरकत से अल्लाह ने चाहा तो जल्द ही तुम्हें भी चश्मा लग जाएगा !"

आज पता नहीं अक्का उसके बारे में कितनी बाख़बर है और कितनी अनजान, खुद ज़मीर एहमद ख़ान के दिल में पाकिस्तान घूमने जाने का ख़याल कभी भूले से भी नहीं आया। कमाल मियाँ शादी के बाद कराची में ही बस गए हैं। बरसात के पहले बादलों को देखकर, मोर-नाच की तरह, कभी अक्का का जो ख़याल जिंदगी का हिस्सा बन गया था, अक्का का भोपाल आना, फ़िल्में और तफ़रीह, एक अनजाने मुल्क पाकिस्तान में बसे कुछ रिश्तेदारों के क़िस्से-कहानी, शेरो-शायरी, सकून-बेचैनी, हैं तो आज भी कहीं, लेकिन परायी आँखों से, परायी नींद में, किसी पराये तकिये पर देखे हुए ख़्वाब से। इस यक़ीन के साथ कि वक़्त के उस हरे कमख़्वाबी जज़ीरे के दीदार जीवन में दोबारा फिर कभी न हो सकेंगे।

सोचकर अचरज होता है कि 78 आर.पी.एम. के रिकॉर्ड में, जिसकी अवधि सिर्फ़ साढ़े तीन मिनट होती है, ज़मीर एहमद ख़ान के जीवन की शताब्दियाँ कैसे समा गईं ?! या फिर सोच के ज़मीनो-आसमान पर गुबार-से फैले अंतहीन समय का वास्तविक माप कहीं इतना ही तो नहीं ?

साढ़े तीन मिनट, सिर्फ़ !

11. भाई मियाँ

"ज़मीर मियाँ," भाई मियाँ कमरे के बाहर से आवाज़ दे रहे थे।

"जी," उसने फ़र्श पर बिखरे साज़ो-सामान को एक नज़र देखते हुए उठकर कमरे का पर्दा हटाकर भाई मियाँ का अभिवादन किया था।

"क्यों ख़ाँ," भाई मियाँ ने बिखरे काग़ज़ात, पुराने रिसाले और फ़ाइलों को सरसरी नज़र से देखते हुए औपचारिक स्वर में कहा था। ज़रूर ज़मीर एहमद ख़ान को इस हालत में देखकर उनके दिमाग़ में सड़क के किनारे तमाशा दिखानेवाला मदारी घूमा होगा जो बड़ी उम्मीद और जोश से प्रोग्राम शुरू करने का सोचकर दुकान सजाता है लेकिन तमाशाई उसमें कोई दिलचस्पी नहीं दिखाते ! लोग बिना रुके आगे बढ़ते जाते हैं और वह अपनी झोली, डुगडुगी या बीन-साँप या बंदर के साथ तफ़रीह के नए साधनों को कोसता, अकेला बैठा रह जाता है।

"जी," उसने भाई मियाँ की औपचारिकता का जवाब औपचारिकता के सिक्के से ही दिया था। जिन लोगों के साथ उम्र का लंबा हिस्सा गुज़रता है उनसे व्यवहार के पैमाने आप ही ढल जाते हैं, और उनकी बारीकी किसी अजनबी को आसानी से समझाई भी नहीं जा सकती।

दीवान की धूल झटककर उसने भाई मियाँ के बैठने की जगह साफ़ की थी। उनकी आमद, क्योंकि भाई मियाँ बहुत कम ऊपर आते थे, ज़मीर एहमद ख़ान को कोई अच्छा शगुन नहीं लगी थी। उम्र के ज़्यादा अंतर के कारण उसके भाई मियाँ से रिश्ते में अदब-एहतराम को ज़्यादा दख़ल था। थोड़ी-बहुत बेतकल्लुफ़ी यह देखते हुए ज़रूर थी कि उस ज़माने में बारह-तेरह साल छोटे-बड़े प्रायः एक-दूसरे के लिए अजनबी ही होते थे। यूँ यह बेतकल्लुफ़ी बड़ी क़ीमती थी लेकिन इसे व्यक्त करने के अवसर कम ही मिल पाते थे। राहत, सना और सबा के साथ भाई मियाँ और भाभी दोनों का बेपनाह स्नेह था, ख़ासकर अब्बा और फिर अम्माँ के न रहने के बाद घर के बड़े की हैसियत से भी।

क्या कारण हो सकता था उनके यूँ आने के पीछे ? वैसे कोई काम होता था तो भाई मियाँ खुद ज़मीर एहमद ख़ान को नीचे बुलवा लेते थे। शराफ़त मियाँ से हुई कोई बात ? राहत ? या कुछ और ?

"गर्मी ख़ासी होने लगी है," भाई मियाँ ने पसीना पोंछते हुए कहा था। "तुमने अभी तक कूलर नहीं चलाया ?"

"चलाया था," वह औपचारिक बातचीत जल्द-से-जल्द ख़त्म करके भाई मियाँ की बातचीत का मूल विषय जानना चाहता था। "छत और दीवारों की तपिश और कूलर की नमी मिलकर कमरे को बिलकुल हम्माम बना देते हैं ! दिन को हिम्मत नहीं होती, रात को चला लेता हूँ।"

"यही हाल नीचे का है। लगता है शहर-भर की लू का प्रॉडक्शन और

डिस्ट्रीब्यूशन अपने घर से होने लगा है। इससे बेहतर तो दफ़्तर और दुकान है। वहाँ फिर भी इतनी गर्मी नहीं महसूस होती। आज जुमा था तो छुट्टी का दिन घर पर गुज़ारना दूभर हो गया। अभी-अभी तुम्हारी भाभी से पता चला कि तुम ऊपर हो।''

तो यह बात थी ! चैन की थी या इतमीनान की—यह तय किए बिना उसने लंबी साँस ली थी। आज कारख़ाने की हफ़्तेवार छुट्टी थी जिसे आम तौर पर भाई मियाँ घर रहकर ही गुज़ारते थे। और खुद उसका दिमाग़ क्या-क्या ग़लत अंदाज़े लगाने में जुट गया था ! मगरमच्छ, माई डियर डॉक्टर ! सार लगता है तुम्हारी सलाह में। उसे अंट-शंट सोचने से बचना चाहिए। दिमाग़ से वह काम नहीं लेना चाहिए जो प्यास का मारा बद्दू रेगिस्तान में अपने ऊँट से लेता है। सचमुच वह खुद ही अपना बेड़ा ग़र्क़ करने पे तुला है ! क्या किया जाए ? भाई मियाँ के जाने के बाद अकेले में नमाज़ पढ़कर देखी जाए। शायद किसी तरह का क़रार मिल ही जाए।

''कुछ ढूँढ़ रहे थे ?'' दीवान पर थोड़ा पसरते हुए भाई मियाँ ने उस माले-ग़नीमत की ओर संकेत किया था जो जीवन के जिहाद के नतीजे हाथ लगा था, और ज़मीर एहमद ख़ान के आसपास फ़र्श पर बिखरा पड़ा था।

''पुराने ख़त-फ़ोटो-काग़ज़ात देख रहा था, ऐसे ही।''

''तबीयत का क्या हाल है ?'' पूछते हुए भाई मियाँ की आवाज़ बेहद मुलायम हो गई थी।

''वही है,'' उसने धीमे से हँसकर जवाब दिया था और लिफ़ाफ़े समेटकर फ़ाइल में रखने लगा था।

''यह जगह,'' भाई मियाँ ने कुर्ते के दामन से हवा करते हुए बात आगे बढ़ाई थी, ''जहाँ अपना घर है, अब रहने के क़ाबिल थोड़ी रही। अच्छा-ख़ासा सेहतमंद और सही दिमाग़ यहाँ रहकर चकरा जाए। सामने सड़क पर ट्राफ़िक—दस क़दम क्रॉस करने में पंद्रह-पंद्रह, बीस-बीस मिनट लग जाते हैं। जब से यह तेज़ पिक-अप वाली स्कूटर, मोटरसाइकिलें आई हैं, ऐसा लगने लगा है कभी भी, कोई भी रौंद-कुचलकर निकल जाएगा। सड़कों की जो दुरगत है सो है, ऊपर से कमबख़्तों ने जहाँ जी चाहा बग़ैर किसी सिगनल के छः-छः बालिश्त ऊँचे स्पीड-ब्रेकर बना दिए हैं। जितनी जानें इनसे बचती नहीं होंगी उससे ज्यादा लोग इन ब्रेकरों की वजह से मारे जाते होंगे।''

''रहने के लायक़ तो वाक़ई,'' उसने भाई मियाँ की ताईद की थी, ''यह जगह नहीं रही।''

यह एक सच था, इसके बावजूद की बुजुर्गों के बनाए मकान में रहते खुद के सैकड़ों ऐबों, कमियों, तंगियों और कमज़ोरियों की पर्दापोशी रहती है। आदर्श तो अपना खुद का मकान होना ही था, जहाँ ज़िंदगी से सीधे-सीधे रू-ब-रू हुआ

जा सके और बुजुर्गों के हर पल लंबे होते सायों से छुटकारा मिल सके। यह सब भी कभी जीवन की ओरिजिनल कल्पना में था, जो कार्बन-कॉपी में शामिल न हो सका। फ़िलहाल सिर्फ़ बुजुर्गों से मिले पर्दापोशी के इस साधन के लिए शुक्रगुज़ार ही हुआ जा सकता था।

"मियाँ," भाई मियाँ जैसे इस हफ़्ते की छुट्टी ट्राफ़िक की आलोचना के लिए क़ुरबान करने का तय कर चुके थे। "ज़्यादा फ़िक्र," वह कह रहे थे, "तो बच्चों की होती है। स्कूल की बस से उतरकर घर तक आना या वैसे ही कभी घर के बाहर क़दम रखना अपने-आपमें एक क़िला फ़तह करने जैसा है। खुदा जाने किन कमज़र्फ़ों के पास गाड़ियाँ ख़रीदने को पैसा आ गया है जो पैदल चलनेवालों की तो कुछ क़ीमत ही नहीं समझते। टक्कर मारी और निकल गए। हम तो आए दिन दुकान पर बैठे-बैठे तमाशे देखा करते हैं। बच्चों के लिए तो इस इलाक़े में बहुत ही मुश्किल है ... "

भाई मियाँ की तान जिस तरह रह-रहकर बच्चों पर टूट रही थी, वह शुभ नहीं था। ज़मीर एहमद ख़ान का मन उदासी ही नहीं, एक नामालूम ख़तरे के एहसास से भी भरता जा रहा था।

"ऊपर से एक मुसीबत यह स्लॉटर-हाउस है," भाई मियाँ ने ट्राफ़िक के बाद अगली उलझन गिनाते हुए कहा था। "अपने बचपन से हमने इस मसलख़ को हमेशा इसी जगह देखा है, बल्कि पहले तो गोश्त बिकने के अलावा भैंसें और बकरियाँ दोनों हलाल भी यहीं होती थीं, मगर कभी इसकी वजह से कोई ज़्यादा परेशानी नहीं महसूस हुई थी। अब जबकि यहाँ गोश्त सिर्फ़ बेचा जाता है, यह हालत हो गई है कि चैन से साँस नहीं ली जा सकती। सड़ाँध जैसी सड़ाँध है कि दिमाग़ से लेकर पैर की चिटी-उँगली तक, लगता है, खुद का सारा वजूद सड़ रहा है। दिन अपनी जगह मगर रातों को तो कोई इंतिहा ही नहीं। मैं तो यह सोचकर हैरान होता हूँ कि जब इतने फ़ासले पर अपने घर यह हाल है तो जो लोग और क़रीब रहते हैं उन पर क्या बीतती होगी !"

"हमने तो आपको पहले मशवरा दिया था," ज़मीर एहमद ख़ान ने भाई मियाँ को पुरानी बात याद दिलाई थी, "वही प्लॉट जो तब छः हजार का था, आज डेढ़ लाख में भी मिलना मुमकिन नहीं।"

"अब क्या कहें मियाँ," भाई मियाँ बायें हाथ से हौले-हौले अपना सिर सहलाते बोले थे, "किसे मालूम था ज़मीन की कीमतें यूँ आसमान पर पहुँच जाएँगी। हम तो यह मानकर चलते हैं कि जो मुक़द्दर में नहीं लिखा वह किसी सूरत नहीं मिलता। वक़्त और हालात की बात होती है। पंद्रह साल पहले हमारे लिए छः हज़ार एकजा करना उससे ज़्यादा मुश्किल था जितना आज डेढ़-दो लाख जमा करना है।"

यह भी ठीक था। पंद्रह साल पहले भाई मियाँ के कारोबारी हालात ऐसे नहीं थे जैसे आज थे। जो आत्मविश्वास और पुख़्तापन अब उनमें दिखाई देता था तब

नहीं था। इसके अपने कारण थे जिनकी शुरुआत भाई मियाँ के बचपन से हो चुकी थी। भाई मियाँ को उनकी मर्ज़ी के खिलाफ़ अब्बा नें दीनी मदरसे में पढ़ाना चाहा था और यहीं से उन दोनों के बीच एक आपसी मतभेद पैदा हो गया था। भाई मियाँ की कोई भी शिक्षा पूरी तरह नहीं हो पाई थी। फिर धंधे में अब्बा के साथ भाई मियाँ के बुनियादी स्वभाव का अंतर और उभरकर सामने आया था और अंततः भाई मियाँ ने अपना काम अलग करने का तय किया था। भाई मियाँ अपना काम अपनी तरह से करना चाहते थे और अब्बा के उसूल कुछ और थे।

जिस समय अब्बा का देहांत हुआ घर में दो बड़े परिवर्तन आ चुके थे। खुद उसका उम्मीदों से भरपूर कैरियर पूरी तरह अपनी साँसें तोड़ चुका था और भाई मियाँ के पाँव मज़बूती से जम चुके थे। अब्बा की निराशा का रुख़ भाई मियाँ से मुड़कर उसकी ओर हो चुका था। आज भाई मियाँ मीठे या कड़वे, जिस अंदाज़ में कहना चाहें यह कह सकते हैं कि उन्हें अब्बा से कोई सहयोग नहीं मिला। खुद ज़मीर एहमद ख़ान के पास ऐसा कह सकने की भी आसानी नहीं थी।

कभी-कभी यह सोचकर अजीब लगता है कि अंततः अब्बा भाई मियाँ की सफलता को किस नज़र से देखते और स्वीकार करते होंगे ? उनके हिसाब से भाई मियाँ धंधे में उसूलों की पाबंदी नहीं करते थे, अथवा वह बेउसूल थे। वह मेहनती हैं, इस तथ्य से तो अब्बा ने उनकी बेउसूली के साथ भी कभी इनकार नहीं किया और इसके बावजूद दोनों के बीच मतभेद बने रहे। मतभेद किसी हद तक हटे तो भाई मियाँ की धंधे में सफलता के बाद और शायद सिर्फ़ उसी के कारण। क्या अब्बा आख़िरकार कोई चुनाव करने में कामयाब हो सके थे ? चुनाव कि जिंदा रहने के लिए ज़्यादा ज़रूरी क्या है—सफलता या उसूल ? उसूल ! दुनिया का ऐसा कौन-सा पैमाना है जिसमें उसूलों की जाँच-परख की जा सके ? यह महज़ अब्बा के दिमाग़ में पला वहम भी तो हो सकता है जिसके कारण वह भाई मियाँ को ग़लत समझते रहे हों ? जिसके ग़लत होने का एहसास उन्हें ज़िंदगी के आख़िरी दिनों में हो गया हो ? बंद होती पलकों से कोई संसार को किस रूप में देखता और समझता है, यह किसे मालूम ?

भाई मियाँ आसमान छूती ज़मीन की क़ीमतों से गुज़रकर अपनी दुकान और दीगर दुनियादारी की तफ़सील बताने में व्यस्त थे और वह खुद यह कल्पना करने की कोशिश में खुद को भुला चुका था कि मुँदती आँखों से दुनिया क्या नज़र आती होगी और लोग उस स्थिति को कैसे स्वीकार करते होंगे। हवा जब तरल महसूस हो और पानी छूने पर खुश्क लगे। दुनिया में नज़र से गुज़री सारी चीज़ों का मसरफ़ जब इस तरह समझ में आने लगे जैसी आज छुटपन में अम्माँ और मुमानी जान के साथ बाबे-आली में नुमाइश देखने की याद लगती है। प्रवेशद्वार, अंदर लंबे-चौड़े मैदान में बेगिनती स्टाल, जो सिर्फ़ देखना चाहे देखे, जो ख़रीदने का इच्छुक हो ख़रीदे, रौशनियाँ, हवा में बिखरते संगीत की आवाज़—'न ये चाँद होगा न तारे रहेंगे,

मगर हम हमेशा तुम्हारे रहेंगे,' तरह-तरह के मनोरंजन के साधन, तुक-बेतुक आईनों का पंडाल, 'हँसी-घर' जिसके हर आईने में सूरत-शक्ल नई तरह ख़राब होती थी, 'ज़िंदा-नाच-फड़कता-गाना' जिसमें अलग-अलग लोकप्रिय फ़िल्मी गीतों पर बनी-सँवरी लड़कियाँ नाचती और अभिनय करती थीं, या 'मौत-का-कुआँ' जिसमें एक कुएँ में मोटरसाइकिल दौड़ता आदमी लगभग कुएँ की कगार तक आ जाता था। या एक दूसरा मौत का आइटम—'मौत-की-छलाँग' जिसमें रात देर गए (यह नुमाइश का अंतिम आइटम होता था और सबको बिना अलग से टिकट लिए देखने को मिलता था) एक आदमी रिकॉर्ड—'ओ ज़िंदगी के राही, हिम्मत न हार जाना' और फिर 'खेले जा तो आग से खिलाड़ी' की आवाज़ पर शरीर पर पहने कपड़ों पर पेट्रोल छिड़ककर एक लंबी सीढ़ी की ऊँचान से आग लगाकर, जब आग पूरी तरह भड़क उठती तो ज़मीन की ओर छलाँग लगाता था जहाँ एक पानी से लबालब हौज़ उसका स्वागत करता था। और स्वागत करते थे सैकड़ों दमबखुद तमाशाबीन ! और फिर प्रवेशद्वार ही की तरह एक दूसरा दरवाज़ा हुआ करता था, निकास।

लेकिन, ज़मीर एहमद ख़ान खुद ही से पूछना चाहता था—क्या कुछ समझ में आता है ? कुछ भी ? ···

···इनसे मिलते-जुलते, एक दोपहर उसने खाना खाते हुए दोनों बेटियों से कहा था, "एक ज़माने में दूध तौलने के बाँट हुआ करते थे।"

उसका इशारा दाल-चावल में ऊपर से घी डालनेवाले डोल की शक्ल के छोटे चमचे की ओर था। बेटियाँ कुछ समय पहले ही स्कूल से लौटी थीं और यूनीफ़ॉर्म पहने-पहने ही उसके साथ खाना खाने आ बैठी थीं।

"आपको कैसे मालूम ?"

"हमने बेचा है ना दूध अपने छुटपन में।"

"कहाँ ?" दोनों बेटियों के आश्चर्य की कोई थाह नहीं थी। शायद अब्बा उनसे मज़ाक़ कर रहा था।

"यहीं बेटे, जहाँ अब तुम्हारी फफू की दुकानें बन गईं। पहले दादा अब्बा का लकड़ी का पीठा था जहाँ आराकश हाथ से लकड़ी चीरते थे। वहीं एक सार थी जिसमें दादा अब्बा ने भैंसें पाली हुई थीं। हम रोज़ फ़जिर के वक़्त उठकर दूध लगवाने जाते। फिर कुछ और बड़े हुए तो कभी-कभी दूध बेचने की ज़िम्मेदारी भी सौंप दी जाती। सेर-पाव-छटाँक का ज़माना था, इन लीटर साहब ने अवतार नहीं लिया था तब। आसपास चारों तरफ़ खुले मैदान थे और हरियाली। कभी-कभी भैंसें चरानेवाले कुंदन के साथ हम भी हो लेते। पीछे कछवाड़े थे। घास के मैदान और रेलवे लाइन के नीचे से बहकर पातरा निकलती थी। खूब घूमते।"

उसे मालूम था, उसकी बातों के जादू में बँधकर दोनों बच्चियाँ एक दूसरे संसार में पहुँच चुकी थीं। अच्छा या बुरा, बला से, लेकिन जिसमें हरियाली थी, जिसमें खुले मैदान और उनमें मनमाने ढंग से घूमने-फिरने की स्वतंत्रता थी। सुस्ती, आलस,

आराम, सकून—जो नाम भी उसे दिया जाए—जिसकी चाहना शायद हर कोई ही हर उम्र में अपने लिए करता है।

"अब्बा !" एक लंबी चुप्पी के बाद जैसे दोनों बेटियों ने उसे एकसाथ पुकारा था, "अब्बा, फिर भैंसें कहाँ गईं ?"

"बेटे !" धीमे से हँसकर अनायास ही उसके मुँह से निकला था, "दादा अब्बा कहाँ गए ?"

और बेटियाँ, एक दूसरे गहरे ख़ामोश कुएँ से किसी आवाज़ के लौटने की प्रतीक्षा में खोई चुपचाप उसकी ओर देखती रह गई थीं।

"एक दिन तुम्हारा अब्बा भी वहीं चला जाएगा ..."

...भाई मियाँ परेशान होकर उसे आवाजें दे रहे थे।

अब तक की बातचीत से बिलकुल बेमेल कभी बच्चियों को दिया जवाब बेख़याली में मुँह से ऊँची आवाज़ में निकल गया था। मौसम, मसलख़, ट्राफ़िक, महँगाई और धंधे से बेरब्त यह ऐसा जुम्ला था जिसे सुनकर उसके स्वास्थ्य के प्रति वैसे ही चिंतित भाई मियाँ की परेशानी बहुत स्वाभाविक थी। वह चौकन्नी नज़रों से ज़मीर एहमद ख़ान को देख रहे थे।

"क्या बात है ?" अपना स्वर सहज बनाए रखने की कोशिश करते हुए उसने भाई मियाँ से पूछा था, "आप परेशान क्यों नज़र आ रहे हैं ?"

उसे खुद पर गुस्सा-शर्म-हँसी एकसाथ आ रहे थे जिनकी अभिव्यक्ति का सही तरीक़ा नहीं सूझ रहा था।

"माफ़ कीजिए," भाई मियाँ को दिलासा देने की ख़ातिर उसने झूठ बोला था, "आपके आने से कुछ देर पहले मैं मसनवी मौलना रोम का उर्दू तर्जुमा पढ़ रहा था। उसकी इबारत ज़ेहन में अटकी रह गई।"

इतना भाई मियाँ की चिंता मिटाने को काफ़ी नहीं था। एकदम संजीदगी में घिरकर लगा कुछ ही क्षणों में वह न जाने कितने साल बूढ़े हो गए थे। भाई मियाँ पर उम्र इसी तरह पलों में घिरकर दिखती थी, वरना वह अपने हमउम्रों से कहीं कमउम्र और स्वस्थ दिखाई भी देते थे और शायद अधिकांश लोगों से वास्तव में थे भी।

"डॉक्टर के पास जाना हुआ ?" भाई मियाँ की चिंता चेहरे-मोहरे के बाँध तोड़ती उनकी आवाज़ तक को डूब में ले गई थी।

"जी।"

भाई मियाँ फिर दामन से हवा कर रहे थे, "कहता क्या है ?" उनके नथुने फड़फड़ाए थे।

"वही कि मेरा वहम है। कोई जिस्मानी बीमारी नहीं।"

"दिमाग़ी भी तो हो सकती है ?!" भाई मियाँ ने बुरा माननेवाले स्वर में कहा था। "अभी दिखाया किसको ?"

मगरमच्छ का नाम सुनकर भाई मियाँ का कुछ देर को चुप हो जाना स्वाभाविक था। आस्था थी उनकी अगर दुनिया के किसी डाक्टर में तो वह था मगरमच्छ। अव्वल तो वह खुद बीमार पड़ते कम थे, पड़े तो मगरमच्छ की दवा उनके लिए शिफ़ा की तासीर रखती थी। बहुत सारी खूबियाँ थीं, उनके अनुसार, डॉक्टर मगरमच्छ में। बेवजह और फालतू इलाज नहीं करता था; कम दवाएँ लिखता था; काम को तिजारत नहीं समझता था; रमज़ान में पाबंदी से रोज़े रखता था (ऐसा काम जो भाई मियाँ खुद नहीं कर पाते थे); अब्बा के इलाज में बेहद मेहनत की और घरवालों का साथ दिया; अम्माँ जीते-जी उसके अलावा किसी डॉक्टर की दवा नहीं खाती थीं। किन्हीं अर्थों में वह शाहजहाँ के ताजमहल से कहीं खूबसूरत और काम की इमारत था, हमारे शहर में, हम लोगों के बीच—उसे अगर हमारी यादगार भी कहा जाए तो बेजा न होगा ! यही कारण था कि जब पहली बार ज़मीर एहमद ख़ान को डॉक्टर को दिखाने का तय किया था तो भाई मियाँ की पहली और आख़िरी पसंद मगरमच्छ को ही चुना गया था।

भाई मियाँ दामन से हवा करते हुए अपना गला खँखारकर उसे उस नेक डॉक्टर के बारे में बदतमीज़ी से सोचने से मना करना चाह रहे थे। "हमारा तो ख़याल था," आख़िरकार वह बोले थे, "बीच में तुमने किसी और का इलाज शुरू कर दिया था ?"

"जी वह भी किया था। करता रहता हूँ।"

ख़ामोशी।

"हमारा मशवरा मानो तो बंबई चले जाओ," भाई मियाँ ने गंभीरता से कहा था। "वहाँ बड़े-से-बड़ा डॉक्टर पड़ा है, जाँचें भी हो जाएँगी, क़ायदे से इलाज भी हो जाएगा। वैसे भी एक से ज़्यादा डॉक्टरों का मशवरा बेहतर ही होता है। हो सकता है यहाँ कोई बारीकी इनकी समझ में न आ रही हो, डॉक्टर तो जबकि यह भी बेहतरीन हैं। लेकिन बंबई ···"

डॉक्टरों में मगरमच्छ तो शहरों में बंबई ! दोनों ही से भाई मियाँ का भावुक लगाव एक जैसा था। ऐसा नहीं कि उन्होंने दूसरी जगहें देखी-भाली न हों। काम और तफ़रीह दोनों ही सिलसिले में वह पूरा मुल्क कई बार नाप चुके थे, लेकिन दिल का कुतुबनुमा किसी ओर संकेत करता था तो बंबई ! कुछ सपने किन्हीं लोगों के लिए कभी नहीं मरते। बंबई भाई मियाँ का एक ऐसा ही सपना था जिसे दुनिया की कड़वाहटों, मुश्किलों, असफलताओं और ज़िंदगी की टूट-फूट के बारे में सोचते हुए वह दुनिया से अलग करके बहुत हिफ़ाज़त के साथ सबकी पहुँच से परे कहीं रख देते थे। ऐसा क्यों था यह समझने के झमेले में न तो वह कभी पड़ा, ना ही इसकी आवश्यकता महसूस हुई। ईर्ष्या अलबत्ता उसे होती थी भाई मियाँ से कि वह कितने भाग्यशाली हैं जो उस उम्र तक उनकी बंबई साबुत बची हुई थी !

"शायद वहम ही हो," वह किसी तरह भाई मियाँ की चिंता कम करना चाहता था। "कुछ दिन और वैसे ही देख लेते हैं।"

भाई मियाँ दुविधा में पड़े ज़ोर-ज़ोर से दामन से हवा कर रहे थे। छत पर लगा पंखा पूरी रफ़्तार से घूम रहा था लेकिन हवा जैसे उसके डैनों में ही उलझकर रह गई थी। "कितने महीने हो गए," अंततः उन्होंने अपने उलझे विचारों को शब्दों में समेटने की कोशिश करते हुए कहा था, "दिन-ब-दिन तुम बिलकुल घर में ही सिमटकर रह गए हो। हो सकता है इसका भी दिमाग़ पर बुरा असर पड़ रहा हो। क्या इस बीच शराफ़त से मिलना हुआ ?" भाई मियाँ का अंदाज़ भेद लेने-सा हो गया था।

"किस लिए ?" ज़मीर एहमद ख़ान ने सहजता के साथ बात टालना चाही थी।

"दुकान शुरू करते वक़्त तो उसने तुमसे पार्टनरशिप की बात की थी ? उसका कोई हिसाब-किताब तो होगा ?" न चाहते हुए भी भाई मियाँ गुस्से में आ गए थे। शराफ़त मियाँ न सिर्फ़ यह कि भाई मियाँ को पसंद नहीं थे बल्कि उन्होंने रिश्तेदारी की परवाह किए बग़ैर भाई मियाँ को उस ज़माने में धंधे में नुक़सान पहुँचाया था जब वह अपने संकट और संघर्ष के सबसे नाजुक दौर से गुज़र रहे थे। "वह कमीना अगर मुँह छिपा रहा है तो बताओ उसका कुछ तोड़ सोचा जाए ?"

"अरे छोड़िए," उसने लगभग दर्ख़्वास्त करने के लहजे में कहा था, "मुझे उनसे कोई शिकायत नहीं। ग़लती बुनियादी तौर पर मेरी ही थी।"

"वह तो न हुए अब्बा !" भाई मियाँ के स्वर में गुस्सा और मलाल दोनों ही शामिल थे। "वह तुम्हें कभी उसके साथ काम करने की इजाज़त नहीं देते। हमने भी मना किया था, फिर यह सोचकर चुप रह गए कि तुम्हारा मिज़ाज लक्कड़-बल्ली से मेल नहीं खाता, हमारे साथ शायद तुम्हारा दिल न लगे। हमें खुद किसी साथी की ज़रूरत थी उस वक़्त, अब तो ख़ैर तुम्हारे दोनों भतीजे काम में हाथ बँटाने के लायक़ हो गए हैं। सोचा कि हो सकता है उस बदमाश के साथ काम करने में ही तुम्हारे लिए कोई ख़ैर का रास्ता निकल सके। मैं किसी को बुरा-भला नहीं कहना चाहता मगर इस इनसान के तो ख़मीर में ही बेईमानी है !" भाई मियाँ बोलते-बोलते थक गए थे। "और ..." उन्होंने थोड़े ईर्ष्यायुक्त भाव से कहा था, "साला, लाता कितनी दूर की कौड़ी है !"

"उसी की खा रहा है," उसने भाई मियाँ से सहमत होते हुए कहा था। "रही बेईमानी तो आज के दौर में कोई छोटा-मोटा बेईमान कामयाब नहीं हो सकता। उस हिसाब से ठीक ही हैं शराफत मियाँ, बँगले बनाते जाएँगे, मोटरें ख़रीदते जाएँगे। खुशहाली उनका पैदाइशी हक़ है।"

"लानत है मियाँ ऐसी खुशहाली पर !" भाई मियाँ ने थके लहजे में कहा था।

"ईमानदारी से भी लोग आज दो पैसे कमा ही लेते हैं।"

"बेशक," उसने बात ख़त्म करने के अंदाज़ में कहा था। "वैसे आप फ़िक्रमंद न हों, दुकान के सिलसिले में मैं उनसे निपट लूँगा।"

भाई मियाँ कुछ पल ख़ामोशी से सोचते बैठे रहे थे।

"और यह ...," आख़िरकार उन्होंने बहुत धीमे स्वर में कहा था, "राहत से तुम्हारी कुछ कहा-सुनी हो गई है क्या ?"

वह चुप बैठा मियाँ को तकता रहा था। असल मुद्दा उनके आने का वही था जिसे अभी तक बहुत सफ़ाई से छिपाए रहे थे। घर, राहत, बच्चियाँ–जिनके होने से ज़िंदगी की सूरत-शक्ल बनती है। और खुद भाई मियाँ का प्यार और घर के प्रति एक बुज़ुर्गी-भरी ज़िम्मेदारी, ख़ास तौर पर तब जबकि अम्माँ भी नहीं रही थीं।

"ख़ास तो नहीं," सहजतापूर्वक कहता वह उठ खड़ा हुआ था। बाहर धूप की तपिश में झुलसती खपरैलें और रंग उड़ी इमारतें अपनी जगह साँस रोके खड़ी थीं। "आपके लिए पानी लाऊँ ?"

"नहीं ख़ाँ, बस अब हम चलते ही हैं। दरअसल इतने दिन हो गए थे तो आज जुमे की नमाज़ पढ़ने के बाद मैं राहत के पास से होता हुआ ही लौटा हूँ।" जाने-अनजाने कुछ पल को भाई मियाँ फिर चुप हो गए थे। "वह अपने स्कूल से मेरे सामने ही घर लौटीं। सना और सबा बेटियों से भी मिलना हो गया।"

"अच्छा ही हुआ," उसने अपनी बेचैनी की पर्दापोशी करते हुए कहा था, "वैसे कोई ख़ास बात नहीं, आप फ़िक्र मत करें।"

"इतने दिन तक मैके में रहना," भाई मियाँ ने चिंता की गहनता को स्वर की मुलायमत में समोते हुए कहा था, "अच्छा नहीं लगता। तुम मिलने भी नहीं गए, बच्चियाँ सवाल कर रही थीं। खुद उस घर में इतनी जगह भी कहाँ कि यह लोग वहाँ ..." भाई मियाँ चुप हो गए थे।

क्या कहा जा सकता था भाई मियाँ से ? कुछ भी ऐसा नहीं जिसका काफ़ी हद तक खुद उनको भी अंदाज़ा न हो। काहे के सवाल और क्या जवाब ! स्पष्टीकरण–किस बात का ! भाई मियाँ वहाँ गए थे तो चीज़ों की गंभीरता को समझते हुए गए थे, और यक़ीनन ख़र्चे इत्यादि के पैसे भी उन लोगों को देकर आए होंगे। वह हमेशा ऐसा ही करते हैं। अभी बंबई के सफ़र ख़र्चे का भी बस, कहते-ही-कहते हैं।

"मैंने नहीं भेजा", वह धीमे से बोला था, "जब साअत होगी, चाहेंगी, वापस आ जाएँगी। आप परेशान न हों।"

भाई मियाँ को शायद ज़मीर एहमद ख़ान से इससे अधिक भावुकता की अपेक्षा थी और वह उन्हें निराश कर रहा था।

"मेरे ख़याल से", उन्होंने थके स्वर में जुम्ला बोला था, "तुम बंबई राहत के साथ ..."

"सबसे पहले तो मैंने सोचा है," उसने भाई मियाँ की बात पूरी होने से पहले ही जोड़ा था, "कि अपनी आँखें टेस्ट कराके देखूँ। मेरे एक दोस्त हैं, उन्हें लगभग नव्वे फ़ीसदी वही शिकायतें थीं जो मुझे हैं। दुनिया-जहान के इलाजों के बावजूद उन्हें लगता था कि ज़मीन पैरों के नीचे से निकलनेवाली है। अब गिरे कि तब ! आँखें चेक कराने पर पता चला कि उन्हें चश्मे की बेहद ज़रूरत थी—लगभग अंधे हो चुके थे, हज़रत !"

12. रेलवे प्लेटफ़ॉर्म

योजना सफलता की संभावनाओं से इतनी परिपूर्ण थी इसका अंदाज़ा खुद ज़मीर एहमद ख़ान को भी एक बार स्टेशन जाकर ही हो पाया। वैसे भी यह कोई मनोरंजनों के बीच चुनाव तो था नहीं कि यह फ़िल्म देखी जाए या वह, इनसे मिला जाए या उनसे, या छुट्टी घर पर सोकर गुज़ारी जाए या कोई मनचाही किताब पढ़कर। खुद के संभावित बचाव की उम्मीद और कोशिश में सूझा यह एक ऐसा रास्ता था जिसके सही या ग़लत होने का अंदाज़ा उस पर चलकर ही लगाया जा सकता था। संभव है कि इस सूझ को जागृत करने के पीछे उसकी रेल से यात्रा न कर पा सकने की मजबूरी और खुद उसके दिल में इस मजबूरी से लड़ने की ज़िद शामिल रही हों। यह मजबूरी भी शायद थी उसके संतुलन खोकर गिर पड़ने के भय का ही एक अन्य रूप जिसे डॉक्टर मगरमच्छ किसी बीमारी का आदर देने को तैयार नहीं था।

प्लेटफ़ॉर्म पर लोगों की रेलपेल थी और ट्रेन आने का संकेत हो चुका था। चीज़ें कितनी तेज़ी से सामान्य हो जाती हैं ! रात के उस पहर की व्यस्तता और लोगों की भीड़ देखकर क्या कोई गुमान भी कर सकता था कि कोई ढाई साल पहले एक ऐसी ही रात यह स्टेशन शमशान घाट में परिवर्तित हो गया था और न जाने कितने कुली, रेलवे कर्मचारी और मुसाफ़िर मारे गए थे। वैसे तो गैस-रिसाव की दुर्घटना सारे शहर के लिए ही एक अभिशाप साबित हुई थी मगर रेलवे स्टेशन और उसके नज़दीकी इलाक़ों में रहनेवाले लोग सबसे ज़्यादा प्रभावित हुए या मारे गए थे। यह तो ढाई साल बाद की बात है, ट्रेनें तो एक रात भी चलना बंद नहीं हुई थीं। कुछ दिन शहर का माहौल थोड़ा सोगवार रहा था, उसके बाद हर चीज़ अपने नियमित ढंग से होने लगी थी। एक ज़माने में लोग बातें भूल नहीं पाते थे, अब कुछ भी याद रख सकना मुश्किल हो गया था।

ट्रेन आने को थी।

कुछ देर में खट्-खटा-खट् करती डब्बों की क़तार सामने से गुज़रेगी, धीमे

होते-होते रुक जाएगी और फिर होगा डब्बों में चढ़नेवालों और डब्बों से उतरनेवालों के बीच मुक़ाबला शुरू ! यथास्थिति बनाए रखने, अर्थात् उतरनेवालों को उतरने और चढ़नेवालों को चढ़ने से रोकने के लिए प्रतिद्वंद्वी अपना सबकुछ दाँव पर लगा देंगे। यह जानते-बूझते कि इसमें किसी और का नहीं खुद उनका अपना घाटा है। यह मिज़ाज बन चुका है सारे मुल्क का। लोग बेकार आपस में भेद ढूँढ-ढूँढकर लड़ने-मारने में वक़्त गँवाते हैं, धर्म-क्षेत्र और जाति के बहाने जो बेहद सतही और सरसरी हैं, उन तथ्यों के आगे जो सबमें समान हैं और देश को देश और क़ौम को क़ौम का रुतबा देते हैं। यह समानता देश के किसी भी रेलवे स्टेशन पर आकर रुकी रेलगाड़ी पर टूटते साधारण जनमानस की यलग़ार में देखी जा सकती है।

लोग थे और सामान, गाड़ी के इंतज़ार में धड़कते और बेचैन।

भीड़ से अलग ज़मीर एहमद ख़ान प्रतीक्षा और बेचैनी के ठाठें मारते समुद्र को देख रहा था। अलग खड़े होने का एक तर्क था—मान लो भीड़ में कोई पहचानवाला मिल जाए और पूछे कि कहाँ जा रहे हो तो वह क्या जवाब देगा ! एक पुराना लतीफ़ा याद आ रहा था। एक यात्री अपना टिकट कंडक्टर को दिखाने के बाद हँसने लगा था। लोगों के हँसने का कारण पूछने पर वह बोला था, "उल्लू बना दिया ! रिटर्न टिकट ख़रीदा है, कंडक्टर राह देखेगा, मैं लौटूँगा ही नहीं।"

खुद उसकी जेब में तो प्लेटफ़ॉर्म टिकट तक नहीं था।

किसी को लेने आए हो ज़मीर एहमद ख़ान ?

नहीं।

छोड़ने ?

नहीं।

खुद कहीं जा रहे हो ?

हर्गिज़-हर्गिज़ नहीं !

फिर रात के इस क्षण प्लेटफ़ॉर्म पर क्या कर रहे हो ?

दिल बहलाने की कोशिश और ट्रेन में बैठने के डर की जाँच-पड़ताल।

यह डर कैसे बैठा ?

यात्रा शुरू करते धड़का बैठता गया, बढ़ता गया कि ट्रेन छूट जाएगी। अपना डब्बा और सीट नहीं मिल पाएगी।

रिज़र्वेशन नहीं करवाते ?

रिज़र्वेशन के बाद भी। यह लगता है कि गाड़ी धड़धड़ाती आएगी और खड़खड़ाती चली जाएगी। मैं स्टेशन पर अपना प्लेटफ़ॉर्म और ट्रेन खोजता भटकता फिरूँगा। बोगी-बोगी कंडक्टर के हाथ जोड़ूँगा, टिकट-रिज़र्वेशन दिखाऊँगा। कोई मेरी बात सहानुभूति से सुनेगा, कोई झिड़ककर भगा देगा।

कभी ऐसी दुर्घटना हुई ?

नहीं, पर हर बार लगता है इस बार हो जाएगी !

एक ट्रेन छूटने के बाद दूसरी भी तो पकड़ी जा सकती है ?

वह मेरी ट्रेन थोड़ी होगी ! और सामान के साथ स्टेशन पर अकेला छूटा कोई क्या करेगा ?

अगली गाड़ी का इंतज़ार।

अगली गाड़ी भी मिले न मिले। बहुत देर हो जाएगी, सब गड़बड़ हो जाएगा।

बहुत व्यस्तता है ?

नहीं !

फिर क्या गड़बड़ हो जाएगा ! कहीं पहुँचने की जल्दी ? किसी से मिलने का वादा ? कोई शादी या ग़मी जिसमें इंतज़ार किया जा रहा हो ? कोई जोड़नेवाली गाड़ी जो एक के छूटने से मिस हो जाएगी ?

नहीं, नहीं !

हाँ, हाँ !

पता नहीं !

भीड़ ट्रेन की प्रतीक्षा में खुद को भूले खड़ी थी। 'युअर अटेंशन प्लीज़', 'कृपया ध्यान दीजिए', अनाउंसर की आवाज़ रह-रहकर लोगों को आश्वस्त कर रही थी कि वह अपना दिल छोटा न करें। ट्रेन अभी आई, बस आने ही को है। यह बात जानने के बावजूद कि घर से निकल चुके या घरों को लौटकर जानेवालों के पास अन्य कोई चारा नहीं होता। समय से गाड़ी आ जाए तो ठीक, देर से आएगी तो इंतज़ार करेंगे।

अपने आसपास का जायज़ा लेते हुए ज़मीर एहमद ख़ान पुराने रेलवे स्टेशन की रूपरेखा याद करने की कोशिश कर रहा था। अब स्टेशन पहले की निस्बत ख़ासा बड़ा हो गया था। कई नए प्लेटफ़ॉर्म और बिल्डिंगें बन गई थीं। उसकी याद में यह जगह एक ऐसे दोस्त की तरह सुरक्षित थी जो बहुत आत्मीय रहने के बाद एक दिन बिना कुछ कहे-सुने ग़ायब हो गया हो। फिर लंबे समय के बाद दोबारा जब उससे भेंट हो तो वह इतना बदल चुका हो कि पहचाना ही न जा सके। तब रेलवे ओवरब्रिज तो था नहीं, रास्ते में रेल का एक फाटक पड़ता था। सड़क के दोनों ओर जंगल-जलेबी या शीशम के पेड़ थे और आगे चलकर हरे कछवाड़ों का सिलसिला। स्टेशन से कुछ आगे बिजलीघर के बाद और कपड़ा मिल से पहले दुल्हन चची के गाँव दामखेड़े जाने का कच्चा रास्ता था। शंटिंगवाली लाइन को छोड़कर तब रेल की एक ही मुख्य लाइन हुआ करती थी। रेल के इंजन उस ज़माने में कोयले का धुआँ और पानी की भाप उड़ाते इस फुर्सत से चलते थे जैसे आसमान में भटकते बादल। बंबई की दिशा में बढ़ती यही रेल लाइन थी जिसके पास मरे क़ब्रिस्तान में अपयैया को डाकू बनाया जाता था और जहाँ अब्बा की भैंसें चरानेवाले ग्वाले कुंदन के साथ घूमता वह खुद भी चला जाता था।

एक और अंतर यह था कि उन दिनों ट्रेन के आने का सिगनल ऊपर हवा

में पिस्तौल की तरह लहराकर नहीं, सलामी देने के अंदाज़ में नीचे गिरकर होता था। शहर में गिनती की ट्रेनों की आवक-जावक थी जिनकी घड़घड़ाहट या सीटी की आवाज़ घर पर यूँ सुनाई देती थी जैसे अब दरवाज़े के सामने सड़क पर से गुज़रते ट्राफ़िक की आवाज़ें। कुंदन के साथ वह रेल की पटरी पर जा बैठता और सिगनल हो जाने पर अपने कान पटरी से लगाकर पास आती ट्रेन की आवाज़ों को सुनने की कोशिश करता। क्या आवाज़ें होती थीं वह—तनाव, शोर या गुस्से की बुदबुदाहट ? आवाज़ों का ऐसा मंथन जो उसे फिर कभी सुनने को नहीं मिला। ध्वनियाँ जिनकी कल्पना सीधे-सीधे सपनों से जा मिलती थी। फिर जैसे ही रेल आती हुई दिखाई देती, वह कुंदन के साथ पटरी से दूर हटकर खड़ा हो जाता और अगर कोई मुसाफ़िर-गाड़ी होती तो हाथ हिला-हिलाकर अजनबियों को अलविदा कहता। ट्रेन नज़रों से ओझल होते-होते हवा में घिरकर आया आवाज़ों का सैलाब हवा में ही कहीं ग़ायब हो जाता।

एक और प्रयोग उस ज़माने की ट्रेन की याद के साथ नत्थी था—ग्वालियर स्टेट के ताँबे के सिक्के के साथ किया गया प्रयोग। कुंदन ज़मीर एहमद ख़ान को यह कहकर डराता था कि पटरी पर सिक्का रखने से ट्रेन उलट जाती है। एक दिन उसने अकेले एक सिक्का पटरी पर रखा था और बेचैनी से ट्रेन गुज़रने का इंतज़ार करने लगा था। एहतियातन अपने इस प्रयोग के लिए उसने एक मालगाड़ी को चुना था ताकि उलटने पर अधिक जानी नुक़सान न हो पाए। वह कानों पर हाथ रखे देखता रहा था और ट्रेन ख़रामाँ-ख़रामाँ अपनी मंज़िल की ओर बढ़ गई थी। उसने क़रीब जाकर देखा था तो ताँबे का सिक्का फैलकर काग़ज़ के समान हलका हो गया था। इसके बाद के दिनों ग्वालियर के सिक्के जमा करने और ट्रेन की पटरी पर रखकर उन्हें फैलाने का चसका रहा था, जैसे रेलगाड़ियाँ चलती ही हों सिक्कों को फैलाने के उद्देश्य से।

रात के उस पल वह जहाँ खड़ा था, पीले रंग पर मोटे काले अक्षरों में लिखे 'भो पा ल' के पास, उससे गुज़रकर ट्रेन बंबई की दिशा में बड़े घर के पिछवाड़े के मैदान, मरे क़ब्रिस्तान और पातरा से गुज़रती आगे बढ़ती थी जिसका पुराना नक़्शा आज भी दिमाग़ में विस्तार से सुरक्षित था लेकिन जो इस बीच इतनी बार बदला था कि उन परिवर्तनों को क्रमवार याद रख पाना भी मुश्किल हो गया था। अब न तो उस मैदान का खुलापन बाक़ी था, बावजूद इसके कि वह जगह अभी भी ख़ाली थी, न क़ब्रिस्तान की ख़ामोशी और सन्नाटा बचा था, हालाँकि क़ब्रों पर जो मकान बने थे वह रहनेवालों के लिए उतने ही कुशादा थे जितनी मुर्दे के लिए क़ब्र होती है। पातरा कुछ तो खुद सूख गई थी, कुछ को सुखाकर लोगों ने मकान, दुकान, कारख़ाने बना डाले थे और बहने के नाम पर बची रह गई थी फ़क़त एक काली कीचड़ की लकीर। जहाँ कभी गिनती के लकड़ी के पीठे थे, अब दर्जनों आरा-मशीनें लग गई थीं। बड़े घर के पीछे का मैदान वास्तव में बसने और उजड़ने

की ऐसी निरंतर प्रक्रिया से गुज़रा था जो अपना उदाहरण आप थी।

अगर ज़मीर एहमद ख़ान पक्की सड़कें और रास्ते छोड़ता हुआ आज भी रेलवे लाइन के किनारे चलता जाए तो ज़्यादा-से-ज़्यादा दस मिनट में अपने घर के क़रीब जा निकले। फिर यह क्या था जो स्टेशन और ट्रेनों के प्रति उसके दिल में ऐसे सूर्यास्त-सा बैठ गया था जिसके बाद यक़ीन हो कि कभी अँधेरे का अंत न होगा, कभी दोबारा धूप में अपना साया देखना नसीब न होगा ?

"आप सीढ़ियाँ चढ़कर आ रहे हैं ?" ज़मीन से सात माला ऊपर होटल के लाउंज़ में प्रतीक्षा कर रहे परिचित ने आश्चर्य से पूछा था।

"मैं सीढ़ियाँ ही प्रिफ़र करता हूँ," ज़मीर एहमद ख़ान ने सहजतापूर्वक कहना चाहा था, जितनी भी सहजता सात माला सीढ़ियाँ चढ़ने के बाद संभव हो सकती थी।

"मगर लिफ़्ट ... ?" सामनेवाले के आश्चर्य में कमी नहीं हुई थी, "यहाँ तो दो-दो लिफ़्ट्स हैं ..."

"हाँ," सर्दी के मौसम में भी उसने अपने जिस्म को पसीजते महसूस करके रूमाल से माथे का पसीना पोंछते हुए कहा था, "दिन-भर बैठे रहने ही का तो काम है। यूँ थोड़ी-बहुत वर्ज़िश हो जाती है।"

सामनेवाला बहुत प्रभावित-चकित अथवा मौन।

सच क्या किसी को बताया जा सकता था ?

सामनेवाला जान लेता तो क्या हैसियत रह जाती उसकी नज़र में ?!

इस युग में लिफ़्ट से ख़ौफ़ खानेवाला व्यक्ति—रद्द ! एकदम रद्द !!

क्या होगा लिफ़्ट में ! ज़्यादा-से-ज़्यादा मर जाएगा ?

मरने से मैं नहीं डरता !

फिर !

लिफ़्ट में ऑपरेटर था नहीं, खुद मुझे बटन दबाते डर लगता है।

क्यों डर लगता है !

क्या पता जाने क्या हो जाए।

क्या होगा ? ज़्यादा-से-ज़्यादा मरोगे ही तो ?

मरने से मैं नहीं डरता ! लिफ़्ट में भी कुछ-कुछ ट्रेन-सा ही ख़तरे का अनुभव होता है। कोई दूसरा व्यक्ति भी मेरे साथ हो तो चढ़ सकता हूँ, अकेला नहीं। नहीं समझा सकता तभी तो लाउंज़ में बैठे व्यक्ति से झूठ बोला था।

सचमुच ? सिर्फ़ इतना ? इतना सच कब से बोलने लगे ?

कौन दावा कर रहा है सच बोलने का ! ना ही इसे झूठ साबित किया जा सकता है क्योंकि यह मेरे उसी व्यक्तित्व का अंग है जो स्वस्थ और समझदार था। जिसने ज़िंदगी के अनेक रहस्य भी अपनी आँखों के सामने उद्घाटित होते हुए देखे और चौंकने या प्रभावित होने के बजाय हमेशा यह सोचा कि इसमें कुछ नया या

विशेष क्या है। मैं उस बीमारी का मरीज़ नहीं जिसमें ऊँचान से नीचे की तरफ़ देखो तो सिर चकराने लगता है और इनसान अपने पर क़ाबू खो देता है, जिसे अँग्रेज़ी में वर्टिगो कहते हैं। मुझे रेलगाड़ी और लिफ़्ट दोनों ही से भय होता है क्योंकि इनमें सवार होते ही मेरे संतुलन खोकर किसी गहरे खड्ड में गिर जाने का डर यक़ीन में परिवर्तित होता लगता है। ट्रेन में मैं अगर अपने डब्बे और सीट तक पहुँच जाऊँ तो बड़ी हद तक समस्या हल हो जाती है। लिफ़्ट में इसके बरअक्स सींख़चा बंद होने और मशीन के चलने के साथ ही समस्या की शुरुआत होती है। लगता बस यही है कि जहाँ मुझे पहुँचना है वहाँ नहीं पहुँच पाऊँगा। मैं अपने दिल की बात समझा सकनेवाले अंदाज़ में नहीं कह पा रहा। इससे अधिक मैं कोशिश भी नहीं कर सकता। और रेल तथा लिफ़्ट अपनी जगह, आज जहाँ और जिस तरह के रोज़मर्रा जीवन से साबक़ा है, वहाँ यह दोनों चीज़ें आड़े कहाँ आती हैं ! यहाँ बुनियादी पानीपत और वाटरलू तो यह समतल ज़मीन और उस पर उठते क़दम बन गए हैं। जाने यह दिल में छिपे बैठे, लड़कपन के उस नक़ाबपोश लुटेरे की कारस्तानी है या फिर उस बेईमान शरणार्थी की जो धीरे-धीरे अंदर के बड़े और क़ीमती इलाक़ों पर नाजायज़ क़ब्ज़ा जमाकर बैठ गया है !

उन्हीं—अपने वजूद में छिपे बैठे बिलकुल उन्हीं नक़बज़नों को ललकारने, उनका सामना करने और अंततः पराजित करने की कोशिश और उम्मीद में ही तो ज़मीर एहमद ख़ान रात के इस समय रेलवे प्लेटफ़ॉर्म पर खड़ा एक ऐसी ट्रेन का इंतज़ार कर रहा था जिसके यात्री सब अजनबी थे। वह किस स्टेशन से आ रही थी और किस ओर जानेवाली थी, कुछ ख़बर नहीं थी लेकिन जिसका आना खुद उसके जीवन की एक बड़ी ज़रूरत बन गया था। यह छुपन-छुपैया का खेल अगर इसी तरह चलता रहा तो ज़मीर एहमद ख़ान के बच सकने की संभावना बहुत कम थी। यह नक़ाबपोश लुटेरा और बेईमान शरणार्थी मिलकर जल्द ही सारे जिस्म की सल्तनत पर क़ब्ज़ा जमा लेंगे। उसे चाहिए कि अपना ज़्यादा-से-ज़्यादा समय शहर के रेलवे प्लेटफ़ॉर्म पर गुज़ारे। हर आती-जाती ट्रेन को इस तरह देखे जैसे रेलवे विभाग के कर्मचारी, साज़ो-सामान की फेरी लगानेवाले और लगेज ढोनेवाले कुली देखते हैं। शहर की उन तमाम ऊँची इमारतों की जहाँ लिफ़्टें लगी हैं, लिस्ट बनाकर रोज़ जितनी देर संभव हो सके, ख़ाली लिफ़्ट में नीचे से ऊपर—ऊपर से नीचे जाने का अभ्यास करे। यही एक तरीक़ा था अंदर के दुश्मन से लड़ने और उसे पराजित करने का। कोशिश की जाए तो क्या नहीं हो सकता। ज्यों-ज्यों यह दिलो-दिमाग़ में बैठा भय ख़त्म होगा, पैरों और ज़मीन के बीच रिश्ता दोबारा क़ायम होगा, शरीर का संतुलन लौटेगा, इस अंदरूनी दुश्मन के क़दम उखड़ने और वजूद लड़खड़ाने लगेगा। ऐसी मुश्किल भी आख़िर क्या है ? यह प्लेटफ़ॉर्म है, अभी इस पर ट्रेन आकर रुकेगी। उतरनेवाले डब्बों से बाहर आ जाएँगे, जानेवाले ऊपर चढ़ जाएँगे इसमें थोड़ी धक्का-मुक्की होना एक स्वाभाविक-सी बात है। हालाँकि ख़ासी देर तक

रुकती हैं ट्रेनें फिर भी। और अगर ऐसी ही उलझन पैदा होती है किसी को तो न चढ़े वह ट्रेन, ज़्यादा-से-ज़्यादा टिकट वापस करना पड़ेगा, पैसे कटेंगे, तो ऐसी कौन-सी क़यामत आ जाएगी ?! ज़्यादा-से-ज़्यादा किसी को अपना सफ़र ही स्थगित करना पड़ेगा तो उससे जहान में कौन-सा इन्क़िलाब आ जाएगा ?! या ख़ाक डालिए इन सब पर, कौन-से आपके ट्रेन और लिफ़्ट न चढ़ने-उतरने से दुनिया का कारोबार चौपट हुआ जा रहा है ?! नहीं तबीयत होती बिलकुल मत कीजिए इन सुविधाओं का इस्तेमाल। टेलीफ़ोन करना, रेडियो सुनना और टी.वी. देखना तर्क कर दीजिए, यह सब एक फ़साद की जड़ पर खड़े पेड़ की विभिन्न शाख़ें ही तो हैं ! कौन कहता है सड़कों पर दुहाई देते, गिर जाने का ख़ौफ़ खाते आप दुनिया में मारे-मारे फिरें ! बंद रहें अपने घर अपने कमरे में। रहें उस तरह जिस तरह आपको चैन मिलता है। किसी एकांत में चले जाएँ, गोशानशीनी इख़्तियार कर लें। तावीज़ देने लगें लोगों को, पेट पालने को किसी फ़र्ज़ी बुजुर्ग के मज़ार के मुजाविर बन जाएँ ! भूल जाएँ दुनिया-नामी ग़र्दो-गुबार को जो आपके इर्द-गिर्द किसी मकड़ी के जाले-सा फैला है।

बहुत देर बाद जब सिर झुकाए ज़मीर एहमद ख़ान अपनी जगह से चला था तो स्टेशन वीरान हो चुका था। ट्रेन कब आई और कब गई, इसकी उसे ख़बर तक नहीं हो पाई थी। या शायद कहीं थोड़ा-बहुत ख़याल था भी।

13. प्रस्तावना : एक हस्तक्षेप

सामान्यतः प्रस्तावना उपन्यास के बिलकुल शुरू में होती है जिसमें लेखक पाठकों से अपने लेखन के बारे में दो शब्द कहता है। प्रायः उस तरह की प्रस्तावनाओं का विषय वह उपन्यास (या लेखन की कोई अन्य विधा) तो रहता ही है लेकिन वह मूल लेखन का अंश नहीं होतीं। जिसका दिल चाहे उन्हें पढ़े, जो चाहे छोड़ दे। दोनों सूरतों में मूल लेखन की सेहत पर कोई अंतर नहीं पड़ता। इस प्रस्तावना को लिखते हुए उस रिवायत का उल्लंघन शायद इसी कारण हुआ है कि यह लेखक की ओर से मूलकथा में बाहरी हस्तक्षेप होते हुए भी, है दरअसल उसी का एक अखंड भाग। अपने लेखकीय दायित्व का निर्वाह करते हुए मैं अपनी बात कुछ और विस्तार के साथ पाठकों के सम्मुख रखना चाहूँगा। अपनी सीमा और सामर्थ्य दोनों को समझते हुए मैं ऐसा करने के लिए खुद को नैतिक रूप से बाध्य पाता हूँ।

सबसे पहले मैं यह स्वीकार करना चाहूँगा कि मेरा यह लेखन एक ऐसा उपन्यास लिखने का (सफल या असफल—यह पाठक पूरा उपन्यास पढ़कर तय करें) प्रयास है जिसके चरित्र, घटनाएँ, यहाँ तक कि काल तक सौ फ़ीसदी काल्पनिक

हैं। यह महज़ एक संयोग (और लेखक का दुर्भाग्य) होगा कि इस उपन्यास में वर्णित विषयवस्तु और चरित्र किसी ज़िंदगी या ज़माने की याद दिलाएँ या उनमें कुछ जाने-पहचाने लोगों और घटनाओं का अक्स दिखाई दे। इसके लिए लेखक किसी भी प्रकार की ज़िम्मेदारी क़बूल करने को बाध्य नहीं। इसी बात को मैं थोड़ा और स्पष्ट करते हुए कहूँ तो उपन्यास का चरित्र—'वह' या 'ज़मीर एहमद ख़ान'—जो है, वह मैं नहीं हूँ। इस बात को मैं इतना ज़ोर देकर इसलिए कह रहा हूँ क्योंकि मैं जानता हूँ कई लोगों को यह स्वीकार करने में आपत्ति हो सकती है। वे लोग भी पूर्णतः ग़लत नहीं होंगे, यह बताना भी मैं खुद अपना ही ज़िम्मा समझता हूँ। क्यों ? क्योंकि जिस काल्पनिक चरित्र और उसकी दुनिया की मैंने यहाँ स्याहो-सफ़ेद में रचना करने की कोशिश की है उसकी धूप-छाँव उन लोगों ने मेरे इर्द-गिर्द फैलती-सिमटती देखी है और उसे मेरे ही व्यक्तित्व का एक हिस्सा समझते रहे हैं। मैं खुद कब-कब और किस-किस को ऐसा करने से मना कर सकता हूँ, ख़ासकर ऐसी परिस्थिति में जबकि अक्सर खुद मुझे भी नहीं पता चलता कि कब मेरी कल्पना यथार्थ पर हावी होकर खुद मुझको एक काल्पनिक अस्तित्व में बदल देती है और मैं एक ऐसे व्यक्ति की तरह साँस लेने, देखने-सुनने और बोलने लगता हूँ जिसने कभी जन्म ही नहीं लिया। स्थिति ख़ासी जटिल इसलिए है कि मुझे सही-सही यह भी नहीं मालूम कि मैं ऐसा खुद अपनी मर्ज़ी से करता हूँ या कोई मजबूरी मुझसे ऐसा कराती है। कारण जो भी हो मगर मुझे ऐसा करने में अगर मिठास मिलती है तो कड़वाहट के मज़े से भी छुटकारा नहीं, पीड़ा होती है तो उसके साथ-साथ आनंद का अनुभव भी, पछतावा हाथ लगता है तो किसी उपलब्धि की अनुभूति भी होती है। आइए, इस काल्पनिक ज़मीर एहमद ख़ान के बारे में कुछ ऐसी बातें आपके सामने रखी जाएँ जो अभी तक के लेखन में पूरी तरह खुलकर सामने नहीं आ पाई हैं। क्योंकि स्वभाव से यह तलघर का आदमी है, इसलिए कुछ बातें तलघर की ही, थोड़े विस्तार से।

सूरत-शक्ल, क़द-काठी और अन्य हाल-चाल उसके आप लगभग मेरे जैसे ही मानकर चल सकते हैं। काल्पनिक शहर भोपाल काफ़ी कुछ वास्तविक शहर भोपाल से मिलता-जुलता एक शहर, और काल बीसवीं सदी की पाँचवीं दहाई के आख़िरी कुछ सालों से लेकर नवीं दवाई के अंतिम वर्षों (सन् 1947 से 1987) से समानता रखता हुआ एक काल। इतना तय करने के बाद बाक़ी चीज़ें समझना कहीं आसान हो जाता है।

ज़मीर एहमद ख़ान दरअसल एक ऐसा चरित्र है जो वास्तविक जीवन में पल-भर को भी मेरे साथ होता तो डॉक्टर तो ख़ैर बड़ी चीज़ होता है मैं उसका इलाज बहुत आसानी से कर सकता था। मेरी मान्यता है कि संसार में हर व्यक्ति अपनी कल्पना के एक ऐसे चरित्र के साथ जीने पर मजबूर होता है जिसकी कल्पना और उस कल्पना को करनेवाले के दरमियान तमीज़ कर पाना कभी-कभी उतना

ही मुश्किल साबित हो सकता है जितना सूफ़ी-संतों या पहुँचे हुए लोगों के लिए ईश्वर और अल्लाह के बीच अंतर करना होता होगा। मैं अपने इस चरित्र को खुद का 'लापता' कहता हूँ क्योंकि मेरी खुद की कल्पना का फूल होते हुए भी शायद इसकी खुशबू से सबसे ज़्यादा अनजान मैं ही हूँ। कभी-कभी इसके बिलकुल विपरीत यह भी महसूस होता है कि यह 'लापता' कोई और नहीं बिलकुल यक़ीनी मेरा ही हमज़ाद है जो जैसा कि बाक़ी सारी बातों से फिर प्रमाणित होता है, पूरा सच नहीं। सरलीकरण की थोड़ी और कोशिश की जाए तो वास्तव में हम सब अपने एक ऐसे 'लापता' के साथ अपनी ज़िंदगी गुज़ारते हैं, जो 'हम' होते हुए भी 'हम' नहीं होता। एक और दिलचस्प बात यह कि विभिन्न व्यक्तियों के बीच बहुत ही स्पष्ट रूप से नज़र आनेवाली असमानताओं के बावजूद लगता है सबके 'लापता' आपस में एक-दूसरे से बहुत मिलते-जुलते और एकसमान होते हैं और किसी भी 'लापता' को समझना हड्डी-बोटी के इनसान को समझने की निस्बत कहीं आसान काम है।

तो यह उपन्यास दरअसल *दास्तान-ए-लापता* है, जिसे दीगर 'लापताओं' से अलग शनाख़्त करने को हम ज़मीर एहमद ख़ान 'लापता' भोपाली कह सकते हैं, इसलिए भी कि न सिर्फ़ यह वक़्तन-फ़वक़्तन काल्पनिक नामों से कहानियाँ लिखता और छपवाता रहा है, शायरी के नाम पर तुकबंदी के लोभ से भी यह मुक्त नहीं।

यहाँ एक इक़रार करना ज़रूरी है। शायरी करने या कविता लिखने का मोह खुद मुझे भी है। मैंने समय-समय पर अपने शेर कह सकने की क्षमता को आज़माने की कोशिश भी की है और अंततः इस नतीजे पर पहुँचा हूँ कि यह बार इस नातवाँ के बूते का नहीं। अपनी और अपने संसार की सीमाओं को एक बार समझ लेने के बाद मैंने कविता पढ़ने से तो नहीं लिखने से तौबा कर ली। मैंने तो कर ली लेकिन 'लापता' भोपाली को कौन समझाए, वह आज भी वज़न-बेवज़न की चिंता से मुक्त, रदीफ़-क़ाफ़िया-छंद-मीटर की क़ैद से आज़ाद, तुकबंदी में लगा रहता है, कहीं इस निष्ठा के साथ कि वह सचमुच कवि है। कोई भी अच्छी कविता मुझे जितना सहमाती है और कवियों के लिए मन में आदर-भाव जगाती है, 'लापता' भोपाली को हड़काती और ज़िद पर आमादा करती है। कुछ ऐसी ही स्थिति कहानियाँ लिखने को लेकर है। वह तमाम चरित्र और घटनाएँ जिन्हें मैं सात पर्दों में छिपाकर जीना चाहता हूँ, इसे कहानियाँ लिखने पर उत्तेजित करती हैं।

सही या ग़लत, समस्या 'लापता' भोपाली के साथ यह है कि जितना-जितना मैं ज़िंदगी से प्यार करना चाहता हूँ, उतना ही वह उसके प्रति उदासीन होता जाता है। मैं ज़िंदगी की जिन-जिन घटनाओं को भूलना, नज़रअंदाज़ करना चाहता हूँ, अतीत और भविष्य के बीच कहीं एक 'समझौता एक्सप्रेस' चलाने की कोशिश में, उन्हीं को यह 'लापता' मील के पत्थर मानकर गिनना और हर जगह रुककर सुस्ताना चाहता है। लोग जिनके बग़ैर ज़िंदगी अच्छी-भली चल रही है, उसे आत्मा

के पैवंद नज़र आते हैं। भूलें जो मुझसे हुईं, या ग़लतियाँ और बेईमानियाँ जो मैंने कीं और जिनको देखने या जिनकी गवाही देनेवाला जहान में आज दूसरा कोई मौजूद नहीं और जिन्हें, और तो और, खुद मैं बड़ी हद तक भूलने में कामयाब हो गया हूँ, उसे अपने सिर पे इतना भारी बोझ लगती हैं कि ज़मीन पर उसके क़दमों का संतुलन गड़बड़ा दें ! उसका चंद क़दम चलना दूभर कर दें ! और वह खुद इतना मासूम कि अपनी बीमारी का कारण तक न समझ सके। अपनी लाचारी और विवशता को जब वह शेर के साँचे में ढालता है, तो कहता है—'यह दुनिया यूँ ही बेसबब तो नहीं / मगर हमको है जाने क्या इंतज़ार।' यह नमूना है उसकी शायरी का जो मेरे एक कवि-मित्र की ग़ज़ल सुनकर कहा नहीं बल्कि गढ़ा गया है।

दरअसल 'लापता' भोपाली वह दीमक है जो मेरे व्यक्तित्व, देह और आत्मा की रद्दी चाट-चाटकर पला है। उसमें प्यार की जगह पश्चात्ताप क़ंदीलें बनकर रौशन है। उसे 'जो शेष है' में रुचि इसलिए नहीं कि वह तो है ही, 'जो नहीं है' का ग़म इसलिए है कि उसे दोबारा कभी नहीं पाया जा सकता। सादा मुहावरे में कहें तो यह उन लोगों में से एक है जिनकी झोपड़ी ढाकर अगर पुख़्ता इमारत बना दी जाए तो वह महलों में रहते हुए भी झोपड़ी के ख़्वाब देखने से बाज़ नहीं आते।

'लापता' ने अपने होने को लेकर खुद एक शेर कहा है—'हस्ती है कि बस्ती है, सीना कि सफ़ीना है / इक दिल है जो मक्का है, इक दर्द मदीना है।'

इसके आगे किसी का कुछ कहना सूरज को चिराग़ दिखाने की मिस्ल लगता है !

मैं अपने बारे में दो शब्द कहूँ तो एक औसत चैन, सकून और आराम की ज़िंदगी व्यतीत कर रहा हूँ। घड़ी, तारीख़, महीने और साल का हिसाब रखते हुए मुझे भविष्य की चिंता भी है और (खुदा न करे ! लेकिन अगर हो तो) किसी आपात्कालीन स्थिति का सामना कर सकने की तैयारी का एहसास भी। ज़माने के साथ ज़िंदगी और ज़िंदगी के तक़ाजों के अनुसार इनसान हमेशा से बदलता आया है और आज भी बदल रहा है। यह एक ऐसा तथ्य है जिसको स्वीकार करने के अलावा हमारे, मेरा मतलब ज़िंदा लोगों के, पास दूसरा कोई विकल्प नहीं। परिवर्तन किसी की मनमर्ज़ी को नज़र में रखते नहीं होता। कभी विज्ञान घातक सिद्ध होता है, कभी उससे अनजान बने रहना। कभी अतीत पाँव की बेड़ी बनता है और इतिहास गले का तौक़ तो कभी-कभी परिवर्तन के नाम पर ही परिवर्तन उससे कम नुकसानदेह नहीं होता। आज ज़िंदा इनसान की गणित में यह सारी समस्याएँ शामिल हैं और इस सबके बावजूद एक सुखी, स्वस्थ जीवन की परिकल्पना भी है। वर्तमान की ही बात करें तो आजकल देश की जो राजनीतिक सूरतेहाल है वह किसी सुनहरे भविष्य की तो कहीं से भी परिचायक नहीं। लेकिन इसका मतलब यह हर्गिज़ नहीं कि सोचते दिमाग़ सोचना, चलते हाथ काम करना और उठते क़दम आगे बढ़ना बंद कर दें। समाचारपत्रों की सुर्ख़ियाँ या रिसालों, पत्रिकाओं में छपे

लेख कभी-कभी हतोत्साहित ज़रूर करते हैं। कुछ विषय दोस्तों के बीच बहस का मुद्दा भी बन जातें हैं। लेकिन अपने रोज़मर्रा के काम-काज छोड़कर कोई ऐसा नहीं करता। रात को दोस्तों के दरमियान बातचीत में देर भी हो जाए तो दिन की हाज़िर-जनाबी और ज़िम्मेदारी से मुक्ति नहीं। मैं एक निर्धारित समय पर सुबह साढ़े सात बजे सोकर उठता हूँ, निर्धारित समय पर अपने व्यवसाय के ठीये पर पहुँचता हूँ। दोपहर का खाना, शाम की चाय, डिनर, बीवी, बच्चे और ख़ानदान की अन्य ज़िम्मेदारियाँ, लोगों से मिलना-जुलना, शादी और ग़मी में शिरकतें—व्यस्तता के दो मोटे स्लाइसेज़ के बीच आपकी हैसियत बिलकुल चटनी की पतली तह-सी बनकर रह जाती है। इतनी मोहलत भी कहाँ कि किसी के ख़्वाब में आया-जाया जाए।

देश में सांप्रदायिक उन्माद पल और पनप रहा है—यह आपको भी मालूम है, मैं भी जानता हूँ। नेता व्यंग्य करते हैं कि हमारा निशाना इक्कीसवीं सदी हो गया है, तो किसी अच्छे निशाने में हर्ज भी क्या है ? लोग बातें करते हुए नाराज़ होते हैं कि मंज़िल तो इककीसवीं सदी है और राह में रोड़ा बन रहे हैं मंदिर-मस्जिद, सूबा-गुरुद्वारा और पर्सनल-लॉ। लोगों की नाराज़गी भी ग़लत नहीं। इन सारी समस्याओं का जल्द-से-जल्द समाधान किया जाना चाहिए ताकि हमारा इक्कीसवीं सदी में प्रवेश सिर्फ़ एक नारा या दिखावा न रहे। यूँ देखा जाए तो लक्ष्य हमारा इक्कीसवीं सदी बिलकुल सही है, हमें सिर्फ़ वहाँ तक सम्मान से पहुँचने के लिए अपनी इच्छा-शक्ति जागृत करने की आवश्यकता है जो ऐसा दुश्वार काम भी नहीं।

मैं जब अपने बारे में एक औसत चैन और सकून की ज़िंदगी की बात करता हूँ तो ज़ाहिर-सी बात है उसमें रोज़मर्रा की तमाम उलझनें शामिल हैं। न जाने कितनी चीज़ें हैं जिन्हें सारी कोशिशों के बावजूद हम अपने और अपने परिवार के लिए हासिल नहीं कर पाते। एक तरह से देखा जाए तो यह ज़िंदगी वैसी हर्गिज़ नहीं जैसी जीने का हमने कभी सोचा था, लेकिन शिकवा भला किससे और क्यों ? अगर लातादाद लोग आज हमसे ज़्यादा आराम से हैं तो ऐसों की संख्या क्या कम है जो कहीं ज़्यादा बदहाली में जीने पर मजबूर हैं। दिन-ब-दिन आसमान छूती क़ीमतें, आमदनी के सीमित साधन, बदलाव का पूरी तरह साथ देने में आर्थिक और मानसिक अक्षमता, बहुसंख्यक समाज में बढ़ती कठोरता और चीज़ों, विशेषकर अल्पसंख्यक समुदायों से संबंधित मुद्दों और समस्याओं के प्रति उनके सख़्त होते रवैये को कोई चाहे तो मुजरिम बनाकर कटघरे में खड़ा करके सवाल-जवाब कर सकता है। फ़ैसला भी उनके पक्ष या विरोध में सुना सकता है। शायद मैं खुद भी अक्सर ऐसा ही करता हूँ। लेकिन इससे हटकर आज तक जो मैं थोड़ा-बहुत सोच पाया हूँ उसने मुझे यह समझ दी है कि इतिहास मुजरिम हो या बेगुनाह, कटघरों की पकड़ से बाहर है। वह अपराध होता है तो ऐसा कि करोड़ों लोग कभी-कभी नस्ल-दर-नस्ल उसके साक्षी और साझेदार होते हैं, बावजूद इसके कि जिस पल और क्षण वह थोड़ा विमुख होकर सोचते हैं तो सीना और सिर पश्चात्ताप से भर उठते

हैं। ऐसे क्षण और लोग भी इतिहास ही में शामिल होते हैं और उनकी सोच को भी सारे लेखे-जोखे में उसका वाजिब मक़ाम हासिल होता है। तो पंजाब और कश्मीर हो, असम-समझौता, रामजन्म भूमि-बाबरी मस्जिद विवाद और देश के लिए समान पर्सनल-लॉ की माँग और ज़रूरत और उसका विरोध हो, या श्रीलंका में आतंक का बोलबाला और अफ़ग़ानिस्तान हकूमत के ख़िलाफ़ मुजाहिदीन द्वारा चलाया जा रहा अभियान या और आगे बढ़ें तो ईरान और इराक़ के बीच चल रहा कभी न ख़त्म होता युद्ध, तबाह और बरबाद होता लिबनान हो या इसराईल और फ़लस्तीनियों का झगड़ा—लगता है यह सब किसी एक ही आँधी में सिर-जड़ से हिले दरख़्त हैं, और इनसानों को इन सारी मौसमी तब्दीलियों के साथ-साथ इसी ज़मीन पर और इसी आसमान के नीचे जीते रहना है।

इस सबको स्वीकार करते हुए भी मैं आपसे एक बात कहना चाहूँगा कि आजकल जो शहर वास्तव में भोपाल है वह कुछ ज़्यादा ही बदहाली और अस्तव्यस्तता का शिकार है।

मेरा इशारा क़तई सन् 1984 की गैस-दुर्घटना की ओर नहीं हालाँकि खुद उसके कारण भी कुछ कम शर्मिंदगियों का सामना नहीं करना पड़ा है। वह वास्तव में एक ऐसी दुर्घटना थी जिसमें बेगिनती नुक़सानों के साथ-ही-साथ कुछ इनसानियत के चमकदार पहलू भी यहाँ के नागरिकों की आँखों के सामने आए। हज़ारों मारे गए, बेगिनती इस तरह प्रभावित हुए कि इलाज या मुआवज़ा कुछ संभव नहीं लगता, बावजूद इसके कि पूरा शहर ही तरह-तरह की राहत की आस, उम्मीद और लालच में जी रहा है। इस दुर्घटना को लेकर भी 'लापता' भोपाली और मेरे बीच उसी प्रकार का मतभेद है जो अन्य तमाम मुद्दों को लेकर है। उसे हर चीज़ दुनिया से बेज़ार करती और उसके दिल से फूटते मोहब्बत के सोते को सुखाती है और इस सूची में गैस-दुर्घटना को ख़ासी प्राथमिकता प्राप्त है। खुद मेरा इशारा उन जलसे-जुलूसों की ओर है जो अपनी-अपनी धार्मिक एकता और बल का डर दूसरे समुदायों के दिल में बिठाने को आजकल शहर और देश का कल्चर बन गए हैं। कभी यह पर्सनल-लॉ की हिमायत में होते हैं, कभी जन्मभूमि की मुक्ति की माँग को लेकर तो कभी मस्जिद की हिफ़ाज़त के लिए। बीते महीनों में कितनी ही बार सूरतेहाल वह हुई है जिसे शिकार की शब्दावली में कान के पास से गोली निकल जाना कहते हैं। एक समुदाय शहर में अपनी माँगों को लेकर सामूहिक इफ़्तार का आयोजन करता है रमज़ान के ठीक आख़िरी जुमे को तो दूसरा उसके विरोध में ईद तक अपनी दुकानें बंद रखने का आह्वान, कि बेटा ! देखें अब अपनी ईद की ख़रीदारी तुम कहाँ से करते हो। 'लापता' भोपाली को तो उसकी आत्मा के व्यंजन मिल जाते हैं, लेकिन शहर पहली बार एक ऐसी बेरौनक़ ईद देखता है जिसमें हर एक को अपना लापता ही लापता नज़र आता है। और बच्चे जिनकी त्योहारों से जुड़ी अपनी अपेक्षा और स्मृति होती है, जब ऐसा कोई बदलाव देखते हैं तभी

शायद उनके भीतर उनका लापता जन्म लेकर अपनी आँखें खोलना और पनपना शुरू करता है।

अपनी बातों में बेजा बिखराव को समेटते हुए मैं संक्षेप में इतना ही कहना चाहूँगा कि ज़मीर एहमद ख़ान 'लापता' भोपाली के उपन्यास में वर्णित चरित्र के साथ सबसे बड़ी दिक़्क़त यही है कि उसके शत-प्रतिशत काल्पनिक होने के बावजूद एक लेखक के नाते मेरी कोशिश यही है कि वह बिलकुल जीता-जागता हमारे आसपास की दुनिया का चरित्र ही लगे। चरित्र, किसके हाथों पता नहीं मगर सताया हुआ। संभवतः सबसे ज़्यादा खुद अपने ही हाथों। और खुद इस नालायक़ की शादी, रिश्तेदारी किसी से क्या होगी, यह मेरे ही संबंध और संबंधियों को तोड़-मरोड़कर देखता और सोचता रहता है। मेरे ही किए-धरे में जोड़ता-घटाता रहता है। मैं बीमार हुआ, चक्कर आने लगे थे, डॉक्टर के पास गया, मशवरा और दवा के बाद आज टनचन हूँ। पत्नी से कहा-सुनी हुई, मैके चली गई, कुछ दिन बाद मैं मनाकर ले आया। अब्बा, अम्माँ, बड़े अब्बा, फफू अम्माँ, भाई जान, अक्का, आईशा, अनीसा, विवेक, अज़ीज़ उर्फ़ अच्छन, मुरशद, दुल्हन चची—वह तमाम चरित्र जिनसे आपका परिचय हो चुका है, या वे जिनसे आगे होने को है, सब मूलतः सरमाया मेरा हैं, जिनका सूद खा रहा है 'लापता' भोपाली।

मेरी बात पूरी तरह साफ़ हुई ?

नहीं, तो आइए, आपको एक हिकायत सुनाता हूँ—

एक शक्की आदमी ने पहचान के लिए अपने गले में एक सुर्ख़ धज्जी लटका ली ताकि लोगों में गुम न हो जाए। किसी मसख़रे को उसके पागलपन का पता चल गया। उसने सोते में वह धज्जी उसके गले से निकालकर अपने गले में डाल ली। जब वह नींद से जागा तो देखा कि पहचान दूसरे के गले में पड़ी है। उसने कहा, "मियाँ अगर तू मैं है, तो मैं कौन हूँ ? मैं तू हूँ या तू मैं है ? या तू, तू है और मैं, मैं हूँ ?! बता मैं कौन हूँ ?!"

मेरा और ज़मीर एहमद ख़ान 'लापता' भोपाली का संबंध भी कुछ-कुछ ऐसा ही है। कभी-कभी कौन, कौन है बता पाना दुनिया का सबसे मुश्किल सवाल लगने लगता है।

दो

1. 'गुफ़ा'

"कहाँ रहते हो यार ?"

"कहाँ जाएँगे ? मुल्ला भी नहीं कि मस्जिद का आसरा हो।"

" 'है वली पोशीदा और काफ़िर खुला'-वाला मामला लगता है, तुम्हारे साथ !"

"हाथ कहाँ रखने दे रहा है काफ़िर ? देखते-ही-देखते उसने भी मोमिन का मुहावरा बोलना शुरू कर दिया।"

"कब तक नहीं बोलता ?! बहुत नख़रे उठवा लिए आपने।"

"सारी दुनिया में ख़्वारी है यार ! फ़र्क़ फिर भी किसी पे पड़ता नज़र नहीं आता।"

"ईरान और इराक़ ही मुसलसल एक तमाशा बने हुए हैं।"

"यहाँ भी जिस तरह हालात ने रुख़ पलटा है, उसी की प्रतिक्रिया है जो इस्लाम के नाम पर दुनिया में हो रहा है।"

"और जो गोर्बाचोफ़ कर रहा है ?"

"वह भी एक तरह से है तो इसी सिलसिले की एक कड़ी।"

"ईरान तो चाहता है उसे किसी तरह मुसलमानों की सरबराही मिल जाए।"

"बुनियादी झगड़ा शिया और सुन्नी का है।"

"आपके ख़याल में इराक़ में शिया आबादी कम है ?"

"अरब और अजम का झगड़ा कहना ज़्यादा मुनासिब होगा।"

"हाँ, ईरानी तो आज भी खुद को गर्व से आर्या कहते हैं।"

"अतिशपरस्त !"

"एक और हुआ करते थे जिन्हें खुद के फ़िरौन की औलाद होने पर बड़ा नाज़ था, मिस्र के सदर नासिर !"

"आपने उनसे कुछ नहीं सीखा ?"

"क्या ?"

"गर्व से कहो हम हिंदू हैं !"

"रोम में रहना है तो रोमनों के अंदाज़ तो अपनाना पड़ेंगे।"

"आप अपनाओ, हमें अपने समाजवादी चिंतन के साथ जीने दो।"

"यहाँ तो कम्युनिज़्म भी राम-राम करता ही आएगा !"

"जाने कब ?"

"अब आ जाएगा ! रूस और यूरोप से तो उसे बाहर ढकेला जा रहा है।"

"पुराने हथियार और दवाओं की तरह !"

"हम ही लोग स्वागत करेंगे।"

"मौजूदा हालात में हिंदुस्तान में ! जब पर्सनल-लॉ और बाबरी मस्जिद ख़तरे का डंका पीट रहे हैं ... ?"

"आजकल तो टेलीविज़न भी टेलीविज़न नहीं रह गया। सब प्राचीन-प्राचीन का प्रोपेगेंडा होकर रह गया है। भगवानों में भी बाज़ी मार ले जाने की होड़ लगी हुई है !"

"आप अपना फ़ार्मूला देशवासियों के सामने क्यों नहीं रखते ?"

"कितनी बार रख चुका हूँ, मगर आप साहिबान तो उसे कोई चुटकला समझते हैं।"

"एक बार फिर बताइए ... "

"अब मुसलमानों को अखंड भारत की माँग करना चाहिए। ऐसा भारत जिसमें पाकिस्तान, अफ़ग़ानिस्तान, बंगलादेश, नेपाल वगैरह सब शामिल हों।"

"उससे क्या होगा ?"

"यह जो आपकी नाक़द्री है, वही नहीं रहेगी !"

'गुफ़ा' की नशिस्त अब तक पूरी तरह जम चुकी थी। कुछ अनजाने और ज़्यादातर जाने-पहचाने लोगों का यह समूह हर शाम मिलकर बैठता और शराब पीता था। बातचीत के विषयों में साहित्य, राजनीति, इतिहास, खेल-कूद सभी शामिल होता था और गुफ़ा में बैठे हर व्यक्ति को अपनी बात खुलकर कहने की पूरी आज़ादी

और अधिकार होता था। अलग-अलग पेशों और व्यवसायों से संबंधित सफल अथवा असफल लोगों के एकसाथ मिलकर बैठने और ग़म गलत करने की जगह थी—'गुफ़ा'। यह नाम खुद ज़मीर एहमद ख़ान का दिया हुआ था, इस मुनासिबत से कि यहाँ आनेवाला हर व्यक्ति थोड़े-से सकून और इतमीनान की तलाश में आता था, अपनी दिनचर्या की एकरसता से ऊबकर।

बैठक का कमरा देखने में किसी क़िले का तहख़ाना ज़्यादा लगता था। मोटी चूने की दीवारें, कीड़ा खाई लकड़ी के शहतीर और पत्थर-चूने की छत और जगह-जगह दीवार की पुताई की बिलकुल प्राचीन काल की गुफ़ा पेंटिंग्ज़ का आभास देती झड़ी हुई परतें। सीली और सिगरेट के धुएँ से बोझिल हवा में एक शहतीर से लटका पंखा इस तरह फड़फड़ा रहा था जैसे दम तोड़ने को हो।

अखंड भारत का प्रस्ताव सचमुच एक पुराना लतीफ़ा था जो धीरे-धीरे एक संजीदा लतीफ़ा बनता गया था। ज़मीर एहमद ख़ान खुद एक लंबी अनुपस्थिति के बाद आज 'गुफ़ा' में प्रस्तुत था और यह एहसास एक बड़ा ढाढ़स था कि इस दौरान यहाँ कुछ बदला नहीं था—न वातावरण, न चेहरे, ना ही बातचीत के विषय।

"अरे, सुनो यार !" बात का संचालन कर रहे सज्जन ने 'आर्डर ! आर्डर !' के स्वर में कहा था, "यही तो दिक़्क़त है कि जब कोई ठोस बात करनेवाला होता है तो सुननेवाले नहीं मिलते।"

"हम सब," एक अन्य सज्जन ने शराब का लंबा घूँट लेकर गिलास जोर से फ़र्श पर रखते हुए कहा था, "इनकी बात सुनने को बेक़रार हैं।"

"क्या मतलब !" संचालक ने अगले के स्वर की तरंग को समझते हुए एतराज़ किया था, "साहब, इनका दाख़िला कल से बंद !" उसने साहिबे-'गुफ़ा' अर्थात् मकान-मालिक को आदेश दिया था, "यह दो घूँट में बिलकुल मशक का बाजा हो जाते हैं।"

"तो यार," तरंग में आए सज्जन तरंग में ही घिघियाए थे, "कितनी बार तो सुन चुके हैं !"

"सुनना पड़ेगा," संचालक ने मूक गंभीरता से कहा था, "यह आपका मुक़द्दर है कि यह जब-जब भी कहेंगे आपको सुनना पड़ेगा ! क्यों साब ?" अपने कहे की झूठी ही ताईद उन्होंने बाक़ी सबसे चाही थी और 'यक़ीनन' का कोरस सुनकर प्रस्ताव रखनेवाले से बोले थे, "तो ख़ाँ, हो जाओ शुरू पहलवान !"

फ़र्श की नमीयुक्त बिछात पर लोग दो-ज़ानू बैठे थे, बीच में गिलास, नमकीन और ऐश-ट्रेज़ के लिए जगह छोड़े। यहाँ कोई छोटा-बड़ा नहीं था। बस, जो पहले आ जाए वह कमर टूटे गा-तकिए से टिककर बैठ सकता था। काँच के टूटे गिलासों

की ऐश-ट्रेज़ थीं और शराब में पानी मिलाने के लिए पास ही एक सुराही रखी थी। कमरे की बाक़ी जगह पर पुराने अख़बारों और रिसालों के ढेर थे और थीं तरह-तरह की शराब की ख़ाली बोतलें।

"मुझे बताइए," प्रस्ताव रखनेवाले साहब गंभीरता से सवाल कर रहे थे, "पाकिस्तान बनने से इस मुल्क के मुसलमानों को फ़ायदा क्या हुआ ? वही तमाम सूबे जोड़ या बाँटकर बनाया गया न पाकिस्तान जहाँ मुसलमानों की वैसे ही अक्सरियत थी ? जहाँ बग़ैर पाकिस्तान बने भी मुसलमान का हकूमत में दख़ल रहता ही। बँटवारा न होता तो यह यू.पी. और बिहार भी इस तरह ख़राब होने से बच जाते। मिला क्या मुसलमानों को पाकिस्तान के नाम पर ? चाँद-तारेवाला एक हरा झंडा जिसे वैसे भी मज़ारों पर लगाकर दिल बहलाया जा सकता था !"

"कभी तो आप गर्व से हिंदू कहने की बात करते हो, कभी अलहदा मुसलमानों के फ़ायदे-नुक़सान की ?!"

"यह मैं नहीं करता," प्रस्ताव रखनेवाले ने थोड़ी उत्तेजना से कहा था, "यह वह सूरतेहाल है जो हिंदुस्तानी मुसलमानों के सिर पर थोपी जाती रही है और आजकल तो इसको बिलकुल फ़ैशन ही बना लिया गया है। मेरे सवाल का जवाब दें कि बँटवारे से मुसलमानों को क्या फ़ायदा हुआ ?"

"अब वह तो," कोई अन्य बातचीत आगे बढ़ाने की ख़ातिर बोला था, "ग़लती जिन्नाह साहब की थी, हम-आप क्या कर सकते थे ?"

"मतलब यह," प्रस्ताव रखनेवाले का उत्साह ताज़ा हो गया था, "कि आपके ख़याल में अकेले मोहम्मद अली जिन्नाह के बनवाने से पाकिस्तान बन गया था ?!"

"और रहे होंगे साहब ! अब आप तो हिस्ट्री के प्रोफ़ेसर हो।"

"मगर क़सम खुदा की हम नहीं थे !" संचालक महोदय ने बेसाख़्ता कहा था और सब हँस पड़े थे।

"तो आप लोगों को," प्रस्ताव रखनेवाले ने संजीदगी से मुद्दे पर आते हुए पूछा था, "यह तसलीम है कि सन् 1947 में जो हुआ वह ग़लत हुआ ?"

"हमें क्या मालूम यार !" कोई मासूमियत से बोला था, "तब हम बालिग़ थोड़ी हुए थे !"

एक और ठहाका।

बातें। वक़्त-गुज़ारी और तफ़रीह लेने को की जा रही कुछ बातें जिनमें मुद्दे असल थे लेकिन उनसे गंभीरता से साक्षात्कार करने का स्वर किसी का नहीं था। इन दिनों वैसे भी बातचीत धार्मिक प्रतिक्रियावाद की आलोचना के दायरे से बाहर निकलना बंद हो गई थी। हवा में दिन-ब-दिन बढ़ता चिंता और असुरक्षा का एहसास था और एक अबूझ फ़िक्र और बेचैनी कि आगे क्या होनेवाला है। खुद

ज़मीर एहमद ख़ान के निजी तलघर के अलावा भी दुनिया का एक बड़ा हिस्सा तलघरों में बँटता और तब्दील होता नज़र आता था।

2. पहली शराब

ज़मीर एहमद ख़ान का पहली बार शराब पीने का अनुभव ··· ?

आज वह भी एक बहुत पुरानी याद थी—उस ज़माने की जब ज़मीर एहमद ख़ान और विवेक दसवीं कक्षा में पढ़ रहे थे और दोनों की दोस्ती घनिष्ठ हो चुकी थी। स्कूल के अलावा उन दोनों का एक-दूसरे के घर भी आना-जाना था। विवेक के कोई रिश्तेदार भोपाल आएँ तो ज़मीर एहमद ख़ान का भी उनसे परिचय कराया जाता था। विवेक के सबसे आत्मीय रिश्तेदार मामाजी थे जो देखने में बिलकुल पाकिस्तान के सदर अय्यूब जैसे लगते थे। मामाजी ज़मीर एहमद ख़ान को भी बहुत प्रिय थे। जब भी वह दिल्ली से भोपाल आते तो सबको क़िस्से-कहानी सुनाते, घुमाते, तफ़रीह कराते, लेकिन उससे भी पहले सारे लड़कों को अपने साथ जीप में बिठाकर नाई की दुकान पर ले जाते और नाई से उनके बड़े बालों की ओर इशारा करके कहते, "ख़लीफ़ाजी, ज़रा इन शहंशाहों को इनसान बना दो !"

मामाजी का व्यक्तित्व एक चलता-फिरता यादों, लतीफ़ों, सीखों का चंचल और बेचैन उत्सव था। उनके होते किसी महफ़िल में दूसरा कोई दूल्हा हो ही नहीं सकता था। मामाजी जब भोपाल आते तो उनके साथ दूसरे प्रोग्रामों के अलावा शिकार खेलने भी जाया जाता।

जाड़ों की उस कड़कड़ाती सर्दी की रात वह लोग, मामाजी तथा अन्य, खुली जीप में शिकार की तलाश में देर से जंगल में भटक रहे थे। सर्दी दूर करने को मामाजी और कुछ दूसरे लोग शराब की चुस्कियाँ ले रहे थे।

एक खुला हुआ सच यह था कि ज़िंदगी में पहला व्यक्ति जिसे ज़मीर एहमद ख़ान ने अपनी आँखों के सामने शराब पीते देखा था और वह भी इतने सहज ढंग से विवेक के घर बैठकर, वह मामाजी ही थे। इससे पहले अव्वल तो किसी को उसने शराब पीते नहीं देखा था, दूसरे शराब की कल्पना के साथ ही दिमाग़ में जुआ-कलारी, झगड़ा-मुजरा, या क़ीमती होटल और कैबरे सब एक ही ब्रैकिट में क़ैद थे। इसी कारण शराब पीने के दौरान मामाजी की दिलचस्प बातें, चुटकले और उनके आसपास बना प्यार का वातावरण देखकर ज़मीर एहमद ख़ान को आश्चर्य तो बहुत हुआ था पर उससे भी शराब के प्रति मन में बनी घृणा कम नहीं हुई थी।

सर्दी की उस रात जब मामाजी ने उससे शराब की एक चुस्की लेने का अनुरोध किया था तो ज़मीर एहमद ख़ान ने साफ़ मना कर दिया था। मामाजी से जीत

पाना एक असंभव काम था। हुआ भी यही। अँधेरे में जाने किस क्षण उन्होंने थोड़ी-सी शराब (व्हिस्की ! बाद में मालूम हुआ था) सोडे की बोतल में मिलाई थी और उसके हाथों में थमाते हुए आग्रह किया था, "यार ज़मीर, यह तो बड़ी गड़बड़ है। चलो साथ देने के लिए तुम सोडा ही पियो। लो, चियर्स !"

पहला घूँट लेने और उसके हलक़ के नीचे उतरने के बीच चंद क्षणों का वह अंतराल था जो उम्र गुज़रने के साथ-साथ सोच के हज़ारहा वर्ग-मीटर पर फ़ैलता गया है। लगभग उसी मूर्खतापूर्ण एहसास के अनुभव से मिलता-जुलता एक एहसास जो एक बार ज़मीर एहमद ख़ान को भारत-पाकिस्तान की सीमा हुसैनीवाला चेक-पोस्ट पर जाकर हुआ था। इधर कुछ फ़ौजी, कुछ तमाशाई और तिरंगा झंडा था और उसके आगे कुछ ख़ाली जगह, नोमेन्स-लैंड। इस ख़ाली जगह के दूसरी तरफ़ कुछ दूसरे फ़ौजी तमाशाई और चाँद-तारेवाला हरा झंडा ! ख़ाली नोमेन्स-लैंड को दिलचस्पी से देखते हुए वह सोचता रहा था कि क्या अगर वह पैदल चलता हुआ उस फ़ासले को तय करे तो कलाई पर बँधी घड़ी की सुइयाँ आप-ही-आप उस आधे घंटे के अंतर को फलाँग जाएँगी जो दोनों देशों के स्टैंडर्ड-टाइम्स के बीच है ?

अस्तित्व में घूँट लेने से पहले और बाद के बीच भी कुछ उसी से मिलती-जुलती एक विभाजन-रेखा खिंच गई थी जिसने जीवन को बहुत ही मोटे ढंग से दो हिस्सों में बाँट दिया था जो साथ-साथ होते हुए भी एक-दूसरे के साथ कोई भी दुश्मनी का मौक़ा ख़ाली नहीं जाने देते थे।

यह सब तो बाद की सोच-समझ का परिणाम था, उस क्षण तो घूँट लेते ही एक अनोखी बदमज़गी मुँह में फैल गई थी और ज़मीर एहमद ख़ान उबकाई लेने पर मजबूर हो गया था। मामाजी ने पीठ थपथपाई थी, दिलासा दिया था, लेकिन कारण पूरी तरह जाने बिना भी वह खुद अजीब ढंग से निराश और दुखी हो गया था। उबकाई लेना या शराब का पहला घूँट लेते हुए मुँह बनाना तो वह आज तक नहीं छोड़ पाया है। कुछ था शराब के मज़े में जो उसे बुरा लगा था और जिसकी याद शायद वह आज तक पूरी तरह नहीं भुला पाया था। इसके साथ-ही-साथ वह दूसरा ख़याल था जो मज़े-बदमज़े से अपनी तासीर में कहीं अधिक शक्तिशाली था कि बोतल से लिए उस घूँट के हलक़ से नीचे उतरते ही ज़मीर एहमद ख़ान का ईमान इस तरह से ख़त्म हो गया कि उसे दोबारा किसी तरह अर्जित नहीं किया जा सकता ! कुछ बहुत ही गंभीर और अप्रत्याशित हो गया था जिसे कभी भी सुधारा नहीं जा सकता था। इस पश्चात्ताप की शुरुआत इतनी तीव्र थी कि वह कुछ पल को शराब का बुरा स्वाद भी भूल गया था। खुद से नाराज़ और शर्मिंदा लोगों के बीच जीप में घिरा बैठा वह तमन्ना करता रहा था कि किसी सूरत रात के कालेपन में घुलकर लोगों की नज़रों से ग़ायब हो जाए। जीप चल रही थी। शिकार खोजने के लिए सर्च-लाइट बराबर डाली जा रही थी और गोली चलाने को बेचैन लोग अपनी-अपनी बंदूक़ और राइफ़ल थामे बैठे थे।

उन बेईमानियों के अलावा जो समय-समय पर वह चोरी के रूप में करता रहा था और जिनको लेकर हमेशा यह उम्मीद रही थी कि समय आने पर जिसका जितना पैसा लिया है उससे कई गुना लौटाकर अपने पापों का प्रायश्चित किया जा सकता है, शराब पीना ज़मीर एहमद ख़ान को अपने जीवन का पहला एक ऐसा तकनीकी हराम काम लगा था जिसको करने के बाद सुधारा नहीं जा सकता था।

इस प्रकार हलाल और हराम के बीच खिंची तथाकथित विभाजन-रेखा को भी ज़मीर एहमद ख़ान ने महसूस उस पल किया जब वह खिंच चुकी थी और उसके लिए खुद को शर्मिंदा और शर्मसार पाया। बहरहाल, विभाजन हो चुका था और यथार्थ को ख़ंदापेशानी क़बूल करने की ख़ातिर उसने जल्दी-जल्दी सोडे के कुछ और घूँट लिए थे और कुछ समय बाद खुद को जागृति की ऐसी अवस्था में पाया था जिसका न तो पहले कोई अनुभव था, ना ही तसव्वुर। ज़मीर एहमद ख़ान की आँखें एकदम अँधेरे में साफ़ देखने योग्य हो गई थीं। आसमान में फैले सितारे ज़्यादा चमकदार होकर कुछ नीचे उतर आए थे। कान दूर-दूर की आहटें सुनने के लायक़ हो गए थे। उसके शरीर का वज़न कम होकर एक नई शक्ति और स्फूर्ति से भर गया था। ऐसा लगने लगा था जैसे वह आकाश में उड़ सकता हो। इससे पहले ही कि सीमा का एक ओर खोने का मातम संपन्न होता, दूसरी ओर जुड़ने का जश्न शुरू हो गया था !

"जाने मज़हब में शराब पीना क्यों मना है ?" एक बार तरंग में ज़मीर एहमद ख़ान ने अज़ीज़ उर्फ़ अच्छन से कहा था। "खुदा के जितने क़रीब मैं शराब पीकर महसूस करता हूँ, होश में कर ही नहीं सकता।"

"यह भी ग़नीमत है," अज़ीज़ ने सिगरेट का लंबा कश लेने के बाद धीरे-धीरे धुआँ छोड़ते कहा था। "कुछ लोग तो नशे में खुद को खुदा ही समझने लगते हैं ! शायद उन कमज़र्फ़ों की वजह से मज़हब में शराब मना की गई हो !"

अज़ीज़ की सीधी बात और व्यंग्य में तमीज़ कर पाना ख़ासा मुश्किल काम था।

"तुम्हें ऐसा नहीं लगता ?" ज़मीर एहमद ख़ान ने व्यंग्य को समझते हुए भी जाने किस उम्मीद में दूसरा सवाल करने की ग़लती की थी।

"यार, मुझे होश में रहना पड़ता है," अज़ीज़ उर्फ़ अच्छन ने जो शराब पीने को लेकर इस अर्थ में अजूबा था कि वह कितनी ही पी ले उसे नशे में किसी ने नहीं देखा था, बहुत सहजता के साथ कहा था। "असल में क़यामत के दिन आप जैसों के आमाल की गवाही भी तो मुझे ही देना है।"

यह कई साल बाद की बात थी।

फ़िलहाल तो उस रात के तजुर्बे के नतीजे उसे अगली सुबह शरीर पर एलर्जी के लाल चट्टों के साथ जागना और घबराकर डॉक्टर के पास जाना था। बिना अधिक तफ़सील जानने की इच्छा व्यक्त किए डॉक्टर ने उसे एक इंजेक्शन ऐविल

का लगा दिया था और कुछ घंटों में खाल पर उभरे चट्टे ग़ायब हो गए थे। मगर फिर बाद में जब ज़मीर एहमद ख़ान ने कभी-कभी या बाक़ायदा शराब पीना शुरू किया था तो काफ़ी समय तक शराब पीने से पहले ऐविल की गोली खाता था। दोस्त हँसते, ख़ासकर अज़ीज़, और उसे शराब पीने से मना करते लेकिन किसी की बात को ज़मीर एहमद ख़ान ने संजीदगी के साथ नहीं लिया था। फिर धीरे-धीरे उसे ऐविल की गोली खाने की ज़रूरत नहीं रही थी और शराब से एलर्जी ख़त्म हो गई थी। वैसे यह जानकर उसे थोड़ी खुशी और अफ़सोस दोनों ही हुए थे कि उसके व्यक्तित्व में बेईमान शरणार्थी और नकाबपोश लुटेरा ही नहीं, एक हलाल और हराम में तमीज़ करनेवाला तीसरा हिस्सा भी था जिसे शराब से एलर्जी थी। जिससे लड़ने और हराने के लिए उसे ऐविल की गोली खाना पड़ती थी।

इंजेक्शन लगवाने के बाद उसने अल्लाह मियाँ के सामने गिड़गिड़ाकर माफ़ी माँगी थी, तौबा की थी और कभी दोबारा शराब न पीने की क़सम खाई थी, पूरी संजीदगी और निष्ठा के साथ। इसके साथ-ही-साथ वह यह भी जान गया था कि बग़ावत की स्थिति में हमलावर से मिलकर बाहर से किस जगह हमला करने का मशवरा दिया जा सकता था ! क़िले की फ़सील की किस जगह से मरम्मत हुई थी और सुरंग लगाने को कौन-सी जगह सबसे मौज़ूँ थी !

जैसा कि जल्दी या ब-देर होना ही था।

'गुफ़ा' में लोगों की बातचीत जारी थी।

बातचीत में शराब की गिरहें लगती जाएँ तो दास्तानों की शब्दावली में मामला उमर अय्यार की ज़ंबील हो जाता है जिसका न तो कोई आरंभ ही होता और न अंत। ना ही कहे जा रहे में कोई समझ में आनेवाला सिलसिला या तरतीब। 'गुफ़ा' के हमनशीनों के बीच अखंड भारत के प्रस्ताव की सवारी अभी तक अनगिनत स्पीड-ब्रेकर तोड़ने के बाद भी, थी बहरहाल देश की राजनीतिक गिरावट और बदहाली का मरसिया पढ़ने में ही मगन। इस बीच शहर का इक़बाल-मैदान और उसमें लगी शाहीन की मूर्ति भी बातों में सिमट आए थे।

"पर्यावरण और पेड़-परिंदों से मोहब्बत की दुहाई देने के साथ अच्छे-भले खिरनीवाले मैदान का नाम बदल दिया जाता है। कोई इनसे पूछे कि उस मासूम खिरनी के दरख़्त ने तुम्हारा क्या बिगाड़ा था ?!"

"उस पर सितम यह," दूसरी आवाज़ ताईद कर रही थी, "कि मैदान का नाम अल्लामा इक़बाल पर रखा जाता है जैसे वह शायर या फ़लास्फ़र न होकर कोई बड़े एथलीट रहे हों।"

"तो थे ना वह बड़े एथलीट," संचालक महोदय ने बहुत सहजता के साथ कहा था।

"क्या मतलब ?!" दो-तीन आश्चर्य में डूबी आवाज़ें।

"मतलब यह कि बहुत फ़ास्ट थे अल्लामा। उनसे उर्दू में आज तक कौन जीत पाया है ?!"

"और यह जो मैदान के बीचोंबीच धन-चिड़िया की मूरत लगी है ? आपके ख़याल में यह अल्लामा के तसव्वुर का अलामती शाहीन है ?!"

"वह भी और मौत का अलामती परिंदा भी। आर्टिस्ट ने एक परिंदे से दो पत्थर मारे हैं !"

"हाँ, है ना यार ! दिसंबर 1984 में गैस बनकर जो मौत का परिंदा भोपाल पर मँडराया था उसका प्रतीक भी है बक़ौल आपके वह धन-चिड़िया !"

इक़बाल-मैदान से इक़बाल, इक़बाल और पाकिस्तान, पाकिस्तान की परिकल्पना में इक़बाल की भूमिका, सर सैयद और अलीगढ़ मूवमेंट, शाह बानो केस और पर्सनल-लॉ में हकूमत की दख़लअंदाज़ी, कितनी जा-कितनी बेजा, बाबरी मस्जिद-राम जन्मभूमि को लेकर मज़बूती पकड़ती टकराव की ख़बरें, प्रगतिशील मूल्यों का दैनिक जीवन में हनन, हिंदू से यह उम्मीद नहीं थी, हिंदू को यह ज़ैब नहीं देता, मुसलमान क्या करे, मुसलमान को क्या करना चाहिए ··· ?

बातचीत में लगती शराब की गिरहें।

लगभग सात वर्षों पर फैला एक लंबा अंतराल था, उसके पहली और दूसरी बार शराब पीने के बीच ···

3. दस हफ़्ते का इश्क़

समय बीतने के साथ-साथ ज़मीर एहमद ख़ान को विश्वास होता गया था कि उसकी पहली बार ग़लती से पी हुई शराब अल्लाह मियाँ ने माफ़ कर दी होगी। औपचारिक तौबा के अलावा उस दुर्घटना के बाद उसने नमाज़ भी ज़्यादा पाबंदी से पढ़ी थी और रमज़ान में रोज़े रखने में भी ज़्यादा सख़्ती बरती थी।

ज़मीर एहमद ख़ान स्कूल की ग्यारहवीं कक्षा में पहुँच चुका था। गणित और साइंस उसके विषय थे और हायर सेकेंडरी के बाद इंजीनियरिंग करने की योजना थी। उसकी गिनती कक्षा के होनहार और मेहनती विद्यार्थियों में होती थी। अभी हायर सेकेंडरी की परीक्षा दूर थी जब उसके साथ एक और दुर्घटना हो गई।

वह दुर्घटना होते समय एक ऐसी छोटी-मोटी घटना के समान लगी थी जैसे कोई बिलकुल अकेली सड़क पर तन्हा पैदल जा रहा हो और पास से गुज़रनेवाले सामान से लदे ट्रक का टायर बर्स्ट हो जाए। सड़क चलनेवाला अगर भाग्य का बिलकुल कोरा हुआ तो टायर के धमाके से उसका हार्ट फ़ेल हो सकता है। अधूरा

हुआ तो कुछ देर को ग़श खाकर गिर सकता है। भाग्यशील हुआ तो ट्रक और ट्रकवाले के मुक़द्दर पर हँसता अपनी राह आगे बढ़ सकता है। खुद अपने भाग्य को समय-समय पर उसने अलग-अलग पहलुओं से देखने और समझने की कोशिश की थी और अंततः इस परिणाम को पहुँचा था कि अगर वह खुद को धोखा नहीं दे रहा (जिसकी संभावना से पूरा-पूरा इनकार तो किया ही नहीं जा सकता) तो वह धमाके-नुमा दुर्घटना उसके व्यक्तित्व में रचते किसी बिखराव की वास्तविक शुरुआत थी और उसकी ही आवाज़ पर गिरा था उसकी शख़्सियत के दुर्ग का पहला बुर्ज़। इस तरह कि उस दुर्ग का कोई संतुलित फ़ोटो-फ़्रेम बनना फिर कभी संभव न हो सका।

हालाँकि आज किसी और को बताना तो अलग, खुद सोचते हुए भी यह प्रसंग ख़ासा मूर्खतापूर्ण और हास्यास्पद लगता है और एक दिल कहता है कि यह महज़ एक बहाना और कुछ भी घड़ने के लिए घड़ा हुआ एक ख़याल है जिसमें सच की सूरत-शक्ल को बिलकुल मनचाहे ढंग से बदल डाला गया है। बात को छोटा या बड़ा करके सोचने का इल्ज़ाम सच हो सकता है लेकिन उस घटना की बुनियादी असलियत से इनकार नहीं किया जा सकता था। अगर जीवन में किसी निष्कर्ष तक पहुँचने का इकलौता पैमाना मोटा-मोटा यथार्थ और नज़र में आ सकनेवाले वास्तविक गुण और दोष ही होते तो इन सब लैला-मजनुओं, शीरीं-फ़रहादों या मुमताज़-शाहजहानों का तो आज कोई जहान में नामलेवा भी न होता।

आशिक़ी उतनी ख़तरनाक नहीं होती, शायद, जितना आशिक़-मिज़ाज होना। अपने मिज़ाज की इस योग्यता को समझकर और अपने भीतर के नक़ाबपोश लुटेरे के क़हर से डरते हुए ही ज़मीर एहमद ख़ान सामान्यतः लोगों से एक नपी-तुली दूरी बनाकर मिलता था। विवेक से ज्यों-ज्यों उसकी घनिष्ठता बढ़ी उसे इस सच्चाई का पुख़्ता अंदाज़ा होता गया था कि उसके प्रेम और स्नेह में सबसे बड़ा साझेदार यह नक़ाबपोश ही था जो न तो पहले अक्का का किसी अन्य व्यक्ति से मिलना-जुलना बर्दाश्त कर पाया था, न अब विवेक से किसी की अपनाइयत और दोस्ती पसंद करता था। इस सबके बावजूद ज़मीर एहमद ख़ान के इश्क़ के उस पहले तजुर्बे का मज़ा सबसे अनोखा, सबसे अलग था। आईशा नाम था कक्षा में नवागत उस लड़की का और शहर बंगलौर से नया-नया भोपाल आया उसका परिवार था। उससे पहले किसी लड़की को पहली बार देखते, उससे मिलते या बात करते उसने कभी वैसा महसूस नहीं किया था। अक्का से उसकी भेंट भी एक अनुभव थी लेकिन उसमें और आईशा से मिलने में एक ऐसा बारीक अंतर था जिसे पूरी तरह समझे बिना वह महसूस कर सकता था। अक्का बहरहाल उसकी बहन थी और आईशा से इश्क़ करने की गुंजाइश थी। उसे देखकर वह एकदम चुप और उदास हो गया था जैसे आईशा की उपस्थिति की तासीर ही उदासी हो। दुख में डूबे आशिक़ की लाचारी व्यक्त करनेवाले शेर आईशा को देखकर उसके दिमाग़

में यूँ आते जैसे शमा पर पतंगे आते हैं। या फिर दर्दनाक इश्क़िया कहानियों के प्लाट, एक-से-एक विचित्र सिचुएशन वाले, जिन्हें वह लिखना तो बहुत चाहता था मगर पढ़ाई और परीक्षा की चिंता में नहीं लिख पाता था। आईशा ··· आईशा ··· आईशा ··· जहाँ-जहाँ भी संभव हो सकता था उसने इस नाम को अपने हाथ से लिखा था—नोटबुकों के पीछे, अलग-अलग विषय की किताबों में ऐसी जगह छिपाकर जहाँ हर कोई न देख पाए, क्लास में अपनी डेस्क पर, लेबॉरेट्री की टेबिल पर, अपनी विभिन्न डायरियों में, दीवारों और सड़क के किनारे लगे बिजली के खंबों पर और फिर आख़िरकार एक नोकदार चाकू से घर के पास अजायबघर के कंपाउंड में लगे उस बड़ी छतरीवाले गुलमोहर के तने पर जो आज से कुछ साल पहले तक अपनी जगह मौजूद था और फिर कुछ नए क्वार्टर बनाने के लिए उसे जड़ से काटा जाना पड़ा था। आईशा का ख़याल ज़मीर एहमद ख़ान के इर्द-गिर्द एक हाले की तरह हरदम रहता था, वह हाला रौशनी का था या अँधेरे का यह तमीज़ कर पाना भी खुद उसके लिए संभव नहीं था। अब सोचने पर लगता है उसके वजूद के भीतर वह कैफ़ियत काफ़ी-कुछ उससे मिलती-जुलती थी जैसी एक ज़माने बाद पूर्ण सूर्यग्रहण के अवसर पर बाहर की दुनिया की देखने को मिली थी। दिन-दोपहर जब ज़मीन-आसमान के बीच अँधेरा इस तरह भर गया था जैसे किसी दूसरी दुनिया से बनकर सप्लाई हो रहा हो। परिंदे पेड़ की शाखों पर और झींगुर-झंकाड़ घर के कोने-कोचर में बेचैन होकर बोलने लगे थे। उस कैफ़ियत में जितना ख़ौफ़ था शायद उतना ही रोमांच भी। करीबो-दूर कर्फ़्यू से ज़्यादा विचित्र सकूत पड़ गया था क्योंकि सड़कों पर पुलिस-गाड़ियों की आवक-जावक की आवाज़ें तक नहीं थीं। अपने-अपने अक़ीदे और आस्था से जुड़े तमाम ही लोग शायद उस दौरान ज़िंदगी और मौत के अटूट संबंध की शहादत दिलों में दोहराते किसी-न-किसी अर्थ में ज़िंदगी से ज़्यादा मौत के बारे में सोचने पर मजबूर हो गए थे। मौत ज़िंदगी का हिस्सा है, यह एक सर्वथा स्वीकृत सच्चाई है, शायद इसीलिए अकाल-विराट मौत की कल्पना इस तरह भयभीत करती है कि सोच-समझ के सारे मान्य समीकरण गड़बड़ाने लगते हैं। जीवन के साग में मौत का छौंका, सबके दिलों में तय है और किसी को हैरान नहीं करता। यह भ्रम टूटता है जब कोई जीते-जी सौ फ़ीसदी मौत की कल्पना या अनुभव करने की स्थिति में होता है। जब मौत के साथ ज़िंदगी की कोई पैवंदबंदी नहीं होती और न ही दोनों के बीच कोई अंतर रह जाता है। जैसा कि ज़मीर एहमद ख़ान को बहुत बाद में पूर्ण सूर्यग्रहण के अवसर पर अनुभव हुआ, आईशा को देखकर ठंडी साँसें लेते अपने इश्क़ के पहले तजुर्बे से गुज़रते ग्यारहवीं कक्षा के खुशी और उदासी में बँटे कुछ हफ़्तों में लगा या अब उम्र के साथ शरीर की हड्डियों और खाल के बीच किसी चीज़ को जमते और आकार लेते महसूस करके समझ में आता है।

इस प्रकार एक अजनबी लड़की पर रिवायत के अनुसार हज़ार जान से आशिक़

होने के बाद भी ज़मीर एहमद ख़ान ने इश्क़ का सीधा-सीधा इज़हार करने के बजाय महान प्रेम-कहानियों (जिनका अंत हमेशा दुखद होता आया है) के महान नायकों का अनुसरण करते हुए अपने इस इश्क़ को सीने का राज़ बनाना तय किया। यह वह मजबूरी की हालत थी कि थोड़े ही समय को सही मगर फिज़िक्स, केमिस्ट्री और गणित उसे बुरे लगने लगे थे और क़लम उँगलियों के बीच आते ही बुलबुल बनकर गुल की याद में फड़फड़ाने लगता था। वह लड़की एक दूसरे शहर और अलग पृष्ठभूमि से आई थी। पढ़ने-लिखने में होशियार, पहनने-ओढ़ने में सलीक़ामंद और बातचीत में किफ़ायतशुआर थी। और इन सारी खूबियों से पहले एक सुगठित, समानुपात एवं आकर्षक देह तथा अपने ढंग से सुंदर चेहरे की मालिक। स्कूल में जितने दिन उसका साथ रहा ज़मीर एहमद ख़ान को बात करने के दो अवसर मिल पाए।

"क्या तुम अपनी हिंदी की कॉपी एक दिन के लिए हमें दे सकते हो ?" एक बार क्लास के बाहर आईशा ने उसे रोककर अपनी गुनगुनाती आवाज़ में पूछा था।

"देखो कॉपी सँभालकर रखना," ज़मीर एहमद ख़ान ने कॉपी देने से ज्यादा देने का एहसान जताने के स्वर में कहा था।

क्यों नहीं। दिल में ज़रूर एक उम्मीद की किरन जागी थी कि शायद यह कॉपी-किताबों का आदान-प्रदान ही मामले की सही शुरुआत बन सके और आईशा जब उसकी कॉपी लौटाए तो उसमें रखा उसका प्रेम-पत्र भी हो। ऐसा नहीं हुआ तो भी उसके इश्क़ पर इन मामूली बातों से भला क्या अंतर पड़नेवाला था ! उसकी उम्मीद जो यक़ीन से ज़्यादा पुख़्ता थी क़ायम रही। हाँ, अब अपनी इस हालत को उसके लिए विवेक से भी छिपा पाना संभव नहीं था। विवेक वैसे भी लड़कियों में ज़्यादा लोकप्रिय था और कभी-कभी ज़मीर एहमद ख़ान को डर लगता था कि कहीं आईशा का झुकाव भी उसी की ओर न हो। एक दिन विवेक को अपना हमराज़ बनाते हुए उसने अपना हाले-दिल कह सुनाया था।

"छुपे रुस्तम हो साले !" विवेक ने उसकी पीठ थपथपाकर कहा था। "सचमुच दमदार लड़की है आईशा। तुम्हारी तरफ़ से मैं उससे बात करूँ ? वह भी मुसलमान तुम भी मुसलमान, हम तो वैसे भी तमाशाई हैं !"

उसने विवेक से सख़्ती से ऐसा कुछ न करने को कहा था। ऐसी जल्दी क्या थी, दिल में एक बार तय कर लिया कि शादी आईशा से करेंगे और बाक़ी जीवन उसी के साथ बिताएँगे यह काफ़ी था। ऐसी कोई कमी तो ज़मीर एहमद ख़ान में थी नहीं कि आईशा उसे रिजेक्ट कर सके। किसी तरह वह खुद आईशा सुल्ताना से उन्नीस नहीं था। हायर सेकेंडरी हो जाए उसके बाद अम्माँ-अब्बा से कहकर आईशा के घर में बात चलाई जाए, मँगनी हो जाए और फिर पाँच साल बाद इंजीनियरिंग करके शादी। घर-परिवार, सुख-चैन।

ज़ाहिर-सी बात है कि यह सब खुद अकेले ज़मीर एहमद ख़ान का सोचा और तय किया हुआ था। जाने क्यों किसी भी स्तर पर अपनी सोच और इच्छा की

जानकारी उसने आईशा को देना ज़रूरी नहीं समझा।

फिर क्या हुआ ?

हमेशा की तरह ज़ालिम ज़माना जीत गया !

अभी हायर सेकेंडरी की परीक्षा दूर थी जब आईशा सुल्ताना एक सप्ताह के लिए क्लास से ग़ायब हो गई। उसकी अनुपस्थिति में पहले तो दुश्मनों ने बुरी-बुरी ख़बरें सुनाईं, फिर अंततः विवेक ने मालूमात इकट्ठा करके बताया कि आईशा की तो किसी से पुरानी मँगनी थी और दो-एक दिन में उसकी शादी होनेवाली थी। यह ख़बर सुनकर जहाँ एक ओर सपनों के महल ताश के क़िले-से ढहे वहीं पलक झपकते यह रहस्य भी समझ में आ गया कि आईशा क्लास की बाक़ी लड़कियों से इतनी अलग क्यों लगती थी। वह उनसे उम्र में बड़ी थी और उसका शरीर पूरी तरह से बनावट और आकार ग्रहण कर चुका था ! यह जानकारी में इज़ाफ़ा तो था लेकिन किसी प्रकार का दिलासा नहीं। ना ही अपने दिल का दुख वह विवेक के अलावा किसी के सामने रख सकता था। एक हफ़्ते के बाद फिर से उस कन्या ने जो अब विवाह के पश्चात् महिला बन चुकी थी, स्कूल आना, क्लास अटेंड करना, नज़रें मिलाना-चुराना शुरू कर दिया और तभी ज़मीर एहमद ख़ान ने बातचीत का दूसरा अवसर खोजते हुए एक दिन उसे अकेले में रोककर कहा था, "आईशा, तुम्हें बता देना चाहिए था !"

खुदा मालूम क्यों मगर फिर आईशा का स्कूल आना बंद हो गया था। शायद ससुरालवालों की मर्ज़ी के मुताबिक़ अपनी शिक्षा पूरी करने वह लड़कियों के किसी स्कूल चली गई थी। वह तो चली गई थी मगर ज़मीर एहमद ख़ान काठ की उस छीलन की तरह सुलगता रहा था जिसमें अनजाने कोई चिनगारी गिर गई हो।

वैसे ग़ौर करो तो लगता है कुल मिलाकर उससे फ़र्क़ क्या पड़ा ? वह बिलकुल ठीक समय पर होश में आ गया और माशूक़ा पर लानत भेजने के बाद अपनी पढ़ाई में व्यस्त हो गया। इतना कि वार्षिक परीक्षा में अच्छी डिवीज़न लाना मुश्किल नहीं रहा। वह एक कमउम्री और नामसझी की हरकत थी वरना कहीं लड़के भी हायर सेकेंडरी में शादी-ब्याह का सोचते हैं। वहाँ से तो ज़िंदगी की लंबी दौड़ की शुरुआत होती है जिसके लिए आवश्यकता होती है सारी योग्यता और एकाग्रता की। कहीं किसी भी समझौते की गुंजाइश ही नहीं बचती। और खुद जानता क्या था वह आईशा के बारे में जो इतने बड़े-बड़े फ़ैसले करने पर उतर आया था ! यह तक तो पता नहीं था कि वह विवाहित थी या कुँवारी !

इस सबके बावजूद कभी-कभी यह सारी दलीलें और दिलासे दिमाग़ के कबाड़ख़ाने में रखे रह जाते हैं और ज़मीर एहमद ख़ान को लगता है कि वास्तव में यही उसके जीवन की पहली लड़ाई थी जिसे लड़े बिना ही उसने अपनी पराजय स्वीकार कर ली थी। यही उसकी आत्मा में लगा पहला पैवंद था और यही उसके व्यक्तित्व में पड़ा पहला दोंचा। बिलकुल जैसे कोई अकेली सड़क पर तन्हा जा रहा

हो और पास से गुज़रनेवाले सामान से लदे ट्रक का टायर फट जाए। भाग्यशाली वह इतना ही रहा कि लगनेवाली चोट एक गुम चोट साबित हुई और कुछ अर्से तक लगा कि वह सचमुच किसी बड़ी मूर्खता में फँसते-फँसते बच गया। यह अंदाज़ा नहीं हुआ कि वह दरअसल आत्मा में हुआ वह बारीक सूराख़ था जो वक़्त, उम्र और जीने की प्रक्रिया में दिन-ब-दिन बढ़ता जाएगा। हत्ताकि एक दिन आएगा जब जहाँ कभी ज़मीर एहमद ख़ान था वहाँ फ़क़त एक सूराख़ होगा। एक बड़ा और गहरा मुँह चिढ़ाता हुआ सूराख़ !

"एक लतीफ़ा सुनो," 'गुफ़ा' के साथी संजीदा बातों से ऊबकर लतीफ़ागोई पर उतर आए थे।

"सुनाओ।"

"एक आदमी ने नौकरी के लिए इंटरव्यू देते हुए पूछा, 'सर ! मुझे विकलांग श्रेणी में प्राथमिकता मिलेगी ना ?' इंटरव्यू लेनेवाले ने आश्चर्यचकित होकर पूछा, 'मगर तुम्हारे हाथ-पैर तो सब सही-सलामत हैं ?' नौकरी के उम्मीदवार ने शरमाकर कहा, 'सर ! दरअसल मेरा नाम अब्दुल कुद्दूस ··· मैं मुस्लिम हैंडिकैप्ड हूँ !"

इक्का-दुक्का हँसी और जम्हाई की आवाज़ें।

"आप होंगे हैंडिकैप्ड !" एक ने भड़ककर कहा था। "मैं खुद को किसी से कमतर नहीं समझता।"

"गुस्सा नहीं मेरी जान ! तुम नशे में हो। ··· और यह एक लतीफ़ा था।"

"एक और सुनो।"

"बोलो।"

"एक साहब का मशवरा है कि हिंदुस्तान-पाकिस्तान की सीमा पर तारों की बाड़ लगाने के बजाय वहाँ एक दीवार बतर्ज़ 'द वेलिंग वॉल ऑव जेरोसलम' (यरूशलम की दीवारे-गिरया) बना दी जाए जहाँ इस उपमहाद्वीप में रहनेवाले जब उनका दिल चाहे जाकर उस दीवार को पकड़कर रो सकें, पछता सकें, मातम कर सकें, अपनी ग़लती के ऐतिराफ़ के साथ-साथ गुनाहों की माफ़ी माँगते हुए।"

"शट्-अप ! शराब डालो यार !"

4. अलीगढ़ की तैयारी

यूँ अगर सतही तौर पर देखा जाए तो ज़मीर एहमद ख़ान अपने जीवन की पहली बड़ी नाकामी पर, और वह भी इश्क़ में, जल्द ही क़ाबू पाने में सफल हो गया।

भले ही उस दुर्घटना में उसके अस्तित्व का दुर्ग एक-आध बुर्ज़ से महरूम हुआ हो या उसके फ़ोटो-फ़्रेम का संतुलन गड़बड़ाया हो, अभी उस घड़ी के आने में देर थी जब आईशा, उसके बाद विवेक, और फिर अनीसा के हाथों प्रताड़ित होकर ज़मीर एहमद ख़ान को, क़िले की मरम्मतशुदा फ़सील की जानकारी का फ़ायदा उठाते हुए, दुश्मन से साज़बाज़ करना और उसे हमला करने की दावत देना थी। उसकी हायर सेकेंडरी में अच्छी डिवीज़न और इतने नंबर आ गए थे कि इंजीनियरिंग कालेज में दाख़िला कोई समस्या नहीं रहा था।

आगे पढ़ेंगे तो ज़रूर, ज़मीर एहमद ख़ान और विवेक ने मिलकर फ़ैसला किया था, लेकिन भोपाल में रहकर नहीं।

वैसे विवेक के पास बॉयलॉजी थी और मेडिकल कॉलेज में दाख़िले की कोशिश से पहले अभी उसे एक साल और पढ़ना था। भोपाल में न रुकने के निर्णय के बाद भी ज़मीर एहमद ख़ान ने फ़ॉर्म यहाँ के इंजीनियरिंग कालेज का भी भरा था, इंटरव्यू भी दिया था और आसानी के साथ उसका चुनाव भी हो गया था। यह उसकी अभी तक की उपलब्धियों में एक और इज़ाफ़ा था जिसके कारण घर और ख़ानदान में उसकी प्रतिष्ठा और महत्त्व बढ़े थे।

जिस वर्ष उसने हायर सेकेंडरी की परीक्षा पास की वह परिवार के स्तर पर यूँ भी महत्त्वपूर्ण था कि भाई मियाँ अब्बा से अलग होकर अपना धंधा जमाने की जद्दोजहद में लगे थे और अब्बा धंधे से कई साल दूर रहकर फिर से रोज़ी-रोटी की लड़ाई में संघर्षरत थे। उसकी सफलता में वह दोनों कुछ देर को अपनी-अपनी कड़वाहटें भूल गए थे और एक होकर दोनों ने उसके अलीगढ़ जाने के विचार का समर्थन किया था जहाँ उस समय कमाल मियाँ अर्थशास्त्र में एम.ए. कर रहे थे। पिछले वर्षों में कमाल मियाँ के मुँह से ही वह अलीगढ़ यूनिवर्सिटी की तारीफ़ें सुनता रहा था और उन्हीं के मशवरे से उसने खुद वहाँ पढ़ने का निर्णय लिया था।

भोपाल छोड़ने के फ़ैसले के पीछे एक नहीं अनेक कारण थे। ऊपरी तौर पर जो बहुत-सी वजहें थीं उनमें एक यह भी थी कि उस शहर में नहीं रहना जिसने हमारी महबूबा को हमसे जुदा किया ! भोपाल, उसकी सारी खूबियाँ भूलकर एकदम ऐसा शहर लगने लगा था जो स्वभाव से क़स्बाती होते हुए भी प्रदेश की राजधानी होने के नाते जबरन भाव खाता था। जहाँ लड़का और लड़की तो छोड़ो, दो लड़कों, ज़मीर और विवेक, तक की दोस्ती लोगों को नहीं सुहाती थी और हर एक अपने-अपने बौद्धिक सामर्थ्य के अनुसार उसके मायने और मतलब तलाश करना चाहता था। भोपाल यानी बदनामी का दाग़ ! भोपाली अथवा बेतुकी सोच और विकृत ज़ेहनियत के लोग ! हाँ, बेहद निकटता थी उसकी विवेक से, दोनों गले में बाँहें डाले पहाड़ों और तालाब के किनारों से हर शाम शहर के सनसेट्स का नज़्ज़ारा किया करते थे। या साथ-साथ फ़िल्में देखते एक-दूसरे से प्यार और झगड़ा किया करते थे। तो ? क्या मतलब हुआ इन बातों का ?! छी छी ! तौबा ! तौबा !!

यह थी भोपाली मानसिकता ! अगर कभी वह दोनों किसी कम्प्रोमाइज़िंग सिचुएशन में नज़र आ भी गए हों तो इसमें क़सूरवार क्या देखनेवाले की नज़र या सोचनेवाले का दिमाग़ नहीं हो सकता ?! लानत थी ऐसी जगह और ऐसे लोगों पर ! उनके बीच रहना ही सबसे बड़ी ग़लती थी।

अकेले में ज़मीर एहमद ख़ान ने विवेक से कहा था, "हम दोनों साथ रहकर एक-दूसरे का बहुत समय नष्ट करते हैं। तुम्हें तो अभी मेडिकल में दाख़िले के लिए भी एक साल दिल लगाकर पढ़ना है।"

"मैंने भी सोच लिया है," विवेक ने दृढ़तापूर्वक कहा था, "भोपाल में नहीं रहना है।"

"फिर कहाँ जाओगे ?" वह लगभग विवेक को मशवरा देते-देते बचा था कि तुम भी अलीगढ़ चलो !

"या तो दिल्ली," विवेक ने सोचते हुए कहा था, "मामाजी के साथ रहकर पढ़ूँगा या फिर इंदौर जहाँ बड़े भाईसाहब हैं।"

यह जानकर कि विवेक भी भोपाल में नहीं रहेगा, ज़मीर एहमद ख़ान का दिल इतमीनान से भर गया था। यह बात करते हुए भी वह दोनों सनसेट ही देख रहे थे– एम.एल.ए. रेस्टहाउस के बायें कोने को छूती जो सड़क ऊपर चढ़कर जेल की तरफ़ जाती थी, उसके किनारे बनी एक पुलिया पर बैठे। गर्मियों का आकाश था जिसमें बिखरे बादल के टुकड़ों में शाम की धूप कहीं आग लगा रही थी तो कहीं मेहँदी रच रही थी। अब जिस सड़क से 60 गाड़ियाँ प्रति मिनट गुज़रती हैं वह न जाने कितनी देर से सन्नाटे की नींद सोई पड़ी थी। पुलिया के बाजू में ही उन दोनों की साइकिलें स्टैंड पर खड़ी थीं।

उसने अलीगढ़ का फ़ॉर्म भरा था और वहाँ से इंटरव्यू का बुलावा आ गया था।

सख़्त गर्मी के मौसम में वह कमाल मियाँ के साथ अलीगढ़ इंटरव्यू देने गया था और छुट्टियों में लगभग उजाड़ यूनिवर्सिटी की इमारतों, लान्स और एक रहस्यमय वातावरण से बेहद प्रभावित होकर लौटा था। इंटरव्यू के बाद वापसी में कुछ क्षण ठहरकर, आईशा को याद करते हुए, उसने आगरा में मोहब्बत की अनश्वर यादगार, ताजमहल को अपनी आँखों से देखा था, जिसे वक़्त के रुख़सार पर ठहरा हुआ आँसू कहकर भी याद किया जाता है। ताजमहल देखकर जाने क्यों वह प्रभावित कम हुआ था, मायूस ज़्यादा।

"ताजमहल देखा ?" वापस घर पहुँचने पर अम्माँ ने पहला सवाल किया था इस विश्वास से जैसे ताजमहल देखना उसके जीवन की मनोकामना रही हो।

"जी," उसने सरसरी ढंग से प्रसंग टालना चाहा था।

"कैसा लगा ?"

"बिलकुल जैसा कैलेंडरों में लगता है। एकदम ताज़ा और धुला-धुलाया जैसे

अभी मुमताज-महल का चालीसवाँ भी न हुआ हो।"

अम्माँ कुछ हँसी थीं और कुछ हैरान हुई थीं।

उसको ख़त मिला था, अलीगढ़ यूनिवर्सिटी के इंजीनियरिंग कॉलेज में दाख़िले का।

घर और परिवार में उसका महत्त्व कुछ और बढ़ा था। लोगों के उससे बात करने और मिलने में थोड़ा और परिवर्तन आया था। अब ज़मीर एहमद ख़ान का कार्यस्थल सिर्फ़ भोपाल नहीं रहा था। वह एक बड़ी और विशिष्ट दुनिया का हिस्सा हो गया था। सब यह मानकर चल रहे थे और उसे खुद अपना महत्त्व महसूस करने दे रहे थे। वैसे भी घर और शहर में वह अब कुछ दिन का मेहमान था।

अलीगढ़ रवानगी के लिए तैयारियाँ ज़ोरों पर थीं और घर में उसका सामान इकट्ठा किया और बाँधा जा रहा था। अब्बा बग़ैर कहे उसे महसूस कराना चाहते थे कि उसके बाहर रहकर पढ़ने का ख़र्च उन पर किसी प्रकार का बोझ नहीं बनेगा, मौजूदा आर्थिक अनिश्चितता से उसे अनावश्यक ढंग से प्रभावित नहीं होना चाहिए। भाई मियाँ अलग तरह-तरह से उसके परिवार से जुदा होने के दुख पर पर्दा डाले उसकी दिलजोई करने में लगे थे—कभी काली शेरवानी सिलवाने के लिए वह उसे अपने साथ दर्ज़ी के यहाँ ले जा रहे थे तो कभी अन्य ज़रूरत की चीज़ें दिलवाने दूसरे बाज़ार। अम्माँ बात-बेबात दोपट्टे की कोर से आँखें पोंछती नज़र आती थीं और नमाज़ों के बाद उनका दुआ माँगने का समय रोज़-ब-रोज़ लंबा होता जा रहा था। आपा और भाभी तरह-तरह के हलवे, अचार, मुरब्बे तैयार करने में व्यस्त थीं। पूरे घर में एक बेचेहरा उदासी अपना डेरा डाल चुकी थी। अब्बा उससे बात करते तो उनके लबो-लह्जे में एक नई आत्मीयता और तब्दीली होती। उनके संवाद में एक दोस्ताना पुल आकार ले चुका था और अगर कभी वह अपनी उम्र और तजुर्बे का ज़िक्र ज़िंदगी के किसी संदर्भ में करते भी तो उसमें अंदाज़ हमेशा की तरह नसीहत का न होकर बराबरी और राज़दारी का होता।

"हम ख़त लिखने के मामले में बहुत काहिल हैं," अलीगढ़ रवानगी से चंद रोज़ पहले उन्होंने ज़मीर एहमद ख़ान को अपने पास बिठाकर कहा था। "बहुत ही मजबूरी या ज़रूरत में किसी को चंद सतरें लिख पाते हैं। फिर भी तुमसे यह वादा है कि हफ़्ते में तुम्हें एक ख़त ज़रूर लिखेंगे।"

उस शाम ज़मीर एहमद ख़ान अब्बा की आवाज़ के उतार-चढ़ाव महसूस करता इस सोच में खोया हुआ था कि अब्बा के कमरे की दहलीज़ के इधर और उधर आते-जाते ही इतना ज़माना बीत गया ! उस मैदान और हरियाली, मस्जिद और मुरशद, दुल्हन चची, फफू बिया, चोर-पुलिस, चटनी, सिनेमा के खेल और स्कूली जीवन का समापन कहीं उसी रेल की पटरी पर होने को था जिसे कभी ताँबे के सिक्के फैलाने के अलावा किसी महत्त्व का नहीं समझा था। अब्बा के पास बैठा अपने बचपन से उस क्षण तक जिए जीवन को जब वह एकमुश्त अपनी आँखों

के सामने देखना चाह रहा था तो ऐसा लग रहा था जैसे रौशनी का स्रोत खिसककर कहीं दूर चला गया है और खुद उसके फ़ोकस में जकड़ा तन्हा उस कमरे में बैठा वह अब्बा की बातें सुनता रह गया है। बातें जिनमें थकन इसलिए नहीं थी कि बोलनेवाला आश्वस्त था कि उसको अपनी उम्र की कमाई एक लाय़क़ वारिस मिल गया था।

भोपाल छोड़ने से पहले वह सब बुजुर्गों के पास गया था। बड़े अब्बा ने पीठ थपथपाकर दुआ दी थी, भाई जान ने प्यार करके सौ रुपए का नोट थमाया था, फफू अम्माँ ने सिर पे हाथ रखकर 'अल्लाह साथ-ख़ैरियत के वापस लाए' दुआ दी थी। अम्माँ ने अपनी जानमाज़ जो वह हज के बाद साथ लाई थीं, इस ताकीद के साथ दी थी कि देखो मियाँ, रोज़े-नमाज़ की पाबंदी करना और जब दिल घबराए तो कुरआन-शरीफ़ की तिलावत करना। घर पर आख़िरी दिन ऐसा मजमा था जैसे कोई काले-पानी और हज पर एकसाथ जा रहा हो। बड़ों ने सफ़र ख़र्च और हमउम्रों ने तोहफ़े दिए थे। लोगों की आँखों में आँसू भी थे और कुछ क़हक़हे भी लगा रहे थे। याद करने पर चीज़ें अब जितनी हास्यास्पद लगती हैं जो तब नहीं थीं। उस ज़माने के शहर का मिज़ाज ही यह था।

विवेक से अंतिम भेंट पर उसने पूछा था, "तय है तुम भी जा रहे हो ?"

"तय है," विवेक ने संजीदा स्वर में कहा था।

"कब जाओगे ? दिल्ली ना ?"

"हाँ। जल्द ही।"

"छुट्टियों में मुलाक़ात होगी। सुनो, स्टेशन पर तुम मुझे छोड़ने मत आना। मुझे अच्छा नहीं लगेगा।"

विवेक उसकी बात मान गया था।

इस तरह आईशा के बाद यह दूसरी जुदाई थी जिसका ज़मीर एहमद ख़ान को सामना था।

वह भी एक साल के अंदर-अंदर ही !

5. ग़लती का एहसास

अलीगढ़ पहुँचकर अपने निर्णय की ग़लती को महसूस करने में उसे ज़्यादा देर नहीं लगी थी।

यह वही ज़माना था जब अलीगढ़ यूनिवर्सिटी के मुस्लिम चरित्र को बनाए रखने और उसे बदलने की माँगों को लेकर दो अलग-अलग खेमे बन गए थे और चाहे-अनचाहे हर कोई खुद को इन दो में से किसी एक के साथ जुड़ा पाता था।

अलग-अलग विभागों में पढ़ाई-लिखाई का काम भी चल रहा होगा मगर छात्र राजनीति का वातावरण कुछ ज़्यादा ही तेज़ी से गर्मा रहा था।

विक्टोरिया गेट, जामा मस्जिद, सर सैयद का मक़बरा, स्ट्रेची हॉल, बाबे-इसहाक़, बाबे-रहमत, यूनिवर्सिटी लायब्रेरी, कैंटीन, कैनेडी हॉल, जनरल एजूकेशन डिपार्टमेंट में एम. एफ. हुसैन का बनाया हुआ लंबा-चौड़ा म्यूरअल और इंजीनियरिंग कॉलेज तथा लेबॉरेट्रीज़ और वर्कशाप की फैली हुई बिल्डिंगें—सब दिमाग़ में दिन-ब-दिन किसी ज़र्द पड़ते ब्ल्यू-प्रिंट की तरह सुरक्षित हैं। या रूबी, नॉवेल्टी, तस्वीर महल, तिब्बिया कॉलेज और उससे पहले पोस्ट ऑफ़िस की वह पुरानी इमारत जहाँ पैसे जमा करने को उसने अपने जीवन में पहला खाता खोला था। शमशाद मार्केट और उसके वह छोटे-छोटे ढाबेनुमा होटल जहाँ टी-सेट में बढ़िया चाय सर्व की जाती थी और वह ख़्वाबों में देखा हुआ-सा कैफ़े-डी-फूस जिसका ताना-बाना फूस का बना हुआ था और लाल डिग्गी की खूबसूरत कोठी और तलैया, कठपुला और सिटी आर्ट स्टूडियो जहाँ पहली बार आइडेंटिटी-कार्ड के लिए फ़ोटो खिंचवाया था और दूसरी बार कमरे के साथियों के साथ याद के लिए एक ग्रुप फ़ोटो, अपरकोर्ट जहाँ कभी-कभी लस्सी पीने जाना होता था या गाँधी आई-हॉस्पिटल जहाँ मेडिकल चेक-अप के सिलसिले में आँखें टेस्ट करवाने जाना हुआ था।

हॉस्टिल की छत पर हर शाम अकेले टहलते वह पीछे के ग्राउंड में लड़कों को क्रिकेट की प्रैक्टिस करते देखता और बहुत उदास और भारी मन से भोपाल को याद करता। उस याद में बला की शिद्दत और बेचैनी होती थी।

अब्बा के ख़त उसे पाबंदी से मिल रहे थे लेकिन विवेक ने न तो उसे कोई ख़त लिखा था, न उस क़रार की पाबंदी की थी जो उन दोनों के बीच भोपाल में ठहरा था। कहीं बाहर जाने के बजाय वह भोपाल में ही आगे पढ़ रहा था। यह एक ऐसा विश्वासघात था जिसके लिए ज़मीर एहमद ख़ान ताउम्र विवेक को माफ़ नहीं करनेवाला था, किसी भी हालत, किन्हीं भी परिस्थितियों में नहीं ! आईशा की तो कोई मज़बूरी हो सकती थी लेकिन विवेक ?!

वाह री माशूक़ा ! वाह रे दोस्त !

उसके अलीगढ़ में ठहरने का एक साल बिलकुल चाइनीज़ टॉर्चर-सा दिन-दिन बूँद-बूँद बनकर बीता था।

लेकिन समय, चाहे वह लंबी बीमारी हो या बीमारी के बाद पूर्णतः सेहतमंद होने का इंतज़ार, बहरहाल बीत जाता है। अलीगढ़ के खाते में लिखा गया साल भी लगभग ख़ात्मे के क़रीब था और पिछले महीनों अब्बा को अपने ख़तों में दबे-छिपे अल्फ़ाज़ में वह यह बताने की कोशिश करता रहा था कि आगे वह अपने शहर में ही रहकर पढ़ना चाहता था। कारण—अलीगढ़ में दिल नहीं लगता। दिल क्यों नहीं लगता ? घर और भोपाल की याद सताती है। इसके बावजूद अब्बा ने शायद यही सोचा होगा कि बरखुरदार ! दिल न लगने की बात तुम जैसे समझदार

लोगों को ज़ैब नहीं देती। किसी भी संवेदनशील व्यक्ति का दिल कभी इस जहान में लगा है जो तुम्हारा लगे। बहाने ढूँढना पड़ते हैं, खुद को किसी तरह दिल के लगने का धोखा देना पड़ता है। वक़्त बड़ा उस्ताद है, अज़ीज़म ! इस बार जब तुम भोपाल लौटोगे तो पाओगे कि दिल तो तुम्हारा अब यहाँ भी नहीं लगता। कि कोई फ़र्क़ पड़ता नहीं, चाहे तुम अपने शहर में रहो या किसी अजनबी जगह में जा बसो। दरअसल अजनबियों से तो फिर भी यह उम्मीद की जा सकती है कि वह अपने बनें लेकिन जो अपनाइयत के दावेदार हैं उनसे परायेपन के ख़तरे के सिवा और क्या हो सकता है। इस बार वापस आने पर तुम खुद अपने शहर के परायेपन को समझोगे और वक़्त आने पर इस दिल के न लगने या घर की याद आने जैसे बचकाना ख़यालों पर ख़ाक डालते हुए वापस लौट आओगे। फिर इसमें भोपाल और अलीगढ़ की ही क्या क़ैद, तुम दुनिया में जाने कहाँ-कहाँ रहोगे, इस दिल और याद के बारे में कभी-कभार लाचारी से सोचते हुए। ज़िंदगी का बुनियादी तक़ाज़ा ही असल में चलत-फिरत है। अपने लक्ष्य को पाने की भाग-दौड़ है, वह जिसके मुक़द्दर में जिस जगह भी लिखी हो। सोचो, तुम्हारे आबा और अजदाद अफ़ग़ानिस्तान के किस ख़ेल और कौन-से क़बीले के लोग थे और उन्हें अपने घर से कितने हज़ार मील दूर यहाँ भोपाल आकर बसना था। किसलिए ? यहाँ का सनसेट निहारने ?! तालाबों के किनारे तफ़रीह और गोटें करने ?! वक़्त और ज़िंदगी का तक़ाज़ा कह लो इसे या ज़मीन का बुलावा जो उन्हें खींचकर यहाँ लाया था, किसी की याद या किसी से रिश्तेदारी की कोशिश नहीं। न सरदार दोस्त मोहम्मद ख़ान उनका दोस्त था और न रानी कमलापति से उन्होंने राखी बँधवाई थी। अपनी इन बुज़दिली की अदाओं को तुम न भी छोड़ना चाहो तो ज़िंदगी इन्हें तुमसे छुड़वा के छोड़ेगी। एक उम्र में सभी तुम्हारी तरह होते हैं, शायद हम खुद भी इससे ज़्यादा भिन्न न रहे हों।

और इसी से मिलता-जुलता मज़मून था भी अब्बा के तमाम ख़तों में जहाँ-तहाँ बिखरा। कहीं उनकी अपनी ज़िंदगी के तजुर्बे का हवाला था, कहीं किताबों में पढ़े का ज़िक्र, कहीं कोई सीधी नसीहत थी तो बहुत-सी जगह कुछ दुआओं और वज़ीफ़ों को पढ़ते रहने का मशवरा। जहाँ तक हो सका उसने उनके कहे के अनुसार करने की कोशिश भी की लेकिन उसका कोई रचनात्मक असर अपनी सोच और दिनचर्या में नहीं महसूस कर सका। वह अलीगढ़ में रह रहा था सिर्फ़ साल पूरा होने के इंतज़ार में ताकि लौटकर भोपाल जाया जा सके। तय सिर्फ़ इतना ही था कि वह आगे अलीगढ़ में नहीं रहेगा और भोपाल वापस लौट जाएगा।

वार्षिक परीक्षाएँ शुरू हो चुकी थीं और ज़मीर एहमद ख़ान पूरी गंभीरता से पढ़ने का दिखावा और नाटक कर रहा था। यूनिवर्सिटी से उसे स्कॉलरशिप मिलती थी जिसकी मुँह-देखी शर्म कम-से-कम कमरे में साथ रहनेवालों के सामने तो रखना ही थी। इस बीच न चाहते हुए भी उसे अपने दिमाग़ की वास्तविक सीमाओं का

अंदाज़ा भी होने लगा था, ख़ासकर गणित जैसे विषय में, जहाँ रट लेने या याद कर लेने से ज़्यादा दूर तक काम नहीं चलता। लेकिन अभी इसका हलका-सा आभास-भर हुआ था—क्योंकि परीक्षा के लिए वह ईमानदारी से नहीं पढ़ रहा था और कई विषय की उत्तर-पुस्तिकाएँ बिलकुल कोरी छोड़कर उठ आया था।

परीक्षाएँ ख़त्म होने के बाद वह एक जुमे की दोपहर थी और हर जुमे की तरह उस दोपहर भी ज़मीर एहमद ख़ान नमाज़ पढ़कर खाना खाने के बाद अपने कमरे में बैठा एक उपन्यास, ई.एम. फ़ॉस्टर द्वारा लिखित *अ पैसेज टु इंडिया* पढ़ रहा था। यह किताबों में उसकी रुचि को देखते हुए सीनियर बैकरूम पार्टनर ने उसे पढ़ने को दिया था, इस बात पर ज़ोर देते हुए कि लेखक ने उपन्यास रास मसूद, अर्थात् सर सैयद के पोते को समर्पित किया था जो किसी ज़माने में अलीगढ़ यूनिवर्सिटी के वाइस-चांसलर भी रहे थे। उसे उपन्यास इस सबसे हटकर इसलिए बहुत दिलचस्प लग रहा था कि उसमें इतिहास के धुँधलके में खोए जीवन के महत्त्वपूर्ण तथ्यों को उजागर करने का प्रयास किया गया था। उपन्यास को लेकर जब उसने सीनियर बैकरूम पार्टनर से कुछ बात करना चाही थी तो उन्होंने माफ़ी माँगते हुए कहा था कि न तो वह उपन्यास उन्होंने पढ़ा था, न भविष्य में पढ़ने का विचार था। उनकी रुचि हलके-फुलके साहित्य और शायरी पढ़ने में थी। यही नहीं, अपने हाथों से लिखकर उपन्यास उन्होंने उसे भेंट ही कर दिया था।

पिछले महीने और हफ़्तों के दौरान यूनिवर्सिटी के चरित्र से छेड़ख़ानी न करने की माँग को लेकर छात्रों में बेचैनी बहुत तेज़ी के साथ बढ़ी थी। पुराना वाइस-चांसलर यूनिवर्सिटी से जा चुका था और नए की नियुक्ति छात्र-नेताओं के अनुसार शासन ने मनमानी तब्दीलियाँ लाने के उद्देश्य से ही की थी। परिवर्तन-विरोधियों के पास ऐसे तथ्य और आँकड़े थे जिनसे प्रमाणित किया जा सकता था कि प्रस्तावित परिवर्तनों के परिणामस्वरूप मुसलमान छात्रों को यूनिवर्सिटी में नित-नई परेशानियों का सामना करना पड़ेगा। ऐसा होना, परिवर्तन-विरोधी छात्र-नेताओं और उनके संरक्षकों का कहना था, उन बुनियादी उसूलों और उद्देश्यों का ही उल्लंघन था जिनके लिए सर सैयद ने यूनिवर्सिटी की स्थापना की जद्दोजहद की थी। उन लोगों क़ा दावा था कि यह सब हकूमत की एक सोची-समझी, सुनियोजित मुसलमान-दुश्मन पॉलिसी के तहत किया जा रहा था। मुस्लिम समुदाय का शिक्षा में पिछड़ापन, शासन की सेवा में उनका न के बराबर प्रतिनिधित्व और शासन की दोग़ली पॉलिसी हर चाय के होटल, हॉस्टिल के कमरे और विभागों के चैम्बर्स में बहस और तकरार का विषय बने हुए थे। तकरार यूँ कि कम सही मगर परिवर्तन के पक्ष में बोलनेवालों, ख़ासकर प्रगतिशील घटक से संबंधित लोगों की भी एक तादाद थी जो आँकड़े का जवाब आँकड़े और तथ्य का तोड़ तथ्य से देने में सक्षम थी।

देखा जाए तो खुद ज़मीर एहमद ख़ान के लिए यह समस्या संदर्भहीन इसलिए

हो चुकी थी कि तब तक वह अलीगढ़ छोड़ने का पुख़्ता फ़ैसला कर चुका था। इससे हटकर भी सच यह था कि परिवर्तन-विरोधी गुट का रवैया खुद उसे भावुकता से प्रेरित अधिक और ईमानदाराना कम लगता था जबकि सुधारवादी घटक की बातों में वास्तविकता भी नज़र आती थी और ख़ासा सार भी महसूस होता था। धर्मनिरपेक्षता जिस देश का बुनियादी चरित्र और उसके संविधान के ढाँचे का आधार हो वहाँ संस्थाओं और लोगों को धर्म के नाम पर बाँटना या उसके कारण किसी समुदाय को फ़ायदा या नुक़सान पहुँचाना अपने-आपमें इतना संदेहास्पद था कि उसके पक्ष में कोई भी तर्क काम नहीं कर सकता था।

ऐसा नहीं कि इस विषय पर उसने ख़ास तौर से लोगों से बात की हो या अपना दृष्टिकोण उनके सामने रखा हो। साथियों के बीच अगर कभी बात निकली तो जुम्ला-दो जुम्ला बोल दिया और अपने तब तक के अनुभव की रौशनी में खुद के धर्मनिरपेक्ष भावना में आस्था रखने का ऐलान भी कर दिया, वरना चुप रहे। फ़िलहाल अलीगढ़ में अपने आसपास बिखरे चेहरों में वह *अ पैसेज टु इंडिया* के चरित्र खोजने की कोशिश कर रहा था। डॉक्टर अज़ीज़, बैरिस्टर हमीदुल्लाह, मोहम्मद अली एडवोकेट, मोहम्मद लतीफ़ और नवाब बहादुर एक ओर, प्रोफ़ेसर गोडबोले, डॉक्टर पन्नालाल, मिस्टर और मिसेज़ भट्टाचार्या, मैजिस्ट्रेट मिस्टर दास, मिसेज़ दास और मिस्टर अमृतराज दूसरी ओर। आपसी शको-शुबहे, प्यार और नफ़रत जिनकी जड़ें बहुत गहरे कहीं इतिहास में थीं। सारी समानताओं और असमानताओं को उलाँघता बुनियादी मुस्लिम और हिंदू मानसिकताओं का अंतर जिसे लेखक ने उन छोटी-छोटी तफ़सीलों के जरिये रेखांकित किया था, जिनकी ओर खुद ज़मीर एहमद ख़ान का कभी ध्यान ही नहीं गया था। हालाँकि देश की स्वतंत्रता के बाद उपन्यास का तीसरा पक्ष, मिस्टर फ़ील्डिंग, मिसेज़ मूर, मिस क्वेस्टेड इत्यादि अब इस संदर्भ में नहीं देखे जा सकते थे जिसमें उपन्यास के काल में उनको दिखाया गया था, फिर भी उपन्यास पढ़ते उसे यही महसूस हो रहा था कि न तो अभी अँग्रेज़ पूरी तरह देश से गए हैं, और न ही लोग सही अर्थ में स्वतंत्र हुए हैं। डॉक्टर अज़ीज़ का चरित्र हिंदुस्तानी मुसलमान का एक ऐसा इकलौता चित्रण था जिसमें वह अपनी समूची समस्याओं, ग्रंथियों, पूर्वग्रहों, भावुकताओं के साथ जीता और साँस लेता लग रहा था। अलीगढ़ में उसे डॉक्टर अज़ीज़ के विभिन्न संस्करण चलते-फिरते-बोलते नज़र आए थे जिनका मुक़दमा देश की आज़ादी और विभाजन के कारण अब सारी अदालतों से ख़ारिज था। उन्हें अपने शिकवे-शिकायतों सहित जिंदा रहने का सलीक़ा सीखना था क्योंकि वक़्त के अलावा अब उनका कोई इलाज नहीं था। उपन्यास पढ़ते हुए उसे लेखक की भारतीय समाज के बारे में जानकारी और समझ देखकर बेहद आश्चर्य हो रहा था।

अच्छा क्यों नहीं लगता, उपन्यास के डॉक्टर अज़ीज़ ही की तरह मस्जिदों, मीनारों, अज़ानों, सलामों, शेरो-शायरी और एक अलग ढब के अदब-एहतराम का

वातावरण, खुद उसे भी अच्छा लगता था। ईद, बकराईद या शब-बरात के बिना जीवन की कल्पना कब संभव थी ! साथ ही इन चीज़ों को राजनीति से जोड़कर देखने का भी कोई अवसर नहीं था। उस देश में बेवजह, शको-शुबहे के वातावरण का क्या मतलब जहाँ आपसी भाईचारे की ख़ातिर गाँधी अपने प्राणों की आहुति दे चुका था और दिलों के बीच पुल बनाने की कोशिशों में नेहरू आख़िरी साँस तक लगा रहा था। इस तरह की सोच केवल बीमार दिमाग़ों की उपज थी। माना कि समय-समय पर देश में ऐसा कुछ होता रहता था—सांप्रदायिक दंगे और लूटमार—जो नहीं होना चाहिए, तो उसकी जड़ों में क्या था ? वही लोगों की बुनियादी जहालत जिसे ख़त्म करने के लिए सर सैयद ने अपने ढंग से योगदान दिया और आज की हकूमत अपने ढंग से कुछ करने की कोशिश कर रही थी। बीसवीं शताब्दी के इस सातवें दशक में धर्म का महत्त्व बदल गया है, यह साधारण-सी बात उन तथाकथित छात्र-नेताओं की समझ में नहीं आती थी। चीज़ों को उनके वास्तविक स्वरूप में समझने के लिए अभी शायद कुछ और समय चाहिए था।

ये या इन्हीं से मिलते-जुलते और ढेर सारे कच्चे-पक्के ख़याल थे जो उसकी तब तक जी हुई ज़िंदगी का सरमाया, उसूल और निष्कर्ष थे।

जुमे की उस दोपहर नमाज़ और खाने के बाद जब ज़मीर एहमद ख़ान अपने कमरे में टेबिल का पंखा पूरी रफ़्तार से चलाकर *अ पैसेज टु इंडिया* के अंतिम कुछ पन्ने पढ़ रहा था, बाहर की हलचल एकदम कमरे के अंदर तक महसूस हुई थी और नारे लगाते लोगों की आवाज़ें कानों से टकराई थीं। कमरे का दरवाज़ा खटखटाकर किसी ने एक सामूहिक बुलावा दिया था और अपनी मच्छरदानी के डंडे सहित कमरे के बाहर आने को कहा था। थोड़ी देर में उसने खुद को लड़कों की इस बेक़ाबू भीड़ में शामिल पाया था जो 'ग़द्दार', 'बुज़दिल', 'ज़मीरफ़रोश' वाइस-चांसलर को जान से मारने के लिए उस कमरे को घेरे खड़ी थी जिसमें कुछ लड़कों ने तरस खाकर उसे पनाह दे रखी थी !

6. 'गुफ़ा' से रुख़सत

'गुफ़ा' का वातावरण रागमय हो चुका था।

वाह-वाह करते श्रोताओं के बीच कोई सज्जन तरन्नुम से ग़ज़ल सुना रहे थे। राजनीति और इतिहास की भूल-भुलैया में भटकने के बाद कहीं शरण मिलती थी तो चुटकलेबाज़ी या फिर शेरो-शायरी में। शेरो-शायरी पर तान यूँ भी आकर टूटती थी कि सबको ही कुछ-न-कुछ सुनाने या सुनाए जा रहे पर राय देने का अवसर

मिल जाता था। बैठक का यह अंतिम सत्र जिसमें शायरी सुनते-सुनाते, अपनी प्रतिक्रिया व्यक्त करते लोगों को अपने-अपने जूतों के तस्मे बाँधने का मौक़ा मिल जाता था और घड़ी में वक़्त देखने का भी, दरअसल उस शाम लोगों की 'गुफ़ा' से विदाई से कहीं ज़्यादा अगली शाम उनके वहाँ फिर से आने की भूमिका होती थी।

शेरो-शायरी के लिए भी धीरे-धीरे ज़मीर एहमद ख़ान के मन में एक अनजानी दूरी बनती जा रही थी। संभव है कि यह कमी उस कविता में रही हो जो पिछले समय में उसे पढ़ने या सुनने को मिली थी मगर डर यह लगता था कि कहीं किसी दिन ग़ालिब और मीर भी बेज़ायक़ा होकर न रह जाएँ ! ऐसा भी नहीं कि उसका शायरी का शऊर ऊँचा या बेहतर हुआ हो या समझ में आलोचनात्मक परिपक्वता पैदा हुई हो। बस शायरी में मज़ा आना बंद हो गया था।

'गुफ़ा' की शाम संपन्न हो रही थी। एक-दूसरे से अलेक-सलेक करते लोग अब उठ रहे थे।

"कमाल कर दिया यार तुमने, आज तो मज़ा आ गया।"

"जवाब नहीं। बहुत दिन बाद आज कुछ दिल से सुनाया।"

शायरी गानेवाले को इस तरह दाद दी जा रही थी जैसे उसने खुद अपने कहे शेर पढ़कर सुनाए हों।

"नख़रे बहुत करते हो। बस इसी तरह सुना दिया करो।"

"बहुत खूब !"

"वाह वाह !"

"हम निकल लें," एक साहब जाने की इजाज़त चाह रहे थे।

"कैसे जाओगे ?"

"स्कूटर है।"

"हमें ड्रॉप कर देना।"

"चलो। और यह ?" किसी दूसरे सज्जन की ओर इशारा था।

"दो क़दम पे घर है, पैदल।"

"तो फिर कल का तय रहा ? हम यहाँ ठीये पर ही मिलेंगे।"

"हाँ यार, रोज़ बदलते हालात में एक-दूसरे की ख़ैर-ख़बर तो रहे।"

"अब और क्या बदलेगा ? गैस निकल चुकी, पर्सनल-लॉ का झगड़ा खुदा-खुदा करके टल गया। बाक़ी अज़ाब भी सब पुराने होने को आ रहे हैं।"

"यह जो मस्जिद-मंदिर का टंटा पनपना शुरू हुआ है, आप समझते हैं इतनी आसानी से हल हो जाएगा ?"

"और बोफ़ोर्स ! कुछ समझ में ही नहीं आता कि क्या सच है और क्या झूठ।"

"जब तक मुल्क है, हिंदू और मुसलमान हैं, मसले तो रहेंगे ही। गैस और बोफ़ोर्स इन मूज़ियों के आगे कहाँ लगती हैं !"

"कल शाम ... ?"

"ठीक।"

"गुड नाइट।"

"खुदा हाफ़िज़।"

रात के सन्नाटे में अलविदा कहती आवाज़ें उभरकर डूब रही थीं।

कुछ था जो बीते वर्षों में ज़मीर एहमद ख़ान और शहर के बीच बेगानगी का पर्दा बनकर गिरता गया था। थोड़ी-बहुत अपनाइयत अगर बाक़ी भी बची थी तो रात के इन्हीं अकेले और सुनसान पहरों में जब रह-रहकर ऐसा लगता था कि शायद किसी से भेंट हो जाए। किससे ? किसी भी ऐसे चेहरे से जो शहर के पुराने रिश्ते की ख़ातिर दो क़दम साथ चल सके।

राहत घर पर नहीं है ! ख़याल दिमाग़ में बिजली-सा कौंधा था और उसके उठते हुए क़दम रुक गए थे।

राहत के होते यह बड़ी आसानी थी कि वह रात के किसी भी पहर किसी भी हालत में घर लौट सकता था। घर का दरवाज़ा भड़भड़ाने या घंटी बजाने के बजाय वह पीछे से आवाज़ें देकर राहत को जगा लेता था और वह उठकर दरवाज़ा खोल देती थी, ज़्यादा-से-ज़्यादा कुछ हील-हुज्जत, कुछ कहा-सुनी या नसीहत करने के साथ-साथ। आज यह संभव नहीं था। उसके घंटी बजाने पर घर का कौन दरवाज़ा खोले—भई मियाँ, भाभी या कोई बच्चा, तय नहीं था। एक चीज़ होती है, आँख का पर्दा, जो शराब पीने को लेकर ज़मीर एहमद ख़ान का घर के इन सदस्यों से था और जिसे वह हर सूरत बरक़रार रखना चाहता था। इस हालत में क्या किया जा सकता था ?! खाना अगर न भी खाया जा सके तो रात तो कहीं-न-कहीं बितानी ही थी। भाई मियाँ-भाभी का एक रात उसके लिए परेशान होना कहीं बेहतर विकल्प था खुद उसके किसी दूसरी तरह शर्मिंदा होने के मुक़ाबले। लेकिन कहाँ ? किस जगह ?

पते ज़मीर एहमद ख़ान को बहुत सारे याद थे लेकिन कोई ऐसा दर नहीं जहाँ रात के उस क्षण वह खुल जाने के विश्वास के साथ दस्तक देने का सोच सकता।

राहत के घर जाकर उसकी दिलजोई करने या मनाने का फ़ैसला इतना आसान नहीं था। तसलीम, ग़लती शुरू से लेकर आख़िर तक सब उसकी अपनी थी लेकिन राहत का उसे इस ढंग से छोड़कर चले जाना जैसे किसी गवर्नमेंट कॉलोनी में तबादले पर पड़ोसी। जैसे न तो आप उसके कुछ लगते हों, न ही उसके जीवन में आपका कोई महत्त्व। और यह अच्छी तरह जानते-समझते कि मौजूदा हालात में वह, ज़मीर एहमद ख़ान, कितना अकेला और निस्सहाय था। जहाँ एक तरफ़ राहत की शिकायतों में वज़न था वहीं दूसरी ओर क्या कभी वह किसी के सामने यह शिकवा कर सकती थी कि ज़मीर एहमद ख़ान ने उसे अपने ढंग से प्यार नहीं किया था। वफ़ादारी की बात को अलग छोड़ा जाए, पति-पत्नी जब लंबे समय तक

साथ रहें और खुश रहें तो उन्हें शब्दों की बैसाखियों की ज़रूरत नहीं रहती। उन दोनों के बीच एक नई भाषा जन्म ले लेती है जिसमें शब्द तो वही पुराने रहते हैं मगर उनके अर्थ बड़ी बारीकी से बदल जाते हैं। संभव है राहत और वह खुद उतने खुश न रह पाए हों लेकिन सारे उतार-चढ़ाव के बावजूद रहे तो साथ थे और ख़ासे लंबे समय तक रहे थे। शायद वह चीज़ भी जो आज बेवफ़ाई के नाम पर उसके दिल में बिच्छू की तरह डंक मारती थी, उसी रोग का कोई शाख़साना हो जिसे मगरमच्छ सहित सारे डॉक्टर आज तक समझने में असमर्थ थे। पहली बार जब वह डॉक्टर मगरमच्छ के पास मुआयने के लिए ले जाया गया था तो राहत को छोड़कर दुनिया की किसी भी अन्य स्त्री से अनछुआ, धुला-पुँछा और कुँवारा था। खुद के शरीर को प्रयोगशाला का मरतबा तो उसने कहीं बाद में शराफत मियाँ और 'द ट्रेज़र ट्रोव्ह' के युग में दिया था। राहत के साथ ज़िंदगी के उस पहलू का साझा कर पाना न तो संभव था, न ज़मीर एहमद ख़ान में इसका जोखिम उठाने की हिम्मत थी। यह बात उन दोनों के बीच कभी मुद्दा बन ही नहीं पाई और यह ज़मीर एहमद ख़ान को दिली उम्मीद भी थी और अल्लाह से इस बात की दुआ भी कि राहत वास्तव में उन संदर्भों से बिलकुल अनजान हो। ग्लानि भी थी उन बातों की और पशेमानी भी लेकिन केवल इतने से कमबख़्त मौत थोड़ी आ जाती है ! सचमुच यह तय कर पाना कम-से-कम उसके लिए संभव नहीं था कि कुल जमा जी हुई ज़िंदगी का कितना और कौन-सा हिस्सा मनचाहा और कोशिश करके हासिल किया हुआ था और क्या हालात और मजबूरियों द्वारा थोपा हुआ। कुछ बातें और यादें अपने वजूद में निहित नक़ाबपोश लुटेरे और बेईमान शरणार्थी के खाते में जोड़ने के बाद वह अंततः आज भी खुद को पाता वहीं कहीं था जहाँ एक उम्र और ज़माने में हलाल और हराम के बीच विभाजन-रेखा खिंची थी। कभी रेखा के इस तरफ़ तो कभी दूसरी तरफ़। जाने-अनजाने इस रेखा को लगातार तोड़ते जाना ही उसके जीवन का लक्ष्य निर्धारित हो गया था। इस तरह जीना ग़लती हो या मजबूरी लेकिन अभी तो उसके जीवन में बहुत-कुछ ऐसा शेष था जिसका संबंध उसके अपने मिस्टर क्लीनवाले अवतार से था और जिसे जीने के बाद उसे यहाँ तक पहुँचना था। अभी तो वह अलीगढ़ से भागा भी नहीं था और बक़ौल शायर अलीगढ़ से आगे जहान और भी हैं !

घर जाना, रात के उस क्षण, उन परिस्थितियों में ज़मीर एहमद ख़ान के लिए संभव नहीं था तो एक रात बेघरी और बेदरी की अपने ही शहर में और सही। मोती मस्जिद, कमला पार्क, हमीदिया कॉलेज, बान गंगा, छोटे तालाब के किनारे पुलिस हेडक्वार्टर्स, पुल-पुख़्ता जिसको चौड़ा करने का काम इन दिनों ज़ोरों से चल रहा था, लेडीज़ हॉस्पिटल, घर। थक जाए तो कहीं बैठकर सुस्ता सकता था, एक-आध झपकी नींद की भी ले सकता था—इससे पहले कि सुबह की रौशनी फैले और वह घर के दरवाज़े पे दस्तक दे सके।

7. वापस भोपाल

सन् 1965 के युद्ध के बाद भारत और पाकिस्तान के संबंधों तथा अलीगढ़ से उसकी वापसी के बाद ज़मीर-विवेक संबंधों में आए बदलाव में आज सोचने पर ज़मीर अहमद ख़ान को काफ़ी समानताएँ नज़र आती हैं। सर्वप्रथम, यह युद्ध या झगड़ा दो ऐसे प्रतिद्वंद्वियों के बीच था जो कभी एक हुआ करते थे। दूसरे, प्रत्यक्ष या परोक्ष दुश्मनी के सारे कारणों के बावजूद उन दोनों का एक-दूसरे से ज़्यादा देर तक दूर रहना संभव नहीं था। तीसरे, दुश्मनी से कहीं लंबा और पुराना दोनों के बीच प्रेम और मैत्री का इतिहास था। और दूसरी अनेक सरसरी समानताओं को अनेदखा भी कर दिया जाए तो एक सबसे बड़ा व्यावहारिक सत्य यह था कि मुल्क पड़ोसी और व्यक्ति मित्र चुनता नहीं वह होते हैं।

अलीगढ़ में उस दुर्घटना के बाद ज़मीर एहमद ख़ान की वहाँ से बिदाई बड़ी आकस्मिक रही थी। पुलिस और पी.ए.सी. के आने से पहले ही कमाल मियाँ ने उसे यूनिवर्सिटी-कैंपस छोड़ देने को कहा था। वह खुद भी उसी के साथ जाना चाहते थे लेकिन परीक्षा समाप्त न होने के कारण रुकने पर मजबूर थे। बौखलाहट में उसने अपना सामान बाँधा था जिसमें कमाल मियाँ तथा कमरे के अन्य सहवासियों ने उसका हाथ बँटाया था। उस समय साइकिल-रिक्शा पर सामान लादा जा रहा था जब यू.पी.वाले सीनियर बैकरूम पार्टनर ने आवाज़ देकर उसे अलग बुलाया था।

"सफ़र के लिए पैसे कम तो नहीं ?" उन्होंने बहुत अपनाइयत से पूछा था। पैसे उसकी जेब में थे। सफ़र की आवश्यकता से कहीं ज़्यादा थे लेकिन अपने भीतर के उस बेईमान शरणार्थी के आदेश का पालन करता चेहरे पर झूठी उदासी लादे वह सारी बात बिलकुल ख़ामोशी से सुनता रहा था।

"यह लीजिए," साथी ने अपनी बुज़ुर्गी का प्रदर्शन करते हुए सौ रुपए का नोट ज़मीर एहमद ख़ान की ओर बढ़ाया था, "इतने काफ़ी होंगे ?"

"जी," उसने बहुत सादतमंदी से कहा था।

"बस, अब चलिए। खुदा हाफ़िज़।"

साइकिल-रिक्शा से वह बस-स्टैंड गया था और वहाँ से बस पकड़कर आगरा। वहाँ से ट्रेन का टिकट लेकर वह भोपाल की गाड़ी में बैठा था और अगली सुबह अपने शहर के जाने-पहचाने स्टेशन पर उतर गया था।–अलीगढ़ में बीता समय एक बुरा सपना था, स्टेशन से ताँगे में बैठकर घर तक का फ़ासला तय करते उसने खुद को जताया था।–उसे जल्द-से-जल्द और पूरी तरह भूलने की कोशिश करना थी।

जीवन में फिर कभी ज़मीर एहमद ख़ान ने दोबारा अलीगढ़ जाने का नहीं

सोचा। अपने वहाँ पर बिताए समय को याद करते हुए उसे हमेशा *अ पैसेज टु इंडिया* के मिस्टर फ़ील्डिंग के भारत और भारतीय मित्रों के बारे में भारत से बिदा होते हुए विचार याद आते हैं। विचार, जो थोड़ी देर और दूर तक मिस्टर फ़ील्डिंग के साथ रहते हैं फिर अन्य व्यस्तताओं में खोकर वह उन्हें भूल जाता है। दिलचस्प होते हुए भी सबकुछ भुलाए जाने योग्य।

यह कहने की आवश्यकता नहीं कि अपने सीनियर बैकरूम पार्टनर को भी फिर न तो कभी ज़मीर एहमद ख़ान ने कोई ख़त लिखा था, न ही उनके दिए हुए रुपए लौटाए थे।

उन परिस्थितियों में घर वापस लौटने के बाद अब्बा तथा अन्य बुजुर्गों को अलीगढ़ में रहने की व्यर्थता के बारे में क़ायल करना मुश्किल काम नहीं था। संभव है कि उन लोगों की सहानुभूति भी उसी गुट के साथ रही हो जो यूनिवर्सिटी के अल्पसंख्यक चरित्र को बनाए रखने का आंदोलन चला रहा था। लेकिन आंदोलनों से सहानुभूति होना एक बात होती है और अपनी औलाद का भविष्य उसकी ख़ातिर ख़तरे में डालना बिलकुल दूसरी।

"ख़ुदा मालूम इन्हें कब क़रार आएगा !" अम्माँ ने अलीगढ़ की रुदाद सुनने के बाद निराशा और उदासी में डूबे स्वर में कहा था। "पाकिस्तान बन गया तो भी चैन नहीं ! किसी को पंजाबी सूबा चाहिए, कोई हिंदी के ख़िलाफ़ अपनी जान तक दे देने को तुला है, किसी का नारा हिंदी-हिंदू-हिंदुस्तान है। चीन आया और सिर मूँड़कर चला गया—इसका मातम मुल्क ने नेहरू के ज़िम्मे छोड़ दिया ! होगा क्या यहाँ के लोगों का ?!"

अब्बा ने सारी कहानी ध्यान से सुनी थी और फिर ख़ुद उसे ही कोई निर्णय लेने का मशवरा दिया था। अब्बा वह पहले व्यक्ति थे जिनकी नज़रों में ज़मीर एहमद ख़ान ने अपनी क़ीमत यकायक कम होते महसूस की थी। साल-भर पहले उनके व्यवहार में पैदा हुआ दोस्ती, बराबरी और अपनाइयत का अंदाज़ उसी शाम से बेरंग होना शुरू हो गया था जब उसने अपनी सारी दलीलों सहित उनसे भोपाल न छोड़ने की बात कही थी। फिर अब्बा के इंतिक़ाल तक यह एक ऐसी प्रक्रिया थी जो अपनी एक ख़ास गति से लगातार चलती रही थी। नहीं, न तो कभी उन्होंने ज़मीर एहमद ख़ान की किसी प्रकार से सहायता करने से इनकार किया था, न अपने बाप होने के नाते कर्तव्य से मुँह मोड़ा था। सबकुछ एक मंद-मंथर गति से चलता रहा था जैसे कोई भी ऐसी चीज़ जिसको ज़िंदगी में शामिल किए बिना कोई चारा न हो। चेहरे पर किसी ऐसी चोट के निशान की तरह जो समय बीतने के साथ-साथ चेहरे की निशानी बन जाता है।

जब दोबारा भोपाल के इंजीनियरिंग कॉलेज में दाख़िले के लिए उसने फ़ॉर्म भरा था और दाख़िला मिल भी गया था तो भी अब्बा के चेहरे-मोहरे या व्यवहार से उस तरह की ख़ुशी नहीं झलकी थी जिसके दीदार ज़मीर एहमद ख़ान को

साल-भर पहले हुए थे। एक बार ज़रूर, कॉलेज में कुछ ही समय बिताने के बाद जब यहाँ भी छात्र-आंदोलन शुरू हुआ था और प्रिंसिपल बदलने की माँग को लेकर लड़कों ने मौजूदा प्रिंसिपल की कार जलाई और आपस में मार-पीट की थी तो, अब्बा ने धीरे से हँसकर कहा था, "लो खाँ ! तुम्हारे अलीगढ़ छोड़ने से क्या फ़ायदा हुआ ?!"

अब्बा को वह क्या जवाब देता, भोपाल में रहते वैसे भी उसका अधिकांश समय विवेक से हिसाब चुकता करने की कोशिश में बीत रहा था।

•

"ज़मीर, एक बात पूछूँ ?"

यह सवाल एक रात अज़ीज़ ने अपने होटल की लॉन पर ज़मीर एहमद ख़ान से किया था। तब तक उसे अलीगढ़ से भोपाल वापस लौटे दो साल होने को आए थे।

अज़ीज़ उर्फ़ अच्छन जितना व्यस्त आदमी ज़मीर एहमद ख़ान ने अपने जीवन में दूसरा नहीं देखा लेकिन उसकी व्यस्तता और फुर्सत बाँहों में बाँहें डाले चलते थे। अच्छन वास्तव में उसके बेहद क़रीबी ऐसे रिश्तेदारों में से एक था जिन्हें परिस्थितियाँ कह लें या ग़रीबी लंबे समय और कभी-कभी तो सारी उम्र ही अजनबी बनाए रखती हैं। जब इनमें से कोई हैसियत को पहुँचता है तो सारे ख़ानदान के लिए बिलकुल एक खोज साबित होता है। एक शाम न्यू-मार्केट में टहलते ज़मीर एहमद ख़ान अज़ीज़ से टकराया था जो कुछ विदेशी लोगों को कार में बिठाने से पहले उनसे बड़ी रवानी के साथ अँग्रेज़ी में बात कर रहा था। उसे देखकर अज़ीज़ ने बहुत सहज भाव से 'हाय' कहा था और फिर उन विदेशी महिलाओं से बतियाने में व्यस्त हो गया था। वह तो हो गया था, मगर ज़मीर एहमद ख़ान को यह दृश्य किंकर्तव्यविमूढ़ कर देने को काफ़ी था। सो वह कॉरिडॉर में खड़ा उस समय तक खुद के लिए अच्छन उर्फ़ अज़ीज़ के फ़्री होने की प्रतीक्षा करने लगा था। वैसे भी तब तक वह खुद जिस दलदल में पूरी तरह फँस चुका था उससे निकलने या कहीं आने-जाने का सोच सकने की कोई मोहलत नहीं थी।

"अच्छन ··· !" अच्छन उर्फ़ अज़ीज़ को अपनी ओर आते देखकर उसने कहा था।

"अज़ीज़ !" अज़ीज़ उर्फ़ अच्छन ने उसे टोककर याद दिलाने के स्वर में कहा था, "प्यार से ज़रूर अच्छन कहा जा सकता है।"

"तुम इतने ज़माने से थे कहाँ ?" ज़मीर एहमद ख़ान ने हँसकर माफ़ी माँगने के बाद अज़ीज़ से पूछा था।

"तुमने ढूँढा कहीं ?!" अज़ीज़ ने व्यंग्य किया था।

"नहीं, माफ़ करना।"

"एक ही मुलाक़ात में कितनी बार माफ़ी माँगोगे ?!" अज़ीज़ ने जेब से अपना कार्ड निकालकर उसकी ओर बढ़ाते हुए कहा था। "कभी आओ। तुम्हारे घर से दूर नहीं। ख़ाला बिया, ख़ालू मियाँ सब ख़ैरियत से हैं ?"

"हाँ ... मगर इस बीच तुम करते क्या रहे ?"

"स्ट्रगल।" अज़ीज़ ने हँसकर कहा था और आगे बढ़ गया था।

फिर उसी कार्ड के पते पर होटल में वह अज़ीज़ के पास पहुँचा था—एक बिलकुल नई और दूसरी दुनिया में जहाँ उसे बहुत कुछ अज़ीज़ और उस दुनिया के बारे में जानना और समझना था और जहाँ जाड़े की उस सर्द रात को अज़ीज़ ने उसके साथ शराब पीते हुए सवाल किया था, "ज़मीर, एक बात पूछूँ ?"

उस ज़माने में दो पैग शराब में भी इतना नशा होता था कि रह-रहकर कभी तो खुद को उड़ने से रोकना पड़ता था, कभी बहने से।

"पूछो," ज़मीर एहमद ख़ान ने गिलास में भरी सुनहरी शराब की तह में कहीं अपना अक्स खोजने की कोशिश करते हुए कहा था।

"थोड़ा पर्सनल है, चाहो तो जवाब मत देना।"

"पूछो तो !"

"अनीसा के बारे में तो तुमने जो कुछ भी कहा वह मैंने सुना। अब यह और बता दो कि यह तुम्हारे जो जानी हैं, जिन्हें एक ही साँस में तुम दोस्त भी कहते हो और दुश्मन भी और जिन्हें इन ताश के पत्तों और कुछ दूसरे शौक़ों की वजह से थोड़ा-बहुत मैं खुद भी जानता हूँ, यह क्या चीज़ हैं ?"

"मतलब ?"

अज़ीज़ उर्फ़ अच्छन उसे अपलक तकता रहा था।

"शराब पीने या पत्ते खेलने से कोई बुरा बन जाता है क्या ?" ज़मीर एहमद ख़ान ने प्रतिवाद किया था। "बेहद अच्छा लड़का है, मेरा क़रीबतरीन दोस्त है। मैं तुमसे कह तो चुका हूँ।"

"माफ़ करना," अज़ीज़ ने उसी तरह तकते हुए तीखे लहज़े में कहा था, "तुम कहीं समलिंगकामी तो नहीं ?"

"क्या मतलब ?!" शब्द न जानते हुए भी उसे अज़ीज़ की बात में बसे ख़तरे का एहसास हो गया था।

"होमोसेक्सुअल ! अब समझे ?"

"तुम्हारा दिमाग़ तो नहीं फिर गया !" उसने क्षोभ से कहा था।

"इसमें दिमाग़ फिरने की क्या बात है ?!" अज़ीज़ ने सहजता से कहा था। "तुम जानते हो मैं यहाँ कमरों का इंतज़ाम करता हूँ, शराब भी और जुआ भी। इसके साथ जिसका तक़ाज़ा होता है उसके लिए पसंद की लड़की भी। अगर कोई किसी लड़के के साथ सोना चाहे तो मैं भला कैसे रोक सकता हूँ ?!"

"तुमने यही समझा मुझे !" ज़मीर एहमद ख़ान को ताव आ गया था, और

ताव में वह गिलास का सारा सुनहरा पानी गुटक गया था। "यह मेरी इन्सल्ट है !"

"कुछ नहीं। बस एक छोटा-सा सवाल था। तुम शायद जवाब नहीं देना चाहते।"

"बाबा, तुम ग़लत समझ रहे हो, और क्या जवाब दूँ ?!"

"फिर पूरे वक़्त उसे बेवफ़ा माशूक़ाओं की तरह क्यों कोसते रहते हो ?"

"बेवफ़ा है वह बेशक ! माशूक़ या माशूक़ा नहीं।"

"हाँ, बोला ना सही मुहावरा !"

"अच्छन, सॉरी, अज़ीज़ ! तुम्हें खुद पर शर्म आना चाहिए।"

"जीना मुश्किल हो जाएगा बिरादर ! तुम्हारा तो हुआ-ही-हुआ। अच्छा चलो, एक दोस्ताना या बुजुर्गाना मशवरा सुनो—एक क़ायदे की लड़की है। कहो तो तुम्हारे लिए उसे ··· "

"शट्अप !" गुस्से में खौलता हुआ ज़मीर एहमद ख़ान अपनी जगह से उठकर खड़ा हो गया था। "यह नतीजा निकाला तुमने मेरे बारे में सबकुछ जानने और सुनने के बाद !"

"फिर करोगे क्या ?!" अज़ीज़ के स्वर में तमस्खुर था। "लड़की खुद को आपके सुपुर्द करती है तो आप उसे खुदकशी पर मजबूर कर देते हो। लड़कों में कोई दिलचस्पी नहीं फिर भी एक बेवफ़ा लौंडे के ग़म में, ख़ैर दीन तो आपका होता भी क्या, दुनिया ख़्वार कर रहे हो ! क्या सिर्फ़ साँस लेने को ज़िंदगी मान लिया है ?"

विवेक को कोई लौंडे जैसे भद्दे शब्द से नवाज़े यह ज़मीर एहमद ख़ान को गवारा नहीं था। बात आगे बढ़ाने के बजाय गुस्से में उठकर वह अज़ीज़ के होटल के बाहर चला गया था, सिर्फ़ अगली शाम तक किसी तरह वक़्त मारने और फिर लौटकर आने को।

धीरे-धीरे अज़ीज़ की दृष्टि में उसकी हैसियत एक ऐसे शानदार युद्धपोत की-सी हो गई थी जिसका पेंदा, बीच समुद्र में किसी बारूदी सुरंग का शिकार हो चुका हो और जिसको ख़ामोशी से डूबते देखते रहने का अलावा कोई चारा न हो। न तो वह ज़मीर अहमद ख़ान के अनीसा के साथ के व्यवहार को समझ पाया था और ना ही उसके विवेक से एक पल प्यार—दूसरे पल झगड़े के संबंधों को।

8. इकराम साहब

गले में डले स्टैथोस्कोपों, एप्रनों, सफ़ेद पोशाकें पहने लंबे कॉरिडॉर्स में चकराती नर्सों, मरीज़ ढोती ट्रॉलियों, क्लोरोफ़ॉर्म, टिंक्चर, मर्करी करोम और न जाने कितनी

ऐसी गंधों में बसी जिनका रिश्ता सीधा शहर के बड़े सार्वजनिक अस्पतालों से जा मिलता है वह एक इतवार की दोपहर थी जब नसरत भाई द्वारा मालूम हुआ था कि उनके दोस्त इकराम साहब का एक्सीडेंट हो गया और नसरत भाई के साथ वह खुद भी इकराम साहब को देखने अस्पताल पहुँच गया था। इकराम साहब का बहुत पहले से बड़े घर आना-जाना था। नसरत भाई की तरह वह भी अच्छा गाते थे मगर जो गाना खुद गाने में मुश्किल होती थी उसे फ़रमाइश करके नसरत भाई से गवाकर सुनते थे जो अच्छे-ख़ासे गलेबाज़ थे। अपने बुनियादी स्वभाव और शायद जिस प्रकार का अनिश्चितता-भरा बचपन और नौजवानी उन्हें व्यतीत करने को मिली थी, उस कारण से इकराम साहब अति भावुक थे। यह एक्सीडेंट भी उनके एक असफल प्रेम का नाटकीय क्लाइमेक्स था जिसमें स्ट्रेचर से उठकर वह अस्पताल की तीसरी माला से नीचे कूद गए थे। ग़नीमत यह कि इसमें उनकी सिर्फ़ टाँगें ही टूटी थीं।

वार्ड में हरे रंग के पार्टीशन्स में घिरे एक पलँग पर इकराम साहब लेटे थे। उनके दाढ़ी-बढ़े चेहरे को देखकर यह अंदाज़ा लगाना मुश्किल नहीं था कि वह अभी भी क्लोरोफ़ॉर्म के असर से पूरी तरह बाहर नहीं आए थे। नसरत भाई के गले लगकर वह देर तक किसी छोटे-से बच्चे की तरह रोते रहे थे। उनकी बात अभी भी टुकड़े-टुकड़े थी जो उनकी दिमाग़ी हालत की तस्वीर थी और हर बार कुछ बेरब्त वाक्य बोलने के बाद वह एक ही वाक्य दोहराते थे—"नसरत, सब ख़त्म हो गया !"

"क्यों ख़त्म हो गया ?" कुछ देर ख़ामोशी से उनका सिर और सीना थपथपाते उनकी बातें सुनते रहने के बाद नसरत भाई ने बड़प्पन और संजीदगी से कहा था। "सब ठीक हो जाएगा।"

"नहीं !" कहकर इकराम साहब फिर रोने लगे थे, "क्या ठीक हो जाएगा ?! कुछ नहीं ! न मेरा कुछ था और न है। न कभी होगा।"

"इस तरह खुद को परेशान मत करो," नसरत भाई ने फिर बुजुर्गाना स्वर में समझाया था, "ठीक हो जाओ, फिर अपन सारी दुनिया को समझ लेंगे। ऐसी न जाने कितनी हस्तियाँ तुम्हारी ज़िंदगी में आती-जाती रहेंगी। रोओ मत। यह तुम्हें ज़ैब नहीं देता। याद है ना, इक़बाल का शेर ?"

इकराम साहब की आँखें एकदम फिर से ख़ाली हो गई थीं।

नसरत भाई इकराम साहब का प्रेम-प्रसंग तफ़सील से जानते थे और उसी जानकारी के तहत बात करते हुए उन्हें दोस्ताना मशवरे देना चाह रहे थे।

"एक इल्तिजा है, प्यारे नसरत, तुम्हारे इस बदनसीब दोस्त की, वादा करो तुम उसे पूरा करोगे !" एकदम से उन्होंने नसरत भाई की आँखों में सीधे देखते हुए कहा था, "पूरा करना पड़ेगा ! कहो, पूरा करोगे ?"

"हाँ-हाँ" कहने से पेशतर नसरत भाई पल-भर को सकपकाए थे, "तुम बताओ ?"

एक विवशता में बसी मुस्कान धीमे-धीमे इकराम साहब के चेहरे पर घिर आई थी और आँखों में दीवानगी की चमक सहसा कई गुना बढ़ गई थी।

"आई होप," उन्होंने हँसने की कोशिश के साथ-साथ अंग्रेज़ी का सहारा लेते हुए कहा था, "इन बेवकूफ़ों की तरह तुम मुझे पागल नहीं समझ रहे ! और अभी तक तुमने वादा भी नहीं किया ?"

"अब कर लेते हैं," नसरत भाई ने उनकी ज़ेहनी हालत को भाँपते हुए कहा था, "बताओ क्या करना है ?"

"वह करना है तुम्हें मेरे दोस्त, जो तुम्हारे सिवा दुनिया में कोई और नहीं कर सकता। मुझे वह गाना सुना दो !"

तमाम लोग साँस रोके खड़े थे।

"कौन-सा ?" नसरत भाई ने अगर कहते हुए चैन की साँस ली भी हो तो वह महसूस नहीं हो पाई थी। सस्पेंस उसी तरह बना रहा था।

"कौन-सा क्या यार !" इकराम साहब ने फिर से मायूसी में डूबते स्वर में कहा था, "कितने गाने हैं जिन्हें सुनने की मैं ख़्वाहिश कर सकता हूँ ? वही एक, मेरे अज़ीज़ नसरत ! बिलकुल वही एक गाना जो दरअसल मेरी ज़िंदगी की ताबीर है।"

इकराम साहब और नसरत भाई ने गहरे एक-दूसरे की आँखों में झाँका था और उसके बाद नसरत भाई की आवाज़ सुनाई दी थी, "ठीक है, सुनो !"

जाने जिन लोगों ने उस दोपहर अस्पताल के वार्ड में वह नाटकीय दृश्य रचा जाता देखा वह उसे कभी भूल पाए या नहीं। एक दीवाना चेहरा जिसके शरीर पर बेगिनती पट्टियाँ बँधी थीं, शून्य में तकता। दूसरा अपना गला खँखारकर गाने के सही गीयर में आता। और बाक़ी तमाम यूँ हाथ बाँधे खड़े जैसे किसी को श्रद्धांजलि अर्पित कर रहे हों। बेकराह सन्नाटा और उसमें नसरत भाई के मुँह से अदा होकर किसी जिन्नात-सा चकराता गीत—मिट्टी से खेलते हो बार-बार किसलिए !

जीवन की असंख्य विडंबनाओं में से यह भी एक है कि लोग जिनकी अलग से अपनी पूरी ज़िंदगी और कहानी होती है, जिसे आप खुद भी बड़ी हद तक जानते हैं और समय-समय पर उसमें शिरकत करते हैं, कभी अपनी ज़िंदगी के सबसे बड़े संकट में पड़े होने के बावजूद यूँ याद रह जाते हैं जैसे कहीं पहुँचानेवाले रास्ते का मोड़। इकराम साहब जो नसरत भाई के गले से अदा होते 'मिट्टी से खेलते हो बार-बार किसलिए' के भँवर में उस दोपहर हमीदिया हॉस्पिटल के वार्ड में कई दीगर आँसू-भरी आँखों का केंद्र बने हिचकियाँ लेते डूब और उभर रहे थे, अपने जीवन के सारे दर्द और सदमों के बावजूद, दरअसल उसके, ज़मीर एहमद ख़ान के जीवन में उस रास्ते के एक मोड़ से अधिक महत्त्व नहीं रखते जिससे गुज़रकर कोई आधे घंटे बाद उसे अनीसा नाम की एक लड़की के पास नसरत भाई के साथ पहुँचना था। वह एक कहानी इकराम साहब के जीवन की कि वह हॉस्पिटल से डिस्चार्ज

होने के बाद कभी पूर्णतः अपना मानसिक संतुलन दोबारा न हासिल कर सके; कि उनका भला चाहनेवालों ने उनके रोग और प्रेमिका की बेवफ़ाई का एक सादा-सा इलाज यह सोचा कि उनकी फ़ौरन शादी कर दी जाए; कि शादी के बाद जो दस-बारह वर्ष विवाहित जीवन को इकराम साहब ने अपनी अपढ़ मामूली शक्लो-सूरतवाली एक दूसरे ही मानसिक धरातल की पत्नी के साथ उसे कोसते-कराहते बिताए जिस दौरान उनकी सात अदद संतानें पैदा होकर खुदा जाने किस-किस प्रकार आज अपनी जवानी में ख़त्म हुए इकराम साहब का नाम रौशन कर रही होंगी—यह बातें विस्तार से जानते हुए भी उसके लिए सचमुच किसी कहानी जैसी काल्पनिक और दिलचस्प हैं, बस ! हद यह कि जब उनके जीवन के अंतिम कुछ वर्षों में कहीं उनसे आमना-सामना होने का ख़तरा हुआ तो बाक़ी तमाम लोगों की तरह उसने भी उनसे कतराकर गुज़रने में ही अपनी ख़ैर समझी। तब तक इकराम साहब को लगभग सारी दुनिया से ही चिढ़ और नफ़रत हो गई थी और वह संसार में कुछ क्रांतिकारी परिवर्तन लाने के लिए एक से अधिक थ्योरी और सिद्धांत स्थापित करने को अपनी तरह से प्रयत्नशील थे। बहुत सोच-विचारकर वह इस निष्कर्ष पर पहुँचे थे कि जीवन के दो मूलभूत उद्देश्य हैं—संभोग और संतान। अपनी बात राह चलते अजनबियों तक को वह रोककर समझाने और उसके पक्ष में धर्म से लेकर दर्शनशास्त्र तक की दलीलें, जाने कहाँ-कहाँ से ढूँढ या गढ़कर लाने लगे थे।

इंजेक्शन के गहरे नशे में इकराम साहब को सोता छोड़कर उस दोपहर नसरत भाई के साथ वह वार्ड के बाहर आ गया था।

"क्या से क्या हो जाता है," कॉरिडॉर में पल-भर रुककर सुस्ताते हुए नसरत भाई ने भारी स्वर में कहा था। अब तक उनकी आँखों से बहे आँसू सूख चुके थे।

"बहुत बुरा," खुद ज़मीर एहमद ख़ान ने ठंडी साँस लेकर जोड़ा था।

"चलो," उन्होने खोए-से स्वर में कहा था, "यहाँ स्टूडेंट-वार्ड में हमारी एक दोस्त एडमिट है। थोड़ी देर को उसे भी देखते चलते हैं। बोर तो नहीं हुए ?"

"नहीं, चलिए," उसने सहजतापूर्वक कहा था और नसरत भाई के साथ हो लिया था—उस वार्ड की ओर क़दम बढ़ाता जहाँ अनीसा से उसकी भेंट होना थी।

9. अनीसा-1

"तुम खुद ही बताओ मैं आख़िर क्या करता ?"

अज़ीज़ से भेंट के कुछ समय बाद जब उन दोनों के बीच कुछ बेतकल्लुफ़ी

से बातचीत करने का रिश्ता बन गया था, और ख़ासकर इससे प्रेरित होकर कि खुद अज़ीज़ अपनी कोई भी राज़ की बात उसके सामने बिलकुल स्पष्ट शब्दों में कर सकता था, ज़मीर एहमद ख़ान ने ऐविल की गोली और सुनहरे पानी को गुटकने के बीच एक शाम समूचा अनीसा-प्रकरण उसे कह सुनाया था—सारी ट्रेजडी को स्वीकारते और अपनी लाचारी को उसके सामने प्रश्न-स्वरूप रखते हुए। यह वह अंतिम बार था जब किसी ने अनीसा का नाम उसके मुँह से सुना।

अज़ीज़ उसकी लंबी रुदाद सुनने के बाद ख़ामोश रहा था।

"बताओ क्या मैंने कुछ ग़लत किया ?" उसने लगभग निवेदन करते अपना प्रश्न दोहराया था।

"मैं क्या बताऊँ !" अज़ीज़ ने भड़ककर कहा था। "मैं कौन होता हूँ किसी पर रायज़नी करनेवाला। ज़िंदगी आपकी, फाड़ें आप ! मैंने कोई रफ़ूगिरी का ठेका ले रखा है ?!"

अनीसा को इन दिनों अक्सर सोते-जागते के बीच वह अपने दिमाग़ में क़ैद और चकराता महसूस करता है।

क्या ग़लती, जो कुछ हुआ उसमें, सचमुच खुद ज़मीर एहमद ख़ान ही की थी ... ?

... स्टूडेंट-वार्ड के अँधेरे में बसी ख़ामोशी जिसमें उनके क़दमों की आहट पर पलँग पर सिर से पैर तक चादर तानकर लेटी आकृति में हलकी-सी जुम्बिश हुई थी। वह नसरत भाई के पीछे आँखों को कम रौशनी में देख सकने की मोहलत देता ख़ामोश खड़ा रहा था। नसरत भाई ने पहले गला खँखारा था फिर धीमे स्वर में ही आवाज़ दी थी, "अनीसा ! सो रही हो ? मैं हूँ नसरत।"

चादर सिर से नीचे खिसकी थी और शुरू में बिना तफ़सील समझे वह सिर्फ़ एक लड़की का चेहरा, अंदाज़े से समझ पाया था। उस चेहरे ने तकिये से टिककर बैठते हुए नसरत भाई को पलँग के पास पड़ी बेंच पर बैठने का इशारा किया था और फिर पहली बार अपनी सवालिया नज़रें ज़मीर एहमद ख़ान की नज़रों में डाली थीं। उन आँखों में बला का आकर्षण था, कम रौशनी में पल-भर को देखते भी उसे यही लगा था।

"तशरीफ़ रखिए," एक अलसाई, लगभग उन बच्चों की-सी आवाज़ जिन्हें बड़ों का बेजा दुलार बिगाड़ देता है, नसरत भाई का अभिवादन कर रही थी, ज़मीर एहमद ख़ान की ओर बार-बार कनखियों से देखती। "तुम जैसा मसरूफ़ आदमी दिन के इस वक़्त कैसे भूल पड़ा ? सब ठीक तो है ?"

और नसरत भाई उसकी उपस्थिति को भूलकर अनीसा को इकराम साहब की ट्रेजडी के बारे में विस्तार से बताने लगे थे। अनीसा उनकी बात अधूरी दिलचस्पी से सुनती बराबर कनखियों से ज़मीर एहमद ख़ान की जाँच-पड़ताल करती रही थी और जब इकराम साहब की कहानी बेजा तूल पकड़ने लगी थीं तो अपने स्वर की

बेज़ारी को छिपाए बिना उसने नसरत भाई को टोकते हुए कहा था, "पैदाइशी पागल है तुम्हारा दोस्त इकराम ! मैं जानती हूँ वह कुछ भी कर सकता है !"
"अरे," नसरत भाई प्रतिवाद करें इससे पहले ही अनीसा ने बात का विषय बदलते हुए ज़मीर एहमद ख़ान की ओर इशारा करके पूछा था, "यह कौन हैं, हमारा परिचय तक नहीं कराया ? इतनी देर से खड़े हैं। बैठ जाएँ ना आप !"

नसरत भाई काल्पनिक से वास्तविक दुनिया में लौटे थे। "अरे हाँ", उन्होंने कुछ माफ़ी माँगने के अंदाज़ में कहा था, "तुम इसे नहीं जानतीं ? यह हमारा छोटा भाई ज़मीर है, इन्जीनियरिंग का स्टूडेंट।" और नसरत भाई ने उसी की ओर मुड़कर कहा था, "यह अनीसा हैं, हम पहले तुम्हें बता ही चुके हैं। यहीं मेडिकल थर्ड-एयर में हैं और ड्रामा, डांस, डिबेट, गाना, पढ़ना—हर चीज़ में अव्वल। साइंस कॉलेज में जब यह बी. एससी. में थीं, हमारा इनसे खूब मुक़ाबला रहता था।"

उसने अनीसा को सलाम किया था और यह देखकर थोड़ा बेचैन हो गया था कि उसमें बढ़ती अनीसा की दिलचस्पी और उसकी आँखों की चमक और उनका बार-बार लौटकर खुद उस पर ठहरना नसरत भाई को परेशानी में डालने लगा था।

"यहीं ?" अनीसा ने अपनी दिलचस्पी छिपाए बिना साफ़-साफ़ पूछा था, "भोपाल में ?"

"हाँ," उसके बोलने से पूर्व ही नसरत भाई ने संक्षेप में अनीसा को बताया था, "वैसे बाहर का तजुर्बा भी एक साल अलीगढ़ में रहकर कर आए हैं।"

"आओ," नसरत भाई ने उसे पास बेंच पर बैठने की दावत देते कहा था, "खड़े क्यों हो, बैठो।"

"मैं ठीक हूँ," ज़मीर एहमद ख़ान ने उन खूबसूरत आँखों की जाँच-पड़ताल और नसरत भाई की बढ़ती परेशानी से जान छुड़ाने की ख़ातिर कहा था, "बल्कि आप लोग बात करें मैं बाहर कॉरिडॉर में मिल जाऊँगा।"

"क्यों ?!" नसरत भाई से पहले अनीसा ने कड़े विरोध के स्वर में कहा था, "यहाँ बैठना अच्छा नहीं लगेगा क्या ?!" उसके स्वर में बसी कोई उदासी उभरकर सतह पर आ गई थी।

"कॉलेज में मेरे भी कुछ दोस्त हैं," उसने समझाते हुए कहा था, "इतनी देर में मैं उनसे मिल लूँगा।"

"जी नहीं !" अनीसा ने आदेश देते स्वर में कहा था, "दोस्तों से मिलते ही रहते होगे, उम्र-भर मिलते रहना। यहाँ आ गए हो तो अब इस वक़्त पर तो हमारा हक़ ज़्यादा बनता है। अरे बैठो भी यार, क्या नाम है तुम्हारा—ज़मीर ... ?"

उसने उलझन और परेशानी से नसरत भाई की ओर देखा था और उन्होंने लाचारी से अनीसा की बात दोहराते हुए उससे पास बैठ जाने को कहा था।

"यहाँ कालेज में तुम्हारा कौन दोस्त है ?" अनीसा ने आत्मीयता से पूछा था, "मैंने किसी के साथ तुम्हें कभी देखा नहीं।"

"कई हैं," उसने संक्षेप में अपने कुछ ऐसे दोस्तों के नाम गिनाए थे जो स्कूल में साथ पढ़े थे। "आपसे जूनियर होंगे। वैसे भी उनसे मिलना ज़्यादातर कॉलेज के बाहर होता है। वैसे कमाल है मैंने भी आपको पहले कभी नहीं देखा।"

"जिन लोगों के नाम ले रहे हो," अनीसा ने बेतकल्लुफ़ी से बाँहें फैलाकर जम्हाई लेते हुए कहा था, "सचमुच हमारे सामने के छोकरे हैं।"

"हाँ भाई," नसरत भाई ने ताईद की थी, "यह मेडिकल कॉलेज की बहुत बड़ी दादा भी हैं ! यहाँ का तो पत्ता भी इनकी मर्ज़ी के बग़ैर नहीं हिलता।"

"कमाल है !" उसने झूठी दिलचस्पी और डर के स्वर में धीमे से कहा था, "देखने में कितनी शरीफ़ और मासूम लगती हैं।"

"लगती हैं ?!" अनीसा ने बात का बुरा मानने के बजाय हँसकर मज़ा लेते हुए कहा था, "क्या मतलब है तुम्हारा, हम हैं ही मासूम। क्यों नसरत ?"

"इतनी भी नहीं !" स्वर से स्पष्ट था कि नसरत भाई ज़मीर एहमद ख़ान के सामने बहुत बेतकल्लुफ़ी से बात नहीं करना चाहते थे। "ख़ैर जी, तुम तो यह बताओ कि अब तुम्हारे हाल-चाल क्या हैं ?"

अनीसा कुछ पल को ख़ामोश हुई थी और उन गिनती के पलों में ज़मीर एहमद ख़ान शायद अपने जीवन में पहली बार यह महसूस करता बैठा रहा था कि कुछ लोगों की ख़ामोशी में भी वज़न होता है। ऐसा नहीं कि अभी तक अनीसा किसी गंभीर विषय पर या संजीदा लह्जे में बात करती रही हो। सारी बात बहुत साधारण और हँसी-मज़ाक़ की थी। तो भी उसके चुप होते ही वातावरण में एक अप्रिय-सी बोझिल चुप्पी टँग गई थी जिसका भार हर क्षण बढ़ता ही महसूस हो रहा था। उस ख़ामोशी में एक ऐसी घुटन थी जिससे मुक्त होने के लिए ज़मीर एहमद ख़ान चाह रहा था कि कुछ भी सही मगर अनीसा बोले।

"ठीक है," अनीसा की सधी आवाज़ जब यह कह रही थी तो उसकी निगाहें बहुत गहरे ज़मीर एहमद ख़ान की आँखों में देख रही थीं। "यहाँ मेडिकल कालेज में," नसरत भाई की मौजूदगी को नजरअंदाज़ करते हुए उसने उससे पूछा था, "तुम्हारी कोई गर्ल-फ्रेंड नहीं है ?"

"बाबा माफ़ करो इसे !" नसरत भाई ने हाथ जोड़कर बीच में ही टोका था।

"अब आपसे तो दोस्ती हो गई !" ज़मीर एहमद ख़ान ने बेतकल्लुफ़ी का जवाब बेतकल्लुफ़ी से देने की कोशिश में कहा था, "क्या यह काफ़ी नहीं है ?"

"तो फिर मिलाओ हाथ !" चादर में लिपटी अनीसा ने पलँग पर पालथी मारकर बैठते हुए अपना हाथ उसकी ओर बढ़ाया था। "नसरत का मुँह क्या देख रहे हो, दोस्ती तुम्हें करना है या उन्हें ! दे दो इजाज़त नसरत, यह तो तुम्हारा बहुत ही फ़रमाँबरदार भाई लगता है !"

अपनी ओर तपाक से बढ़े अनीसा के हाथ को थामते उसका वह पहला स्पर्श ज़मीर एहमद ख़ान को आज भी याद है। वह एक ऐसे हाथ की छुअन थी जिसके

साथ किसी रोग की कल्पना करना संभव नहीं था। एक गुनगुनी हरारत में बसे उस नर्म हाथ को छूने पर जैसे एक शक्ति का अनुभव होता था। पालथी मारकर बैठने और हाथ मिलाने की प्रक्रिया में वह चादर छिटक गई थी जिसे अनीसा ने ओढ़ रखा था और शलवार-कमीज़ पहने जिस शरीर का सामना हुआ था वह एक सुडौल और आकर्षक शरीर था, इतना उस कम रौशनी में भी देखा और महसूस किया जा सकता था। उसका हाथ गर्मजोशी से दबाते हुए अभी अनीसा अपनी खुशी पूरी तरह व्यक्त भी नहीं कर पाई थी कि सबकुछ एकदम जैसे किसी मशीनी अंदाज़ में बदलने लगा था। हाथों की पकड़ ढीली पड़ती गई थी, चेहरे से खुशी का भाव भाप बनकर उड़ने लगा था, शरीर यूँ ढीला होता गया था जैसे उससे जान निकाली जा रही हो, और ज़मीर एहमद ख़ान के आश्चर्य को एक बार भी देखे बग़ैर चादर से अपने शरीर को लपेटते अनीसा अपने पलँग पर किसी बीमार की मुद्रा में वापस लेट गई थी। उसने नसरत भाई की ओर देखा था जो खुद भी इस नाटकीय परिवर्तन से आश्चर्यचकित बैठे थे।

"क्या बात है ?" उन्होंने खड़े होते हुए चिंतित स्वर में अनीसा से पूछा था और थरमॉस से गिलास में पानी भरकर उसके हाथों में थमाया था, "कोई दवा तो नहीं खाना ? कैसी तबीयत हो रही है ? माफ़ करना हमने बेवक़्त तुम्हें आकर परेशान कर दिया। अब तुम लेटो, हम चलते हैं," एक साँस में उन्होंने सब कह डाला था।

नसरत भाई अपनी चिंता जिन शब्दों में व्यक्त कर सकते थे, कर रहे थे और वह खुद एक ऐसे मूर्खतापूर्ण एहसास में बँधा बैठा था जो उसे कुछ भी बोलने से रोक रहा था। कहता भी क्या आख़िर, जिस गति से वार्ड का मूड और मौसम बदला था वह बिलकुल जादू-सा उसकी समझ से परे था। अब चादर में लिपटा हाथों में पानी का गिलास थामे जो व्यक्तित्व उसके सामने था वह कोई बिना आत्मा का शरीर था जिसने अपनी आँखें भी बंद कर ली थीं। कमरे की बोझिल पड़ती ख़ामोशी में वह वहाँ से चलने के नसरत भाई के किसी हलके-से इशारे की प्रतीक्षा कर रहा था और खुद नसरत भाई अनीसा के एक जुम्ले का इंतज़ार करते बेचैनी से पहलू बदल रहे थे।

यह कहावतोंवाली तूफ़ान से पहले की ख़ामोशी थी और इससे पहले कि वह लोग वार्ड में रुकने या वहाँ से चले जाने का निर्णय ले पाते अनीसा ने घुटी आवाज़ में ज़ारो-क़तार रोना शुरू कर दिया था। क्या था उस आवाज़ में, ज़मीर एहमद ख़ान आज तक नहीं समझ पाया, जिसने उसके अस्तित्व को यूँ झँझोड़ दिया था कि वह किसी भी तरह उस सामने बैठी लड़की, अनीसा को खुश करने के लिए बेचैन हो गया था। उस आवाज़ में एक दुनिया की पीड़ा और वेदना का सार और दुख तथा सदमों का निचोड़ उसे महसूस हुआ था और बिना किसी तकल्लुफ़ या संकोच के वह आगे बढ़कर अनीसा के पास बिस्तर पर बैठ गया था और उसके

आँसुओं से गीले गालों को अपने हाथों की प्यार-भरी नरमाहट से छुआ था। किसी अनजाने पल अनीसा ने उन हाथों को अपने हाथों में ले लिया था और रोने के साथ-साथ उसकी उन हाथों पर जकड़ ज़्यादा मज़बूत होती गई थी। "क्या बात है, क्या परेशानी है, मुझे बताओ ना, सब ठीक हो जाएगा।" ज़मीर एहमद ख़ान के भीतर भावुकता में तर-बतर संवाद होंठों से झड़ी बनकर बरसने लगे थे। उसे लगा था सुदूर अतीत में वह अक्का के साथ उन क्षणों में बैठा है जब अक्का और कमाल मियाँ के बीच कोई छोटा-मोटा झगड़ा या कहा-सुनी हो जाती थी और अक्का अपनी आँखों का चश्मा उतारकर पहले तो उसके सामने मुँह फुलाए बैठी रहती थी और फिर किसी छोटी-सी बात को बहाना बनाकर फूट-फूटकर रोना शुरू कर देती थी। वह अनीसा के सिर पे हाथ फेर रहा था, और कुछ क्षण पहले की वह बातूनी और अपनी तरह की ढीठ लड़की उसके सीने से किसी नन्ही बच्ची-सी चिमटी थी। उसकी पीठ थपथपाते या आँख के आँसू पोंछते उसे किसी प्रकार का अटपटापन नहीं महसूस हो रहा था और ना ही उस सबके बीच एक बार भी यह सोचने का अवसर मिला था कि अनीसा दरअसल उसके लिए एक ऐसी अजनबी लड़की है जिसके बारे में अभी कुछ ही क्षण पहले तक वह खुद देह, शारीरिक बनावट, आँख और नाक इत्यादि की मार्फ़त सोच रहा था।

कुछ देर बाद फिर वह नसरत भाई के पास बेंच पर बैठा सामने पलँग पर चादर लपेटे बैठी अनीसा को अविश्वास की दृष्टि से देख रहा था। उसका रोना थम चुका था और इस बीच चेहरे पर घिरी पीड़ा और थकन भी छँटना शुरू हो गई थी। नसरत भाई का एक पैर, उन पर सवार बेचैनी का सूचक, तेज़ी से हिल रहा था और नज़रें वार्ड की छत और दीवारों के बीच भटक रही थीं। उसकी हथेलियों में अभी कुछ क्षण पहले अनीसा को छूने, उसके सिर पे हाथ फेरने, पीठ थपथपाने का एहसास ताज़ा और जीवित था और अनीसा के आँसुओं में भीगा खुद अपना रूमाल गोद में फैलाए वह उसकी शिकनें बराबर करने का प्रयास कर रहा था।

"नसरत भाई," वातावरण का बोझिलपन कम करने की ख़ातिर ज़मीर एहमद ख़ान ने कुछ बातचीत शुरू करना चाही थी, "वह क्या शेर सुनाया था आपने, आँसुओं को लेकर ? आप ही का कहा हुआ है ना, वह डबडबाई ... ?"

उनकी सारी बेचैनी के बावजूद एक इतमीनान-भरी मुस्कान नसरत भाई के मुखौटे पर फैल गई थी।

"शेर सुनोगी अनीसा ?" उनकी खुशदिली दोबारा लौटी थी।

"सुनाओ," अनीसा की आवाज़ कुछ उस प्रकार बोझिल हो गई थी जैसे नज़ले का मरीज़ नाक के बल बोलने पर मजबूर हो।

"मज़े का शेर है, सुनकर दिनों दाद देती रहोगी। अर्ज़ किया है—डबडबाई हुई आँखों से न देखो मुझको / मेरी आँखों में न आ जाएँ तुम्हारे आँसू।"

"यह तुम्हारा शेर है ?!" अनीसा ने थोड़े आश्चर्य से कहा था और फिर बिलकुल बच्चों की तरह किलकारी मारकर हँसने लगी थी। "अरे नसरत !" उसने हँसते-हँसते तम्बीह की थी, "कुछ ख़याल करो यार ! छोटे भाई के सामने मुझे इश्क़ो-आशिक़ी के शेर सुनाते हो।"

"उनसे क्या कह रही हैं," ज़मीर एहमद ख़ान ने फ़ौरन खुद सहरा पहनने की मुद्रा में कहा था, "उनकी ग़लती नहीं, शेर उन्होंने मेरे कहने पर सुनाया है। जज़्बा अगर उनका हो भी तो फ़िलहाल फ़रमाइश मेरी थी।"

"क्या कहने !" अनीसा ने उसको प्यार से चलता करने को कहा था।

"वैसे यह शेर मेरा है भी नहीं," नसरत भाई ने फ़ौरन ही सफ़ाई देते हुए कहा था। "इतने हलके-फुलके शेर कहने में मेरी आस्था भी नहीं।"

एक नर्स और उसके बाद अनीसा के कुछ सहपाठी वार्ड में आ गए थे और उसे उनसे सवाल-जवाब में व्यस्त देखकर नसरत भाई ने उठने का इशारा किया था।

"नसरत !" अनीसा ने इशारे को पढ़ते हुए आदेश देनेवाले स्वर में कहा था, "अभी रुकना, मुझे एक ज़रूरी बात कहना है।"

अन्य लोग बिदा हो गए थे और वह दोनों फिर थोड़ी परेशानी के साथ अनीसा को तकते बैठे रह गए थे।

"बहुत देर हो गई," अंततः नसरत भाई ने अपना गला खँखारा था, "मैं फिर किसी दिन आऊँगा ... "

"बस दो मिनट," अनीसा उनकी ओर मुड़ी थी, "मुझे तुम लोगों का ज़्यादा वक़्त बरबाद नहीं करना। मेरी एक बात और उसके बाद एक रिक्वेस्ट सुन लो और बेशक जाओ। नसरत, यह तुम्हें भी नहीं मालूम कि मेरे माँ-बाप से घर में हम चार बहन-भाई थे। तीन बहनें, सबसे बड़ी मैं और एक भाई, जो मुझसे छोटा था। हम लोग छोटे ही थे जब पहले अम्माँ फिर अब्बा का इंतिक़ाल हो गया। हम लोगों की परवरिश के लिए अलग-अलग घर और लोगों ने ज़िम्मा लिया। कोई किसी ख़ाला के साथ रहने पर मजबूर, कोई मामूँ के। भाई हमारे अकेले चचा के साथ रहता था और मैं क्या बताऊँ तुमको, वह अपनी बहनों, ख़ासकर मुझसे कितना प्यार करता था। हमारा उसे प्यार करना तो स्वाभाविक ही था, तीन बहनों में इकलौता भाई था लेकिन वह भी हम पर अपनी जान छिड़कता था। उसे सबसे बड़ी तकलीफ़ यह थी कि हम लोगों को एक छत के नीचे साथ-साथ बढ़ने का मौक़ा नहीं मिल पाया। मैं ज़्यादा भावुक होना नहीं चाहती। संक्षेप में इतना कि आज से छः साल पहले एक दुर्घटना में उसकी मृत्यु हो गई। दुर्घटना की तफ़सील भी छोड़ो। बस उसे मरना था और ज़िंदगी और मौत के मामले में भला किसका बस चलता है। कहना मैं यह चाहती हूँ कि मेरा वह भाई हू-ब-हू ज़मीर जैसा था : इतनी समानता कि अगर तुमने उसे कभी देखा होता तो मेरे आश्चर्य, दुख और

अंततः उस सुख को समझ पाते जो मुझे ज़मीर से मिलकर हुआ। मुझे इससे मिलकर बिलकुल ऐसा लगा जैसे मेरा भाई मुझे वापस मिल गया—जैसे वह कभी मरा ही न हो। मेरी बात समझ रहे हो तुम ?"

वार्ड में फिर से कुछ देर की चुप्पी उभरी थी जिसमें ज़मीर एहमद ख़ान अपने दिल को कानों में धड़कते सुनता बैठा रहा था। पास बैठे नसरत भाई को भी घटनाक्रम के नाटकीय परिवर्तन ने कुछ कहने या टिप्पणी करने योग्य नहीं छोड़ा था। वह हैरान से भी ज़्यादा परेशान अपनी सोच का केंद्रबिंदु तलाशते ख़ामोश बैठे थे। बेशक ! वहाँ से उठते ही वह अपने दिल में उपजे शको-शुबहे से कि अनीसा के छोटे भाई की कहानी उन्हें सच से अधिक मौक़े-महल के अनुसार एक ऐसी मनघंड़त लगती है जिसके पीछे कोई अन्य षड्यंत्र छुपा हो, अवगत कराएँगे जिसे वह ख़ामोशी से सुन तो लेगा मगर सहमत नहीं होगा। वह समझेगा नसरत भाई यह सब ईर्ष्या के कारण कह रहे हैं। नसरत भाई दबे लफ़्ज़ों में कुछ अन्य बातें भी अनीसा के बारे में कहेंगे जो उसे फिर इसी ईर्ष्या से प्रेरित लगेंगी और वह उन पर कान नहीं धरेगा। मगर यह तो बाद की बातें हैं। अभी जब वह अपने कान को दिल की तरह धड़कता सुन रहा है, उसके दिमाग़ में न जाने कितने मौसम पुरानी बर्फ़ पिघलना और पिघलकर सारा कूड़ा-करकट अपने में समेटकर बहना और बहते हुए समुद्र में मिलना शुरू हो गई है जो पवित्र और अपवित्र जैसे संकीर्ण शब्दों की पहुँच और पकड़ से अलग और बहुत दूर है। उसके अपने भीतर अक्का का भाई जितना सुख से अभिभूत है उतना ही इस संयोग पर आश्चर्यचकित भी कि उन क्षणों जब अक्का का स्मरण करते वह अनीसा को अपने होने का विश्वास और दिलासा दे रहा था, अनीसा भी उसकी जगह अपने भाई को देख और सुन रही थी। यही सच है, उसे पूर्णतः विश्वास हो गया था। अनीसा से पहली बार नज़र मिलते ही उसे कुछ असामान्य और असाधारण लगा था। असामान्य इस अर्थ में कि किसी अजनबी से मिलते हुए उसे सामान्यतः वैसा कभी नहीं लगता। कुछ लोग आपस में एक-दूसरे के लिए विशेष अर्थ, महत्त्व और आकर्षण रखते हैं, इससे तो कोई इनकार कर नहीं सकता। सो वह और अनीसा भी इसी प्रकार एक-दूसरे से बँधे हैं। अब चाहे कुछ हो जाए वह खुद, ज़मीर एहमद ख़ान, इस सामने बैठी लड़की को जो वैसे भी दुनिया के हाथों सताई लगती है और जिसे उसमें अपना छोटा भाई नज़र आता है, कभी किसी तरह निराश नहीं करेगा। जो कुछ भी अपेक्षाएँ या अरमान उसे अपने छोटे भाई से रहे हों, वह उन्हें पूरा करेगा, यह एक प्रकार से उसने मन-ही-मन शपथ ली थी—स्मृति में जो कुछ भी पूज्य और पावन था उसे साक्षी मानते हुए।

"दास्तान सुन चुके !" अनीसा ने खुद अपनी चुप्पी से उबरते हुए कहा था, "अब मेरी रिक्वेस्ट सुन लो। ज़मीर तुम, और नसरत तुम, ज़मीर के बड़े होने के नाते। मेरी दर्ख़्वास्त है कि ज़मीर, तुम मुझसे कभी-कभी मिलते रहो। जब भी तुम्हें

समय मिले, मैं किसी तरह की पाबंदी नहीं लगा रही। मैं अपनी बात किस तरह कहूँ।"

उसने अनीसा का वाक्य पूरा होने की प्रतीक्षा नहीं की थी और लपककर उसके दोनों हाथ थामते हुए वहीं पलँग पर उसके पास बैठ गया था। वह उसे आश्वस्त कर रहा था कि भाई खोजने में अनीसा ने ग़लती नहीं की; कि उससे ज़्यादा प्यार करनेवाला, ख़याल रखनेवाला भाई दुनिया में किसी बहन का नहीं हो सकता; कि वह भाई का फ़र्ज़ और ज़िम्मा समझता है और उसे पूरा करने में कभी कोताही नहीं बरतेगा।

"फिर इतनी प्यारी बहन होती किस भाई की है," उसने भाव-विभोर होकर अनीसा के गाल थपथपाते हुए कहा था। "मुझे इस समय खुद पर कितना गर्व हो रहा है शब्दों में नहीं कहा जा सकता। खुदा का शुक्र है," उसने बेंच पर परेशानी से पहलू बदल रहे नसरत भाई को संबोधित करते हुए कहा था। "मैं तो जबरन बात को समझे बग़ैर यह सोचकर डर रहा था कि खुदा-न-ख़्वास्ता कहीं यह कोई इश्क़-आशिक़ी का चक्कर तो नहीं। भाई तो मैं बहुत बहादुर साबित हो सकता हूँ," वह अपने ऊपर खुद ही पूरी तरह हँस लेना चाहता था। "लेकिन आशिक़ ! यक़ीन है जब भी इश्क़ करूँगा बहुत नामुराद साबित होऊँगा !"

दुर्भाग्य बिलकुल किसी सोच-समझकर किए गए काम ही की तरह कुछ लोगों के साथ यह होता है कि भाषा की बारीकी या शब्दों का अर्थ समझे बिना ही वह उन्हें बहुत रवानी और आत्मविश्वास के साथ बोल सकते हैं। यह न होता तो उस दोपहर को बाद की ज़िंदगी में याद करते शायद ज़मीर एहमद ख़ान इस क़दर खीजा न होता। किसने अधिकार दे दिया था उसे दुनिया, निराशा, सताए होने, फ़र्ज़, मर्यादा, बहादुर, नामुराद इत्यादि जैसे भारी-भरकम और गोल-मटोल शब्दों में बोलने या सोचने का ! क्या हुआ था आख़िर ?! ज़्यादा-से-ज़्यादा यही कि एक लड़की को एक व्यक्ति में अपना ऐसा भाई नज़र आया था जो अब संसार में नहीं था। इस बात ने लड़की को कुछ देर के लिए विचलित कर दिया था और उसने चाहा था कि वह व्यक्ति उससे कभी-कभार मिलता रहे। उसने यह फ़रमाइश तो नहीं की थी कि वह अपना सारा समय उसके साथ या निकट रहकर गुज़ारे। दिल से वह अगर ऐसा चाहती भी थी तो खुद उसने उसके कहने का इंतज़ार कब किया था ! अगले ही दिन वह कॉलेज से अपनी आधी क्लासेज़ 'मिस' कर सीधा एक अदद बड़ा गुलदस्ता और आंद्रे ज़ीद के उपन्यास *स्ट्रेट इज़ द गेट* की एक प्रति लेकर हॉस्पिटल जा पहुँचा था।

स्ट्रेट इज़ द गेट को याद करते आज भी वह खुद अपनी ही नज़रों में शर्मिंदा होने लगता है। तब उपन्यास को पढ़े खुद उसे ज़्यादा समय नहीं बीता था और यह अंदाज़ा तो बाद में होना था कि पढ़कर बेहद प्रभावित होने के बावजूद वह सही अर्थ में उसे समझ नहीं पाया था। समझ की यह ग़लती कारण बनी थी उसके

अनीसा को उस उपन्यास के भेंट करने का और कुछ दिन बाद यही सबब बनी थी उन दोनों के बीच एक बहस और उसके नतीजे छोटे-मोटे झगड़े का।

10. विवेक–एक टकराव

अनीसा का सान्निध्य विशेषकर जीवन के उस आज़माइश-भरे दौर में बड़ा आसरा और राहत था। अलीगढ़ से लौटे यह दूसरा वर्ष था लेकिन न तो वह कॉलेज की दिनचर्या से कोई तालमेल बैठा पाया था, ना ही विवेक से अपने संबंधों की नियति तय कर पाया था। उसके और विवेक के बीच जो एक तीसरा, असीम नामक व्यक्ति श्रीमान कश्मीर बनकर आ टपका था, उससे किसी भी प्रकार के समझौते को वह तैयार नहीं था। परिणामतः उसके विवेक से संबंध तो थे लेकिन प्रेम की जगह ईर्ष्या और बदले की भावना अपनी दुकान खोल चुकी थी। एक शीतयुद्ध उन दोनों के बीच बहुत चौकन्नेपन से चल रहा था जिसके कारण तापमान बड़े ख़तरनाक ढंग से दिन-ब-दिन नीचे की ओर खिसक रहा था, और यह अंदाज़ा लगाना मुश्किल था कि फ़्रीज़िंग पॉइंट कब आ पहुँचे। इसके बावजूद उन दिनों विवेक से मिलना-जुलना लगभग बंद करके अपना अधिकांश समय अनीसा के साथ बिताते उसने अलग से यह नहीं सोचा था कि ऐसा वह अनीसा के प्रति दिल में जन्मे प्यार ही की ख़ातिर नहीं, विवेक से दूर रहकर कोई पुराना हिसाब चुकाने की मंशा से भी कर रहा है।

विवेक से धीरे-धीरे पैदा होती दूरी—सौजन्य : असीम उर्फ़ श्रीमान कश्मीर—एक तरह से उन तमाम भावुकतापूर्ण क्षणों से भरपूर थी जो दो आशिक़ों के बीच किसी तीसरे प्रतिद्वंद्वी के आने से पैदा हो सकते हैं। अपने ग़म और गुस्से की अभिव्यक्ति एक अजनबी की उपस्थिति में तो उसने मुनासिब नहीं समझी थी लेकिन असीम के पीठ-पीछे हमेशा विवेक को आड़े हाथ लिया था।

"तुम आजकल ग़ायब कहाँ रहते हो ?" उसकी एक लंबी अनुपस्थिति के बाद विवेक ने शिकायत की थी।

"तुम तो बिलकुल अम्माँ की तरह पूछ रहे हो," उसने उपहास किया था। "कालेज में समय बीत जाता है।"

"कॉलेज तुम पाबंदी से कब जाते हो, मैंने कितने लोगों से पूछा।"

"और कहाँ जाऊँगा ! कॉलेज नहीं तो हॉस्टिल।"

दोस्ती के बाद अनीसा-प्रकरण पहला ऐसा मामला था जिसे उसने विवेक से छिपाने का प्रयास किया था। एक ज़िद खुद-ब-खुद मन में बनती गई थी, अपनी ज़िंदगी विवेक से बिलकुल अलग-थलग जीने की।

"अम्माँ कह रही थीं तुम रात को भी देर से घर आते हो।"

"फिर ?"

"फिर क्या, एक बात पूछ रहा हूँ।"

"काँच के मकान में रहनेवाले दूसरों के घरों पर पत्थर नहीं फेंका करते !" उसने ड्रामाई अंदाज़ में अपने समय का मशहूर फ़िल्मी डायलॉग दोहराया था। "क्या समझे, चनॉय सेठ !"

"मैं कुछ नहीं समझा। फ़िल्मों के जानकार भी आप ही हो !"

"फ़िल्मों की ऐसी-तैसी, मैं भी तुमसे बहुत सारी बातें पूछता रहा हूँ ! तुमने कोई जवाब दिया आज तक ?! नहीं, अब मुझे तुम्हारे किसी जवाब की ज़रूरत नहीं। यू मे गो टु हैल फ़ार ऑल दैट आई केयर !"

"अजब आदमी हो तुम ! मैं क्या कह रहा हूँ, तुम कहाँ का राग अलाप रहे हो। मैं तो अम्माँ की परेशानी ... "

"किसी को परेशान होने की ज़रूरत नहीं। आप क्योंकि हमदर्द हैं तो अम्माँ को भी समझा दीजिए और पूछें तो अब्बा को भी। खुद आप भी जान लें।"

"मेरे जानने के लिए तुम्हारे झूठ की ज़रूरत नहीं। पटाओ लौंडियों को, इश्क़ करो ! मगर घरवालों को तो उलझन में मत डालो।"

विवेक उसके किसी लड़की से संबंधों के बारे में जानता है, कुछ पल को ज़रूर वह सकते में आ गया था। फिर फ़ौरन ही लगा था वह सारी बात अंदाज़-क़यास से भी तो कर सकता है।

"मैं जब इश्क़ करूँगा," ज़मीर एहमद ख़ान सकून से किए आत्मनिरीक्षण को गुस्से और जोश में भूलकर ख़म ठोंकते हुए बोला था, "तो उसे भी दुनिया देखेगी। समझ क्या लिया है अपने-आपको !"

"तो उस मेडिकल की लड़की से क्या आजकल इलाज करा रहे हो !"

"उस लड़की के बारे में इस तरह बात करते तुम्हें शर्म आना चाहिए।"

"चलो लड़की तो निकली !" विवेक व्यंग्यात्मक ढंग से हँसा था। "अब किस तरह सोचना चाहिए यह और बता दो।"

इसके सिवाय कोई चारा नहीं था कि वह अपने गुस्से और जोश पर क़ाबू पाने के बाद विवेक को अपने अनीसा से संबंधों की सच्चाई बताए और दिल से न चाहते हुए भी उसने बिलकुल यही किया था। अनीसा से भेंट, बातचीत और उसके साथ अपने अधिक समय बिताने की तफ़सील उसने कह सुनाई थी। किस प्रकार अनीसा मानसिक रूप से त्रस्त थी और उसमें अपना छोटा भाई देखती थी और देखते-देखते वह खुद ज़मीर एहमद ख़ान के लिए कितनी महत्त्वपूर्ण हो गई थी।

उसने सोचा था मामले की असलियत जानकर विवेक शर्म से पानी-पानी न भी हुआ तो कम-से-कम अपनी ग़लती तो मानेगा ही और कुछ नहीं तो अपने

शको-शुबहे के लिए उससे माफ़ी माँगेगा। ऐसा कुछ भी नहीं हुआ। विवेक ने सारी बात इस इतमीनान से सुनी जैसे उसमें कुछ भी नया या उसके जानने लायक़ न हो। जैसे अनीसा के जीवन की सारी तफ़सील से वह खूब परिचित हो।

"मुझे अंदाज़ा नहीं था," गुस्से से सुलगते स्वर में उसने कहा था, "कि यह लगाई-बुझाई नसरत भाई की है ! और तुम इतने कमीन हो सकते हो।"

"नसरत भाई कहाँ बीच में आ गए ?" विवेक के स्वर में व्यंग्य के साथ-साथ आश्चर्य भी था। "मुझे तो कॉलेज और शहर के लोगों से पता चला है कि वह बहुत फास्ट भी है और फ्रॉड भी।"

"तुमने क्या शहर में उसके बारे में कोई रायशुमारी कराई है ?!"

"मुझे क्या लेना उससे ? और तुम्हें कुछ समझाने की भी हिम्मत मैं कैसे कर सकता हूँ ! उससे अगर तुम्हारी दोस्ती है तो रोकता कौन है। ऐश करो। मगर यह भाई-बहन का नाटक कम-से-कम तुम पर नहीं जँचता।"

"मेरे और तुम्हारे संबंध तो बहुत पहले ही ख़त्म हो जाना चाहिए थे !" जब उसने विवेक से यह कहा था तो उसका गुस्सा चरम बिंदु पर था। "तुम वह हो जो मेरे जीवन की छोटी-से-छोटी घटना और मिज़ाज की बारीक-से-बारीक ऊँच-नीच दुनिया में सबसे बेहतर जानते हो। और तुम ही यह कहना चाहते हो कि मैं झूठ बोल रहा हूँ ! झूठे तुम हो विवेक, तुम्हें तो मेरी ज़िंदगी के कितने सालों का हिसाब देना होगा। तुम मेरे साथ भोपाल छोड़ने का फ़ैसला करते हो और मुझे उल्लू बनाकर खुद यहीं रुक जाते हो। झूठे तुम हो जो एक दोस्त की क़सम खाते-खाते दुनिया-जहान के उल्लू के पट्ठों से दोस्ती करते हो ! झूठे तुम हो जो मेरे सच को झूठ कहते हो क्योंकि सच की ताब लाने का सामर्थ्य तुममें है नहीं ! सुनो ! दुनिया अनीसा के बारे में चाहे जो कहती हो या आगे चलकर जो भी कहे, मैं उसे बहन मानता हूँ, वह मेरी बहन है। तुम्हें असल में मुझसे ईर्ष्या होने लगी है इसलिए यह सारी बकवास कर रहे हो, अम्माँ-अब्बा की परेशानी का बहाना क्यों तराशते हो ! मेरी आख़िरी बात और सुन लो ! तुम्हें मुझसे दोस्ती, या भाड़ में गई दोस्ती ! अगर सरसरी संबंध भी रखना है तो कभी मेरे सामने अनीसा की बात मत करना, दुनिया-जहान में चाहे कुछ भी कहते फिरो ! समझे ?!"

इस लंबी झगड़ालू बातचीत के नतीजे पैदा हुई थी उसके और विवेक के संबंधों में कुछ और दूरी और अनीसा के प्रति जी-जान एक कर देने की भावना में कुछ और तीव्रता और शिद्दत। परिवारवालों की आलोचना और एतराज़ को ख़ातिर में लाए बिना उसका ज़्यादा समय अनीसा के साथ ही बीतता रहा था। ऐसा नहीं कि उसने कॉलेज जाना बंद कर दिया हो मगर वहाँ भी उसे ज़्यादा समय अनीसा का ख़याल और फ़िक्र ही घेरे रहते और कॉलेज से सीधा या कभी-कभी क्लासें 'मिस' करके भी वह अनीसा के घर पहुँच जाता। अनीसा की अपनी दिनचर्या थी इसलिए ज़मीर एहमद ख़ान की आसानी के लिए उसने घर की एक

चाबी उसे दे दी थी जिससे उसकी अनुपस्थिति में भी वह अपनी मर्ज़ी से वहाँ आ-जा सकता था।

11. अनीसा-2

कुल मिलाकर कितना समय था जो उसने अनीसा के निकट रहते बिताया ? बदिक़्क़त पाँच या छः माह ! आज जो याददाश्त में एक लंबे सिलसिले-सा फैला है वास्तव में हुआ सब आनन-फानन था। जैसे कभी-कभी एक अंधड़ चंद पल में लोगों को तवील दास्तानें और न भुलाए जा सकनेवाले तजुर्बे सौंप जाता है जिन्हें वह अपनी औलादों को सुनाते रहते हैं, उसका अनीसा से मिलना-बिछड़ना था।

शुरू में बिलकुल ऐसा लगा था जैसे उसका और अनीसा का जन्म-जन्मांतर का साथ है और वे सचमुच एक-दूसरे के सगे भाई-बहन या उससे भी कुछ अधिक हैं। अनीसा के साथ शहर के वीरान-सनुसान-एकांत घूमते, पहाड़ियाँ चढ़ते, तालाब में किश्ती चलाते, ज़िंदगी की खुशगवार चीज़ों के बारे में बातें करते दिनों के बीतने का सिलसिला शुरू हुआ था। अनीसा जहाँ रहती थी उस साफ़-सुथरे और शांत इलाक़े की सबसे बड़ी खूबी वह कुशादा सड़कें थीं जो एक-दूसरे से नब्बे के कोण पर मिलती थीं, या वह ऊँची इमारतें, चूने-मिट्टी की मोटी दीवारें, ड्योढ़ियाँ, छज्जे, खिड़कियाँ और मेहराबी दरवाज़े जो सब एक गए युग की नींद लेते अपने में बेसुध नज़र आते थे। ट्राफ़िक के नाम पर कोई स्कूटर, कोई ताँगा या कुछ साइकिलें। घर के एक ओर कुछ फ़ासले पर गोलघर की खूबसूरत गोलाकार इमारत थी जिसमें उन दिनों आर.टी.ओ. का कार्यालय हुआ करता था और पिछवाड़े थोड़े फ़ासले पर अदालत की नई लेकिन उजाड़-सी इमारत जिसे देखकर यह कल्पना कर पाना असंभव था कि वहाँ मुक़दमे चलते होंगे या फ़ैसले सुनाए जाते होंगे। बारह-महल, पत्थरों का तालाब, परी बाज़ार—यह सब पास-पड़ोस में बिखरे पड़े थे और था वीरान और सपाट ईदगाह का चढ़ाव जिस पर उन दिनों तक गिनती के मकान बने थे। घर की छत से सामने नज़र आते थे ताजमहल के कजी और कालौंच में लुथे बड़े गुंबद, पुरानी इमारतों का एक अंतहीन फैलाव, और दूर उस ज़माने में अधूरी ताजुल-मसाजिद के खंडहरनुमा नक़्श। और वही बाबे-आली का मैदान जिसमें बचपन में कभी अम्माँ और मुमानी जान के साथ साल में एक बार लगनेवाली नुमाइश जाने का इत्तिफ़ाक़ हुआ था जिसमें लाउडस्पीकरों पर पूरे समय बहुत ऊँची आवाज़ में 'न ये चाँद होगा न तारे रहेंगे / मगर हम हमेशा तुम्हारे रहेंगे' बजता रहा था। अनीसा के साथ उस इलाक़े का चप्पा-चप्पा उसने पैदल घूमा था, कभी दिन की धूप, कभी रात की चाँदनी में। वह अनीसा के साथ अक्सर

मोहल्ले के बाज़ार तक पैदल सब्ज़ी-तरकारी या और दूसरा सामान ख़रीदने जाता और वह दोनों लंबे रास्तों से घूमते वापस लौटते।

वक़्त के साथ-साथ उसे आगे पेश आनेवाली दिक़्क़तों का एहसास होना शुरू हो गया था। एक तो अनीसा के साथ रहते वह वैसे ही बाक़ी तामाम दुनिया से कटता गया था, दूसरे कॉलेज के लिए मन में जन्मी उदासीनता को इस बीच खूब पलने-परवान चढ़ने का मौक़ा मिला था। एक अन्य और उस समय सबसे महत्त्वपूर्ण समस्या अनीसा के स्वभाव की शक्ल में सामने आने लगी थी। कुछ तय नहीं था कि उसका मूड किस पल क्या हो। कभी खुशमिज़ाजी थी तो कभी चिड़चिड़ाहट और गुस्सा और कभी मातम तथा रोना-धोना। अब सोचने पर अंदाज़ा होता है कि उसके स्वभाव में यह तब्दीली दिनों-दिन बढ़ी थी। ऊपर से कुछ अनीसा की आत्मीय दोस्त थीं जिनका उसके घर अक्सर आना-जाना रहता था और उन लोगों के कमेंट्स या इशारे ऐसे होते थे जिन्हें समझ-बूझकर भी वह नहीं समझना चाहता था। एक ही आशय था उनके इस व्यवहार का कि ज़मीर एहमद ख़ान और अनीसा के संबंधों की असलियत वह समझती हैं ! अब तो उनके ऐसा सोचने की मजबूरी भी समझ में आती है क्योंकि अनीसा का उसके साथ जो बेतकल्लुफ़ी का रवैया था वह किसी को कुछ भी सोचने पर उकसा सकता था। उसका ज़मीर एहमद ख़ान के गले में बाँहें डालकर बैठना, किसी की भी मौजूदगी में उसके सिर, माथे, गाल, हद कि होंठों तक का चुंबन लेना और उससे ऐसी बातें करना जो खुद उसके ख़याल में किसी लड़की का लड़के से करना 'टू मच' की श्रेणी में गिना जाना चाहिए था।

उस शाम बाज़ार से 'यूनीसेफ़' के ग्रीटिंग-कार्ड्ज़ का एक सेट ख़रीदता वह अनीसा के घर पहुँचा था। दरअसल अक्का की सालगिरह को कुछ ही दिन बचे थे और उस समय तक वह ख़त लिखने, नए साल, ईद, दीवाली और अपने आत्मीयों की वर्षगाँठ पर मुबारकबाद के कार्ड भेजने की औपचारिकताओं को बिलकुल फ़र्ज़ समझकर पूरा करता था। अनीसा घर पर नहीं थी और जैसा कि मामूल था, जब उसे किसी काम से पहले से तय किए बिना जाना पड़ जाता था तो वह उसके नाम पर्चा लिखकर अपनी टेबिल पर छोड़ जाती थी। पर्चे में लिखा था कि किसी कारण वह रात के आठ बजे तक लौटेगी। समय काफ़ी था जिसे बिताने को वह बैठक में दीवान पर पसरकर उस किताब के पन्ने पलटने लगा था जो पिछले दिनों पढ़ने की ताकीद के साथ अनीसा ने उसे भेंट की थी। सिंगमंड फ़्रायड की मनोविज्ञान-विश्लेषण संबंधी किताब। वैसे पढ़ने में खुद उसकी रुचि फ़िक्शन तक ही सीमित थी और इतिहास, दर्शनशास्त्र तथा मनोविज्ञान इत्यादि पर लिखा कुछ भी पढ़ते हुए उसे दिक़्क़त भी होती थी और उलझन भी। सो उस समय भी किताब गंभीरता से पढ़ने के बजाय सिर्फ़ समय बिताने की ख़ातिर वह उसके पन्ने पलटता रहा था।

रात कोई साढ़े आठ बजे जब अनीसा लौटी थी तो वह थकी और निढाल नज़र आ रही थी। उसने ज़मीर एहमद ख़ान के सिर के बाल अपनी उँगलियों से बिखेरते हुए कहा था, "आज सड़ा दिया ना तुम्हें बिलकुल !"

"नहीं," उसने सहजता से कहा था, "मैं समझ रहा था तुम कहीं अटक गईं। थोड़ी देर और इंतज़ार करता फिर चला जाता।"

"अब मूड और मत ख़राब करो।" वह उसके पास बैठती हुई बोली थी। "मुसीबतें भी तो एकसाथ आती हैं कालेज और बाहर की सब मिलकर।"

"क्या हुआ ?"

"एक दोस्त की बहन के बच्चा होनेवाला है, उस चक्कर में आधा-वक़्त लेडीज़ हॉस्पिटल में। फिर उसके बाद कुछ जनरल्स सबमिशन के लिए पूरी करने को गर्ल्स हॉस्टिल ! बिलकुल अधमरे हो गए।"

"तो काम ही तो कर रही थीं," उसने ढाढ़स बँधाते हुए कहा था। "अच्छा है इस बीच मुझे भी कुछ पढ़ने-गुनने का मौक़ा मिल गया।"

फ्रायड की पुस्तक को अनीसा ने सरसरी नज़र से देखा था। "कितनी बार तो कहा है तुमसे अपने कोर्स की कुछ किताबें लाकर यहाँ रख लो। यहाँ भी तो तुम कॉलेज की पढ़ाई कर सकते हो।"

"छोड़ो यार," उसने बेज़ारी से कहा था, "तुम भी किस कोर्स और किस पढ़ाई की बात करने लगीं !"

"यही तो है तुम्हारा !" अनीसा ने बुज़ुर्गाना ढंग से डाँट लगाई थी। "न तो हिम्मत है न सब्र। ऊपर से मेहनत भी नहीं करना चाहते। सोचा क्या है, क्या कोई कमानेवाली ब्याहने का इरादा है ?"

"अभी तो," उसने जम्हाई पर क़ाबू पाने की कोशिश करते हुए कहा था, "कुछ भी नहीं सोचा। बक़ौल फ़िराक़ साहब कि ... "

"शट्-अप !" अनीसा कानों पर हाथ रखते उठ खड़ी हुई थी, "मुझे नहीं सुनना तुम्हारे शमा-परवाने और इश्क़े-हक़ीक़ी और मजाज़ी के शेर ! इस तरह बेवकूफ़ किसी और को बनाना।"

"मत सुनो," उसने खीजकर हँसते हुए कहा था।

अनीसा अंदर अपने कमरे में गई थी और जब कुछ देर बाद लौटी थी तो उसके हाथ में ग्रीटिंग-कार्ड्ज़ का पैकिट था। "यह क्या ले आया भैया ?" उसने पूछा था।

"अरे, कुछ ग्रीटिंग-कार्ड्ज़ हैं।"

"वह तो दिख रहा है। न ईद, न दीवाली, फिर यह इतने कार्ड्ज़ क्यों ?"

"सेट लेने में आसानी रहती है। चलते रहते हैं," उसने समझाते हुए कहा था। "दरअसल अक्का की बर्थ-डे नज़दीक है और डाक, इस जंग के बाद से, सीधी तो पाकिस्तान जाती नहीं। यहाँ से कुवैत एक पहचानवाले को पोस्ट करूँगा, फिर

वह वहाँ से कराची भेजेगा।"

अनीसा एकटक उसकी ओर देखती रही थी। दरअसल उन दोनों के बीच अक्का एक ऐसा विषय थी जिसकी तफ़सील और कभी-कभी बातों में ज़िक्र सुनते अनीसा ने खुलकर तो कुछ नहीं कहा था मगर उसके रवैये से यह साफ़ ज़ाहिर हो गया था उसके मन में कुछ पूर्वग्रह और प्रतिपक्षी भावना थी।

"हमसे तो यार," अनीसा ने शिकायती स्वर में कहा था, "तुमने आज तक हमारी बर्थ-डेट पूछी तक नहीं !"

यह सच था। ऐसा नहीं कि किसी दुर्भावनावश उसने ऐसा किया हो, बस एक संयोग था कि कभी अनीसा का जन्मदिवस पूछने का मौक़ा ही नहीं आया था।

"यह मेरी ग़लती है," उसने खड़े होकर अपने कान पकड़ते हुए कहा था। "इसके लिए तुम जिस तरह कहो मैं माफ़ी माँगने को तैयार हूँ। वैसे तुम्हारा जन्मदिन मेरी नज़रों से बचकर जाता कहाँ !"

"क्या पता अभी तक जा भी चुका हो !" अनीसा के स्वर में भावुकता और कड़वाहट प्रत्यक्ष थीं। "कल रहा हो, परसों या एक हफ़्ते पहले बीत गया हो। तुम्हें लेना-देना भी क्या ! जिन्हें तुम ज़रूरी समझते हो उन्हें हज़ारों मील के फ़ासले पर भी याद रखते हो।"

"अनीसा, प्लीज़ ! ऐसा नहीं कहते। मैं मानता हूँ मुझसे ग़लती हुई, बट डोंट बी क्रुअल ! मैं माफ़ी माँग रहा हूँ।"

"कौन-सा कार्ड चुना है ?" सहसा अनीसा ने बात का विषय बदला था। "क्या कहते हो उसे ? अक्का ! असल नाम भी तो होगा कोई उसका ?"

"अभी चुना नहीं," उसने बाक़ी बात को अनुसना करते हुए कहा था, "कोई-सा भी भेज देंगे, सभी तो अच्छे हैं।"

अनीसा कार्ड्ज़ खोलकर देखने लगी थी। "हैं तो सभी अच्छे," उसके स्वर में व्यंग्य ज्यों-का-त्यों था, "लेकिन कोई सबसे अच्छा भी तो होगा।"

वह चुप रहा था। अनीसा ने एक कार्ड छाँटकर उसकी ओर बढ़ाया था, "यह कैसा है ?"

कार्ड बहुत खूबसूरत था, उसे आज भी याद है। नीले-फ़ीरोज़ी रंगों में रेगिस्तान की रात का दृश्य, आसमान में रौशन एक सितारा और उसे देखकर हाथ उठाकर दुआ माँगते मजूसी लोग, जिन्हें यीशू के जन्म का ज्ञान ज्योतिष द्वारा हो गया था। अवसर की पवित्र गहनता को बड़े दबे स्वर और वातावरण में व्यक्त किया गया था। सेट में वाक़ई वही सबसे सुंदर कार्ड था।

"अच्छा है," उसने अनीसा की पसंद की ताईद में कहा था।

"इसे ही भेज दो," उसने टोह लेनेवाले अंदाज़ में ज़मीर एहमद ख़ान से कहा था।

"सालगिरह के लिए यह मुनासिब रहेगा ?" उसने पूछने से ज़्यादा अपनी असहमति को स्वर दिया था। "मेरे ख़याल से तो यह क्रिसमस या न्यू-ईयर के लिए ज़्यादा उचित रहेगा।"

"नहीं," अनीसा ने फ़ैसला सुनाया था, "सालगिरह के लिए भी यह बहुत मौजूँ और मुनासिब रहेगा। लाओ, क़लम है तुम्हारे पास ? इस कार्ड पर लिखो।"

"क्या ?"

"लिखो—'मेनि हैपी रिटर्न्स ऑव द डे'।"

उसने लिखा था।

"हाँ, क्या लिखा ? 'मेनि हैपी रिटर्न्स ऑव द डे, माई डियरमोस्ट, स्वीट-मोस्ट अनीसा !' "

पल-भर रुककर उसने अनीसा के चेहरे पर नज़र डाली थी और ख़ामोशी से जो उसने कहा था वह लिख दिया था।

"नीचे अपना नाम लिखो और मेरी पैदाइश की तारीख़ डालो। अब जान गए न मेरी डेट ऑफ़ बर्थ ? अभी ख़ासी दूर है—लगभग दो महीने। शाबाश, अब मुझे प्यार करो, खूब अच्छे से। गर्दन पर भी, माथे पर भी—सब जगह। और मुझे भींचकर गले लगा लो।"

अनीसा बच्चे-सी उसकी बाँहों में सिमट आई थी और उसे गले से लगाए वह अपने दिल धड़कने की धमस सुनता रहा था। गूँज की तरह दिल के फैलने-सिमटने, खुलने-बंद होने की आहट अनीसा को छूकर लौट रही थी। वह लंबा ख़ामोशी का अंतराल था जिसमें इर्द-गिर्द की दुनिया बेहरकत और बेमतलब हो गई थी। "देखो यार !" अनीसा अपने-आपमें ही बुदबुदाई थी, "बहुत दुख उठाए हैं मैंने, अब तुम भी मुझे छोड़ मत जाना।"

वह बुत बना अनीसा की पीठ थपकता रहा था। कभी-कभी किसी ख़ास कैफ़ियत से गुज़रते, वह खुशी की हो या ग़म की, व्यक्ति समझता है कि वह वास्तव में खुश या ग़मगीन नहीं सिर्फ़ मौक़े महल के अनुसार वैसा ढोंग और दिखावा कर रहा है। कि असली खुशी या ग़म एक ऐसा अनुभव होता होगा जो जादू की तरह चढ़ता होगा। दुर्भाग्यवश उस जादू की कैफ़ियत के इंतज़ार में लंबी उम्रें बीत जाती हैं और निष्कर्ष यह निकलता है कि जिसे ढोंग और नाटक समझकर जिया गया वही अपंग, थोथी और उथली कैफ़ियत वास्तव में सुख या दुख था और जिस जादू के इंतज़ार और उम्मीद में उम्र बीत गई वह तो सिरे से है ही नहीं। न कभी था न आज है। जीवन ढोंग-बहाने के अलावा कुछ नहीं। इस क़ीमती जानकारी और नतीजे तक तो ज़मीर एहमद ख़ान बहुत बाद में कभी पहुँचा था। उस समय तो अनीसा को अपने सीने से लगाए वह यही सोच रहा था कि अनीसा की खुशी की ख़ातिर उसे भी खुश होना चाहिए। वह खुश है और ऐसा होने के लिए उसे बार-बार खुद को याद दिलाना चाहिए।

"हालाँकि यह सिर्फ़ रिहर्सल थी," अनीसा ने उससे अलग होकर बैठते हुए कहा था, "लेकिन मज़ा आ गया ! बस अभी से असली सालगिरह की तैयारी शुरू कर दो।"

बात करते-करते अनीसा के चेहरे का भाव इतनी तेज़ी से बदला था जैसे उसे एकदम कोई ऐसी ज़रूरी बात याद आ गई हो जिसे वह कुछ समय के लिए भूल गई थी। उसकी खुशी और गर्मजोशी पलों में काफ़ूर हो गई थी और उसकी जगह ले ली थी एक विशेष ठंडेपन और औपचारिक अंदाज़ ने। "मगर उससे पहले तो," उसने रूखे और कड़वे लहजे में कहा था, "तुम्हारी प्यारी पाकिस्तानी की सालगिरह है—है ना ?"

"कौन मुझे उसमें शिरकत करने जाना है !" किसी तरह वह अक्का के विषय को टालना चाहता था। "एक कार्ड डालना है सो डाल देंगे।"

"क्यों नहीं !" व्यंग्य का तीखा स्वर था। "वह भी तो आए दिन तुम्हें ख़त लिखने और कार्ड भेजने के बहाने खोजती है।"

खुद पर जब्र करके वह चुप रहा था। कुछ पल ख़ामोशी रही थी।

"कभी हिंदुस्तान आए तो हमसे भी मिलवाना। क्या समझे ?"

"मुनासिब है।"

"बहुत तारीफ़ करते हो, कुछ हक़ीक़त भी तो मालूम हो। बहुत अच्छी है देखने में ?"

"तस्वीर तो तुम्हें दिखा चुका हूँ," उसकी झुँझलाहट बढ़ने लगी थी, "तुम कहो तो उसके आने की स्पेशल परमिशन के लिए गवर्नमेंट से कोशिश करूँ ! उसका मंगेतर भी तुम्हारी तरह उसकी फ़िक्र में घुला जा रहा है। एक पंथ दो काज हो जाएँगे।"

"घुलें मेरे दुश्मन !" अनीसा ने तड़पकर कहा था, "काहे का मंगेतर ! आख़िर कितनों से शादी करेगी वह !"

"क्या मतलब ?!" लाख काबू की कोशिश के बावजूद वह भड़क उठा था।

"तो क्या तुम्हें बस यूँ ही चरा रही है ?"

"अनीसा, अपने हवास क़ाबू में रखकर बात करो ! क्या मतलब है तुम्हारी इस बकवास का ?!" गुस्सा उसे बोलने पर मजबूर करता गया था। "कितनी बार कहा मैंने कि अक्का के बारे में मैं तुमसे बात नहीं करना चाहता। उसका नाम तक तुम्हारी ज़बान से नहीं सुनना चाहता।"

"यहाँ कोई तुम्हारा फ़रमाइशी कार्यक्रम चल रहा है क्या ! जो हमारे दिल में है हम तो साफ़ कहेंगे।"

"तो खुदा-हाफ़िज़ ! मैं चलता हूँ।"

"बैठो !" अनीसा ने उसका हाथ पकड़ लिया था, "यह तुम्हारी खूब लड़कियोंवाली अदा है ! बात-बात पर जाने की धमकी देते हो।"

"तुम बात ही ऐसी करती हो," उसने अनमने ढंग से बैठते हुए कहा था। ख़ामोशी छा गई थी। अनीसा कुछ देर पहले लिखा गया ग्रीटिंग कार्ड ग़ौर से देख रही थी। वह खुद तकिये से टिककर फिर से फ़्रायड साहब की मुँह-देखी ख़ैरियत पूछने का अभिनय कर रहा था। दोनों के बीच तनाव अभी बरक़रार था।

"जाने तू बड़ा कब होगा !" उसका हाथ अपने हाथों में लेकर दबाते हुए अनीसा ने बेबसी के उस स्वर में कहा था जो कभी किसी घड़ी प्रत्यक्ष हो जाता था।

"ख़ासा बड़ा हूँ मैं !" उसने रूठे हुए अंदाज़ में कहा था। "तुम उसकी फ़िक्र मत करो।"

"हाँ," अनीसा ने ठंडी साँस ली थी, "हाथ-पैर तो ख़ासे निकल आए मगर यह अक्ल जाने कहाँ भटक गई ! अच्छा, बस एक बात बता दो। यह पाकिस्तानी तुम्हारी वैसी ही बहन तो नहीं जैसी मैं हूँ ? देखो, झूठ मत बोलना ! बिलकुल खुदा-लगती बात कहना।"

उस समय अंतर कर पाना संभव नहीं था। अक्का से उसके संबंध एक ऐसी उम्र में बनकर पले-पनपे थे जब दिमाग़ में किसी तरह का भटकाव नहीं था। वह उसके अतीत के करीबो-दूर में फैला एक ऐसा सिलसिला था, दरख़्तों का या पहाड़ों का या दरियाओं का, जो मौसम और भूगोल के हिसाब से धरती ने आप ही बनाया था। अनीसा के साथ ऐसा नहीं था। यहाँ चीज़ों को बनाने में एक कोशिश का दख़ल बिलकुल साफ़ था। सहजता के बजाय इस संबंध का स्वरूप एक चुनौती-सा था।

"हाँ," उसने बहुत सहज होकर कहने का जतन किया था, "वैसी ही जैसी तुम हो।"

"फिर तो हो गई बरबादी !" अनीसा ने माथा पीटा था, "तब तो वह मेरी सौत हुई ! मैं सचमुच तुमसे शादी करना चाहती हूँ !"

"तो चलें इसी वक़्त, किसी क़ाज़ी को तलाश करें !" उसने बात का मख़ौल बनाया था। "कल तक तो देर हो जाएगी ! चल उठ ! बेशर्म, झूठी कहीं की ! तुमने वह जोक सुना है—झूठी कहीं-की वाला ?" वह किसी भी क़ीमत पर मौज़ू बदलकर बात ख़त्म करने के बाद वहाँ से भाग निकलना चाहता था।

"सुना है, खुद तुम ही सुना चुके हो !" अनीसा का स्वर अब तक संयत हो चुका था। "लेकिन मैंने अभी जो कुछ तुमसे कहा वह लतीफ़ा नहीं संजीदा बात थी।"

वह हक्का-बक्का उसकी सूरत तकता रह गया था।

"नहीं !"" वह आप ही बुदबुदाया था, "यह सब नहीं !"

"क्यों नहीं ?!" अनीसा ने गुस्से से सवाल किया था, "तुम अगर पहली मुलाक़ात पर मुझे अपने भाई की याद दिलाते हो या और किसी तरह तुममें उससे

कोई समानता है तो तुम सचमुच मेरे सगे भाई तो नहीं हो गए।"

"मैं आज तक़ यही सोचता रहा हूँ !"

"ग़लत सोचते रहे हो तुम ! इस तरह पाक-मोहब्बत और नापाक-मोहब्बत अलग-अलग करके सोचना ही तुम्हारी बुनियादी मूर्खता है। मोहब्बत मोहब्बत होती है, आगे-पीछे जिसकी जैसी समझ वह विशेषण लगा सकता है। संबंधों के पीछे एक कशिश और ज़िंदा जज़्बा होना सबसे बड़ी शर्त है, बाक़ी सब ढोंग और दिखावा।"

"तुम्हारा मतलब है," उसने गला खँखारकर कहा था, "अगर यह कशिश और जज़्बा सगे भाई-बहन के बीच हो तो उनके आपस में शादी करने में कोई हर्ज नहीं ?"

"बात को इतना घुमाओ मत !" अनीसा ने आजिज़ आए स्वर में कहा था। "वैसे यह भी हो तो क्या दुनिया में पहली बार होगा ?! पुरानी सभ्यताओं का इतिहास उठाकर देखो, मिस्र के फ़िरौनों की शादी तो उनकी सगी बहनों से ही होती थी। वह तो एक लंबे ज़माने तक चलनेवाली अपने-आपमें मिसाली सभ्यता थी। इस प्रथा में ऐसी ही कोई बुराई होती तो वह लोग इसे क्यों अपनाते ?"

"इसीलिए तो," उसकी बेजा मज़ाक़ की रग फड़की थी, "फ़िरौन का ख़ात्मा करने को अल्लाह-ताला को हज़रत मूसा को पैदा करना पड़ा ! वैसे माफ़ करना, मुझे नहीं मालूम था कि फ़िरौन ऐसा करते थे। करते हों तो भी वह फ़िरौन थे, उनका मुल्क मिस्र था और हम हिंदुस्तान में हैं। मेरे लिए संबंधों का एक विशेष महत्त्व है जिसे गड़बड़ाने की कल्पना मैं किसी शक्ल में भी नहीं कर सकता।"

"इसलिए कि तुम उनसे सटे हुए हो, उनको देखने में इतने मायोपिक हो कि उनके बारे में कोई संजीदा और वस्तुपरक राय क़ायम ही नहीं कर सकते। सेक्स के बारे में सोचते तुम्हारे दिमाग़ में एक ऐसी गंदी चीज़ होती है जिसे अपनों से जोड़कर सोचना ही घोर पाप है। क्या इस तरह सोचने का तरीक़ा सही या साइंटिफ़िक है ? ऐसा करते क्या हम अपनी सहज प्रवृत्ति को एक अनावश्यक शिकंजे में नहीं कसते जिससे उसकी असली सूरत-शक्ल बिगड़ जाती है ? तुम तो फ्रायड को पढ़ रहे हो, उसके लिखे में तुम्हें नहीं आती असलियत की बू-बास ?"

"मैं पढ़ ज़्यादा, समझ कम रहा हूँ।" ज़मीर एहमद ख़ान जिस क्षण यह बात कह रहा था उसके दिमाग़ में चिंता और परेशानी के बवंडर तोड़-फोड़ मचाने में मस्त और मग्न थे। "जैसे कभी-कभी कोई वकील सिर्फ़ अपनी चतुर दलीलों से बेगुनाह को गुनहगार और क़सूरवार को बेक़सूर साबित कर दिखाता है, बुनियादी सच्चाई की क़ीमत पर। सिंगमंड फ्रायड साहब के बारे में मैं यह तो दावे के साथ नहीं कह सकता कि वह सच्चे हैं या झूठे क्योंकि इतनी जानकारी मुझे नहीं है, मगर इतना मैं ज़रूर कह सकता हूँ कि वह सच्चे हों या झूठे, मैं उनसे सहमत नहीं। ना ही इस तरह के अधूरे साइंटिफ़िक सोच-विचार में मेरी कोई आस्था है।"

"फिर तुम किस तरह की सेक्यूलर सोच-समझ का दावा करते हो ?! अपने मज़हब पर चलनेवालों की क्यों आलोचना करते हुए उन्हें कम-समझ और इनसानियत की राह का रोड़ा कहते हो ? खुद तुम्हारी आस्था और अक़ीदा है कहीं ?!"

"हाँ !" ज़मीर एहमद ख़ान ने तलख़ी से कहा था, "मैंने धर्म और मज़हब के नाम पर भी जितना कुछ देखा है उसमें किसी प्रकार के ईमान-आस्था की गुंजाइश नहीं। सब कपट और धोखाधड़ी लगता है, अपना-अपना उल्लू सीधा करने की ख़ातिर। मैंने जब भी मज़हबी लोगों के ख़िलाफ़ कुछ कहा है तो इसी एतबार से। लेकिन अगर एक तरफ़ धर्म को साइंस का रुतबा हासिल नहीं तो दूसरी ओर साइंस को मज़हब की तरह ज़िंदा सच्चाइयों से काटकर परम पावनता का दर्जा देना भी उतना ही ग़लत है। तो भी यक़ीन करो, मैं नाइहिलिस्ट नहीं हूँ ! हाँ, एक नाइहिलिस्ट को भी समझने की कोशिश मैं उसी तरह करता हूँ जैसे एक मज़हब में आस्था रखनेवाले को।"

"इसका मतलब तो यह हुआ," अनीसा ने उसी संजीदगी से कहा था, "कि तुम्हारा दिमाग़ कुछ चकराया हुआ-सा है !"

"अब तुम जो भी समझो," उसने बहुत आजिज़ी से जोड़ा था।

"इस तरह उलझी बुद्धि के लोग आम तौर पर दुनिया में निकम्मे साबित होते हैं !"

नहीं ! उस क्षण ज़मीर एहमद ख़ान को अनीसा की यह बात बिलकुल बुरी नहीं लगी थी, ना एक पल को यह ख़याल आया था कि अनीसा महज़ एक बात नहीं कह रही, भविष्यवाणी कर रही थी, शाप दे रही थी। ऐसी भविष्यवाणी और शाप जिसे हर्फ़-ब-हर्फ़ सही साबित होना था। लेकिन तब सफलता की संभावनाओं ने बा-जमाअत दम कहाँ तोड़ा था। कुछ निशाने ख़ाली ज़रूर गए थे लेकिन लगता था अभी तरकश में बहुत-से तीर बाक़ी हैं। लंबी दौड़ का कुछ ही फ़ासला तय हुआ था और एक कुशल-जानकार धावक की तरह उसने अपनी बेहतर साँस और दम उन राउंड्ज़ के लिए बचा रखी थी जिनमें आख़िरकार जीत और हार का फ़ैसला होता है।

"तुम ज़मीर," अनीसा ने उस लबो-लहजे और उन नज़रों से उसकी ओर देखते कहना शुरू किया था जैसे वह मुद्दे की बात जिसे कहना वह मुद्दत से टालती रही हो, उस क्षण वह कहकर रहेगी। "तुम मुझसे क्या, खुद अपने-आप तक से सच नहीं बोल पाते और ऊपर से इस झूठ पर पर्दा डालने के लिए मोटी-मोटी आलिमाना-फ़ाज़िलाना बातें करते हो। जीने के लिए सिर्फ़ खुराफ़ाती ज़ेहन ही नहीं, जीवट चाहिए होता है ! मेरी बात सुनकर ही तुम अभी तौबा-तिल्ला पर उतर आओगे, मैं कहती हूँ इस जिस्म की हक़ीक़त क्या अगर मुझे इसे बरतने का शऊर नहीं ! जीने को अगर सिर्फ़ दिमाग़ काफ़ी होता तो वह तो गोखरू की शक्ल में

भी पैदा होकर जी और मर सकता था ! यह इस बाक़ी धड़ की फ़ज़ूलख़र्ची की क्या ज़रूरत थी ? दुनिया जिसके भी चलाए चल रही है उसमें कुछ दमख़म है, तुम्हारी सोच जैसा आटे का लोंदा हर्गिज़ नहीं है वह !''

अनीसा आगे भी कुछ कहती अगर उस पल घर के बाहर किसी मोटरसाइकिल के आकर रुकने की आवाज़ न सुनाई देती। उस आवाज़ को सुनकर उसे पहचानने की कोशिश में अनीसा चुप हो गई थी। कुछ पल की ख़ामोशी के बाद किसी ने दरवाज़े की साँकल को बजाया था। वह उठकर दरवाज़े तक जाना चाहता था मगर अनीसा ने इशारे से मना कर दिया था और खुद उठकर बहुत सधे स्वर में पूछा था, ''कौन है ?''

''अनीसा,'' बाहर से एक फुसफुसी आवाज़ सुनाई दी थी, ''मैं हूँ, दरवाज़ा खोलो।''

अनीसा ने इतमीनान से दरवाज़ा खोला था और बाहर खड़े व्यक्ति से संबोधन किया था, ''मामूँ, तुम इस वक़्त यहाँ कहाँ ?'' आवाज़ में कोई आश्चर्य, कोई चौकन्नापन दूर-दूर तक नहीं था। न उसने बाहर खड़े व्यक्ति को अंदर आने की दावत दी थी, न इस तरह रास्ता छोड़कर हटी थी कि वह चाहता हो तो आप ही अंदर आ सकता।

बाहर खड़ा आदमी किसी मुमानी की बाबत बता रहा था जिनकी तबीयत अचानक बिगड़ने पर उन्हें हॉस्पिटल में भर्ती करना ज़रूरी था और कैसे खुद उसकी सारी कोशिश के बाद भी वैसा नहीं हो पाया था और वह उस समय हॉस्पिटल के बरामदे में पड़ी थीं। अनीसा का नाम लेने से भी कोई काम नहीं बना था, व्यक्ति अपनी परेशानी सविस्तार बयान कर रहा था और अनीसा, बिना एक शब्द कहे, उसी तरह खड़े-खड़े उसकी रुदाद सुन रही थी।

आदमी ने अनीसा से कुछ क्षण हॉस्पिटल चलकर मदद करने की दरख़्वास्त की थी—उसके जान-पहचानवाले शायद उसे देखकर पसीजें और कुछ रहम आ जाए उनके दिलों में।

''आइए,'' आख़िरकार रास्ता छोड़ते हुए अनीसा ने बाहर खड़े व्यक्ति से अंदर आने को कहा था।

एक अधेड़उम्र व्यक्ति ने प्रवेश किया था और बैठक से पहले दरवाज़े के निकट जो कुर्सी पड़ी थी उसी पर बैठ गया था। पत्नी की बीमारी की परेशानी उसके चेहरे-हुलिये पर इबारत थी। उनका परिचय तक अनीसा ने ज़मीर एहमद ख़ान से कराना ज़रूरी नहीं समझाया था। कुछ समय की ख़ामोशी के बाद फिर अनीसा ने उनसे कहा था, ''ऐसा करें, आप हॉस्पिटल चलें। मैं थोड़ी देर में वहीं पहुँचती हूँ। वार्ड वगैरह मुझे मालूम है, बस घंटे-आधे घंटे में पहुँचती हूँ।''

''आओगी कैसे ? मेरा मतलब है रात को इतनी देर में ?'' मामूँ ने परेशानी के साथ सवाल किया था जिसे अनीसा ने अनुसना कर दिया था।

"आप चलें," उसने खुद उठते हुए कहा था और दरवाज़े तक साथ जाकर उन्हें छोड़ा था।

"देखो, ख़याल से आ जाना," मोटरसाइकिल स्टार्ट करने से पहले बाहर आवाज़ ने बिलकुल इल्तिजाई स्वर में कहा था, जिसका जवाब दिए बिना अनीसा शून्य में घूरती खड़ी रही थी। मोटरसाइकिल के किक लगाने की आवाज़ें आई थीं, कई बार की कोशिश के बाद वह आख़िरकार स्टार्ट हुई थी और धीरे-धीरे उसकी धड़धड़ी सूनेपन के विस्तार में लुप्त हो गई थी। अनीसा ने दरवाज़ा भेड़ा था और सामने कुर्सी पर आकर बैठ गई थी।

"कौन थे यह ?" कुछ वक़्त बीतने के बाद ज़मीर एहमद ख़ान ने सवाल किया था।

"सुना नहीं ?! मामूँ ही थे मेरे । माँ-बाप के इंतिक़ाल के बाद इन्होंने ही मेरी परवरिश की थी, पढ़ाया-लिखाया था। सुनो यार !" अनीसा ने उठकर खड़े होते हुए एकदम बात का विषय बदला था, "इस वक़्त टैक्सी मिल जाएगी ? देख लो ज़रा, शाबाश ! थोड़ा नीचे तक जाना पड़ेगा। मुझे हॉस्पिटल छोड़ते हुए उसी में सीधे घर निकल जाना। या यहाँ सोने का मूड तो नहीं ?!" उसने अंदर जाते-जाते हँसकर चुटकी ली थी, "भला क्यों होने लगा !"

टैक्सी थोड़े फ़ासले पर मिल गई थी और वह लौटा था तो अनीसा चलने के लिए तैयार खड़ी थी। हॉस्पिटल में उतरने से पहले उसने ज़मीर एहमद ख़ान को कुछ थमाया था। "तुम यह कार्ड भूल गए थे, सँभालो ! बस मैंने एक अपना रख लिया है। जाओ, शब-बख़ैर !"

12. रहस्योद्घाटन

आगे के दिन कठिन थे।

यूँ गया वह अनीसा के घर उस रात के बाद कई बार लेकिन उससे मुलाक़ात नहीं हो पाई। घर पर न तो अनीसा का कोई लिखित में संदेसा मिल सका, ना ही उसकी इस अचानक व्यस्तता का कारण समझ में आ सका। उसने यही अंदाज़ा लगाया कि या तो अनीसा अपनी किसी परीक्षा की तैयारी में उलझ गई या हो सकता है मुमानी को हॉस्पिटल में कुछ हो-हवा गया हो। उसके घर अकेले देर-देर तक बैठने के बाद वह हर बार नोट छोड़कर आया, मगर कोई जवाब नहीं। यह बेनियाज़ी का रुख़ उसे और अजीब लगा था और हालाँकि अभी कुछ दिन वह खुद भी उसका सामना करने से बचना चाहता था, दूर रहने का यह तरीक़ा उसे नहीं भाया था। चाहती तो उसके नाम वह संक्षिप्त नोट तो छोड़ ही सकती थी

जो उसने नहीं किया। एक हफ़्ते चकराने के बाद उसने तय किया था कि इस तरह रोज़-रोज़ चक्कर लगाना फ़जूल था और अपना रुख़ अजनबी पड़ती पढ़ाई की ओर मोड़ने की कोशिश शुरू कर दी थी। एक हफ़्ता और बीत गया था, जब उस दोपहर किसी ने घर पर अनीसा का छोटा-सा रुक्क़ा लाकर दिया था जिसमें लिखा था—हो सके तो मिलो, अनीसा !

शाम वह जब इस बुलावे पर पहुँचा था तो अनीसा फिर घर पर नहीं थी। उसे अभी तक मन में बूँद-बूँद जमा नाराज़गी के अलावा भी गुस्सा ज़रूर आया था मगर खुद को समझा-बुझाकर उसने इंतज़ार की नियत से घर का ताला खोला था और देखकर हैरान रह गया था कि अनीसा अपने बिस्तर पर बेख़बर सो रही थी। उसके चेहरे पर बेख़बरी की नींद सोते बिलकुल वैसा तास्सुर था जैसे कोई मासूम बच्चा मेले की भीड़ में गुम हो। उसने आगे बढ़कर अनीसा की पसलियों में गुदगुदी कर दी थी। उसके छूते ही या शायद छूने से भी पेशतर के एक क्षणांश में अनीसा ने आँखें खोल दी थीं, जैसे वह सो न रही हो, केवल सोने का अभिनय कर रही हो। उसका हाथ पकड़कर बैठते हुए वह मुस्कुराई थी और नींद के आलस में डूबे स्वर में कहा था, "आओ !" वह उसके पास वहीं, बिस्तर पर बैठकर एकटक अनीसा का चेहरा तकने लगा था।

"कहाँ रहे इतने दिन ?" अनीसा थकन और नींद पर उबूर पाने की कोशिश में यूँ ही बड़बड़ाई थी और किसी जवाब का इंतज़ार किए बग़ैर फ़ौरन ही उसने दूसरा सवाल कर दिया था, "बज क्या गया होगा यार ? पता है मैं तीन दिन से ठेका लेकर लगातार सो रही हूँ ! घड़ी की चाबी जाने कब ख़त्म हुई, बंद पड़ी है।"

"तुम थीं कहाँ ?" अनीसा का हाथ अपनी हथेलियों में दबाते हुए उसने बहुत अपनाइयत से कहा था। उसको देखते ही ज़मीर एहमद ख़ान के दिल में जमा सारे शिकवे-शिकायात और दिमाग़ में कुलबुलाते शक-अंदेशे तिलिस्म के देव-परियों की तरह ग़ायब हो गए थे और पूरी शिद्दत और तीव्रता के साथ एहसास हुआ था दुनिया में अपने अकेलेपन का। "यह बाहर से ताला डालने का मतलब ?"

"तो क्या ताला अंदर से डालती ?!"

"मेरा मतलब खुद यूँ बंद होकर बैठना ?"

"हाँ इसी मक़सद से ताला डलवाया था। मैं बुरी तरह थक गई थी, किसी से मिलने-जुलने की ख़्वाहिश नहीं थी। सोचा जिससे मिलना चाहती हूँ, उसके पास तो ताले की चाबी है ही ! वह आएगा तो दरवाज़ा खोलकर अंदर आने की ज़हमत भी गवारा करेगा ही। ज़रा वह सिगरेट और लाइटर उठाना। तुम एक लोगे ? अच्छे बच्चे नहीं पीते, शाबाश ! दो-तीन दिन तुम्हारी राह देखी फिर आज सुबह बुआ को नोट लिखकर दिया कि हो सके तो तुम तक पहुँचा दे। हालाँकि उसने यक़ीन दिलाया था कि पर्चा तुम तक पहुँच जाएगा, लेकिन मुझे उम्मीद कम ही थी, जनाब

का पता-ठिकाना मिलने की !" अनीसा बात करते हुए मुँह और नाक से लगातार सिगरेट के कश लेकर धुआँ छोड़ रही थी।

एकाएक वह फिर से दुविधा की धुंध में घिरने लगा था। यह पहला अवसर था जो वह अनीसा को सिगरेट पीते देख रहा था और जिस महारत और सिद्धहस्तता से वह ऐसा कर रही थी लगता था बरसों से वह सिगरेट पीने की आदी हो।

"कहाँ खो गए ?" उसे ग़ायब देखकर अनीसा ने सवाल किया था।

"खोना खुद बड़ी ज़िम्मेदारी का काम होता है !" उसने मूक-संजीदगी से कहा था। "मैं उसी की चिंताओं में घुल रहा था। कितने तो चक्कर लगाए मैंने यहाँ के और हर बार तुम्हारे नाम पैग़ाम छोड़कर गया। न तो तुम मिलीं, न ही मेरे लिए कोई मैसेज छोड़ा। फिर मैं क्या करता ? आख़िर खो कहाँ गई थीं तुम ?"

"यार !" अनीसा ने सिगरेट का एक लंबा कश खींचकर आहिस्ता-आहिस्ता धुआँ उगलते हुए कहा था, "एक था क़ैस जिसने लैला की ख़ातिर दश्तो-सहरा तक न छोड़े। और एक तुम हो कि एक चक्कर हॉस्पिटल तक का न लगाया जा सका ! हाय रे वक़्त, हाय ज़माने !"

"फिर तुमने फ़जूल की बात शुरू कर दी !" उसने खिसककर अनीसा का हाथ छोड़ते हुए कहा था। "हॉस्पिटल के भी मैंने चक्कर लगाए, कितने ही लगाए," वह साफ़-साफ़ झूठ बोला था।

"ग़लत !" अनीसा ने कलमेवाली उगली उठाकर हाथ लहराते हुए कहा था, "सौ फ़ीसदी ग़लत। कहाँ ढूँढा था तुमने मुझे हॉस्पिटल में ? उस वार्ड में देखा या पूछा था जहाँ उस रात मुझे छोड़कर गए थे ?"

"नहीं, वहाँ नहीं, मैं कॉलेज के इर्द-गिर्द ही घूमकर सीधा निकल गया था।"

"कॉलेज में भी तुम किसी से पूछते तो वह बता देता, या कोई तुम्हें देखता तो मुझे ज़रूर पता चल जाता। जब मुमानी हॉस्पिटल में मर रही हों तो कॉलेज जाना कुछ बहुत डीसेंट नहीं लगता। उन्हें भी मरना तो था ही मगर इतने दिनों की फ़जूल रस्साकशी के बाद ! जाने क्या पकड़ता है लोगों को इस दुनिया में ! किस-किस चीज़ में जान रखी होती है उनकी।"

"मुमानी का इंतिक़ाल हो गया !" अपनी आवाज़ में अफ़सोस का समावेश करने की कोशिश करते हुए उसने कहा था। "आई एम सॉरी !"

"ठीक है यार ! ग़म और फ़िक्र तो जिंदा लोगों की ज़्यादा होना चाहिए," अनीसा ने थोड़ी लापरवाही जताते हुए कहा था। "बस, इतने दिनों में बिलकुल चकरघिन्नी बनकर रह गए।"

लगा था यह नई समस्या—अनीसा का सिगरेट पीना—सुलझ गई थी। मुमानी का इंतिकाल—इतने आत्मीयों की तो मौत की ख़बर से ही लोगों को टेंशन हो जाता है। फिर अनीसा ने तो इतने दिन उन्हें हॉस्पिटल में अवेरा होगा। ऐसे में अगर

वह किसी तरह अपना ध्यान बाँटने को सिगरेट पीती है तो उसे समझा जा सकता है। वह नाहक़ ही खुद से उलझ रहा था।

"कब हुआ इंतिक़ाल ?" इस बार ज़मीर एहमद ख़ान के लहजे में हमदर्दी और भी ख़ालिस थी।

"एक हफ़्ता हो गया आज," अनीसा ने इस तरह कहा था जैसे किसी फ़िल्म के चढ़ने-उतरने की बात हो। "फिर डेड-बॉडी वहाँ सीहोर ले गए, यह आबाई क़ब्रिस्ताम में दफ़न होने और करने का मामला होता है ना ! जैसे उनकी जन्नत या दोज़ख़ आबाई क़ब्रिस्तान में दफ़न न होने से छिन जाएगी ! क्या कहें लोगों से !"

"माफ़ करना, मुझे ख़बर न हो सकी," वह क्षमा की मूरत बना जा रहा था। "फिर कब लौटीं सीहोर से ?

"मैं ?!" अनीसा ने आश्चर्य से कहा था, "मैं क्यों जाती सीहोर ? वही लोग ले गए डेड-बॉडी। और तुम को ख़बर हो जाती तो क्या कर लेते ? जितनी उनकी थी, अच्छी या बुरी, जी लीं। हाँ, वैसे उनकी बीमारी के दौरान तुमसे मिलना-जुलना रहता तो मुझे हिम्मत रहती।"

"कमाल है !" ज़मीर एहमद ख़ान ने अफ़सोस से हथेलियाँ मलते हुए कहा था, "ठीक एक हफ़्ते पहले ही मैं आख़िरी बार तुम्हें तलाश करता यहाँ आया था—यह वही दिन रहा होगा जब मुमानी का ···" उसने जुम्ला अधूरा ही छोड़कर मौन धार लिया था, कुछ क्षण के लिए। उन क्षणों में उसका दिमाग़ आवारा बादलों-सा, ऊपर से देखने में बेमक़सद, जाने कहाँ-कहाँ भटकता रहा था। फिर दोबारा उसने अपनी बात का सिलसिला शुरू किया था, "इतने दिन तुम घर से निकलीं ही नहीं ?"

"पिछले तीन रोज़ से मैं घर में बंद हूँ," अनीसा ने समझाते हुए कहा था। "मुमानी तो मर गईं। मगर हम ज़िंदा उसके बाद क्या करते ?! तो एक क्लास-फ़ैलो की जीप में हम पाँच लोग यहाँ से दूर नर्मदा के घाट पर एक गवर्नमेंट रेस्टहाउस है, बेहद ख़ूबसूरत, वहाँ चले गए। भला-सा नाम है उस जगह का, देखो अभी बातों में याद आ जाएगा। तीन रातें हम लोगों ने वहाँ गुज़ारीं। तुम मिले नहीं वरना तुम्हें भी साथ ले चलते। सच मानो, बहुत खूबसूरत जगह है, तुम्हें बहुत पसंद आती।"

"मैं कहाँ," उसने बात टालने को कहा था, "न तुम्हारे दोस्तों को जानूँ न पहचानूँ। वह भी आजिज़ आते, मैं भी बोर होता।"

"नहीं ऐसा नहीं," अनीसा ने बिस्तर से उठकर खड़े होते हुए कहा था और उन लोगों के नाम बताए थे जिनके साथ तीन रात वह शहर के बाहर रही थी—अनीसा सहित तीन लड़कियाँ और दो लड़के। "मेरे ख़याल से तुम इन सबको जानते हो ?"

"जानना क्या," उसने अनमने ढंग से कहा था; दरअसल एकदम से कोई चीज़

उसके मस्तिष्क में कील-सी गड़ने लगी थी। बाक़ी चार लोग जिनके नाम अनीसा ने गिनाए थे, उनमें लड़कियों की तो जो भी असलियत रही हो मगर लड़कों को उस दौर के शहर के बिगड़े रईसज़ादे-टाइप कहकर याद किया जा सकता था। "बस सरसरी अलेक-सलेक है," उसने अपना अधूरा जुम्ला मुकम्मल किया था।

अनीसा नहाने चली गई थी और वह चाय का एहतमाम करने लगा था।

"अनीसा," चाय पीते हुए उसने सवाल किया था, "तुम शराब पीती हो ?"

अनीसा ने भेदती नज़रों से उसे घूरकर देखा था। ख़ामोशी से चाय की चुस्की लेने के बाद वह अपनी जगह से उठकर अंदर कमरे में गई थी और उसके सामने एक खुली हुई व्हिस्की की बोतल लाकर रख दी थी।

"पियोगे ?" उसने बहुत सधे स्वर में पूछा था, "या और कोई सवाल ?"

वह बेदम-सा नज़रें नीची किए हुए बैठा रहा था।

"किसी शायर का मिसरा याद आ रहा है," अनीसा ने इतमीनान से चाय की चुस्की लेते हुए कहा था। "वज़न को छोड़ो, मतलब इतना है कि सवाल उतने नहीं हैं जवाब जितने हैं ! शायद वज़न में ही पढ़ गई मैं !"

उसे मालूम था। खुद उसका पढ़ा हुआ शेर था। ग़ालिबन जाँनिसार अख़्तर का। एक शेर की तरह खुद उसे भी पसंद था।

"तुमने अपने बारे में नहीं बताया इतने दिनों क्या करते रहे," अनीसा ने बात का विषय बदलते हुए कहा था। "तुम्हारी चाय ठंडी हो रही है," उसने याददहानी की थी। ख़ामोशी को तूल पकड़ते देखकर उसने बहुत प्यार से अपनी आधी पी हुई सिगरेट उसकी ओर बढ़ाई थी, "ले यार, एक-आध सुट्टा कभी-कभार तो चलता है।"

"नहीं, मुझे अच्छी नहीं लगती," ज़मीर एहमद ख़ान बिलकुल छुई-मुई बना जा रहा था।

"एक कश हमारे कहने से !" अनीसा का स्वर स्नेह से लबरेज़ था।

उसने सिगरेट लेकर एक, और फिर दूसरा कश खींचा था। यह कोई दिखावा नहीं हक़ीक़त थी कि उसे सिगरेट का स्वाद और बू दोनों ही बुरे लगते थे।

"लेकिन," उसने सिगरेट अनीसा को लौटाते जैसे अपने-आपसे कहा था, "यह सब क्यों ?"

"क्या ?" अनीसा ने दिलचस्पी से कहा था, "क्या सब ?"

"यह सिगरेट, यह शराब—आख़िर क्यों यह सब ?"

अनीसा सिगरेट का धुआँ नथुनों से निकालती मुस्कुरा रही थी।

"इसलिए," उसने आहिस्ता से समझाने के अंदाज़ में कहा था, "कि अच्छे लगते हैं, और क्यों !"

वह फिर चुप हो गया था—चुप और गुमसुम।

"क्या सोचने लगे यार !" अनीसा ने आजिज़ आए स्वर में कहा था, "इसमें

कुछ बुरा है—क्या कहना चाहते हो तुम ?"

"अच्छे-बुरे की तो मैं नहीं कह सकता लेकिन आम तौर पर पसंदीदा नहीं है। ऐसे लोगों को अच्छी नज़र से नहीं देखा जाता।"

"फिर तुम लोगों के बारे में शुरू हो गए !" अनीसा ने तंग आए स्वर में कहा था। "लोगों की नहीं, मैं तुम्हारी राय जानना चाहती हूँ।"

"सारा जहान बुरा कहता है तो कुछ तो ख़राबी होगी।"

"जहान ! लोग !" अनीसा भड़क उठी थी, "समझ में नहीं आता तुम्हारा किया क्या जाए !" फिर दूसरे ही पल उसके स्वर में दुलार उमड़ आया था। "यार, ज़मीर ! सच बता, तू कब बड़ा होगा ? कहीं यह जनम तेरे बड़े होने के इंतज़ार में ही तो नहीं बीत जाएगा ! जाने वह कौन-सा खुशनसीब दिन होगा जब लोगों को उनके हाल पर छोड़कर तू खुद अपना सोचा जीना शुरू करेगा। मैं यह नहीं कह रही कि शराब या सिगरेट पीना अपने-आपमें इसका कोई प्रमाण है या तुम्हारे लिए होगा। बेशक, तुम्हें सूट नहीं करते, अच्छे नहीं लगते तो मत पियो, लेकिन खुदा के लिए उपदेश तो मत दो !"

अनीसा की बात में ऐसी सच्चाई थी जिससे कहीं-न-कहीं अपने भीतर वह पूरी तरह सहमत था। उपदेश देने या किसी राह चलते को उसका रास्ता बदलने पर मजबूर करने का अधिकार दुनिया में किसी को नहीं था। न वास्तव में वह शराब पीने-न पीने को विशुद्ध धार्मिक दृष्टिकोण से देखता था। तो भी मानसिकता में कहीं चीज़ें नैतिक-अनैतिक का मुखौटा पहनकर अटकती ही थीं।

"लेकिन क्यों !" उसने झुँझलाकर सवाल दोहराया था।

अनीसा ख़ामोश रही थी।

"और अगर ऐसा था," उसने चोट खाए स्वर में कहा था, "तो तुमने इतने दिन तक मुझसे छिपाया क्यों ?"

अनीसा ने देर तक जवाब नहीं दिया था और फिर जब वह बोली तो उसका स्वर व्यंग्यात्मक था।

"यह सारे सवाल," उसने पूछा था, "तुम मुझसे किस हैसियत से कर रहे हो—भाई या दोस्त ?!"

"भाई क्या दोस्त नहीं हो सकता ?" अपनी दानिस्त में ज़मीर एहमद ख़ान ने बड़ा मौलिक जवाबी सवाल किया था।

"ऐसे भाई को," अनीसा के लहज़े की तुर्शी ज्यों-की-त्यों थी, "इतनी समझ और यह सलीक़ा होना ज़रूरी है कि बहन को कितना खुद समझे और किस हद तक सवाल-जवाब करे ! एक सीमा के बाद यह सारा मामला बड़ा भद्दा और वलगर लगने लगता है।"

"आई एम सॉरी, मेरा वह मतलब नहीं था।"

"कोई बात नहीं, मैं समझती हूँ आपका मतलब। वैसे एक दोस्त को तो यह

सुविधा हो सकती है कि वह मर्ज़ी से संबंध बनाए या तोड़े, भाई-बहन का रिश्ता तो एक जिंदगी-भर की मजबूरी है। उसमें किसी को सवाल-जवाब करने से भला उलझावे के सिवा क्या हासिल होगा ? तुम नहीं सोचते ऐसा ?"

वह ख़ामोश रहा था।

"यह सारी बातें तो मैं उस पक्ष से कर रही थी जो तुम आज तक मेरे लिए लेते रहे हो," अनीसा ठुनका मारकर हँसी थी। "जो मेरी नज़रों में झूठ भी है और मुझे अस्वीकार्य भी। तुम मुझे मेरे भाई की याद दिलाते हो यह अपनी जगह सही है, लेकिन मैंने तुम्हें हमेशा एक दोस्त की हैसियत से समझा है—एक दोस्त जिसे मैं एक मर्द की हैसियत से जानने की इच्छुक हूँ।"

"फिर तुम्हें," ज़मीर एहमद ख़ान ने इंतिहाई बेबसी के आलम में फ़रियाद की थी, "पहले दिन ही, जब हॉस्पिटल में मैं बहन कहकर प्यार-दुलार और अपने भाई होने के फ़र्ज़ को पूरा करने का ऐलान कर रहा था, मुझे मना करना चाहिए था। यही कि तुम मुझे भाई नहीं दोस्त समझती हो। तब मेरे सोचने का ढंग शुरू से ही कुछ और होता। तुमने यह घपला क्यों किया ?"

"जानकर नहीं किया," अनीसा ने समझाते हुए कहा था, "धीरे-धीरे आप ही होता गया। न तुम मुझे इतनी तवज्जो देते, ख़याल रखते, पाबंदी से घर आते-जाते, न यह सब उलट-फेर होती। कितने लोगों से मिलने पर लगता है यह संबंध शायद सारी ज़िंदगी चलें लेकिन अगली ही मुलाक़ात पर अपनी सोच की ग़लती का एहसास होता है। और कभी-कभी तो अगली मुलाक़ात तक की नौबत ही नहीं आ पाती। इसलिए सोचो, शुरू ही में मैं यह कैसे जान जाती कि तक़दीर को क्या बदा है ?"

"लेकिन मैं सारी दुनिया के सामने तुम्हारा ज़िक्र बहन की हैसियत से करता रहा हूँ !" ज़मीर एहमद ख़ान ने आहो-ज़ारी की थी। "ख़ुद तुम्हारे बारे में भाई की हैसियत से सोचता रहा हूँ ! अब तो क्या, कुछ भी नहीं हो सकता !"

अनीसा ने मुस्कुराकर उसे यूँ देखा था जैसे वह कोई बच्चा हो।

"वैसे मैंने तुम्हें कभी बाद में फुर्सत और इतमीनान से बताने का सोचा था," अनीसा ने गंभीरता और दिलचस्पी के साथ कुछ पल सोचते रहने के बाद कहा था, "कुछ बातें खुद अपने बारे में, लेकिन लगता है आज से मुनासिब मौक़ा और कोई न होगा। वैसे यह बातें मैं अभी तुम्हें हर्गिज़ न बताती लेकिन हम क्योंकि बातों-बातों में यहाँ तक भटक आए हैं तो कुछ समझ दुनियादारी की तुम्हें अपने खुद के अनुभव की रौशनी में देना ग़लत न होगा। क्या किया जाए, कभी-कभी अपनी सारी समझदारी के बावजूद यू सिम्पली सीम टु बी एन ओवरग्रोन चाइल्ड। और हाँ, मैंने सिगरेट या शराब पीना तुमसे छिपाया नहीं। मज़े और आराम से कभी-कभार पीती हूँ, कभी सुख, कभी दुख, कभी थकन बाँटने को। तुम्हारे सामने

कभी उसकी ज़रूरत महसूस नहीं हुई, इसलिए पी भी नहीं। बहरहाल इस बात का ज़िक्र और तफ़सील अपने-आपमें ही बिलकुल ग़ैर-ज़रूरी है।''

13. अंत की शुरुआत

अपने बारे में कुछ बताने की घोषणा के बाद फिर शाम देर तक अनीसा ने इस संदर्भ को नहीं निकाला था। उसे भूख लग रही थी, जाने कितने समय से कुछ खाया नहीं था, तो ज़मीर अहमद ख़ान पड़ौस से साइकिल माँगकर कॉफ़ी-हाउस से कुछ समोसे, कटलेट्स लेकर लौटा था। साइकिल लौटाने के बाद जब वह आया था तो घर का दरवाज़ा अंदर से बंद था जिसे बजाने पर अनीसा ने खोला था।

''आ गए,'' उसने ज़मीर एहमद ख़ान के लिए रास्ता छोड़ते हुए कहा था, ''आज खुनकी कुछ ज़्यादा ही हो गई। तुम्हें ओढ़ने को कुछ दूँ ?''

उसके मना करने पर अनीसा खाने की चीज़ें लेकर बावर्चीख़ाने में चली गई थी और उन्हें प्लेटों में रखकर लौटी थी। ''इधर ही आ जाओ,'' उसने उसी कमरे की ओर चलते हुए कहा था जो उसके सोने, पढ़ने और आम तौर पर कपड़े बदलने के लिए इस्तेमाल होता था।

अनीसा के पीछे-पीछे वह जब कमरे में गया था तो स्टूल पर एक गिलास में लगभग तली से लगती हुई शराब डली रखी थी।

''तुम सोचते होगे,'' उसने पलँग पर पालथी मारकर बैठते हुए शराब के गिलास की ओर इशारा करके कहा था, ''कि यह तो इस पर भी शुरू हो गई ! तो मामला यह है कि एक तो आज एकदम खुनकी बढ़ गई है, दूसरे जैसा कि आप जानते ही हैं, ख़ादिमा ठंडे पानी से नहाई है, जिसकी वह टूटती गर्मियों तक में आदी नहीं।'' गिलास में बची शराब ख़त्म करके सिगरेट सुलगाने के बाद उसने और व्हिस्की गिलास में डालते कहा था, ''और तीसरे यह कि कुछ बातें करना इसे पीते हुए सहल हो जाता है।''

अनीसा को वैसे ही गिलास उठाकर चुस्की लेते देखकर सहसा, ''इसमें पानी नहीं मिलाओगी ?'' ज़मीर एहमद ख़ान ने मूर्खतापूर्ण सवाल किया था।

''ऐसे ही ठीक है,'' अनीसा ने मुस्कुराकर देखते हुए आश्वस्त किया था। ''यार, माफ़ करना ! मैं तुमसे पूछना तो भूल ही गई। एक गिलास उठा लाओ—अब ईमान तो तुम्हारा, तुम बता चुके हो, पहले ही जा चुका है ! और मेरे किए से नहीं गया ! रही थोड़ी-बहुत एलर्जी तो उसका इलाज तो अब हम भी कर सकते हैं। क्या सोच रहे हो ?''

''नहीं अनीसा, प्लीज़ !'' उसने मिन्नत करते कहा था, ''मैं नहीं।''

"जैसी तुम्हारी मर्ज़ी," अनीसा ने धीमे से हँसकर कहा था, "वैसे थोड़ी-सी डाल लोगे तो आसरा रहेगा !"

"नहीं," उसने हाथ जोड़कर कहा था, "मेरे बस का नहीं ! और सुनो, मैंने सोच लिया, मुझे कोई तफ़सील वगैरह नहीं जानना। तुमने ठीक कहा है, भाई-बहन का रिश्ता समझने-बूझने और ताज़िंदगी साथ का है। अब मैं तुमसे कभी कोई सवाल नहीं करूँगा।"

"सुनो तो सही !" अनीसा ने उसकी हथेली दबाते हुए कहा था, "सारे फ़ैसले करने का हक़ तुम्हें ही थोड़ी हासिल है। कुछ पसंद और थोड़ा-सा दख़ल हमें भी है या नहीं ? देखो, ज़िंदगी चौपड़ का खेल तो है नहीं कि जब तक चाहा खेला और उलटकर फिर नए सिरे से शुरू हो गए। जब बात-बात में हम इस मक़ाम तक आ ही पहुँचे हैं तो सब्र और हौसले से आगे भी सुनो। कोई ऐसी अनोखी दास्तान भी नहीं जो तुम खुद ही सोच या घड़ न सको। तुमने मेरे मामूँ को देखा था उस शाम ? याद हैं वह तुम्हें ?"

यह एक सच था कि उसके मामूँ को देखे हुए जबकि अभी कुछ ही दिन हुए थे, मगर कुछ लोगों के बीच वह उन्हें शायद ही दोबारा पहचान पाता।

"हाँ," उसने इक़रार में सिर हिलाया था और अनीसा उसे अपने जीवन की तफ़सील बताने लगी थी, जिसकी मुख्य घटनाएँ सरसरी तौर पर वह अभी तक वैसे भी जान चुका था।

"मेरे अब्बा," अनीसा कह रही थी, "कोई साहिबे-हैसियत तो नहीं मगर आष्टे के पास एक गाँव में वह थोड़ी-बहुत खेती की ज़मीन के मालिक थे। बावजूद इसके कि ज़मीन बहुत अच्छी नहीं थी, बग़ैर किसी तंगी के सबका गुज़र-बसर चलता था। अब्बा इस मायने में पढ़े-लिखे थे कि उस ज़माने में उन्होंने इंटरमीडिएट की परीक्षा दी थी जिसमें वह पास नहीं हो पाए थे। अम्माँ अपढ़ लेकिन घरेलू ज़िम्मेदारियाँ निभाने में बहुत सलीक़ेमंद थीं, और अब्बा से उनकी बहुत अच्छी निभती थी। कम-से-कम मेरी याददाश्त में तो मैंने उन्हें कभी आपस में झगड़ते नहीं देखा। फिर एकदम दो नागहानी आफ़तें नाज़िल हुईं और पहले तो अम्माँ का हार्ट-फ़ेल हुआ, और फिर शायद उस सदमे की ताब न लाकर अब्बा भी चल बसे। वह मनहूस साल सन् 1953 का था जिसमें बदनसीबी के एक वार ने हम तीन बहनों और एक भाई को लंबी-चौड़ी दुनिया में अनाथ और बेआसरा कर दिया। मैं उस वक़्त दसवें साल में थी और बाक़ी बहन-भाई और भी छोटे थे। ज़ाहिर-सी बात है मैं अकेली उनकी परवरिश कर नहीं सकती थी और बाक़ी रिश्तेदारों में ऐसा कोई था नहीं जो हम चारों को एकसाथ अपने यहाँ रखने की ज़िम्मेदारी क़बूल कर सकता। सब मध्यवर्ग के लोग थे, सचमुच एकसाथ चार सदस्यों का भार क़बूल करना उनके बूते का नहीं था। हम लोग बँट गए। मेरी एक बहन को एक ख़ाला ने अपने साथ रख लिया, दूसरी एक फूफी के यहाँ रहने लगी। छोटा भाई चाचा

के साथ जो जीवन-भर अविवाहित रहे, रहने और खेती-बाड़ी में उनका हाथ बँटाने लगा। मुझे इन मामूँ ने, जिन्हें तुम देख चुके हो और जो निःसंतान हैं, अपने साथ सीहोर में रख लिया जहाँ वह एक शासकीय प्राइमरी स्कूल में टीचर थे। यह उनके साथ रहने का ही नतीजा है कि थोड़ी देर से सही लेकिन मेरी शिक्षा नियमित ढंग से हुई जिसकी वजह से मैं आज मेडिकल कॉलेज में पढ़ रही हूँ।''

अनीसा बात करते शराब के छोटे-छोटे घूँट लेती रही थी और साथ ही सिगरेट के कश भी।

''मैं चीज़ों को रूमैंटिसाइज़ नहीं करना चाहती,'' उसने कहा था। ''मुझे इस रवैये और अंदाज़ से बेहद नफ़रत है, इसके बावजूद कि तुम आए दिन ऐसा करते रहते हो। अपने-अपने मिज़ाज की बात है शायद और तुममें मुझे कभी-कभी यही ऐब खूबी लगने लगता है। लेकिन मैं खुद कभी कर ही नहीं सकती। तो मेरे मामूँ, जिन्हें उस रात तुमने इस घर में देखा, मेरी माँ के इकलौते छोटे भाई थे और अम्माँ जब तक जीवित रहीं, इनका बहुत प्यार-दुलार करती थीं। इनकी शादी भी उन्हीं मुमानी से जिनका पिछले हफ़्ते इंतिक़ाल हुआ, अम्माँ और अब्बा ने ही कराई थी, यह दूसरी बात है कि समय बीतने के साथ यह खुलकर सामने आया कि मामूँ और मुमानी से ज़्यादा बेमेल जोड़ा शायद ही कोई होगा। पहले तो मेरा माँ-बाप का घर था जहाँ उन लोगों के आपसी झगड़े ख़बरों की शक्ल में पहुँच पाते थे और उन्हें सुनते दिलचस्पी भी महसूस होती थी, लेकिन एक बार जब उनके साथ रहना मजबूरी बना तो उसमें सारे तमाशे को अपनी आँखों से देखना और फिर खुद भी उसका एक हिस्सा बन जाना भी शामिल था। पति-पत्नी के बीच झगड़ा बढ़ते-बढ़ते जो भी शक्लो-सूरत इख़्तियार कर ले लेकिन उसकी बुनियाद नव्वे प्रतिशत होती कहीं उनके संबंधों में ऊँच-नीच के कारण है। यहाँ भी मुमानी मामूँ को यौन सुख देने में समर्थ नहीं थीं। न सिर्फ़ इतना, धीरे-धीरे उन्हें सेक्स शब्द से ही घृणा हो गई थी और उन्हें मामूँ का छूना तक गवारा नहीं रहा था। इधर मामूँ अपनी उत्तेजना शांत करने के लिए जहाँ भी पहुँच सकते थे, अपना मुँह मारते फिरते थे। एक लड़की के लिए इस तरह के हालात को सूँघने के लिए दस साल की उम्र काफ़ी होती है। मैं भी अपने आसपास की चीज़ों को सुनती और महसूस करती रही। समय और अनुभव ने मुमानी को बहुत कड़वा बना दिया था और शुरू-शुरू में तो घुमा-फिराकर, और फिर खुल्लम-खुल्ला वह मामूँ के पापों को गिनाते मुझे सावधान रहने का मशवरा, और मामूँ के भयानक प्लानों की चेतावनी देती रहतीं। मैं कुछ समझ पाती, कुछ पल्ले नहीं पड़ता मगर उनकी बातों से धीरे-धीरे मुझे चिढ़ होने लगी। उनके दिल में जो खटका था मुमानी बयान करती रहीं, दूसरी ओर सचमुच मामूँ अपने मनसूबे के तहत मुझे धीरे-धीरे कल्टिवेट करते रहे। फिर एक दिन मौक़ा पाकर उन्होंने मेरे साथ अपने मन की मुराद भी पूरी कर ली।''

अनीसा ने शराब का घूँट लिया था और आप-ही-आप हँसी थी। "क्या कहकर याद करूँ मैं अपने इस अनुभव को ? घिन, नफ़रत, पाप—यह सब तो शब्द हैं, कभी मजबूर होकर तो कभी मजबूर करने को दिमाग़ में आते हैं। पहली चीज़ उस जीते पल का एहसास है, और मैं उसके साथ आज भी ऐसा कोई विशेषण नहीं लगाना चाहती। उस पल का अपना रोमांच था, और जो कुछ हुआ वह तय किया हुआ बहरहाल, मेरा नहीं था। नैतिक-अनैतिक जैसा कोई विभाजन मेरे दिमाग़ में होता भी तो मैं कर क्या सकती थी उस सूरतेहाल में ? मैं मामूँ के टुकड़ों पर पल रही थी, मेरी पढ़ाई-लिखाई, कपड़े-लत्ते का ख़र्चा वह उठा रहा था, तो मेरा इतना दोहन करने का अधिकार भी उसका बनता था। ऐसा नहीं कि ऐसा बस, एक बार हुआ और फिर दोबारा मामूँ ने मुझे या मैंने मामूँ को शर्म की वजह से देखा तक नहीं। जी नहीं ! पूरे तेरह साल मैं मामूँ के साथ रही और उनका एहसान उतारने को उन्होंने जब भी बुलाया, मैं बिना चूँ-चरा किए उनके पास गई।"

ज़मीर एहमद ख़ान गहरे पानी में ग़ोताख़ोरी के बाद सतह पर लौटा था। पानी की सतह के नीचे दुनिया की फैलती-सिमटती परछाइयाँ उसकी आँखों में क़ैद थीं। उसके साथ ही अब वह अपनी उस पहचानी दुनिया को भी आँखों से देख सकता था जिसमें साँस लेते वह आज तक ज़िंदा था।

"तो यह था क़िस्सा दुनिया का," अनीसा अपनी जगह से उठकर खड़ी होती हँसी थी और कहा था, "और असलियत सगों की।" एक मिनट की इजाज़त लेकर वह बाथरूम की ओर चली गई थी।

हालाँकि अनीसा के लौटकर आने में ज़्यादा समय नहीं लगा था, फिर भी उसे खुद यह महसूस हुआ था जैसे एक बहुत लंबे समय से वह अकेला बैठा हो। उसकी समझ में नहीं आ रहा था कि अनीसा से क्या बात करे। उससे हमदर्दी जताए या ज़िंदगी को इस बहादुरी के साथ जीने के उसके हौसले की तारीफ़ और ताईद करे। उस पर बिलकुल सकते का-सा आलम था। क्या सचमुच अनीसा के जीने के अंदाज़ का वह खुले दिल से समर्थन कर सकता था ? क्या ज़िंदा रहने के लिए सबसे सरल रास्ता अपनाना ही अंतिम सच है ? वह सोचता और उलझता रहा था, और उसे अनीसा द्वारा सुनाई गई रुदाद कुछ-कुछ अविश्वसनीय-सी लगती रही थी। कुछ ग़लत और झूठ था, उसके मतानुसार, लेकिन क्या, वह निशानदेही नहीं कर पा रहा था। कहीं ऐसा तो नहीं कि यह सारी कहानी अनीसा की मनघढ़ंत और झूठ हो ? उसे अपनी सोच पर क़ायल करने की ख़ातिर कही गई एक धक्का पहुँचानेवाली बात, जिसमें एक मामूँ को अपने मतलब की ख़ातिर यूँ बलि का बकरा बना दिया गया हो ! यह वह किस झमेले में फँस गया ! ज़मीर एहमद ख़ान खुद अपनी हालत पर अफ़सोस करता रहा था।

अनीसा वापस आकर पलँग पर बैठ गई थी और उसका हाथ थामकर बिलकुल अपने क़रीब बैठा लिया था। "मुझे एहसास है," फैलकर अपना सिर

उसके सीने से टिकाते हुए उसने कहा था, "मुझे इस तरह यह तुम्हें नहीं बताना चाहिए था।"

"बेफ़िक्र रहो," उसने बुजुर्गोंवाली शफ़क़त के साथ कहा था, "तुमने ग़लत नहीं किया। मेरे ज़रिये इस राज़ को दुनिया में कोई दूसरा नहीं जान पाएगा। मैं समझ सकता हूँ तुम्हारी मजबूरी। भाई-बहन तो, तुम्हारे ही शब्दों में, एक ताउम्र साथ रहने की मजबूरी है, जिससे जीते-जी कोई छुटकारा संभव नहीं…"

ज़मीर एहमद ख़ान अपनी दानिस्त में वह सब कह रहा था जो उस मौक़े का तक़ाज़ा था और जो उसे कहना चाहिए था, लेकिन उसकी बात को सुनते-सुनते अनीसा के शरीर का लोच और नर्मी ग़ायब होते गए थे और उसकी जगह पल-ब-पल एक अकड़न ने ले ली थी। फिर उसकी बात पूरी होने से पूर्व ही उसने अपना सिर उसके सीने से हटा लिया था और छिटककर अलग होते हुए एक मोटी-सी गाली बकी थी।

वह हक्का-बक्का रह गया था।

"मुझे तसल्ली और दिलासा देने चला है !" अनीसा ततैया-सी भनभनाती उठ खड़ी हुई थी, "तो सुन ! ग़लत मेरा तुझको यह बताना नहीं, तेरा इस बात को जानना है ! जा, सारी दुनिया में ऐलान कर दे जो कुछ मेरे साथ हुआ ! मैंने तुझे अपना राज़दार बनाने के लिए तुझे यह सब नहीं बताया है। भाई-बहन और मजबूरी !" इसके आगे फिर एक बहुत ही मोटी गाली। "हम उनकी हक़ीक़त बता रहे हैं जो सगे थे और तू एक बार फिर कुछ न होते हुए भी सगा बनना चाहता है ! मैं थी तो इतने दिनों से तेरे साथ, दोस्त-दोस्त कहने की कोशिश करती, पर तुझे भी शायद वैसे मज़ा नहीं आएगा ! तो जा, अपनी राह ले ! बहन मैं तेरी बन नहीं सकती और साफ़-सुथरी दोस्ती के लिए तू तैयार नहीं।"

उसके चलते-चलते अनीसा ने पीछे सिगमंड फ़्रायड की किताब फेंकी थी। "ले जा, शायद कभी ज़िंदगी में काम आ सके ! जा !!"

14. अंत

एक घर गुनगुनी हरारत-भरा जहाँ से कोई अपना चाहनेवाला, परवाह करनेवाला खुशी या गुस्से से किसी को रुख़्सत करता है, और फिर एक दूसरा घर जहाँ इसी प्रकार की किसी कैफ़ियत में डूबा कोई उसका इंतज़ार कर रहा होता है। और इन दो घरों के बीच की दूरी जिसमें वह बिलकुल सूना और अकेला चलता जाता है, इस बात से अच्छी तरह परिचित कि क़दम-क़दम पर दुशवारियाँ उसके आगे बढ़ने पर रोक लगा सकती हैं, अनचाही देरी तक, जहाँ उसका इंतज़ार हो रहा है, उसका पहुँचना टाल सकती हैं। या यह भी संभव है कि वह वहाँ तक कभी पहुँच ही न

पाए। उसकी सूरत-शक्ल और हुलिये-डुलिये को लिए जो व्यक्ति वहाँ पहुँचे वह अपनी भीतरी पहचानें इस हद तक खो चुका हो कि इंतज़ार करते लोगों को उससे मिलकर खुशी के बजाय निराशा हो। ज़मीर एहमद ख़ान अपना एक-एक क़दम सड़क पर कील-सा गाड़ता अनीसा के घर से अपने घर की ओर बढ़ता, उस रात सोचता रहा था। उसे वह लंबा रास्ता तय करते सर्दी का ज़रा भी एहसास नहीं हुआ था। एक दरवाज़ा उसके पीछे बंद हुआ था और शायद हमेशा-हमेशा को। एक दर जो अभी दूर था, जिस पर पहुँचकर उसे दस्तक देना थी, बग़ैर गर्मजोशी से अपने स्वागत की उम्मीद के। उसके दिमाग़ में वॉल्टर डी ला मेयर की कविता 'द लिस्नर्स' की पंक्तियाँ जाने कहाँ से आ भटकी थीं। "टेल देम आई केम, एण्ड नो वन आनसर्ड, दैट आई केप्ट माई वर्ड।" मुसाफ़िर का परछाइयों से संबोधन, आवाज़ की अँधेरे एकांत में गूँज और फिर उसी में समा जाना, मुसाफ़िर के चेहरे पर जवाब न मिलने के कारण घिर आई परेशानी, आख़िरकार उसके घोड़े की रकाब में पैर रखकर चढ़ने की आहट, और फिर हर पल दूर होकर कमज़ोर पड़ती घोड़े की टापों की आवाज़ और अंततः सारे वातावरण का दोबारा एक गहरे सन्नाटे में डूब जाना।

सुबह होते-होते उसने एक बड़ा फ़ैसला, अनीसा से फिर कभी न मिलने का, कर लिया था और अपने इस फ़ैसले के औचित्य को प्रमाणित करने के लिए खुद ही एक नहीं बल्कि कई कारण भी खोज लिए थे। थीं, अनीसा में अनेक असाधारण खूबियाँ भी थीं, इससे उसे पल-भर को भी इनकार नहीं था। ली थी शपथ, एक फ़र्ज़ निभाने की और मंशा भी उसे पूरा करने की थी। न हो पाया, न सही ! बक़ौल अनीसा के, कह देने से वह उसका भाई थोड़ी हो गया ! कोई भी क्या किसी का मुक़द्दर बदल सकता है ! उसे वैसे भी ज़्यादा फ़िक्र खुद अपनी होना चाहिए, इस अनीसा-नामी अध्याय ही नहीं, पूरी किताब बंद करके किसी कुएँ में फेंकने के बाद।

और यह काम ज़मीर एहमद ख़ान ने किसी सत्याग्रह जैसी गंभीरता और शांत मन से किया। उसे अनीसा से पीछा छुड़ाना था इसलिए हर उस चीज़ से पीछा छुड़ाना ज़रूरी था जो उसे अनीसा की याद दिलाए। थोड़े समय में भी ऐसी बेगिनती चीज़ें इकट्ठा हो गई थीं, अधिकतर अनीसा के ज़रिये तोहफ़े में दी गई और कुछ खुद उसकी अनीसा के साथ ख़रीदी हुई। टाइयाँ, कफ़लिंक्स, रूमाल, खुशबू, क़मीज़ें, एक जोड़ी जूता, एक धूप का चश्मा, दो-तीन—मय सिगमंड फ़्रायड के—किताबें, कुछ तस्वीरें और उनके नेगेटिव्ज़ और कुछ संक्षिप्त, अनीसा के हाथों, उसे लिखे गए नोट। सब, एक अँधेरी रात को एक पुराने थैले में भरकर वह घर के पीछे कुछ फ़ासले पर उस कुएँ तक गया था जिसका मुँह तब खुला था मगर अब सड़क चौड़ी करने की प्रक्रिया में उसे पुख़्ता कंक्रीट की स्लैब से बंद कर दिया गया है और पानी एक पंप द्वारा, कुएँ से कुछ दूरी पर, पाइप के ज़रिये खींचा जाता

है। कुएँ पर खड़े-खड़े उसने हाथ में थैले का वज़न तौला-महसूस किया था और फिर उसे पानी के हवाले करके ठंडा कर दिया था। 'छपाक' की आवाज़ आई थी और सन्नाटा छा गया था। और उसी के साथ ज़मीर एहमद ख़ान एक बड़े भार से मुक्त हो गया था।

इस तरह कहना बात का बेजा सरलीकरण होगा। एकदम उसे लगा था दिन और रात के बीच एक ऐसा ख़ालीपन पैदा हो गया है जिसका हर क़ीमत पर जल्द-से-जल्द भरा जाना खुद उसके स्वास्थ्य के लिए बेहद ज़रूरी था। शुरू-शुरू में दिमाग़ रह-रहकर अनीसा की ओर लौटता था जिसे डाँटकर वह ऐसा करने से मना करता था।—बात इनसान को उसकी कमज़ोरियों सहित स्वीकार करने की नहीं थी, वह खुद को समझाता, बल्कि खुद भी उन कमज़ोरियों में साझा करने की थी, जो उसे मान्य नहीं था। सचमुच यह लड़की बहुत बड़ा धोखा थी ! वह खुद ही उल्लू का पट्ठा था जो इतने दिनों तक मामले की असलियत को नहीं समझ सका ! ज्यों-ज्यों दिन बीते उसे अपनी राय पर पुख़्ता यक़ीन होता गया। अनीसा एक छलावा और झूठ थी जिसे समझने में उससे बड़ी ग़लती हुई थी।

अनीसा से बिछड़कर अब किसके साथ रहा जाए !

कॉलेज जाना-आना तो क्लब जाने समान था ही, तो भी वह उसकी पाबंदी करने की कोशिश करने लगा था। विवेक तक दोबारा पुल बनाना भी आसान नहीं था हालाँकि उसने इसका भी भरसक प्रयास किया और श्रीमान कश्मीर—असीम—से भी नए सिरे से अपनाइयत के साथ मेल-जोल बढ़ाने की कोशिश की। उसी दौरान उसने एक शाम, जंगल की उस पहली रात के बाद, विवेक से शराब पीने की अपनी ख़्वाहिश का इज़हार किया, कहीं अपने दिमाग़ में बढ़ रहे तनाव से छुटकारा पाने की ख़ातिर और दो शामें उन्होंने इस तरह साथ बिताईं—ऐविल की गोली, शराब, बातचीत। पहली बार असीम भी साथ था इसलिए कोई व्यक्तिगत बात तफ़सील से निकाले बग़ैर हँसते-बोलते शाम बीत गई थी। दूसरी बार वह और विवेक अकेले थे। हालाँकि विवेक के व्यवहार में कुछ तटस्थता वह पहली शाम ही भाँप गया था, लेकिन दूसरी बैठक में कोई भी बात बहुत आसानी से कही या पूछी जा सकती थी, यह डर भी उसे पहले से ही था। दरअसल अभी समय इतना कम बीता था कि वह सही मायने में यह तय नहीं कर पाया था कि विवेक को अनीसा के बारे में कितना बताए और कितना न बताए। उन दोनों के बीच सामान्यतः कोई चीज़ राज़ नहीं थी लेकिन अनीसा का विषय बाक़ी सारी चीज़ों से अलग और उलझा हुआ था।

"और क्या हाल हैं तुम्हारी उन बहन के ?!" विवेक ने कटु स्वर में पूछने की ग़लती की थी। शराब का पहला पैग भी अभी ख़त्म नहीं हुआ था। ज़मीर एहमद ख़ान ने निराशा और कड़वाहट से विवेक को घूरकर देखा था।

"ठीक है," संतुलित स्वर में कहकर उसने पीछा छुड़ाना चाहा था, "अगर हम

साथ बैठे हैं तो कुछ ऐसी बात करें जिसमें दोनों की दिलचस्पी हो। मेरी बहन या अनीसा उसका नाम है, क्यों बीच में आए ?"

शराब में कड़वाहट घुल गई थी और फिर कई दिनों उनका साथ बैठना न हो सका था।

एक दिन अनीसा की एक सहपाठी उससे मिली थी और उसके अनीसा से झगड़े का कारण जानना चाहा था। उसके बात टालने पर उसने उससे फ़ौरन अनीसा से मिलने को कहा था। "अनीसा आजकल बहुत परेशान है," उसने कहा था। जब वह नहीं गया था तो उसने दोबारा मिलकर अपनी बात पर ज़ोर देते हुए उससे फ़ौरन अनीसा के पास जाने को कहा था, जो ज़ाहिर-सी बात है उसके किए हुए फ़ैसले के खिलाफ़ था। वह नहीं गया था।

उस सुबह थोड़ी कड़वाहट के साथ उसने याद किया था कि आज अनीसा का जन्मदिन है। कार्ड तो वह पहले ही दे चुका था, उसने पछतावे के साथ सोचा था और सारी बात ज़ेह्न से निकालकर अपनी दिनचर्या में व्यस्त हो गया था। उसके अगले दिन के अख़बार में एक रोज़ पूर्व की अनीसा की आत्महत्या की ख़बर छपी थी। 'मेडिको कमिट्स सूसाइड' ! ख़बर पढ़कर वह सन्नाटे में घिरा बैठा रह गया था। सन्नाटा जिसे वक़्त और उम्र के साथ गहरा पड़ते जाना था। जिसे उसका संतुलन बिगाड़ना और जीना दूभर करना था। जिसके हाथों परेशान और लाइलाज उसने सड़कों पर मारा-मारा फिरना था। सन्नाटा ...

कैसे ज़मीर एहमद ख़ान इतना क्रूर और बेहिस हो सकता था ?! वह सोचता और हैरान होता है। उसके लिए एक व्यक्ति बिलकुल बाज़ार से ख़रीदी चीज़ की तरह, जो ठीक न निकलने पर रद्द कर दी जाती है, कैसे हो सकता था ? फिर आज क्यों अनीसा उसके दिमाग़ में क़ैद दिन-रात चकराती महसूस होती है। कभी उसके चेहरे पर तंज़िया मुस्कान होती है तो कभी हमदर्दी में डूबी ऐसी हँसी जैसे कहना चाहती हो, "ज़मीर तू कब बड़ा होगा ?!" कभी वह कुछ समझाने की कोशिश करती है तो कभी जैसे उसे ख़बरदार करना और यह कहना चाहती है कि देखो ! 'वहाँ' पहुँचने की राह बहुत संकीर्ण, बेहद तंग है। 'स्ट्रेट इज़ द गेट !' अब तो समझ में आ रहा है सारा पढ़ा-लिखा ! अब तो महसूस कर रहे हो, तमाम दुशवारियों को तुम खुद !

ऐसे अवसरों पर एक निरीह और लाचार आवाज़ उसके भीतर सवाल करने को तड़फड़ाती है—लेकिन 'वहाँ' से मतलब कहाँ ? कहाँ पहुँचना मंशा और नियति है हमारी ? और उसका यह बेतुका सवाल सुनकर अनीसा किलकारी मारकर हँसती है और ज़ेह्न के अँधियारों में डूबकर कहीं खो जाती है। आश्चर्य यह कि अब अनीसा का ख़याल उसके दिमाग़ में बहन के चोले में नहीं आता। वह एक लड़की के रूप में ही दिखाई देती है—एक ऐसी लड़की जिसे उसने अपनी नादानी से खो दिया। अनीसा के लिए कभी दिल में उठे शक और उस पर मन में लगाए इल्ज़ाम

धीरे-धीरे ऐसी सलीबें बनते गए हैं जिनको ढोते चलना उसका दायित्व भी है और मजबूरी भी। काश ! आज वह जीवित होती और उसका दुख-दर्द बाँट रही होती। तब न तो उसे एकांत में अपने हमज़ादों से बातें करने की नौबत आती न उसका व्यक्तित्व इस प्रकार से संतुलन खोता कि खुद अपने से ही भय खाता वह शहर के रोज़-ब-रोज़ अपरिचित पड़ते गली-कूचों में दिन-रात की तमीज़ भूलकर डगमगाता फिरता। फिर महसूस होता है कि ज़िंदगी में आज तक कभी किसी ने उसके साथ कुछ बुरा किया कब है ! अब्बा, अम्माँ, भाई, बहन, बीवी, बच्चे, रिश्तेदार और दोस्त—जिससे भी बन सका उसने निभाया और कुछ अच्छा ही करने की कोशिश की। फिर क्या ज़मानत कि अगर अनीसा आज होती तो उसका यूँ ख़राबा होने से बच जाता। वह भी आजिज़ आकर कभी का साथ छोड़ चुकी होती।—अनीसा ऐसा हर्गिज़ नहीं करती ! फिर फ़ौरन ही दूसरा ख़याल दिलासा बनकर आता है—वह यह नौबत ही नहीं आने देती कि कोई ज़मीर एहमद ख़ान से आजिज़ आए।

अनीसा की मौत के बाद विवेक के ज़मीर एहमद ख़ान के प्रति व्यवहार में बड़ा नाटकीय परिवर्तन आया था और उसने बिना इस संदर्भ को निकाले फिर से उसी पुरानी अपनाइयत के साथ मिलने की कोशिश की थी। खुद ज़मीर एहमद ख़ान लापरवाही के नाटक के बाद भी था बहुत भीतर तक अस्त-व्यस्त, दूसरे उसके मन में विवेक के लिए जन्मे पूर्वग्रह भी तब तक ख़त्म नहीं हुए थे। सो बात नहीं बनी थी।

उसी ज़माने में कभी उसकी भेंट अज़ीज़ उर्फ़ अच्छन से हुई थी।

15. एक और हस्तक्षेप : पुनः प्रस्तावना

एक बार तो अपना लेखकीय दायित्व निभाने की ख़ातिर मैं पहले ही उपन्यास की मूल कथा में हस्तक्षेप कर चुका हूँ और अब लगता है अपनी बात पूरी तरह कह सकने के लिए मेरा फिर से ऐसा करना प्रासंगिक ही नहीं, अनिवार्य हो गया है। असल में जब हम किसी विशेष घटना के प्रवाह में बँधकर अपनी बीती हुई ज़िंदगी को याद करते हैं तो उस समय का हमारे आसपास का बहुत-कुछ ऐसा अनदेखा होने लगता है जो वास्तव में बहुत महत्त्वपूर्ण था और जो धीरे-धीरे भविष्य की सूरत-शक्ल बनाने या बिगाड़ने में कार्यरत था। बड़े परिवर्तन और दुर्घटनाएँ, राष्ट्रीय नेताओं के देहांत, चुनावों के बाद देश की राजनीति में आई कोई बड़ी तब्दीली, तबाही और बरबादी के नए कीर्तिमान स्थापित करनेवाला कोई सूखा या बाढ़ या फिर किसी देश के ख़िलाफ़ लड़ा गया कोई युद्ध तो लोगों को सहज ही याद रह जाते हैं, लेकिन कुछ छोटी और मामूली लगनेवाली बातें जो दवा या बीमारी ही

की तरह धीरे-धीरे रोगी की सेहत की दशा और नियति आनेवाले समय के लिए निर्णायक ढंग से निरूपित करती हैं, आम तौर पर याददाश्त से ओझल हो जाती हैं। यही हाल शायद साठ की दहाई में हमारे देश में लगातार हुए ऐसे परिवर्तनों की याददाश्त का है जिन्होंने धीमी गति से लेकिन निर्णायक ढंग से उस समय की उत्पत्ति की है जिसमें हम आज साँस ले रहे हैं—जिस समय में कभी ज़मीर एहमद ख़ान 'लापता' भोपाली, जो वास्तव में मेरी कल्पना की संरचना है, एक-दूसरे काल्पनिक चरित्र अनीसा नाम की एक लड़की से मिलता और उसके सान्निध्य में कुछ समय बिताता है। ज़मीर एहमद ख़ान मूलतः एक ऐसा चरित्र है जो समय और परिवर्तन के निरंतर बदलते आईने में अपनी शक्ल बनते-बिगड़ते देखने और याद रखने पर बाध्य है। उसके चरित्र की रचना मुख्यतः इसी बात को मद्देनज़र रखते की गई है। तो भी मॉडल तो बहरहाल उसका ज़िंदा इनसान ही है और यह तथ्य हम बखूबी जानते हैं कि उसे इनसान कह लें या आदमी, है वह बहरहाल कमज़ोरी का पुतला। सो अनीसा से बिछड़ने की भावुक तफ़सील में वह इस तरह डूबा कि दीगर बातों की नब्ज़ टटोलना ही भूल गया। क्षमा करें उसकी यह चूक और भटकने दें उसे रात के अँधियारे में अपने ही शहर भोपाल की जानी-पहचानी मगर दिनोंदिन अजनबी पड़ती गलियों, सड़कों और तालाब के किनारों पर खुद को कोसते और अनीसा का मातम करते। बल्कि मातम के लिए जो खूबसूरत पंजाबी शब्द सियापा है, वह करते। कुछ लोगों का मुक़द्दर ही सियापा और भटकाव होता है, और 'लापता' एक ऐसा ही चरित्र है जो बात-बेबात मातम करने के बहाने ढूँढता है। उसे उसके हाल पर छोड़कर हम एक सरसरी जायज़ा उस समय के मुल्क और मौसम का, उन घटनाओं की रौशनी में लें जो बहैसियत एक लेखक मेरी समझ में उस समय से पहले जो कुछ हुआ, उसकी उत्पत्ति तो थीं ही, उसके साथ-ही-साथ आनेवाले काल के लिए देश की नीति भी निर्धारित कर रही थीं। ज़मीर एहमद ख़ान लाख लापता होने के बावजूद हमारी नज़र से बचकर कहाँ जाएगा। इस छोटी-सी पुनः प्रस्तावना के बाद हम जब और जहाँ चाहेंगे, उसे ढूँढ निकालेंगे।

खुद मेरी समझ में स्वतंत्रता-प्राप्ति के बाद भारत के इतिहास में अभी तक साठ की दहाई सबसे महत्त्वपूर्ण इन अर्थों में रही है कि उसमें कुछ ऐसे मामलों के बीज पड़े जिसकी बढ़ती खेती रोज़-ब-रोज़ आज तक हम चाहते-न-चाहते काटने पर मजबूर हैं और न जाने यह सिलसिला कब तक यूँ ही चलता रहेगा। देश की स्वतंत्रता एक सपना थी जिसे हासिल करने के बाद देशवासियों को कुछ कड़वी हक़ीक़तों का सामना करते अपने उस ख़्वाब की ताबीर निकालनी थी जो दरअसल एक प्रकार का मोहभंग था। अव्वल तो आज़ादी की मूल कल्पना ही को दुश्मनों की नज़र लग गई थी और विभाजन-स्वरूप जिन्ना साहब और उनके अनुयायी खुद उनके कहे के अनुसार यह एक 'किर्मखुर्दा' (मॉथ-ईटन) पाकिस्तान बनवाने में कामयाब हो गए थे। यह एक ऐसा धक्का था जिसकी ताब व्यावहारिक राजनीतिक

तो किसी तरह लाने में कामयाब हो गए, एक ईमानदार, आदर्शवादी का मन चीज़ों से जैसे उठ-सा गया। बक़ौल शायर 'ये दाग़-दाग़ उजाला यह शबगज़ीदा सेहर/वह इंतज़ार था जिसका यह वह सेहर तो नहीं।' तो आज़ादी की सुबह के नाम पर गुलामी की निस्बत दाग़-दाग़ उजाले को क़बूलियत बख़्शी गई और ऐसा नहीं कि मैं उस समय के कर्ताधर्ताओं को यूँ ही फ़ज़ूल शक की नज़रों से देख रहा हूँ—मेरे ख़याल में यही हमारी पहली और बुनियादी ग़लती थी। इस रवैये ने हमारे भीतर समझौते की एक ऐसी गुंजाइश तलाश कर ली कि इसके बाद का सारा इतिहास हमारे सही और ग़लत, दोनों ही तरह के समझौतों की एक लंबी सूची बनकर रह गया, और ऐसा होने के लिए भी साठ की दहाई का अपना अलग ही महत्त्व है। सो वह देश का विभाजन हो, महात्मा गाँधी की हत्या हो, भारत-चीन युद्ध, फिर दो बार भारत-पाकिस्तान युद्ध, नेहरू और शास्त्री की मौत, कामराज प्लान, इंदिरा गाँधी की तख़्तनशीनी, राममनोहर लोहिया के आह्वान पर देश में पहली बार विपक्षी दलों का इकट्ठे होकर चुनाव लड़ना और उसके नतीजे आज़ादी के बाद देश की राजनीति पर पहली बार कांग्रेस की पकड़ कुछ ढीली पड़ना, फिर देश में पनपा खिचड़ी-सरकारों का कल्चर और इस शह से बचने के लिए कांग्रेस सरकार द्वारा उठाए गए कुछ बज़ाहिर बड़े लेकिन अपने प्रभाव के एतबार से उतने प्रभावशाली नहीं, क़दम हों—जैसे राजा-महाराजाओं के प्रिवी पर्सेज़ बंद करना, बैंकों इत्यादि का राष्ट्रीयकरण या फिर सन् 1971 के मध्यावधि चुनाव का जोखिम उठाकर इंदिरा गाँधी का काली का अवतार बनकर उभरना और कांग्रेस की गिरती हुई लोकप्रियता में दोबारा जान पड़ना, और सन् 1972 में देश के विभिन्न राज्यों में कांग्रेस की वापसी और उसकी नीतियों का समर्थन—मेरी सूची में सब शामिल हैं। एक तरह से देखा जाए तो बड़ी ख़ामोशी और उससे भी अधिक चतुराई के साथ मौक़े-महल के मुताबिक़ राजनीति का व्यवसायीकरण शुरू हो चुका था जिसके नतीजे हम आज उस वातावरण में साँस लेने पर मजबूर हैं जिसने एक तरह से हमारी बुनियादी शिनाख़्त ही के आगे एक बड़ा-सा प्रश्नचिह्न लगा दिया है। मामला पार्टीगत राजनीति तक ही सीमित नहीं था, खुद कांग्रेस जो बहरहाल देश की सबसे बड़ी राजनीतिक पार्टी थी, मुद्दों को बहाना बनाकर अपने-अपने गुट के नेताओं के अहं की ख़ातिर विभाजित हो चुकी थी। आज की नस्ल इंडिकेट और सिंडिकेट को कांग्रेस का कुछ उसी प्रकार का आपसी मतभेद मानकर चलती है जैसे पूर्व की नस्लों के लिए नर्म-दल और गर्म-दल का विभाजन था और अपने समय के इस महत्त्वपूर्ण ड्रामे के मुख्य पात्रों में से अधिकांश के नाम भी भुलाए-से जा चुके हैं। लेकिन जिस समय ज़मीर एहमद ख़ान अनीसा का हाथ पकड़े शहर की सड़कों-पहाड़ियों पर घूम रहा था, तालाब में किश्ती चला रहा था, फ़िल्में देख रहा था, रेडियो पर या सड़कों पर बजते लाउडस्पीकरों पर चलते-फिरते गाने सुन रहा था—'क़समें वादे प्यार वफ़ा सब / बातें हैं बातों का क्या,' 'हम-तुम / युग-युग से यह गीत मिलन

के / गाते रहे हैं / गातें रहेंगे,' 'रूला के गया सपना मेरा', 'तुम अगर साथ देने का वादा करो / मैं यूँ ही मस्त नग़मे सुनाता रहूँ' इत्यादि, तब वह तमाम नाम और लोग इन गानों से कहीं अधिक देश के मानस का हिस्सा और दैनिक जीवन में महत्त्वपूर्ण थे। जो नाम साधारणतः याद रह जाते हैं वह इंदिरा गाँधी, जगजीवन राम, यशवंतराव चौहान, के. कामराज, महारानी गायत्री देवी, मोरारजी देसाई, अटलविहारी वाजपेयी, राजमाता विजयराजे सिंधिया या जॉर्ज फ़र्नांडीज़ जैसे हैं, जिन्होंने वी. वी. गिरि और संजीव रेड्डी पर नंबर लगाकर आपस में एक सियासी सट्टा खेला था और श्रीमती गाँधी ने मुर्दा ज़मीर के पेशे में, 'ज़मीर की आवाज़' पर वोट माँगा था और अपने इस शुअबदे में पूरी तरह सफल हुई थीं। फिर काफ़ी दिनों तक इंदिरा कांग्रेस को कांग्रेस (आर) के नाम से जाना जाता रहा था, जब तक कि फिर कुछ नेता एक बार फिर अपने स्वार्थ की सिद्धि के लिए, जो ज़ाहिर-सी बात है कि समय के साथ बदले परिदृश्य में किस प्रकार अधिक-से-अधिक वोट कबाड़े जाएँ के अलावा क्या हो सकता था, अलग न हो जाएँ और बाक़ी-माँदा कांग्रेस, कांग्रेस (आई) के नाम से जानी जाने लगे। हैं, आज भी कांग्रेस के बाक़ी कई अवतार भी मौजूद हैं लेकिन राष्ट्र की राजनीति में अब उन्हें विशेष अमल-दख़ल हासिल नहीं है।

ऐसा नहीं कि अगर कांग्रेस में निरंतर अंदरूनी छँटनी चल रही थी तो देश की अन्य राजनीतिक पार्टियाँ इसमें कहीं पीछे रह गईं। जहाँ कुछ पार्टियाँ आए दिन अपना अस्तित्व खो रही थीं वहीं दूसरी नए ब्रांड और मुखौटे लेकर जन्म ले रही थीं। कम्युनिस्ट पार्टी, स्वतंत्र पार्टी, प्रजा सोशलिस्ट पार्टी, समाजवादी सोशलिस्ट पार्टी, हिंदू महासभा, जनसंघ—यह सब राष्ट्रीय पार्टियाँ थीं जिनमें से कुछ समय के साथ संदर्भ खोने के एहसास से दूसरी पार्टियों में विलीन हो गईं तो अन्य ने लोगों की नाड़ी समझते हुए नए डिज़ाइन और पैकिंग को चुनना पसंद किया। इस समझौतापसंदी की सबसे बड़ी मिसाल सन् 1969 में राष्ट्रपति के चुनाव के बाद सन् 1977 में लोकनायक जयप्रकाश नारायण के आह्वान पर देखने को मिली जब महमूद और अयाज़ सब मिलकर इंदिरा गाँधी के विरुद्ध जनता पार्टी के बैनर तले जमा हो गए। होना तो कुछ सक्रिय चाहिए था, आपात्काल की ज़्यादतियों के बाद, और इसी मंशा से शायद लोगों ने जनता पार्टी को इतना भारी जनादेश देकर जिताया था लेकिन देखते-ही-देखते जनता पार्टी फिर से भारतीय जनता पार्टी और जनता दल में विभाजित हो गई और यह विभाजन की प्रक्रिया अब बिलकुल नए कीर्तिमान स्थापित करती नज़र आती है—एक दल से अलग होकर दूसरे, ज़्यादा फ़ायदेमंद दल में विलय की उम्मीद में। देश में दल बदलने के ख़िलाफ़ बाक़ायदा एक क़ानून भी है लेकिन घोड़ों की तिजारत पर उसका मुतलक़ असर नहीं।

लेकिन यह तो मैं बहुत आगे तक निकल आया। अभी तो काल सन् 1967 का है जहाँ यह आज बहुत आसानी से देखी जा सकनेवाली तमाम बिगड़ी शक्लें

नज़र नहीं आ सकती हैं। अभी बिगाड़ की शुरुआत है और ख़ालिस्तान बनाए जाने की माँग के बजाय पंजाबी-भाषी लोगों के लिए एक पृथक् सूबा बना।ग ही गया है। दक्षिण में हिंदी-विरोधी तूफ़ान अँग्रेज़ी को देश से न निकाले जाने के आश्वासन के बाद थम चुका है। कश्मीर में केंद्र तरह-तरह के तजुर्बे करते रहने के बाद शेख़ अब्दुल्ला को कुछ समय के लिए रिहा करके उन्हें फिर से नज़रबंद कर चुका है। उर्दू के पक्ष और विरोध में आए दिन बिहार और उत्तरप्रदेश में जलसे हो रहे हैं, जुलूस निकाले जा रहे हैं। आदर्शवादी, दिन-ब-दिन, बूढ़े होकर थकते जा रहे हैं और स्वतंत्रता-सेनानियों की एक ऐसी नस्ल के हाथ में मुल्क के ज़्यादातर मामलों की बागडोर है जिन्होंने बहुत कम कुर्बानी देकर भी बहुत ज़्यादा नाम कमाया था और जो अब स्वतंत्रता-प्राप्ति के इतने समय के बाद अपने लिए मुल्क कमाने पर तुले नज़र आते हैं। समझौते हैं और समस्याओं को एक अनजाने कल तक टालने की कोशिश, महत्त्वाकांक्षाएँ हैं और एक-दूसरे को छोटा करने की प्रवृत्ति ज़ेह्नो-दिमाग़ में गहरे सराइयत करती जा रही है। आदर्शों की जगह ज़िंदगी में आसानियाँ हासिल करने की कोशिश लेती जा रही है। राममनोहर लोहिया भी अभी जीवित हैं और जयप्रकाश नारायण भी, और अन्य कई ऐसे महत्त्वपूर्ण लोग भी जिन्हें तेज़ी से बिगड़ते हालात का अंदाज़ा और यह एहसास हो चुका है कि स्वतंत्र भारत के ढाँचे की बुनियाद में क्या ख़ामी रह गई है। इसे दूर करने में वह अपने-अपने ढंग से प्रयत्नशील भी हैं, बग़ैर किसी ख़ातिरख़्वाह कामयाबी के। कारण—ऐसे लोगों की तादाद में भारी कमी जिनके लिए राजनीति का मतलब कुछ आदर्शों का पालन और देशो-क़ौम की भलाई था, न कि अपनी और अपने भाई-भतीजों की खुशी-खुशहाली, जो दूसरे लोगों की ग़रीबी और बदहाली की क़ीमत पर अर्जित की गई हो। मेरे लह्जे की कड़वाहट पर न जाएँ और आज जिन तथ्यों का रहस्योद्‌घाटन हमारी आँखों के सामने हो चुका है उनकी रौशनी में देखें और हिसाब लगाएँ तो यह बात दिन जैसी रौशन होकर नज़र आएगी कि आज हमारे मुल्क में जो नाम-के भी खुशहाल हैं, वह कहीं बुनियादी उसूलों की लागत और क़ीमत पर हैं। यह कमाई ज़रूर है लेकिन इसका बहुत बड़ा हिस्सा बेईमानी और धोखाधड़ी से कमाया गया है, गड़बड़ और घोटाले करके।

यह फ़ैसलाकुन तरीक़े से कह पाना तो संभव नहीं कि व्यक्ति समाज के कारण है या समाज व्यक्ति के, लेकिन यह भी निर्विवाद है कि यह दोनों हैं एक-दूसरे के ही प्रतिबिंब और अक्स। इसीलिए यह कह पाना भी बहुत कठिन है कि ज़मीर एहमद ख़ान सन् 1967 में जिन परिस्थितियों से दो-चार है या आनेवाले ज़माने में जिन हालात से गुज़रेगा वह उसके अंदर क़ी दुनिया का बाहर नज़र आनेवाला रूप है या जो कुछ उसके दिमाग़ में बन-मिट रहा है वह उसके बाहर की दुनिया की अंदरूनी, छोटी शक्ल-सूरत। ऐसा भी नहीं कि देश में ख़राबी के अलावा कुछ हो ही नहीं रहा है। बाँध बन रहे हैं, पंचवर्षीय योजनाएँ सफलतापूर्वक

पूरी की जा रही हैं, खेती में हम आत्मनिर्भरता का लक्ष्य प्राप्त कर रहे हैं, रेल की लाइनें देश के सुदूर क़ोने-कोचरों में बिछाई जा रही हैं, सड़कें बन रही हैं, उद्योगीकरण तेज़ी से बढ़ रहा है। पेट्रोल की तलाश में हमें अपने ही देश में सफलताएँ मिल रही हैं और हमारे वैज्ञानिक अंतरिक्ष में उड़ने को पर तौलते दुनिया के सबसे विकसित देशों की आँखों-में-आँखें डालकर देखने को तैयार हैं। अनगिनत उपलब्धियाँ हैं ऐसी जो स्वतंत्रता के बाद के बीस सालों में हासिल की गईं, और फिर और, जो उसके बाद से आज तक की तारीख़ में देश के खाते में दर्ज हैं, अफ़सोस जिनका कोई अक्स, कोई चमक, कोई रौशनी इस 'लापता' के व्यक्तित्व में दृष्टिगोचर नहीं होती। ऐसा क्यों ? शायद इसलिए कि यही ज़मीर एहमद ख़ान की बीमारी का मूल कारण है जिसे समझने में डॉक्टर असमर्थ हैं। उसके चरित्र और आकार-प्रकार में शायद स्वतंत्रता-प्राप्ति के पश्चात् मुल्क के लाभ-हानि का बक़ाया लक्षित है। इसको देश में मूर्तियों की स्थापना से सख़्त नफ़रत है, विशेषकर व्यक्तियों की प्रतिमाओं की स्थापना से। उसकी दलील है कि आज़ादी के बाद हमने देश में पुराने मजिस्मे तोड़कर उनकी जगह नए घड़ने के अलावा कोई भी ठोस परिवर्तन का काम नहीं किया है। एडवर्ड, जॉर्ज और विक्टोरिया की जगह देसी सूरमाओं ने ले ली है।

यह मेरे इस काल्पनिक चरित्र का तर्क है जिसके सिनेसिज़्म का इक़रार करते भी मैं उसे पूरी तरह अस्वीकार नहीं कर सकता। ज़मीर एहमद ख़ान भावुक स्वभाव का एक अतिसंवेदनशील व्यक्ति था जो समझौता करके समझदारी से आगे क़दम बढ़ाने के बजाय लड़खड़ा गया और उसके दिल और दिमाग़ के बीच जो एक बार तालमेल बिगड़ा तो बिगड़ता ही चला गया। फिर उसने जब वह काम भी किए जो सोचकर और समझौते के फ़ैसले के बाद किए जाएँ तो दिल को शांति, आत्मा को आराम और व्यक्ति को अपने मामलों में भरपूर सफलता देते हैं, वह इस तरह किए जैसे खुद अपने-आपसे किसी बात का इंतक़ाम ले रहा हो। इसमें टूट-फूट की भरपूर संभावना तो थी ही और वह हुई। अपनी बात को ज़्यादा आसानी से कह सकने के लिए मैं खुद अपनी ज़िंदगी के एक अध्याय को न चाहते हुए भी खोलकर थोड़ा-सा उसके विस्तार में जाऊँगा—मेरे और ज़मीर एहमद ख़ान के जीवन के प्रति रवैयों के फ़र्क़ को रेखांकित करने की ख़ातिर।

संदर्भ : अनीसा प्रकरण।

ज़मीर एहमद ख़ान और अनीसा अपनी-अपनी विशेषताओं और असाधारणताओं के बावजूद मेरी नज़र में दो ऐसे चरित्र हैं जिन्हें असामान्य नहीं कहा जा सकता। ना ही उनके होने को किसी प्रकार संदेह की दृष्टि से देखा जा सकता है, सिवाय उस अंत के जो इन दोनों के संबंधों का हुआ। दुनिया में जीते-जी हमें कितने ऐसे लोग मिलते हैं जिनमें हमें कहीं हमारे अपने आत्मीयों—माँ-बाप, भाई-बहन, या किसी असफल प्रेम की नायिका की झलक दिखाई देती है, और उनमें से बहुतों

के साथ हमारे संबंध स्थापित होते हैं और कभी-कभी ज़िंदगी-भर चलते हैं। एक समय के बाद हम यह भूल ही जाते हैं कि किसी व्यक्ति-विशेष में सबसे पहले हमारे आकर्षण का कारण क्या बना था—माँ से चेहरे की समानता, बाप की तरह संजीदगी से सोचने का अंदाज़ या बहन जैसा उसके बर्ताव में अपनापन। इन संबंधों का फिर एक स्वतंत्र अस्तित्व होता है और यह अपनी-अपनी ज़िंदगियाँ जीते हैं। ऐसे लोगों की संख्या क्या कम होगी जो पहली बार एक-दूसरे में भाई और बहन के दर्शन करते मिले और अंततः आपस में शादी करके एक खुशहाल पारिवारिक जीवन का निर्वाह करने लगे। यह एक अनिवार्य समझौता था स्वस्थ ढंग से जीवन व्यतीत करने की ख़ातिर। कौन करता है ज़मीर एहमद ख़ान जैसा व्यवहार ऐसी परिस्थितियों में, और कितनी लड़कियाँ हैं जो कल्पना कर सकती हैं अनीसा जैसे अंत का ?!

सब झूठ, मनघड़ंत और बकवास ! लेखकीय कल्पना की निरर्थक उड़ान !

ज़मीर एहमद ख़ान ही से मिलता-जुलता बहुत-कुछ खुद मेरे अपने जीवन में घटा है। वही हॉस्पिटल का वार्ड और मेडिकल कॉलेज की एक लड़की जो मुझसे यह कहते हुए मिली कि मुझमें उसे अपने मरे हुए भाई की झलक दिखाई देती है। बहुत सुंदर, एक असाधारण व्यक्तित्व की मालिक वह लड़की जिससे बात करने को उस ज़माने में अच्छे-ख़ासे लड़के तरसते थे। हमारी उम्रों का फ़र्क़ और मिलने का ज़माना भी लगभग अनीसा और ज़मीर का ही था। परिचय सरसरी मुलाक़ातों से गुज़रता संबंधों की घनिष्ठता में परिवर्तित होता गया और फिर एक दिन ऐसा भी आया कि बिना इश्क़-आशिक़ी की सँकरी गलियों से गुज़रे वह स्त्री-पुरुष संबंधों में बदल गया। भाई-बहन का मुखौटा दुनिया के सामने दिनों पहने यह संबंध इसी प्रकार चलते रहे, दोनों के इस तथ्य को बखूबी जानते हुए कि इस रिश्ते की मंज़िल शादी कभी नहीं हो सकती। वैसे ज़िंदगी का वह अंतराल जो मैंने उसके साथ बहैसियत एक प्रेमी के गुज़ारा, मेरे लिए अविस्मरणीय ही नहीं, पूरी एक उम्र का तजुर्बा है। तो तजुर्बे होते किस लिए हैं ?! सीखने और आगे बढ़ने को। बावजूद इसके कि जब उसने अपने ही हमपेशा एक डॉक्टर से शादी करने का फ़ैसला किया तो मेरे दिल में कसक और दिमाग़ में बहुत-सारे सवाल पैदा हुए, मगर मैंने उनका रत्ती बराबर भी इज़हार किए बिना और बग़ैर ज़मीर एहमद ख़ान की तरह इसकी कोई शपथ उठाए उस शादी में अपने कर्तव्यों का निर्वाह एक ज़िम्मेदार भाई की हैसियत से ही किया और परिणामतः उसके पति के दिल में अपनी जगह बना ली। मेरे ख़याल से मेरे तीनों ही स्वरूपों को आसानी के साथ समझा जा सकता है—जब मैं उस लड़की से इत्तिफ़ाक़न मिला तो मेरे मन में उसे छलने या धोखा देने की कोई योजना नहीं थी और ना ही खुद मुझे उसमें अपनी बहन दिखाई दी थी। एक बँधी-कसी और आकर्षक देह थी जिसे छूकर देखने की तमन्ना उस उम्र में बहुत

स्वाभाविक थी। फिर भी शुरुआत इसकी मैंने नहीं की—किसने की, एक उम्र में जानना या बताना बड़ा मुश्किल होता है ! लेकिन वह जब एक बार हो गई तो उसका अपना अलग ही लुत्फ़ था। लेकिन मैं उस लुत्फ़ के बहाव में बहा नहीं, धीरे-धीरे देख और सोचकर इस नतीजे पर पहुँचा कि यह लड़की मेरे सामर्थ्य से बाहर और पहुँच से परे है। इसी से मिलता-जुलता कुछ निष्कर्ष उस लड़की ने भी हमारे संबंधों की रौशनी में निकाला होगा जिससे विवाह का मुद्दा हम दोनों के बीच उठा ही नहीं, और जब उसकी शादी हुई तो उसके हर काम में सबसे आगे मैं था।

सच बात तो यह कि उस लड़की के जीवन में न तो पहला मर्द मैं था और न उसका पति आख़िरी। और इस बात से वह दोनों भी बखूबी वाक़िफ़ थे। थे क्या, अभी भी हैं ! दोनों बेहद खुशहाल हैं और आज शहर में उनका अपना बड़ा-सा नर्सिंग होम है जहाँ और भी न जाने कितने डॉक्टर काम करते हैं। व्यस्त वह भी है और व्यस्त मैं भी हूँ, इसलिए मिलना-जुलना आम तौर पर 'नो-मेन्स लैंड' अर्थात् सोशल-गैदरिंग्ज़ और पार्टियों में ही हो पाता है। हाँ, ख़बरें वैसे भी मिलती रहती हैं। ख़बरें क्या, बस यही गपशप कि आजकल उसका किस मर्द के साथ उठना-बैठना है और उसका पति किस औरत के चक्कर में है। गपशप हमारी ज़िंदगी का एक ज़रूरी हिस्सा है और यह हमेशा झूठ भी नहीं होती। कहीं-न-कहीं उसकी आधारशिला किसी सच पर रखी होती है—बिलकुल मेरे दोनों काल्पनिक चरित्र, ज़मीर एहमद ख़ान और अनीसा ही की तरह। सो दुनिया पीठ-पीछे जो भी कहानियाँ कहती रहे, यह दम्पति इतने साल साथ रहने के बाद भी एक-दूसरे से खुश भी हैं और एक-दूसरे के मामलों से अनजान रहकर दख़लअंदाज़ी से भी दूर। निराशा और लालच की बेबसी में इर्द-गिर्द की दुनिया सुलगती, धुआँ देती रहती है, लेकिन यह दोनों दुनिया के इस संदर्भ के जड़ो-बुनियाद से ही बेनियाज़ हैं।

मैं और वह लड़की जो अब लाख हेल्थ-क्लबों के बाद भी एक भारी-भरकम महिला में तब्दील हो चुकी है ! हम लोग आज भी एक-दूसरे को भाई-बहन कहते हैं, कभी संजीदगी से तो कभी मज़ाक़ में। उसकी शादी और फिर मेरी शादी के बाद संबंधों को बेजा उलझाने का न तो कोई मौक़ा था, न हमने भूले से भी कभी ऐसा किया।

कहने को तो और भी बहुत कुछ मन है—दुनिया, देश, अपने प्रांत, शहर भोपाल और खुद अपने बारे में, लेकिन मुझे यह भी एहसास है कि मेरी यह बेजा मदाख़लत कुछ ग़ैरज़रूरी तूल पकड़ गई है। तो बावजूद इसके कि यह उपन्यास एक काल्पनिक ज़माने, जगह और चरित्रों का है, सारी तोड़-मरोड़ के बाद भी इसमें अक्स आपको हमारे ज़माने, दुनिया, मुल्क, शहर और यहाँ के बाशिंदों का ही दिखेगा। मेरे ख़याल से किसी अक़्ल-से-परे, समझ-से-दूर रचना की भी कल्पना की नींव बहरहाल रखी किसी-न-किसी यथार्थ पर ही होती है। यथार्थ को उस तरह

से सत्य कहने की ग़लती मैं बहरहाल नहीं करना चाहूँगा जैसे मेरे एक लेखक दोस्त ने की। वह कई दिन से बज़िद थे अपनी एक रचना सुनाने को। क्योंकि मूलतः उनका स्वभाव कुछ लिखने के बाद किसी को भी पकड़कर सुनाने का है नहीं, इसलिए लगा किसी ख़ास उद्देश्य से वह ऐसा करना चाहते हैं। उन्होंने जो कुछ मुझे सुनाया वह काफ़ी बनावटी-सा था, जो मैंने उनसे साफ़-साफ़ कह दिया। कुछ क्षण को वह जैसे गुम-से गए, फिर दुखी स्वर में बोले—किंतु मैंने आपको जो सुनाया वह एक सत्य है।

मुझे उनकी यह बात सुनकर अजीब लगा।

"अव्वल तो पंडितजी," मैंने किसी दार्शनिक की मुद्रा में उनको सीख दी, "आपकी इस बात से मेरी राय पर कुछ फ़र्क़ नहीं पड़ता। दूसरे, कोई भी रचना शायद किसी सच पर आधारित तो हो सकती है, अपने-आपमें सच कैसे हो सकती है ? और सच का भी एक-आध रुख़ समझने के बाद डी.एच. लारेंस जैसे महान कलाकार तो दुनिया की ख़ाक-धूल, गाली-गलौच की परवाह किए बिना लिख गुज़रे, आपको यह भ्रम कब से हो गया कि आप ऐसा कुछ कर सकते हैं ?! पंडितजी, संसार में पूर्ण तो क्या, जिसने सत्य का अंश-मात्र भी खोज या जान लिया, उसकी ज़िंदगी-भर के लिए ज़बान पर ताले पड़ गए। लिखना तो क्या, फिर उसने किसी से बोलना तक गवारा नहीं किया। इतिहास ऐसे संत-महात्माओं-पैग़ंबरों के नामों से भरा पड़ा है।"

तो इस उपन्यास-लेखन के प्रयास के सौ फ़ीसदी काल्पनिक होने, किंतु सत्य पर आधारित होने का प्रमाण मैं अभी तक अपने लिखे में से ही खोजकर आपके सामने रखना भी चाहूँगा। अनीसा-ज़मीर प्रसंग में एक जगह अनीसा अपनी बात में वज़न पैदा करने को ग़ज़ल का एक मिसरा 'सवाल उतने नहीं हैं जवाब जितने हैं' पढ़ती है, जो न केवल ज़मीर एहमद ख़ान का जाना-पहचाना है बल्कि वह उसके कहनेवाले शायर के नाम तक से परिचित है। जैसा कि स्वभाव है हमारे इस चरित्र का कि उसे ज़रूरी-ग़ैरज़रूरी, अच्छे-बुरे, सैकड़ों की तादाद में शेर याद रहते हैं तो उसे इस शेर की जानकारी होना कोई आश्चर्य की बात नहीं। आश्चर्य की बात यह है कि क्या कोई भी व्यक्ति किसी शेर के कहे या लिखे जाने के पूर्व, यानी खुद शायर के दिमाग़ में आने से भी पेशतर, उसे जान सकता है—वह चाहे अनीसा हो या ज़मीर एहमद ख़ान ! यहाँ सत्य को आधार बनाते हुए मुझसे एक ऐसी छोटी-सी भूल हुई है कि जो शेर शायर ने कभी सन् 1970 के बाद लिखा है मैंने उसे सन् 1967 में हो रही बातचीत में साज-सज्जा के लिए इस्तेमाल कर डाला है !

यहाँ यह सफ़ाई देना इसलिए बहुत ज़रूरी था कि मेरा लेखन और चरित्र तो काल्पनिक ठहरे, कुछ भी और कभी कह या कर सकते हैं; कलाकार, वह शायर

हो, चित्रकार हो या क़िस्सा-कहानी लिखनेवाला, उसका अपना तयशुदा ज़माँ-और-मकाँ होता है, और उसके किए-धरे का एक निश्चित इतिहास। और मेरे लेखन का मतलब ऐतिहासिक सच्चाइयों या यथार्थ से खिलवाड़ हर्गिज़ नहीं।

इतना कहने के साथ ही मैं अपने इस दोबारा हस्तक्षेप के लिए एक बार फिर से माफ़ी माँगते हुए आपसे आज्ञा लूँगा, इस उम्मीद के साथ कि आगे अपनी बात की तफ़सील समझाने के लिए मुझे फिर से ऐसा करने की ज़रूरत नहीं पेश आएगी।

धन्यवाद।

तीन

1. दुनिया का ट्रेलर–अज़ीज़ उर्फ़ अच्छन

अज़ीज़ वास्तव में ज़मीर एहमद ख़ान के लिए एक व्यक्ति नहीं, एक समूचे दौर और ज़माने की अविस्मरणीय यादों का सिलसिला था। यह उसकी उम्र की वह मुद्दत थी जिसमें एक ओर जहाँ उसकी अक्षमताओं पर तसदीक़ की आख़री मुहर लगी, वहीं यह भी देखने को मिला कि सक्रिय रूप में भ्रष्टाचार क्या होता है, ईमानदारी से बेईमानी करना कितना बड़ा गुण है, और दुनिया जिनके चलाए चल रही है वह किस दिशा में, यह भूल जाइए वह लोग कैसे होते हैं। आज वह छः साल लंबा समय याद करने पर सिमटकर चंद मुख्य घटनाओं में समा जाता है और लगता है अज़ीज़ के साथ बिताया समय छः साल न होकर सिर्फ़ छः महीने रहा हो। न ही उसने यह शुरू में सोचा था कि दुनिया-जहान से धीरे-धीरे कटकर वह अपना इतना सारा समय अज़ीज़ उर्फ़ अच्छन के साथ बिताने पर मजबूर हो जाएगा। बहुत सारा समय और ख़ाली जेब उसे धकेल-धकेलकर अज़ीज़ के दरवाज़े तक छोड़ जाते और यह एक बहुत बड़ा ढाढ़स था कि कोई व्यक्ति और जगह उसके स्वागत के लिए मौजूद थे। अज़ीज़ ने कभी उससे अपने धंधे या गतिविधियों में शामिल होने को नहीं कहा। उसके आसपास घिरी भीड़ में ज़मीर एहमद ख़ान की हैसियत एक ऐसे सम्मानीय अतिथि की रही जो अज़ीज़ पठान का एक क़रीबी रिश्तेदार था और शराब की महफ़िलों तक उनका ख़ास साथी। इसके अलावा लोगों की नज़र में वह इकलौता ऐसा व्यक्ति था जिसके सामने अज़ीज़ अपनी बड़ी-से-बड़ी राज़दारी की बात कर लेता था, और जिसके लिए वह अपना बड़े-से-बड़ा काम छोड़कर उसके किसी साधारण मसले को भी सुलझाने को प्राथमिकता देता था।

"बिरादर," अज़ीज़ उसके पूछने पर हँसकर कहता, "मेरा कोई काम रुकता कहाँ है ? सब अपने मौक़े और मुनासिबत से होते रहते हैं। काम न करने या

ना कर सकने के लिए एक अलग ही सलाहियत दरकार होती है, जो तुम में, मैं तसलीम करता हूँ, भरपूर है ! मेरा काम तो होता रहता है, यह ढेर सारे आखी-पाखी जो पाल रखे हैं किस मसरफ़ के हैं ?! लंगर खोल रखे हैं हमने, साली ख़ैरात तक़सीम होती रहती है। मेरा तो हो रहा है, अब बताओ तुम्हारा काम अगर मैं भी नहीं करूँगा तो कैसे होगा ? वह आएँगे करने, आपके यारे-ग़ार, विवेक ?"

होटल की इमारत थी तो अज़ीज़ की अपनी नहीं लेकिन उस पर उसका अधिकार मालिकों-सा ही था। होटल के दीगर स्टाफ़ के साथ-ही-साथ एक मैनेजर भी था लेकिन अन्य लोगों की तरह वह भी अज़ीज़ का नौकर था और होटल की छोटी-से-छोटी बात के लिए उसी से आदेश लेता था। वह होटल के रिसेप्शन काउंटर पर बैठता था और उसकी बैठने की उचित जगह अज़ीज़ की औपचारिक बैठक थी। इसे वह अपने बिजनेस के आफ़िस की तरह इस्तेमाल करता था। लंबी-चौड़ी काँच-जड़ी टेबिल, ऊँची पुश्त की घूमनेवाली कुर्सी और उसके सामने डली, मिलने आनेवालों के लिए चार-पाँच कुर्सियाँ। छत में लाइट और पंखे के अलावा टेबिल पर रखा लाल रंग का टेबिल-लैंप, गर्मियों में चलाने के लिए दीवार में जड़ा कूलर, टेलिफ़ोन—यह सब उस आफ़िस के असबाब में शामिल था। दरवाज़ों पर डले सलीक़े के पर्दे और फ़र्श पर लिनोलियम की बिछात के साथ सचमुच वह कमरा किसी होटल के दफ़्तर के बजाय किसी प्रशासक का ऑफ़िस लगता था। क़ानूनन वह अठारह कमरों के बीच घिरे हरे घास के लॉनवाली बिल्डिंग, जिसके बीचोंबीच एक पानी उगलता फव्वारा था और ऊँचे क़द के अमरूद के पेड़ लगे थे, लोगों के ठहरने का एक ऐसा होटल था जिसमें रेस्तराँ और बार की सुविधाएँ भी उपलब्ध थीं, लेकिन अज़ीज़ की सारी गतिविधियाँ यहीं से चलती थीं। ऊँचे लोगों को लड़कियाँ सप्लाई करना, सट्टे और स्मगलिंग में साझेदारी से लेकर टेंडरिंग और कोटेशन में कमीशन की कमाई और असर-रसूख़ से लोगों के काम कराकर उनसे मोटी रक़में वसूल करना—धीरे-धीरे अज़ीज़ उर्फ़ अच्छन के कमाई के ज़रियों की सूची ज़मीर एहमद ख़ान के लिए लंबी होती गई थी। फिर जुआ था जो नियमित रूप से होटल में शौक़िया हज़ारों और लाखों तक में खेला जाता था। और फिर ज़मीन और जायदाद का वह क़ानूनी धंधा था जिसे अज़ीज़ एक पार्टनर के साथ करता था और जिसकी सारी लेन-देन भी होटल के पते से होती थी। कुछ वर्ष पहले नौकरी तलाश करता वह यहाँ आया था और होटल के निःसंतान बूढ़े पंजाबी मालिक को उसमें कुछ खूबियाँ ऐसी ज़रूर नज़र आई होंगी कि वह धीरे-धीरे अपनी ज़िम्मेदारी उसे सौंपता गया। पहले उसे मैनेजर बनाया और फिर दो हज़ार रुपए महीने के बिना लिखत-पढ़त के ठेके पर उसने अज़ीज़ उर्फ़ अच्छन को होटल के स्याह-सफ़ेद का मुख़्तार बना दिया था।

"बेचारा उर्दू शायरी से मात खा गया !" अज़ीज़ अपने भला करनेवाले के बारे में हँसकर कहता। "कौन कहता है कि उर्दू मुसलमानों की ज़बान है ? मैंने

किया क्या उन बड़े मियाँ के लिए, सिवाय इसके कि जब भी वह फ़ुर्सत में होकर शायरी सुनने की फ़रमाइश करते तो जो थोड़े-बहुत साहिर, फ़ैज़, जिगर याद हैं, वह उन्हें या उनकी महफ़िलों को सुना देता था। या एक बार एक मशहूर शायर बार में पीने के बाद ऊलफूल बकते रहे और मैं ख़ामोशी से उनकी गाली-गुफ़्तार सुनता रहा। दरअसल जेब में जितने पैसे थे, उससे ज़्यादा पी गए थे और यह कहते नहीं बन रहा था ! उनको मैंने इज़्ज़त से रुख़्सत किया और जितने पैसे कम थे वह अपने पास से जोड़कर जमा कर दिए। बड़े मियाँ यह सब देख रहे थे, बिलकुल क़ायल हो गए ! कहने लगे, "शेर पढ़ना और दाद देना एक अलग चीज़ है और एक ज़िंदा शायर का एहतराम करना दूसरी और पहली से बहुत बड़ी चीज़ है।" आबदीदा हो गए, मुझे गले से लगा लिया। "यह सब जो आप मेरे आसपास बिखरा देख रहे हैं बस उसी का सेहर, उसी का फ़ैज़ और उसी की दिली दाद समझें !"

यह अज़ीज़ के बात करने का ढंग था वरना उस बूढ़े दम्पति की परवाह और देख-रेख वह उनकी औलाद की तरह ही करता था। अज़ीज़ के माँ-बाप तो उसकी कमउम्री में ही गुज़र चुके थे, इसलिए ज़मीर एहमद ख़ान के लिए यह जानकारी भी हैरान कर डालनेवाली थी कि होटल चलाने और तरह-तरह के बेगिनती दूसरे कामों के साथ-साथ अज़ीज़ स्थानीय कॉलेज में पढ़ते हुए तब तक बी. एससी. कर चुका था और आगे अगर एम. एससी. नहीं तो एम.ए. करते हुए अपनी शिक्षा का सिलसिला जारी रखना चाहता था।

बिना नियमित ढंग से शिक्षा हासिल किए या किसी पब्लिक स्कूल में पढ़े अज़ीज़ की इंग्लिश ज़मीर एहमद ख़ान को ईर्ष्या करने तक अच्छी लगी थी। इसके अलावा किसी भी भाषा में और किसी भी विषय पर बात करते उसका अद्‌भुत आत्मविश्वास और प्रभावशाली ढंग तो अपनी जगह था ही। बात लेन-देन की हो जिसमें बाज़ी जानों की लगी हो, किसी महिला से थोड़ी देर का दिखावटी प्रेम-पद्रर्शन हो या साहित्य की सराहना और शेरो-शायरी की दाद-क़द्रदानी, अज़ीज़ उर्फ़ अच्छन के चेहरे पर उदय होते सूरज की लाली-सा फैला एक ही शांत भाव होता जैसे उस व्यक्ति को दुनिया में और दूसरा कोई काम ही न हो।

"अमे फ़िक्र वह करते हैं," वह ज़मीर एहमद ख़ान के ऐसा होने का रहस्य पूछने पर कहता, "जिन्हें अपने काम के न होने का ख़तरा या डर हो। मुझसे कल दुनिया में कोई कैफ़ियत तलब करनेवाला कौन है ? नौकरी करने कल यहाँ आया था, बद-से-बदतर होगा तो ठेकेदार की हैसियत से निकाल दिया जाऊँगा। तुम्हें जो तमाम धड़के मेरे बारे में लगे रहते हैं वह बेमतलब हैं। भाई, क़ानून अगर मुझ तक पहुँचने लगा तो उन अनगिनत लोगों का क्या होगा जो क़ानून की पहरेदारी की तनख़्वाह एक हाथ से हकूमत से वसूल करते हैं और क़ानून से मुझ जैसों की हिफ़ाज़त करने की, पहली से कई गुना ज़्यादा तनख़्वाह, दूसरे हाथ से मुझ या मुझ जैसों से वसूल करते हैं। उन्हें अपने पेटों, अपनी औलादों के उज्ज्वल भविष्य की

पड़ी है बिरादर, बेकार में अन्नदाताओं से क्यों उलझेंगे ! हकूमत ?! हकूमत कौन उनकी आल-औलाद है जो कल को उनके एहसानों को याद रखे ! मुल्क कौन उनका ड्राइंगरूम या बेडरूम है जिससे उनकी आसाइश या आराम जुड़े हों। सबको कुछ होना है, फ़टाफ़ट ! जल्दी-से-जल्दी ! तुम्हें नहीं मालूम यह रोग कहाँ तक बढ़ चुका है, लेकिन मुझे यह तो मालूम ही है, साथ-ही-साथ यह अंदाज़ा भी है कि इसका कोई इलाज फ़िलहाल नज़र नहीं आता।"

अज़ीज़ को जो भीड़ अमूमन घेरे रहती थी उसमें शहर के बिजनेसमैन, कबाड़ी, दादा, शायर, अमीर लोग, फ़क़ीर, नई स्कीमों के साथ भविष्य में कुछ करने के महत्त्वाकांक्षी, डॉक्टर, इंजीनियर, धर्म के नाम पर कुछ कबाड़ने की लालच लिए छोटे-मोटे धार्मिक नेता, गवैये, राजनेता, ट्रांसफ़र करवाने और रुकवाने के ख़्वाहिशमंद, शासन के छोटे और थोड़े बड़े कर्मचारी, एहसान उतारने या पेशगी खुश करने को आमंत्रित शासन के आम तौर पर बड़े और कभी-कभी छोटे भी पदाधिकारी, पुलिस कर्मचारी, दलाल और हम्माल—समय-समय पर सभी नज़र आते। अन्य लोगों के अलावा खूबसूरत लड़कियों, शायरों, गवैयों, लेखकों और अध्यापकों के लिए अज़ीज़ उर्फ़ अच्छन के दिल में एक लंबा-चौड़ा, निहायत ही नर्म गोशा सुरक्षित था, और ऐसे लोगों के किए या कहे का होश या पीने के बाद मदहोशी में भी कोई सवाल-जवाब नहीं था। ऐसे लोगों की बड़ी बदतमीज़ियाँ भी अज़ीज़ हमेशा अनदेखी करने की कोशिश करता था।

"इन लोगों की सेहत ही," वह बड़ी संजीदगी से कहता, "किसी मुकम्मल देश और क़ौम की सेहत का सूचक हो सकती है। इन लोगों का एहसान भला कोई भी देश या क़ौम किस तरह उतार सकते हैं।"

अज़ीज़ का कानूनी धंधा एक पार्टनर के साथ, बढ़ते हुए शहर भोपाल की संभावनाओं को नज़र में रखते हुए, शहर की सीमाओं को छूती खेती की ज़मीनों को कम क़ीमतों पर ख़रीदकर वहाँ रिहाइशी कॉलोनियाँ विकसित करना और बेचना था। ऐसी ज़मीनों की जानकारी हासिल करने के लिए जो शासन की निजी विकास योजनाओं में न आती हों और फिर उनको रहने की कॉलोनियों में परिवर्तित करने की लंबी और उबाऊ औपचारिकताओं को पूरा करने के लिए विभिन्न संबंधित विभागों के कार्यालयों में अज़ीज़ के अपने आदमी थे जिन्हें उनकी सेवाओं के बदले मुँहमाँगी क़ीमत भी मिलती थी और समय-समय पर तरह-तरह के ऐश करने के साधन भी। हालाँकि तब तक शहर के लोगों के दिमाग़ में आनेवाले समय में प्रदेश की राजधानी की तेज़ी से बदलती रूपरेखा के प्रति जागरूकता पैदा होती जा रही थी, तो भी ज़्यादा दूर की सोचनेवाले अभी कम ही थे। बाहर के लोगों का बड़ी संख्या में आगमन हुआ नहीं था और यहाँ के पुराने बाशिंदे शायद यह मानकर चल रहे थे कि शहर को जिस क़दर भी बढ़ना था बस, वह बढ़ चुका। कुछ ऐसे लोग जो इसके आगे की सुध-बुध रखते होंगे, साधन या सोच को अमल का रूप

देने के सामर्थ्य की कमी के कारण कुछ करने से मजबूर रहे होंगे। सो इस तरह से शहर के विकास के काम को चलानेवाले गिनती के अगुओं में अज़ीज़ उर्फ़ अच्छन और उसका पार्टनर भी थे। सौदा : पैसा पार्टनर का और बाक़ी सारी मेहनत अज़ीज़ की। मुनाफ़ा आधा-आधा।

अज़ीज़ को छुटभैये-टाइप के लोग अज़ीज़ पठान और अन्य ख़ान साहब कहकर बुलाते थे। कुछ लोगों को अज़ीज़ के पीठ-पीछे उसने अज़ीज़ दादा या अज़ीज़ पहलवान भी कहते सुना था, हालाँकि हुलिये और हरकतों से उसमें दादाओं, पहलवानों या पठानों से दूर-दूर तक कोई समानता नहीं थी। वह सलीक़े से सिले अँग्रेज़ी काट के क़ीमती कपड़े पहनता था, मौसमों की मुनासिबत और मौक़ों की ज़रूरत के अनुसार क़ीमती खुशबुएँ लगाता था और उसके चमकदार, पॉलिश किए हुए जूतों पर शायद ही कभी किसी ने गर्द की तह जमी देखी हो। इस सलीक़े और नफ़ासत के साथ-ही-साथ ज़मीर एहमद ख़ान को कुछ ऐसी घटनाओं और अप्रत्याशित परिस्थितियों को भी अपनी आँखों से देखना था जब अज़ीज़ उर्फ़ अच्छन छुरी-चाकू-रिवॉल्वर सबको अनदेखा कर अपनी सिद्धांतरूपी किसी बात पर अड़ा था तो फिर नहीं डिगा था। गोली चलते और अज़ीज़ के दिल से कुछ इंचों के फ़ासले से बग़ल के आरपार होते देखकर जहाँ वह खुद अधमरा-सा हो गया था, अज़ीज़ के माथे पर उसे शिकन तक आती नहीं दिखी थी। खून बहता रहा था लेकिन पहले उसने वह झगड़ा तय किया था जिसके कारण बात-बात में गोली चलने की नौबत आई थी और कुछ लोगों के पुलिस में रिपोर्ट करने के मशवरे पर उन्हें डाँटकर फिर डॉक्टर से मरहम-मट्टी कराई थी। यह कोई इकलौती घटना नहीं थी और इसी से मिलता-जुलता आए दिन कुछ-न-कुछ होता रहता था मगर कभी किसी ने बद-से-बदतर परिस्थितियों में भी उसे अपना संतुलन खोते नहीं देखा था। उसका शरीर वैसा ही था लगभग जैसा खुद ज़मीर एहमद ख़ान का रहा होगा। बल्कि क़द कम होने के कारण वज़न अज़ीज़ उर्फ़ अच्छन का ही कुछ कम होगा, फिर न जाने उसमें इतनी हिम्मत और ताक़त कहाँ घर किए रहती थीं।

2. सब्बाह की जन्नत

होटल में ही, लेकिन उसकी व्यस्तता से कटा-छँटा, दुनिया के आरामो-आसाइश के साधनों से आरास्ता-पेरास्ता, अज़ीज़ के खुद के रहने और सोने का कमरा था जिसकी तफ़सील और रहस्य जानने में ज़मीर एहमद ख़ान को अच्छा-ख़ासा समय लगा था। ऊपरी तौर पर यह एक सलीक़े से सजाया-बनाया गया ऐसा कमरा था जिसके सोने के हिस्से में एक अदद असाधारण पलँग के अलावा कपड़ों की

अल्मारियाँ और दराज़ें थीं और बैठक में वेल्वेट के कॉर्नर-सोफ़े के सामने काँच के टॉप-वाली एक भव्य सेंटर-टेबिल और अन्य कई छोटी साइड-टेबिल्स। फिर एक दीवान था जिस पर ज़मीर एहमद ख़ान ने हमेशा एक शेर की खाल बिछी देखी थी जिसके शिकार की इजाज़त से लेकर खाल के पकवाने इत्यादि तक के तफ़सीली काग़ज़ात की फ़ाइल अज़ीज़ उर्फ़ अच्छन के पास रहती थी। "अब ऐसे छोटे-छोटे मामलों में बेईमानी करना," जाने अज़ीज़ व्यंग्य से कहता था या संजीदगी से, "यार, ज़ैब नहीं देता ! यह तो बिलकुल मस्जिद से आबख़ोरे चुराने जैसा गुनाहे-बेलज़्ज़त हो जाएगा।"

अज़ीज़ के कमरे की बैठक में किताबों का एक लंबा शेल्फ़ था जिसमें और बहुत सारी क़ीमती किताबों के साथ ही शोभायमान था *एनसाइक्लोपीडिया ब्रिटेनिका* का पूरा सेट। फिर टाइम-लाइफ़ वर्ल्ड सीरीज़ की सारी किताबें, *नेशनल ज्योग्राफ़िक* के ढेर सारे अंक और फ़िक्शन में अज़ीज़ की मनपसंद *काऊ-ब्वाइज़* उपन्यासों का जख़ीरा था। कुछ किताबें उर्दू शायरों की, अधिकांश शायरों के हस्ताक्षर सहित, भी थीं और हिंदी साहित्य की नुमाइंदगी करनेवाला अकेला उपन्यास था *गुनाओं का देवता*।

"तुमने पढ़ा है इसे ?" ज़मीर एहमद ख़ान ने सवाल किया था।

"तुम तो इस तरह कह रहे हो जैसे यहाँ रखी बाक़ी सारी किताबें तो मैंने पढ़ी ही है !" अच्छन के जवाब देने का अंदाज़ था। फिर कुछ देर सोचते रहने के बाद वह बोला था, "वैसे इत्तिफ़ाक़न यह किताब मैंने पढ़ी है। साहित्य में इसे क्या रुतबा हासिल है, मुझे नहीं पता लेकिन इसमें कुछ ऐसा है जैसा होने की तमन्ना हम सब ही करते हैं। और, जो दरअसल होता है उसकी निराशा झोली में भरकर भी, हम उस 'काश ! कि ऐसा होता' को अपने दिल से नहीं निकाल पाते। तुमने पढ़ी है ? तुम शायद ज़्यादा दाद दे सको, खुद के स्वभाव की भी बात होती है ना। मेरे एक दोस्त बंबई में फ़िल्म-फ़ाइनेंसर हैं, मैं उनके पीछे पड़ा हूँ कि इस उपन्यास पर फ़िल्म बनाने का सोचें।"

वैसे यह बात अज़ीज़ से भेंट होने के काफ़ी समय—डेढ़ या दो वर्ष—के बाद की थी और तब तक यह अंदाज़ा ज़मीर एहमद ख़ान को बख़ूबी हो चला था कि अज़ीज़ अपनी यहाँ की कमाई यहीं के काम-धंधों में लगाकर नफ़ा-नुक़सान की परवाह किए बिना विदेश जाने को पर तौल रहा था। पहली बार उसने जिन विदेशी महिलाओं को अज़ीज़ के साथ न्यू-मार्केट में बतियाते देखा था उन्हीं में एक वह लड़की भी थी जो अमेरिका में अज़ीज़ की प्रतीक्षा कर रही थी और जिसका फ़ोटो हमेशा अज़ीज़ के वॉलेट में रहता था। उससे अज़ीज़ की भेंट उस समय हुई थी जब वह भोपाल में रहकर अमेरिकन पीस-फोर्स के साथ काम कर रही थी और यह मिलना बहुत जल्द गहरे आपसी प्रेम और घनिष्ठ संबंधों में परिवर्तित हो गया था। अज़ीज़ के देश छोड़ने से दो साल पहले वह लड़की एक बार फिर भारत आई

थी और तब अज़ीज़ उर्फ़ अच्छन ने उसका परिचय ज़मीर एहमद ख़ान से कराया था। भोपाल वह सिर्फ़ दो दिन के लिए रुकी थी और फिर अज़ीज़ के साथ कश्मीर, गोवा, बंबई और कुछ अन्य जगहें घूमने-फिरने के बाद वापस अमेरिका लौट गई थी। यह सब बाद की, काफ़ी बाद की घटनाएँ हैं जब खुद ज़मीर एहमद ख़ान, भोपाली मुहावरे में, पटियों पर आ चुका था और मन-ही-मन 'कारवाँ गुज़र गया गुबार देखते रहे' का जाप करता शहर की सड़कों से उठकर मकानों, दुकानों, शो-केसों, खपरैलों, पौधों, पत्तियों को गँदलाते, साँस लेना दूभर करते धूल और गुबार का ही एक हिस्सा बन चला था। अज़ीज़ के पास एक पुरानी हिलमैन कार थी जिसमें उसके साथ शहर के आसपास सैर-सपाटे और तफ़रीह की ग़र्ज़ से जाना हो जाता, कभी इंदौर या उज्जैन, तो कभी पास-क़रीब साँची, सीहोर या रायसेन। उस घुटन-भरी उबाऊ मानसिक स्थिति में जब उसके पास पैसा-धेला होने की कोई उम्मीद थी ही नहीं, ज़मीर एहमद ख़ान पर अज़ीज़ का यह ऐसा एहसान था जो अगर उसने और कोई दूसरा एहसान नहीं भी किया होता तो ताउम्र भुलाया नहीं जा सकता था।

अज़ीज़ के कमरे में एक और महत्त्वपूर्ण आकर्षण बार और फ़्रिज़ था जिसमें देशी और विदेशी, दोनों क़िस्म की शराब रहती थी और बर्फ़ की ट्रेज़, सोडा, पीने का पानी और कुछ फल और चीज़ जैसी खाने की चीज़ों की व्यवस्था भी। उसके पास क़ीमती कट-ग्लास के विभिन्न सूरत-शक्ल के गिलास और प्यालों की भरमार थी। ग़र्ज़ कि होटल के उस कमरे में आराम और आसाइश के साधनों की ऐसी बहुतात थी जो उस ज़माने के दौलतमंद घरानों में भी कम ही देखने को मिलती थी। कमरे का एक पिछला दरवाज़ा भी था जो, धीरे-धीरे, एक जिंदा लोगों से आबाद हो रहे क़ब्रिस्तान में खुलता था। क़ब्रिस्तान के काफ़ी हिस्से पर झुग्गियाँ बस चुकी थीं, छोटी-छोटी दुकानें लग चुकी थीं लेकिन अभी ज़्यादा हिस्सा वीरान ही था। इस पिछले दरवाज़े तक, क़ब्रिस्तान की कुछ दूरी तय करने के बाद, कोई भी कमरे में इस तरह आ-जा सकता था कि होटल में किसी को भी ख़बर न हो।

कमरे ही से जुड़ा एक कुशादा बाथरूम था जिसमें टब, शॉवर और ठंडे और गर्म पानी की चौबीसों घंटे व्यवस्था थी।

इन तमाम सुख-सुविधाओं में शामिल वह एक अदद पलँग भी था जिसके विभिन्न हिस्सों की ऊँच-नीच या सतह के उतार-चढ़ाव को मनमाने ढंग से बदला जा सकता था। इससे भी अजीब ज़मीर एहमद ख़ान को लगा था पलँग के पैताने फ़र्श से छत तक की दीवार को ढाँपता वह लंबा-चौड़ा आईना और पलँग पर तरह-तरह से फ़ोकस की जी सकनेवाली लाइट्स। उसने जब अज़ीज़ उर्फ़ अच्छन से इसका रहस्य जानना चाहा था तो उसने ज़मीर एहमद ख़ान को इस तरह से मुस्कुराकर देखा था जैसे उस्ताद अपने किसी कमसमझ शागिर्द को देखता है।

"बिरादर," उसने व्यंग्यात्मक स्वर में कहा था, "तुममें सबसे बड़ी ख़ूबी मालूम

है क्या है ? तजस्सुस उर्दू में, जिज्ञासा हिंदी में—अर्थात् दुनिया और चीज़ों को जानने-समझने का शौक़ ! और तुममें सबसे बड़ी ख़ामी क्या है, लगे हाथों यह भी सुनते चलो—बातों और चीज़ों को समझाए जाने पर भी तुम्हारी उनको समझने की नाएहली ! यू आर इनकॉरिजब्ली डम्ब ! अगर मुझे सच कहने की इजाज़त दो तो मैं कहूँ। सेन्ट (Saint) तो अब 'ऊपर' के कारख़ाने में ही मैनुफैक्चर होना बंद हो गए, मेरे ख़याल से यह अपने गाँधीजीवाला संतों का अंतिम बैच था। सो अब न तो ज़माने में उनकी डिमांड और ना ही 'ऊपर' से सप्लाई, मगर कमसमझों और मूर्खों की तो हर ज़माने में खपत रही है, सो वह पैदा भी खूब हो रहे हैं। आप ही इस हक़ीक़त की एक ज़िंदा और जावेद मिसाल हैं, और मेरे कुछ मशवरों पर अगर आप अमल करने लगें, यानी दुनिया को अपने हैट में से कबूतर निकालकर दिखाना सीख जाएँ तो अजब नहीं कुछ पीढ़ी बाद आम लोग आपका नाम संत-फ़कीरों से भ्रमित करने लगें।"

"हर संत को शुरू-शुरू में लोगों ने पाजी समझा है !" ज़मीर एहमद ख़ान ने अच्छन की धाराप्रवाह बातचीत का लुत्फ़ लेते हुए कहा था।

"कमाल है, आप समझते हैं यह आपकी शुरुआत है ! अमे नमाज़ पढ़ी जा चुकी, अब तो दुआ को हाथ उठाने की घड़ी है ! ख़ैर, यह तुम्हारी अपनी ज़िंदगी है जिसमें दख़लअंदाज़ी का किसी को हक़ हासिल नहीं, लेकिन तुम अगर अपने युग के टूटे-फूटे महात्मा हो भी तो यह तो देखो कि दुनिया ने सही मायने में एक बहुत बड़े महात्मा के साथ क्या सलूक किया ! उसकी ख़िदमतों के ऐतिराफ़ में उसके सीने में सीसे की गोलियाँ पिरो दीं ! बाक़ी जो उसके चाहनेवाले थे उन्होंने उसकी प्रतिमाओं को मनपसंद धातुओं में ढाला—वही एक मामूली धोती, खड़ाऊँ, चश्मे में; एक हाथ में मोटी लाठी थामे, और सड़कों, चौराहों, मैदानों में उसे स्थापित कर दिया। अब यह मूर्ति, दुनिया के रहमो-करम पर खुले आसमान के नीचे, तपती धूप, कड़कती सर्दी और मूसलाधार बरसात सहती, मुद्रा तो दिखाती है लाठी टेककर चलने और किसी दिशा में बढ़ने की मगर है अपनी ही जगह ज्यों-की-त्यों खड़ी। अपने दिलों से निकालकर उसके चाहनेवालों ने उसे बाक़ी देशवासियों के हवाले कर दिया और खुद व्यस्त हो गए एयर-कंडीशंड कारों, दफ़्तरों, क़ीमती मकानों और लिबासों को कमाने में। उस महात्मा ने देश की एक बड़ी जनसंख्या को उसका आत्मसम्मान और आत्मविश्वास लौटाने को उसे एक खूबसूरत नाम 'हरिजन' कहकर पुकारना शुरू किया, सो बस ! उसके चाहनेवालों के लिए यह भी एक रस्म बन गई :. किसी भी घृणित और बदसूरत यथार्थ को एक खूबसूरत और कर्णप्रिय नाम देकर उसकी समूची ज़िम्मेदारी से सुबुकदोश हो जाने की ! अब भला बताओ, इन हालात में एक-आध तुम-सा टूटा-फूटा महात्मा हो भी जाए तो कर क्या लेगा वह ?! एलर्जी के डर से दवा खा-खाकर शराब पिएगा, भावुक होकर कभी तो अपने नाकाम इश्क़ की दास्तान सुनाएगा, कभी अपने बचपन के दोस्त को प्रेमिकाओं

की तरह याद करते हुए उसकी अच्छाइयाँ बयान करेगा, कभी नाराज़ होकर उसी के कीड़े गिनवाने लगेगा ! बताओ, कुछ सुख होगा ऐसा महात्मा बनकर ?''

''महात्मा सुख-दुख की चिंता से परे होते हैं,'' ज़मीर एहमद ख़ान के लिए कुछ कहना बहुत ज़रूरी हो गया था।

''ठीक बात !'' अज़ीज़ उर्फ़ अच्छन ने उसकी पीठ गर्मजोशी से थपथपाई थी। ''तो यह सच्चाई सुन लो कि मेरा यह कमरा महात्माओं के लिए नहीं, उन अनुयायियों के लिए है जो महात्माओं के प्रति अपनी ज़िम्मेदारी से मुक्त होकर अब कुछ ऐश करना चाहते हैं ! यह भी सौदेबाज़ी का एक ठीया है जिस पर जब जिसकी बारी आती है उसे मन की मुरादें पूरी करने को मिल जाता है। इस कमरे की हर चीज़ ख़ुफ़िया है और हद तो यह है कि मैं भी यहाँ अपनी बारी आने पर ही गिनती की रातें बिता पाता हूँ। मेरी बात समझ रहे हो ? पूरी तरह अब भी नहीं समझ रहे ! आओ, तुम्हें कुछ चीज़ें दिखाऊँ,'' कहकर अज़ीज़ किताबों के शेल्फ़ की ओर बढ़ा था और उसमें से *एन्साइक्लोपीडिया* की एक जिल्द निकालकर ज़मीर एहमद ख़ान को थमाते हुए बोला था, ''ज़रा बारीकी से आप इसका मुआयना फ़रमाएँ।''

उसने तौलकर, उलट-पलटकर, जिल्द बीच से खोलकर उसके काग़ज़ की मस्त कर देनेवाली महक को अपने नथुनों से गहरे, फेफड़ों में उतारकर *एन्साइक्लोपीडिया* की जाँच-परख की थी और अज़ीज़ की ओर प्रशंसात्मक ढंग से देखते हुए बोला था, ''लाजवाब ! पूरा सेट तो बहुत महँगा होगा ?''

''महँगा है, ज़ाहिर-सी बात है, कोई मास्को से छपा रूसी लेखकों का अँग्रेज़ी अनुवाद तो है नहीं ! लेकिन मैं जो बताना चाह रहा हूँ, तुम वह नहीं देख रहे !'' अज़ीज़ के स्वर में ज़ीमर एहमद ख़ान के प्रति जैसे पहले ही से जन्मी निराशा की पुख़्तगी थी।

''क्या ?'' वह सचमुच सटपटा गया था।

''अमे, यह देखो कि यह एडिशन कितना पुराना है ! यहाँ इस पेज पर यह रहा। कुछ आई अक़्ले-शरीफ़ में ? यह लेटेस्ट एडीशन नहीं, इसके बाद *एन्साइक्लोपीडिया ब्रिटेनिका* के दो नए संस्करण नई-से-नई मालूमात के साथ आ चुके हैं ! यह बेचारा देखने में ख़ुशनुमा और किसी हद तक काम का भी है, पर है दरअसल बीते ज़मानों की गूँज। इसे मैंने अपने ज़माने में अच्छा वक़्त देखे एक ऐसे ख़ानदान से ख़रीदा था जिसके पास न तो इसका कोई उपयोग बचा था, न इसे सँभालकर रखने के साधन, साथ ही जिसे पैसों की ज़रूरत भी थी। ज़ाहिर-सी बात है बहुत सस्ते दामों में मिल गया था। उन लोगों का काम भी चल गया था और मुझे तो यार इस कमरे का माहौल बनाने के लिए ज़रूरत थी। उस हिसाब से यह बेशक़ीमती साबित हुआ। यही हाल कमरे की अधिकांश दूसरी चीज़ों का है। यह क़ालीन नीलाम से ख़रीदा हुआ है, यह छत से लटका झाड़ किसी दूसरी ऐसी छत से उखड़ा है जिसमें इसको और ज़्यादा दिनों तक साधने की सकत नहीं

बची थी। और यह पलँग, क्या समझ रहे हो ! विदेश का बना हुआ है जिसका फ़्रेम और सिर-पैर महॉगनि के हैं और उन गद्दों का बिस्तर है जिस पर गए ज़मानों में बड़े-बड़े रईस या राजे-महाराजे ही सो सकते थे। आज भी इस पर लेटनेवालों का दिल अमूमन वक़्त के बदलाव की चिंता और ख़ौफ़ से परेशान ही रहता होगा। कई लोगों ने खुद मुझसे इसकी सैकड़ों खूबियाँ गिनवाने के साथ एक अनजाने डर के अनुभव की शिकायत भी की है। यही दास्तान उस टब की है जो गुसलख़ाने में लगा है। और इस सोफ़े का मामला तो बाक़ी तमाम चीज़ों से कहीं ज़्यादा दयनीय है। यह मैंने एक ऐसे नव-दौलतिये से ख़रीदा है जिसने ख़ुशहाली की पहली सीढ़ी को ही मंज़िल समझकर अकबर से उसका हाथी खरीदने का दावा कर डाला और नतीजतन मारा गया। मेरे अपने तो यहाँ कुछ कपड़े हैं, जूते हैं, थोड़ी-सी किताबें हैं, वरना बिरादर यह कमरा दरअसल उमर ख़ैयाम की एक रुबाई समझो, बस ! एक ओट, एक आड़, एक पर्दा, एक धोखा। लेकिन खुद मैं उमर ख़ैयाम नहीं, उसके बचपन का दोस्त हसन बिन सब्बाह हूँ, जिसने अपने माननेवालों पर जादू चलाने और उनके ज़रिये अपने काम निकलवाने को ज़मीन पर ही झूठी या नक़ली जन्नत बना दी थी। ख़ैयाम की रुबाई के अलावा तुम चाहो तो इस कमरे को सब्बाह की जन्नत भी कह सकते हो !

आश्चर्य तो ज़मीर एहमद ख़ान को खूब उस दिन अज़ीज़ उर्फ़ अच्छन की बातचीत सुनकर ही हुआ था, लेकिन उसकी तुलना में बहुत कम जो उसे भविष्य में 'द ट्रेज़र ट्रोव्ह' पर बैठते, शराफ़त कबाड़ी के धंधे को समझते होना था ! वही पुराने रजवाड़ों और महलों से लेकर देश के महानगरों के चोर-बाज़ारों में घूम-फिरकर क़ीमती चीज़ें कम दामों में ख़रीदकर उन लोगों को जिनके दर पर सुनहरे दिन गुलाम बनकर पहरेदारी कर रहे थे, मुँहमाँगी क़ीमत में बेच देना। वही क़ीमती झाड़ो-फ़ानूस, गुलदान, नक़्क़ाशी किए हुए बर्तन, क़ालीन, फ़र्नीचर और पेंटिंग्ज़ जिनके बीच पैसे की आवक-जावक को देखते, नक़ली को असली कैसे बनाया जाता है यह समझते, उसे अपने भविष्य का महत्त्वपूर्ण अध्याय बिताना था। और इन दो वक़्तों के बीच ऐसा लंबा अंतराल भी नहीं था—यही बदिक़्क़त आठ या दस साल का अंतर रहा होगा। एक ज़माने के दो अलग-अलग हिस्सों में कितने विभिन्न चरित्र एक-सी समझ रख सकते हैं—वह शराफ़त मियाँ की कारगुज़ारियाँ अपनी आँखों से देखते अज़ीज़ उर्फ़ अच्छन को याद करता रहा था। साथ-ही-साथ उन दोनों के बीच अंतर को भी वह साफ़-साफ़ समझ सकता था। अज़ीज़ उर्फ़ अच्छन के लिए वह कमरा जिसे उस रोज़ उसने सब्बाह की जन्नत कहकर पुकारा था, उसके अनगिनत खेल और जोखिमों में से था जो अपने-आपमें अंत न होकर महज़ कहीं तक पहुँचने का रास्ता था, जबकि नमाज़ी और परहेज़गार शराफ़त कबाड़ी की दुकान उसके करने-कराने के लंबे सिलसिले की ऐसी मंज़िल जिस पर पहुँचकर सारे सफ़रों का ख़ात्मा होता था।

उस समय ज़मीर एहमद ख़ान मन-ही-मन अज़ीज़ की बात को सराहता धीरे से हँसा था। "लेकिन तुमने मेरी बात का जवाब तो नहीं दिया ?" उसने पलँग, आईने और फ़ोकस की जा सकनेवाली लाइट्स की ओर इशारा करते हुए कहा था।

"मैं तुम्हारी समझदारी के ऐतिराफ़ में पहले ही तक़रीर कर चुका हूँ, कहो तो लिखकर दे दूँ !" अज़ीज़ के रवैये में दुविधा उतनी नहीं जितना गुस्सा था। "अमे, इतना नहीं समझ सकते कि यहाँ जो लोग इकट्ठे एकांत के कुछ क्षण बिताते हैं वह अपनी मनमानी करना चाहते हैं ! करते हैं और करते हुए खुद को तरह-तरह की मुद्रा और आसनों में देखना भी चाहते हैं ! यहाँ जब एक आदमी एक औरत से मिलता है तो वह उसे सिर्फ़ गुलदस्ता भेंट करने को तो मिलता नहीं ! उसके शरीर में उबल-उबलकर खून की जगह माउल्लिहम गर्दिश कर रहा होता है और वह अपनी बेचैनी से छुटकारा पाकर दो पल का चैनो-क़रार चाहता है ! कुछ ऐसे होते हैं जिनके हौसले तो कभी के पस्त हो चुके मगर दिल से हवस किसी तरह नहीं जाती। यह सारे मामले खुद अपने-आपमें एक संपूर्ण विषय हैं, प्यारे लाल ! चाहे इसे नॉर्मल सायकॉलॉजी कह लो, चाहे एबनॉर्मल। राजनेता तो कड़वी सच्चाई को मीठा-सा नाम देकर लोगों को बेवकूफ़ बनाने या अपना उल्लू सीधा करने की कला खूब जानता है लेकिन देह में उसके भी कोई ऐसा उल्लू नहीं जो सिर्फ़ बहानेबाज़ी से सीधा हो जाए ! ज़मीर, तुम भोले बनकर मुझसे मज़ाक़ तो नहीं करते ?! यह कैसे हो सकता है कि तुम्हारी उम्र तक—चलो जिस्म से तो मैं मान लेता हूँ, मगर दिमाग़ से कोई अछूता और कुँवारा रह सके ?!"

"मैं कब कह रहा हूँ मानने को," ज़मीर एहमद ख़ान ने बहादुरी का सबूत देने की कोशिश में कहा था। "खुद सबकुछ नहीं किया तो कोई यह थोड़ी कि उसकी मालूमात भी नहीं। मैंने उस तरह के ताश के पत्ते और दूसरी किताबें देखी हैं और *प्लेब्वॉय* मैगज़ीन के अंक भी जब-तब देखता रहा हूँ। कुछ जापानी लेखकों का अँग्रेज़ी में अनुवाद भी पढ़ा है—तुम्हें मालूम होगा, जापानियों की सेक्स के प्रति अपनी ही सनक और बिहेवियर है। मैंने एलबर्टो मुरैवियो की कई किताबें भी पढ़ी हैं ... "

अज़ीज़ उसकी ओर गहरी दिलचस्पी से देख रहा था। "तजुर्बा करना चाहोगे ?!" उसने बहुत संजीदगी और अपनाइयत से कहा था। "जो कुछ दिल में होता है साफ़-साफ़ कहा करो। देखो, तुम्हारे तो कान लाल होने लगे !"

अज़ीज़ उर्फ़ अच्छन ने उन दोनों के लंबे साथ के दौरान यह सवाल बारहा और तरह-तरह के लहजे में किया था—कभी गंभीरता, कभी मज़ाक़ और कभी व्यंग्य से, और अंततः इस सवाल की हैसियत उन दोनों के बीच एक लतीफ़े की-सी हो गई थी। यह ऐसी हैसियत थी कि बाद में कभी अगर ज़मीर एहमद ख़ान की दिली इच्छा फ़रमाइश करने की रही भी तो भी नहीं कर पाया, यह सोचकर कि लतीफ़े को संजीदगी का रूप देना कमसमझी और सेंस ऑफ़ ह्यूमर की कमी का प्रमाण

होता है। अज़ीज़ का काम था सवाल करना और ज़मीर एहमद ख़ान का जवाब था नाक-भौं चढ़ाकर सारे मामले पर लाहौल भेजना।

"ऐसा कुछ नहीं," उस रोज़ भी उसने अज़ीज़ के प्रस्ताव पर लाहौल भेजने के बाद स्पष्टीकरण दिया था। "यह सब मैं खुद भी समझ तो गया था," उसने पलँग की ओर इशारा करते हुए झूठ बोला था, "तुमसे पूछने पर बात और साफ़ हो गई।"

"अगर प्यार से तुम्हें," अज़ीज़ ने शरारती स्वर में कहा था, "प्लेब्यॉव कहा जाए तो कैसा रहे ?"

"डोंट बी एन ईडियट !" ज़मीर एहमद ख़ान दोबारा बुरी तरह शरमा गया था। "फिर मुझे तुम्हें ह्यू हैफ़नर कहना पड़ेगा !"

"उस ग़रीब को कितने गिनती के ऐसे लोग जानते होंगे जो मैगज़ीन पढ़ते हैं। हमारे यहाँ तो प्लेब्यॉय बस देखने-दिखाने की चीज़ है। और उस हिसाब से तुम भी ज़्यादा बुरे नहीं। बक़ौल शायर–देखने में खुशनुमा ... "

"बू-ए-वफ़ा कुछ भी नहीं !" ज़मीर एहमद ख़ान ने खुद ही मिसरा पूरा किया था जो एक तरह से अज़ीज़ का तकिया-कलाम था।

अज़ीज़ के साथ समय बिताते जो विचित्र परिवर्तन उसमें हुआ था, वह था शराब के प्रति उसकी शारीरिक एलर्जी का ख़ात्मा। यानी उसके अपने त्रिमूर्तीय अस्तित्व के उस अवतार से मुक्ति जो अभी तक हलाल और हराम के बीच के फ़र्क़ को समझता था और हर बार उसकी शराबबाज़ी के विरोध में नारे लगाता और हड़ताल करने की धमकी देता था। दिमाग़ को तो शराब पीने से हमेशा राहत ही का एहसास हुआ था, तो दिमाग़ की खुशी का तो कोई ठिकाना ही नहीं था। इधर तो यह जिस्म के भीतर क़ैद बाग़ी रुख़्सत हुआ, उधर ज़मीर एहमद ख़ान की शराब की खुराक दिन-ब-दिन बढ़ने लगी।

"ख़बरदार !" अक्सर बहुत नशे में वह खुद ही को डाँटता, "सिर्फ़ शराब ! इसके आगे और कुछ नहीं ! न जुआ, न औरत। बस यही तुम्हारी हद है !"

3. डिग्री की उलझन

अज़ीज़ से मेलजोल के अलावा उसकी दिनचर्या एक ऐसे सपाट ढलान के समान थी जिसमें यह तक अंदाज़ा लगाना मुश्किल था कि उसके दायें और बायें जो दृश्य बदल रहे थे, वह उसके चलने के कारण थे या वह स्थिर था और बदलाव दुनिया के अपनी तयशुदा दिशा में गतिशील होने के कारण था। विवेक बी. एससी. करने के बाद अपना काम-धंधा जमाने की कोशिशों में लग चुका था और सारी बीती

कड़वाहटों के बावजूद उनके आपसी संबंध सामान्य हो चुके थे। असीम काम-धंधे में विवेक का भागीदार था और उनकी कोशिश थी कि किसी तीसरे पार्टनर के साथ मिलकर भोपाल के तेज़ी से विकसित होते औद्योगिक क्षेत्र में अपनी इंडस्ट्री डालें।

"तुम किसी तरह डिग्री कर लो," विवेक बार-बार ज़ोर देकर उससे कहता था, "डिवीज़न की परवाह नहीं, नौकरी तो करना नहीं है तुम्हें। बस, गवर्नमेंट की तरफ़ से जो बेरोज़गार इंजीनियरों को सुविधाएँ उपलब्ध कराई जा रही हैं उन्हें हासिल करना है। जब हम तीनों मिलकर काम करेंगे तो न कोई झगड़ा होगा न झंझट।"

विवेक और असीम के साथ नियमित ढंग से मिलने-जुलने का सिलसिला बनता गया था, कभी अज़ीज़ के होटल पर तो कभी विवेक के घर या किसी अन्य जगह। विवेक जुआ खेलता था। ज़मीर एहमद ख़ान ने उसे अज़ीज़ के होटल में ऊँची बाज़ी की फ़्लैश खेलकर जीतते भी देखा था और हारते भी। इस बारे में कोई रायज़नी करना उसने मुनासिब नहीं समझा था। अजीब तिलिस्म होता है उम्र नाम का जब सतही तौर पर क़रीबी-से-क़रीबी संबंधों में भी चीज़ों के जैसे-के-तैसे लगने के बावजूद सबकुछ मौसमों की आहिस्ता-रवी से बदलता रहता है और लोग सहजतापूर्वक उसके आदी होते चले जाते हैं। फिर यह फ़र्क़ कभी किसी पल दो मौसमों के अंतर ही की तरह याद आकर चौंकाता है। इर्द-गिर्द और बीच से दरो-दीवार, ज़मीन-आसमान, इनसान-हैवान, दरिया-पहाड़, और घास-पानी से वैभव भाप बनकर उड़ते जाते हैं। चिकनी और मुलायम चीज़ें खुरदरी और सख़्त पड़ती रहती हैं, ज्यादा समय जिसका एहसास तक नहीं होता।

ऐसा नहीं कि उसने डिग्री न करने का कोई निर्णय ले लिया हो—बस, दिन-ब-दिन ऐसा हो पाना आप-ही-आप असंभव होता गया था। कॉलेज अटेंड करने का सिलसिला, वह कितना भी अनियमित क्यों न रहा हो, बहरहाल जारी थी लेकिन इतना विश्वास उसे हो चुका था कि जहाँ अलीगढ़ में एक साल ख़राब हुआ था यहाँ पाँच या छः साल भी गुज़ारने के बाद नतीजा वही निकलनेवाला था। घर का वातावरण तो नाखुशी का, अनीसा के समय से ही हो चुका था और इसमें कुछ और इज़ाफ़ा किया था उसके अज़ीज़ उर्फ़ अच्छन से बढ़ते मेलजोल की ख़बरों, नियमित रूप से रात को देर से घर लौटने और उसके शराब पीने की कनफुसियों ने। अज़ीज़ के साथ उसका मिलना-जुलना ख़ानदानवालों को इसलिए नापसंद था कि इतनी क़रीबी रिश्तेदारी के बावजूद जो सलूक ख़ानदान के लोगों ने अज़ीज़ उर्फ़ अच्छन के साथ किया था उसे वह भूला नहीं था और यह सच्चाई उन लोगों को याद दिलाने का वह कोई मौक़ा ख़ाली नहीं जाने देता था।

"ऐसी मुश्किल क्या है तुम्हारी डिग्री की ?" एक बार अज़ीज़ ने विवेक और असीम की ही उपस्थिति में बहुत अपनाइयत से कहा था। "तुम परीक्षा तो दो, बाक़ी सब इंतज़ाम हो जाएगा।"

"कैसा इंतज़ाम ?" ज़मीर एहमद ख़ान के कान खड़े हुए थे।

"यार तुम तो जो औपचारिकताएँ होती हैं, वह पूरी करते जाओ और रोज़ तीन घंटे हॉल में बैठकर आ जाओ। बाक़ी सब हम कर लेंगे। हाल में आपको कॉपी सॉल्व की हुई मिल जाएगी।"

"नक़ल !" ज़मीर एहमद ख़ान व्यंग्यात्मक ढंग से फुँफकारा था।

"आपका मतलब डिग्री से है ?" अज़ीज़ ने गुस्से से उसकी ओर देखकर कहा था, "फ़ोर्थ और फ़ाइनल, दोनों साल हो जाएँगे।"

"और प्रैक्टिकल्स और वाइवा ?!" वह अज़ीज़ ही की परीक्षा लेने पर तुल गया था।

"वह भी हो जाएँगे, आप बेफ़िक्र रहें। और कुछ ?"

"जब यह सब हो जाएगा," ज़मीर एहमद ख़ान ने बहुत कड़वाहट से कहा था, "तो एक-आध इंजीनियरिंग की डिग्री तुम खुद भी क्यों नहीं कर लेते ?" नागवार सन्नाटा पड़ गया था।

"मैं पहले भी कह चुका हूँ और आज आख़िरी बार हाथ जोड़कर फिर कहता हूँ कि न तो मैं नक़ल कर सकता न नक़ल करने के लिए मुझे किसी की मदद दरकार," आख़िरकार ख़ामोशी को खुद उसने ही तोड़ा था। "कोई ज़रूरी है कि लियाक़त हो-न-हो, हर आदमी जो इंजीनियरिंग में एडमिशन पा ले, डिग्री ही लेकर निकले ! नहीं कर सका तो बेशक मैं बिना डिग्री लिए ही कॉलिज छोड़ दूँगा।"

"बात में तो दम है तुम्हारी," अज़ीज़ ने एकदम अपना लहजा बदलते हुए कहा था। "मगर बक़ौल शायर, और शायर भी कौन ! अल्लामा इक़बाल कि—'मगर इसमें लगती है मेहनत ज़्यादा' !"

"ऐसी-तैसी शायरी, इनसान और फ़रिश्तों की !" ज़मीर एहमद ख़ान ने तुनककर कहा था। "मैंने कोई ईमानदारी की क़सम ख़ाई है ? कुछ ऐसी बेईमानी बताओ जो मेरे बूते की हो और फिर उसमें मेरी चाल भी देख लो ! यह इम्तिहानों में नक़लबाज़ी, किस तरह बताऊँ मैं कि यह कभी मेरे बस की रही ही नहीं। आप क्या समझते हैं, अपने आसपास लोगों को नक़ल करता क्या मैं देखता नहीं, या मुझे उसका अंदाज़ा नहीं ? खूब है, और यह भी कि यह मेरे बस के बाहर है।"

"छोड़ो यार," अज़ीज़ ने गिलास उठाकर चियर्स किया था। "तुम तो ख़ैर पहुँचे हुए मुरशद हो मगर मैं खुद सारी बात मज़ाक़ में कह रहा था। कॉपियाँ बदलवा देना अपने-आपमें क्या इतना आसान काम है ? ऐसा ही होता तो सचमुच, बक़ौल तुम्हारे, एक-आध डिग्री मैं खुद ही न कर लेता ! डिग्री न हुई शब-बरात का हलवा हो गया कि जैसे चाहा बनाया और जिसको चाहा बाँट दिया !"

अज़ीज़ उर्फ़ अच्छन का वह डिग्री हासिल करने का प्रस्ताव खुद ज़मीर एहमद ख़ान के लिए एक ऐसी पहेली साबित हुआ है जिसे बूझने में वह आज तक असमर्थ

था। कभी-कभी लगता था अज़ीज़ वह सारी बात सचमुच मज़ाक़ में कह रहा था, लेकिन बार-बार वह यह सोचने पर भी मजबूर होता है कि अज़ीज़ के इर्द-गिर्द जिस तरह के लोगों की भीड़ जमा रहती थी या जहाँ तक उसकी रसाई थी, हो सकता है कि उसने अपनी बात पूरी गंभीरता से कही हो, और ज़मीर एहमद ख़ान अगर झूठ को भी उसका प्रस्ताव मान गया होता तो आज को वह भी एक डिग्रीयाफ़्ता इंजीनियर होता। फिर कॉलेज की भव्य इमारत, उसके लंबे कॉरिडॉर, क्लास-रूम, खुले-मैदान और वहाँ पढ़ानेवाले प्रोफ़ेसरों और लेक्चरारों के चेहरे और दफ़्तरों में काम करनेवालों के हुलिये आँखों में तैरते हैं और दिल खुद से ही सवाल करता है कि भला उन नेक, शरीफ़ और अच्छे लोगों के होते ऐसा कैसे संभव था ? चलो, कॉलेज के आगे एक और चीज़ यूनिवर्सिटी होती है, वहाँ शायद यह हेर-फेर किसी तरह संभव हो लेकिन प्रैक्टिकल परीक्षाएँ और मौखिक वाइवा का क्या होता होगा ? वहाँ परीक्षा देनेवाले के नाम पर दूसरा कैसे हाज़िरी देता होगा ? फिर समय के साथ-साथ उसके दिल में पला-पनपा झक्कीपन एक हुंकारा भरता है—यह समझाने या याद दिलाने को कि क्या तुझे ख़बर नहीं कि लिखे की निस्बत मौखिक परीक्षाएँ महज़ एक औपचारिकता होती हैं। इन परीक्षाओं में कई छात्र तो कुछ भी न जानते हुए सिर्फ़ सूरत-शक्ल के नंबरों के कारण पास हो जाते हैं। जिन परीक्षाओं में वह खुद पास हो चुका था उनमें इन नंबरों का ख़ासा महत्त्व रहा था !

बहरहाल, उसने अज़ीज़ के प्रस्ताव को 'हूट' कर दिया था। और जैसा कि उसका स्वभाव था, अज़ीज़ ने फिर दोबारा कभी उससे इस संदर्भ में बात नहीं की थी।

4. मायाप्रसाद और अपने पाँवों पर खड़े होने की कोशिश

कॉलेज में उसका अधिक समय ऐसे लोगों के साथ बीतने लगा था जिनका डिग्री की शिक्षा में कोई उपयोग नहीं था। एक महोदय उर्दू में शायरी करते थे और एक दूसरे, पेशे से टाइपिस्ट, हिंदी में कविता लिखते थे। एक अन्य, मायाप्रसाद जिनका नाम था, कर्मचारी संघ के नेता। उनकी मासिक आय बहुत सीमित थी, और एक बड़ा परिवार चलाने का दायित्व उन पर था।

स्वभाव से विनम्र, छोटे क़द-काठी और काली त्वचा के मायाप्रसाद, जो एक इंतिहाई साधारण व्यक्तित्व था, ज़िंदा चीज़ों से कितना अधिक प्यार करते थे, यह ज़मीर एहमद ख़ान को आज भी सोचने पर आश्चर्य में डालता था। वर्कशॉप के उँचे शेड्ज़ में शरण लेकर बेगिनती कबूतर पलते थे और मायाप्रसाद के मन में उनके लिए ऐसा स्नेह था कि वह रोज़ बाक़ायदगी से उनको दाना डालते थे। वह मनहूस

सोमवार ज़मीर एहमद ख़ान के ज़ेहन में नक़्श है जब उसने मायाप्रसाद को कॉलेज की कैंटीन में सुबकते देखा था। पूछने पर पता चला था कि शनिवार की रात को वर्कशॉप के सुपरवाइज़र ने शेड्ज़ से निकास के सारे रास्ते बंद करके अपने मित्रों के साथ रविवार को एयरगनों से कबूतरों का थोक शिकार किया था। वहीं उन्होंने कबूतरों के पर उधेड़कर सफ़ाई की थी। अगली सुबह जब मायाप्रसाद ने वर्कशॉप में क़दम रखा था तो हवा में उड़ते कबूतर के परों के भँवर ने लहक-लहककर उनका स्वागत किया था। इस घटना से उनके दिल को ठेस लगी थी लेकिन ज़िंदा चीज़ों के लिए दिल में प्यार का ख़ात्मा नहीं हुआ था। कुछ दिन वह नाराज़, दुखी और सबसे अलग-थलग रहे थे। लेकिन कुछ ही समय बाद ज़मीर एहमद ख़ान ने देखा था कि पुरानों की जगह वर्कशॉप में नए कबूतर लेते जा रहे हैं, और मायाप्रसाद उसी निष्ठा से हर रोज़ उनके चुगने के लिए, घर से साथ लाकर दाना डाल रहे हैं।

इंजीनियरिंग के विषयों के बजाय जिस व्यक्ति को मायाप्रसाद और उनके कबूतरों में अधिक दिलचस्पी रही हो उससे किस प्रकार की व्यावहारिक ज़िंदगी जीने की आशा की जा सकती थी ?!

धीरे-धीरे घर से जेब-ख़र्च बंद होने के कारण एक हमदर्द प्रोफ़ेसर के मशवरे पर उसने अपने पाँव पर खड़े होने की कोशिश भी की लेकिन वह अनुभव भी अपने-आपमें सफल नहीं रहा। जब उन हमदर्द प्रोफ़ेसर के साथ वह जेब-ख़र्च की उम्मीद में अपनी पहली ट्यूशन के ठिकाने की ओर रवाना हुआ था तो उसे रत्ती बराबर अंदाज़ा नहीं था कि वहाँ कौन, कैसे उसका इंतज़ार कर रहा था। एक लड़की को डेढ़-दो माह, बी. एससी. पहले साल की केमिस्ट्री पढ़ाना था, जिसमें उसकी सप्लीमेंट्री आ गई थी। कम समय में ज़्यादा काम अर्थात् उम्मीद थी ज़्यादा दामों की।

गलियों के साँप-सीढ़ी तय करते वह जिस द्वार पर रुके थे वह एक खपरैलों वाले कच्ची दीवारों के खस्ता-हाल मकान का टीन का दरवाज़ा था, बिलकुल वैसा-का-वैसा जैसा कि बेशुमार कहानियों में एक निम्न-मध्यवर्गीय परिवार के घर का होता है। टाट का पर्दा भी था और मुर्ग़ी के दड़बे भी। कच्चे फ़र्श के एक छोटे-से दालान में लकड़ी की पेटियों और टेकों को जोड़-जमाकर एक पढ़ने की मेज़ की-सी शक्ल दी गई थी और बैठने के लिए चंद अदद टीन की कुर्सियाँ थीं। सफ़ेद दाढ़ी, सिर पर मलमल की टोपी और मलगज़ी सफ़ेद लट्ठे का कमीज़-पाजामा पहने एक वृद्ध ने लपककर उनका स्वागत किया था और घर में उनके प्रवेश करते ही और तो और, लगा था दड़बों में बंद मुर्ग़ियों तक में एक हलचल-सी मच गई थी। प्रोफ़ेसर साहब ने उसका परिचय होनेवाले शिक्षक की हैसियत से कराया था और बड़े मियाँ उसे शक और संदेह की नज़र से देखते रहे थे। खाया-पिया, पहना-ओढ़ा, शायद वह उस शिक्षक की तह तक पहुँचने की कोशिश में लगे थे। खुशहाल लोग अपने तरह-तरह के शौक़ पूरे करने के लिए भी स्वाँग रचते हैं, मासूम लड़कियों

की इज़्ज़त-आबरू से खिलवाड़ करने को। इन ख़तरों के लिए बहरहाल, प्रोफ़ेसर साहब एक समर्थ गारंटी थे, इसलिए उस लड़की को बुलाया गया था जिसकी क़िस्मत में कुछ समय के लिए उसकी शिष्या बनना लिखा था। एक सीधा-साधारण और नगण्य-सा अस्तित्व। सब शर्तें तय हो गई थीं और अगली सहपहर से उसने पढ़ाने जाना शुरू कर दिया था। वह शुरू-बरसात का मौसम था और क्योंकि वह मोहल्ला घर से पंद्रह-बीस मिनट के पैदल चलने के फ़ासले पर था, इसलिए ज़मीर एहमद ख़ान एक हाथ में छाता लिए वहाँ तक रोज़ पैदल जाता था।

जिस समय वह लड़की को पढ़ा रहा होता, जो कि दुर्भाग्यवश पढ़ने-लिखने में भी असाधारण तौर पर कुंद-ज़ेह्न थी, तो वह वृद्ध आसपास ही रहते। शायद पहरेदारी के ख़याल से। उनकी सारी पहरेदारी के बावजूद उस लड़की ने ठीक अपनी उम्र के तक़ाज़ों के अनुसार कभी किताब में रूमानी शेर लिखकर तो कभी कुछ फ़िल्मी अंदाज़ की इश्क़िया इबारतें अपने नोट्स में मिलाकर ज़मीर एहमद ख़ान का ध्यान आकर्षित करना चाहा था लेकिन वह बहुत सहजता से उसकी सारी कोशिशों को अनदेखा कर गया था। हफ़्ता-दस दिन इस तरह बीते होंगे और फिर जब एक शाम वह छाता टेकता उस घर तक पहुँचा तो वह वृद्ध घर के बाहर ही उसका इंतज़ार करते मिले थे।

"आइए मियाँ," उसे देखते ही बड़े मियाँ ने लहककर कहा था और घर का दरवाज़ा खोलते हुए उसके प्रवेश के लिए पर्दा उठाकर खड़े हो गए थे। घर के अंदर भी सब बदला हुआ था। मुर्ग़ियों को गहरी चुप लगी थी और टेबिल पर एक फूल-बूटे का साफ़ मेज़पोश सलीक़े से बिछा हुआ था। खुद उसके बैठने की कुर्सी पर निहायत एहतमाम के साथ एक कुशन का इज़ाफ़ा था।

"अरे भई, मियाँ आ गए," बूढ़े व्यक्ति ने बहुत आज़िज़ी से अपनी बूढ़ी पत्नी को संबोधन किया था और उस दिन उन पर्देदार महिला ने भी उससे अपना पर्दा तोड़ दिया था। उसे सारा परिवर्तन बहुत अजीब लग रहा था और उसका कारण समझ से परे था। चाय का पूछा तो उससे रोज़ ही जाता था लेकिन उसकी औपचारिकता को समझते हुए वह खुद ही मना कर देता था। आज पढ़ाना शुरू करने से पहले ही चाय आ गई, शायद उसके इंतज़ार में पानी पहले ही से खौल रहा था। उस लड़की की तो अभी तक उसे एक-आध ही झलक नज़र आई थी लेकिन उसके माँ-बाप लगभग ख़ादिमों की तरह हाथ बाँधे खड़े थे।

"मियाँ, हमें बड़ी शिकायत है," बड़े मियाँ ने उसे चाय पीते देखकर कुछ इतमीनान का साँस लेते हुए कहा था, "कि आपने हमें बताया क्यों नहीं।"

वह कुछ भी समझे बग़ैर हैरानी से कभी बड़े मियाँ को देख रहा था, कभी उनकी पत्नी को।

"मियाँ, मौलवी मोहम्मद एहमद ख़ान साहब को या आपके ख़ानदान को कौन नहीं जानता ! उनके बड़े करम और नवाज़िशें हमारे शामिले-हाल रहे हैं। आप खुद

इतने दिनों से ग़रीबनवाज़ी फ़रमा रहे हैं, हमारी बच्ची को पढ़ा रहे हैं, और हम आपके शायाने-शान आपके साथ पेश भी नहीं आ सके !"

"जी नहीं," वह कहना तो जाने क्या-क्या चाहता था मगर उसकी निरर्थकता को एक पल में अच्छे से भाँपते सिर्फ़ इतना ही बोला था, "अब्बा अपनी जगह हैं, मैं अपने काम से आता हूँ।"

"सुब्हानल्लाह !" बड़े मियाँ ने हाथ उठाकर दुआएँ देते हुए कहा था, "मियाँ यही तो जज़्बा है जो बुजुर्गों से मीरास में मिलता है। हर ऐरे-ग़ैरे के पास थोड़ी होता है यह। अब माशाल्लाह आपको किस चीज़ की कमी हो सकती है, खुदा का दिया सभी कुछ मौजूद है घर में, मगर जिसे कहते हैं ना ख़िदमते-ख़लक़ का जज़्बा और अपने से कमतर लोगों के काम आने की ख़्वाहिश। आप चंद टकों की ख़ातिर अपना क़ीमती वक़्त क्यों बरबाद करने लगे—हर्गिज़ नहीं ! मियाँ पिछले दिनों अनजाने हमसे कोई ग़लती हुई हो तो माफ़ कीजिएगा। हम अगर आपके गुनहगार तो अपने खुदा के गुनहगार। किस तरह भला हम आपके किए का शुक्रिया अदा कर सकते हैं ? आपके बुजुर्गों के एहसानमंद हैं, आपके भी रहेंगे।"

इस प्रकार ज़मीर एहमद ख़ान की 'कम समय में ज़्यादा दाम' की योजना को विफल होना था और एक तयशुदा मुद्दत तक उस लड़की को पढ़ाने के बाद उसके माँ-बाप की दुआओं से मालामाल होकर उस परिवार से रुख़्सत होना था।

"अच्छा है," अज़ीज़ ने उसकी दुखभरी दास्तान सुनने के बाद अपने चुटकी लेनेवाले अंदाज़ में कहा था, "आज के ज़माने में दुआएँ देनेवाले मिलते किसे हैं ! यह सब बुजुर्गों की खेती है जिसे तुम आज काट रहे हो, कोई हमारी तरह थोड़ी कि खुद ज़मीन तोड़ो, खुद हल जोतो, बोओ तो फिर काटो ! दुआ के आगे पैसा भला लगता भी कहाँ है !"

"लेकिन," ज़मीर एहमद ख़ान ने फ़रियादी स्वर में कहा था, "मैं वहाँ दुआओं के लिए पढ़ाने नहीं जाता था !"

"हो सकता है किसी जगह दुआ की उम्मीद में जाओ और वहाँ से पैसा मिल जाए ! इस दुनिया का कोई ठौर-ठिकाना है ! और पैसा क्या, यार हाथ का मैल है।"

"मेरे हाथ खूब अच्छी तरह साबुन से धुले हैं !" ज़मीर एहमद ख़ान कहना चाहता था मगर सिर्फ़ सोचकर ही रह गया।

5. पर तौलता अज़ीज़

कॉलेज जाने के लिए आम तौर पर वह टीन-शेड तक सिटी-बस लेता था। वहाँ से माता-मंदिर, पॉल्ट्री फ़ॉर्म और उसके बाजू में साल-ब-साल आकार ग्रहण करती

एक मस्जिद को क्रॉस करता, लंबे-लहरिये आकार की सड़क का पहले उतार उतरता, फिर घाटी चढ़ता, अकेला या किसी जान-पहचानवाले के साथ बातें करता, पैदल कॉलेज तक जाता था। अपनी इस रोज़ की यात्रा के दौरान वह कनखियों से अपने आसपास के तेज़ी से बदलते लैंडस्केप को देखता जाता जो किसी अनजाने मौन की तरह उसकी भीतरी दुनिया में अपनी परछाईं छोड़ रहा था। देखते-देखते क़रीब और दूर फैले मैदान और उनमें मौसमों के सुर और ताल पर अपना रूप-रंग बदलते दरख़्त ग़ायब होते जा रहे थे और आनेवाले दिनों में बननेवाली नए शहर की बस्तियों के लिए पथरीले पहाड़ों को काटकर भूमि को समतल बनाया जा रहा था। कॉलेज के पहाड़ी टापू और बिड़ला मंदिर के बीच सीना ताने खड़े पहाड़ को कतर-कतरकर गिट्टियों के आकार में ट्रकों में ढोकर उन जगहों पर पहुँचाया जा रहा था जहाँ शहर का निर्माण-कार्य तेज़ी से चल रहा था। यही हाल कॉलेज के टापू की अन्य दिशाओं का था—एक ओर से बी.एच.ई.एल., दूसरी ओर से अरेरा कॉलोनी, तीसरी तरफ़ से कोलार प्रोजेक्ट के सिलसिले और आबादियाँ, दिन-ब-दिन टापू के निकट खिसकते आ रहे थे और उसके इर्द-गिर्द नगर अपनी घेराबंदी तंग करता जा रहा था।

"तुम्हारे काम-धंधों पर," एक बार उसने अज़ीज़ उर्फ़ अच्छन से आश्चर्य व्यक्त करते हुए पूछा था, "इन सारी राजनीतिक उथल-पुथलों का कोई असर नहीं पड़ता ? देखते-ही-देखते पहले कांग्रेस की सरकार थी, फिर संविद आई और अब फिर कांग्रेस की हकूमत है ?"

"कौन मुझे किसी राजनीतिक पार्टी में शामिल होकर चुनाव लड़ना या मंत्रिपद के लिए अपना दावा रखना है।" अज़ीज़ ने लापरवाही से कहा था। "मेरे आसपास जमा सर्कस को तुम पिछले कितने सालों से देख रहे हो। किसलिए यह मासूम, वह किसी भी पार्टी के हों, मुझमें अपना प्रतिद्वंद्वी देखें ? उन्हें अपने काम से काम और वह बेशक, हम हर क़ीमत पर करते हैं।"

"ऐसा नहीं होता क्या कि हर गुट के आदमी अपने लोगों के स्वार्थों को पूरा करना चाहते हों ? उन्हें दूसरों की तुलना में प्राथमिकता देते हों ? यह बात तुम्हारे आड़े नहीं आती ?"

"काम तो यार, सारे आड़ों को सीधा करने ही का दूसरा नाम है।" अज़ीज़ जब अपनी बात, जो उससे पहले भी न जाने कितनी बार वह ज़मीर एहमद ख़ान के सामने कह चुका था, दोहरा रहा था तो उसके स्वर में रचा एक कटु व्यंग्य था। "और फिर यहाँ किसी के जीते-जी उसकी मुक्ति के लिए यज्ञ या हवन तो किया जाने से रहा ! सब पैसा चाहते हैं। पैसा आप मुझसे ज़्यादा देंगे, मेरी जगह आपका काम होगा।"

"क्या वाक़ई सबकुछ इतना ही आसान है ?!" ज़मीर एहमद ख़ान के पास अज़ीज़ उर्फ़ अच्छन की बात पर विश्वास करने का अभी भी कोई तर्क नहीं था।

"देश में आदर्श और आदर्शवादी सिरे-से ख़त्म ही हो गए ? आज़ादी के इन चौबीस-पच्चीस सालों के अंदर-अंदर ही !"

"नहीं !" अज़ीज़ ने व्यंग्यात्मक ढंग से हँसकर कहा था, "यूँ दिल छोटा करने की ज़रूरत नहीं, अभी उनकी अच्छी-ख़ासी संख्या देश में मौजूद है। बस हुआ यह है कि वह आज की ज़िंदगी के लिए अप्रासंगिक हो गए हैं। एकांत में बैठे या तो मुँह बिसूरते होंगे या अपने बाल नोचते होंगे। या कुछ ज़्यादा ही दमख़म होगा तो अपनी आत्मकथा और देश के स्वतंत्रता-संग्राम की दास्तान लिखने में अपना ग़म गलत कर रहे होंगे !"

"तुम्हें नहीं लगता कि इस स्थिति के लिए तुम और तुम जैसे लोग भी ज़िम्मेदार हैं जो और चीज़ें तो छोड़ो सिर्फ़ गिनती की बार कॉलेज जाकर यहाँ होटल में बैठे-बैठे ही फ़र्स्ट क्लास में एम.एससी. भी पास कर लेते हैं !"

"मैं न तो समाज-सुधारक, न उपदेशक, न राजनेता !" अज़ीज़ ने मक्खी उड़ाने के अंदाज़ में कहा था। "और जो या जितना मैं आज हूँ, उतना होने से मुझे कोई भी व्यवस्था नहीं रोक सकती थी। मुझमें इतना दम है प्यारेलाल, कि किसी दूसरी तरह का जीवन जीते हुए भी मैं खुद के लिए यही सारी सुविधाएँ हासिल कर सकता था, एम.एससी. इत्यादि तो छोटी चीज़ें हैं। ज़िंदा रहने की समझ और इतनी होशमंदी मुझमें शुरू से थी कि इस बात को जाना कि जिस पानी में मुझे ग़ोताख़ोरी करना है वह शार्कों से पटी है, और उनके बीच जीने के लिए मुझे भी उन्हीं के अंदाज़ अपनाने होंगे। क्या कर दिया मेरे लिए सगे-रिश्तेदारों—खुद आपके अम्माँ और अब्बा ने ?! या बाक़ी दुनिया ने, जो मैं ईमानदारी, प्यार, भाईचारे की सरसों हथेली पर सजाने की कोशिश करता !"

"लेकिन क्या सचमुच सबकुछ इतना गया-गुज़रा है जितना तुम बनाकर पेश करते हो ? व्यर्थ और निरर्थक ?"

"यह मेरा पेश किया हुआ नहीं," अज़ीज़ ने बात पर ज़ोर देते हुए कहा था, "यह वह मतलब है जो खुद आपने मेरी बातों से निकालना चुना है।"

"फिर तुम्हारा मतलब क्या है ?"

"साफ़ है कि आज जीवन की परिस्थितियाँ जिस प्रकार के व्यक्ति के लिए सफलता-राग अलाप रही हैं वह उससे बहुत भिन्न है जिसने आदर्श को अपना हथियार बनाकर स्वतंत्रता की लड़ाई लड़ी थी और जो नेहरू और शास्त्री तक के स्वतंत्र भारत में श्रद्धा का पात्र था। अब न तो राजनीतिक पार्टियाँ वैसी रहीं, न देश के सामने समस्याओं का वह स्वरूप रहा और न बाक़ी दुनिया पहले जैसी रही। पहले हम ग़ल्ले के लिए दूसरों के मोहताज थे, आज 'हरित क्रांति' ने हमारी उस समस्या का समाधान कर दिया—इसके बावजूद कि देश की जनसंख्या लगातार तेज़ी से बढ़ रही है। इसी के साथ-साथ हालाँकि मैं कोई बासनद अर्थशास्त्री नहीं हूँ, मेरी एक बात याद रखना कि जब भी किसी देश की मुद्रा का अवमूल्यन होता है, वह

केवल मुद्रा ही का नहीं, सही मायनों में उस देश के जन और समाज का अवमूल्यन होता है। ढूँढ़ने पर कारण तो बहुत सारे खोजे जा सकते हैं लेकिन वह उस घातक बीमारी का इलाज नहीं हो सकते जो देश की अर्थव्यवस्था को रीढ़ का कैंसर बनकर लग चुकी है। कुछ साल पहले अवमूल्यन करके कहने को बाक़ी दुनिया में रुपए की नाक़द्री को नियंत्रण में तो ले लिया गया लेकिन जो हालात आँखों के सामने हैं उन्हें देखते यह कुछ समय के लिए एक 'कॉज़्मेटिक ट्रीटमेंट' ही साबित होगा, बस ! इसके अलावा विस्तार से क्या बताऊँ, तुम एक ज़माने से मेरे चारों तरफ़ चल रहे तमाशों को देखते ही आए हो ! दुनिया छोड़ देने या पीरी-मुरशदी करने की क्षमता बहरहाल मुझमें नहीं है। हाँ, इस होटल में हर प्रकार का ग़ैरक़ानूनी काम होता है, मगर मैं ईमानदारों को राह से भटकाने उनके घर तो जाता नहीं ! न तो मैं लड़कियों को अनजान मर्दों के साथ सोने पर मजबूर करता, न उन मर्दों से यह कहता कि ऐयाशी करना अच्छा या ज़रूरी काम है, चाहे उसके लिए तुम्हें अपनी बाक़ी जिंदगी में ऐसे समझौते ही क्यों न करना पड़ें कि आत्मा भीतर फड़फड़ाकर बेदम हो जाए। या तुम्हें उसका गला ही क्यों न घोंटना पड़ जाए। मैंने बहुत पहले तुमसे कहा था कि यह तो सब्बाह की जन्नत है जिसमें लौटकर फिर से आने का मोह लोगों को कुछ भी करने पर उकसा और मजबूर कर सकता है। मैं सचमुच तुम्हारे सामने उन सारी बातों की तफ़सील में नहीं जाना चाहता क्योंकि मेरी ज़िंदगी के तजुर्बों पर भी तुम सही और ग़लत की गणित लागू करने लगोगे। कुछ कड़वी चीज़ों से गुज़रे बिना अगर कोई अपना जीवन बिताने में समर्थ है तो मैं क्या कहूँ, ज़्यादा-से-ज़्यादा उससे ईर्ष्या ही कर सकता हूँ ! वैसे भी, अब तुम्हारे शहर और मुल्क में मैं मेहमान हूँ कितने दिन का ! फिर जो एक बार गया तो मुड़कर दोबारा कौन देखेगा।"

सचमुच, सन् 1972 में अज़ीज़ उर्फ़ अच्छन बहुत खामोशी के साथ अपनी मंज़िल, अमेरिका की ओर उड़ गया था। जाने से पहले उसने होटल की बागडोर अपनी नज़र में एक ईमानदार, योग्य व्यक्ति को सौंपी थी, उसे होटल के पुराने मालिक से मिलवाकर, हर महीने उन्हें पाबंदी से पैसे देने की ताकीद की थी, नया एग्रीमेंट लिखित में बनवाकर दिया था, और हर तरह से आश्वस्त होने के बाद ही अपने जाने की तारीख़ तय की थी। जाने से कुछ दिन पहले वह एक शाम ज़मीर एहमद ख़ान के साथ होटल के लॉन पर अपने मनपसंद कोने में बैठा था। शराब थी, अज़ीज़ की पहली पसंद ब्लैक नाइट, जिसे वह किसी स्कॉच के होते भी तरजीह देता था। स्कॉच भी थी, ज़मीर एहमद ख़ान के लिए जिसे भावुक होकर उसने पीने से इनकार कर दिया था, और सारे समय अज़ीज़ की ब्रांड ही पीता रहा था।

6. 'द सेलर ऑन हॉर्सबैक'

"अब यार," अज़ीज़ उर्फ़ अच्छन ने चहकते स्वर में कहा था, "मुँह लटकाने या चुप रहने की तो कोई तुक नहीं ! वैसे भी मैं कल तो भोपाल छोड़ नहीं रहा। अच्छे वक़्त याद करें और हँसे-बोलें।"

बहुत मुश्किल था हँसना और बोलना। दरअसल अज़ीज़ के न होने की कल्पना से ही उन हालात में ज़मीर एहमद ख़ान खुद को कुछ-कुछ अनाथ-सा महसूस कर रहा था। दो-तीन पैग तक अज़ीज़ की कोशिश के बावजूद बातचीत उसी तरह अटक-अटककर चलती रही थी, लेकिन आख़िर कब तक ! शराब की अपनी तासीर होती है जो आख़िरकार जादू बनकर बोलती है। ज़मीर एहमद ख़ान के सिर यह जादू चढ़े उससे पहले ही अज़ीज़ ने बहुत एहतियात के साथ कहा था, "ज़मीर, मेरे ख़याल से तुम मुझसे साढ़े तीन या चार साल छोटे होगे ?"

उसने आश्चर्य से अज़ीज़ की ओर देखा था। "मुझे नहीं मालूम," उसने अज़ीज़ से कहा था, "वैसे मेरे ख़याल से तो हम दोनों को लगभग एक ही उम्र का होना चाहिए।"

अज़ीज़ ने उसकी पैदाइश का साल पूछा था।

"मेरा ख़याल ठीक था," उसने हिसाब लगाने के बाद कहा था, "लगभग चार साल। तुम्हें अंदाज़ा भी कैसे हो सकता है, मैं बचपन में जाने कहाँ-कहाँ भटक रहा था। भूले-भटके ही उस ज़माने में हम लोगों का आमना-सामना होता था, तो क़द-काठी के ऐतिबार से हम लोग शायद लगते भी एक ही उम्र के थे। बहरहाल, उम्र का एक अध्याय अब समाप्त होने को है और आगे की ज़िंदगी—मेरी भी, तुम्हारी भी—उससे भिन्न होगी जो अभी तक रही है। आगे भी, अभी तक की ही तरह हम लोग ज़्यादा-से-ज़्यादा एक-दूसरे का भला ही चाह सकते हैं, इससे अधिक कुछ कर पाना तो संभव है नहीं। हो सकता है मेरी बातों से तुम्हें कई बार लगा हो कि मेरे दिल में दुनिया और ख़ास तौर पर अपने रिश्तेदारों के लिए बहुत कड़वाहट है और मैं उनसे घृणा करता हूँ। कड़वाहट का होना तो शायद किसी हद तक सही हो सकता है लेकिन न तो मुझे किसी से घृणा है, न कोई शिकवा-शिकायत। देखो, हम दोनों अकेले में बैठकर बात कर रहे हैं तो इसमें किसी झूठ, ढोंग या दिखावे की गुंजाइश नहीं। मैं सोचता हूँ तो यही एहसास होता है कि मुझे उन तमाम लोगों का अभारी होना चाहिए जिन्होंने अच्छन उर्फ़ अज़ीज़ की अज़ीज़ उर्फ़ अच्छन बनने में किसी-न-किसी तरह सहायता की। मुझे अपने हाल पर छोड़ने के बजाय इनमें से कोई अगर आगे बढ़कर मेरी ज़िम्मेदारी क़बूल कर लेता तो आज या तो मैं उसके खेत या कारख़ाने में काम कर रहा होता या उसके घर के ऊपरी कामों की देखभाल करता, उसके एहसानों की लिस्ट दिल में बना

रहा होता, इस उलझन के साथ कि मैं इन एहसानों का बोझ जीवन में किस तरह उतार पाऊँगा। इस तरह देखो तो सचमुच मैं उनके मेरे लिए कुछ न करने के लिए अभारी हूँ।"

"शायद तुम ठीक कह रहे हो," शराब के नशे और मौज-मारती भावुकता के बहाव में डूबते-बहते ज़मीर एहमद ख़ान ने अज़ीज़ उर्फ़ अच्छन की ताईद की थी, "और यह आभार भी तुम मानो तो यह तुम्हारा बड़प्पन है।"

"छोटेपन-बड़प्पन की ऐसी-तैसी !" अज़ीज़ ने दो-टूक कहा था, "इसका शऊर तो कभी-कभी खुद आपको नहीं रहता, हालाँकि आप अपने-आपमें मध्यवर्गीय संस्कारों की एक अभूतपूर्व मिसाल हैं ! सोचिए, आप नसरत को जो मेरा हमउम्र है, और कमाल को जो मुझसे छोटा है, उनके पीठ-पीछे और मेरे सामने नसरत भाई और कमाल भाई कहकर आदरपूर्वक याद करते हैं जबकि मैं आपके लिए कभी सिर्फ़ अज़ीज़ हूँ तो कभी अच्छन कह देने-भर से ही काम चल जाता है ! आपने सोचा ऐसा क्यों ? क्या सिर्फ़ इसलिए कि काफ़ी समय तक मैं आप लोगों के जमघट से बिछड़कर उन हालात में जीने पर मजबूर रहा जिनमें किसी का मुझे अपना रिश्तेदार कहकर पुकारना खुद उसकी इज़्ज़त के लिए एक जोखिम और ख़तरा हो सकता था ?"

ज़मीर एहमद ख़ान ख़ामोश रहा था।

"ऐसा नहीं है !" अज़ीज़ का लहजा एकदम धूप से छाँव के समान हो गया था। "ऐसा इसलिए है कि हम अपने ख़ानदान की रिवायतें और इतिहास भूलकर एक ऐसी जगह मिल रहे थे जो तटस्थ थी। जो न तुम्हारी थी न मेरी। याद करो वह दिन, जब न्यू-मार्केट में आज से एक ज़माने पहले, और हमारी उससे पहले की आख़िरी मुलाक़ात के कितने साल बाद, हमारा आमना-सामना हुआ था और तुमने मुझे अज़ीज़ नहीं अच्छन कहकर बुलाया था ! वह थी दरअसल हमारे आपसी संबंधों की शुरुआत। तुमने मुझे अच्छन भाई या अज़ीज़ भाई कहा होता तो यह रिश्ता बहुत पीछे, न्यू-मार्केट के उसी कॉरिडॉर में छूटा रह गया होता। विस्तार को छोड़ो और बात की असलियत पर आओ तो यह है कि मैंने तुम्हें कभी रिश्तेदार नहीं, अपना दोस्त समझा है। और अपने इस अधिकार का इस्तेमाल करते मैं दो अदद चीज़ें आज की शाम तुम्हें सौंपना चाहूँगा, जिन्हें बिना किसी रायज़नी या तकल्लुफ़ के आप स्वीकार करेंगे। क्या समझे ?"

अज़ीज़ उठकर अपने कमरे की ओर गया था और कुछ समय बाद एक काले चमड़े के बैग सहित वापस लौटा था।

"इसमें," उसने वह ख़ासा भारी बैग ज़मीर एहमद ख़ान की गोद में डालते हुए कहा था, "एक तो जैक लंडन के जीवन पर लिखा गया उपन्यास *द सेलर ऑन हार्सबैक* है जो खुद मेरे लिए अपने जीवन की सबसे बड़ी सीख और उपलब्धि साबित हुआ है। यह एक आदमी के जीवन-संघर्ष की विचित्र कहानी है किसी भी

क्लासिक की तरह अपने ट्रैजिक अंत सहित। इसे, जबसे मैं तुमसे मिला हूँ, पढ़ने को देना चाहता रहा हूँ लेकिन कोई-न-कोई चीज़ बहाना बनकर मेरे ऐसा करने को टालती रही है। अब क्योंकि और टल सकने की गुंजाइश बाक़ी नहीं इसलिए इसे अपने पास रखो और बहुत प्यार और संजीदगी से यह सोचते हुए पढ़ना कि जिन पत्थरों को राजगीर बेकार समझकर रद्द कर देते हैं कभी-कभी सारी इमारत से अधिक महत्त्वपूर्ण वही पत्थर साबित होते हैं। मेरी बात का संदर्भ किताब पढ़कर पूरी तरह समझोगे और शायद पसंद भी करोगे। जैक लंडन ने खुद अपनी क़ब्र के लिए कतबा लिखा था, 'स्टोन बिल्डर्स रिजेक्टेड'।''

अज़ीज़ बैठकर गिलासों में शराब डालने लगा था।

''इसके अलावा क्या है बैग में ?'' ज़मीर एहमद ख़ान शराब के नशे से अधिक भावुकता की सीलन से त्रस्त था।

''देने को तो मैं और भी दे सकता था,'' अज़ीज़ ने इतनी बात जैसे खुद से ही कही थी, ''बैग में दरअसल दस हज़ार रुपए हैं। ज़मीर, मैं चाहता हूँ इन्हें तुम ले लो। जो जी चाहे या समझ में आए करना इनका, कोई हील-हुज्जत या बहानेबाज़ी नहीं ! मन हो तो ख़ैरात कर देना किसी को, क्योंकि अब बहरहाल यह तुम्हारे हैं। इस विषय में आगे कोई बात नहीं, क्योंकि न तो मैं आपको आपके भविष्य की प्लानिंग सुझा सकता, न इन पैसों के ज़रिये और पैसे कमाने के तरीक़े। तुम वही करोगे जो तुम कर सकते हो, चाहे वह कमाना हो या गँवाना। इसलिए बस ख़ामोशी से इन्हें अपने साथ ले जाना।''

''मगर,'' ज़मीर एहमद ख़ान अपने आश्चर्य और तकल्लुफ़ पर क़ाबू पाने में खुद को बिलकुल असमर्थ पा रहा था, ''तुम जो बाहर जा रहे हो, उसके लिए खुद तुम्हें पैसों की ज़रूरत नहीं होगी ?''

''वह सब हैं मेरे पास,'' अज़ीज़ ने बहुत विनम्रता के साथ कहा था, ''मेरी ज़रूरत से ज़्यादा थे इसीलिए तुम्हें दे रहा हूँ।''

''हाँ,'' अज़ीज़ ने कहा था, ''मेरी एक और बात भी तुम्हें मानना पड़ेगी। जिस तरह मेरे भोपाल छोड़ने का कारण, अमेरिका जाना, हम दोनों के अलावा इस शहर में गिनती के लोग जानते हैं, तुम यह बात भी किसी को नहीं बताओगे कि मैंने तुम्हें पैसे दिए हैं—घर पर ख़ाला बिया और ख़ालू मियाँ को भी नहीं। क़तई नहीं। हाँ,'' वह कुछ सोचकर हँसा था, ''तुम्हारी एक मजबूरी, विवेक साहब से तो मैं खूब वाक़िफ़ ही हूँ, इसलिए कुछ समय बाद अगर दिल बिलकुल ही न माने तो बता देना उन्हें, बस और किसी को नहीं !''

अज़ीज़ उर्फ़ अच्छन की भोपाल से रवानगी को उसके बहुत क़रीबी लोगों ने भी बंबई जाकर अपनी गतिविधियों को विस्तार देने की योजना, जैसा कि अज़ीज़ ने उन्हें बताया था, समझा और एक दिन जैसे सुबह-सवेरे कोई सैर को निकलता है, अज़ीज़ भोपाल से बंबई और वहाँ से अमेरिका के उस शहर के लिए रवाना

हो गया जहाँ जाने की ख़्वाहिश बरसों से दिल में दबाए वह भोपाल की ज़िंदगी और उसकी दिनचर्या व्यतीत करता रहा था। ज़मीर एहमद ख़ान के अलावा जो गिनती के लोग असलियत जानते थे उनमें कॉलोनी के धंधे में अज़ीज़ उर्फ़ अच्छन का पार्टनर भी शामिल था, बल्कि उसके यह कहने पर ही कि अज़ीज़ के बाहर जाने का सुनकर बहुत सारे काम के लोग मनमानी करने लगेंगे, उसने अपने जाने को राज़ में रखा था। और जाने के बाद से आज तक के लंबे ज़माने में उसे अज़ीज़ के इक्का-दुक्का ग्रीटिंग कार्डूज़ के अलावा कोई ख़ैर-ख़ैरियत तक नहीं मिली थी—न कोई ख़त, न फ़ोटोग्राफ़।

यानी आज वह ख़ुद चाहे तो भी अज़ीज़ उर्फ़ अच्छन से संपर्क कर पाना संभव नहीं था। 'घोड़े की पीठ पर नाविक' उसकी पहुँच से बहुत दूर था।

7. आपा—कुशादगी का एहसास

आपा लंबी आरामकुर्सी में पसरी बैठी थीं और उनके पास की साइड-टेबिल पर रखा शर्बत का गिलास बाहर से पसीज रहा था। खपैरलों की ऊँची छत, मिट्टी और चूने की मोटी दीवारें, चूने का फ़र्श और मेहराबी दरवाज़े इस घर में अभी भी बीते ज़माने की बू-बास बनकर ज़िंदा और मौजूद थे। मेहराबी ताक़ों और अल्मारियों वाले इस रिहाइश और सोने के कमरे के अलावा भी पूरे घर में दुनिया से तेज़ी से उठती जा रही कुशादगी का एहसास था। लंबा सेहन, हरियाली, ढेर सारे गमले, दो अदद अमरूद के पेड़, एक अनार का दरख़्त जिसकी शाख़ों से पके या अधपके अनार झूलते रहते थे, सुर्ख़-ज़र्द कलियाँ खिलती-चटख़ती और गिरकर नीचे ज़मीन पर रंगीन बिछात की तरह फैलती रहती थीं। इस घर में कड़ी-से-कड़ी गर्मी में एक ख़ास तरह की राहत और ठंडापन बसा रहता था। घर क्योंकि सड़क से फ़ासले पर अंदर गली में था इसलिए ट्राफ़िक का शोरो-गुल भी वहाँ पहुँचते-पहुँचते हवा में ही तार-तार होकर बिखर जाता था। ज़मीर एहमद ख़ान जब भी आपा के घर आता था—सालहा-साल में कभी-कभार—तो उसका मन यहाँ से जल्दी लौटने का नहीं होता था, बावजूद इसके कि दूल्हाभाई अर्थात् आपा के शौहर से उसकी बस यूँही-यूँही थी। अपनी सरकारी नौकरी के अलावा दूल्हाभाई के बस दो शौक़ थे—शतरंज खेलना या नमाज़-रोज़ा-वज़ीफ़ा करना। या जब बहुत ही मज़े में हों तो अपने हाथ से खाना पकाना। बातचीत न तो वह ख़ुद ज़्यादा करते थे और न ही किसी की सुनते थे। शुरू-शुरू में यही रवैया उनका आपा के साथ भी होता था लेकिन उम्र बीतने और बच्चों के बड़े होने के साथ-साथ वह आपा की बात सुनने लगे थे और वह भी ख़ासे ध्यान से।

आपा के चश्मे के काँचों में छत की मियाल से लटके पंख के अक्स गर्दिश कर रहे थे।

"यहाँ बहुत सुकून है," ज़मीर एहमद ख़ान ने शर्बत का घूँट लेते हुए आपा से कहा था। "अंदाज़ा ही नहीं होता कि बाहर किस क़हर की गर्मी पड़ रहीं है।"

"हाँ," आपा ने धीमे स्वर में कहा था, "मगर यह सुकून गर्मी-गर्मी का ही होता है। बरसात में तो समझ में नहीं आता टपकों का क्या किया जाए। कभी एक जगह पानी टपकता है, कभी दूसरी। खुद के ही घर में बिलकुल शरणार्थियों की तरह रहना पड़ता है। चीज़ों की वह ख़्वारी होती है कि समझ में नहीं आता उन्हें कैसे सँभालकर रखो। छवैयों की अलग मुश्किल है, कमबख़्त ढूँढे नहीं मिलते। असल में बिल्लियाँ छत पर चढ़-चढ़कर लड़ती हैं, और कवैलुओं को उलट-पलट देती हैं। हम तो तुम्हारे दूल्हाभाई से कह-कहकर हार गए कि कोई क़ायदे-क़रीने का आज के ज़माने के हिसाब का मकान बनवाओ मगर उन्हें अपने गुनतारों से ही फुर्सत नहीं ! गुसलख़ाने तक में तो आज तक डब्ल्यू.सी. लग नहीं पाया है, आज भी मेहतर-मेहतरानियों की मोहताजी है।"

सचमुच ज़मीर एहमद ख़ान ने ठंडी साँस लेकर कहा था, "किसी को भी और किसी भी कल क़रार नहीं।"

"अब तो यही है," आपा अपनी मायूसी में आस का पहलू तलाश करने की कोशिश कर रही थीं, "कि यह बच्चे कुछ करेंगे-धरेंगे तो होगा, हमारी तो आधी से ज़्यादा इसी खँडहर में बसर हो गई।"

"खँडहर तो मत कहो आपा," उसने हँसकर एतराज़ किया था। "अच्छा-ख़ासा अपने ज़माने का खूबसूरत मकान है।"

"ज़माने का बदलाव ही तो खँडहर और इमारत में फ़र्क पैदा करता है। आज के ज़माने में ऐसे मकानों में रहना कितना मुश्किल है तुम्हें इसलिए अंदाज़ा नहीं हो सकता कि अब्बा हमेशा अपने वक़्त से आगे की सोचते थे। अपना घर उस ज़माने में उन्होंने इस हिसाब से बनवाया कि आज की ज़रूरत की सारी चीज़ें उसमें मौजूद हैं। और किस कफ़ा-जफ़ा से एक-एक पैसा जोड़कर, खुद नक़्शा बनाया, खुद ही निगरानी की। तुम्हें थोड़ा-बहुत याद होगा, तब तुम ख़ासे छोटे थे।"

सचमुच उसे घर के बनने की बहुत ही हलकी-सी याद थी, हालाँकि उसी उम्र की और बहुत सारी बातें बहुत तफ़सील से याद थीं। और आपा जो कुछ अब्बा के बारे में कह रही थीं वह भी एक ऐसा सच था जिससे ज़मीर एहमद ख़ान कभी इनकार का साहस नहीं कर सकता था। अपने सीमित साधन और सामर्थ्य के बावजूद अब्बा ने जो ज़िंदगी जी और जिस तरह जी, वह अपने-आपमें एक उपलब्धि थी, बेशक।

"आपको फफू बिया का बँगला याद है ?" ज़मीर एहमद ख़ान ने बचपन की

यादें ताजा करने की ख़ातिर आपा से सवाल किया था। "मैं जब भी यहाँ आता हूँ मुझे उस घर की याद आती है।"

"अल्लाह मियाँ इस घर का वह हश्र होने से बचाए जो आख़िरकार उस बँगले का हुआ !" आपा ने ठंडी साँस लेकर कहा था; उन्हें अपने घर की तुलना फफू बिया के बँगले से पसंद नहीं आई थी। "अभी कुछ रोज़ पहले भाई मियाँ आए थे तो उनसे पता चला," आपा ने बात का विषय बदलते हुए कहा था, "कि तुम्हारी तबीयत फिर से ठीक नहीं है। आना तो हम खुद ही चाह रहे थे लेकिन इस ब्लड-प्रेशर ने ऐसा परेशान किया है कि हिम्मत ही नहीं हुई। इधर तुमसे पूछना और मशवरा करना भी ज़रूरी था इसलिए बुला लिया।"

"अरे मेरा तो रोज़ का यही चक्कर है," ज़मीर एहमद ख़ान ने हँसकर अपनी बीमारी का मामूलीपन स्वीकार किया था। "कितने साल तो इसी तरह छुपन-छुपैया खेलते बीत गए !"

"वही चक्कर ?"

"हाँ ! जो समझ में न आए उसे चक्कर ही कहना चाहिए। वही पुरानी शिकायतें हैं, और वही डॉक्टरों का दावा कि कोई बीमारी नहीं।"

"आजकल दुकान जा रहे हो ?"

दुकान, अर्थात् शराफ़त कबाड़ी का 'द ट्रेज़र ट्रोव्ह' !

ज़मीर एहमद ख़ान क़हक़हा लगाकर हँसा था।

"आप भाई मियाँ से बात कर चुकी हैं तो सारी तफ़सील आपको पहले ही से मालूम होगी," उसने सहजता से कहा था। "यह कि मैं दुकान नहीं जा रहा, और यह भी कि राहत बिया आजकल दोनों बेटियों के साथ मैके में रह रही हैं। इतनी बात मानकर अपन लोग आगे बात करें !"

"बुरी बात है ज़मीर," आपा ने शर्बत का छोटा-सा घूँट लेकर कहा था। उनके चश्मे के काँचों में पंखे का अक्स उसी सादतमंदी से गर्दिश कर रहा था। "ख़ैर, शराफ़त मियाँ की बात तो तुम बेहतर समझते हो मगर राहत को तुम्हें यूँ नहीं जाने देना चाहिए था। वह अगर किसी बात पर बुरा मानकर चली भी गई थी तो घर जाकर उसे वापस बुला लाना चाहिए था।"

"वैसे ही," उसने आपा को छेड़ा था, "जैसे जब आप रूठकर घर आ जाती थीं तो दूल्हाभाई भीगे बिल्ले की तरह पीछे-पीछे आते थे और खुशामदें करके ले जाते थे !"

"हुँह !" आपा ने बात का मज़ा लेते हुए भी ठुनककर कहा था, "वह करेंगे किसी की खुशामद ! दो लफ़्ज़ प्यार के बोलना तो आज तक सीख नहीं पाए।"

"अरे कहाँ, बेचारे आगे-पीछे तो फिरते हैं। अब तो रिटायरमेंट भी क़रीब होगा। बस ! चौबीस घंटे की ड्यूटी आपकी ख़िदमत में बजाएँगे, आप खुद उकता जाओगी। रही बात राहत की तो आपा, यक़ीनन आपने मुझे सिर्फ़ यह नसीहत

करने को तो बुलाया नहीं होगा—अभी आप खुद ही कुछ पूछने के साथ-साथ मशवरा करने की बात कह चुकी हैं ?"

छोटे-से-छोटा झूठ बोल पाना भी आपा के बस का नहीं था।

"हाँ, यह तो तुम ठीक कह रहे हो। बुलाया तो मैंने तुम्हें इसलिए है कि बिटिया का रिश्ता आया है। उस बारे में तुम्हारे मशवरे की ज़रूरत है। तुम उन लोगों को क़रीब से जानते हो इसलिए ख़ास तौर पर।"

"मेरी गिनती ख़ानदान के बुज़ुर्गों में कब से होने लगी ?" उसने हँसकर कहा था। "ऐसे मामलों में तो उन लोगों की राय लेना चाहिए जो दुनिया को खाकर ही नहीं पचाकर भी देख चुके हों। हमने तो अभी ज़ायक़ा चखा ही चखा है, और उसमें यह दुर्गत हुई है कि आए दिन डॉक्टरों की ख़िदमत में हाज़िरी देना पड़ती है।"

"ख़ानदान में बुज़ुर्ग रहा कौन ?" आपा ने कड़वी सच्चाई ज़मीर एहमद ख़ान को याद दिलाई थी। "अब्बा, अम्माँ, बड़े अब्बा, भाईजान—सभी तो एक-एक करके रुख़्सत हो गए। अब ख़ानदान में बूढ़े लोग तो बचे हैं, मगर उनमें बुज़ुर्ग का दर्जा किसे दिया जा सकता है ? सब दुनियादारी में उलझे एक-दूसरे के ही दुश्मन बने हुए हैं। रस्मिया उनसे भी पूछेंगे, तज़किरा कर देंगे लेकिन बुनियादी फ़ैसला तो भाई मियाँ हुए, तुम्हारे दूल्हाभाई हुए, तुम लोगों को ही करना है।"

"बुनियादी फ़ैसला तो आपा, आज के दौर में खुद लड़के-लड़की को ही करना चाहिए। वह ज़माने गए जब जोड़े आसमान पर बना करते थे।"

"हम तुम्हारी इस बात से भी सौ-फ़ीसदी सहमत हैं। बड़े होने के नाते दूसरे लोग थोड़ी रहनुमाई तो कर सकते हैं, लेकिन अपना रास्ता तो खुद लड़के और लड़की को ही चुनना पड़ेगा।"

आपा का व्यक्तित्व अब्बा और अम्माँ के मिज़ाजों का अनूठा संगम था, जिसमें अम्माँ की व्यावहारिकता और हक़ीक़तपसंदी और अब्बा की सूफ़ी-मंशियत, सब ही शामिल थे। ख़ानदान के सारे झंझटों से अलग-थलग वह अपने घर की ज़िम्मेदारियों में व्यस्त रहती थीं जिनमें सबसे पहले दो बेटों और एक बेटी की शिक्षा और उनके भविष्य संबंधी निर्णयों की चिंता आती थी। और फिर उसके बाद ख़ानदान के तमाम क़रीबो-दूर के रिश्तेदारों की छोटी-से-छोटी या बड़ी-से-बड़ी खुशी या ग़मी में सबसे पहले पहुँचकर शिरकत करना और उनके साथ होना। यह सब एक बिना लिखे नियम की तरह उनकी रोज़मर्रा ज़िंदगी का अभिन्न हिस्सा था। पति की सीमित आय में बच्चों की सलीक़े से परवरिश एक ऐसी चुनौती थी जिसका सामना उन्होंने बखूबी किया था और उसी के नतीजे उनका बड़ा बेटा, डिग्री करने के बाद पिछले साल से मिडिल-ईस्ट में अच्छी तनख़्वाह पर काम कर रहा था और उससे छोटे, एक भाई और बहन, कॉलेजों में पढ़ रहे थे। अम्माँ के न रहने का जहाँ एक

ओर तो ज़रूर आपा को दुख और सोग हुआ होगा वहीं उनके व्यक्तित्व में अम्माँ के बाद एक ऐसी परिपक्वता आ गई थी जो उन्हें किन्हीं अर्थों में समग्र और संपूर्ण बनाती थी–जैसे लंबी उम्र तक युवरानी रहने के बाद कोई सचमुच रानी बन गई हो। अपने स्वास्थ्य की ऊँच-नीच के बावजूद उन्हें सारे ख़ानदान की गतिविधियों का बारीकी से इल्म रहता था।

उसे सोचकर कभी-कभी आश्चर्य होता था कि अगाढ़ स्नेह और प्रेम के बावजूद उसके और आपा के बीच वह बेतकल्लुफ़ी या आत्मीयता नहीं थी जो भाई मियाँ और आपा के बीच थी। इसका एक कारण उन दोनों के बीच आयु का अंतर हो सकता था। आपा भाई मियाँ से बदिक़्क़त डेढ़-पौने दो साल छोटी होंगी जबकि खुद ज़मीर एहमद ख़ान और आपा के बीच दस सालों की ख़लीज थी। उसकी उम्र बमुश्किल छः-सात वर्ष रही होगी जब आपा ब्याह कर ससुराल चली आई थीं, और उसके बाद उनके साथ इस प्रकार की निकटता नहीं रह पाई थी जो किन्हीं अर्थों में एक ही घर में साथ-साथ रहने के कारण ज़मीर एहमद ख़ान और भाई मियाँ के बीच थी।

"किस लड़के का रिश्ता है ?" आख़िरकार उसने आपा की दलीलों के आगे सिर झुकाते हुए पूछा था।

"तुम जानते हो," आपा ने सहजता से कहा था, "इदरीस मियाँ का बड़ा बेटा, करीम। डिप्लोमा किया है और अभी पिछले महीने ही उसे कुवैत में नौकरी मिली है। वह लोग चाहते हैं कि उसके जाने से पहले एक सादा-सी मँगनी की रस्म कर दी जाए।"

"कौन इदरीस मियाँ ?" उसने थोड़े आश्चर्य से पूछा था, "वही ठेकेदार तो नहीं जो पहले इब्राहीमपुरे में रहते थे और अब ईदगाह पर घर बना लिया है ?!"

"वही," आपा ने सहमति जताई थी, "तुम तो जानते हो ना ?"

"मैं जिस इदरीस ठेकेदार को जानता हूँ," अपने स्वर में बेजा कड़वाहट को पीते हुए ज़मीर एहमद ख़ान ने कहा था, "वह तो एक नंबर का फ़्रॉड है ! आपको मालूम है उसने मेरे साथ धोखा किया था ?"

आपा ख़ामोशी से प्लेट में छालिया कतरती कुछ सोचने लगी थीं।

8. जो होता है ठीक होता है

... दरअसल इदरीस ठेकेदार ही वह व्यक्ति था जो ज़मीर एहमद ख़ान को अज़ीज़ उर्फ़ अच्छन द्वारा दिए गए दस में अब्बा के दिए पाँच और, यानी कुल जमा पंद्रह हज़ार रुपए के ठिकाने लगने का कारण बना था। पुरानी बात थी, अज़ीज़ के जाने

के कुछ ही समय बाद की।

अज़ीज़ ने जो पैसे उसे दिए थे उन्हें लेकर सबसे पहले तो ज़मीर एहमद ख़ान विवेक के पास ही गया था, यह मशवरा करने कि उन पैसों का क्या किया जाए, और शायद इस दबी-छिपी उम्मीद के साथ कि विवेक उसे और उसके दस हज़ार रुपयों को हाथों-हाथ लेगा और कहेगा—आओ, मेरे पार्टनर बन जाओ ! अब सोचने पर अपनी इस उम्मीद की व्यर्थता पर खुद ही हँसी आती है। ठीक है, उस ज़माने में दस हज़ार की हैसियत उससे अधिक होती थी जितनी आज है तो भी आख़िर कितनी ?! जो व्यक्ति एक उद्योग लगाने के लिए प्रयत्नशील हो जिसमें लाखों की लागत आती हो उसके लिए दस हज़ार रुपए का क्या महत्त्व हो सकता था।

"यह तुम्हारे पास कहाँ से आए ?" विवेक ने पैसों के बारे में सीधा सवाल किया था और ज़मीर एहमद ख़ान ने असलियत उसके सामने बयान कर दी थी।

"मेरी समझ में नहीं आ रहा," विवेक के सामने उसने अपनी समस्या रखी थी, "कि इन पैसों का करूँ क्या ?"

"हाँ," विवेक ने उसकी समस्या की गंभीरता को समझते हुए जैसे अपने-आपसे ही कहा था, "इतने पैसों में जिस तरह की चीज़ें की जा सकती हैं, वैसा तुम्हारा स्वभाव नहीं। यानी मेरा मतलब है बिलकुल छोटे स्तर पर कोई कारोबार शुरू करना या जो ऐसा करने में समर्थ हो उसके साथ पार्टनरशिप करना। बेहतर तो यही होगा कि तुम,—देखो ! अभी भी कुछ बिगड़ा नहीं है, अपनी डिग्री पूरी कर लो। इन दस हज़ार रुपयों में तुम कुछ कर नहीं पाओगे।"

"मैं अगर तुम्हारे यहाँ काम करना चाहूँ ?" अपनी बात को दानिस्ता घुमाकर उसने 'साथ' के बजाय 'यहाँ' शब्द इस्तेमाल किया था। "मेरा मतलब है इन दस हज़ार रुपयों को भूलकर, वैसे ही ?"

"सोच लो तुम," विवेक ने बिना किसी पर्दापोशी की कोशिश के कहा था, "मेरे ख़याल से यह तुम्हारा अपने भविष्य के साथ अन्याय होगा। मेरे काम के हालात तुम जानते हो, होने की उम्मीद तो बहुत है लेकिन अभी तक हुआ कुछ ज़्यादा नहीं है। फैक्टरी का शेड बना है, मशीनों के ऑर्डर दिए हुए हैं, स्टाफ़ है जो बिना काम किए तनख़्वाह पा रहा है। इन हालात में तुम मेरे साथ आओगे तो क्या करोगे ? और चलो, मैं तो किसी हद तक तुम्हें मान्य हो सकता हूँ लेकिन जो अन्य पार्टनर हैं उनके सामने तुम्हारी क्या हैसियत रहेगी, और अगर उनमें से कभी किसी से कुछ ऊँच-नीच हो गई तो क्या तुम उसे बर्दाश्त कर सकोगे ? मुझे सोचकर खुद ही अच्छा नहीं लग रहा कि ..."

"तो कौन मैं तुम्हारे यहाँ आ ही गया !" बात की संजीदगी को ज़मीर एहमद ख़ान ने लहजे के हलकेपन में सहेजने की कोशिश की थी, हालाँकि विवेक की सच मगर दो-टूक बात सुनकर वास्तव में उसे निराशा बहुत हुई थी। शायद वह अपेक्षा करता था कि भले गुड़ न मिले, गुड़ जैसी बात तो हो जो विवेक अपनी उन

परिस्थितियों में करने में असमर्थ था। "मैंने तो वैसे ही एक बात कही थी, अपने लिए गुंजाइश जानने को।"

"गुंजाइश की बात करते हो," विवेक ने शुद्ध व्यावहारिक अंदाज़ में कहा था, "तो तुम मेरे घर आकर रहो, जो मेरा है उस पर अपना भी अधिकार समझो। यह बात मैं तुमसे पहली या अंतिम बार नहीं कह रहा।"

"मुझे मालूम है यार," उसने अपनाइयत से विवेक का हाथ दबाते हुए कहा था। "मैं चाहता हूँ इसकी नौबत न आने पाए वरना मजबूरी में फिर काहे का तकल्लुफ़ होगा। असल में अभी तक हम लोग ऐसी चीज़ों के दरमियान जी रहे थे जिनके मालिकाना अधिकार न जानने की सुविधा हमें हासिल थी। और आगे की जो ज़िंदगी है; उसमें शायद भले ही चीज़ इस्तेमाल कोई भी करे, सबसे पहले उसके मालिक का तय किया जाना ज़रूरी होगा। क़ानून, लिखत-पढ़त, राज़ीनामे—जीवन जब व्यक्ति से पीढ़ी में बदलता है तो इन सबकी ज़रूरत और उपयोगिता खुद ही समझ में आती जाती है। मैं तुम्हारी बात को समझ रहा हूँ।"

अज़ीज़ के जाने के बाद ज़मीर एहमद ख़ान के लिए फिर से विवेक ही एक अकेला आसरा रह गया था। दिन-ब-दिन उन दोनों के बीच झगड़ों का सिलसिला कम होता गया था और बातों में एक प्रकार की पुख़्तगी, एक तरह की संजीदगी पैदा होती गई थी। और यूँ कहने को उस पल वह विवेक के सामने ऐसी बातें कह रहा था जैसे अब तक एक जीवन की परख उसमें आ गई हो जिसके प्रमाण उसके आगामी जीवन में किए हुए कामों में साफ़-साफ़ देखने को मिलेंगे, जैसे कि व्यक्ति के पीढ़ी में बदलने के फलस्वरूप कुछ कड़वी लगनेवाली असलियतों का एहसास और क़ानून, लिखत-पढ़त तथा राज़ीनामों का महत्त्व, लेकिन वास्तव में जब उसके कुछ करने का अवसर आया तो उसने इन्हीं सब सच्चाइयों को अनदेखा किया।

अपना सरमाया विवेक के पास से समेटकर वह अम्माँ के पास ले आया था।

"यह क्या है ?!" अम्माँ ने आश्चर्य से रुपयों के बंडलों को देखते हुए पूछा था।

"आप रखिए इन्हें अपने ख़र्चे के लिए," ज़मीर एहमद ख़ान ने साक्षात् लियाक़त, फ़रमाँबरदारी और सादतमंदी की मूरत बनते हुए कहा था।

"हम क्या करेंगे इतने पैसों का ?!" अम्माँ का आश्चर्य कुछ और बढ़ गया था, "और यह तो बताओ कि ये आए कहाँ से ?!"

कहानी सुनाने की मजबूरी थी ज़मीर एहमद ख़ान के लिए और कहानी उसने सुना दी। कैसे महीनों मेहनत करके, ट्यूशन पढ़ाकर, वह जो अम्माँ रातों को देर से घर आने के कारण ख़फ़ा होती थीं, उन्हीं वक़्तों में उसने चार हज़ार रुपए का सरमाया इकट्ठा किया, और कैसे एक ईमानदार ठेकेदार की साझेदारी में छः-सात महीनों में चार के दस हज़ार कर लिए।

माँ-बाप अपनी औलाद में सफलता के लक्षण खोजने को कभी-कभी किस हद तक दुनिया की बाक़ी सच्चाइयों को नज़रअंदाज़ कर सकते हैं, उन पैसों को देखने और ज़मीर एहमद ख़ान की कहानी सुनने के बाद अम्माँ का व्यवहार उसकी एक मिसाल था। उन्होंने पैसे अपने पास रख लिए थे और ज़मीर एहमद ख़ान के सिर से न जाने क्यों मगर एक भारी बोझ उतर गया था। उस क्षण तक के लिए जब सालहा-साल बाद उसकी पेशी अब्बा के सामने हुई थी।

"हमें खुशी है कि तुम कुछ कर रहे हो," अब्बा की बातों का सार था। "ज़रूरी कोई डिग्री करना ही नहीं, अपनी ज़िंदगी को बामक़सद तरीक़े से जीना है। हमें तुम्हारे कमाए हुए पैसों की ज़रूरत नहीं," उन्होंने ज़मीर एहमद ख़ान के दस में पाँच हज़ार और अपनी गिरह से मिलाकर लौटाते हुए कहा था। "काम में अगर मुनाफ़ा है तो करो, हम अल्लाह-तआला से उसमें और बरकत की दुआ करेंगे।"

सो ज़मीर एहमद ख़ान इदरीस ठेकेदार के पास जिसे उसने अच्छन के इर्द-गिर्द अक्सर चकराते-घूमते देखा था, जो पी.डब्ल्यू.डी. की ठेकेदारी करता था और कुछ समय से पैसों की तंगी से परेशान था, उन पंद्रह हज़ार रुपयों के साथ पहुँचा था और बिना किसी लिखत-पढ़त के उसका पार्टनर बन गया था।

"आप मुझे जानते हैं," उसने बहुत अपनाइयत से एक ऐसे आदमी से कहा था जिसे सही मायनों में वह बिलकुल भी नहीं जानता था, "और मैं आपको। आपका नाम रजिस्टर्ड ठेकेदारों में है, अपने नाम से ही काम लें। मुनाफ़ा आपस में बाँट लेंगे। काग़ज़ी कार्यवाही तो एक रस्म होती है, उन लोगों के बीच जिन्हें एक-दूसरे पर भरोसा नहीं होता। आप तो काम शुरू करें, वैसे भी मुझे तो इस लाइन का अनुभव है नहीं ! साइट वग़ैरह सब आप ही देखना। हाँ, मैं रोज़ यहाँ दफ़्तर में आकर बैठ जाया करूँगा।"

डूब तो वह पैसा उसी क्षण गया था जब उसने इदरीस ठेकेदार के हाथ में दिया था, लेकिन इसका सार्वजनिक ऐलान और उसके इदरीस से संबंध-विच्छेद आगे जाकर सन् 1975 में होना थे, जब एक ओर तो ज़मीर एहमद ख़ान की शादी हो चुकी थी, दूसरी ओर अब्बा दबे क़दमों आवाज़ों और आहटों की दुनिया से कूचकर चुके थे और तीसरे उसके दिमाग़ में यह धूप-छाँव का खेल बस, शुरू ही शुरू हुआ था—उसके डॉक्टर मगरमच्छ के यहाँ पहली बार ले जाए जाने से कुछ ही माह पहले ...

"मैं उन लोगों में से नहीं," सहसा मामले की नज़ाकत को भाँपते हुए उसने आपा से कहा था, "जो बड़ों की लड़ाई बच्चों की दहलीज़ तक ले जाते हैं। नहीं, कभी नहीं। वह तो जैसे ही आपने उस आदमी का नाम लिया, पल-भर को मेरे मुँह का ज़ायक़ा ख़राब हो गया। अब थोड़ा-सा शर्बत इस ज़ायक़े को सुधारने के लिए और पीना पड़ेगा !"

आपा कुछ राहत का साँस लेती हँसी थीं और उसके लिए शर्बत लाने चली

गई थीं।

"बुनियादी बात लड़का है," आपा लौटें तब तक वह खुद पर पूरी तरह क़ाबू पा चुका था। "उसकी तालीम देखें, शक्लो-सूरत देखें और हाँ, सबसे पहले यह देखें कि वह दुनिया में कर क्या रहा है। खुदा-न-ख़्वास्ता, बिटिया और इस लड़के—क्या नाम बताया आपने ?—करीम, का मामला कहीं ज़मीर और राहत से मिलता-जुलता न निकले, हम तो बस यही दुआ कर सकते हैं !"

"तुम्हारे साथ इदरीस मियाँ ने लेन-देन में कुछ गड़बड़ की थी ?" आपा शायद अपनी मालूमात पूरी करने की ख़ातिर पूछ रही थीं। "देखो, तुमसे मशवरा करने का यही मतलब है कि हमने अभी कोई आख़िरी फ़ैसला नहीं किया है। अगर तुम्हारे दिल में उन लोगों के लिए ऐसी कोई बुरास है तो बिलकुल खुलकर कहो।"

"उसे बच्चे से मुझे क्या बुरास होगी," उसने मामला रफ़ा करने की ख़ातिर कहा था। "रहे इदरीस ठेकेदार, तो बात इतनी पुरानी हो चुकी है कि अगर वह उसे भूल चुके हैं तो मैं भी भुला जाता हूँ। इस बीच ज़माने के साथ-साथ वह भी कहाँ-से-कहाँ जा पहुँचे ! मेरा क़िस्सा उन दिनों का है जब वह तंगहाली और परेशानी के दौर से गुज़र रहे थे। बुनियादी ग़लती भी मेरी थी कि उनके साथ कुछ लिखत-पढ़त नहीं की और मेरा यह अंदाज़ा भी अपने-आपमें ग़लत हो सकता है कि उन्होंने बेईमानी की। हो सकता है, जैसा कि उनका कहना था, हमें एकसाथ काम में घाटा ही हुआ हो और पैसा सचमुच डूब गया हो। वैसे भी इस सबसे उनके बेटे को क्या लेना-देना !"

"भाई, बच्चों को हम देखते तो माँ-बाप में ही हैं। और इदरीस मियाँ ने ख़ास तौर पर तुम्हारे दूल्हाभाई से बातचीत में इस बात का हवाला दिया था कि ज़मीर मियाँ मुझसे ख़फ़ा हैं और कभी सलाम तक नहीं करते।"

'वह इसलिए कि मैं उन्हें इस लायक़ नहीं समझता !' ज़मीर एहमद ख़ान शर्बत का गिलास फ़र्श पर मारकर चकनाचूर करते हुए कहना चाहता था, लेकिन ख़ामोश बैठा उसे चुस्की-चुस्की पीता रहा।

… दरअसल इदरीस ठेकेदार ने उसे जिस प्रकार ठगा था उसमें किसी भी तरह के शको-शुबहे की गुंजाइश नहीं बचती थी लेकिन खुद ज़मीर एहमद ख़ान की दृष्टि में वह पैसा डूबना इतना महत्त्वपूर्ण या तकलीफ़देह नहीं था जितनी उस समय की नज़ाकत थी जब ऐसा हुआ। वह खुद तो पैसा इदरीस मियाँ को सौंपकर कुछ यूँ निश्चिंत हो गया था जैसे किसी बैंक में फ़िक्स्ड डिपॉज़िट किया हो, जिस पर एक तयशुदा समय के बाद एक नपी-तुली रक़म का फ़ायदा होना ही हो। उसके बाद उसने अपना और अपने आसपास की दुनिया का बारीकी से जायज़ा लिया था और इस नतीजे पर पहुँचा था कि एक बदली हुई दुनिया में एक ऐसे ज़मीर एहमद ख़ान को जिसका हर-हर अर्थ में अवमूल्यन हो चुका हो, जीने के लिए बिलकुल नए सिरे से पुल बनाने और रास्ते खोजने होंगे। शायद जीवन में पहली बार उसने एक प्रकार

के व्यावहारिक स्तर पर अनुभव किया था कि असफलता क्या होती है और अकेले पड़ जाने का एहसास क्या होता है। उसे सचमुच, बावजूद इसके कि पंद्रह हज़ार का सरमाया 'काम' में लगा हुआ था, जीवन की निरर्थकता का तीव्र पड़ता एहसास मौत के रास्ते की ओर संकेत करता नज़र आने लगा था। अपने भीतर इस एहसास के दिनों-दिन तंग पड़ते फंदे से छुटकारा पाने ही की ख़ातिर उसने अम्माँ को राहत का नाम सुझाते हुए खुद के शादी करने की इच्छा का इज़हार किया था। अम्माँ को उसकी बात पर विश्वास नहीं हुआ था और उन्होंने वही बात अब्बा के सामने रखी थी, जिन्हें अम्माँ से भी कम उस बात पर यक़ीन आया था ! ज़मीर एहमद ख़ान की तब तक कितनी भी क़लई क्यों न उड़ चुकी हो, लगता वह तब भी एक दूसरी दुनिया और अलग पृष्ठभूमि का व्यक्ति था।

"हम तो डरते थे," अब्बा ने अम्माँ के सामने बहुत सादगी से कहा था, "कि किसी-दिन किसी भी लड़की का हाथ पकड़कर लाएगा और कहेगा, इनसे मिलिए, यह आपकी बहू हैं !"

घरवालों की खुशी का ठिकाना नहीं था। हालाँकि पंद्रह हज़ार रुपए के पूँजी-निवेश के बाद से उसकी फूटी कौड़ी की आमदनी नहीं हुई थी और अपने जेब-ख़र्च को भी पैसा वह कभी अम्माँ से माँगता रहा था, कभी भाई मियाँ से लेकर ख़र्च करता था, लेकिन यह 'बेकारी' उन परिस्थितियों में उसके राहत से रिश्ता तय होने में आड़े नहीं आई थी। अपने कुछ कर सकने का सबूत वह घरवालों को दे चुका था और अब पिछले कुछ समय से तंगी चल रही थी, तो ठेकेदारी का काम तो ऐसा ही होता है जिसमें कभी ऊँच होती है तो कभी नीच।

विवेक वह अकेला व्यक्ति था जिसने इस विवाह का विरोध किया था मगर शायद अब्बा को उसकी यह आख़िरी खुशी देखना लिखा था क्योंकि ज़मीर एहमद ख़ान और राहत की शादी के बमुश्किल चार माह बाद वह इस तरह बीमार हुए कि उनके रोग को अंत तक हकीम और डॉक्टर समझ ही न पाए। और फिर वह दिन भी आ पहुँचा जब अपने पीछे बहुत सारा ख़ालीपन छोड़कर अब्बा इस दुनिया से रुख़्सत हो गए ···

"मेरे ख़याल से," उसने आपा को समझाने के अंदाज़ में कहा था, "बीते वक़्त में बुज़ुर्गों के दरमियान क्या-कुछ हुआ को भूलकर हम बच्चों को उनके भविष्य के नज़रिए से देखें। वह बात ही न निकालें जिससे कड़वाहट पैदा होने का ख़तरा हो, वरना इस ठेकेदार से सबसे बड़ा शिकवा तो मुझे यही है कि मैं अब्बा की बीमारी के दौरान एक पैसा अपने गिरह से नहीं ख़र्च कर पाया। भाई मियाँ ने किया, आपने किया, दूसरे अज़ीज़ों ने भी किया होगा, मगर हम बिलकुल माज़ूर और मोहताजों की तरह एक कोने से तमाशा देखा किए। अब ऐसे इनसान को किसका दिल सलाम करना चाहेगा ! ठीक है, अगर बिटिया वहाँ ब्याहती है तो साले को सलाम भी करने लगेंगे !"

आपा खूब जानती थीं वह जिस आसानी से कह रहा था, करेगा वैसा हर्गिज़ नहीं। ज़मीर एहमद ख़ान ज़िद्दी तो नहीं मगर किन्हीं मामलों में बहुत अड़ियल साबित हो सकता है, आपा को खूब ख़बर थी।

"हम किसी और मक़सद से नहीं कह रहे," आपा बोली थीं, "मगर क्या तुम्हें यक़ीन है कि इदरीस मियाँ ने जान-बूझकर तुम्हारे साथ बदमामलगी की ?"

लो ! अभी तो रिश्ता ही आया है और आपा इदरीस ठेकेदार के लेन-देन को उस दृष्टि से देखने की कोशिश करने लगी हैं जैसे एक ज़माना बीतने के बाद खोजी इतिहासकार किताबों में लिखे के अलावा नए और चौंका देनेवाले निष्कर्ष और आयाम ज़माने के सामने रखना चाहते हैं ! आगे क्या-कुछ हो सकता है और होगा, यह अंदाज़ा लगाने को काफ़ी था। और यह सवाल कोई और नहीं, आपा खुद, ज़मीर एहमद ख़ान की सगी बहन, कर रही थीं जो न केवल अब्बा की बीमारी के दौरान उसकी लाचारी देख चुकी थीं, बल्कि उससे पहले भी खुद उसकी अपनी शादी के मौक़े पर ज़मीर एहमद ख़ान की कौड़ी-कौड़ी की मोहताजी की भी चश्मदीद गवाह रही थीं। वह तो भला हो अब्बा और अम्माँ की खुशी का जिसमें डूबकर वह लोग बिन-कहे शादी के लिए ख़र्च कर रहे थे या भाई मियाँ की फ़ैयाज़ी का कि देखते-ही-देखते ज़मीर एहमद ख़ान के कमरे में सूती-रग की बिछात भी हो गई थी, छत में पंखा भी लग गया था, दरवाज़ों-खिड़कियों पर पेलमिट लगकर पर्दे डल गए थे, बिजली की नए सिरे से फ़िटिंग हो गई थी—वही अधिकांश चीज़ें जो आज तक उस कमरे के ज़मीन-आसमान बनी हुई हैं। बाक़ी कुछ वह चीज़ें हैं जो दहेज़ न लेने-देने के दावों के बाद भी एक मध्यवर्गीय परिवार की लड़की अपने घर से साथ लेकर आती है और जिसकी उम्मीद में दूल्हा-घर का एक ख़ास हिस्सा ख़ाली रख छोड़ा जाता है—पलँग, स्टील की अल्मारी, सोफा-कम-बेड, नमाज़ पढ़ने की चौकी, सिंगार-मेज़, इत्यादि-इत्यादि। सो वह बेग़ैरती से पहले अपनी शादी और फिर अब्बा की बीमारी में तमाशाबीनों की तरह औरों को सबकुछ करते-धरते देखता रहा था जिसकी एक बड़ी गवाह खुद आपा थीं जो इस वक़्त इतनी मासूमियत से उससे इदरीस ठेकेदार की ईमानदारी-बेईमानी के बारे में सवाल कर रही थीं।

एकाएक ज़मीर एहमद ख़ान का दिल खुद के लिए गुस्से से भर गया : आख़िर वह साबित क्या करना चाहता था ?! क्या यह कि खुद उसकी जिंदगी का कबाड़ा इदरीस ठेकेदार के कारण हुआ ?! या यह कि वह पंद्रह हज़ार रुपए जिसमें से दस उसे अज़ीज़ ने दिए थे और पाँच अब्बा ने, खुद की कमाई तो एक दमड़ी भी नहीं थी, एक ऐसा सरमाया था कि जिसके डूबने के बाद इनसान उम्र-भर सिर ही न उठा सके ?! भाई मियाँ की मिसाल आँखों के सामने थी जिनको कारोबार में न जाने कितनी बार कितने-कितने का घाटा हुआ लेकिन आज फिर वह खुशहाली की ज़िंदगी बसर कर रहे थे। और पूरे पंद्रह हज़ार भी कहाँ ! इदरीस मियाँ से उसने जब-तब पैसे लिए भी थे, जिन्हें जोड़ा जाए तो चार-पाँच हज़ार की मोटी

रक़म तो बनती ही होगी।

"नहीं, यह कह पाना तो मेरे लिए मुमकिन नहीं," उसने आपा की दलील के सामने हार मानते हुए कहा था, "मगर इसका क्या यह मतलब निकाला जाए कि बदमामलगी मैंने की ?!"

"इदरीस मियाँ तो तुम पर इलज़ाम नहीं लगाते," आपा ने मासूमियत से कहा था। अब तक ज़मीर एहमद ख़ान के सामने यह बिलकुल साफ़ हो गया था कि उससे मशवरा करने की बात महज़ एक औपचारिकता थी और दरअसल आपा तथा अन्य बुज़ुर्ग बिटिया की शादी इदरीस ठेकेदार के बेटे से ज़बानी तय कर चुके हैं और सिर्फ़ रस्म अदा होना रह गया है। अपनी कमज़ोरी और निहत्थेपन की हालत में उसे कम-से-कम आपा से इस सलूक या बदसलूकी की उम्मीद नहीं थी। "वह तो यही कहते हैं," आपा की बात जारी थी, "कि उन्होंने तुम्हारे साथ मिलकर जो काम किया उसमें तुम्हारा पैसा भी डूबा और खुद उनका भी। और यह कि ताल्लुक़ात तुमसे उन्होंने ख़त्म नहीं किए, तुम्हीं ने उनसे मिलना-जुलना, हद यह कि सलाम-दुआ तक बंद कर दी।"

"अपने टाइपराइटर का रोना तो नहीं रोया आपके सामने ?!" ज़मीर एहमद ख़ान ने चटख़ारा लेने को धीमे से हँसकर पूछा था।

"कैसा टाइपराइटर ?" आपा को सचमुच नहीं पता था।

"जिसे अँग्रेज़ी से सीधा हिंदी में अनुवाद करो तो शायद 'जुदाई की ठोकर'-पार्टिंग किक जैसा कुछ बनेगा, उनके दफ़्तर से आख़िरी बार उठते हुए मैं उनका टाइपराइटर भी साथ उठा ले गया था और औने-पौने एक कबाड़ी के हाथों बेच दिया था ! अब्बा के इंतिक़ाल के बाद की बात है, जब राहत के माँ बनने के आसार नज़र आना ही शुरू हुए थे और मुझे इन चक्करों की शिकायत का ज़्यादा एहसास होना ही शुरू हुआ था।"

"उन्होंने तो ऐसा कुछ भी नहीं बताया," आपा ने बेदिली से कहा था।

"आप ठीक कह रही हैं," ज़मीर एहमद ख़ान ने बात को सहजता के साथ निपटाने की ख़ातिर कहा था। "असल में धंधे के लिए एक ख़ास मिज़ाज ज़रूरी होता है जो मेरा नहीं है। अकेले इदरीस मियाँ ही होते तो माना जा सकता था कि उन्होंने बेईमानी की होगी, मेरे साथ तो अब यह शराफ़त मियाँ के मामले में भी आख़िरकार पत्थर ही पड़े ना। और उन्हें भी छोड़ें तो राहत को तो मैं खुद भी बेईमान नहीं कह सकता।"

आपा चुप रही थीं और उनकी चुप्पी के मायने सोचता वह खुद भी कुछ देर ख़ामोश बैठा रहा था। गर्मियों की दोपहर शाम को जब कवेलुओं के छप्पर पर फैलकर अपने हाथ-पाँव पटकती, दम तोड़ती है तो चिड़ियों के बोलने तक एक बेजान सकता पड़ जाता है जिसमें बोला गया हर जुम्ला महज़ बोलने का एक प्रयास लगता है—कुछ कह सकने का एक असफल प्रयास।

"आप तो लड़के को देखो," उसने कुर्सी में पहलू बदलकर खड़े होने की कोशिश करते हुए कहा था। "भाई मियाँ हैं, दूल्हाभाई हैं, और बाक़ी जो नाम-चार के बुज़ुर्ग हैं, उनसे मशवरा करके, बिसमिल्लाह ! फ़ैसला करें और जो भी रस्म चाहती हैं, कर डालें। मुझे तो अच्छे-बुरे का फ़ैसला करने का यूँ भी हक़ नहीं कि साहब, जो पैमाने दुनिया के अच्छा या बुरा तय करने के हैं, उनमें खुद हमसे बदतर कौन हो सकता है ?! बुनियादी बात, जैसा कि आप और मैं अभी कह ही चुके हैं, खुद लड़का-लड़की की पसंद है। वह आप या तो अभी तक मालूम कर ही चुकी होंगी, न किया हो तो कर लीजिए। उसके आगे जो कुछ करना है उसमें जो कुछ भी हमारे लायक़ हो वह बता दीजिए।"

"तुम उठकर खड़े कैसे हो गए ?"

"बस शाम होने को है, घर की राह पकड़ते हैं।"

"ऐसी जल्दी क्या है ?" आपा ने उसे जाने से रोकते हुए कहा था, "बुआ आँगन में छिड़काव कर चुकी होंगी, अभी बाहर निकलकर बैठते हैं। खाना खाकर जाना, आज तो वैसे भी तुम्हारी पसंद की चीज़, तरबूज़ के छिलके और चने की दाल पकी है।

निकटता और दूरी अपने-आपमें कैसे मामूली को असाधारण और महत्त्वपूर्ण को महत्त्वहीन बनाते जाते हैं, आपा की याददाश्त इस बात का एक प्रमाण थी। उन्हें यह याद था कि बचपन में ज़मीर एहमद ख़ान को चने की दाल में मिलाकर पकाए गए तरबूज़ के छिलके बहुत पसंद थे लेकिन यह मालूम नहीं था कि एक ज़माने पहले से अब यह सालन उसे बेज़ायक़ा लगने लगा था। उसी तरह से जैसे उसने उनके सामने जो कुछ प्रत्यक्ष कहा था उसकी रौशनी में उन्होंने यह नतीजा निकालना उचित समझा था कि उसे उनकी बेटी के इदरीस ठेकेदार के बेटे से रिश्ते पर सचमुच कोई आपत्ति नहीं थी !

"जल्दी तो क्या," उसने अँगड़ाई लेते हुए आपा से कहा था, "कभी-कभी फ़ुर्सत की ज़्यादती भी तो इनसान का चैनो-क़रार छीन लेती है ! मेरे साथ ऐसी भी कोई परेशानी नहीं, आप कहती हैं तो खाना खाकर चले जाएँगे।"

सेहन में छिड़काव के बाद बेंत की कुर्सियाँ डाल दी गई थीं। कितनी मुद्दत हुई घर के सेहन में मिट्टी की सोंधी महक को सूँघे, उसने ऊँची खपरैलों से बिदा होती शाम की धूप को अलविदा कहते सोचा था। यह कैसा परिवर्तन था जो शहर-के-शहर, नए तरह से बसाने के नाम पर, उजाड़ रहा था। जनसंख्या ? सचमुच, यह आबादी नहीं बरबादी थी !

बुआ को खाना पकाने की हिदायतें देने के बाद आपा ने दालान में रखे पेडिस्टल फ़ैन का रुख़ कुर्सियों की ओर करके उसे चलाया था और ओढ़नी से पसीना पोंछते हुए उसके पास आ बैठी थीं। "आज हवा बिलकुल बंद है," उन्होंने पेड़ों के बेहरकत पत्तों को चश्मे के पीछे से तकते हुए कहा था। "तुमने अपनी

शादी के लिए भी तो ऐसा ही सख़्त गर्मी का मौसम चुना था।''

''मैंने क्या चुना था,'' उसने खोए-से स्वर में कहा था, ''अब्बा का फ़ैसला था। और अच्छा ही हुआ अगर शादी के लिए बेहतर मौसम का इंतज़ार किया जाता तो अब्बा उसमें शिरकत नहीं कर पाते। लगता है, सचमुच जो भी होता है ठीक ही होता है।''

''यह अब तुम्हारे सोचने का ढंग जाने कैसे बदल गया है,'' आपा ने एक गंभीर बात को हँसने-हँसाने के स्तर पर लेते हुए कहा था, ''वरना तुम नाक पर मक्खी कहाँ बैठने देते थे। करने और होने के फ़र्क़ पर घंटों बहस करते थे।''

''वह क्या कहावत है आपा,'' अपनी शर्मिंदगी पर पर्दा डालने की ख़ातिर ज़मीर एहमद ख़ान ने कहा था, ''कि न होगी नाक, न बैठेगी मक्खी !'' और आपा की प्रतिक्रिया देखने से पहले ही वह खुद क़हक़हा लगाकर हँस दिया था।

... जितना भी इदरीस ठेकेदार से वह अपने शिकवे-शिकायत के बारे में सोच रहा था, उतना ही उसका सिर शर्म से झुकता जा रहा था। वास्तव में वह खूबी क्या थी जिसे इदरीस ठेकेदार में देखकर वह उसके साथ काम करने पर आमादा हुआ था ? ईमानदारी ?! हर्गिज़ नहीं ! जिस प्रकार की समस्याओं के समाधान की ख़ातिर इदरीस अज़ीज़ उर्फ़ अच्छन के आसपास मँडराता, ख़ुशामदें करता फिरता था, वह किसी ईमानदार ठेकेदार की नहीं हो सकती थीं। किसी प्रकार का अपनापन, कि यह जानकर कि इदरीस का हाथ उन दिनों तंग था, कुछ ज़मीर एहमद ख़ान उसके काम आ जाए, कुछ इदरीस ज़मीर के, ऐसा भी बिलकुल नहीं ! क्या उस तरह के कामों में ज़मीर एहमद ख़ान की रुचि, जिनके ठेके इदरीस लेता था ? ऐसा होता तो वह खुद दफ़्तर में पसरकर गपशप करने के बजाय इदरीस के साथ काम के मौक़ों पर जाता और उन लोगों से मेल-मिलाप बढ़ाता जो ठेकेदारी के नज़रिए से उपयोगी होते। उसने तो इदरीस ठेकेदार के उस दस फ़ीट लंबे और पंद्रह फ़ीट चौड़े कमरे को एक ऐसा मुनासिब ठीया समझा जहाँ टिककर बैठा जा सकता था। घरवालों की नज़रों से ओझल और 'व्यस्त' शहर के तमाम अच्छे और बुरे शायरों, अख़बारनवीसों, छुटभैये राजनेताओं, अध्यापकों के साथ दुनिया को चाय की प्यालियों में तोलते, परखते, बतियाते। वह सस्ता ज़माना था और 'दफ़्तर' के पासवाले मौलाना के होटल पर नमकीन-चाय महँगी होकर भी चार आना फ़ी गिलास ही थी। इसी से मिलती-जुलती पान, सिगरेट, बीड़ी होती थी। सस्तेपन के बावजूद 'दफ़्तर' का रोज़ाना चाय-पान का ख़र्चा लगभग दस रुपए का था। जब तक खुद ज़मीर एहमद ख़ान की अपनी जेब में होते वह पूरी फ़िराख़दिली से ख़र्च करता, लेकिन जब जेब ख़ाली हो जाती तो मौलाना के पास खाते में लिखवा देता। वह खुद तो लिखवा देता लेकिन मौलाना तो एक वक़्त बीतने के बाद तक़ाज़ा इदरीस मियाँ से ही करता, और चाहे-अनचाहे उन्हें पैसे देना भी पड़ते। काफ़ी दिनों तक तो 'दफ़्तर' में टेलिफ़ोन की सुविधा भी रही जिसका फ़ायदा हर आने-जानेवाले

ने उठाया और जिसे अंततः हर बार बढ़ते बिल के कारण इदरीस मियाँ किसी तरह अपने घर स्थानांतरित कराने में कामयाब हो गए। इदरीस मियाँ का हिसाब लिखने जब एक एकाउंटेंट हफ़्ते में दो या तीन बार शाम के समय उनकी उपस्थिति में आता था, तो ज़मीर एहमद ख़ान सहचरों सहित अपना यह समय कहीं और गुज़ार लेता था। इदरीस को उससे सबसे बड़ी शिकायत यही थी कि वह अपना समय उन लोगों के बीच क्यों नहीं बिताता जो रोज़ के धंधे में कहीं काम आ सकें। जहाँ अज़ीज़ उर्फ़ अच्छन हर कलाकार की सच्चे दिल से इज़्ज़त करता था, इदरीस उनके महत्त्व को नकारे बग़ैर चाहता था कि उनका भी समय-समय पर सही-सही उपयोग किया जाए। ऐसा करने के लिए उसने ज़मीर एहमद ख़ान पर ज़ोर कभी नहीं डाला, बस शुरू में इशारों में समझाना चाहा और बाद में अपने व्यवहार से उसके प्रति अपनी निराशा व्यक्त कर दी। ज़मीर एहमद ख़ान यह नहीं कह सकता कि उस समय वह उसकी मंशा को समझ नहीं पाया। अच्छे-से समझ-बूझकर उसने उसे नज़रअंदाज़ कर दिया।

फिर क्या था जिसने उसे इदरीस ठेकेदार के साथ काम करने पर प्रेरित किया था ?! शायद ज़मीर एहमद ख़ान का यह अंदाज़ा कि उस मुश्किल के समय पर थोड़ी-सी सहायता मिल जाने के बाद इदरीस एक सफल धंधा करनेवाला सिद्ध हो सकता है जिसके सहारे खुद उसका काम भी चल सकता है। सफलता के नाम पर उसने अज़ीज़ के आसपास जो लोग इकट्ठे देखे थे उन्होंने कहीं अज़ीज़ की ही कही इस बात की हर-हर क़दम पर ताईद की थी कि दुनिया बदल रही है, जीवन के मापदंड बदल रहे हैं और बेईमानी हमारी ज़िंदगियों का एक अभिन्न हिस्सा बन चुकी है। कामयाबी और बेईमानी किन्हीं अर्थों में पर्यायवाची हो गए हैं। सो इदरीस ठेकेदार में उसे उस समय एक संभावित सफल बेईमान नज़र आया था जो गुण खुद ज़मीर एहदम ख़ान में कहीं दूर-दूर तक नहीं था और उसने उस पर पैसा बिलकुल उस तरह लगा दिया था जैसे रेस में लोग जीतनेवाले घोड़े पर दाँव खेलते हैं—यह भूलकर कि इदरीस ठेकेदार घोड़ा नहीं आदमी था जो और दुनिया के साथ-ही-साथ अपने तथाकथित पार्टनर के साथ भी धोखा कर सकता था ! अब काहे की मलामत और किस बात का गिला-शिकवा ! उसे तो यह सोचकर खुश होना चाहिए कि उसका इदरीस ठेकेदार के बारे में पहला अनुमान बिलकुल ठीक निकला और वह आज शहर के कामयाब लोगों में से एक है ! उसकी कोठी भी है, कारें भी और पढ़ी-लिखी औलाद भी। यही एक बड़ी इज़्ज़त की बात थी कि ज़मीर एहमद ख़ान जैसे निकम्मे आदमी के क़रीबी रिश्तेदारों में वह अपनी औलाद का रिश्ता करना चाह रहा था।

ज़मीर एहमद ख़ान और इदरीस ठेकेदार के बीच टकराव की पहली स्थिति इदरीस के मना करने के बावजूद एक बार उसके दफ़्तर में ज़मीर एहमद ख़ान के अपने कुछ अन्य मित्रों के साथ शराब पीने को लेकर बनी थी, जिसे ज़मीर एहमद

ख़ान ने अपनी गलती तसलीम करते हुए बहुत समझदारी से टाल दिया था। इदरीस खुद शराब नहीं पीता था, और उसके साथ बीते वक़्त में अगर कोई चीज़ ज़मीर एहमद ख़ान को उपलब्धि की तरह याद आती थी तो यही कि उस दौरान उसके पीने-पिलाने पर ख़ासा नियंत्रण रहा था—बस कभी-कभार किसी होटल या बार में विवेक या किसी अन्य मित्र के साथ। इधर बार-बार के तक़ाज़ों—पहले खुद की शादी के मौक़े पर और बाद में अब्बा की बीमारी के अवसर पर—के कारण भी इदरीस उससे धीरे-धीरे दूर रहने लगा था और फिर जब एक बार अब्बा के इंतिक़ाल के बाद उससे खुलकर सामना हुआ था तो उसने हाथ उठा दिए थे।

"किन पैसों का तक़ाज़ा करते हो आप, मेरी समझ में नहीं आता !" उसने बात को तोड़ने-मरोड़ने के बजाय सीधे ज़मीर एहमद ख़ान पर वार किया था। "पार्टनरशिप का मतलब होता है नफ़े-नुक़सान, दोनों में बराबर की हिस्सेदारी। आपने मुझे सूद पर तो पैसा दिया नहीं कि हर हालत में उसे वापस करना पड़े।"

"काम में इतना घाटा हो गया कि मेरा पूरा पंद्रह हज़ार ही डूब गया ?!" उसने व्यांग्यात्मक स्वर में इदरीस ठेकेदार से कैफ़ियत तलब की थी।

"नहीं, मैं झूठ बोल रहा हूँ !"

"मतलब कम-से-कम इतना ही पैसा आपका भी डूबा होगा ? कुछ मुनाफ़े की उम्मीद में हम दोनों मिलकर तीस हज़ार रुपया गँवा बैठे ?!"

"मैं बहस नहीं करना चाहता, आप तो सारे हिसाब देख लो !" इदरीस ने वह पाँसा फेंका था जिसका ज़मीर एहमद ख़ान के पास कोई जवाब नहीं था। "आपको तो मियाँ अपने पंद्रह हज़ार की फ़िक्र है और मैं जो अकेला एक लाख से गले-गले उतरा हुआ हूँ—मैं किसके सामने जाकर दुहाई दूँ ?! जब से इमर्जेंसी लगी है, किस-किस तरह की सख़्ती हो गई है, यह क्या किसी की नज़रों से छिपा है ?!"

"मेरे ख़याल से," ज़मीर एहमद ख़ान इदरीस ठेकेदार से हिसाब चुकता करने का बिलकुल तय ही कर चुका था, "आपकी करतूतों के लिए तो इस इमर्जेंसी में कुछ मौत की सज़ा जैसी चीज़ भी रखी गई होगी ?!"

"आप अपनी सोचो !" इदरीस ने बिफरकर कहा था। "मुझे क्या मालूम था कि अज़ीज़ पहलवान के इतने क़रीब रहकर भी तुम इतने बेमसरफ़ आदमी निकलोगे ! मैंने शिरकत इसलिए की थी कि तुम भी कुछ चलत-फिरत करोगे, अपने उन संबंधों को काम में लाओगे जो अज़ीज़ पहलवान की वजह से बन गए थे मगर तुममें तो कोई सत ही नहीं ! तुम्हारा साथ, ज़मीर ख़ान, मेरे लिए रत्ती बराबर तो सहायक हुआ नहीं, ऊपर से कमर तोड़नेवाली ज़िम्मेदारी अलग बन गया। समय-समय पर मैंने जो कुछ भी आपको दिया उसे भूलता हूँ और जो नादानी में आप मेरे पीठ-पीछे लोगों के सामने कीड़े गिनते या मज़ाक़ बनाते रहे हो उसे भी माफ़ करता हूँ, इस ऐलान के साथ कि इस पार्टनरशिप का यहीं और इसी क्षण

ख़ात्मा होता है, बस !"

इदरीस ठेकेदार अपनी बात कहते इस क़दर ताव में आ गया था कि वह यह भूल ही गया कि जिस जगह बैठकर बात हो रही थी वह क़ानूनन खुद उसका दफ़्तर था और अपनी बात ख़त्म करने के बाद वह वहाँ से उठकर चला गया। उसके चले जाने के बाद ज़मीर एहमद ख़ान ने दफ़्तर के दीवारो-दर को हसरत की नज़र से देखा था और वह नज़र बाजू की टेबिल पर पड़े एक टाइपराइटर पर जा ठहरी थी। टाइपराइटर को पुराने अख़बार में लपेटकर उसने दफ़्तर को ताला लगाया था और नियमानुसार ताले की चाबी होटलवाले मौलाना को सौंपता अपनी राह हो लिया था—ऐसी राह जिसे आज आपा से बात करने से पहले तक इदरीस ठेकेदार की राह से कुछ लेना-देना नहीं था। हद तो यह कि खुद इदरीस ठेकेदार तक ने अपने उस टाइपराइटर को भूल के खाते में डाले रखना ही ज्यादा मुनासिब समझा था।

इदरीस के साथ मामलेदारी के पटाक्षेप के समय जहाँ एक ओर उसके स्वास्थ्य में बिगाड़ सूरत-शक्ल बना चुका था वहीं राहत उम्मीद से थी और उसने कुछ समय बाद सना को जन्म देना था। अब्बा ने जिस छोटे समय बीमार रहने के बाद देह को त्यागा था वह उस समय एहसास की समझी जा सकनेवाली परिधि के बाहर था। अब्बा का अंत इस अर्थ में इंतिहाई नाटकीय था कि अपनी आख़िरी साँस तक वह अम्माँ, भाई मियाँ, आपा, घर के सारे बच्चों, हद यह कि दूर-दराज़ के रिश्तेदारों तक को पहचानते और उनका नाम लेकर बातें करते रहे, लेकिन उसके बारे में आँखें बंद होने के घंटों पूर्व से ही उनकी ज़बान पर यही सवाल रहा कि ज़मीर कहाँ है ? वह उसे देखते थे, पहचानने से इनकार करते थे और पूछते थे, "ज़मीर कहाँ है ?" वह उन्हें आवाज़ देकर बताता था, "अब्बा मैं हूँ ज़मीर, आपके सामने।" और अब्बा निराशा से सिर पटकते हुए दोहराते थे, "ज़मीर ? ज़मीर कहाँ है ?" अम्माँ से लेकर बड़े अब्बा और फफू अम्माँ और जो भी उन निर्णायक घड़ियों में उनके पास जमा थे, सबने उन्हें समझाने और यक़ीन दिलाने की कोशिश की कि वही वास्तव में ज़मीर था लेकिन अब्बा के लिए तो वह जैसे पारदर्शी और अस्तित्वहीन हो चुका था जिसे न वह देख सकते थे, न सुन सकते थे और ना ही महसूस कर सकते थे। उसके अलावा अब्बा के लिए हर एक उपस्थित था जिसे वह नसीहत कर सकते थे, जिसकी बात वह सुन सकते थे और जिसका हाथ मौत की पीड़ा सहन करने को वह थाम और दबा सकते थे। ज़मीर एहमद ख़ान अकेला ऐसा था जिससे उनका नाता जीते-जी टूट चुका था और जिसके बारे में वह बहुत चिंतित होकर बार-बार पूछने पर मजबूर थे कि ज़मीर कहाँ है, ज़मीर कहाँ है।

मौत और ज़िंदगी का जिस प्रकार का चोली-दामन का साथ है, अब्बा के प्रस्थान के बाद बेटी सना का आगमन हुआ था और उसे यह अनुभव इस मायने में निराशाजनक लगा था कि जिस तरह औलाद के बारे में माँ-बाप की छठी हिस

और प्यार की ललक इत्यादि के बारे में उसने अपनी उम्र में पढ़ा या सुना था वैसा उसे कुछ भी महसूस नहीं हुआ था। लगा था कई बच्चों के बीच अगर उसकी बेटी को लिटा दिया जाए तो वह किसी भी प्रकार से उसे अलग से पहचान नहीं पाएगा। अंततः वह इस नतीजे पर पहुँचा था कि बुनियादी तौर पर किसी बच्चे से प्यार उस अनुपात में होता है जितना समय हम उसके साथ बिताते हैं या जितने विस्तार से उसे जानते हैं। शायद जन्म के फ़ौरन बाद हॉस्पिटल में कोई नर्स अगर हमारी औलाद को बदल दे इस प्रकार कि अंत तक इसका पता ही न चले तो हम दूसरे की संतान के साथ बिलकुल उसी प्रकार जीवन व्यतीत करें जैसा अपनी असली संतान के साथ करते हैं। उनमें से किसी में हम माँ की विशेषताएँ खोज लें तो किसी में बाप-सी समानताएँ। यह न कर पाएँ तो कह दें कि औलाद नालायक़ निकल गई। कौन जाने, हो सकता है कोई नर्स हॉस्पिटल में हमारी संतानों के साथ लंबे समय से यह सलूक करती भी आ रही हो !

अब्बा के इंतिक़ाल और सना के जन्म के कुछ समय बाद ही ज़मीर एहमद ख़ान की सेहत इस तरह बिगड़ी थी कि उसे पहली बार डॉक्टर मगरमच्छ के क्लीनिक पर ले जाया गया था।

यह बात लगभग दस साल पुरानी थी।

9. शराफ़त कबाड़ी

सुबह बिस्तर में ही ज़मीर एहमद ख़ान को शराफ़त मियाँ के आने की ख़बर मिली थी। कुछ पल खुद को यह यक़ीन दिलाने की कोशिश के बाद कि यह किसी बुरे सपने का अंत नहीं हक़ीक़त थी, वह कपड़ों की शिकनें बराबर करता घर के बाहर आ गया था। धूप चौतरफ़ इस तरह फैली थी जैसे सूरज रात में कभी डूबा ही न हो। हवा में लपट थी और आसमान बिलकुल निर्जीव राख की-सी रंगत।

बाहर लाल रंग की मारुति में शराफ़त मियाँ बैठे थे जो उसे देखकर कुछ फाइलें हाथ में दबाए नीचे उतर आए थे।

"कुछ बात करनी थी," रस्मी सलाम-अलैक की ज़रूरत को सिरे से नज़रअंदाज़ करते हुए उन्होंने काम-काजी लहजे में कहा था। "सोचा सुबह घर पर ही मुनासिब रहेगा।"

सड़क पर ट्राफ़िक की गहमा-गहमी देखकर कहना मुश्किल था कि अभी सुबह ही थी। मिनी बसें, थ्री-व्हीलर, हथठेले और पैदल चलनेवाले सड़क पर आने-जाने में व्यस्त थे। सूरज की तपिश और लोगों की भाग-दौड़ में एक [illegible] सा होता लग रहा था और इसे पल-ब-पल बढ़ते ही जाना था।

चेहरे पर आए नागवारी के तास्सुर को छिपाए बग़ैर ज़मीर एहमद ख़ान ख़ामोश खड़ा रहा था।

"आपको वक़्त से पहले जगा दिया शायद ?!" शराफ़त मियाँ के स्वर में व्यंग्य था या नहीं, यह बारीकी जानने की ज़रूरत उसने महसूस नहीं की थी। "वैसे इस मौसम में तो सुबह आठ बजे भी दोपहर कहलाती है।"

"मेरे मामूल आप सड़क पर तक़रीर करके तो बदलने से रहे !" उसने कड़वाहट के साथ कहा था। सच यह था कि शराफ़त मियाँ का आ टपकना एक ऐसा अप्रिय आश्चर्य था जिसके लिए ज़मीर एहमद ख़ान क़तई तैयार नहीं था। उन्हें घर में ले जाने का ख़याल ही उसे नागवार लग रहा था, साथ में बैठकर बात करना तो दूर की बात थी। किया क्या जा सकता था, शराफ़त मियाँ उसके सामने यूँ खड़े थे जैसे उनके जाने के तमाम रास्ते ज़मीर एहमद ख़ान ने रोक रखे हों। "आइए," आख़िर आजिज़ आकर उसने उन्हें घर में चलने को कहा था।

"आपकी सोच-समझ बदल सकने की भला मेरी क्या मजाल," ज़ीने की सीढ़ियाँ चढ़ते, घर के निचले हिस्से का ऐरा लेने की कोशिश करते हुए शराफ़त मियाँ ने झूठी ख़ाकसारी के साथ कहा था। यह उनका बुनियादी स्वभाव था कि जहाँ भी जाते पूरी तरह चौकन्ना और हर चीज़ को बारीकी से नज़र में रखते हुए। "आप तालीमयाफ़्ता, अपनी तरह से दुनिया देखे-समझे। हम जाहिल-मुतलक़ ! हमारी कोई बात आपके किस काम की हो सकती है !"

"आज से नौ साल पहले," ज़मीर एहमद ख़ान ने पंखे की रफ़्तार बढ़ाकर दीवान पर शराफ़त मियाँ के लिए बैठने की जगह बनाते हुए कहा था, "अगर आप इसी तरह सोचते तो बहुत कुछ बनने-बिगड़ने से बच जाता। बताएँ, चाय पिएँगे या कुछ ठंडा ?"

"मैं तो नाश्ता करके ही आ रहा हूँ," शराफ़त मियाँ ने कमरे का तफ़सीली जायज़ा लेते हुए गहरी साँस ली थी। "आपके साथ एक प्याली चाय बेशक पी लूँगा। आप इतमीनान से मुँह-हाथ धोकर तशरीफ़ लाएँ। यह राहत बिया क्या नीचे तशरीफ़ रखती हैं ?"

जवाब देने के बजाय ज़मीर एहमद ख़ान लपककर बाथरूम में घुस गया था—क्यों आया था यह कमबख़्त ?! एक यही सवाल था जो लगातार उसे घेर रहा था—इतने ज़माने तक सिरे से ग़ायब रहने के बाद आज शराफ़त मियाँ के इस तरह आने की क्या वजह हो सकती है ? नहीं, बिना अपने किसी मतलब के कुछ करने की मूर्खता शराफ़त मियाँ के साथ जोड़कर नहीं सोची जा सकती, जिसकी ग़लती ज़मीर एहमद ख़ान अतीत में एक बार कर चुका था ! ज़रूर कोई चाल, कोई मतलब जुड़ा होगा उनके आने के साथ, जैसा आज से नौ साल पहले हुआ करता था—तब जब 'द ट्रेज़र ट्रोव्ह' असलियत नहीं, शराफ़त मियाँ के दिमाग़ की एक धुँधली स्कीम हुआ करता था। ऐसी स्कीम, बक़ौल भाई मियाँ के, जिसको

लेकर उन्होंने ज़मीर एहमद ख़ान को सब्ज़बाग़ दिखाने शुरू कर दिए थे।

अब्बा के इंतिक़ाल, सना के जन्म और खुद ज़मीर एहमद ख़ान के पहली बार डॉक्टर के पास ले जाए जाने के बाद उसके जीवन में वह अंतराल रहा था जिसमें ज़मीर एहमद ख़ान ने कुछ किया कम और सोचा ज़्यादा था। दिमाग़ में फैलते-सिमटते धूप-छाँव के बारे में सोचा था, अपने व्यक्तित्व में फैलकर बड़े होते सूराख़ के बारे में सोचा था, खुद के चकराकर किसी गहराई में गिर सकने की संभावना को लेकर ग़ौर किया था, इनसान, जिन्नात और खुदा की अपनी ज़िंदगी में गुंजाइश फिर से समझना चाही थी, और राहत, भाई मियाँ तथा विवेक के अनुरोध पर एक बार फिर डिग्री पूरी करने के बारे में गंभीरता से विचार करने के बाद इस सिलसिले में कुछ क़दम भी उठाए थे। लेकिन यह सब मुँह-देखे का करना था और वह जानता था कि इंजीनियरिंग का अधूरा अध्याय खुद उसके लिए हमेशा को बंद हो चुका था। उसी ज़माने में, और 'द ट्रेज़र ट्रोव्ह' की असली शुरुआत से पहले, शराफ़त मियाँ ने भी अपनी भविष्य की योजना के लिए उसकी घेरा-घारी शुरू कर दी थी। होता यह कि उसकी तबीयत पूछने के बहाने वह हर दूसरे-तीसरे दिन घर पर आ धमकते, कभी फल, कभी मिठाई, कभी नन्ही सना के लिए कोई खिलौना लेकर और देर तक बैठकर अपने भविष्य के मनसूबों की चर्चा करते, ज़मीर एहमद ख़ान से भी उनमें शामिल होने के अपने अनुरोध और आग्रह को दोहराते हुए।

"यह समझें," वह बेहद गर्मजोशी से अपनी बात दोहराते, "मैं यह धंधा सोच ही आपके बूते पर रहा हूँ। सच्ची बात यह कि हम तो अपने कबाड़े में ही आबाद हैं। अल्लाह दाल-रोटी उसमें भी दे ही रहा है। मगर ज़माना बदल रहा है साहब, और उसके साथ कुछ नया भी किया जाना चाहिए। बड़ी गुंजाइशें हैं अभी शहर में कुछ करने-धरने और तरक़्क़ी की। जो इनका फ़ायदा न उठाए वह बदनसीब। आप भी कहाँ अब फिर से डिग्री-विग्री के चक्कर में पड़ रहे हो, जो मज़ा हमारे काम में होगा, सौ डिग्रियों में नहीं हो सकता।"

धंधे की बारीकियों को समझे बग़ैर महज़ शराफ़त मियाँ की संजीदगी देखकर किसी पल ज़मीर एहमद ख़ान को खुद भी यक़ीन होने लगता कि वह इस धंधे के झमेले में सिर्फ़ उसी की ख़ातिर पड़ रहे थे।

फिर एक दिन मिठाई के साथ उन्होंने खुशख़बरी सुनाई थी कि मार्केट में एक दुकान की बात लगभग तय हो गई थी और अब आख़िरी फैसला ज़मीर एहमद ख़ान को करना था।

"मैं शुरू से आपसे कहता रहा हूँ," दुकान की मुबारकबाद के साथ उसने शराफ़त मियाँ से कहा था, "कि धंधे का न तो मुझे कोई तजुर्बा है, न उस तरह का बुनियादी मिज़ाज। मेरे भरोसे प्लानिंग करके या पैसा लगाके क्या आप कोई समझदारी का काम कर रहे हैं ?"

"वह आप मुझ पर छोड़ दें," शराफ़त मियाँ ने चहककर कहा था, और अँग्रेज़ी के उन गिनती के मुहावरों में से जो उन्हें कलमे की तरह रटे थे, एक का सदुपयोग किया था, "नो रिस्क, नो प्ले ! धंधे-धंधे में भी फ़र्क़ होता है। कुछ लोग छोटे-मोटे कामों के लिए पैदा किए जाते हैं, कुछ सिर्फ़ बड़े कामों के लिए बने होते हैं। तो छोटे-मोटे कामों और हाश-हूश के लिए हम हैं, और मुख़्तारी आपको क़बूल करना पड़ेगी।"

ऐसा नहीं कि ज़मीर एहमद ख़ान इन मीठी-मीठी बातों में रची चापलूसी तब समझ नहीं पा रहा था लेकिन बिना किसी सबूत के वह शराफ़त मियाँ को मुजरिम भी नहीं समझना चाहता था। यह भी हो सकता है कि तब तक वह खुद भी दिल में यही मानकर चलता रहा हो कि उसे दुनिया में छोटे-मोटे नहीं, बड़े कामों के लिए पैदा किया गया था जिनका अवसर तब तक नहीं मिल पाया था।

"क्या मुझसे कुछ भी हो सकेगा ?" उसने ईमानदारी से शराफ़त मियाँ से ही पूछा था, उनके सामने दिमाग़ में उपजे सारे शको-शुबहे रखते हुए। "बाक़ी सब अपनी जगह, यह जो मेरी दिमाग़ी हालत हो गई है, उसे देखते हुए ?"

"हाथी पर जितना चढ़ना मुश्किल है," शराफ़त मियाँ ने दुकानदारी की उस अदा का फ़ायदा उठाते हुए जिससे वह कबाड़ा बेचकर आबाद थे, ज़मीर एहमद ख़ान से कहा था, "सवारी करना उतना थोड़ी है ! हाथी आपकी 'हाँ' के इंतज़ार में है और बंदा सीढ़ी बनकर आपको उस पर चढ़ाने को बेक़रार है। आपको अंदेशा क्या है ? एक बार काम में लग जाओगे तो बीमारी का ख़याल तक ज़ेहन से निकल जाएगा।"

बग़ैर कोई फैसला किए उसने शराफ़त मियाँ के साथ जाकर दुकान की जगह देखी थी, हालाँकि खुद के ख़याल में उसका देखना-न देखना बराबर था। दुकान में सबसे महत्त्वपूर्ण उसे यह लगा था कि ख़ासी बड़ी होने के साथ-साथ वह घर के निकट ही थी और वहाँ तक चहलकदमी करते आराम से आया-जाया जा सकता था। फिर धीरे-धीरे दुकान की सजावट-बनावट में उसकी दिलचस्पी बढ़ती गई थी, इस हद तक कि वह सचमुच अपनी बीमारी को भूल ही गया था। महीनों दिन-रात के काम के बाद 'द ट्रेज़र ट्रोव्ह' का उद्घाटन हुआ था, उन दिनों जब इमर्जेंसी के बाद के चुनाव में कांग्रेस का पत्ता साफ़ हो चुका था और देश तथा प्रदेश में जनता का शासन था। शराफ़त मियाँ के किसी परिचित मंत्री ने दुकान का उद्घाटन किया था, सन् 1978 के मध्य में कभी। यानी आज से पूरे नौ साल पहले ...

चाय की ट्रे लेकर वह कमरे में दाख़िल हुआ तो शराफ़त मियाँ चश्मा लगाए अपने साथ लाई फ़ाइलों के पन्ने पलटने में व्यस्त थे।

"शुक्रिया," चाय की प्याली थामते हुए उन्होंने चश्मे के फ़्रेम के ऊपर से ज़मीर एहमद ख़ान को घूरा था, "ग़ज़ब की गर्मी है साहब, सुबह-सवेरे से ही बिलकुल आग बरस रही है ! और हाँ, मैंने राहत बिया के बारे में दरियाफ़्त किया था।"

उन्होंने जैसे चाय की खुशबू सूँघकर अंदाज़ा लगाने की कोशिश की थी।

"आप ख़बर करके आते तो उन्हें होने की ताकीद कर दी जाती ! फ़िलहाल तो मुझे ही ख़िदमत का मौक़ा दें !"

"ख़िदमत करें आपके दुश्मन !" शराफ़त मियाँ ने कान पकड़ने का नाटक करते हुए कहा था, "दरअसल मैं जिस लिए इस वक़्त आया था, अगर वह होतीं तो बेहतर रहता।"

"अव्वल तो," ज़मीर एहमद ख़ान ने नागवारी के साथ कहा था, "मुझे खुद नहीं मालूम कि आप किस इरादे से तशरीफ़ लाए हैं ! रही बात राहत की तो वह वाक़ई घर में नहीं हैं।"

शराफ़त कबाड़ी चाय की चुस्कियाँ लेता ख़ामोश बैठा रहा था। इतने सालों में कोई फ़र्क़ नहीं आया था उसके हुलिये में। सफ़ारी सूट कुछ महँगे कपड़े का पहनने लगा था। और अब बीड़ी के साथ-साथ सिगरेट भी पी लेता था। वही तेल चुपड़े सिर के बाल, सुरमा लगी आँखें और लापरवाही से छोड़ा गया दो-तीन दिन का शेव। हाँ, घर-जायदाद में इस बीच ज़रूर खूब बरकत हुई थी—कहीं प्लॉट ख़रीदे थे तो कहीं मकान, और पुराने स्कूटर की जगह नई मारुति ले चुकी थी। असल तब्दीली, दरअसल, आई थी बेटे सलामत में, जो देखते-देखते कपड़ों से लेकर जूते और खुशबुओं में शहज़ादों को मात करने लगा था। वी.सी.आर. पर अँग्रेज़ी फ़िल्में देखकर अपनी बोलचाल का लबो-लहजा दुरुस्त करता था, वेस्टर्न म्यूज़िक बजाता और अकेले में डांस की प्रैक्टिस करता था। एक दिन वह भी आएगा जब वह लिटरेचर और पोएट्री पर भी राय देने लगेगा, सिर्फ़ 'द ट्रेज़र ट्रोव्ह' पर आनेवाले ग्राहकों को इम्प्रेस करने के लिए ! और ईमानदारी से देखा जाए तो सलामत ने यह तालीम ज़मीर एहमद ख़ान को अपना गुरु मानकर, उसी के किए-धरे को देखकर हासिल की थी, और इसमें गुरु को कहीं बहुत पीछे छोड़ गया था। और कौन जानता है, आज जो ज़मीर एहमद ख़ान के लिए नक़ली और झूठ था, कल दुनिया के लिए सच और असली हो जाए ! ज़मीर एहमद ख़ान झूठ और शराफ़त कबाड़ी तथा सलामत कबाड़ा सच हो जाएँ !

"मैं यह चाहता हूँ," शराफ़त मियाँ का लहजा बातूनीपन का अंदाज़ छोड़कर एकदम संजीदा हो गया, "कि हमारे बीच इस वक़्त जो भी बात हो, उसका गवाह कोई तीसरा भी हो, जो यह फ़ैसला कर सके कि दोनों में से कौन सही है और कौन ग़लत। आख़िर इस तरह कितने दिन चलेगा !"

"क्या चलेगा ?!" ज़मीर एहमद ख़ान ने झुँझलाकर चाय की प्याली टेबिल पर रखते हुए कहा था। "यार माफ़ करना, मैं आपका ज़र-ख़रीद तो हूँ नहीं कि जब चाहो अपने काम का रोना रोते हुए आ जाओ और मुझे धमकाओ।"

"यह तो वही मिस्ल हुई," शराफ़त मियाँ ने व्यंग्य किया था, "कि उलटा चोर कोतवाल को डाँटे ! मैं तो यही चाह रहा हूँ कि एक बार बात का तसफ़िया हो

जाए।''

''किस बात का तसफ़िया ?'' ज़मीर एहमद ख़ान की झुँझलाहट पल-ब-पल बढ़ती जा रही थी। ''देखो यार, मेरी तबीयत वैसे ही खराब है, आप मुझे परेशान मत करो। मुझे कोई तसफ़िया नहीं चाहिए ! ऐसा ही गवाहों का शौक़ होता तो मैं शुरू से सारी बात गवाहों की मौजूदगी में न करता ! अब क्या रखा है !''

''एक ग़लती दूसरी का सुधार थोड़ी हो सकती है,'' शराफ़त मियाँ ने संयत स्वर में कहा था। ''कम-से-कम अब जो हो उसे लेकर तो आपको शिकवा-शिकायत न रहे।''

''लेकिन क्या हो ?!'' ज़मीर एहमद ख़ान ने गुस्से और आश्चर्य से पूछा था, ''अभी कुछ कहने-सुनने को बाक़ी रह गया है क्या ?''

''हो सकता है आप अभी तक सब कह चुके हों,'' शराफ़त मियाँ ने कड़वे स्वर में कहा था, ''लेकिन मुझे भी तो अपनी बात लोगों के सामने रखने का मौक़ा मिलना चाहिए।''

''मैं कह चुका हूँ ?!'' ज़मीर एहमद ख़ान का आश्चर्य बढ़ गया था और गुस्सा भी। ''कुछ दिन आराम करने के लिए मुझे दुकान न आने का मशवरा आप देते हो और फिर यूँ बेख़बर हो जाते हो जैसे कभी कोई ताल्लुक़ ही न रहा हो ! मेरे नाकारा होने, सोने-जागने, काम करने, मिलने-जुलने के बारे में दुनिया के सामने दुखड़ा आप रोते हो, मुझे दुनिया का सबसे बेमसरफ़ आदमी साबित करते हुए ! मैं किसके सामने क्या कहता हूँ ?!''

''आप ही क्यों, बड़े भाईसाहब भी दुनिया-जहान में कहते फिरते हैं कि शराफ़त ने हमारे भाई को ठिकाने लगा दिया। उसकी वजह से खुद तो बन गए, उसे कहीं का न रखा ! मेरा कोई एक सलूक आप ऐसा गिनवाएँ जो दुश्मनी के तहत किया गया हो ? मैंने तो हमेशा आपको अपने बेटे सलामत और हद यह कि खुद पर भी तरजीह ही दी, धंधे के सारे स्याहो-सफ़ेद का मालिक बनाते हुए।''

''बेशक !'' ज़मीर एहमद ख़ान ने चिढ़कर कहा था, ''अब यह मेरा मुक़द्दर था कि सिर्फ़ स्याह-ही-स्याह हाथ लगा !''

''जो भी चुना,'' शराफ़त मियाँ का स्वर व्यंग्यात्मक हो गया था, ''मर्ज़ी आपकी थी ! वैसे बेहोशी में स्याह-सफ़ेद का फ़र्क़ कहाँ रह जाता है !''

ज़मीर एहमद ख़ान सन्नाटे में आ गया था।

''मेरे ज़ाती मामलों में,'' उसने कमज़ोर आवाज़ में कहा था, ''दख़लअंदाज़ी करने से मैंने पहले भी आपको मना किया है।''

''दिक़्क़त तो आपके साथ दरअसल यही रही,'' शराफ़त मियाँ ने उसे दबता महसूस करके और चढ़ बैठने के अंदाज़ में कहा था, ''कि पता ही नहीं चलता था धंधे का मामला कहाँ ख़त्म हुआ और ज़ाती कहाँ से शुरू !''

शराफ़त मियाँ बोले जा रहे थे और उनकी आवाज़ की ऊँच-नीच उसके सामने एक चेहरा संघटित कर रही थी—वसीमा बेगम का चेहरा ...

10. वसीमा बेगम

... एक खूबसूरत, लगभग ज़मीर एहमद ख़ान की उम्र की ही महिला जो पहले-पहल कुछ सामान देखने-ख़रीदने 'द ट्रेज़र ट्रोव्ह' आई थी, दुकान शुरू होने के कोई डेढ़ साल बाद। अपने घर वह वॉल-टु-वॉल कार्पेट्स और वॉल-पेपर भी लगवाना चाहती थी, इसलिए उससे घर आकर देखने को कहा था। घर एक बड़ी कोठी थी, बिलकुल तालाब के किनारे जिसके आसपास लंबे-चौड़े लॉन थे और उनकी पहरेदारी करते तरह-तरह के भौंकने और काटनेवाले कुत्ते, यह उसे वहाँ पहुँचकर पता चला था। और यह भी कि वसीमा बेगम विधवा थी और उसका इकलौता बेटा शहर के बाहर किसी बोर्डिंग स्कूल में पढ़ता था। कोठी में नौकरों के साथ वह अकेली रहती थी।

एक-दो बार वहाँ आने-जाने के नतीजे ज़मीर एहमद ख़ान को यह भी मालूम हुआ था कि वसीमा बेगम को 'द ट्रेज़र ट्रोव्ह' से कुछ ख़रीदने में उतनी दिलचस्पी हर्गिज़ नहीं थी जितनी उसकी मार्फ़त खुद अपनी क़ीमती चीज़ें और साज़ो-सामान बेचने में थी। वह दरअसल अमेरिका मायग्रेट करने की तैयारी में थी जहाँ उसके अन्य रिश्तेदार भी जा बसे थे। वह एक पढ़ी-लिखी, समझदार और आकर्षक महिला थी, साथ ही दुखी-दिल विधवा भी। सामान बेचने-ख़रीदने और धंधा करने की ज़िम्मेदारी तो ज़मीर एहमद ख़ान ने शराफ़त मियाँ को सौंपी थी और वसीमा बेगम से मुहब्बत और हमदर्दी का ठेका अपने ज़िम्मे ले लिया था।

वसीमा बेगम का संबंध उस विशेष वर्ग से था जिसमें प्रवेश करने का सपना लिए सामान्य मध्यवर्गीय परिवार से संबंधित लोग, जिनमें से एक यक़ीनन ज़मीर एहमद ख़ान भी था, अपनी लंबी उम्रें गुज़ार देते हैं और शायद मरते समय अपनी औलादों को भी ऐसा ही करते रहने की वसीयत कर जाते हैं। 'साहिल' उस कोठी का नाम था जिसमें दिल का सफ़ीना डूबने के बाद बैठी वसीमा बेगम उन दिनों अमेरिका जा बसने की योजनाएँ बना रही थी, जिनमें एक साल तक ज़मीर एहमद ख़ान ने भी सक्रिय भागीदारी की थी। शिक्षा से मनोविज्ञान की डिग्री लिए वसीमा बेगम ने जो पहला विश्लेषण ज़मीर एहमद खान का किया वह यह था कि वह अपनी पत्नी से खुश नहीं और इस विश्लेषण का विरोध या ताईद उसने न करना ही बेहतर समझा था। बल्कि उसकी बातें सुनकर एक बुझी और मुर्दा हँसी से यही भ्रम बाँधा था कि तुम्हारा सोचना ग़लत नहीं, मैं सचमुच अपनी पत्नी के हाथों सताया हुआ हूँ। कारण—पहली बार पत्नी के अलावा कोई स्त्री-देह उसे पकड़ के

इतने क़रीब नज़र आ रही थी ! और वह भी इतनी आकर्षक देह !

सो ज़मीर एहमद ख़ान मासूमियत के साथ वसीमा बेगम को अपने ढंग से सोचने का मौक़ा देता पाबंदी के साथ ज़्यादातर शामें 'साहिल' पर गुज़ारता रहा था, इस ख़तरे से चौकन्ना, होने के बावजूद कि धीरे-धीरे वह उसे अपनी सारी योजनाओं में शामिल समझने लगी थी।

"मेरे पास डिग्री है," वह अक्सर दिलासा देते हुए कहती, "अमेरिका में स्पॉनसर करनेवाले हैं। तुम्हें मालूम नहीं इस माहौल से निकलकर तुम क्या कर सकते हो। बस, हिम्मत करके तय कर लो।"

यह सही है कि उसने वसीमा बेगम से कोई वादा नहीं किया था लेकिन यह भी सही था कि उसने उसे उस तरह सोचने से मना भी नहीं किया था। सुविधानुसार कभी तो उसने वसीमा बेगम के किसी भविष्य-संबंधी सुझाव को लेकर सोचने का अभिनय किया था, कभी ठंडी साँस लेकर चुप हो रहना या हँस देना मुनासिब समझा था। एक ओर जहाँ ज़मीर एहमद ख़ान प्यार और सौंदर्यबोध का खाता वसीमा बेगम से खोले हुए था, वहीं दूसरी ओर शराफ़त मियाँ कोठी की क़ीमती चीज़ों की लिस्ट बनाने, ग्राहक खोजने और उनका मोल-तोल करने में व्यस्त थे। और इन दो विभिन्न प्रकार की सट्टेबाज़ियों के साथ-साथ बढ़ता दो देहों, ज़मीर और वसीमा, का लगाव था जिसमें व्यथित ज़मीर एहमद ख़ान बहुत जल्द कुछ होने का इंतज़ार कर रहा था।

जाड़ों की एक रात में डूबती उस शाम तक ज़मीर एहमद ख़ान उस पल, उस घड़ी का इंतज़ार करता रहा था बिना यह जाने कि समय का अगला क्षण उसके लिए क्या लेकर आ रहा है और उसे क्या सौंपकर जाएगा। वह एक इतवार की शाम थी जब वह 'साहिल' पहुँचा था और वसीमा बेगम ने घर के ऊपरी हिस्से में ही, जहाँ उसकी रिहाइश थी, उसे बुला भेजा था। ऐसा नहीं कि उस शाम से पहले तक ज़मीर एहमद ख़ान और वसीमा बेगम एक-दूसरे के लिए बिलकुल अछूते रहे हों, लेकिन वह निकटता और प्रकार की थी। अभी तक होता यह रहा था कि किसी एकांत में वसीमा बेगम के साथ छुई-मुई का खेल खेलने के बाद वह कहीं भीतर तक उत्तेजित और झुलसता घर पहुँचता था और सारा बुख़ार राहत पर उतार देता था, उस घड़ी की ख़्वाहिश में जब उसे वही कुछ वसीमा बेगम के साथ करने को मिलेगा। उस रात ऊपरी मंज़िल की सीढ़ियाँ चढ़ते उसे अंदाज़ा नहीं था कि चंद सीढ़ी ऊपर मुरादों की घड़ी उसका इंतज़ार कर रही थी। बरामदे की हलकी रौशनी में स्याह कपड़े पहने, तालाब की धुंध में तकती उसे वसीमा बेगम खड़ी नज़र आई थी। वह उसके पास जाकर खड़ा हो गया था। सामान्य खुशबू के बजाय उसे उसके पास से ऊद और अंबर की महक आती लगी थी। ज़मीर एहमद ख़ान ने ख़ैरियत पूछी थी और वसीमा बेगम ने अपनाइयत के साथ पास पड़ी डेक-चेयर पर बैठने को कहा था और खुद दोबारा तालाब की सतह पर फैली मलगजी धुंध

में कुछ ढूँढ़ने लगी थी।

"तीन साल पहले," मुड़कर दूसरी कुर्सी में बैठते हुए वसीमा बेगम ने भारी स्वर में कहा था, "आज ही की तारीख़ को मेरे पति का प्लेन क्रैश हुआ था…"

ज़मीर एहमद ख़ान कुछ कहने को लफ़्ज़ नहीं खोज पाया था।

"तुम उसे बहुत प्यार करती थीं ?" कुछ पल की ख़ामोशी के बाद उसने पूछा था।

"प्यार क्या होता है ?!" वसीमा बेगम कुछ देर के सकते के बाद संजीदगी से हँसी थी, "खुदा के लिए 'लव स्टोरी' का जवाब 'लव मीन्स नेवर हैविंग टु से यू आर सॉरी' मत कह सुनाना ! मैं वैसे ही दुखी हूँ।"

"क्यों ?"

"क्योंकि जिस उड़ान से मेरा पति कभी न आ सका, उससे पहले हमारे बीच झगड़ा हुआ था, और मैंने तय किया था कि वापस आने पर मैं उससे माफ़ी माँगूँगी !"

"हो सकता है वह लौटता तो तुम माफ़ी न माँगतीं।"

"उससे क्या साबित होता ? कि मैं उससे प्रेम करती थी ! मैंने ऐसा तो कुछ नहीं कहा, सिर्फ़ यह पूछा है कि प्यार क्या होता है।"

"तुमने माँ-बाप की मर्ज़ी से शादी की थी ?" तब तक वसीमा बेगम से उसके विवाहित जीवन के बारे में ज़मीर एहमद ख़ान की कभी बात नहीं हुई थी।

"ऐसा होता तो मैं फिर भी सब्र कर लेती !" वसीमा बेगम ने निराशा के साथ कहा था। "मेरी पसंद की शादी—तुम चाहो तो लव-मैरिज़ कह सकते हो ! प्यार जैसे जज़्बे से जोड़ी जा सकनेवाली भावना एक क़ैद और बंधन में बँधकर कैसे अपना संपूर्ण अर्थ खो सकती है, इन अकेलेपन के तीन सालों में मैंने यही समझने की कोशिश की है, बिना इसमें कामयाब हुए।"

फिर यह काला लिबास, इत्रो-अंबर की बू और मातमी वातावरण किस लिए ?! ज़मीर एहमद ख़ान झुँझलाकर वसीमा बेगम से पूछना चाहता था मगर चुप रहा। देखा जाए तो अभी तक वसीमा बेगम को वह जितना जानता था उसमें उसे पसंद करने जैसा काफ़ी कुछ था। समय-समय पर जो उसकी मनोवैज्ञानिक विश्लेषण करने की आदत थी, वह ज़रूर उसे खलती थी, तो भी गवारा थी। इसके आगे वसीमा बेगम के अतीत में साझा करने की तबीयत बहरहाल ज़मीर एहमद ख़ान की नहीं थी। कभी किसी एक पल होता दरअसल यह था कि अपने समूचे आकर्षण के बावजूद उसे वसीमा बेगम एकदम नक़ली और बनावटी लगने लगती थी। इस बात को अनदेखा कर, उसकी मंशा सिर्फ़ वसीमा बेगम के साथ कुछ अच्छा वक़्त गुज़ारने की थी।

"तुम्हें अपने पति से," विषय में अधिक दिलचस्पी न होने के बावजूद उसने खुद को पूछते पाया था, "मोहभंग किसी एक ख़ास बात के कारण हुआ या यूँ

ही, धीरे-धीरे ?"

"दोनों ही तरह," वसीमा बेगम ने ठंडी साँस लेकर कहा था। "था तो उसका संबंध भी इसी शहर से लेकिन मेरी उससे मुलाक़ात, बॉम्बे में अपनी बहन के घर हुई थी। उनके पति एक जाने-माने आर्किटेक्ट थे और अब वह लोग अमेरिका मायग्रेट कर चुके हैं। कुछ दिनों के मेल-मुलाक़ात और होटलों में शामें बिताने के बाद हमारी मँगनी हो गई। शादी से पहले कई बार मैंने चाहा कि अपनी तब तक की ज़िंदगी अपने होनेवाले शौहर को कह सुनाऊँ, क्योंकि उसमें कुछ ऐसा बीत चुका था जो मैं राज़ बनाकर नहीं रखना चाहती थी। एक प्रेम-संबंध जो स्कैंडल बनकर ख़त्म हुआ था। मेरे आग्रह को उस आदमी ने हमेशा यह कहकर टाल दिया कि उसे मेरे अतीत से नहीं, उस भविष्य से दिलचस्पी थी जो हमें एकसाथ रहकर गुज़ारना था। उसकी बात सुनकर मेरे दिल में उसके लिए इज़्ज़त और भी बढ़ गई, क्योंकि मेरे इसरार के बावजूद उसने मुझे कभी अपनी बात कहने की मोहलत नहीं दी। ढाई महीने की मँगनी और कोर्टशिप के बाद हमारी शादी हो गई।

"फिर जानते हो," वसीमा बेगम ने कड़वाहट और व्यंग्य के साथ कहा था, "शादी के बाद क्या हुआ ?!"

"तुम्हारे पति ने तुम्हारे कुँवारे न होने पर एतराज़ किया ? तुम्हें बुरा-भला कहा ? उस व्यक्ति का नाम जानना चाहा जो तुम्हारे साथ रह चुका था ?" ज़मीर एहमद ख़ान ने उस तरह के थके लहजे में पूछा था जैसे ऐसी कहानियाँ बारहा सुन चुका हो।

"नहीं !" वसीमा बेगम कड़वाहट के साथ हँसी थी, "शादी के बाद एकांत में उसने जो पहली बात मुझसे कही वह यह थी कि वह मेरी बीती ज़िंदगी की तफ़सील खूब जानता था ! उस स्कैंडल को उसने मुझे विस्तार सहित सुनाया, यह ज़ोर देते हुए कि लोग उसके सच-झूठ में शक करते रहें, उसे मालूम था कि उसकी जानकारी सच्ची थी। इससे पहले कि हम दोनों में शारीरिक संबंध स्थापित हो, वह मुझे ख़बरदार करना चाहता था कि आगे का जीवन मुझे बहुत सतर्क और सावधान रहकर गुज़ारना था ! उसकी भड़कानेवाली बातें और उन्हें कहने का जो पल उसने चुना वह मुझे बिलकुल ब्लैक-मेलिंग लगा। शादी तो हो चुकी थी मगर उसकी बात सुनने के बाद हमारे बीच एक सामान्य पति-पत्नी का संबंध बन पाना संभव नहीं था और न वह कभी बन पाया। मैं उसे जलाने और तंग करने की ख़ातिर मनमानी करती रही और आपसी झगड़ों का एक अंतहीन सिलसिला शुरू हो गया। समय बीतता गया, हमारे घर एक औलाद पैदा हो गई, फिर आज से तीन साल पहले, इसी महीने और तारीख़, प्लेन-क्रैश में उसकी डेथ हो गई ! हम अपने जीवन का विश्लेषण और अल्लाह-अल्लाह करते बैठे रह गए !"

वसीमा बेगम की बात सुनता ज़मीर एहमद ख़ान अंदाज़ा लगाने की कोशिश कर रहा था कि झील की सतह पर कितनी धुंध होगी और चाँदनी कितनी फैल

चुकी होगी। उसे थोड़ा-सा गुस्सा आ रहा था। वसीमा बेगम में उसकी दिलचस्पी के कारण दूसरे थे लेकिन इस समय वह उसके सामने एक दिल दुखानेवाली दास्तान बनी बैठी थी। क्या उसकी ज़िंदगी यूँ पहेलियाँ बूझते ही बीतनी थी ! सामने सेंटर-टेबिल पर रखी खुली एलबम से उसके पति का अजनबी चेहरा आसपास का जायज़ा ले रहा था। अजनबी ज़मीर एहमद ख़ान के लिए वरना कोठी के दरो-दीवार, नौकर, कुत्ते तो उसके क़दमों की आहट, बोलचाल के लहजे और सोते में साँस लेने के अंदाज़ से भी वाक़िफ़ रहे होंगे।

"ऐसे रिश्ते को क्या नाम दिया जा सकता है ?!" वसीमा बेगम कुर्सी से उठकर खड़े होते बोली थी। "कभी-कभी हैरत होती है कि इतने साल मैंने उसके साथ रहकर गुज़ारे कैसे ! तलाक़ की कोशिश क्यों नहीं की ! लगता है शायद यही सोचकर कि दूसरे मर्द भी उससे भिन्न नहीं होते जैसा मेरा पति था। और खुद मेरी भी सीमाएँ हैं जिन्हें हर कोई नहीं समझ सकता। न यह देश और यहाँ का सेट-अप मुझे गवारा है।"

"इस तरह के मर्द और औरत क्या दूसरे देशों में नहीं होते होंगे ?" ज़मीर एहमद ख़ान ने अनमने ढंग से कहा था।

"मैं और तुम तो उनमें से नहीं हैं," वसीमा बेगम ने उसको हाथ थामकर खड़ा किया था। "मिलकर हम एक नई शुरुआत करेंगे।"

हाथ पकड़े-पकड़े वसीमा बेगम उसे अपने सोने के कमरे में ले गई थी और कुछ पल बाद स्लीपिंग गाउन पहनकर उसके पास पलँग पर आकर बैठ गई थी। फिर वह खुद-ब-खुद उठी थी और सामने दीवार पर टँगी बड़ी-सी तस्वीर का रुख़ दीवार की ओर करके वापस लौट आई थी। वह तस्वीर इसके दिवंगत पति की ही थी, ज़मीर एहमद ख़ान का यह अंदाज़ा आनेवाले दिनों में सही साबित होना था, जब उसे वसीमा बेगम के साथ ख़ासा समय उस कमरे में गुज़ारने को मिला था।

और वह पहला अनुभव, पत्नी के अलावा किसी दूसरी स्त्री के साथ होने का ! उसे क्या सोचकर याद किया जा सकता था ? शायद ऊब, घुटन और उस तरह की पीड़ा जैसे कोई अधकच्चे ज़ख़्म का खुरंड उखाड़ रहा हो। सारे समय लगता रहा था वसीमा बेगम का पति कमरे में रस्सियों से बँधा पड़ा हो और वसीमा बेगम और ज़मीर एहमद ख़ान जो कुछ भी कर रहे हों वह उसे ज़्यादा-से-ज़्यादा यातना देने को हो। या उसके पति के हाथ में कोड़ा हो और उन दोनों के सिर पे खड़ा वह हुक्म दे रहा हो कि ऐसा-ऐसा करो। या फिर वसीमा बेगम की कुशादा ख़्वाबगाह के किसी कोने में छिपा ज़मीर एहमद ख़ान उसे अपने मृत पति के साथ हमबिस्तरी करते देख खुद मैस्टरबेट कर रहा हो। लेकिन उन तकलीफ़देह क्षणों में भी वह उस फ़र्क़ को समझ सकता था जो राहत और वसीमा बेगम की देह और प्यार करने के अंदाज़ में था—राहत की हर-हर अदा को वह अपने हाथ की लकीरों

की तरह जान चुका था जबकि वसीमा बेगम उसके लिए किसी बंद मुट्ठी की तरह थी। शादी और बेटी सना के जन्म के बाद राहत अपने जिस्म की ओर से लापरवाह होती गई थी और पति के साथ कुछ समय, आम तौर पर पति की ही मंशा से गुज़ारना उसकी दीगर घरेलू ज़िम्मेदारियों की तरह एक और ज़िम्मेदारी होता गया था, जिसमें किसी भी नएपन या विविधता की अपेक्षा निरर्थक थी। इसके बरअक्स वसीमा बेगम की देह दुनिया की उन मुलायमतरीन चीज़ों में से एक थी जिन्हें छूने का ज़मीर एहमद ख़ान को अपने जीवन में कभी अवसर मिला था। साथ-ही-साथ वह पुरुष-देह की उन बारीकियों की जानकार थी जिनकी कल्पना राहत से जोड़कर की ही नहीं जा सकती थी। एक निर्बाध्यता उसके तौर-तरीक़े में थी जो एक दूसरी तरह से जी गई ज़िंदगी की परिचायक थी। लेकिन इन तथ्यों का तफ़सील से एहसास तो ज़मीर एहमद ख़ान को आनेवाले दिनो-रात में होना था, पहली बार तो एक खीज और गुस्सा उस पर सवार होता गया था जिसके जुनून में वह वसीमा बेगम की देह को तोड़ने-मरोड़ने की कोशिश करता रहा था और कोई आवाज़ अंदर-ही-अंदर उसे ख़बरदार करती रही थी कि यह औरत झूठी है, झूठी और नक़ली, इसके फ़रेब में कभी मत आना ! अपने-आपसे शर्मिंदा वह वसीमा बेगम के बाजू में लेटा अपनी साँस दुरुस्त करने की कोशिश करता रहा था और अंततः अपने बूते-भर सुख और इतमीनान उसे सौंपकर वापस घर, राहत की बाँहों में लौट गया था ···

"देखिए," ज़मीर एहमद ख़ान ने अतीत से वर्तमान में लौटते हुए शराफ़त मियाँ को संबोधित किया था, "आपको ग़लतफ़हमी हो रही है। आपका गिला, वह जायज़ हो या बेजा, मैंने किसी से नहीं किया। मेरे आपसे संबंध ख़त्म हुए, न मुझे इसका शिकवा है न आपसे कोई तक़ाज़ा। चाहें तो यही मैं लिखकर दे सकता हूँ।"

"यूँ लिखकर देने से क्या होगा ?!" शराफ़त मियाँ ने निरे व्यावसायिक स्वर में कहा था, "असल में तो यह बात आपके हमदर्दों को मालूम होना चाहिए, ख़्वाह वह बड़े भाईसाहब हों या आपके अज़ीज़ दोस्त विवेक। जिस बाज़ार में बैठे हैं वहाँ कुछ इज़्ज़त तो हमारी भी है। राहत साहिबा घर पर नहीं हैं तो भाईसाहब को ही थोड़ी देर की तकलीफ़ दे लें, किसी तरह तो यह मामला पूरी तरह से निबटे।"

"फ़िज़ूल की ज़िद न करें !" गुस्से की लहर दोबारा ज़मीर एहमद ख़ान के सिर से पैर तक दौड़ गई थी। "चाहने से आपके किन-किन औंधे कामों का निबटारा हो जाएगा ! मेरे बात टालने को कमज़ोरी मत समझिए, आप खुद बड़ी मुश्किलों में पड़ जाएँगे !"

"आपको कमज़ोर समझता," साँस लेते-लेते शराफ़त मियाँ ने लबो-लहजा नियंत्रित कर लिया था, "तो खुद चलकर आपके घर क्यों आता। मैं तो यही

सोचकर आया हूँ कि आपसी ग़लतफ़हमी है तो उसे दूर कर लिया जाए। धंधे का क्या है, मेरे साथ नहीं तो कल आप अकेले कुछ करेंगे। हमारा रिश्ता वैसे भी धंधे तक ही तो सीमित नहीं, अलग रहकर भी हम एक-दूसरे का भला तो चाह ही सकते हैं।"

"न मुझे इसमें दिलचस्पी कि आगे आप क्या करेंगे," ज़मीर एहमद ख़ान ने कड़वे मगर पस्त स्वर में कहा था, "न किसी ख़ैरख़्वाही की उम्मीद। हम लोग एक-दूसरे के लिए जो भी कर सकते थे, बस कर चुके। न मैं यह चाहता कि मेरे गुस्से में उठाए किसी क़दम से आपका कोई ऐसा नुक़सान हो जिसके बारे में बाद में खुद मुझे भी अफ़सोस हो।"

"आपकी बात समझ रहा हूँ," शराफ़त मियाँ का स्वर सधा हुआ था। "इस भावना की क़द्र भी करता हूँ। फिर भी खुद अपनी जानकारी के लिए मैं पूछना चाहूँगा कि वह किस तरह का नुक़सान है जो मेरे कल तक के मोहसिन और साथी मुझे पहुँचाने की हैसियत में हैं ? आप तो अपने हैं, गुस्से में आगाह कर रहे हैं लेकिन दुनिया में दुश्मनों की कोई कमी है। अपनी कमज़ोरी का अंदाज़ा हमें भी तो हो ताकि वक़्त पड़ने पर सामना किया जा सके ?"

शराफ़त मियाँ का बोला एक-एक शब्द ज़मीर एहमद ख़ान को अपने प्रति हीनता में बसा लगा था।

"दुनिया का तो मुझे मालूम नहीं," उसने घृणा के साथ कहा था, "लेकिन मैं चाहूँ तो आपकी दुकान में ताला लगवा सकता हूँ ! शासन के कुछ विभागों में कुछ ग्राहकों और कुछ आर्टीफेक्ट्स की लिस्ट-भर भेजना होगी और आप लंबे उलझावों में पड़ जाओगे !"

शराफ़त मियाँ बुर्दबारी से बैठे गर्दन दायें-बायें हिलाते रहे थे।

"आपको याद है," उन्होंने व्यंग्यात्मक स्वर में कहा था, "काम शुरू करते वक़्त इसमें आपकी हैसियत पार्टनर की रखी गई थी !"

"कहाँ रखी गई थी ?! आपने ज़बानी कह दिया और मैं पार्टनर हो गया !"

"आप ग़लती की सज़ा देने की धमकी दे रहे हैं ?!"

"मैं कुछ नहीं कर रहा।" उसने दामन से हवा करते हुए कहा, "बस यह बता रहा हूँ कि आप मुझे परेशान करोगे तो फ़ायदे में नहीं रहोगे ! अगर आपको यह ग़लतफ़हमी है कि वसीमा बेगम से मेरे संबंधों का भंडाफोड़ करके कुछ बिगाड़ लोगे तो भूल जाओ ! मेरे ऐसे सारे मामले बीवी भी जानती है और बाक़ी वह तमाम लोग भी जिन्हें मेरे मरने-जीने में कुछ दिलचस्पी है !"

यह सरासर झूठ था जिसे सूरतेहाल के दबाव में इस तरह ज़मीर एहमद ख़ान के मुँह से निकलना था। सच यह था कि वसीमा बेगम हो या उसके बाद ज़मीर एहमद ख़ान के जीवन में आती या जीवन से जाती अन्य औरतें, सबको उसने सामर्थ्य-भर राहत से छिपाने की कोशिश की थी। इसका मुख्य कारण खुद उसकी

नज़रों में यह एहसास था कि राहत का दिल न दुखे, उसे तकलीफ़ न पहुँचे !

"मुझे इससे मुतलक़ लेना-देना नहीं कि आपके कारनामों की शोहरत दुनिया में कहाँ-कहाँ है !" शराफ़त मियाँ ने जले-भुने स्वर में कहा था। "मगर क़ीमत तो मियाँ हमने ही अदा की आपकी रंग-रलियों की भी। और उसमें नाक भी हमारी ही लगभग कटते-कटते बची, आपकी उन वसीमा बेगम के हाथों ! ... "

... वसीमा बेगम के साथ उस पहले दर्दनाक तजुर्बे के बाद, खुद को पीड़ा देकर सुख उठाने का सिलसिला नियमपूर्वक चलता रहा था और साथ ही अमेरिका जा बसने का प्रस्ताव भी, अपना घर बीवी और बच्ची को छोड़कर ! ज़मीर एहमद ख़ान 'हाँ' या 'नहीं' किए बग़ैर 'साहिल' पर अपनी शामें गुज़ारता रहा था। उसी दौरान राहत, अकस्मात्, गर्भवती हो गई थी ! ज्यों-ज्यों छोटी बेटी सबा के जन्म की घड़ी क़रीब आती गई थी, अपना झूठ खुल जाने के ख़याल से ज़मीर एहमद ख़ान का दिल सहमता गया था। औलाद के जन्म के बाद आख़िर वह किस मुँह से वसीमा बेगम के सामने जाएगा ! उसके सामने तो वह राहत की बात इस तरह करता रहा था जैसे उसे छूना या आँख उठाकर देखना भी बंद कर दिया हो ! क्या सलूक करेगी वसीमा बेगम उसके साथ आख़िरकार !

सबा के जन्म के बाद ऐसा सामना होने का केवल एक अवसर आया था, लेकिन वसीमा बेगम जो उस बीच उसके पीठ-पीछे शराफ़त मियाँ के सामने रो-धोकर ज़मीर एहमद ख़ान को शूट कर देने तक की धमकी दे चुकी थी, उससे बिलकुल अनजान बनकर मिली थी। यह वह अवसर था जब शराफ़त मियाँ से हिसाब-किताब करने वह 'द ट्रेज़र ट्रोव्ह' आई थी। शराफ़त मियाँ ने, जो ज़मीर एहमद ख़ान को विस्तार सहित वसीमा बेगम की नाराज़गी से आगाह करते रहे थे, उसके आने के पूर्व ज़मीर एहमद ख़ान की मिन्नत करके कुछ देर के लिए दुकान से चले जाने का आग्रह भी किया था, लेकिन उसे ज़िद ठहर गई थी और उसने ऐसा करने से इनकार कर दिया था। ग़लती की है तो उसका सामना भी करेंगे, उसने बहादुरी से कहा था। वह औरत अगर गोली मार सकती है तो बेशक, मार दे ! बहुत तनावपूर्ण स्थिति में वसीमा बेगम ने दुकान में क़दम रखा था और उसे अनदेखा करती हुई वह सीधी शराफ़त मियाँ की ओर बढ़ गई थी। कोई घंटे-भर उनसे हँसती-बोलती वह हिसाब-किताब देखती-समझती रही थी और ज़मीर एहमद ख़ान तरह-तरह की बातें सोचता, उससे बात करने का बहाना खोजता दुकान में चहलक़दमी करता रहा था। शराफ़त मियाँ से बातचीत पूरी करके वसीमा बेगम बहुत सहजता से उठी थी और दुकान में बिखरी चीज़ों पर एक अलविदाई नज़र डालती हुई बाहर चली गई थी। शराफ़त मियाँ पीछे-पीछे उसे बाहर तक छोड़ने गए थे।

वसीमा बेगम की इस बेनियाज़ी से ज़मीर एहमद ख़ान को सदमा पहुँचा था। दोस्ती नहीं तो दुश्मनी, संबंधों की कोई तो लय होना चाहिए, उसने निराशापूर्वक

सोचा था। इस बेगानेपन की उसे उस महिला से क़तई उम्मीद नहीं थी। एक तरह से खुद उसका यह अंदाज़ा कि यह औरत झूठी और नक़ली है, यूँ सही ही साबित होना था। तो भी वसीमा बेगम से मिलने या फ़ोन पर बात करने का उसने कई बार सोचा लेकिन समझ ने यही सलाह दी कि ऐसा करना ख़तरे से ख़ाली नहीं होगा। फिर कुछ दिन बाद सुनने में आया, बल्कि शराफ़त कबाड़ी ने ही उसे बताया, कि वसीमा बेगम पहले तो अपनी कोठी बेचकर बंबई शिफ़्ट हुई और फिर प्लानिंग के अनुसार अपनी वहाँ की जायदाद-अमलाक बेचकर अमेरिका उड़न-छू हो गई। इस सबको हुए भी पाँच साल बीतने को आ रहे थे ···

शराफ़त मियाँ को, ज़मीर एहमद ख़ान को उन काग़ज़ात की फ़ाइल थमाकर गए हुए, देर हो चुकी थी जिनमें खुद उसके 'द ट्रेज़र ट्रोव्ह' से लेन-देन की बाक़ायदा तफ़सील थी। हिसाब में वह तमाम रक़में भी शामिल थीं जो ज़मीर एहमद ख़ान अपनी दानिस्त में शराफ़त मियाँ के अनजाने दुकान की आमदनी से सीधे अपने ख़र्चे में लेता रहा था। और उन चीज़ों की क़ीमत भी जो वसीमा बेगम से दोस्ती के ज़माने में वह उन्हें दुकान से तोहफ़े में देता रहा था। सूची में ग्यारह हज़ार रुपए क़ीमत उस सुरमेदानी की डली थी जो दी तो वास्तव में जमीर एहमद ख़ान ने वसीमा बेगम को ही थी मगर उस ज़माने में उसे ढूँढने-तलाश करने के बाद भूल के खाते में डाल दिया गया था। बाद में जाने उन्होंने सिर्फ़ अंदाज़े से ऐसा किया था या वसीमा बेगम की उससे नाराज़गी का फ़ायदा उठाते हुए उसी से पूछकर सारे तोहफ़ों की फ़ेहरिस्त बना डाली थी। नौ वर्ष में 'द ट्रेज़र ट्रोव्ह' से उसने 'कैश' और 'काइन्ड' में लगभग दो लाख रुपए वसूल किए थे, जो सारे हिसाब के तहत उससे ज़्यादा थे जो शराफ़त मियाँ या उनका बेटा सलामत दुकान से ले पाए थे। शराफ़त मियाँ उसे हाथी की सवारी कराने के बाद हिसाब बेबाक़ कर चुके थे। उसे पैदल होना था, सो था।

देर तक वह अंदाज़ा लगाने की कोशिश करता रहा था कि हिसाब कितना फ़र्ज़ी था और कितना सही। क्या उस सुरमेदानी की क़ीमत, जो थी तो बेशक बहुत खूबसूरत, जाने किस धातु की बनी थी और कितनी पुरानी थी, ग्यारह हज़ार रुपए हो सकती थी ?! क़ीमती तो वह ज़रूर लगती थी और इसी वजह से ज़मीर एहमद ख़ान ने उसे वसीमा बेगम को देने का फ़ैसला किया था, मगर क्या इस क़दर क़ीमती ?! और क्या 'द ट्रेज़र ट्रोव्ह' से वह इतना ज़्यादा पैसा ले चुका था ?!

हो भी सकता है, सोचने पर उसे लगा था, यह जो तमाम ऐयाशियाँ वह उस दौरान करता रहा था क्या यूँ ही मुफ़्त में हो गई होंगी।

लाचारी का एहसास यह था कि हिसाब सही हो या मनघढ़ंत, शराफ़त मियाँ को झुठलाने की हैसियत में वह नहीं था।

चाय की प्यालियाँ समेटकर वह नीचे आया था तो भाभी ने राहत का पैग़ाम दिया था—घर जाकर उससे मिलने का।

11. रेहाना के रू-ब-रू

"कम-से-कम अल्फ़ाज़ में बता दो तुम क्या चाहती हो ?!"

"मेरी बात में कौन-सा उलझावा है जो समझ में नहीं आ रहा ?!"

अजीब मूर्खतापूर्ण स्थिति में ज़मीर एहमद ख़ान राहत के सामने बैठा था। यह विश्वास कर पाना एक बार फिर उसे असंभव लग रहा था कि होनी पर किसी का बस नहीं ! कोई खुद को अगर होनी की धारा से अलग समझता है तो यह नादानी है, और रहता वह बहरहाल होनी का ही हिस्सा है। घर में बंद होकर बैठना भी उतना ही 'होना' है जितना दुनिया को बदलने का जतन। 'होना' ही नहीं 'न होना' भी 'होना' ही है ! 'होने-न होने' के सिलसिले की ही एक कड़ी यह भी थी कि ज़माने बाद वह अपनी ससुराल में राहत के सामने बैठा इस बात पर हैरान हो रहा था कि इस दौरान राहत की सेहत बिगड़ने के बजाय सुधरी थी और मुहावरे में कहा जाए तो उसके चेहरे पर पानी आ गया था। सना और सबा भी जिनसे कुछ पहले भेंट हुई थी, अपने अब्बा के लिए सारे प्यार-दुलार सहित यहाँ खुश भी थीं और अपने में व्यस्त भी। हो सकता है उन लोगों को भी ज़मीर एहमद ख़ान को देखकर कुछ ऐसा ही अनुभव हुआ हो। हुआ हो या नहीं, इस बात को विषय बनाकर कहा किसी ने कुछ नहीं था।

"मैंने किसी बात के लिए कभी इनकार नहीं किया," ज़मीर एहमद ख़ान ने दिक्क़त से कहा था, "मगर ..."

"मगर हमारे लिए कुछ किया भी नहीं !" राहत का स्वर तीखा और व्यंग्यात्मक था। "उस सबकी तफ़सील में अब ना ही जाया जाए तो बेहतर है क्योंकि जो भी होना था, बहरहाल, हो चुका। कड़वाहटें याद करके अब और क्या हासिल हो जाएगा ?!"

"मगर," ज़मीर एहमद ख़ान ने अधूरा छूटा वाक्य पूरा करने की कोशिश में कहा था, "इतना बड़ा और बुनियादी फ़ैसला करते हुए तुमने अच्छे-से सोच लिया है ?! खुद अपने और बच्चियों, दोनों के बारे में ?!"

"सोचते-ही-सोचते उम्र गुज़री," राहत के स्वर में दुख और कड़वाहट थे। "फ़ज़ूल गुज़री ! अब शायद ठिकाने की गुज़र जाए।"

"लेकिन बच्चियाँ ... ?"

ज़मीर एहमद ख़ान का सवाल ख़ामोशी में परछाईं-सा पर तौलता रहा था।

"सोच लें," राहत ने कहा था, "बेटियों की ज़िम्मेदारी अगर आप खुद ले सकें तो इससे बेहतर क्या होगा। बेटियाँ आपकी हैं, चाहें तो उनसे बात करके देख लें ... "

"मैं अकेला ... " उसका जुम्ला ज़बान पर अधूरा ही रह गया था। दोबारा

ख़मोशी छा गई थी।

"तुम्हारे ख़याल में," कुछ सुस्ताने के बाद ज़मीर एहमद ख़ान ने अपनी बात दोबारा आक्रामक तेवर से शुरू की थी, "तुम्हें या बच्चियों को भूलकर मैं खुद ऐश करता रहा हूँ ?! तुमसे छिपाकर कोई बैंक एकाउंट खोला या जायदाद बनाई है ?!"

"मैंने यह नहीं कहा," इस बार राहत का स्वर ज्यादा शांत और संतुलित था, "न हमारी वजह से आपकी यह ख़्वाहिश पूरी होने से रही ! अपनी मंशा से ज़िंदगी जी है आपने, अब किसी से शिक़वा क्यों ?"

"मुझे न हो, तुम्हें तो शिकवा हो सकता है," ज़मीर एहमद ख़ान ने उदार भाव से कहा था। "बहुत कुछ जो मुझे करना चाहिए था लेकिन नहीं कर पाया, अब सारे हालात तो तुम्हारी नज़र में हैं। तुम्हें यह अंदाज़ा भी होगा कि अच्छी नीयत और मंशा के बावजूद कमबख़्त कुछ अच्छा हो ही नहीं पाया। तुम अगर इसे मेरा निकम्मापन कहो तो भी मैं एतराज़ नहीं कर सकता। फिर भी तुम्हारा यह तलाक़ लेने का फ़ैसला, मैं कहूँगा ज़्यादती है।"

"हमने तो आपके साथ हमेशा ज़्यादती ही की है !" राहत के स्वर में एक फ़ैसला करने के बाद के ठंडेपन में बसी धमकी थी। "उसी की माफ़ी माँगते हुए ऐसा रास्ता अपनाना चाह रहे हैं कि शिकवे-शिकायत का मौक़ा न रहे—न मुझे आपसे, न आपको मुझसे।"

"मैं शिकायत नहीं कर रहा !" झुँझलाहट में ज़मीर एहमद ख़ान ने हाथ के इशारे से राहत को चुप रहने को कहा था, "न मुझे कोई शिकायत करने का हक़ हासिल। सिर्फ़ तुम्हारी बात सुनकर यह यक़ीन नहीं हो रहा कि तुम संजीदा हो ! यह तलाक़ की बात मुझे मज़ाक़-सी लग रही है जो तुम ज़्यादा नाराज़ होने की बिना पर कर रही हो।"

"तो यही फ़ैसला," राहत ने दृढ़तापूर्वक कहा था, "आप तक क़ानूनी शक्ल में पहुँच जाएगा ! वैसे मैं चाहती थी कि बग़ैर पब्लिसिटी के हम यह फ़ैसला कर लेते। आगे आपकी मर्ज़ी है।"

ज़मीर एहमद ख़ान सन्नाटों में घिरा बैठा था।

वह दोनों घर की तीसरी मंज़िल पर जिस बरसाती-नुमा छोटे कमरे में बैठे थे उस पर ऐस्बसटस शीट्स की छत थी और सामने खुले टैरेस पर बेतरतीबी से फैले सूखे और कुम्हलाए गमले थे। अंतिम बार ज़मीर एहमद ख़ान, एक मुद्दत पहले, जब इस घर आया था तो यह कमरा नहीं बना था। शादी के कुछ साल बाद तक राहत के साथ या अकेले वह नियमित रूप से यहाँ आता रहा था। धीरे-धीरे यह आना ईद-बक़राईद या खुशी-ग़मी तक सीमित हुआ था और अंततः बिना कोई फ़ैसला किए बिलकुल बंद हो गया था। ऐसा नहीं कि घरवालों से उसे कोई शिकवा या नाराज़गी हो—बस खुद ज़मीर एहमद ख़ान की कल्पना की दुनिया से नव्वे

प्रतिशत दूसरी जगहों की तरह यह घर इतना भिन्न था कि वह इसके होने-न होने को भूल ही-सा गया था। बुजुर्गों का एक-दूसरे के यहाँ आना-जाना ज़रूर पाबंदी से रहता था, चाहे वह राहत के घरवाले हों या शुरू में अम्माँ-अब्बा और अब आपा, भाई मियाँ और घर के अन्य सदस्य। दूसरी ओर राहत थी जिसने घर और ससुराल की ज़िम्मेदारियों के बीच भी अपने घर को अनदेखा नहीं किया था और वहाँ के हर अच्छे-बुरे में पाबंदी से शामिल होती रही थी। राहत ने ज़मीर एहमद ख़ान से जब उसके घर न जाने की शिकायत की थी, और ऐसा असंख्य बार हुआ था, तो उसने फ़ौरन अपनी ग़लती तसलीम करते हुए निकट भविष्य में ऐसा करने का आश्वासन दिया था। यह उसका बात टालने का अंदाज़ था। पिछले दस सालों में इस घर में शादियों के बाद किस भाई या बहन की कितनी औलादें किस सूरत-शक्ल की थीं और क्या कर रही थीं, समय-समय पर राहत के मुँह से तफ़सील सुनते रहने के बावजूद वास्तव में वह उससे अनजान था। इसलिए आज जब वह यहाँ आया था और जिन हालात में आया था उसकी रौशनी में एक निरुत्साह ढंग से उसका स्वागत किया गया था और कुछ देर बाद उसने सना और सबा के मार्गदर्शन में खुद को इस कमरे में बैठा पाया था जहाँ अब राहत के सामने वह हैरान और परेशान बैठा था। सूरज ढले वह यहाँ आया था और इस समय साढ़े नौ-दस बजा होगा, यह उसका अंदाज़ा था। ट्यूब-लाइट की दूधिया रौशनी में सामने दीवार पर कीड़े पकड़ती छिपकलियाँ दौड़-लपक रही थीं। पेडिस्टल-फ़ैन की घनघनाहट कानों में हवा की आवाज़ बनकर बस चुकी थी।

तश्त में खाना सजाए सना और गिलास-पानी की सुराही थामे सब ने कमरे में प्रवेश किया था।

"यह क्या ले आईं ?!" उसने आश्चर्य और झुँझलाहट से पूछा था।

"नानी ने भिजवाया है ... " बच्चियाँ सहम गई थीं, "खा लीजिए ना अब्बा," सबा ने इसरार किया था।

"नहीं बेटी," ज़मीर एहमद ख़ान ने अपनी झुँझलाहट पर क़ाबू पाते हुए नर्म स्वर में कहा था, "हमारा पेट ख़राब है, इस वक़्त खाना नहीं खाएँगे।"

एक बेटी खाने की तश्त और दूसरी सुराही-गिलास पकड़े खड़ी थी।

"नहीं खाएँगे बेटी," उसने निर्णयात्मक ढंग से कहा था, "वापस ले जाओ।"

"टेबिल पर रख दो," राहत ने सहजतापूर्वक बच्चियों से कहा था, "यह गिलास हमें दे दो। बस, तुम दोनों जाओ। मामा कौन-सा कैसेट लाए हैं ?"

"मिस्टर इंडिया," सबा ने उत्साहपूर्वक कहा था, "मोगाम्बो खुश हुआ !"

"अम्माँ, कैसेट अच्छा नहीं है," सना ने मुँह बनाकर कहा था, "बहुत कटा हुआ है।"

"तुम लोगों ने यह फिल्म हॉल में देखी थी ?" ज़मीर एहमद ख़ान ने बातचीत में हिस्सेदारी की ख़ातिर पूछा था।

"देखी थी," सना ने ठंडे औपचारिक लहजे में जवाब दिया था। शायद वह कुछ क्षण पहले अब्बा के बातचीत के कड़े लहजे पर नाराज़ थी।

"लो ! हम तो सोचते ही रह गए और फ़िल्म उतर गई," उसने बच्चों का दिल जीतने की कोशिश में दोस्ताना लहजे में कहा था। "आजकल और कौन-सी अच्छी फ़िल्म लगी है, बताओ ? अपन साथ चलकर देखेंगे।"

बच्चों की आस क़ायम रहती है चाहे कितनी बार उनसे वादाख़िलाफ़ी की जा चुकी हो। शायद इसलिए कि बग़ैर कोशिश किए वह आसानी से भूल जाते हैं। या याद भी रखते हैं तो बुरा मानकर या बदले की भावना से नहीं, बस इसलिए कि उनकी याददाश्त सक्षम होती है और दुनिया का जोड़-घटा उसमें दर्ज होना शुरू नहीं हुआ होता। यह दरअसल स्मृति का पहला अवतार होता है और उम्र के साथ-साथ एक ही स्मृति कैसे-कैसे अवतार बदलती है इसका अनुभव ज़मीर एहमद ख़ान से बेहतर किसे हो सकता था ! आनेवाले समय में दोनों बेटियाँ अब्बा के व्यवहार की अपनी-अपनी तरह से व्याख्या करेंगी, कभी हँसकर, कभी कड़वाहट से मगर चीज़ों की पेचीदा असलियत पूरी तरह कभी भी न जान पाएँगी। शायद इसीलिए दुनिया आसानी का रास्ता चुनती है और उसी को ईमान और आस्था का नाम देकर पूजने और इबादत करने लगती है। एक उम्र तक बच्चों की बड़ों में आस्था ही रहती है और बिना पड़ताल किए वह उन्हें अपना ईश्वर मानते रहते हैं। इसके अलावा किस तरह उनके हाथों बार-बार ठगे जाने के बावजूद बच्चों के बड़ों की बातों पर विश्वास करने को समझा जा सकता है !

दोनों बेटियाँ ख़ामोश, कुछ सोचती खड़ी थीं।

"कभी आप ज़िंदगी में ले गए हैं इनको ?!" राहत ने व्यंग्यात्मक ढंग से ठुनककर टिप्पणी की थी। "कभी अब्बा के साथ फ़िल्म देखने जाना याद है ?!" अब सवाल बच्चियों से था।

बच्चियों के मासूम चेहरे किसी काली छाया ने ढँक लिए थे।

"ले तो गया हूँ," ज़मीर एहमद ख़ान ने अपनी दुविधा की पर्दापोशी करने की कोशिश की थी। "सबा का याद नहीं आता मगर सना को तो ज़रूर साथ ले गया हूँ। फ़िल्म का नाम याद नहीं आ रहा ! वैसे अम्माँ के साथ तो तुम फ़िल्में देखती ही रहती हो। छोड़ो, किसी अच्छी फ़िल्म का नाम बताओ, अपन अब देखने चलेंगे।"

"इन लोगों को नीचे जाने दें," राहत ने दोबारा टोकते हुए कहा था, "वहाँ सब फिल्म शुरू करने के लिए इंतज़ार कर रहे होंगे।"

"अब्बा, वैसे आजकल कोई अच्छी फ़िल्म लगी भी नहीं है," सना ने उसका हौसला बँधाने को कहा था, "लेकिन मिस्टर इंडिया तो अभी लगी हुई है। आपसे किसने कहा कि उतर गई ?"

"लगी है ?!" ज़मीर एहमद ख़ान ने बनावटी आश्चर्य से कहा था, "हमें खुद

ही यह ख़याल था कि शायद उतर गई।''

''जैसे ही कोई अच्छी फिल्म लगेगी,'' इस बार दिलासा छोटी बेटी सबा ने दिया था, ''हम आपको बताएँगे।''

बच्चियाँ चली गई थीं और वह राहत के साथ फिर अकेला रह गया था।

''खाना क्यों रख लिया ?!'' उसने कड़वे स्वर में कहा था। ''मैं नहीं खाऊँगा।''

''रखा रहने दीजिए,'' बच्चियों के सामने राहत के स्वर में जो गुस्सा छलक आया था, अब नहीं था, ''मैं ले जाऊँगी।''

''तुमने सारे पहलुओं के बारे में अच्छे-से सोच-समझ लिया है ?'' मुद्दे पर लौटते हुए ज़मीर एहमद ख़ान के लहजे की कड़वाहट और बढ़ गई थी। ''अलग रहने भी नहीं बल्कि तलाक़ लेने के ?!''

''कोशिश तो की है।''

''लेकिन तलाक़ से पहले मैं मेहर की रक़म कहाँ से अदा करूँगा ?!''

''तलाक़ आप नहीं दे रहे, मैं माँग रही हूँ। आपको मेहर की अदायगी के बारे में परेशान होने की मुतलक़ ज़रूरत नहीं।''

''क़ानूनी तौर पर ऐसा हो तो भी मुझे गवारा नहीं !'

''आपकी मर्ज़ी।''

''मैं भाई मियाँ से बात करूँगा कि घर में जो मेरा हिस्सा है वह तुम्हें मेहर में दे दिया जाए !''

''बाक़ी घरवालों को इस मामले से अलग ही रखा जाए तो बेहतर होगा। मैंने अपने घरवालों से भी इसका ज़िक्र नहीं किया है।''

''तुम भी हद करती हो !'' ज़मीर एहमद ख़ान का पारा चढ़ गया था, ''तलाक़ नहीं सैर-तफ़रीह की बात हो गई कि घरवालों को पता न चले।''

''मैंने एक बात कही,'' राहत का स्वर संतुलित था, ''आगे आप जैसा चाहें। मेहर के बारे में मैं कह चुकी हूँ, खुद तलाक़ माँगते हुए न तो मुझे इसका हक़ है न मैं आपसे तलब कर रही हूँ।''

''तुम्हारे एहसानों के बोझ-तले वैसे ही साँस लेना मुश्किल है,'' ज़मीर एहमद ख़ान ने रूखे-कड़वे लहजे में कहा था, ''अब और नहीं ! मुझे एक बात बताओगी ?''

राहत चुप रही थी।

''यह तलाक़,'' ज़मीर एहमद ख़ान ने स्वर में सहजता लाने की कोशिश करते हुए कहा था, ''क्या तुम किसी और से शादी करना चाहती हो ?''

वह चुप रही थी मगर लाख संयम के बावजूद ज़मीर एहमद ख़ान उसके चेहरे पर धीरे-धीरे बदलते तास्सुर को अपनी आँखों से साफ़ देख सकता था। लगा था जैसे मोम के तले आँच दिखा दी हो।

"उससे आपको क्या लेना ?!" ख़ामोशी का बाँध तोड़ती उसकी बदली हुई कमज़ोर आवाज़ कह रही थी, "मैं आपसे तलाक़ माँग रही हूँ ! आगे जो मेरी मर्ज़ी होगी करूँगी। किसी तरह इन बच्चियों की ज़िम्मेदारियों से सुबुकदोश होने की कोशिश करूँगी–उसके लिए मुझे जो भी मेहनत-मशक़्क़त करना पड़े। बुज़ुर्गों की ख़िदमत करूँगी। और बाक़ी-माँदा ज़िंदगी के लिए किसी मसरफ़ की तलाश ... "

"इसके लिए," ज़मीर एहमद ख़ान ने अटकते हुए कहा था, "तलाक़ की क्या ज़रूरत है ? यह तो तुम वैसे भी ... "

"ज़रूरत है !" राहत ने लगभग चिल्लाते हुए कहा था। "मैं जो भी करूँगी उसके लिए जवाबदेह किसी को नहीं होऊँगी ! न आप मेरे उन फ़रीज़ों में शामिल होंगे जिन्हें पूरा करने-न करने को लेकर कोई मुझसे सवाल कर सके क्योंकि आपसे निभाना अब मेरे लिए मुमकिन नहीं !"

"मैं खुद को बीच से हटा लूँगा," ज़मीर एहमद ख़ान ने मिन्नत करते हुए कहा था, "यक़ीन मानो, किसी तरह तुम्हारे रास्ते में नहीं आऊँगा।"

"कौन जाने !" राहत ने चिढ़कर कहा था, "हो सकता है मैं दूसरी शादी करने के बारे में भी सोचूँ ! सोचूँ क्या बल्कि करूँ !"

"तब बात अलग होगी और मैं तुमसे वादा करता हूँ जब भी तुम यह फ़ैसला करोगी मैं हँसी-खुशी तुम्हें तलाक़ दे दूँगा। अभी नहीं, प्लीज़ ! मेरी नहीं तो बच्चियों की ख़ातिर, अभी ज़िद मत करो ! इस उम्र में बच्चे बेहद सेन्सिटिव होते हैं और ज़रा-सी बात उनकी सारी ज़िदंगी की सूरत-शक्ल बदल देती है। हमारा–मैं बात हम दोनों की ही करूँगा, यह मानते हुए भी कि सबकुछ बिगाड़ने का मैं अकेला ज़िम्मेदार हूँ–बहरहाल, क्या है ? ज़िंदगी के सबसे क़ीमती साल तो हम गुज़ार ही चुके। हमारे किए की सज़ा इन बच्चों को क्यों मिले ?! तुम जिसकी कहो मैं उसकी क़सम खाकर कहता हूँ कि तुम यहाँ रहो या वहाँ घर आ जाओ, मैं तुम्हारी मर्ज़ी के खिलाफ़ तुम्हें छुऊँगा तक नहीं ! तुमसे बात तक नहीं करूँगा।"

"अरे जाइए !" राहत ने मख़ौल उड़ाते हुए कहा था, "रात को जिस हालत में घर पहुँचते हैं उसमें आपको होश भी होता है कि क्या कर रहे हैं ! बच्चियाँ बड़ी हो गई हैं यह तक एहसास खुद आपको नहीं रहता जो इस वक़्त बच्चों की वकालत में तक़रीर कर रहे हैं !"

"पहले बात और थी," ज़मीर एहमद ख़ान ने विनती की थी, "तब तुमने कोई फ़ैसला थोड़ी लिया था। अब जैसा तुम चाहोगी वैसा ही होगा।"

"छुएँगे भी नहीं !" राहत ज़हरीले स्वर में बुदबुदाई थी, "आपके छूने-खेलने को दुनिया में कमी है कोई ! दुनिया को दिखाने को अब इस ढोंग और दिखावे की ज़रूरत क्या ! सबको अंदाज़ा है हमारा साथ कितना खोखला और नक़ली है। अब्बा और अम्माँ भी अब जहान में नहीं जिनका दिल दुखने के डर से मैं ऐसा करने पर मजबूर होती।"

"मैं तुम्हें मजबूर नहीं कर रहा," ज़मीर एहमद ख़ान ने लाचारी से कहा था। "वैसे मैंने कभी चाहकर तुम्हें तकलीफ़ नहीं पहुँचाई। चाहो तो जो कुछ भी हुआ उसके लिए मैं बाक़ायदा माफ़ी माँग लेता हूँ।"

"उससे क्या जो बिगड़ चुका वह दोबारा बन जाएगा ?! अरे आप तो उस क़त्ल की रात भी जब गैस फूटी थी, घरवालों के शरीक़े-हाल नहीं थे ! हम जब जान बचाने की ख़ातिर सड़कों पर मारे-मारे फिर रहे थे तब भी आपको अपने धंधों से फुर्सत नहीं थी ! आपके लिए तो हम सबको दिसंबर की उसी रात मर जाना चाहिए था !"

यह सच था। मगर सच तो राहत की सारी शिकायतें थीं !

दिसंबर की उस रात जब शहर पर मौत का बादल छाया था, ज़मीर एहमद ख़ान की घर पर अनुपस्थिति उसकी घर के प्रति लापरवाही का ऐसा प्रमाण थी जिसे हर उस व्यक्ति ने जाना था जिसका जानना कुछ महत्त्व रखता था। कहने को उसने अपनी सफ़ाई में कुछ कह दिया था और उस समय की अफ़रातफ़री में फ़ौरन ही उसकी अनुपस्थिति को गंभीर मायने दिए भी नहीं गए थे। लेकिन उसे अंदाज़ा था बात कभी-न-कभी संजीदगी से निकलेगी और इसका बुरा नतीजा भी हो सकता है।

लगभग ढाई साल पहले 2 दिसंबर की रात वह कहाँ था और क्या कर रहा था ... ?!

12. 2 दिसंबर 1984

... दरअसल वह भी एक इतवार ही की शाम थी और टहलता हुआ वह अपने कॉलेज के एक दोस्त के घर जा पहुँचा था। दोस्त का संबंध दिल्ली से था और पिछले पाँच-छः महीने से नौकरी में तबादले के बाद भोपाल आकर वह एक छोटे-से किराये के मकान में अकेला रह रहा था। ज़मीर एहमद ख़ान अक्सर अपनी शामें बिताने वहाँ पहुँच जाता था। दोस्त को जल्द ही वापस दिल्ली तबादले की उम्मीद थी इसलिए अपना परिवार वहीं छोड़ा हुआ था। किराये का मकान उसे ज़मीर एहमद ख़ान की सहायता से मिला था और वह दोनों जब भी शामों को मिलते तो साथ बैठकर कॉलेज की बातों को याद करते। किसी शाम अगर लड़की की व्यवस्था हो जाती तो वह मनोरंजन भी चलता। मित्र ज़मीर एहमद ख़ान की पहुँच देखकर आश्चर्यचकित रह गया था। उसने सपने में भी नहीं सोचा था कि कॉलेज का वह झेंपू, शर्मीला लड़का जो आम तौर पर आदर्शों की दुहाई दिया करता था, इस क़दर हाथ-पैर निकाल सकता है। न केवल वह ज़मीर एहमद ख़ान की

उपलब्धियों—दारू, छोकरी, फुलता-फनपता 'द ट्रेज़र ट्रोव्ह' का व्यवसाय—से विस्मयाकुल था बल्कि रह-रहकर अपनी डिग्री, नौकरी और मुक़द्दर को गालियाँ देने पर मजबूर हो गया था। देखते-देखते ज़मीर एहमद ख़ान उसकी ईर्ष्या का पात्र, आदर्श बन गया था।

उस शाम भी शराब की व्यवस्था थी और रात साढ़े आठ बजे एक अनजान लड़की के आने की प्रतीक्षा। बीच के आदमी ने लड़की की बहुत प्रशंसा की थी—ख़ूबसूरत है, कमसिन है, अच्छे परिवार से है, सिर्फ़ शौक़िया पेशा करती है, इत्यादि। मित्र और ज़मीर एहमद ख़ान गिलासों में शराब डाले उस ख़ूबियों की मलिका का इंतज़ार कर रहे थे और कमरे में टेलीविज़न चल रहा था। बातों का विषय था इंदिरा गाँधी की हत्या और देश में व्यापक रूप से भड़के सिख-विरोधी दंगे। मित्र अभी-अभी दिल्ली से लौटा था और वहाँ का आँखों-देखा हाल बयान कर रहा था।

वास्तव में वसीमा बेगम से संबंध टूटने के बाद यह नहीं हुआ था कि ज़मीर एहमद ख़ान के दिल में पत्नी के अलावा औरतों के लिए दहका अलाव सर्द हो गया हो। समय और तजुर्बे के साथ उसकी यह आस और हवस और बढ़ती गई थी कि शायद किसी स्त्री के साथ उसे उस परम सुख और आनंद का अनुभव हो सके जिसकी सुखदायी कल्पना वह संभोग की क्रिया के साथ जोड़कर करता रहा था—जिसके चटख़ारे लोगों के मुँह से सुने थे और गहरे विस्तार से पुस्तकों में पढ़े थे। इस यात्रा में उसकी भेंट क़िस्म-क़िस्म के रंग, रूप और स्वभाव की औरतों से हुई थी—कभी तंग गलियों के ख़स्ता मकान और कमरों में तो कभी होटलों के अजनबी और बेगाने लेकिन कुछ बेहतर ठिकानों में। कुल मिलाकर वह एक कड़वा और निराशाजनक अनुभव था जिसकी व्याख्या तब तक वह खुद से भी नहीं कर पाया था। वैसे विभिन्न स्त्रियों से अपने संबंधों का सार्थक पहलू खोजने की सारी कोशिश उसने की थी और वह तमाम 'गुन' की बातें आज़माई थीं जिनका तजुर्बाकार लोगों ने मशवरा दिया था। नतीजा यह निकला था कि वसीमा बेगम की जुदाई से 2 दिसंबर 1984 की उस निर्णायक रात तक शराब पीते, अजनबी औरतों के साथ रात का एक हिस्सा बिताना उसकी दिनचर्या में शामिल हो गया था।

मित्र के साथ शराब पीते, बतियाते, वह लड़की का इंतज़ार कर रहा था और नौ बजने को आया था। उसे फ़िक्र होने लगी थी। फ़िक्र में घुलने की ज़्यादा ज़रूरत नहीं पड़ी थी और पहचानवाला गर्म शाल में लिपटी एक सेहतमंद महिला के साथ आ पहुँचा था और बारह बजे रात तक के लिए उसे वहाँ छोड़कर चला गया था।

दरअसल जिस कमसिन, सुंदर, अच्छे ख़ानदान जैसे गुणों से युक्त लड़की का उन्हें इंतज़ार था उसकी जगह जिस ढलती उम्र की पहलवान-रूपी काया ने अवतार लिया वह ज़मीर एहमद ख़ान और मित्र के उत्साह को ठंडा करने को काफ़ी थी।

एक रात की बात ठहरी, ज़मीर एहमद ख़ान ने मन-ही-मन खुद को दिलासा दिया था, अच्छी न सही, बुरी बीत जाएगी। यही सब उसने मित्र को आँखों-आँखों में समझाने की कोशिश की थी जो उस महिला के डील-डौल से ख़ासा आतंकित नज़र आ रहा था। वह सेहतमंद महिला बहुत बेतकल्लुफ़ी से अपने ग़ैरज़रूरी वस्त्र त्यागकर पलँग पर लेट गई थी और सर्दी के बावज़ूद अपना शरीर एक महीन-सी चादर से ढँक लिया था। फिर उन दोनों के अनाबश्यक सवालों को अनसुना कर उसने शराब पीने की फ़रमाइश की थी और नज़रें बचाकर आधी बोतल व्हिस्की बिना पानी मिलाए, सीधे बोतल से मुँह लगाकर गुटक गई थी। आधे-पौने घंटे में नशे में धुत होकर—शायद पहले से भी कुछ पीकर आई थी—उसने ऊँची आवाज़ में फ़िल्मी गाने गाना शुरू कर दिए थे। सबकुछ भूलकर ज़मीर एहमद ख़ान और मित्र मकान-मालिक और पड़ोसियों का वास्ता देते उससे गाना न गाने तथा धीमी आवाज़ में बोलने की विनती कर रहे थे, उससे किसी तरह छुटकारा पाने का उपाय सोचते। मित्र दौड़कर ऑटो लेने गया था और ज़मीर एहमद ख़ान ने किसी प्रकार समझा-बुझा और धमकी देकर उसे कपड़े पहनने पर मजबूर किया था। मुँह-माँगे पैसे उस महिला और ऑटोवाले को दिए गए थे और जब 'टाटा ! फिर मिलेंगे !' कहती, उनकी गालियों को अनसुना करती उस आसमानी बला ने रुख़्सत ली थी तो रात का लगभग पौने ग्यारह बज चुका था।

मित्र और ज़मीर एहमद ख़ान, दोनों का नशा इस बीच कभी का हिरन हो चुका था। इत्तिफ़ाक़ से घर में शराब और मौजूद थी। मित्र ने नए जाम डाले थे और शेर पढ़ा था—'दिल की दुनिया उदास-सी क्यों है / क्या यहाँ से चला गया कोई।' और अपनी शर्मिंदगी पर हँसते, जो कुछ हुआ था उसकी समीक्षा करते, शराब पीते वह दोनों क़हक़हे लगाते रहे थे, इस तरह कि शराब और समय गुज़रने का अंदाज़ा ही नहीं हुआ था। अंततः मित्र का पकाया हुआ खाना खाकर जब ज़मीर एहमद ख़ान घर चलने को हुआ था तो रात का एक बज चुका था। सर्दी और ऑटो न मिलने का अंदेशा सामने रखते हुए मित्र ने उससे रात रुक जाने का आग्रह किया था और जाने क्यों ज़मीर एहमद ख़ान ने उसके प्रस्ताव को सहजता से स्वीकार कर लिया था। तब किसे पता था कि रात में उस हट्टी-कट्टी, अधेड़ बला से कहीं घातक एक बला उनके स्वागत में अपनी पलकें बिछा चुकी थी। उनकी आँख भी नहीं लगी थी जब मालिक-मकान ने दरवाज़ा पीटकर यूनियन कार्बाइड की टंकी फटने और शहर के जीवन को किसी ख़तरे की इत्तिला दी थी और जान बचाकर भागने का मशवरा दिया था। उसे विश्वास नहीं हुआ था लेकिन घर के बाहर हवा में घुली किसी तीखी गंध का एहसास बहुत तीव्र था। मित्र ने हड़बड़ाकर अपना स्कूटर निकाला था और उससे पीछे बैठने को कहा था। आगे सड़कों का दृश्य किसी भी बात पर यक़ीन दिलाने को काफ़ी था जहाँ बेगिनती—सैकड़ों, हज़ारों लोग बेजान आवाज़ में खाँसते रेले की तरह बहे जा रहे

थे। अधिकांश पैदल और दूसरे तरह-तरह के वाहनों पर लदे हुए। ज़मीर एहमद ख़ान की आँखों में घर और घरवाले—अम्माँ, राहत, सना, सबा, भाई मियाँ, भाभी, भतीजे—इस तरह घूमे थे जैसे निकाले जाने के बाद आदम की आँखों में जन्नत की तस्वीर घूमती होगी। जब ज़मीर एहमद ख़ान ने घर की याद की थी तो मित्र ने असंख्य भागते लोगों की ओर इशारा किया था और कुछ क्षण बाद वह मित्र के पीछे बैठा अपनी जान बचाने की ख़ातिर शहर से जितनी दूर हो सके, भागने की कोशिश कर रहा था।

इसके बाद शहर में जो-जो हुआ वह पूरा एक इतिहास था ...

"तुम खुद ही पुरानी बातें न निकालने का मशवरा दे चुकी हो," ज़मीर एहमद ख़ान ने शर्मिंगी से राहत की ओर देखे बग़ैर कहा था, "तुम लोगों की तरह मैं भी उस रात जान बचाने की ख़ातिर भाग ही रहा था। मेरे पास मोटर-स्कूटर तो था नहीं कि तुम्हारी मदद को आ जाता। होता भी तो न तो मैं खुद को इतना बहादुर समझता न ताकतवर कि उन हालात में घर तक पहुँच पाता। कितनी बार मैं तुमसे अपनी शर्मिंदगी का इज़हार कर चुका हूँ। और न फिर उस रात के बाद मैंने कोई रात घर के बाहर गुज़ारी।"

यह एक आपेक्षिक सत्य था और 2 दिसंबर 1984 की रात ज़मीर एहमद ख़ान के जीवन के 'परायी स्त्रियों के साथ मेरे प्रयोग' नामी अध्याय का किन्हीं मायनों में अंत ही था—यह गैस रिसने का एक परिणाम हो या जो भी हो। लेकिन वह तो यह मानकर चलता रहा था कि राहत शुरू से आख़िर तक उसकी इन करतूतों से बिलकुल अनजान थी। क्या उसका ख़याल ग़लत था ? इस समय राहत के बात करने का अंदाज़ : अगर वह जानती थी तो किस हद तक !

"मैं फिर से यही कहूँगा," ज़मीर एहमद ख़ान ने बात की बेजा तवालत से ऊबकर कहा था, "कि मुझे तुम्हें फ़ैसला बदलने पर मजबूर नहीं करना। सबसे हास्यास्पद काम तो बुजुर्ग हमारी शादी की तारीख़, 10 मई, की शकल में ही कर गए हैं ! 1857 में इसी तारीख़ को मेरठ की छावनी से वह ग़दर शुरू हुआ था जिसे आज आज़ादी की पहली लड़ाई के नाम से याद किया जाता है ! जो शादी इस तारीख़ को हुई है, उससे चमत्कार हो तो हैरत क्या ! वैसे इस उम्र में तलाक़ के लेन-देन पर दुनिया हैरान कम होगी और बेहदूगी से हँसेगी ज़्यादा। खुद को दुनिया की नज़रों में मज़ाक़ न बनने दो, यही मेरा दोस्ताना मशवरा है।"

"अब नहीं," राहत ने दृढ़तापूर्वक कहा था, "हर्गिज़ नहीं ! मेरी बर्दाश्त की ताक़त जवाब दे चुकी है और मैं अभी मरना नहीं चाहती। कुछ नहीं तो अपनी बेटियों की ख़ातिर। न मैं उस घर में वापस आना चाहती। बच्चों की अगर आपको कुछ परवाह है तो मुझे समझने की कोशिश करें। हैं तो बहरहाल वह आपकी ही

औलाद। आपको दुनिया में क्या कमी, जिस चीज़ को जब चाहें हासिल कर सकते हैं। असल मजबूरी तो हम जैसों की है। न मैं ताल्लुक़ात को हवा में टाँगकर रख सकती, तलाक़ का मतलब है तलाक़। जब मैं अपनी मजबूरी के ऐतिराफ़ के साथ तलाक़ की बात कर रही हूँ तो आपको मेरी मंशा पर शको-शुबहा नहीं होना चाहिए।''

''तुमने कहा अक्सर रात को मैं जिस हालत में घर पहुँचता हूँ अपना होश-हवास नहीं रहता और बदतमीज़ी तक पर उतर आता हूँ। यह अधूरा सच है। क्या मैंने कभी तुम लोगों को हँसाने-खुश करने की कोशिश नहीं की ? कितनी बार मैंने माफ़ी माँगकर तुम्हारे पैर तक दबाए हैं। अगर मेरे पीने को लेकर तुमने सख़्ती से एतराज़ किया होता तो मैं इसे छोड़ने की कोशिश करता। शराब छोड़ना इतना मुश्किल काम तो नहीं है।''

''आप तो चाहते थे मैं भी पीना शुरू कर दूँ !'' राहत ने कड़वे लहजे में चहककर तंज़ किया था। ''मैं जिस हद तक जिस बात को मना कर सकती थी, वह शराब पीना हो या कुछ और, वह मैंने किया। इस उम्मीद के सहारे मामला चलता रहा कि आप खुद कोई बदलाव लाने की तदबीर करेंगे। जितने लंबे अर्से हम साथ रहे हैं उसमें समझने, ढील देने, भूलने और सोचने के अवसर बहुत रहे हैं ! यह फ़ैसला मैंने किसी एक बात या घटना की प्रतिक्रिया में नहीं किया है, इसीलिए इसे बदल पाना भी संभव नहीं।''

''मुझे यक़ीन नहीं आ रहा।''

''आपके सोचने का अंदाज़ है।''

''मेरे कुछ भी कहने से तुम्हारे फ़ैसले पर फ़र्क़ नहीं पड़ेगा ?''

राहत ने इनकार में सिर हिलाया था।

''फिर भी,'' ज़मीर एहमद ख़ान ने दोस्ताना लहजे में कहा था, ''मेरे प्रस्ताव के बारे में तुम कुछ दिन सोचकर देखो। आँख के सामने पत्थर से पानी निकलते तो किसी ने नहीं देखा फिर भी मुहावरा है ! और जहाँ-जहाँ तक मुहावरा है वहाँ-वहाँ तक आस है। मेरी बातों को खुले दिल से समझने की कोशिश करना, मेरे अवगुण भूलने की कोशिश करते हुए। शायद ज़मीर एहमद ख़ान के बचने की कोई सूरत अभी भी निकल सके। कोई मजबूरी नहीं, तुम जो भी फ़ैसला करोगी मुझे मंज़ूर होगा। मैं फिर तुमसे मिलूँगा ...''

वह उठकर खड़ा हो गया था। राहत बैठी थी—ख़ामोश।

''अच्छा,'' ज़मीर एहमद ख़ान ने थूक निगलते कहा था, ''मैं चलता हूँ।''

''यह,'' राहत ने मुलायम लहजे में कहा था, ''खाना खा लेते ...

''नहीं, बिलकुल भूख नहीं,'' ज़मीर एहमद ख़ान को खुद का स्वर कहीं दूर से आता लगा था। ''अम्मी से सलाम कहना, मैं खुद तो इस वक़्त किसी से मिलने की कैफ़ियत में हूँ नहीं। मुझे नीचे दरवाज़े तक पहुँचा दो।''

राहत ने छत के दूसरे किनारे ज़ीने की लाइट जलाई थी और धीरे-धीरे सीढ़ियाँ उतरने लगी थी। ज़मीर एहमद ख़ान उसके पीछे-पीछे घर के बाहरी दरवाज़े तक आया था। एक पल को महसूस हुआ था क़दम उठाते ही वह चकराकर गिर पड़ेगा, फिर धीरे-धीरे वह घर के बाहर निकल आया था।

13. जुलाई 1987

जिस जगह ज़मीर एहमद ख़ान बैठा था वह ऊँचान पर थी और सामने दूर तक फैले ज़मीन के सिलसिले को वहाँ से आसानी से देखा जा सकता था। बायें तथा कुछ दूर तक पीछे समतल ज़मीन और पथरीली चट्टानों का सिलसिला था और उसके बाद कोई सौ फ़ीट गहराई पर तालाब का वह छोर जो सर्दी और गर्मी के मौसम सहने के बाद भी पानी से लबरेज़ था।

"यहाँ तालाब सबसे गहरा है," सूर्यास्त के समय जब वह यहाँ पहुँचे थे तो विवेक ने गिर्दो-पेश का सरसरी मुआयना कराने के बाद उसे जानकारी दी थी। "बरसात की निस्बत ज़रूर पानी इस मौसम में कम हो जाता है लेकिन फिर भी काफ़ी रहता है। सच पूछो तो यह ज़मीन के लिए बहुत फ़ायदेमंद था। ख़ैर, हमें तो अब इसकी ज़रूरत नहीं पड़ेगी क्योंकि तीनों ट्यूब-वेल्स में कम गहराई पर ही पानी निकल आया। इतना कि ड्रिलिंग करनेवाले भी हैरान रह गए। लेकिन पानी नहीं निकलता तो कुछ हेर-फेर और दे-दिलाकर तालाब का पानी सिंचाई के काम में लिया जा सकता था।"

"कितनी ज़मीन है ?" उसने विवेक से पूछा था।

"11.75, बल्कि 12 एकड़ ही मानकर चल सकते हैं। बहुत सस्ती मिल गई।"

"किस हिसाब से ?"

"सारी लिखा-पढ़ी के बाद 22 हज़ार प्रति एकड़। मुझे ख़रीदे अभी मुश्किल से छः महीने हुए हैं और आज इसी इलाक़े में कोई 50 हज़ार रुपए एकड़ में ज़मीन देने को तैयार नहीं।"

"ऐसा क्यों ?!" ज़मीर एहमद ख़ान को लगा था विवेक झूठी आत्मप्रशंसा से उस पर रौब डालना चाहता था। ऐसा उसे रोज़-ब-रोज़ विवेक के व्यवहार से लगने लगा था।

"एक तो यों कि हमने सबसे पहले यहाँ ज़मीन ख़रीदी," विवेक ने इतमीनान से जवाब दिया, "दूसरे, बेचनेवाला पैसे का ज़रूरतमंद था लेकिन कुछ क़ानूनी झगड़े ऐसे थे जिन्हें सुलझाने के लिए उसके पास न तो पैसा था न कोई पहुँच। तीसरे, इस तरफ़ शहर का विकास किस शक्ल में होगा, इसका छः महीने पहले और सबको

तो छोड़ो खुद मुझे कोई आइडिया नहीं था। इन चार-छः महीनों में ही सारी स्कीम तय हुई है जिसका फ़ॉर्मल अनाउंसमेंट तो गवर्नमेंट की तरफ़ से अभी हुआ भी नहीं है।''

''तो तुमने एक जुआ खेला था ?!''

''जुआ क्यों ?'' विवेक ने आश्चर्य से कहा था। ''मैंने धंधा करने के ख़याल से तो ज़मीन ख़रीदी नहीं थी। बस इतना ज़रूर सोचा था कि अगर किसी इमर्जेंसी में बेचने की ज़रूरत पड़ जाए तो कम-से-कम क़ीमत तो वसूल हो जाए। मैंने तुमसे हमेशा कहा है कि अपनी रिटायरमेंट की ज़िंदगी लोगों की आत्मकथाएँ पढ़ते, कमरे में बंद होकर बिताने के बजाय मैं खुले आकाश के नीचे मिट्टी, खाद और पानी से शग़ल करते खेत और खलियान में रहकर बिताना चाहूँगा। क्या पता, शायद चीज़ें इसी तरह पीढ़ी-दर-पीढ़ी चलती हों। कुछ भी कहो, रगों में है तो पंजाब का खून !''

''क्यों नहीं,'' ज़मीर एहमद ख़ान का स्वर खुद-ब-खुद कड़वा हो गया था, ''जैसे शहर में इतने सारे अफ़ग़ानिस्तानवाले ख़ान साहब पान की गुमटियाँ सजाए बैठे हैं ! सब पीढ़ी-दर-पीढ़ी का तमाशा है !''

''नहीं, विवेक ने हँसकर बात का विषय बदलने को कहा था, ''अब यह भी नहीं कि सबकुछ गुज़री पीढ़ियों पर ही छोड़ दिया जाए।''

उस पल ज़मीर एहमद ख़ान को शिद्दत से ख़्वाहिश हुई थी कि विवेक के सामने अब्बा-अम्माँ के घर में अपना हिस्सा बेचने का प्रस्ताव रखे।—सिर्फ़ पचास हज़ार मुझे दे दो, वह कहना चाहता था, ताकि मैं राहत को मेहर देने के फ़रीज़े से सुबुकदोश हो सकूँ। मकान की क़ीमत उससे कहीं ज़्यादा होगी जो मुझे नहीं चाहिए। चलो, कल ही भाई मियाँ के सामने सारी लिखत-पढ़त किए देता हूँ। लगा था तलाक़ की बात को विवेक मज़ाक़ समझेगा। या सच समझेगा तो राहत से समझौता करने का मशवरा देगा और समझाएगा कि राहत के मेहर से कहीं बड़े फ़रीज़े दोनों बच्चियों की ज़िम्मेदारियाँ हैं और इस तरह ज़मीर एहमद ख़ान ज़िंदगी की असलियतों से पलायन नहीं कर सकता—नहीं करना चाहिए !

''सचमुच,'' उसने ऊँची आवाज़ में विवेक से कहा था, ''शहर के इतने नज़दीक इतनी खूबसूरत जगह की कल्पना भी नहीं की जा सकती। गर्मी की शिद्दत और उमस में भी यहाँ एक खुलेपन का एहसास अलहदा ही है। ज़मीन किस तरह की है और तुम्हारी यहाँ करने की योजना क्या है ?''

''आधी तो बेहतरीन खेती की ज़मीन है, बाक़ी हिस्सा ऊँचा-नीचा, पथरीला और पठार का है। संजीदगी से कुछ करने का मौक़ा आएगा तब सोचेंगे, अभी तो बाउण्ड्री मार्क करके तारों की बाड़ लगवा दी है और कुछ नौकरों को देखभाल के लिए छोड़ दिया है। इक्कीस बड़े दरख़्त तो आम के ही हैं, यह दूसरी बात कि इस साल आम बिलकुल न के बराबर आया। फिर जामुन है, कबीट हैं, बेल के

तीन दरख़्त हैं, अमरूद के पेड़ों का बाग़ीचा है—कोई चालीस पेड़ होंगे। यह तो सब ज़मीन पर लगे-लगाए मिले हैं, इनके अलावा कुछ प्लांटेशन हमने किया है और कुछ आनेवाले दिनों में करेंगे। कुछ नायाब फल और फूलों की क़लमें मँगाकर रखी हैं, बस सही मौसम और साअत का इंतज़ार है। यहाँ रहने के लिए कोई ठीक-सा बंदोबस्त नहीं था, इसीलिए पिछले दिनों यह दो कमरों, किचन, बाथरूम का घर-टाइप बनाने का काम चलता रहा है और मुझे उम्मीद है बरसात ने इसी तरह साथ दिया तो जल्द ही काम मुकम्मल हो जाएगा। फिर आकर रहना आप यहाँ महीना, पंद्रह दिन—जितनी मर्ज़ी हो, आबो-हवा बदलने के लिए। हाँ, पशुधन तो मैं भूला ही जा रहा था ! जर्सी गायों की एक छोटी-मोटी डेरी भी शुरू करने की प्लानिंग है।"

"आजकल," ज़मीर एहमद ख़ान ने विवेक के तफ़सील और उत्साह से ऊबते हुए कहा था, "पॉल्ट्री फ़ार्मिंग का भी तो बहुत फ़ैशन है। जैसे ही शहर के बाहर किसी भी दिशा में निकलो क़दम-क़दम पर नित नए नाम के पॉल्ट्री फ़ॉर्म यूँ मिलते हैं जैसे सम्राट अशोक के काल में, सुना है, मुसाफ़िरों की सुविधा के लिए सायादार दरख़्त हुआ करते थे।"

"वह एक अलग ही काम है," विवेक ने व्यंग्य को महसूस किए बिना स्पष्टीकरण दिया था, "और माफ़ करना, मेरी पसंद का हर्गिज़ नहीं है। और इस तरह सोचो तो जाने क्या-क्या है करने के नाम पर। ईमानदारी की बात यह कि खुद मेरे पास तो यहाँ कुछ करने को वक़्त ही नहीं, सब नौकरों के हवाले रहेगा। जब भी मौक़ा मिलेगा खुद भी एक नज़र देख जाएँगे।"

"जिस समय वह लोग पहुँचे थे सूरज डूबने को था और आसमान में निर्जीव रंगों के इक्का-दुक्का बादल बड़े उदास और अकेले लग रहे थे। विवेक ने याद दिलाया था उस रात पूर्णिमा थी और बहुत जल्द वह चाँदनी में बैठे बातें कर रहे होंगे। नौकरों ने बैठने के लिए मेज़-कुर्सियाँ लगाई थीं, कार से खाने-पीने का सामान निकालकर जमाया था और विवेक के आदेशानुसार टीन के टब में बर्फ़ की सिल्लियों के नीचे बियर की बोतलें दबा दी थीं। ज़मीर एहमद ख़ान को अकेला बैठा छोड़कर विवेक नौकरों का हिसाब करने तथा पिछले दिनों मकान बनने की प्रॉग्रेस देखने चला गया था और वह यह अंदाज़ा लगाने की कोशिश करता रहा था कि उस समय, किस दिशा में, अपने घर से कितने फ़ासले पर बैठा होगा। कार में यहाँ तक आने में बदिक़्क़त बीस मिनट लगे थे लेकिन इस तरफ़ का भूगोल उसके लिए बिलकुल अनजान और अटपटा निकला था। हाईवे से ज़रूर वह बारहा गुज़रा था लेकिन बीच से एक दिशा में कटकर दस मिनट की दूरी पर क्या था, यह अंदाज़ा उसे बिलकुल नहीं था। वह यक़ीन के साथ कह सकता था कि यहाँ इससे पहले कभी नहीं आया था।

आसमान में एक रौशनी के रुख़सत होते-होते दूसरी फैलने लगी थी और उस

पल चौतरफ़ गहरा सन्नाटा था। इस जगह की सबसे बड़ी विशेषता उसे यह लगी थी कि ऊँचाई पर होने के बावजूद कहीं से शहर की झिलमिलाती रौशनियाँ नज़र नहीं आती थीं, ना ही तालाब का विस्तार, जब तक कि पठार के सिरे पर जाकर खड़ा न हुआ जाए। और सिरे पर खड़े होने पर लगता था जैसे शहर की सारी चकाचौंध सिर्फ़ दो क़दम के फ़ासले पर हो। अभी कुछ समय पहले विवेक ने उसे वह उजाड़ और सूखा कुआँ भी दिखाया था जिसमें विवेक के अनुसार बहुत सारे कबूतर रहते थे। अपनी बात साबित करने के लिए उसने एक छोटा-सा पत्थर कुएँ में फेंका था और सचमुच कई कबूतर उसमें से फड़फड़ाकर उड़ गए थे।

"ऊँचे गुम्बद या पुराने महल-हवेलियों में तो कबूतरों को रहता देखते-सुनते आए थे," विवेक ने कहा था, "यह पहला मौक़ा है जो कुएँ में कबूतरों को रहते देख रहे हैं।"

"बुरा वक़्त है भाई," ज़मीर एहमद ख़ान ने ठंडी साँस ली थी। "यह भी हंस चुकेगा दाना-दुनका, कौवा मोती खाएगा के सिलसिले की कड़ी लगती है।"

बात करते-करते कुछ याद करके ज़मीर एहमद ख़ान बेसाख़्ता हँसने लगा था।

"क्या बात है ?" विवेक ने उसे हँसते देखकर पूछा था, "क्या वह कविता याद आ गई जो कभी लेटरबॉक्स के बारे में लिखी थी ?–'इस बक्से में बेगिनती उजले परोंवाले कबूतर बंद हैं जो अलस्सुबह आसमान की विभिन्न दिशाओं में उड़ जाएँगे। वहाँ के लिए जहाँ उन्हें पहुँचना है।' याद है ?"

ज़मीर एहमद ख़ान कुछ पल गुम होकर सोचने के बाद फिर से हँसने लगा था।

"मज़ा शायद यही है जीने का," उसने संजीदा होकर कहा था। "पता नहीं चलता किस पल क्या छूट रहा है ! सब कितनी सहजता के साथ होता रहता है यह एहसास और आश्चर्य किसी पल रुककर देखने और सोचने पर होता है। मगर आज उस तरह के पल हैं किसके पास। इस दुनिया में ग़लत फँस गए यार ! कभी-कभी तो ख़्वाहिश होती है कि बक़ौल शायर अपने नक़्शे-क़दम भी साथ ही ले जाएँ।"

"मगर मिज़ाज कहाँ बदलता है," विवेक ने कहा था। "आप पहले भी शायरी करते थे, इस वक़्त भी कर रहे हैं।"

"काश ! मैं वही कर पाया होता ! सिर्फ़ लफ़्ज़ों की क़वायद को शायरी थोड़ी कहते हैं। ख़ैर, मैं दूसरी बात पर हँसा था : तुम्हें अम्माँ का तोता याद है ?"

"वही सलामालैकुम वाला ?"

"ऐसे अम्माँ ने कितने तोते पाले थे जो अलग-अलग नाम लेकर बताना पड़े !" ज़मीर एहमद ख़ान का लहजा अनजाने ही चिड़चिड़ा हो गया था। "अगर तुम्हारा दिमाग़ कहीं और है तो मेरे साथ क्यों वक़्त ख़राब कर रहे हो ?"

विवेक सहजता से हँस दिया था।

"दिलो-दिमाग़ सब यहीं है," उसने आश्वस्त किया था। "तुम अम्माँ के तोते की बात कर रहे थे ?"

"अजीब तरह का रिश्ता बनता गया था अम्माँ और उस तोते के बीच," ज़मीर एहमद ख़ान अपने में खोकर बोला था। "पहले अजनबियत, हर बात का जवाब टाँय-टाँय। फिर देखते-ही-देखते ऐसी निकटता कि अम्माँ की आल-औलाद सब पीछे रह गई। अम्माँ के इंतिक़ाल के बाद वह बेचारा अजीब तरह के तिरस्कार का शिकार होकर रह गया था शायद इसलिए कि अम्माँ की तरह अब किसी दूसरे की ज़िंदगी में उसकी गुंजाइश और ज़रूरत नहीं थी। न कोई पाबंदी से पिंजरा साफ़ करनेवाला था, न उसके खाने-पीने का ख़याल रखनेवाला। बग़ैर किसी के तारीफ़ किए या सराहे हर आनेवाले को सलाम करता था, खुशामदीद कहता था, तशरीफ़ रखने की दावत देता था। फ़जिर के वक़्त से सीटियाँ बजाता और घर में सोते लोगों को जगाने की कोशिश शुरू कर देता था। हफ़्तों और महीनों से मैं सब तमाशा देख रहा था। आज सुबह जैसे ही उसने कलमा पढ़ना शुरू किया, मैंने पिंजरा छत पर ले जाकर उसकी फटकी खोल दी। कुछ देर को तो उसे शायद यक़ीन नहीं आया, और जिस क्षण ही आया, पर फड़फड़ाता हुआ आसमान में उड़ गया !"

"तुमने तोता छोड़ दिया ?!" विवेक को विश्वास नहीं हुआ था।

"जी नहीं !" ज़मीर एहमद ख़ान ने 'नहीं' पर ज़ोर देते हुए कहा था, "मैंने एक साँस लेते, बोलते, सुनते, देखते जानदार को क़ैद से रिहा कर दिया जिसका जुर्म हमारी उसे क़ैद करने की नीयत थी—उसमें कहीं नहीं, हमारे दिमग़ों में कार्यरत। अम्माँ के जीते-जी जो शायद सवाब की हैसियत रखती थी, मगर उनके न रहने के बाद गुनाह बन गई थी।"

"बाक़ी घरवालों को तो बुरा लगा होगा ?"

"क्या पता," ज़मीर एहमद ख़ान ने लापरवाही से कहा था। "दुनिया में हर एक को अपना तोता पालने में दिलचस्पी है, अम्माँ के तोते से किसी का क्या लेना।"

चाँदनी क़रीबो-दूर फैल चुकी थी। विवेक ने अपने हाथों से सलाद बनाकर सजाया था। हवा स्थिर थी। गहरे सकूत में ज़मीर एहमद ख़ान अपने नथुनों से साँस खींचते, हलक से नीचे उतारकर फेफड़ों में सींचते, ऑक्सीजन खून में जज़्ब होकर बाक़ी-माँदा बेकार साँस दोबारा नथुनों से बाहर निकालते न सिर्फ़ महसूस कर सकता था बल्कि उसे लग रहा था इस सारी प्रक्रिया को वह अपने कानों से सुन भी रहा हो। साँस के आते-जाते धारा, वह विस्मित होकर सोच रहा था, बिना गतिरोध उत्पन्न किए—एक-दूसरे में गाँठ डाले चलते रहते हैं, तमाम उम्र—पच्चीस, पचास, सौ साल तक। यह क्या चमत्कार नहीं !

"यह बियर," उसने मग से लंबा घूँट लेने के बाद कहा था, "बात कुछ बनती नहीं है इससे। लगता है दिमाग़ और जिस्म के बीच शॉर्ट-सर्किट हो गया हो। ऊपर से महँगी इतनी कर दी है !"

"व्हिस्की और रम भी यहाँ हैं," विवेक ने सूचनार्थ कहा था, "तुम चाहो तो वह ले सकते हो।"

"उसे पीना," ज़मीर एहमद ख़ान ने तंज़ किया था, "तुम्हारी इन्सल्ट होगी। खाते-पीते, अभिजात वर्ग के भी तो नियम होते हैं कि गर्मी है तो बियर ही पिएंगे !"

"इस क़दर जली-कटी क्यों सुना रहे हो," विवेक ने सिगरेट सुलगाते हुए कहा था। "तबीयत तो अब ठीक-ठाक है ना ?"

"वहम !" ज़मीर एहमद ख़ान की कड़वाहट बढ़ गई थी, "शक ! झक ! सारे डॉक्टर, बीवी-बच्चे, रिश्तेदार और जान-पहचानवाले सहमत हैं। जो शुरू में नहीं थे, धीरे-धीरे वह भी हो गए हैं और मुझे यक़ीन है मेरा भला चाहने को ही हुए हैं। आप भी उनमें से एक होंगे, मुझे यक़ीन है, फिर इस तरह भोले बनकर पूछने का मतलब ?"

"तुम इस तरह नहीं मानोगे," विवेक ने सीधे बैठकर नौकर को आवाज़ देते हुए कहा था और उससे रिकॉर्डर ऑन करके कैसेट लगाने को कहा था। "गुलाम अली के कॉन्सर्ट की रिकॉर्डिंग है, बिलकुल नई। एक साहब दुबई से ख़ास तौर पर मेरे लिए लाए हैं। सुनिए और दाद दीजिए।"

"यह गुलाम अली साहब भी तो," उसने व्यंग्य किया था, "पंजाबी हैं !"

"जी हाँ," विवेक बुरा नहीं माना था, "और जिनका कलाम है वह शायर भी।"

"और बात वही कह रहे हैं बादल, घटा, शराब की !" ज़मीर एहमद ख़ान ने ताना दिया था, "जो शायरी ही नहीं, आज के मुल्क और दुनिया के संदर्भ में भी अप्रासंगिक हो चुकी है ! तुम देखना," ज़मीर एहमद ख़ान ने बियर का लंबा घूँट लेकर भावुक स्वर में कहा था, "यह सूखे के आसार यूँ ही नहीं ! मैं तुमसे कहता हूँ अब कभी इस दुनिया में घटा घिरकर नहीं आएगी ! कहीं पानी रहमत बनकर नहीं बरसेगा। हमारे आमाल के अंजाम में सबकुछ इसी तरह गर्मी में सूखता-झुलसता अपने ख़ात्मे का इंतज़ार करता रहेगा। लोग उन ज़मानों की कहानियाँ सुनाया करेंगे जब पानी बरसता था और राख-रंग धरती पलक झपकते हरी हो जाती थी। फूल, खुशबू, रंग, खूबसूरती कुछ बाक़ी नहीं रहेगा दुनिया में, लोग बूढ़ों से इन बातों की दास्तानें सुनेंगे, इसी तरह शराब में धुत होकर जैसे इस वक़्त हम दोनों बैठे हैं। तुम अपने आदमी से कहो कैसेट ऑफ़ करे, सुनने की बिलकुल तबीयत नहीं !"

"तुमने तो इतनी बड़ी बददुआ दे दी," विवेक ने उठकर रिकॉर्डर ऑफ़ करते

हुए कहा था। "हमारी तो सारी योजना मानसून के इंतज़ार में धरी हुई है। दूब फैलना है, क्यारियाँ बनना है, नए पौधे ज़मीन में उतारे जाने हैं। इसके अलावा भी यार, बारिश के बिना ज़िंदगी की कल्पना कौन कर सकता है ?

'हूँ गर्मी-ए-निशाते तसव्वुर से नगमसंज,
मैं अंदलीबे गुलशाने नाआफ़रीदा हूँ' !"

"ग़ालिब ?"

"तुमसे बेहतर कौन जानेगा ! शेर का 'मैं' भी तुम हो।"

"नाआफ़रीदा ?"

"जो पैदा न हुआ हो। चलो, हम उर्दू को बुरा नाम देनेवाले कहीं तो काम आए !"

कुछ पल को ख़ामोशी रही थी।

आसमान के तश्त में चाँदनी इस तरह फैल चुकी थी कि बाक़ी सितारों का वजूद खो गया था। जिस जगह वह दोनों बैठे थे ऐसा लग रहा था वह हर पल आहिस्ता-आहिस्ता ऊपर चाँदनी से रौशन आकाश की ओर खिसक रही हो, किसी उड़न-तश्तरी की तरह।

"और असीम के काम-धंधे के क्या हाल हैं ?" ज़मीर एहमद ख़ान ने ख़यालों के भटकाव पर नियंत्रण रखने को सीधा-सा सवाल किया था।

"मज़े में है," विवेक ने बिना विस्तार में जाए कहा था। "शुरू में तो दिक़्क़तें होती ही हैं, लेकिन अब सब जम गया है।"

"अलग होने को लेकर," ज़मीर एहमद ख़ान ने सबकुछ जानते हुए भी महज़ पूछने की ख़ातिर पूछा था, "मतभेद और कड़वाहट आगे तो नहीं बढ़ी ?"

"ख़ास नहीं," विवेक ने विषय को टालते हुए कहा था, "शुरू में जो शिकवे-शिकायत थे, तुम जानते ही हो। कुछ सुलझ गए बाक़ी बट्टेखाते में डल गए। वैसे भी आजकल तो वह जन्मभूमि मुक्ति आंदोलन में अधिक व्यस्त है !"

"मेरी इत्तिला के अनुसार," ज़मीर एहमद ख़ान ने रहस्य पर से पर्दा उठाने के अंदाज़ में कहा था, "उसमें तो आप भी व्यस्त हैं।"

"मैं दुश्मनी में कुछ नहीं करता।"

"तो धर्म-पालन के लिए कर रहे होगे।"

"क्या तुम्हारी इत्तिला का सही होना ज़रूरी है !"

"तो मना कर दो।"

"इस तरह मानने या मना करने से क्या फ़र्क़ पड़ जाएगा। छोड़ो, तुम तो यह बताओ कि फिर शराफ़त मियाँ से मिलना हुआ या नहीं ?"

"नहीं," ज़मीर एहमद ख़ान ने पूरे आत्मविश्वास से झूठ बोला था, "मगर सोच रहा हूँ जल्द ही उनसे मिलूँ।"

"तुम खुद ?!"

"हाँ । अगर उन्हें आने में तकल्लुफ़ होता है या उनकी अना आड़े आती है तो मैं खुद चला जाता हूँ। थोड़ी बेग़ैरती की ज़रूरत है यार, मगर मामला तो अपना ही उलझा है। बरसों की मेहनत के बाद यूँ रूठकर घर बैठने से तो काम चलने से रहा। और फिर मेरी भी ज़िम्मेदारियाँ हैं, बीवी है, बच्चियाँ हैं—कब तक उनका सामना करने से मुँह छिपाऊँगा। ज़िंदगी में कुछ-न-कुछ तो करना ही है, शराफ़त मियाँ नहीं तो किसी और की हाँ-जनाबी करना पड़ेगी। किसी अजनबी के साथ नई शुरुआत से तो शराफ़त मियाँ ही बेहतर रहेंगे, जिन्हें, अच्छा या बुरा, इतने समय में समझने-परखने का मौक़ा तो मिला है। तुम क्या कहते हो ?"

विवेक चिंतित और ख़ामोश रहा था।… "मेरा कहा छोड़ो," उसने कहा था, "मगर क्या, जितनी आसानी से तुम कह रहे हो उतनी आसानी से जा भी सकोगे ? सुलह-सफ़ाई और मामला निबटाने की ग़रज़ से ? और शराफ़त मियाँ भी तुम्हारी इस नेक-नीयती को सराह सकेंगे ?"

"मेरा उनसे ऐसा झगड़ा क्या है," ज़मीर एहमद ख़ान ने उदार स्वर में कहा था। "भई, घर बैठे कोई कब तक किसी को तनख़्वाह देगा। एक तरह से देखा जाए तो उन्होंने कोई ग़लती नहीं की। खुद मैंने ही अपने वहम को बीमारी का नाम देकर दुनिया को खुद से आजिज़ कर दिया। है कुछ नहीं, यह फ़तूर ख़ाली दिमाग़ में शैतान का कारख़ाना ही है। कुछ करने में जुटूँगा तो इसे भी भूल जाऊँगा, मसरूफ़ियत खुद सौ रोगों का इलाज होती है। उधर राहत बच्चियों के साथ रूठकर मैके में बैठी हैं, उनकी शिकायतें भी अपनी जगह दुरुस्त हैं। कुछ करने लगूँगा तो उन्हें मनाना भी मुश्किल नहीं होगा। हर इनसान की बर्दाश्त की एक हद होती है, यह खुद मुझे भी समझना चाहिए। सोचता हूँ सबकुछ बिलकुल नए सिरे से शुरू करूँ… "

"अगर कर सको," विवेक के स्वर में अविश्वास था, "तो इससे बेहतर क्या हो सकता है।"

"इसके सिवा कोई चारा ही नहीं," ज़मीर एहमद ख़ान ने एक-एक शब्द पर ज़ोर देकर कहा था। "अब मैं झूठे शक और अंदेशों में नहीं पड़नेवाला। चिअर्स !" उसने मग उठाकर तली तक ख़त्म करते हुए कहा था, "कल ही से… "

"चिअर्स !" विवेक ने संदेह और उत्साह के मिले-जुले भाव से मग ख़त्म करते हुए कहा था।

"अब कहो उस बंदे अली ख़ान से," ज़मीर एहमद ख़ान ने टाँगे पसारकर अँगड़ाई लेने की मुद्रा में कहा था, "तुम्हारे नौकर से कि म्यूज़िक ऑन करे। मगर

यह कैसेट नहीं, अपने जगजीत हसन या मेंहदी सिंह हों ! नया-पुराना कुछ भी चलेगा।"

विवेक खुद उठकर कैसेट तलाश करने लगा था।

"हाँ," ज़मीर एहमद ख़ान ने याद करते हुए कहा था, "एक ख़बर सुनाना तो मैं भूला ही जा रहा था। आपा की बेटी, बन्नो याद है तुम्हें ? उसकी शादी तय हो गई, कुछ दिनों में मँगनी होनेवाली है।"

"वह इतनी बड़ी हो गई !" विवेक ने आश्चर्य से कहा था।

"लड़कियाँ उसी तेज़ी से जवान होती हैं," ज़मीर एहमद ख़ान ने बियर की बोतल खोलते हुए थके स्वर में कहा था, "जिस तेज़ी से एक ख़ास उम्र के बाद आदमी बूढ़ा होता है !"

"अच्छी ख़बर है," विवेक ने रिकॉर्डर पर कैसेट लोड करने के बाद पल-भर को रुककर कहा था। "लड़का कौन है ? रिश्तेदारों में कोई ?"

"इदरीस मियाँ जो एक ज़माने में मेरे बिज़नेस-पार्टनर हुआ करते थे—याद हैं ना ?! उनका बेटा है। वहीं कहीं काम करता है जहाँ से आपके भला चाहनेवालों ने आपको गुलाम अली का कैसेट लाकर दिया है।"

विवेक ने बात कुरेदने या ज़मीर एहमद ख़ान के एक ज़माने में इदरीस मियाँ से बिगड़े संबंधों के बारे में पूछताछ करने की आवश्यकता नहीं समझी थी।

"बहुत खुशी की बात है," रिकॉर्डर ऑन करके वह वापस अपनी कुर्सी पर आ बैठा था।

ज़मीर एहमद ख़ान आसमान के रौशन विस्तार में तकता बैठा था। बचपन में जब घर का आँगन कुशादा था, गर्मियों की शामों छिड़काव करके पलँग बाहर खुले आसमान के नीचे डाल दिए जाते। वह बिस्तर पर लेटकर आसमान से विदा होती रौशनी में परिंदों के झुंडों को एक दिशा से दूसरी दिशा की ओर उड़ते देखता और गिनता था। घर के एक तरफ़ शहर की आबादी थी और दूसरी ओर विभिन्न नामों के बाग़—बाग़ उमराव दूल्हा, बाग़ फ़रहत अफ़ज़ा और जाने क्या-क्या। बाग़ों में घनी अमराइयाँ थीं। दिन की व्यस्तताओं से फ़ारिग़ होकर तोते, बगुले, क़ाज़ें—झुंडों में सब, अपने-अपने आराम करने के ठिकानों को लौटकर जाते थे। फिर अँधेरा पड़े अम्माँ पास आकर लेट जातीं और आसमान के अँधेरे में एक जगमगाते तारों के समूह को दिखातीं जो एक ख़ास क्रम में जोड़ने से अरबी लिपि में नाम 'मोहम्मद' लिखते लगते थे। उसे अभ्यास हो गया था और बिना अम्माँ की सहायता के भी उस नाम को आकाश में खोज लेता था। रात के बदलते पहरों में नाम आसमान में अलग-अलग जगह नज़र आता था। बहुत ज़माने तक भूले रहने के बाद जब उसने उन सितारों को दोबारा खोजना चाहा था तो सफल नहीं हुआ था। सोचा था फिर कभी अम्माँ की मदद से—मगर इस बीच अम्माँ खुद ही आसमान के तारों में शरीक हो गईं ! यही बात सवाल के साथ जब उसने ख़ानदान के एक

अन्य बुजुर्ग के सामने रखी थी तो उन्होंने हास्य और व्यंग्य मिले स्वर में कहा था, "इस उम्र में हमारी आँखों को इतनी दूर की थोड़ी सूझती है !"

अकेला टहलता ज़मीर एहमद ख़ान पठार के उस छोर तक़ पहुँच गया था जिसके आगे लगभग सौ फ़ीट की गहराई पर तालाब था। वह जहाँ खड़ा था शहर की जगमगाती रौशनियाँ घेरा बाँधे उसकी ओर बाहें पसार रही थीं और चाँदनी में तालाब और आसमान एक हो गए थे। पीछे से आती संगीत की आवाज़ें उसके कानों से टकरा रही थीं और टीले के समान आसमान की ओर उठते ज़मीन के एक बिंदु पर विवेक अपनी कुर्सी में पसरकर अधलेटा था। हवा थमी होने पर भी नीचे कहीं लहरों के चट्टानों को थपथपाने की आवाज़ मद्धिम सुरों में सुनी जा सकती थी। उसने इर्द-गिर्द देखा था और झुककर चट्टानों को छूती तालाब की लहरों का जायज़ा लेना चाहा था।

कहीं मुझे—उसने सोचा था—देर तो नहीं हो जाएगी ···

··· उसे भाई जान नज़र आए थे—बादलों की घाटियों के बीच अपने ख़ास अंदाज़ से जीप चलाते। वही बंद गले का मिलिशिया-रंग कोट पहने, बैरे कैप लगाए जो वह शिकार पर जाते वक़्त पहनते थे। उनके चेहरे पर वही मुस्कान थी जो संजीदगी का आकार बनकर उनके व्यक्तित्व को सबमें विशिष्ट बनाती थी। हुड-उतरी और शीशा-गिरी जीप के पीछे बैठा कोई व्यक्ति महारत से बादलों में सर्चलाइट डाल रहा था। भाई जान जीप तेज़ भी चलाते थे तो इस सावधानी से कि कच्चे रास्तों, गड़वाटों या बिना रास्ते जंगल में किसी जानवर का पीछा करते भी साथ बैठे लोगों को धचका न लगे। स्टेयरिंग के सामने वह थोड़ा तिरछा होकर बैठते थे। जब वह शहर में गाड़ी चलाते हुए निकलते थे तो चौराहों पर खड़े सिपाही उन्हें सलूट मारकर सलाम करते थे जिसका जवाब भाई जान अपनी मुस्कान और सिर की हलकी जुम्बिश से देते थे। सर्चलाइट बादलों में चकरा रही थी और भाई जान धीमी रफ़्तार से जीप चला रहे थे। उसने देखा भाई जान चला तो जीप ही रहे थे मगर वह साधारण जीपों से बहुत बड़ी और कुशादा थी। सहसा उसकी नज़र अंदर बैठे अन्य लोगों पर पड़ी थी और वह हैरान रह गया था : बड़े अब्बा, फफ़ू अम्माँ, फूफा मियाँ, अब्बा और अम्माँ—सब थे वहाँ ! उनके अलावा दूसरे लोग भी थे—रिश्तेदार, पहचानवाले और घर में काम कर चुके लोग। मुरशद, फफ़ू बिया और दुल्हन चची भी वहाँ थे। वह खुद जहाँ दुबका खड़ा था वहाँ अभी तक किसी की नज़र नहीं पड़ी थी।

"तुम्हें मालूम है," अब्बा मियाँ भाई जान से पूछ रहे थे, "वह यहीं मिलेगा ?"

"जी," भाई जान ने संक्षेप में उत्तर दिया था, "क्या बात है हारून मियाँ," उन्होंने लाइट डालनेवाले से हँसकर कहा था, "क्या लाइट डालना भूल गए ?"

भाई जान के शिकारी दोस्त हारून मियाँ ज़्यादा चौकस होकर लाइट डालने लगे थे। जीप बादलों के पहाड़, घाटियाँ और नदी-नाले तय कर रही थी।

"हो सकता वक़्त ग़लत हो," अब्बा ने दाढ़ी पर हाथ फेरते हुए कहा था।

"थोड़ा सबर तो रखिए," अम्माँ ने तम्बीह की थी।

फफू अम्माँ की गोद में रंग-बिरंगी कपड़ों की कतरनें थीं जिन्हें वह एक-दूसरे में बुनने में व्यस्त थीं। "हमें बता देना," उन्होंने अपनी धीमी आवाज़ में कहा था, "अपना चश्मा साथ लाना तो हम भूल ही गए।"

"ज़िंदगी में याद क्या रहा है !" फूफा मियाँ ने ताना दिया था और फिर खुद ही फूट-फूटकर रोने लगे थे।

"अल्लाह !" फफू बिया कराही थीं, "रहम फ़रमा !"

"संगे असवद," दुल्हन चची पर हँसी का दौरा पड़ा हुआ था—"थूक में लथपथ !"

"अल्लाह हर बला और आफ़त से बचाए, अल्लाह !" मुरशद ने सदा दी थी।

यकायक सर्चलाइट घूमी थी और रौशनी उस पर आकर थम गई थी।

"वह है," भाई जान की मुस्कान ज़िंदा हो उठी थी और जीप दौड़ाकर उन्होंने उसके बिलकुल नज़दीक रोक दी थी। उसने बहुत अदब से सबको सलाम किया था।

"देर तो नहीं हुई ?" भाई जान ने पूछा था।

"माशाल्लाह सेहत बेहतर हो गई," बड़े अब्बा ने हँसकर कहा था।

"कौन है ?" फफू अम्माँ ने पूछा था।

"ज़मीर," अब्बा और अम्माँ के मुँह से एक साथ निकला था। "अच्छा किया तुम आ गए। हम सबको ज़्यादा फ़िक्र तुम्हारी ही थी।"

जीप में जगह की गई थी और वह दुबककर अम्माँ और अब्बा के बीच बैठ गया था। भाई जान ने जीप स्टार्ट की थी और हारून मियाँ ने फिर लाइट डालना शुरू कर दिया था।

भाप-से धुँधले बादलों के घेरों में बढ़ती जीप जिसमें वह बैठा था, धीरे-धीरे ज़मीर एहमद ख़ान की नज़रों से ओझल हो गई थी ···

14. उपसंहार

दिसम्बर 1992

दूर-दूर तक सन्नाटा है। सन्नाटा और सड़क से गुज़रती पुलिस की गाड़ियों की आवाज़ें। और दिल की धड़कनों के साथ फैलता-सिमटता कुछ हो

जाने का डर।

टी.वी. पर मातमपुर्सी करते चेहरे हैं। बुरा, बहुत बुरा हुआ, सब कहते हैं। मधुमक्खियों पर किसका बस चला है ! भिनभिनाती महूक को कौन बस में कर पाया है ! सब बराबर हैं। किन्हीं-किन्हीं हालात में कोई किसी से ज़्यादा बराबर हो ही जाता है। यह अपवाद होता या हो सकता है। नीयत बुरी नहीं। मुजरिम पकड़े जाएँगे। अपने किए की सज़ा पाएँगे।

सड़कों पर सिपाहियों की बात करती आवाज़ें हैं। चौराहे पर सवालिया ढंग से बजी सीटी के जवाब में अन्य सीटियाँ, यह आश्वस्त करती कि सब ठीक है। सर्दी चौतरफ़ अलसाई पड़ी है। सायरन बजाती पुलिस-वैन घर के पास आकर रुकी है। एक बिना शब्द बड़बड़ाहट सन्नाटे को कोस रही है।

"कुछ नज़र आता है ?" भाई मियाँ सीढ़ियाँ चढ़कर ऊपर आ गए हैं।

"कोई हिफ़ाज़त में हिफ़ाज़त है ! दो लोग धक्का लगाएँ तो घर का दरवाज़ा मय दीवार के अंदर आन गिरे !"

वह अब्बा की छड़ियों के बारे में पूछ रहे हैं। अब्बा को तरह-तरह की टेककर चलनेवाली छड़ियाँ जमा करने का शौक़ था। वह सब न जाने कहाँ गईं। "कुछ तो हिफ़ाज़त का एहसास रहे," वह बुदबुदा रहे हैं। "यूँ तो घर में चूहे और छिपकली भी डराते हैं।"

बाहर क़ब्रिस्तान के दरख़्तों की पीछे कुंद-सी सुर्ख़ी फैल रही है। सन्नाटे और आवाज़ों की सुनगुन है।

"कहीं आग लगी है," भाई मियाँ की आवाज़ में चौकन्नी चिंता है। "टी.वी. पर तो जो दिल चाहता है बताते-छिपाते हैं, ट्रांज़िस्टर पर बी.बी.सी. की ख़बर है सारा मुल्क जल रहा है। सैकड़ों मारे जा चुके हैं।"

भाई मियाँ नीचे लौट जाते हैं और नींद और ख़ौफ़ के बीच भूलता मैं ऊँघने लगता हूँ। खुदा मालूम राहत, सना और सबा से कब मिलना हो। होगा, पता नहीं क्यों यह तो निश्चित है, लेकिन कब ? हो सकता है कर्फ़्यू मुद्दत तक लगा रहे, एक उम्र बीत जाए इसके खुलने से पेशतर। जब मैं मिलूँ तो राहत बूढ़ी और सना और सबा अधेड़ हो चुकी हों। कैसे पहचानेंगे हम एक-दूसरे को ? क्या कहेंगे कर्फ़्यू में क्या करते रहे ?...

...लोगों की भीड़ नज़र आती है, चौतरफ़ से शहर के लाल परेड ग्राउंड की ओर बढ़ती। सब गहरे रंजो-ग़म में हैं। ज़्यादा लोग सफ़ेद कपड़े पहने हैं। अदब से सिर पे टोपियाँ लगाए हैं। 'ग़ायब ज़नाज़े की नमाज़', 'ग़ायब जनाज़े की नमाज़', 'ग़ायब जनाज़े की नमाज़'—मंत्रणा भीड़ में शोकधुन-सी गूँज रही है। पुलिस का बंदोबस्त है मगर सबने अदब से बंदूक़ें नीची की हुई हैं। मुझे याद आता है मेरे बचपन में किसी महत्त्वपूर्ण व्यक्ति का देहांत दूर कहीं हुआ था, जहाँ से जनाज़ा नहीं लाया जा सकता था। उनकी ग़ायबाना नमाज़े जनाज़ा में अब्बा के साथ मैं

भी शरीक हुआ था। भीड़ में बहता मैं मैदान की ओर जा रहा हूँ, यह देखता हुआ कि मातमी चेहरों में मुसलमान ही नहीं, सारे मज़हबों के लोग हैं। कई मेरे दोस्त और जान-पहचानवाले भी। सफ़ें बराबर करने को कहा जाता है और नमाज़ पढ़नेवाले पंक्तियाँ बाँधकर खड़े हो जाते हैं। अन्य लोग खिसककर एक तरफ़ हो जाते हैं। मैं भी उनके साथ होना चाहता हूँ मगर कोई खींचकर मुझे सफ़ में खड़ा कर लेता है। "लेकिन," मैं नीची आवाज़ में कहता हूँ, "मुझे नमाज़ पढ़ना नहीं आता।" कोई होंठों पर उँगली रखकर मुझे चुप करता है, कान में फुसफुसाता है—जैसा सब करें करते जाओ ! हाथ बाँधें, हाथ बाँध लो; सलाम फेरें, सलाम फेर लेना ! हुज्जत नहीं, नमाज़ शुरू हो रही है ! मैं देखता हूँ मैदान उन लोगों से भर चुका है जो ग़ायबाना नमाज़े जनाज़ा पढ़ने या मौत पर संवेदना व्यक्त करने जमा हुए हैं। मैं फिर भागकर उन लोगों में शामिल होना चाहता हूँ जो नमाज़ पढ़ने नहीं, संवेदना व्यक्त करने की ख़ातिर जमा हुए हैं। "अल्लाहो अकबर !" आवाज़ आती है और मेरे हाथ अपने-आप कानों तक उठकर सीने पर बँध जाते हैं। सबको भूलकर मैं ग़ायब जनाज़े की नमाज़ का हिस्सा बन चुका हूँ...

मैं बौखलाकर जागता हूँ। रात अभी बाक़ी है, बहुत बाक़ी है। सर्दी, अँधेरा और ख़ौफ़ बढ़ता महसूस करके मैं उठता हूँ और घर के सारे बिजली के बल्ब एक-एक करके रौशन कर देता हूँ।

●●●